Anne Perry · Im Schatten der Gerechtigkeit

Buch

London 1857. Im Royal Free Hospital wird in der Rutsche für die Schmutzwäsche eine Leiche gefunden. Es handelt sich um Prudence Barrymore, eine sehr fähige Krankenschwester und die rechte Hand des Chirurgen Sir Herbert Stanhope, die offensichtlich ermordet wurde. Die Polizei hat schnell einen Schuldigen ausgemacht, doch Lady Callandra Daviot, Mitglied im Krankenhausaufsichtsrat, ist nicht überzeugt. Sie bittet Privatdetektiv William Monk, sich des Falls anzunehmen. Unterstützt von Hester Latterly macht Monk sich auf die Suche nach dem Mörder. Verdächtig sind nicht nur ein immer wieder abgewiesener Verehrer der Krankenschwester, sowie dessen eifersüchtige Freundin, sondern immer mehr auch Prudence' Chef, der Chirurg Sir Herbert. Schritt für Schritt, Indiz für Indiz tastet Monk sich an die Wahrheit heran und bringt dabei Skandale, Intrigen und Mißstände der vermeintlich anständigen viktorianischen Gesellschaft ans Tageslicht.

Autorin

Anne Perrys Spezialität sind spannende Kriminalromane, die im viktorianischen England spielen. Mit ihren Helden, dem Privatdetektiv und ehemaligen Polizisten Monk oder dem Detektivgespann Thomas und Charlotte Pitt, begeistert sie mittlerweile ein Millionenpublikum. Anne Perry lebt in Portmahomack, Schottland.

Außerdem von Anne Perry
im Bechtermünz Verlag:

Eine Spur von Verrat

Anne Perry

Im Schatten der Gerechtigkeit

Ein Krimi aus dem viktorianischen England

Aus dem Englischen
von Bernhard Schmid

Bechtermünz Verlag

Die Originalausgabe erschien unter dem Titel
»A Sudden Fearful Death« bei Headline, London

Genehmigte Lizenzausgabe für
Bechtermünz Verlag im
Weltbild Verlag GmbH, Augsburg 1997

Umschlagmotiv: Victor Barvitius, »Gründonnerstag im
Stadtpark«/Artothek, Peißenberg;
Illustration des Vorhangs von Silvia Braunmüller
Umschlaggestaltung: Georg Lehmacher, Friedberg
Gesamtherstellung: Ebner Ulm
Printed in Germany
ISBN 3-86047-872-9

Für Elizabeth Sweeney – für ihre Freundschaft
und ihre Geduld beim Entziffern meiner Handschrift.

Denn eines Nachts oder in einer anderen
Kommt der Gärtner in Weiß,
Und gepflückte Blumen sind tot, Yasmin.

Aus HASSAN von James Elroy Flecker

1

Als sie hereinkam, dachte Monk zunächst an einen weiteren Fall von häuslichem Bagatelldiebstahl, vielleicht auch Nachforschungen über Charakter und Aussichten eines potentiellen Bräutigams. Nicht, daß er derlei Aufträge abgelehnt hätte; das konnte er sich nicht leisten. Zwar sorgte Lady Callandra Daviot, seine Gönnerin, hinlänglich für Kost und Logis, aber Stolz und Ehre geboten es ihm, keine Möglichkeit auszulassen, sich seinen Lebensunterhalt selbst zu verdienen.

Seine jüngste Klientin war gut gekleidet, ihre Haube hübsch und adrett. Die weite Krinoline war sehr feminin, da sie neben der Taille die Schmalheit der Schultern betonte, was sie, obwohl sie bereits an der Schwelle der Dreißig stand, jung und zart wirken ließ. Natürlich neigte die augenblickliche Mode dazu, grundsätzlich zu schmeicheln, aber die Illusion war nichtsdestoweniger überwältigend; und sosehr sich das Gros der Männer ihrer auch bewußt sein mochte, sie sorgte neben dem Wunsch, den Beschützer zu spielen, auch für eine gewisse Galanterie.

»Mr. Monk?« erkundigte sie sich zögernd. Er war die Nervosität der Leute, die sich an ihn wandten, gewöhnt. Einen privaten Ermittler einzuschalten fiel den meisten nicht leicht. Waren doch fast alle Angelegenheiten, die einen solchen Schritt ratsam erscheinen ließen, ausgesprochen privater Natur.

Monk erhob sich und versuchte freundlich zu wirken, ohne gleich in plumpe Vertraulichkeit zu verfallen. Das war nicht so einfach, gaben sich doch weder seine Züge noch seine Persönlichkeit dafür her.

»Der bin ich, Madam. Bitte, setzen Sie sich doch.« Er wies auf einen der beiden Sessel, die er der Einrichtung auf Anraten von Hester Latterly hinzugefügt hatte, letztere zuweilen

Freundin, zuweilen Antagonistin und immer wieder eine unentbehrliche Hilfe, ob ihm das nun gefiel oder nicht. Die Idee mit den Sesseln freilich, das mußte er zugeben, war gut.

Die Hände krampfhaft an ihrem Schultertuch, setzte sie sich, steif, als hätte sie einen Besenstiel verschluckt, auf den äußersten Rand des Sessels. Die Besorgnis stand ihr in die straffen Züge geschrieben. Die engstehenden haselnußbraunen Augen wichen den seinen nicht einen Moment aus.

»Wie darf ich Ihnen helfen?« Er setzte sich in den Sessel gegenüber, lehnte sich zurück und schlug der Bequemlichkeit halber die Beine über. Er war Polizist gewesen, bis eine heftige Meinungsverschiedenheit zu seiner Kündigung geführt hatte. Brillant, scharfzüngig und zuweilen rücksichtslos, hatte sich Monk weder daran gewöhnen können, etwas gegen die Befangenheit seiner Gegenüber zu tun, noch um deren Aufträge zu werben. Es war eine Kunst, die er nur mit Mühe erlernte, und auch das nur aus schierer Notwendigkeit.

Sie biß sich auf die Lippe und tat einen tiefen Atemzug, bevor sie den Sprung wagte. »Ich bin Julia Penrose oder Mrs. Audley Penrose, wie ich korrekterweise sagen sollte. Mein Gatte und ich wohnen mit meiner jüngeren Schwester südlich der Euston Road...« Sie verstummte, als wollte sie sich seiner Kenntnis der Gegend versichern, da dies möglicherweise von Bedeutung war.

»Eine ausgesprochen angenehme Gegend«, meinte er mit einem Nicken. Die Adresse ließ ein Haus von bescheidener Größe vermuten, einen Garten, was immer das hieß, und wenigstens zwei oder drei Domestiken. Kein Zweifel also: ein Diebstahl im Haus oder ein Freier für die Schwester, über den sie so ihre Zweifel hatte.

Sie richtete den Blick auf ihre Hände, kleine, kräftige Hände in adretten Handschuhen. Einige Augenblicke lang rang sie nach Worten.

Bis ihm der Geduldsfaden riß.

»Wo drückt denn der Schuh, Mrs. Penrose? Solange Sie mir das nicht sagen, kann ich Ihnen auch nicht helfen.«

»Ja, sicher, ich weiß«, sagte sie kaum hörbar. »Es fällt mir allerdings nicht leicht, Mr. Monk. Ich sehe, daß ich Ihnen die Zeit stehle und möchte mich entschuldigen ...«

»Ganz und gar nicht«, meinte er unwillig.

Sie hob den Blick; sie war blaß, aber in ihren Augen blitzte es temperamentvoll auf. Es kostete sie eine gewaltige Anstrengung. »Meine Schwester ist ... belästigt worden, Mr. Monk. Und ich möchte wissen, wer dafür verantwortlich war.«

Also doch keine Bagatelle.

»Tut mir leid«, sagte er und meinte es aufrichtig. Er brauchte erst gar nicht zu fragen, warum sie nicht zur Polizei gegangen war. Allein der Gedanke, mit so etwas an die Öffentlichkeit zu gehen, war den meisten Menschen ein Greuel. Das Verhalten der Gesellschaft gegenüber einer Frau, die – in welchem Ausmaß auch immer – sexuell genötigt worden war, reichte von lüsterner Neugier bis zu der Überzeugung, daß sie dafür selbst verantwortlich war. Oft fühlte sich sogar die Betroffene, ungeachtet der tatsächlichen Umstände, aus irgendeinem unerfindlichen Grund schuldig – schließlich konnte so etwas kaum einer Unschuldigen passieren. Vielleicht bewältigten die Leute so den Schrecken, den eine solche Tat hervorrief, die Angst, womöglich selbst Opfer zu werden. War die Frau auf die eine oder andere Art selbst daran schuld, so mußte sich so etwas durch Rechtschaffenheit und Vorsicht vermeiden lassen. So einfach war das.

»Ich möchte, daß Sie herausfinden, wer es gewesen ist, Mr. Monk«, sagte sie noch einmal und sah ihn ernst an.

»Und sollte mir das gelingen, Mrs. Penrose«, fragte er sie, »haben Sie sich überlegt, was Sie dann tun? Ich entnehme der Tatsache, daß Sie nicht zur Polizei gegangen sind, daß Sie keine gerichtlichen Schritte einleiten wollen?«

Ihre helle Haut wurde noch blässer. »Nein, selbstverständlich nicht!« sagte sie heiser. »Sie müssen sich darüber im klaren sein, was so ein Prozeß bedeuten würde. Meiner Ansicht nach wäre das womöglich schlimmer als ... als der Vorfall selbst, so schrecklich er auch gewesen sein mag.« Sie schüttelte den Kopf. »Nein, auf keinen Fall! Haben Sie überhaupt eine Vorstellung, wie die Leute über jeman ...«

»Die habe ich«, unterbrach er sie rasch. »Und ich weiß auch, daß die Chancen für einen Schuldspruch nicht sehr gut stehen, es sei denn, es ist zu erheblichen Verletzungen gekommen. Wurde Ihre Schwester verletzt, Mrs. Penrose?«

Sie senkte die Augen, und eine schüchterne Röte überzog ihre Wangen. »Nein, nein, das nicht – jedenfalls nicht zu solchen, die nachzuweisen wären.« Sie wurde noch leiser. »Ich hoffe, Sie verstehen, wenn ich es vorziehe ... Es wäre anstößig, so etwas eingehender zu erörtern ...«

»Ich verstehe.« Was durchaus nicht nur so dahin gesagt war. Er konnte nicht sagen, ob die betreffende junge Dame nun tatsächlich Opfer einer Nötigung geworden war oder ob sie diese ihrer Schwester gegenüber nur vorgeschoben hatte, um eine moralische Entgleisung zu erklären. Sicher war, daß er bereits ein entschiedenes Mitgefühl für diese Frau da verspürte. Was immer passiert war, sie stand am Anfang einer Tragödie.

Unsicher, aber hoffnungsvoll sah sie ihn an. »Können Sie uns helfen, Mr. Monk? Wenigstens so lange unser Geld reicht? Ich habe etwas von meinem Kleidergeld gespart und kann Ihnen insgesamt zwanzig Pfund bezahlen.« Sie wollte ihn weder beleidigen noch selbst in finanzielle Nöte geraten, und doch wußte sie nicht, wie sich beides vermeiden ließ.

Ungewohntes Mitleid regte sich in ihm. Ein Gefühl, das für ihn ganz und gar nicht selbstverständlich war. Bei all dem Leid, das er gesehen hatte, physisch schlimmeres meist als das von Julia Penrose, hatten sich seine Gefühle schon vor langer Zeit erschöpft; er hatte sich eine rauhe Schale zugelegt, die ihn vor dem Wahnsinn bewahrte. Sein Zorn veranlaßte ihn zum Handeln; aber am Ende eines Tages wurde er exorziert, damit Monk seinen verdienten Schlaf finden konnte.

»Das wird vollauf genügen«, sagte er ihr. »Entweder gelingt es mir, den Schuldigen zu finden, oder ich sage Ihnen, daß es unmöglich ist. Ich gehe davon aus, daß Sie Ihre Schwester gefragt haben und sie es Ihnen nicht sagen kann?«

»Das habe ich in der Tat«, antwortete sie. »Aber es fällt ihr verständlicherweise schwer, sich an den Vorfall zu erinnern –

die Natur geht uns bekanntlich dabei zur Hand, Dinge zu vergessen, die ihrer Schrecklichkeit wegen nicht zu ertragen wären.«

»Ich weiß«, sagte er mit ebenso grober wie beißender Ironie, deren Grund ihr freilich unverständlich blieb. Es war noch kaum ein Jahr her, im Sommer 1856, kurz nach Ende des Krimkriegs, daß er nach einem schweren Kutschenunglück auf dem schmalen grauen Bett eines Krankenhauses aufgewacht war. Er mußte feststellen, daß er nichts über sich wußte, noch nicht einmal seinen Namen, und der Gedanke, im Armenhaus gelandet zu sein, jagte ihm einen eisigen Schauer über den Rücken. Zweifelsohne war der Gedächtnisverlust die Folge eines Schädelbruchs, aber selbst als sich Erinnerungsfetzen einzustellen begannen, enthielt ihm ein entsetzliches Grauen, die Angst vor einer unerträglichen Wahrheit, den größten Teil vor. Andere nach seiner Vergangenheit zu fragen hatte er nicht gewagt, schon gar keinen, der mit der Polizei zu tun hatte. Allein die Witterung seiner Schwäche hätte seinen Feinden genügt, ihn zu zerfleischen. Für einen Kriminalbeamten ohne Gedächtnis war kein Platz. Seine Waffen wären ebenso dahin wie sein Schutz! Das Armenhaus war ein Alptraum, dem so mancher den Hungertod vorzog.

Stück für Stück hatte er sich wiederentdeckt. Und dennoch war ihm der größte Teil verborgen oder bloße Vermutung geblieben; er konnte sich schlicht nicht erinnern. Vieles war schmerzlich gewesen. Der Mann, der sich da zeigte, war nicht eben liebenswert, und er hegte eine dunkle Angst vor dem, was noch zu entdecken war: Rücksichtslosigkeit, Ehrgeiz, unbarmherzige Brillanz. Ja, er wußte Bescheid über die Notwendigkeit zu vergessen, was Herz oder Verstand nicht zu verkraften vermochten.

Sie starrte ihn an, in ihrem Gesicht standen Verwirrung und wachsende Sorge.

Rasch hatte er sich wieder gesammelt. »Selbstverständlich, Mrs. Penrose. Es ist ganz natürlich, daß Ihre Schwester einen so unseligen Vorfall aus ihrem Gedächtnis streicht. Haben Sie ihr gesagt, daß Sie zu mir kommen?«

»O ja«, sagte sie rasch. »Es wäre wohl ziemlich sinnlos, so etwas hinter ihrem Rücken zu versuchen. Sie war nicht gerade angetan von dem Gedanken, aber ihr ist klar, daß es bei weitem das beste ist.« Sie beugte sich etwas weiter vor. »Um ehrlich zu sein, Mr. Monk, ich glaube, sie war so erleichtert, daß ich nicht zur Polizei gegangen bin, daß sie es anstandslos akzeptiert hat.«

Nicht eben schmeichelhaft, aber seine Eitelkeit zu befriedigen war etwas, was er sich schon seit geraumer Zeit nicht mehr leisten konnte.

»Sie wird sich also nicht weigern, mit mir zu sprechen?« fragte er.

»Nein, nein, obwohl ich Sie bitten möchte, so behutsam wie möglich vorzugehen.« Sie errötete leicht, als sie den Blick hob, um ihm direkt in die Augen zu sehen. Ihre schmale Kinnpartie wirkte merkwürdig entschlossen. Sie hatte ein sehr weibliches Gesicht, feinknochig, aber nicht schwach. »Sehen Sie, Mr. Monk, das ist der große Unterschied zwischen Ihnen und der Polizei. Verzeihen Sie mir meine Unhöflichkeit, aber die Polizei steht im Dienst der Öffentlichkeit, ihre Ermittlungen werden vom Gesetz bestimmt. Sie dagegen, Sie werden von mir bezahlt, und ich kann Ihnen jederzeit Einhalt gebieten, wenn mir das moralisch richtiger oder weniger schmerzlich erscheint. Sie sind mir doch nicht böse, daß ich auf diesen Unterschied hinweise?«

Weit gefehlt. Innerlich mußte er sogar lächeln. Er verspürte zum erstenmal einen Funken aufrichtigen Respekts für sie.

»Ich verstehe sehr wohl, worauf Sie hinauswollen, Madam«, antwortete er im Aufstehen. »Ich bin natürlich moralisch wie gesetzlich dazu verpflichtet, ein Verbrechen zu melden, sobald ich es beweisen kann, aber im Fall einer Vergewaltigung – ich bitte mir das häßliche Wort nachzusehen, aber ich gehe davon aus, daß wir von Vergewaltigung sprechen?«

»Ja«, sagte sie, wenn auch kaum hörbar. Ihr Unbehagen war nur zu offensichtlich.

»Bei dieser Art Verbrechen muß das Opfer Anzeige erstatten und aussagen, womit die Angelegenheit also ausschließlich in den Händen Ihrer Schwester liegt. Was auch immer ich herausfinde, die Entscheidung liegt ganz bei ihr.«

»Ausgezeichnet.« Sie stand ebenfalls auf, und als die Reifen ihres Rocks an ihren Platz fielen, stellte sich auch die zarte Figur wieder ein. »Ich nehme an, Sie werden sich sofort an die Arbeit machen?«

»Noch heute nachmittag, wenn es Ihrer Schwester recht ist. Sie haben mir noch gar nicht gesagt, wie sie heißt.«

»Marianne – Marianne Gillespie. Ja, heute nachmittag paßt es ausgezeichnet.«

»Sie haben gesagt, Sie hätten sich etwas von Ihrem Kleidergeld abgespart, eine nicht unbeträchtliche Summe, wie mir scheint. Liegt der Vorfall denn schon einige Zeit zurück?«

»Zehn Tage«, sagte sie rasch. »Ich bekomme mein Haushaltsgeld im Quartal. Und da ich, wie es der Zufall will, ausgesprochen umsichtig gewirtschaftet habe, ist vom letzten Mal noch ein Gutteil übrig.«

»Ich danke Ihnen, aber Sie sind mir keine Rechenschaft schuldig, Mrs. Penrose. Ich wollte nur wissen, wann sich der Vorfall ereignet hat.«

»Natürlich schulde ich Ihnen nichts. Aber ich möchte, daß Sie wissen, daß ich Ihnen die absolute Wahrheit sage, Mr. Monk. Wie kann ich sonst Hilfe von Ihnen erwarten. Ich vertraue Ihnen und verlange dasselbe von Ihnen.«

Er lächelte plötzlich, eine Regung so selten und aufrichtig, daß sie sein Gesicht vor Charme aufleuchten ließ. Er mußte feststellen, daß ihm diese Julia Penrose besser gefiel, als er gedacht hätte – nicht bei einer so steifen und kalkulierbaren Erscheinung: der ebenso umfangreiche wie unpraktische Reifrock, der ihren Bewegungen eine gewisse Unbeholfenheit verlieh, die Haube, die er abscheulich fand, die weißen Handschuhe, die gesetzte Haltung. Es war ein vorschnelles Urteil gewesen, etwas, was er bei sich selbst noch mehr verachtete als bei anderen.

»Ihre Adresse?« sagte er rasch.

»Hastings Street vierzehn«, erwiderte sie.

»Eine Frage noch. Darf ich, da Sie dieses Arrangement

selbst treffen, davon ausgehen, daß Ihr Gatte davon nichts weiß?«

Sie biß sich auf die Lippe, und die Farbe ihrer Wangen vertiefte sich. »Sie dürfen. Ich wäre Ihnen sehr verbunden, wenn Sie so diskret wie möglich vorgingen.«

»Wie soll ich meine Anwesenheit erklären, falls er fragen sollte?«

»Oh.« Einen Augenblick war sie beunruhigt. »Wäre es Ihnen möglich zu kommen, wenn er nicht da ist? Werktags geht er von neun Uhr morgens an seinen Geschäften nach und kommt frühestens um halb fünf zurück. Er ist Architekt. Manchmal wird es auch viel später.«

»Das mag schon sein, aber es wäre mir lieber, eine Geschichte zu haben, für den Fall, daß man uns ertappt. Wir sollten uns wenigstens einig sein, was die Erklärung anbelangt.«

Sie schloß einen Augenblick die Augen. »Bei Ihnen hört sich das so... so falsch an, Mr. Monk. Es ist nicht so, daß ich Mr. Penrose belügen möchte. Es ist nur, daß die Angelegenheit so schmerzlich ist. Es wäre Marianne weitaus angenehmer, wenn er nichts davon wüßte. Immerhin muß sie weiterhin unter seinem Dach wohnen, verstehen Sie?« Plötzlich starrte sie ihn feindselig an. »Sie hatte bereits den Überfall zu ertragen. Die einzige Möglichkeit, ihre Fassung und ihren Frieden wiederzufinden, vielleicht sogar etwas Glück, besteht darin, das alles zu verarbeiten. Wie soll sie das, wenn ihr jedesmal, wenn sie sich zu Tisch setzt, klar wird, daß der Mann ihr gegenüber um ihre Schande weiß? Es wäre einfach unerträglich für sie!«

»Aber Sie wissen es doch, Mrs. Penrose«, sagte er und wußte noch im selben Augenblick, daß das etwas ganz anderes war.

Ein Lächeln spielte um ihren Mund. »Ich bin eine Frau, Mr. Monk. Muß ich Ihnen wirklich erklären, daß uns das auf eine Art und Weise verbindet, die Sie nie verstehen werden? Daß ich es weiß, wird Marianne nicht stören. Bei Audley wäre das etwas ganz anderes, so freundlich er auch sein mag. Er ist ein Mann, und nichts kann daran etwas ändern.«

Worauf es nichts zu erwidern gab.

»Was möchten Sie ihm denn nun sagen, um ihm meine Anwesenheit zu erklären?« fragte er.

»Ich ... ich weiß nicht.« Einen Augenblick lang war sie verwirrt, hatte ihre Fassung jedoch gleich wieder gefunden. Sie musterte ihn von Kopf bis Fuß: sein hageres, feinknochiges Gesicht mit den stechenden Augen und dem breiten Mund, seine elegante, teuer gekleidete Erscheinung. Er hatte noch immer die gute Kleidung, die er sich als alleinstehender Oberinspektor der Großlondoner Polizei hatte leisten können – vor seiner letzten und schlimmsten Auseinandersetzung mit Runcorn.

Er registrierte die Musterung amüsiert und wartete.

Augenscheinlich hieß sie gut, was sie sah. »Sie können sagen, wir hätten einen gemeinsamen Bekannten und daß Sie uns Ihre Aufwartung machen wollten«, antwortete sie entschieden.

»Und der Bekannte?« Er hob seine Brauen. »Auf den sollten wir uns noch einigen.«

»Mein Cousin Albert Finnister. Er ist klein und dick und wohnt in Halifax. Er besitzt dort eine Spinnerei. Mein Mann hat ihn nie kennengelernt, und die Wahrscheinlichkeit, daß es je dazu kommt, ist gering. Daß Sie Yorkshire womöglich nicht kennen, tut nichts zur Sache. Sie können ihn überall kennengelernt haben, außer in London. Audley würde sich dann fragen, warum er uns nicht besucht hat.«

»Ich weiß durchaus das eine oder andere über Yorkshire«, antwortete Monk und verkniff sich ein Lächeln. »Halifax paßt mir sehr gut. Ich werde Sie also heute nachmittag besuchen, Mrs. Penrose.«

»Ich danke Ihnen. Guten Tag, Mr. Monk.« Sie neigte kaum merklich den Kopf und wartete, während er ihr die Tür öffnete. Dann trat sie, kerzengerade und hoch erhobenen Hauptes, hinaus auf die Fitzroy Street und ging nach Norden auf den Platz zu, wo sie nach weiteren hundert Metern die Euston Road erreichte.

Monk schloß die Tür und kehrte in den Raum zurück, der ihm als Büro diente. Er war erst kürzlich aus seinem alten

Quartier in der Grafton Street, gleich um die Ecke, ausgezogen. Er hatte es Hester, von der der Vorschlag stammte, zunächst übelgenommen, daß sie sich in der ihr eigenen Art in sein Leben mischte, aber als sie ihm die Gründe erklärt hatte, mußte er ihr zustimmen. Seine Zimmer in der Grafton Street hatten nach hinten hinaus und im ersten Stock gelegen. Seine Wirtin war zwar eine mütterliche Natur, aber sie hatte sich einfach nicht daran gewöhnen können, daß er nun privat arbeitete, und seine potentiellen Klienten entsprechend unwillig nach oben geführt. Zudem hatte man die Türen anderer Hausbewohner zu passieren, und gelegentlich begegnete man einem von ihnen auf der Treppe oder im Flur. Das neue Arrangement war weitaus bequemer. Hier öffnete ein Dienstmädchen, das sich erst gar nicht nach dem Begehr der Leute erkundigte; sie führte sie einfach in Monks Wohnzimmer. Wenn auch widerwillig, gab er zu, daß das eine entschiedene Verbesserung war.

Jetzt galt es, sich auf die Ermittlungen im Fall von Marianne Gillespies Vergewaltigung vorzubereiten, einer ebenso heiklen wie schwierigen Angelegenheit, eines Mannes von seinem Kaliber weit würdiger als der kleine Diebstahl eines Domestiken oder der Ruf eines Bräutigams oder Angestellten.

Es war ein schöner Tag, als er sich auf den Weg machte: eine hochstehende heiße Sommersonne brannte auf das Pflaster und machte die baumbestandenen Plätze zu einem angenehmen Zufluchtsort vor dem gleißenden Licht. Mit klirrendem Geschirr klapperten die Kutschen an ihm vorbei; die Leute waren unterwegs, um frische Luft zu schnappen oder auf dem Weg zu einem frühnachmittäglichen Besuch; Kutscher und Lakaien trugen Livreen mit auf Hochglanz polierten Messingknöpfen. Der stechende Geruch frischer Roßäpfel lag in der Luft, und ein zwölfjähriger Junge, der die Fußgängerübergänge fegte, wischte sich unter dem Schirm seiner weiten Mütze den Schweiß von der Stirn.

Monk ging zu Fuß in die Hastings Street. Es war etwas über eine Meile, und in der Zeit, die er dazu benötigte, hatte er

Gelegenheit nachzudenken. Er freute sich über die Herausforderung eines schwierigen Falles, an dem sich sein Können messen ließ. Seit dem Prozeß um Alexandra Carlyon hatte man ihm nichts als banale Probleme angetragen, Dinge, die er als Polizist dem jüngsten seiner Konstabler anvertraut hätte.

Der Fall Carlyon freilich war etwas anderes gewesen. Er hatte sein Können auf eine harte Probe gestellt. Er dachte daran mit gemischten Gefühlen zurück, gleichzeitig triumphierend und schmerzlich berührt. Und mit dem Gedanken daran stellte sich auch die Erinnerung an Hermione ein. Unbewußt beschleunigte er seine Schritte auf dem heißen Pflaster, sein Körper versteifte sich, er biß die Zähne zusammen. Er hatte Angst bekommen, als ihr Gesicht ihm durch den Kopf gehuscht war – ein Fetzen aus der Vergangenheit, mit dem er nicht so recht wußte wohin; das Echo einer Liebe, von Zärtlichkeit und schrecklichen Ängsten verfolgte ihn. Er wußte, er hatte sie geliebt, aber nicht wann oder wie; auch nicht, ob sie seine Liebe erwidert hatte oder was zwischen ihnen passiert war; er hatte gar nichts aufzuweisen: keine Briefe, keine Bilder, nicht der geringste Hinweis auf sie war in seinem Besitz.

Aber schließlich waren ihm ungeachtet seines Gedächtnisverlusts seine Fertigkeiten geblieben und mit diesen sein rücksichtsloses Engagement. Er hatte sie wiedergefunden, Stück für Stück zusammengesetzt, bis er auf der Schwelle stand. Und schließlich hatte er auch wieder gewußt, wer sie war: ihr sanftes, fast kindliches Gesicht, die braunen Augen, der strahlende Kranz ihres Haars. Die Erinnerung schlug über ihm zusammen.

Er schluckte trocken. Warum quälte er sich so? Zornig loderte die Enttäuschung in ihm, als wäre das alles erst wenige Augenblicke her: das schmerzliche Wissen, daß sie die komfortable Existenz in einer halbherzigen Liebe vorgezogen hatte; Gefühle, die sie nicht forderten; eine Hingabe von Körper und Geist, nicht aber des Herzens; stets reserviert, um dem Schmerz keine Chance zu lassen. Ihre Güte war eine Gefälligkeit, mit Mitgefühl hatte sie nichts zu tun. Sie hatte nicht den Mut, mehr als nur am Leben zu nippen; sie würde den Becher nie bis nur Neige leeren.

Er lief so blind vor sich hin, daß er einen älteren Herrn im Gehrock anrempelte. Er entschuldigte sich mechanisch, und der Mann starrte ihm aufgebracht und mit gesträubten Barthaaren hinterher. Ein offener Landauer mit einer Gruppe junger Frauen kam vorbei; als eine von ihnen einem Bekannten zuwinkte, steckten sie kichernd die Köpfe zusammen. Die Bänder an ihren Hauben tanzten in der Brise, und ihre mächtigen Röcke erweckten den Eindruck, sie säßen auf Bergen geblümter Kissen.

Monk hatte längst den Entschluß gefaßt, die Gefühlswelt seiner Vergangenheit ruhen zu lassen. Er wußte mehr über Hermione, als ihm lieb war; auch über den Mann, der ihm Gönner und Mentor gewesen war, hatte er einiges herausgefunden und auf den Rest geschlossen: Er hätte ihn in sein erfolgreiches Geschäft eingewiesen, hätte man ihn nicht betrogen und ruiniert – ein Schicksal, vor dem Monk ihn mit aller Kraft zu bewahren versuchte, aber er hatte versagt. In diesem Augenblick, in der Empörung über diese Ungerechtigkeit, hatte er der Geschäftswelt den Rücken gekehrt und war zur Polizei gegangen. Um solche Verbrechen zu bekämpfen. Obwohl er, soweit er sich erinnern konnte, gerade diesen speziellen Betrüger nie gefaßt hatte. Aber, so Gott wollte, er hatte es wenigstens versucht. Er konnte sich einfach nicht mehr erinnern, und ihm wurde schlecht bei dem bloßen Gedanken an den Versuch – womöglich brachte er noch weitere häßliche Einzelheiten über den Mann an den Tag, der er einmal gewesen war.

Aber brillant war er gewesen! Nichts, was auch nur einen Schatten des Zweifels darauf geworfen hätte. Selbst seit dem Unfall hatte er bereits die Fälle Grey, Moidore und Carlyon gelöst. Nicht einmal sein ärgster Feind – und bisher schien ihm das Runcorn, obwohl er nicht wußte, wen er sonst noch so ausgraben mochte –, nicht einmal Runcorn hatte ihm vorgeworfen, daß es ihm an Mut, Ehrlichkeit oder bedingungsloser Hingabe an die Wahrheit gefehlt hätte; ganz zu schweigen von seiner Bereitschaft, sich bis zum Umfallen ins Zeug zu legen. Obwohl es den Anschein hatte, als hätte er dabei auch andere nicht eben geschont!

Wenigstens mochte ihn John Evan gut leiden, obwohl er ihn erst seit dem Unfall kannte; aber wie auch immer, er hatte ihn gern. Und Evan hatte auch dann die Beziehung zu ihm nicht ganz abgebrochen, als Monk aus der Polizei ausgeschieden war. Es war mit das Beste, was ihm je passiert war, und Monk hielt die Beziehung in Ehren als etwas Wichtiges, Wertvolles, eine Freundschaft, die er pflegte und vor seinem hitzigen Temperament und seiner scharfen Zunge zu schützen versuchte.

Hester Latterly dagegen stand auf einem ganz anderen Blatt. Sie hatte im Krimkrieg als Krankenschwester gedient, und jetzt, zu Hause in England, hatte man keine Verwendung für eine hochintelligente und noch weitaus eigensinnigere junge Frau – das heißt, so jung war sie auch wieder nicht mehr! Sie war sicher schon dreißig, zu alt, um noch ernsthaft an eine Ehe zu denken, und damit vom Schicksal dazu bestimmt, ihren Lebensunterhalt weiterhin selbst zu bestreiten, wollte sie nicht von der Großzügigkeit eines männlichen Verwandten abhängig sein. Und das war das letzte, was Hester wollte!

Zunächst hatte sie eine Anstellung in einem Londoner Krankenhaus gefunden, wenn auch nur für kurze Zeit, dann hatten ihre allzu offenen Ratschläge an die Herren Ärzte und schließlich – der Gipfel der Aufmüpfigkeit – die eigenmächtige Behandlung eines Patienten zu ihrer Entlassung geführt. Die Tatsache, daß sie dem Patienten so gut wie sicher das Leben gerettet hatte, machte es nur noch schlimmer. Schwestern waren dazu da, die Stationen sauberzuhalten, die Fäkalieneimer zu leeren, Bandagen aufzurollen und ganz allgemein das zu tun, was man ihnen sagte. Die Medizin war ausschließlich den Ärzten vorbehalten.

Sie hatte sich daraufhin der privaten Krankenpflege zugewandt. Gott allein wußte, was sie in diesem Augenblick trieb: Monk jedenfalls nicht.

Er war in der Hastings Street angelangt. Nummer vierzehn lag nur wenige Meter weiter auf der anderen Seite. Er ging hinüber, stieg die Treppe hoch und klingelte an der Tür. Es war ein anmutiges Haus im neugeorgianischen Stil mit einer Aura gesetzter Respektabilität.

Ein, zwei Augenblicke später öffnete ihm ein Dienstmädchen in einem steifen blauen Kleid, weißer Haube und Schürze.

»Der Herr wünschen?« fragte sie.

»Guten Tag.« Er hatte seinen Hut in der Hand, wie es sich gehörte, schien aber durchaus zu erwarten, daß man ihn einließ. »William Monk ist mein Name.« Er holte eine Karte hervor, auf der Name und Adresse, nicht aber sein Beruf stand. »Ich bin ein Bekannter von Mr. Albert Finnister aus Halifax, der meines Wissens nach ein Cousin von Mrs. Penrose und Miss Gillespie ist. Und da ich gerade in der Gegend war, habe ich mich gefragt, ob ich den Damen nicht meine Aufwartung machen soll.«

»Mr. Finnister, sagten Sie, Sir?«

»Ganz richtig, aus Halifax in Yorkshire.«

»Wenn Sie im Damenzimmer warten möchten, Mr. Monk. Ich werde sehen, ob Mrs. Penrose zu Hause ist.«

Die Einrichtung des genannten Zimmers war bequem und von einer Sorgfalt, die einen wohlgeführten Haushalt erkennen ließ. Nichts, was auf unnötige Ausgaben wies. Der Schmuck des Raums bestand aus einem selbstgefertigten Sticktuch in einem bescheidenen Rahmen, dem Druck einer romantischen Landschaft und einem wirklich exquisiten Spiegel. Die Lehnen der Sessel wurden von frisch gewaschenen Schonern geschützt, und die Armlehnen zeigten die Spuren der zahllosen Hände, die sich an ihnen gerieben hatten. Unverkennbar führte von der Tür zum Kamin eine Spur über den Teppich. Auf dem niederen Tisch stand eine Vase mit nett arrangierten Margeriten, die dem Raum eine angenehm weibliche Note gab. Am Bücherschrank hatte man einen der Messingknöpfe durch einen etwas anderen ersetzt. Im großen und ganzen war es ein angenehmer, wenn auch sicher kein außergewöhnlicher Raum, der weniger beeindrucken als gemütlich sein sollte.

Die Tür öffnete sich, und das Dienstmädchen ließ ihn wissen, daß Mrs. Penrose und Miss Gillespie entzückt wären, ihn zu empfangen, wenn er sich in den Salon bemühen wollte.

Gehorsam folgte er dem Mädchen zurück über den Flur in einen größeren Raum, nur daß er diesmal keine Zeit hatte, sich umzusehen. Julia Penrose stand am Fenster in einem roséfarbenen Nachmittagskleid, auf dem Sofa saß eine junge Frau von achtzehn, neunzehn Jahren, in der er Marianne vermutete. Trotz ihres von Natur aus dunkleren Teints wirkte sie ausgesprochen blaß. Das fast schwarze Haar setzte auffallend spitz in der Mitte der Stirn an. Außerdem hatte sie hoch auf dem linken Backenknochen ein kleines Muttermal, an einer Stelle, die die Dandys aus der Zeit des Prinzregenten Monks Ansicht nach wohl als »galant« bezeichnet hätten. Ihre Augen waren tiefblau.

Julia trat lächelnd auf ihn zu. »Schön, Sie zu sehen, Mr. Monk. Wie charmant von Ihnen, uns zu besuchen«, sagte sie für das Dienstmädchen. »Dürfen wir Ihnen eine Erfrischung anbieten? Janet, bringen Sie doch bitte Tee und Gebäck. Sie mögen doch Gebäck, Mr. Monk?«

Er nahm höflich an, aber sobald das Mädchen gegangen war, ließ man das Versteckspiel sein. Julia stellte Monk Marianne vor und forderte ihn auf, sich an die Arbeit zu machen. Sie selbst stellte sich hinter den Stuhl ihrer Schwester und legte ihr eine Hand auf die Schulter, als solle etwas von ihrer Kraft und Entschlossenheit auf sie übergehen.

Monk hatte nur einmal mit einem Fall von Vergewaltigung zu tun gehabt. Ein solches Verbrechen wurde wegen der Schande und des Skandals nur äußerst selten zur Anzeige gebracht. Er hatte sich seine Gedanken gemacht, wie er die Sache angehen sollte, wußte es aber noch nicht so recht.

»Bitte, erzählen Sie mir doch, woran Sie sich erinnern, Miss Gillespie«, sagte er leise. Er wußte nicht, ob er lächeln sollte. Womöglich legte sie ihm das als Leichtfertigkeit und mangelndes Mitgefühl aus. Andererseits, wenn er nicht lächelte, das wußte er, schaute er ziemlich grimmig drein.

Sie schluckte und räusperte sich. Julias Griff auf ihrer Schulter verstärkte sich.

»Ehrlich gesagt, Mr. Monk, erinnere ich mich an nicht allzuviel«, entschuldigte sie sich. »Es war äußerst... unangenehm. Zuerst habe ich es zu vergessen versucht. Vielleicht können Sie das nicht verstehen, und möglicherweise bin ich selbst daran schuld, aber mir war einfach nicht klar...« Sie verstummte.

»Das ist ganz natürlich«, versicherte er ihr mit mehr Aufrichtigkeit, als sie ahnen konnte. »Wir versuchen alle zu vergessen, was zu sehr schmerzt. Es ist manchmal die einzige Möglichkeit weiterzuleben.«

Ihre Augen wurden vor Überraschung ganz groß, und eine leichte Röte legte sich auf ihre Wangen. »Wie feinfühlig von Ihnen.« Ihr Gesicht zeigte eine tiefe Dankbarkeit, ihre Anspannung freilich legte sich nicht.

»Was können Sie mir darüber erzählen, Miss Gillespie?« fragte er noch einmal. Julia machte Anstalten, etwas zu sagen, überlegte es sich dann jedoch sichtlich anders. Monk sah, daß sie etwa elf, zwölf Jahre älter war als ihre Schwester, und verspürte den heftigen Wunsch, sie in seine schützenden Arme zu nehmen.

Marianne blickte auf ihre kleinen eckigen Hände, die sie im Schoß ihres gewaltigen Rocks rang.

»Ich weiß nicht, wer es war«, sagte sie ganz leise.

»Das wissen wir doch, Liebes«, sagte Julia rasch und beugte sich vor. »Deswegen ist Mr. Monk ja hier, um das herauszufinden. Sag ihm einfach, was du weißt – was du mir erzählt hast.«

»Er wird auch nichts herausfinden«, protestierte Marianne. »Wie sollte er, wenn noch nicht einmal ich etwas weiß? Und wie auch immer, du kannst es nicht ungeschehen machen, selbst wenn du alles wüßtest! Was hätten wir schon davon?« Ihrem Gesichtsausdruck nach war sie fest entschlossen. »Ich werde niemanden beschuldigen!«

»Natürlich nicht!« pflichtete Julia ihr bei. »Das wäre ja schrecklich für dich. Ganz undenkbar. Aber es gibt andere Mittel und Wege. Ich werde dafür sorgen, daß der Betreffende nie wieder in deine oder die Nähe einer anderen anständigen jungen Frau kommt. Beantworte einfach Mr. Monks Fragen,

Liebes, bitte. Es geht doch um ein Verbrechen, das man nicht zulassen darf. Es wäre völlig falsch von uns, so zu tun, als spiele es keine Rolle!«

»Wo waren Sie denn, als es passierte, Miss Gillespie?« ging Monk dazwischen. Er wollte sich nicht in eine Diskussion darüber verwickeln lassen, welche Maßnahmen man gegen den Betreffenden ergreifen wollte, hätte man ihn erst einmal entlarvt. Das war Sache der beiden. Sie kannten die Konsequenzen weit besser als er.

»In der Gartenlaube«, antwortete Marianne.

Instinktiv warf Monk einen Blick auf die Fenster, aber er sah nur das Sonnenlicht, das durch das Laub einer englischen Ulme drang, und dahinter das satte Rosé eines Rosenstocks.

»Hier?« fragte er. »In Ihrem eigenen Garten?«

»Ja. Ich gehe oft zum Malen hinaus.«

»Oft? So hätte also jeder, der mit Ihrem Tagesablauf vertraut ist, erwarten können, Sie dort zu finden?«

Sie errötete angesichts dieses schmerzlichen Gedankens. »Ich... ich nehme es an. Aber ich bin sicher, daß das nichts damit zu tun haben kann!«

Worauf er nicht antwortete. »Um welche Tageszeit war das?« fragte er statt dessen.

»Ich bin mir nicht sicher. So gegen halb vier, denke ich. Oder vielleicht etwas später. Vielleicht vier.« Sie zuckte kaum merklich mit den Achseln. »Oder sogar halb fünf. Ich habe nicht auf die Zeit geachtet.«

»War es vor oder nach dem Tee?«

»Oh – ja, ich verstehe. Nach dem Tee. Ich nehme an, es muß also halb fünf gewesen sein.«

»Haben Sie einen Gärtner?«

»Der war es nicht!« sagte sie und fuhr dabei erschrocken auf.

»Selbstverständlich nicht«, beschwichtigte er sie. »Sonst hätten Sie ihn ja erkannt. Ich frage mich nur, ob er jemanden gesehen haben könnte. Falls er im Garten war, könnte uns das vielleicht helfen; wir könnten feststellen, wo der Mann herkam, aus welcher Richtung, und vielleicht auch, wie er den Garten wieder verlassen hat. Vielleicht sogar die exakte Zeit.«

»Ach so... ich verstehe.«

»Wir haben einen Gärtner«, sagte Julia, der die Aufregung das Gesicht rötete, während eine gewisse Bewunderung für Monk ihre Augen aufleuchten ließ. »Er heißt Rodwell. Er ist drei Tage die Woche bei uns, immer nachmittags. Und es war einer seiner Tage. Morgen ist er wieder da. Sie könnten ihn fragen!«

»Das werde ich«, versprach Monk und wandte sich wieder Marianne zu. »Miss Gillespie, hatte der Mann nicht irgend etwas, woran Sie sich erinnern? Zum Beispiel«, fuhr er rasch fort, als er sah, daß sie sich anschickte, dies zu bestreiten, »zum Beispiel, wie er gekleidet war?«

»Ich... ich weiß nicht, was Sie meinen.« Die Hände in ihrem Schoß verknoteten sich noch fester, und sie starrte ihn mit zunehmender Nervosität an.

»Trug er eine dunkle Jacke, wie sie ein Geschäftsmann tragen könnte?« erklärte er. »Oder einen Arbeitskittel, wie etwa ein Gärtner? Oder ein weißes Hemd, wie ein Lebemann?«

»Oh.« Sie schien erleichtert. »Ja. Jetzt verstehe ich. Ich denke, ich erinnere mich da an etwas... etwas Helles.« Sie nickte, als sie sich sicherer wurde. »Ja, ein helles Jackett, wie es Herren manchmal im Sommer tragen.«

»Hatte er einen Bart, oder war er glattrasiert?«

Sie zögerte einen Augenblick. »Glattrasiert.«

»Erinnern Sie sich an sonst noch etwas, was seine Erscheinung anbelangt? War er dunkel oder blond, groß oder klein?«

»Ich... ich weiß nicht. Ich...« Sie atmete scharf ein. »Ich nehme an, ich muß wohl die Augen geschlossen haben. Es war...«

»Still, Liebes«, sagte Julia rasch und verstärkte einmal mehr den Griff ihrer Hand an Mariannes Schulter. »Wirklich, Mr. Monk, sie kann Ihnen nicht mehr über ihn sagen. Das Ganze war ein furchtbares Erlebnis. Ich bin froh, daß es sie nicht um den Verstand gebracht hat. Bei solchen Dingen soll das ja schon vorgekommen sein!«

Monk trat den Rückzug an; er wußte einfach nicht, wie weit er in sie dringen sollte. Er konnte sich ihren Schrecken, ihren

Abscheu bestenfalls vorstellen. Aber nichts könnte ihm ihre Erfahrung nahebringen.

»Sind Sie sicher, daß Sie das tatsächlich weiterverfolgen wollen?« fragte er, so sanft er nur konnte, und sah dabei nicht etwa Julia, sondern Marianne an.

Trotzdem kam Julia ihr zuvor. »Wir müssen einfach.« Ihre Stimme war von eiserner Entschlossenheit. »Es wäre absolut falsch, so etwas ungestraft zu lassen. Und von der Frage der Gerechtigkeit einmal ganz abgesehen, wir müssen sie davor schützen, diesem Mann jemals wieder zu begegnen. Sie müssen also fortfahren, Mr. Monk. Was können wir Ihnen sonst noch sagen, was von Nutzen sein könnte?«

»Vielleicht könnten Sie mir die Gartenlaube zeigen?« fragte er im Aufstehen.

»Selbstverständlich«, pflichtete Julia ihm sofort bei. »Sie müssen sie sehen, wie sonst könnten Sie sich ein Urteil bilden?« Sie warf einen Blick auf Marianne. »Möchtest du mitkommen, Liebes, oder bleibst du lieber hier?« Sie wandte sich wieder an Monk. »Sie war seither nicht mehr draußen.«

Monk wollte ihr eben sagen, er sei ja dabei und könne sie schützen, als ihm klar wurde, daß ihr schon die Tatsache, mit einem Mann allein zu sein, den sie eben erst kennengelernt hatte, angst machen könnte. Er wußte nicht mehr weiter. Diese Geschichte erwies sich als schwieriger, als er gedacht hatte.

Aber Marianne überraschte ihn.

»Nein, das ist schon recht, Julia«, sagte sie mit fester Stimme. »Ich werde sie Mr. Monk zeigen. Vielleicht kommt ja der Tee, während wir draußen sind, dann können wir anschließend gleich eine Tasse trinken.« Und ohne auf Julias Antwort zu warten, ging sie voran in den Flur und dort zur Seitentür hinaus in den Garten.

Nach einem Blick auf Julia folgte Monk ihr und stand schließlich im Schatten eines Goldregens und einer ihm unbekannten Birkenart auf einem kleinen, gepflasterten Hof. Vor ihm erstreckte sich ein langer schmaler Rasen; vielleicht fünfzehn Meter weiter sah er ein hölzernes Gartenhaus.

Er folgte Marianne über das Gras unter den Bäumen in die Sonne. Das Gartenhaus war klein und rundum verglast, innen stand eine Bank. Eine Staffelei sah er nicht, aber der Raum war groß genug, um eine hineinzustellen.

Auf der Stufe wandte Marianne sich um.

»Hier war es«, sagte sie schlicht.

Er nahm alles sorgfältig in Augenschein und prägte sich jede Einzelheit ein. Bis zur Rabatte waren es rundum wenigstens sieben Meter, an drei Seiten befand sich eine Mauer, auf der vierten Baumgarten und Haus. Sie mußte sich ganz auf ihre Malerei konzentriert haben, wenn sie den Mann nicht hatte kommen hören, und der Gärtner mußte wohl gerade an der Stirnseite des Hauses oder in dem kleinen Kräutergarten auf der anderen Seite gewesen sein.

»Haben Sie geschrien?« fragte er sie und wandte sich ihr wieder zu.

Ihre Züge verspannten sich. »Ich... ich glaube nicht. Ich erinnere mich nicht.« Sie erschauerte heftig, dann starrte sie ihn wieder schweigend an. »Es... es ist durchaus möglich. Es ist alles...« Wieder der stumme Blick.

»Lassen Sie's gut sein«, sagte er und ließ das Thema fallen. Es hatte keinen Sinn, sie so zu quälen, daß sie sich an überhaupt nichts mehr erinnerte. »Wo haben Sie ihn zuerst gesehen?«

»Ich verstehe nicht.«

»Haben Sie ihn über den Rasen auf sich zukommen sehen?« fragte er.

Sie sah ihn völlig verwirrt an.

»Haben Sie es vergessen?« Er gab sich alle Mühe, sie mit Samthandschuhen anzufassen.

»Ja.« Sie ergriff die Gelegenheit. »Ja... tut mir leid...«

Mit einer Handbewegung schloß er das Thema ab. Dann verließ er das Gartenhaus und trat an den Rand des Rasens, wo eine alte Steinmauer die Grenze zum benachbarten Garten zog. Sie war etwa einen Meter zwanzig hoch und hier und da mit dunklem Moos überzogen. Spuren waren nicht zu entdekken, nirgendwo war etwas abgeschabt oder angekratzt, kein

Hinweis darauf, daß jemand darübergeklettert war. Keine geknickten Pflanzen in der Rabatte davor, obwohl es dazwischen Stellen gab, an denen man auf die Erde hätte treten können. Jetzt noch nach Fußspuren zu suchen hatte keinen Sinn; das Verbrechen war vor zehn Tagen passiert, und es hatte seither mehrmals geregnet; dazu kam, daß der Gärtner womöglich mit dem Rechen Ordnung geschafft hatte.

Er hörte das leise Rascheln ihrer Röcke über dem Gras, und als er sich umwandte, stand sie direkt hinter ihm.

»Was machen Sie?« fragte sie mit ängstlich gespannter Miene.

»Ich suche nach Spuren, die darauf hinweisen könnten, daß jemand über die Mauer geklettert ist«, antwortete er.

»Oh.« Sie atmete ein, als wollte sie noch etwas sagen, überlegte es sich dann jedoch anders.

Er fragte sich, was sie wohl hatte sagen wollen und welcher Gedanke sie davon abgebracht hatte. Er hatte ein häßliches Gefühl dabei, und dennoch konnte er nicht umhin, sich zu fragen, ob sie ihren Angreifer nicht vielleicht doch gekannt hatte – oder ob es sich vielleicht nicht um eine Nötigung, sondern um eine Verführung gehandelt hatte. Er konnte gut verstehen, daß eine junge Frau, die man in den Augen der anderen mit ihrer Tugend auch ihres größten Kapitals beraubt und damit für den Heiratsmarkt ruiniert hatte, auf den Gedanken kommen konnte, lieber einen Überfall vorzutäuschen, als ein freiwilliges Nachgeben einzugestehen – wie groß auch immer die Versuchung gewesen sein mochte. Nicht daß es akzeptabler gewesen wäre, das Opfer einer Vergewaltigung zu sein! Das mochte bestenfalls für ihre Familie eine Rolle spielen. Letztere würde alles tun, um es vor dem Rest der Welt zu verbergen.

Er ging hinüber zu der Mauer am Ende des Gartens, die die Grenze zum benachbarten Grundstück bildete. Hier waren die Steine an der einen oder anderen Stelle brüchig, und ein beweglicher Mann hätte hier durchaus darüberklettern können, ohne sichtbare Spuren zu hinterlassen. Sie war ihm nachgegangen und las seine Gedanken. Sie sah ihn dabei mit großen dunklen Augen an, sagte jedoch nichts. Schweigend nahm er die dritte Mauer in Augenschein, die, die den Garten nach Westen hin schützte. Das Resultat war das gleiche.

»Er muß über die Mauer am Ende gekommen sein«, sagte sie leise und senkte den Blick auf das Gras. »Durch den Kräutergarten kann niemand gekommen sein, da sich dort Rodwell aufgehalten haben muß. Und die Tür vom Garten auf der anderen Seite ist verschlossen.« Sie meinte damit die gepflasterte Ecke an der Ostseite, wo man den Unrat abstellte und wo sich neben der Kohlenrutsche in den Keller auch der Dienstboteneingang zu Spülküche und Küche befand.

»Hat er Ihnen weh getan, Miss Gillespie?« Er stellte seine Frage so respektvoll wie möglich, aber selbst so hörte sie sich noch aufdringlich und mißtrauisch an.

Sie wich seinem Blick aus, das Blut schoß ihr in die Wangen und rötete sie. »Es war furchtbar schmerzhaft«, sagte sie kaum hörbar. »Wirklich furchtbar schmerzhaft.« Ihrer Stimme war ihre unverhohlene Überraschung anzuhören, als wäre sie über die Maßen erstaunt.

Er schluckte. »Ich meine damit, ob er Sie verletzt hat, an den Armen, am Oberkörper? Hat er Sie mit Gewalt festgehalten?«

»Oh – ja. Ich habe blaue Flecken an Handgelenken und Armen, aber sie werden schon blasser.« Vorsichtig schob sie die langen Ärmel nach oben, um ihm die häßlichen gelbgrauen Quetschungen auf der blassen Haut zu zeigen. Diesmal sah sie zu ihm auf.

»Tut mir leid.« Es war keine Entschuldigung, sondern ein Ausdruck des Mitgefühls für ihren Schmerz.

Plötzlich lächelte sie ihn an; er erhaschte einen Blick von der Person, die sie gewesen war, bevor sie dieser Vorfall ihres Selbstvertrauens, ihrer Freude und ihres Seelenfriedens beraubt hatte. Mit einemmal überkam ihn eine grenzenlose Wut auf denjenigen, der ihr das angetan hatte, ob es sich nun um eine Verführung gehandelt haben mochte oder um eine Vergewaltigung.

»Ich danke Ihnen«, sagte sie und straffte ihre Schultern.

»Gibt es sonst noch was hier draußen, was Sie gern sehen würden?«

»Nein, danke.«

»Was wollen Sie als nächstes tun?« fragte sie neugierig.

»In dieser Angelegenheit? Mit Ihrem Gärtner sprechen, und dann mit den Dienstboten Ihrer Nachbarn, um zu erfahren, ob ihnen etwas Ungewöhnliches aufgefallen ist – vielleicht jemand, den sie noch nie in der Gegend gesehen hatten.«

»Ah ja. Ich verstehe.« Sie wandte sich wieder ab. Schwer lag der Duft der Blumen in der Luft; von irgendwoher hörte er das Summen von Bienen.

»Aber zuerst möchte ich mich noch von Ihrer Schwester verabschieden«, sagte er.

Sie trat einen Schritt auf ihn zu. »Wegen Julia – Mr. Monk...«

»Ja?«

»Sie müssen ihr verzeihen, daß sie etwas... überfürsorglich ist, was mich anbelangt.« Sie lächelte flüchtig. »Sie müssen wissen, daß unsere Mutter einige Tage nach meiner Geburt gestorben ist. Julia war damals erst elf.« Sie schüttelte sachte den Kopf. »Sie hätte mich deswegen auch hassen können, schließlich war es meine Geburt, die Mama das Leben gekostet hat. Statt dessen hat sie sich vom ersten Augenblick an um mich gekümmert. Sie ist immer für mich dagewesen. Sie war geduldig und zärtlich mit mir, als ich klein war, und als ich größer wurde, haben wir zusammen gespielt. Als ich älter wurde, war sie meine Lehrerin und hat all meine Erfahrungen mit mir geteilt. Niemand hätte liebevoller oder großzügiger sein können als sie.« Sie blickte ihn ganz offen an; in ihrem Gesicht spiegelte sich das Anliegen, daß er mehr sollte, als ihr nur glauben – er sollte sie verstehen.

»Manchmal fürchte ich, sie hat mir all die Hingabe zuteil werden lassen, die sie einem eigenen Kind gegeben haben könnte, hätte sie eines gehabt.« Jetzt waren ihr ihre Schuldgefühle anzuhören. »Ich hoffe, ich habe ihr nicht zuviel abverlangt und zuviel Zeit und Gefühl beansprucht.«

»Sie sind sehr gut in der Lage, auf sich selbst zu achten, und das bestimmt schon seit einiger Zeit«, antwortete er vernünftig. »Sie würde sich Ihnen sicher nicht so sehr widmen, wenn sie das nicht auch wollte.«

»Das nehme ich auch an«, pflichtete sie ihm bei, sah ihn aber immer noch ernst an. Ein leichter Wind spielte mit ihrem Musselinrock. »Aber ich werde ihr nie danken können, was sie für mich getan hat. Sie müssen das einfach wissen, Mr. Monk, damit Sie sie etwas besser verstehen und nicht über sie urteilen ...«

»Ich urteile nie, Miss Gillespie«, log er. Er neigte sehr wohl zu Urteilen, und zu sehr harten obendrein. In diesem besonderen Fall jedoch sah er nichts Falsches an Julia Penroses Sorge um ihre Schwester, was die Unwahrheit vielleicht wieder wettmachte.

Als sie den Seiteneingang erreicht hatten, um ins Haus zurückzukehren, empfing sie ein Mann Mitte Dreißig. Er war schlank, von mittlerer Größe, und sowohl Züge als auch Teint waren im Grunde recht durchschnittlich, hätte ihm sein verbitterter Ausdruck nicht eine Empfindlichkeit verliehen, unter der neben einem hitzigen Temperament auch eine ungeheure Verletzlichkeit lag.

Marianne trat etwas näher an Monk heran, und er spürte die Wärme ihres Körpers, als ihr Rock um seine Knöchel streifte.

»Guten Tag, Audley«, sagte sie etwas heiser, als wäre sie gar nicht darauf gefaßt gewesen, etwas zu sagen. »Du kommst sehr zeitig heute. Hattest du einen angenehmen Tag?«

Sein Blick wanderte von ihr zu Monk und wieder zurück.

»Ziemlich gewöhnlich, danke. Mit wem habe ich denn das Vergnügen?«

»Oh – das ist Mr. Monk«, erklärte sie unbeschwert. »Er ist ein Freund von Cousin Albert aus Halifax.«

»Guten Tag, Sir.« Audley Penrose war höflich, aber keineswegs erfreut. »Wie geht es Cousin Albert?«

»Als ich ihn das letzte Mal gesehen habe, war er guter Dinge«, antwortete Monk, ohne mit der Wimper zu zucken. »Aber das ist schon ein Weilchen her. Ich kam nur zufällig hier vorbei, und da er immer so nett von Ihnen gesprochen hat, nahm ich mir die Freiheit, meine Aufwartung zu machen.«

»Meine Frau hat Ihnen doch sicher Tee angeboten? Ich habe gesehen, daß im Salon aufgetragen wurde.«

»Ich danke Ihnen.« Monk nahm die Einladung an, da es umfangreicher Erklärungen bedurft hätte, sofort zu gehen; außerdem erhoffte er sich von einer halben Stunde in Gesellschaft der ganzen Familie ein besseres Gespür für ihre Beziehungen.

Als er sich nach einer Dreiviertelstunde verabschiedete, hatte er weder seinen ursprünglichen Eindruck revidiert noch seine Befürchtungen.

»Was macht Ihnen denn so zu schaffen?« fragte Callandra Daviot beim Abendessen in ihrem kühlen grünen Eßzimmer. Sie lehnte sich zurück und sah Monk neugierig an. Sie war mittleren Alters, und noch nicht einmal ihre beste Freundin hätte sie schön genannt. Ihr Gesicht hatte bei weitem zu viel Charakter, ihre Nase war zu lang, ihr Haar überforderte offensichtlich die Fertigkeiten ihrer Zofe, eine zufriedenstellende, geschweige denn modische Ordnung hineinzubringen, aber ihre Augen waren groß, klar und wiesen auf eine bemerkenswerte Intelligenz. Das Grün ihres Kleides war angenehm anzusehen, aber von undefinierbarem Schnitt, als hätte eine ungeübte Schneiderin es auf den neuesten Stand zu bringen versucht.

Monk betrachtete sie mit unverhohlener Zuneigung. Sie war offen, couragiert, neugierig und eigenwillig, und das alles im besten Sinne. Ihr Humor ließ sie keinen Augenblick im Stich. Sie war genauso, wie er sich eine Freundin wünschte, und sie war großzügig genug, ihn als Geschäftspartner zu engagieren, um ihn über die Runden zu bringen, wann immer seine Fälle ihm kein ausreichendes Einkommen sicherten. Als Gegenleistung verlangte sie, alles zu erfahren, was er ihr von seiner Arbeit anvertrauen konnte. Was er denn auch an diesem Abend im Eßzimmer bei einem exzellenten Abendessen aus gepökeltem Aal und frischem Sommergemüse tat. Da sie es ihm gesagt hatte, wußte er, daß dem noch Pflaumenkuchen mit Sahne und ein ausgezeichneter Stilton folgen sollten.

»Daß nicht das Geringste zu beweisen ist«, beantwortete er ihre Frage. »Es gibt nichts außer Mariannes Wort dafür, daß dergleichen vorgefallen ist, ganz zu schweigen davon, daß es so passiert ist, wie sie es schildert.«

»Zweifeln Sie denn an ihr?« fragte sie neugierig, aber ohne Vorwurf im Ton.

Er zögerte einige Augenblicke, unschlüssig, jetzt, wo sie danach fragte. Weder unterbrach sie sein Schweigen noch zog sie den offensichtlichen Schluß daraus; sie aß einfach weiter.

»In einigen Punkten sagt sie die Wahrheit«, meinte er schließlich. »Aber ich glaube, sie verheimlicht etwas Entscheidendes.«

»Daß sie sich hingegeben hat?« Sie blickte zu ihm auf und sah ihn forschend an.

»Nein, das glaube ich nicht.«

»Was dann?«

»Ich weiß es nicht.«

»Und was gedenken die beiden zu tun, wenn Sie herausfinden sollten, wer es gewesen ist?« fragte sie mit hochgezogenen Brauen. »Ich meine, wer sollte es schon sein? Völlig fremde Leute springen nicht mir nichts, dir nichts über die Mauer eines Vorstadtgartens in der Hoffnung, in der nächstbesten Laube einer Jungfer Gewalt antun zu können. Und das so leise, daß weder das Personal noch der Gärtner aufmerksam werden. Und dann wieder husch über die Mauer, und auf und davon.«

»Aus Ihrem Mund klingt die Geschichte ziemlich absurd«, sagte er trocken und nahm sich noch ein Stück Aal. Er war wirklich ausgezeichnet.

»Das Leben ist oft absurd«, antwortete sie und reichte ihm die Soße. »Aber trotzdem ist das doch ziemlich unwahrscheinlich, meinen Sie nicht auch?«

»Allerdings.« Er löffelte sich reichlich Soße auf den Teller. »Besonders unwahrscheinlich ist, daß es tatsächlich ein ihr völlig Fremder gewesen sein sollte. Wenn es jemand war, den sie kennt und der durchs Haus kam und somit wußte, daß niemand in der Nähe war, um etwas zu hören, und dessen Anwesenheit sie zudem nicht erschreckte, wie die eines Fremden das getan hätte, dann wird die Geschichte schon weitaus wahrscheinlicher.«

»Was mir weitaus mehr Sorgen macht«, fuhr Callandra nachdenklich fort, »ist, was die beiden tun wollen, wenn Sie ihnen sagen, wer es war – falls Sie das tun.«

Ein Punkt, der ihm selbst schon zu schaffen machte.

Callandra stöhnte. »Hört sich ganz nach einer persönlichen Rache an. Ich denke, Sie sollten sich sorgfältig überlegen, was Sie den beiden sagen. Und, William, ...«

»Ja?«

»Sie sind sich besser absolut sicher dabei!«

Monk seufzte. Mit jedem neuen Gedanken wurde die Geschichte häßlicher und komplizierter.

»Welchen Eindruck hatten Sie denn von der Schwester und ihrem Mann?« setzte sie das Gespräch fort.

»Von denen?« Er war überrascht. »Ausgesprochen mitfühlend. Ich glaube nicht, daß sie von den beiden etwas zu befürchten hat, selbst wenn sie sich nicht so entschieden gewehrt hat, wie es vielleicht möglich gewesen wäre.«

Callandra sagte nichts. Sie beendeten den Gang in freundschaftlichem Schweigen, dann trug man den Pflaumenkuchen auf. Er war so köstlich, daß sie beide einige Minuten lang schweigend aßen, bis Callandra schließlich den Löffel beiseite legte.

»Haben Sie Hester in letzter Zeit gesehen?«

Aus irgendeinem Grund lächelte sie in sich hinein. Er war irritiert, und kam sich, ohne zu wissen warum, wie ein dummer Schuljunge vor.

»Ich habe sie schon länger nicht mehr gesehen«, fuhr er fort. »Wir sind das letzte Mal nicht gerade in Freundschaft auseinander gegangen. Sie ist das eigenwilligste Frauenzimmer mit der schärfsten Zunge, das mir je begegnet ist, und so dogmatisch, daß sie einfach auf niemanden hört. Und dabei ist sie von einer geradezu absurden Selbstgefälligkeit, die sie unerträglich macht.«

»Eigenschaften, die Sie wohl nicht mögen?« fragte sie unschuldig.

»Großer Gott, nein!« platzte er heraus. »Wer mag so was schon?«

»Es mißfällt Ihnen also, wenn man eine feste Meinung hat und diese auch noch lebhaft verteidigt?«

»Und ob!« sagte er vehement und legte für einen Augenblick den Löffel beiseite. »Es ist ungehörig, aufreizend und erstickt jede offene und intelligente Unterhaltung im Keim. Nicht daß allzu vielen Männern nach einer intelligenten Unterhaltung mit einer Frau ihres Alters wäre«, fügte er hinzu.

»Zumal wenn man ihre Ansichten mißversteht«, sagte sie mit funkelndem Blick.

»Das auch, sicher«, räumte er ein und war sich nun ganz sicher, daß sie sich über ihn lustig machte.

»Wissen Sie, daß sie ganz ähnliches über Sie gesagt hat, als sie vor etwa drei Wochen hier war. Sie pflegt derzeit eine ältere Dame mit einem gebrochenen Bein, aber die Dame war damals schon bereits wieder wohlauf, und ich glaube nicht, daß Hester schon eine neue Stellung gefunden hat.«

»Vielleicht sollte sie ihre Zunge besser hüten und einem etwas entgegenkommen – mit etwas mehr Bescheidenheit?« schlug er gereizt vor.

»Ich bin sicher, Sie haben recht«, stimmte Callandra ihm zu. »Bei Ihrer Erfahrung, was den Wert gerade dieser Qualitäten anbelangt, könnten Sie ihr sicher einige exzellente Ratschläge geben.« Der Humor schien aus ihrer Miene verschwunden.

Er sah sie eingehender an. Sie hatte gerade noch den Hauch eines Lächelns um den Mund und wich seinem Blick aus.

»Immerhin«, fuhr sie fort und hatte dabei einige Mühe, ihren nüchternen Ausdruck beizubehalten, »gibt es doch nichts Angenehmeres als eine intelligente Unterhaltung mit einem aufgeschlossenen Geist, finden Sie nicht auch?«

»Sie verdrehen mir das Wort im Mund!« sagte er mit verhaltenem Zorn.

»Ganz und gar nicht«, sagte sie und sah ihn dabei amüsiert, aber mit unverhohlener Zuneigung an. »Sie wollen sagen, wenn Hester eine Meinung hat und davon nicht abrücken will, dann ist das dogmatisch und unschicklich und daß Ihnen das unsagbar auf die Nerven geht. Haben Sie aber eine, dann spricht das von beherztem Engagement und ist der einzig gangbare Weg für einen integren Mann. Genau das haben Sie gesagt, auf die eine oder andere Weise, und ich bin ganz sicher, daß es Ihnen ernst damit ist.«

»Sie meinen also, ich habe unrecht!« Er beugte sich über den Tisch.

»O ja, wie so oft! Aber ich würde es nie wagen, Ihnen das zu sagen. Hätten Sie gern noch etwas Sahne auf den Kuchen? Ich nehme an, Sie haben auch von Oliver Rathbone schon seit einiger Zeit nichts mehr gehört?«

Er nahm sich von der Schlagsahne.

»Ich habe mich erst vor zehn Tagen in seinem Auftrag mit einem kleineren Fall befaßt.« Rathbone war ein höchst erfolgreicher Anwalt, mit dem Monk seit seinem Unfall an all seinen herausragenden Fällen gearbeitet hatte. Er bewunderte die beruflichen Fähigkeiten des Mannes, fand ihn persönlich jedoch anziehend und irritierend zugleich. Rathbone hatte eine weltmännische Art, ein Selbstvertrauen, das Monk zutiefst irritierte. Sie waren sich in mancher Hinsicht zu ähnlich und in manch anderer zu weit voneinander entfernt. »Er schien mir bei bester Gesundheit.« Er beendete seinen Bericht mit einem verkniffenen Lächeln und einem Blick in Callandras Augen. »Und wie geht es Ihnen? Wir haben nun wirklich über alles mögliche gesprochen...«

Sie blickte kurz auf ihren Teller, bevor sie wieder zu ihm aufsah.

»Mir geht es ausgezeichnet, danke. Sieht man mir das nicht an?«

»O doch, Sie sehen geradezu außergewöhnlich gut aus«, antwortete er wahrheitsgemäß, obwohl es ihm erst in diesem Augenblick aufgefallen war. »Haben Sie eine Beschäftigung gefunden?«

»Wie scharfsichtig von Ihnen.«

»Ich bin schließlich Detektiv.«

Sie blickte ihn ruhig an, und für einen Augenblick herrschte nichts als ehrliche, gleichberechtigte Freundschaft zwischen ihnen, ohne die Barriere ihrer Worte.

»Was machen Sie denn?« fragte er leise.

»Ich habe einen Platz im Verwaltungsrat des Königlichen Armenspitals.«

»Das ist ja wunderbar.« Er wußte, daß ihr verstorbener Mann Militärarzt gewesen war. Es war also eine Position, die auf wunderbare Weise nicht nur ihrer Erfahrung und ihren natürlichen Fähigkeiten, sondern auch ihren Neigungen entsprach. Er freute sich aufrichtig für sie. »Wie lange denn schon?«

»Erst seit einem Monat, aber ich habe bereits jetzt das Gefühl, geholfen zu haben.« Freude belebte ihr Gesicht, ihre Augen strahlten. »Es gibt so viel zu tun!« Sie beugte sich über den Tisch. »Ich weiß ein wenig über die neuen Methoden, über Miss Nightingales Glauben an frische Luft und Sauberkeit. Es wird einige Zeit dauern, aber wenn wir uns ordentlich ins Zeug legen, können wir kleine Wunder wirken.« Unbewußt klopfte sie mit ihrem Zeigefinger auf das Tischtuch. »Es gibt neben den alten Holzköpfen auch eine ganze Reihe von fortschrittlichen Ärzten. Was es allein schon ausmacht, ein Anästhetikum zu haben! Sie machen sich ja keinen Begriff davon, was sich in den letzten elf, zwölf Jahren so alles getan hat!«

Ihren Blick auf ihn gerichtet, schob sie die Zuckerdose beiseite. »Wissen Sie, daß man eine Person ganz und gar betäuben kann, so daß sie nicht das geringste spürt? Um sie dann, ohne daß sie Schaden genommen hätte, wieder aufzuwecken!« Wieder klopfte sie mit ihrem Finger auf das Tischtuch. »Das bedeutet, daß man alle möglichen Operationen durchführen kann! Man braucht den Betreffenden nicht mehr festzubinden und darauf zu hoffen, daß alles nur eine Frage von Minuten ist. Geschwindigkeit steht damit nicht mehr an erster Stelle, man kann sich mehr Zeit lassen – und sorgfältiger vorgehen. Ich hätte nie gedacht, jemals so etwas zu sehen – es ist absolut wunderbar!«

Ihr Gesicht verdunkelte sich, und sie setzte sich wieder

zurück. »Selbstverständlich haben wir noch das Problem, die Hälfte der Patienten hinterher durch eine Infektion zu verlieren. Hier gibt es noch viel zu tun.« Sie beugte sich wieder vor. »Aber ich bin sicher, es ist zu schaffen – wir haben dort einige brillante und engagierte Männer. Ich habe wirklich das Gefühl, etwas Entscheidendes bewegen zu können.« Mit einemmal war ihr Ernst verschwunden, und sie lächelte ihn an. »Essen Sie Ihren Kuchen auf und nehmen Sie noch ein Stück!«

Er lachte, glücklich über ihre Begeisterung, obwohl er wußte, daß so viel Enthusiasmus nur in einer Niederlage enden konnte. »Danke, gern«, sagte er. »Er ist wirklich außergewöhnlich gut.«

2

Tags darauf, so gegen zehn, begab sich Monk wieder in die Hastings Street vierzehn. Diesmal empfing ihn Julia Penrose im Zustand sichtlicher Sorge.

»Guten Morgen, Mr. Monk«, sagte sie, als er hereinkam, und schloß die Tür hinter ihm. Sie trug ein helles Blaugrau, das ihrem zarten Teint sehr entgegenkam, obwohl es sich nur um ein gewöhnliches, hochgeschlossenes Tageskleid fast ohne jeden Zierat handelte. »Sie werden doch umsichtig sein, ja?« fragte sie besorgt. »Ich kann mir einfach nicht vorstellen, wie Sie Erkundigungen einziehen wollen, ohne den Leuten zu sagen, wonach Sie suchen, oder Verdacht zu erregen. Es wäre eine Katastrophe, würde jemand die Wahrheit erfahren. Ja, allein schon, wenn er sie ahnen würde!« Mit verkniffenen Brauen und geröteten Wangen blickte sie ihn an. »Selbst Audley, Mr. Penrose, war gestern neugierig, warum Sie uns Ihre Aufwartung gemacht haben. Er mag Cousin Albert nicht besonders und hätte nicht gedacht, daß es mir da anders geht. Und um die Wahrheit zu sagen, ich mag ihn auch nicht, aber er war nun einmal die beste Ausrede, die mir einfallen wollte.«

»Sie brauchen sich nicht die geringsten Sorgen zu machen,

Mrs. Penrose«, sagte er ernst. »Ich werde sehr diskret vorgehen.«

»Aber wie?« drängte sie ihn mit etwas schärferer Stimme jetzt. »Was können Sie sagen, um Ihre Fragen zu erklären? Dienstboten reden nun mal, wissen Sie!« Sie schüttelte heftig den Kopf. »Selbst die besten. Und was sollen die Nachbarn denken? Was in aller Welt könnte eine respektable Person wohl für Gründe haben, einen privaten Ermittler zu beauftragen?«

»Wollen Sie die Ermittlungen eingestellt sehen, Madam?« fragte er sie völlig ruhig. Er würde das sehr gut verstehen, er wußte schließlich immer noch nicht, was sie mit der Information anzufangen gedachte, für den Fall, daß er sie ihr tatsächlich beschaffen konnte; wo sie doch keine Strafverfolgung anzustreben gedachte.

»Nein!« sagte sie wild und knirschte mit den Zähnen. »Nein, das möchte ich nicht! Es ist nur so, daß ich ausgesprochen klar überlegen muß, bevor ich Ihnen weiterzumachen gestatte. Es wäre leichtsinnig, weiterzumachen und damit noch mehr Schaden anzurichten, nur weil mir an dieser Angelegenheit gar so viel liegt.«

»Ich hatte mir vorgestellt zu sagen, in Ihrem Garten sei, sehr zu Ihrem Unwillen, ein kleiner Schaden angerichtet worden«, sagte Monk. »Einige zertretene Pflanzen und, falls Sie welche haben, einige zerbrochene Scheiben auf Ihrem Frühbeet. Ich werde fragen, ob die Gärtner vielleicht Jungs beim Spielen gesehen hätten, die unerlaubterweise herübergeklettert seien und den Schaden angerichtet haben könnten. Das wird wohl schwerlich einen Skandal oder unziemliche Spekulationen auslösen.«

Erstaunen huschte über ihr Gesicht; dann stellte sich die Erleichterung ein. »Oh, was für eine ausgezeichnete Idee!« sagte sie, gleich Feuer und Flamme. »Darauf wäre ich nie gekommen! Es hört sich so einfach und alltäglich an. Ich danke Ihnen, Mr. Monk, ich bin wirklich beruhigt.«

Er konnte nicht umhin, zu lächeln. »Ich bin froh, daß Sie zufrieden sind. Aber mit Ihrem eigenen Gärtner wird das wohl nicht so einfach.«

»Wieso nicht?«

»Weil er weiß, daß das Frühbeet nicht zu Bruch gegangen ist«, antwortete er. »Ich nehme lieber das eines Nachbarn und hoffe, daß man nicht in der ganzen Straße darüber tratscht.«

»Oh!« Aber sie stieß ein kurzes Lachen aus; der Gedanke schien sie eher zu belustigen, als ihr Sorgen zu machen. »Möchten Sie heute mit Rodwell sprechen? Er ist im Augenblick hinten im Garten.«

»Ja, danke. Das wäre eine gute Gelegenheit.« Und ohne weitere Diskussion führte sie ihn zur Seitentür hinaus in den Baumgarten, wo sie ihn sich selbst überließ. Er fand den Gärtner auf den Knien, beim Unkrautjäten an der Rabatte.

»Guten Morgen, Rodwell«, sagte Monk freundlich und stellte sich neben ihn.

»Morgen, Sir«, antwortete Rodwell, ohne aufzublicken.

»Mrs. Penrose hat mir gestattet, mit Ihnen über einige Schäden zu sprechen, die hier in der Gegend angerichtet wurden. Könnte ja sein, daß Sie irgendwelche Fremden gesehen haben«, fuhr Monk fort.

»Ach ja?« Rodwell ging in die Hocke und betrachtete Monk neugierig. »Was für Schäden sollen das denn sein, Sir?«

»Frühbeete, zertretene Pflanzen und dergleichen.«

Rodwell schürzte die Lippen. »Nein, also ich kann nicht sagen, daß ich hier einen Fremden gesehen hätte. Hört sich ganz nach Jungs an, wenn Sie mich fragen – ist höchstwahrscheinlich beim Spielen passiert«, meinte er ächzend. »Da wirft einer einen Ball, Kricket, na Sie wissen ja selber. So was passiert eher aus Übermut, würd' ich sagen, als aus Bosheit.«

»Vermutlich«, pflichtete Monk ihm mit einem Nicken bei. »Aber es ist nicht gerade ein angenehmer Gedanke, daß ein Fremder herumlungert und mutwillig Schaden anrichtet, und wenn er noch so gering sein mag.«

»Mrs. Penrose hat mir gar nichts davon gesagt!« Rodwell verzog das Gesicht und spähte Monk zweifelnd an.

»Hat sie auch keinen Grund dazu«, meinte Monk kopfschüttelnd. »In ihrem Garten ist wahrscheinlich nichts kaputtgegangen.«

»Nein – nicht das Geringste… Na ja, ein paar Blumen, schon, ja, drüben am Westmäuerchen. Aber das hätte weiß Gott was sein können!«

»Dann haben Sie also die letzten beiden Wochen über keinen hier herumlungern sehen? Sind Sie sicher?«

»Nicht einen«, sagte Rodwell mit absoluter Sicherheit. »Den hätt' ich so was von flott verscheucht, hätt' ich den. Ich kann Fremde im Garten nicht haben. Da geht immer mal was zu Bruch, ganz wie Sie sagen.«

»Na schön, dann danke ich Ihnen für Ihre Geduld, Rodwell.«

»Keine Ursache, Sir.« Damit rückte der Gärtner seine Mütze zurecht und machte sich wieder über sein Unkraut her.

Als nächstes stattete Monk der Nummer sechzehn einen Besuch ab und fragte nach der Dame des Hauses. Das Dienstmädchen kam nach knapp zehn Minuten zurück, um ihn in ein kleines, aber ausgesprochen ansprechendes Arbeitszimmer zu führen, wo hinter einem Rosenholzschreibtisch eine nun wirklich ältere Dame saß, der gleich ein ganzer Strang Perlenketten auf den Busen hing. Sie sah Monk neugierig an, bevor sie sich eingehender und mit beträchtlichem Interesse seinem Gesicht widmete. Monk schätzte sie auf wenigstens neunzig Jahre.

»Nun denn«, sagte sie befriedigt. »Ein ziemlich merkwürdiger junger Mann, der sich nach gebrochenen Scheiben im Garten erkundigt.« Sie musterte ihn von Kopf bis Fuß – von den diskret gewichsten Schuhen über die tadellosen Hosenbeine und das elegante Jackett bis zu seinem harten, hageren Gesicht mit den stechenden Augen und dem boshaften Mund. »Sie sehen mir nicht gerade aus, als wüßten Sie eine Schaufel von einem Spaten zu unterscheiden«, fuhr sie fort. »Und ganz sicher verdienen Sie Ihren Lebensunterhalt nicht mit den Händen!«

Nun war sein eigenes Interesse geweckt. Sie hatte ein faltiges, aber liebenswürdiges Gesicht voller Humor und Wißbegierde, und in ihren Bemerkungen klang nicht die geringste Kritik an. Seine Ungewöhnlichkeit schien sie eher zu freuen.

»Das müssen Sie mir schon näher erklären.« Sie wandte sich

nun völlig vom Schreibtisch ab, ganz so, als interessiere Monk sie weit mehr als der Brief, den sie gerade schrieb.

Er lächelte. »Gern, Madam«, erklärte er sich bereit. »Ich mache mir nicht wirklich Sorgen um ein paar Scheiben. Sie sind leicht zu ersetzen. Aber Mrs. Penrose ist etwas erschreckt über den Gedanken, daß sich hier Fremde herumtreiben könnten. Miss Gillespie, ihre Schwester, hält sich gern im Gartenhäuschen auf, und der Gedanke, jemand könnte sie dabei beobachten, ohne daß sie es merkt, ist ihr unangenehm. Vielleicht ist ihre Sorge ja grundlos, aber sie hat sie nun einmal.«

»Ein Spanner! Wie geschmacklos!« sagte die alte Dame, die auf der Stelle verstand. »Oh, ich kann sehr gut verstehen, daß sie die Angelegenheit verfolgt sehen will. Sie ist ein lebhaftes Mädchen, Mrs. Penrose, aber von ausgesprochen zarter Konstitution, fürchte ich. Das ist bei so hellen Mädchen gar nicht so selten. Muß gar nicht so leicht sein für die drei.«

Monk war verwirrt; ihre Aussage schien ihm doch etwas übertrieben. »Für die drei?« wiederholte er.

»Na, so ganz ohne Kinder«, sagte die alte Dame und sah ihn mit leicht geneigtem Kopf an. »Aber das müssen Sie doch bemerkt haben, junger Mann?«

»Ja, sicher, selbstverständlich. Ich habe es nur nicht mit ihrer Gesundheit in Verbindung gebracht.«

»Ach, mein Lieber – ist das nicht wieder typisch Mann?« Sie machte ein mißbilligendes Geräusch. »Natürlich hat das mit ihrer Gesundheit zu tun! Seit acht oder neun Jahren ist sie nun verheiratet. Was sollte es wohl sonst sein? Der arme Mr. Penrose erträgt es ja ausgesprochen tapfer, aber was sollte er auch anderes tun? Ein weiteres Kreuz für das arme Wesen. Eine angekratzte Gesundheit ist mit das Schlimmste, was es gibt.« Sie stieß einen kleinen Seufzer aus. Sie betrachtete ihn eingehend mit leicht zusammengekniffenen Augen, so konzentrierte sie sich. »Nicht daß Ihnen so etwas auffallen würde, wenn ich Sie mir so ansehe. Tja, einen Spanner habe ich nicht gesehen, aber andererseits sehe ich auch nicht weiter als bis zum Fenster. Mein Augenlicht läßt mich langsam im Stich. Das ist nun mal so in meinem Alter. Nicht, daß Sie davon viel verstünden. Ich nehme nicht an, daß Sie älter als fünfundvierzig sind.«

Monk zuckte zusammen, verkniff sich jedoch jede Bemerkung. Er zog es vor zu glauben, daß man ihm seine fünfundvierzig Jahre nun wirklich nicht ansah, aber dies war nicht die Zeit für Eitelkeiten, und die freimütige alte Dame war sicher nicht die richtige für ein so durchsichtiges Manöver.

»Tja, da sprechen Sie besser mal mit den Dienstboten draußen«, fuhr sie fort. »Aber es sind nur der Gärtner und manchmal die Spülmagd, wenn sie der Köchin ausbüxen kann. So wie ich das eben sagte, haben Sie sicher gleich an einen ganzen Hofstaat gedacht, nicht wahr? Fragen Sie nur, unbedingt. Und lassen Sie es mich wissen, wenn sie Ihnen etwas Interessantes sagen. Es passiert heute wenig genug Interessantes.«

Er lächelte. »Die Gegend ist Ihnen doch nicht etwa zu ruhig?«

Sie seufzte. »Ich komme nicht mehr so viel herum wie früher, und kein Mensch trägt mir mehr Klatsch zu. Vielleicht gibt es einfach keinen mehr.« Ihre Augen wurden groß. »Was sind wir doch dieser Tage alle so schrecklich respektabel geworden. Das macht nur die Königin. Als ich noch ein junges Ding war, da war das ganz anders.« Sie schüttelte traurig den Kopf. »Damals hatten wir natürlich noch einen König. Was für eine herrliche Zeit. Ich erinnere mich noch daran, wie die Nachricht von Trafalgar eintraf. Der größte Flottensieg, den Europa gesehen hat, wußten Sie das?« Sie sah Monk scharf an, ob er sich der Bedeutung ihrer Worte auch tatsächlich bewußt war. »Damals ging es um Englands Überleben gegen den französischen Kaiser, und doch lief die Flotte schweigend und mit Trauerbeflaggung ein – weil Nelson gefallen war.« Mit einem von Erinnerungen verschleierten Blick starrte sie an Monk vorbei hinaus in den Garten. »Mein Vater kam herein, meine Mutter sah sein Gesicht, und das Lächeln verging uns. ›Was ist los?‹ fragte sie sofort. ›Haben wir verloren?‹ Meinem Vater liefen die Tränen über die Wangen. Es war das einzige Mal, das ich ihn habe weinen sehen.«

Ihr Gesicht leuchtete noch immer vor Staunen darüber, die

zahllosen Falten und Fältchen erfuhren durch die Unschuld ihrer jugendlichen Gefühle eine zarte Änderung.

»›Nelson ist tot‹, sagte mein Vater ernst. ›Haben wir den Krieg verloren?‹ fragte meine Mutter. ›Wird Napoleon bei uns einfallen?‹ ›Nein‹, antwortete mein Vater. ›Wir haben gewonnen. Die französische Flotte ist vernichtet. Von denen landet nie wieder einer an Englands Küste.‹« Sie verstummte und starrte Monk an; sie musterte ihn, um zu sehen, ob ihm die Größe dessen bewußt war, was sie da sagte.

Ihre Blicke trafen sich, und sie merkte, daß er ihre Vision sah. »Die Nacht vor Waterloo habe ich durchgetanzt«, fuhr sie begeistert fort, und Monk stellte sich die Farben vor, die Musik, die fliegenden Röcke, die sie noch immer vor Augen hatte. »Ich war mit meinem Gatten in Brüssel. Ich habe mit dem Eisernen Herzog persönlich getanzt.« Das Lachen verschwand aus ihrem Gesicht. »Und dann, tags darauf, natürlich die Schlacht.« Ihre Stimme war plötzlich heiser, und sie blinzelte heftig. »Und den ganzen Abend über kamen die Meldungen über die Gefallenen herein. Der Krieg war vorbei, der Kaiser für immer besiegt. Es war der größte Sieg, den Europa je gesehen hat, aber, lieber Gott, wie viele junge Männer sind da gefallen! Ich glaube nicht, daß ich auch nur einen gekannt habe, der damals nicht jemanden verloren hätte – entweder durch den Tod oder durch eine Verletzung, von der sich der Betreffende nie wieder erholte.«

Monk hatte das Blutbad gesehen, das der Krimkrieg angerichtet hatte, er wußte, was sie meinte, auch wenn es letztlich nicht zu vergleichen war, aber der Schmerz war der gleiche. In gewissem Sinn war der Krimkrieg sogar noch schlimmer gewesen, weil er keinen erkennbaren Sinn gehabt hatte. England war nicht bedroht gewesen wie seinerzeit durch Napoleon.

Sie sah den Aufruhr und den Zorn auf seinem Gesicht. Und mit einemmal war ihr eigener Kummer verschwunden. »Und natürlich kannte ich Lord Byron«, fuhr sie plötzlich leidenschaftlich fort. »Was für ein Mann! Das war ein Dichter! Und so was von schön!« Sie lachte leise auf. »So wunderbar romantisch und gefährlich! Und was für einen herrlichen Skandal das damals gab! Und glühende Ideale, für die die Männer sich damals noch einsetzten!« Sie schnappte wütend nach Luft, die alten Hände ballten sich in ihrem Schoß zu Fäusten. »Und was haben wir heute? Tennyson!«

Sie stöhnte und sah Monk gleich darauf wieder lächelnd an. »Ich nehme an, jetzt wollen Sie aber endlich den Gärtner wegen Ihres Spanners sehen? Na, dann laufen Sie mal, meinen Segen haben Sie.«

Er lächelte sie mit aufrichtiger Hochachtung an. Es wäre ihm weitaus angenehmer gewesen zu bleiben und sich ihre Reminiszenzen anzuhören, aber die Pflicht rief.

Er stand auf. »Ich danke Ihnen, Madam. Die Höflichkeit zwingt mich dazu, andernfalls würden Sie mich nicht so schnell los.«

»Ha! Wie hübsch Sie das sagen, junger Mann«, nickte sie. »Ihrem Gesicht nach zu urteilen, steckt mehr in Ihnen als die Jagd nach Trivialitäten, aber das ist Ihre Sache. Ich wünsche Ihnen noch einen guten Tag.«

Mit einer leichten Verbeugung verabschiedete er sich. Weder der Gärtner, noch das Spülmädchen konnten ihm etwas sagen, was ihm auch nur irgendwie weitergeholfen hätte. Sie hatten keine Fremden in der Gegend gesehen. Einen Zugang zum Garten von Nummer vierzehn gab es nicht, es sei denn, man entschied sich für die Mauer, und an den Blumenbeeten hatte man weder auf der einen, noch auf der anderen Seite Schäden oder Ungewöhnliches festgestellt. Der Spanner, wenn es denn tatsächlich einen gab, mußte einen anderen Weg genommen haben.

Auch der Bewohner von Nummer zwölf war keine Hilfe. Er war ein pedantischer kleiner Mann mit grauem schütterem Haar und goldgefaßten Augengläsern. Nein, er habe in der Gegend niemanden gesehen, den er nicht kenne und der nicht von hervorragendem Charakter sei. Und nein, auch das Glas seiner Frühbeete sei völlig intakt. Es tue ihm leid, aber er könne ihm nicht helfen, und da er es furchtbar eilig habe, wäre Mr. Monk vielleicht so gut, ihn zu entschuldigen?

In dem Haus, dessen Garten an den der Nummer sechzehn

angrenzte, ging es da schon bedeutend lebhafter zu. Monk zählte wenigstens sieben Kinder, drei davon Jungs, so daß er von den zerbrochenen Abdeckungen absah und wieder zum Spanner griff.

»Ach, du lieber Gott«, sagte Mrs. Hylton mit gerunzelter Stirn. »Was für eine Narretei! Kein Zweifel, das sind Männer, die nicht genug zu tun haben. Jedermann sollte seine Beschäftigung haben.« Sie stocherte eine Strähne ihres Haares zurück, wo sie hingehörte, und strich sich die Röcke glatt. »Da kommt man erst gar nicht auf dumme Gedanken. Miss Gillespie, sagten Sie? Was für eine Schande. Eine so artige junge Dame. Wie ihre Schwester. So was von Hingabe füreinander, eine wahre Freude, finden Sie nicht?« Ohne ihm Zeit zu lassen, auf ihre rhetorische Frage zu antworten, winkte sie Monk ans Fenster, von wo aus man einen guten Blick auf den Garten und die Mauer hatte, die ihn von dem der Penroses trennte. »Und auch Mr. Penrose ist ein so angenehmer Mensch, da bin ich mir sicher.«

»Haben Sie einen Gärtner, Mrs. Hylton?«

»Einen Gärtner?« Sie war offensichtlich überrascht. »Du liebes Lieschen, nein. Ich fürchte, wir überlassen unseren Garten so ziemlich sich selbst. Nur das Gras mäht mein Mann hin und wieder.« Sie lächelte glücklich. »Die Kinder, Sie wissen ja? Zuerst hatte ich schon Angst, Sie kommen, weil jemand zu wild mit dem Kricketball war. Daß irgendwo eine Scheibe zu Bruch gegangen wäre. Sie haben ja keine Vorstellung, wie erleichtert ich bin!«

»Und das Treiben eines Spanners ängstigt Sie nicht, Madam?«

»Ach, du lieber Gott, nein.« Sie sah ihn eingehend an. »Ich bezweifle, daß es den überhaupt gibt, wissen Sie. Miss Gillespie ist noch sehr jung. So junge Dinger haben oft eine blühende Phantasie, und Nervenkrisen.« Sie glättete einmal mehr ihre Röcke und arrangierte den aufgebauschten Stoff. »Das kommt davon, daß sie nur herumsitzen und auf den passenden jungen Mann warten, der sie ihren Freundinnen vorzieht.« Sie atmete tief ein. »Natürlich ist sie sehr hübsch, aber bis zu einer Ehe völlig abhängig von ihrem Schwager. Und nach allem, was man so hört, ist auch die Mitgift nicht eben berauschend. Wenn ich Sie wäre, würde ich mir keine allzu großen Gedanken machen, Mr. Monk. Ich würde eher sagen, es war eine Katze im Gebüsch oder dergleichen.«

»Ich verstehe«, sagte Monk nachdenklich, nicht daß seine Gedanken sich mit Tieren oder Mariannes Phantastereien befaßt hätten; ihm gab vielmehr ihre finanzielle Abhängigkeit zu denken. »Sie haben höchstwahrscheinlich recht«, fügte er rasch hinzu. »Ich danke Ihnen, Mrs. Hylton. Ich denke, ich werde Ihren Rat beherzigen und die Angelegenheit nicht weiter verfolgen. Ich wünsche Ihnen noch einen guten Tag, Madam.«

Zu Mittag aß er in einer belebten kleinen Wirtschaft an der Euston Road. Danach ging er, die Hände in den Taschen und tief in Gedanken versunken, eine Weile spazieren. Je mehr er sich durch den Kopf gehen ließ, was er bisher zusammengetragen hatte, desto mehr mißfielen ihm die Schlußfolgerungen, die sich daraus ergaben. Er hatte es von vornherein für nicht sehr wahrscheinlich gehalten, daß jemand über die Mauer gekommen war; und jetzt hielt er es für so unwahrscheinlich, daß er es ausschloß. Wer immer Marianne überfallen hatte, war durch ihr eigenes Haus gekommen und war somit ihr oder ihrer Schwester, mit einiger Sicherheit sogar beiden, bekannt.

Wieso hatten die beiden, wenn sie schon keinen Wert auf eine gerichtliche Verfolgung der Angelegenheit legten, Monk hinzugezogen? Warum hatten sie die Angelegenheit überhaupt jemandem anvertraut?

Die Antwort darauf war offensichtlich. Julia wußte von nichts. Marianne sah sich also gezwungen, die blauen Flecken zu erklären, ganz zu schweigen von ihrem unseligen Zustand: Wahrscheinlich war ihr Kleid zerrissen oder voll Gras-, wenn nicht gar Blutflecken. Und sie hatte ihre Gründe dafür, Julia nicht zu sagen, wer es war. Vielleicht hatte sie den Betreffenden zunächst ermutigt und es dann mit der Angst bekommen. Und da sie sich schämte, hatte sie einen Fremden vorgeschoben, die einzige Lösung, die ihr moralisch vertretbar schien.

Niemand würde glauben, sie hätte einen ihr völlig Fremden ermutigt oder sich ihm gar hingegeben.

Es war bereits nach drei, als er in die Hastings Street zurückkehrte und einmal mehr Einlaß begehrte. Er fand Julia mit Marianne im Salon, und auch Audley war offensichtlich wieder früher nach Hause gekommen.

»Mr. Monk?« sagte er mit unverhohlenem Erstaunen. »Ich hätte nicht gedacht, daß Cousin Albert sich gar so löblich über uns geäußert hat!«

»Audley!« Julia stand auf, die Wangen ganz rot. »Bitte, kommen Sie doch herein, Mr. Monk. Ich bin sicher, mein Mann hatte nicht die Absicht, Ihnen das Gefühl zu geben, hier nicht willkommen zu sein.« Ihre Augen durchforschten Monks Züge mit unverhohlener Sorge, während sie Mariannes Blick tunlichst mied. »Es ist etwas früh für Tee, aber vielleicht dürfen wir Ihnen eine Limonade anbieten? Es ist wirklich ein heißer Tag.«

»Ich danke Ihnen.« Monk nahm nicht nur an, weil er tatsächlich durstig war, er wollte sich die drei noch etwas genauer ansehen, vor allem die beiden Frauen. Wie tief mochte wohl das Vertrauen zwischen ihnen sein? Wie weit hatte man Julia tatsächlich irregeführt? Verdächtigte sie ihre Schwester eines unklugen Techtelmechtels? Diente das alles nur dazu, um sie vor Audleys moralischer Entrüstung zu schützen, falls sie in seinen Augen kein Opfer war? »Sehr freundlich von Ihnen«, fügte er hinzu, als er sich in den angebotenen Sessel setzte.

Sie klingelte und schickte das Dienstmädchen nach den Erfrischungen. Monk hatte das Gefühl, Julia Audleys wegen eine Erklärung zu schulden, und zerbrach sich den Kopf nach einer akzeptablen Lüge. Zu behaupten, er hätte etwas liegen lassen, wäre zu durchsichtig. Audley würde sofort mißtrauisch werden; Monk würde es an seiner Stelle genauso gehen. Sollte er es wagen, einen Botengang vorzutäuschen? Wäre Julia schnell genug?

Aber sie kam ihm zuvor.

»Ich fürchte, ich habe es noch nicht fertig«, sagte sie mit einem trockenen Schlucken.

»Was denn?« fragte Audley mit gerunzelter Stirn.

Sie wandte sich ihm mit einem arglosen Lächeln zu. »Mr. Monk hat sich freundlicherweise bereit erklärt, Cousin Albert ein kleines Päckchen von mir mitzubringen, aber ich war etwas saumselig, und so ist es noch nicht fertig.«

»Was schickst du Albert denn?« wollte Audley, die Stirn weiterhin in Falten gelegt, wissen. »Ich wußte gar nicht, daß dir so viel an ihm liegt. Jedenfalls hatte ich bisher nicht den Eindruck.«

»Das ist wohl auch nicht wirklich der Fall.« Sie gab sich alle Mühe, zwanglos zu wirken, aber Monk sah, daß sie die Hände rang. »Es ist eben eine Beziehung, die ich meiner Ansicht nach nicht verlieren sollte. Immerhin gehört er zur Familie.« Sie zwang sich zu einem Lächeln. »Ich dachte mir, ein kleines Geschenk wäre ein guter Anfang. Außerdem besitzt er einige Unterlagen über unsere Familie, die ich mir gern einmal ansehen würde.«

»Davon hast du mir noch gar nichts gesagt«, sagte er. »Was für Unterlagen?«

»Von unseren Großeltern«, mischte Marianne sich rasch und mit etwas zu scharfer Stimme ein. »Es sind ja auch die seinen, und da er älter ist, hat er weit lebendigere Erinnerungen an sie als wir. Ich würde zu gern mehr über sie wissen. Immerhin habe ich ja noch nicht einmal meine Mutter gekannt. Julia war so lieb, darauf hinzuweisen, daß Cousin Albert da vielleicht aushelfen könnte.«

Audley holte schon Luft, um das Gespräch fortzusetzen, überlegte es sich dann jedoch anders. Für eine junge Frau, die ganz und gar auf ihn angewiesen war, gab sich Marianne ausgesprochen freimütig; sie schien nicht den geringsten Respekt vor ihm zu haben. Aber vielleicht war es auch nur ihre Hingabe für Julia, die sie dazu trieb, ihr bei jeder sich bietenden Gelegenheit zu Hilfe zu eilen und erst hinterher an sich selbst zu denken.

»Das ist sehr freundlich von Ihnen.« Audley ignorierte sie und wandte sich an Monk. »Sind Sie selbst auch aus Halifax?«

»Nein, nein, aus Northumberland«, antwortete Monk.

»Aber ich komme auf meinem Weg in den Norden durch Halifax.« Er verstrickte sich immer tiefer in seine Lüge. Er würde das Paket wohl abschicken und darauf hoffen müssen, daß Cousin Albert mit den nötigen Informationen aufwarten konnte. Und wenn nicht, dann konnte man es vermutlich immer noch auf seine Verstocktheit schieben.

»In der Tat.« Offensichtlich war für Audley die Angelegenheit damit erledigt, und der Auftritt des Mädchens, das Mrs. Penrose sagte, daß Mrs. Hylton sie zu sprechen wünsche, enthob sie der Notwendigkeit, Belanglosigkeiten auszutauschen.

Als man Mrs. Hylton hereinführte, war sie völlig aufgelöst und schien vor Neugier fast zu vergehen. Monk und Audley standen auf, um sie zu begrüßen, aber noch bevor sie etwas sagen konnten, hatte sie sich von einem zum anderen gewandt und plapperte los.

»Oh, Mr. Monk! Ich bin froh, daß Sie noch hier sind. Mrs. Penrose, meine Liebe, wie schön, Sie zu sehen. Miss Gillespie. Das mit Ihrem Erlebnis tut mir wirklich leid, aber ich bin sicher, das Ganze wird sich als streunender Kater oder weiß Gott was erweisen. Mr. Penrose! Wie geht es Ihnen denn?«

»Bestens, danke der Nachfrage, Mrs. Hylton«, antwortete Audley kühl. Er wandte sich an seine Schwägerin. »Was für ein Erlebnis denn? Davon habe ich noch gar nichts gehört!« Er war ausgesprochen blaß, nur auf den Wangen hatte er zwei Farbtupfer. Die Hände an seinen Seiten waren zu Fäusten geballt, und seine Knöchel waren von der Anstrengung ganz weiß.

»Ach, du lieber Gott!« entfuhr es Mrs. Hylton. »Vielleicht hätte ich gar nichts sagen sollen! Es tut mir sehr leid. Da hasse ich nichts mehr als Indiskretionen, und was mache ich hier?«

»Welches Erlebnis?« verlangte Audley noch einmal zu wissen, seine Stimme entschlossener als vorher. »Julia?«

»Oh ...« Julia stockte, um eine Antwort verlegen. Sie wagte nicht, sich Monk zuzuwenden, da Audley in diesem Fall sofort wüßte, daß sie sich ihm anvertraut hatte, falls er es nicht ohnehin bereits vermutete.

»Nur etwas im Gebüsch im Garten«, sagte Monk rasch. »Miss Gillespie befürchtete, es könnte sich um einen Landstreicher oder sonst jemanden handeln, der herumschlich, um durch Fenster zu gucken. Aber ich bin sicher, Mrs. Hylton hat ganz recht mit ihrer Annahme, daß es sich lediglich um eine Katze handelte. So etwas kann einen natürlich erschrecken, aber das ist auch alles. Ich bin sicher, Miss Gillespie, daß keinerlei Gefahr besteht.«

»Nein.« Marianne schluckte. »Natürlich nicht. Ich fürchte, ich habe mich ziemlich albern benommen. Ich ... ich war wohl etwas zu ... voreilig.«

»Wenn du Mr. Monk losgeschickt hast, um nach einem Landstreicher zu suchen, dann warst du das wirklich«, pflichtete Audley ihr gereizt bei. »Zu mir hättest du etwas sagen sollen! Einen Gast damit zu behelligen war ebenso unnötig wie bedauerlich.«

»Miss Gillespie hat mich nicht darum gebeten«, sprang Monk in die Bresche. »Ich war zu der Zeit mit ihr im Garten. Es war also die natürlichste Sache der Welt, ihr anzubieten, nachzusehen, ob da jemand herumschlich.«

Audley gab sich geschlagen, und das mit so viel Takt, wie er nur aufzubringen vermochte, aber die Situation war alles andere als angenehm.

»Ich hatte schon Angst, eines meiner Kinder könnte einen Ball über die Mauer geworfen und ihn sich wiedergeholt haben«, entschuldigte sich Mrs. Hylton hastig und blickte von einem zum anderen. Ihre Neugierde und ein Sinn fürs Dramatische brachten ihr Gesicht schier zum Leuchten. »Es ist sehr unbedacht, ich weiß, aber Kinder sind nun mal so. Ich bin sicher, Sie werden das auch noch feststellen, wenn Sie erst einmal eigene ...«

Audley war kreidebleich, seine Augen glitzerten, aber sein harter Blick richtete sich weder auf Mrs. Hylton noch auf Julia, sondern auf die Bäume vor dem Fenster. Julias Wangen waren tiefrot, aber auch sie blieb stumm.

Es war Marianne, die schließlich den Mund aufmachte, und ihre Stimme bebte vor Unwillen und Schmerz.

»Das wird wohl so sein, Mrs. Hylton, aber nicht alle Menschen wünschen sich, nach ein und demselben Muster zu leben. Und so mancher von uns trifft eine andere Wahl. Ich bin sicher, Sie sind sensibel genug, das zu verstehen ...«

Mrs. Hylton erkannte, daß sie einen grauenhaften Fauxpas begangen hatte, und errötete, obwohl ihr anzusehen war, daß sie nicht so recht wußte, worin er bestand.

»Ja«, sagte sie hastig. »Natürlich, das verstehe ich. Selbstverständlich. Nun, ich bin sicher, Sie haben völlig richtig gehandelt, Mr. Monk. Ich ... ich wollte nur ... nun, ja, dann guten Tag allerseits.« Worauf sie sich umdrehte und hastig den Rückzug antrat.

Monk hatte mehr als genug mitbekommen, um seine Befürchtungen bestätigt zu sehen. Er mußte unbedingt mit Marianne alleine sprechen, konnte das aber unmöglich mit Audley im Haus; er würde am nächsten Vormittag wiederkommen, wenn er sicher sein konnte, die beiden Frauen allein vorzufinden.

»Ich möchte mich nicht weiter aufdrängen«, sagte er schließlich und sah dabei von Julia zu Audley. »Wenn es Ihnen recht ist, Madam, dann komme ich morgen noch einmal vorbei, um Ihr Geschenk für Mr. Finnister abzuholen?«

»Oh, ich danke Ihnen«, sagte Julia rasch, und die Erleichterung war ihr anzusehen. »Das wäre wirklich zu liebenswürdig.«

Audley sagte nichts, und mit einigen weiteren Worten hatte Monk sich verabschiedet und ging. Raschen Schritts trat er in die Hitze der Hastings Street, wo ihn der Lärm und das Geklapper der Kutschen und das Durcheinander seiner eigenen Gedanken umfingen.

Am nächsten Vormittag stand er zusammen mit Marianne im Gartenhaus. Ein paar Meter weiter sangen im Flieder die Vögel, während eine leichte Brise einige Blätter über den Rasen trieb. Rodwell hatte seinen freien Tag.

»Ich denke, ich habe alle Erkundigungen eingezogen, die mir möglich sind«, begann Monk.

»Ich kann Ihnen keinen Vorwurf daraus machen, daß es so wenig herauszufinden gibt«, antwortete Marianne mit dem

Anflug eines Lächelns. Sie stand gegen das Fenster gelehnt, der helle, mit einem Zweigmuster verzierte Musselin ihres Kleides blähte sich um ihre Hüften. Sie wirkte sehr jung, merkwürdigerweise jedoch weit weniger verletzlich als Julia, obwohl Monk ihre Angst sah.

»Ich habe durchaus einiges herausgefunden«, sagte er und beobachtete sie dabei. »Zum Beispiel, daß keiner über die Mauer in den Garten geklettert ist, weder aus der einen noch aus der anderen Richtung.«

»Oh?« Sie war ausgesprochen ruhig, fast so, als halte sie den Atem an; dabei starrte sie an ihm vorbei auf den Rasen hinaus.

»Und Sie sind sich sicher, daß es nicht Rodwell war?«

Sie konnte es kaum fassen; mit großen Augen wandte sie sich ihm zu. »Rodwell? Sie meinen den Gärtner? Natürlich war er es nicht! Glauben Sie, ich würde unseren eigenen Gärtner nicht erkennen? Oh, nein, nein! Sie glauben doch nicht etwa...« Sie verstummte, tiefrot im Gesicht.

»Nein, das glaube ich nicht«, sagte er rasch. »Ich mußte nur einfach sichergehen. Nein, ich glaube keineswegs, daß es Rodwell war, Miss Gillespie. Aber ich glaube, daß Sie wissen, wer es war.«

Jetzt war sie mit einemmal kreidebleich; nur hoch auf den Wangen hielt sich die Farbe. Sie bedachte ihn mit einem hitzigen, vorwurfsvollen Blick.

»Sie glauben, ich habe mich willentlich hingegeben! Du lieber Himmel, wie können Sie nur! Wie können Sie nur!« Sie wandte sich abrupt ab. In ihrer Stimme schwang ein solches Entsetzen mit, daß auch seine letzten Zweifel verschwanden.

»Nein, das tue ich keineswegs«, antwortete er, wohlwissend wie oberflächlich seine Worte klangen. »Aber ich denke, Sie fürchten, die Leute könnten es glauben, und so versuchen Sie sich zu schützen.« Er vermied das Wort »lügen«.

»Das ist nicht wahr«, sagte sie schlicht, aber sie wandte sich ihm nicht wieder zu. Sie stand noch immer mit hängenden Schultern da und starrte auf das Gebüsch an der hinteren Mauer, von wo immer wieder das Geschrei der spielenden Hylton-Kinder herüberdrang.

»Wie ist er hereingekommen?« fragte er sie sanft. »Ein Fremder könnte schließlich nicht durch das Haus gekommen sein.«

»Dann muß er eben durch den Kräutergarten gekommen sein«, entgegnete sie.

»An Rodwell vorbei! Er sagt, er hat niemanden gesehen.«

»Dann muß er eben woanders gewesen sein.« Ihre Stimme war entschieden und duldete nicht den geringsten Widerspruch. »Vielleicht ist er für einige Minuten ums Haus in die Küche gegangen. Vielleicht auf einen Schluck Wasser oder ein Stück Kuchen, was weiß ich, und will es nur nicht zugeben.«

»Und dieser Bursche hat seine Chance ergriffen und kam in einen nach hinten hinaus gelegenen Garten?« Er versuchte erst gar nicht, seine Zweifel zu verbergen.

»Genau.«

»Wozu? Es gibt hier nichts zu stehlen. Und dann das Risiko! Wie sollte er wissen, daß Rodwell noch einmal weggehen würde. Er hätte hier stundenlang festsitzen können.«

»Ich weiß auch nicht!« In ihrer Verzweiflung wurde sie laut.

»Es sei denn, er wußte, Sie sind hier?«

Schließlich fuhr sie mit funkelnden Augen herum. »Ich weiß es nicht!« rief sie. »Ich weiß nicht, was er gedacht hat! Warum geben Sie nicht einfach zu, daß Sie ihn nicht finden können und gehen wieder? Sie sind ohnehin nur wegen Julia hier – weil sie so wütend ist. Ich habe Ihnen doch gesagt, Sie werden niemanden finden. Das Ganze ist einfach lächerlich. Es wird nie jemand erfahren.« Ihre Stimme schien zu versagen. »Völlig unmöglich. Wenn Sie ihr das nicht erklären wollen, dann tue ich es eben.«

»Und damit ist der Ehre genüge getan?« sagte er trocken.

»Wenn Sie so wollen.« Sie war noch immer wütend.

»Lieben Sie ihn denn?« fragte er sie leise.

Ihr zorniger Ausdruck wich dem Schock. »Was?«

»Lieben Sie ihn?« wiederholte er.

»Wen? Was reden Sie da? Wen soll ich lieben?«

»Audley.«

Sie starrte ihn an wie hypnotisiert, ihre Augen schwarz vor Schmerz und einem tiefen Gefühl, das er für Entsetzen hielt.

»Hat er Sie gezwungen?« fuhr er fort.

»Nein!« schnappte sie. »Sie liegen völlig falsch! Es war nicht Audley! Wie können Sie so etwas Schreckliches sagen – wie können Sie es wagen? Er ist der Mann meiner Schwester!« Aber ihrer Stimme fehlte die Überzeugung; sosehr sie ihre Entrüstung aufrechtzuerhalten versuchte, sie schwankte.

»Gerade weil er der Mann Ihrer Schwester ist, kann ich mir nicht vorstellen, daß Sie sich ihm freiwillig hingegeben haben«, sagte er beharrlich und verspürte dabei tiefstes Mitgefühl für ihre Notlage. Was ihm deutlich anzuhören war.

Ihre Augen füllten sich mit Tränen. »Es war nicht Audley«, sagte sie, aber diesmal war es nur ein nicht sehr überzeugendes Flüstern, und auch der Zorn war verschwunden. Es war lediglich ein Protest um Julias willen, und noch nicht einmal sie erwartete, daß er ihr glaubte.

»O doch«, sagte er schlicht.

»Ich werde es leugnen.« Auch das nichts weiter als die Erklärung einer Tatsache.

Er hatte nicht den geringsten Zweifel daran, aber sie schien sich nicht sicher, ihn überzeugt zu haben. »Bitte, Mr. Monk! Sagen Sie nichts«, flehte sie ihn an. »Er würde es bestreiten, und ich stünde da, als wäre ich nicht nur unmoralisch, sondern von Grund auf verderbt. Audley hat mir ein Zuhause gegeben und sich seit seiner Heirat mit Julia um mich gekümmert. Niemand würde mir glauben. Alle würden mich für undankbar und pflichtvergessen halten.« Jetzt hörte er ihre Angst, und sie war stärker als die physische Angst oder der Abscheu vor dem Übergriff. Würde man sie mit diesem Vorwurf brandmarken, so hätte sie nicht nur bald kein Dach mehr über dem Kopf, sie hätte auch keine Aussichten auf eine Heirat. Kein respektabler Mann würde eine Frau heiraten, die sich erst – wie zögernd auch immer – einen Liebhaber nahm und dann auch noch dem Gatten ihrer Schwester einen so schrecklichen Vorwurf machte, einem Mann, der ihr gegenüber so großzügig gewesen war.

»Was also soll ich Ihrer Schwester sagen?« fragte er sie.

»Nichts! Sagen Sie ihr, Sie können nichts in Erfahrung bringen. Sagen Sie ihr, es war ein Fremder, der irgendwie hereingekommen und längst wieder verschwunden ist.« Sie griff impulsiv nach seinem Arm. »Bitte, Mr. Monk!« Ein Schrei aus tiefster Not. »Denken Sie nur, was das für Julia bedeuten würde! Das wäre das Schlimmste von allem! Ich könnte es nicht ertragen. Da wäre es mir noch lieber, Audley nennt mich eine ehrlose Frau und setzt mich auf die Straße.«

Sie hatte nicht einmal eine Ahnung davon, was das bedeuten würde: in Bordellen oder billigen Absteigen zu nächtigen, Hunger, Demütigungen, Krankheit und Angst. Sie hatte nichts gelernt, um sich ihren Unterhalt auf ehrliche Weise in einer Fabrik zu verdienen, achtzehn Stunden am Tag, selbst wenn Gesundheit und Nerven sie nicht im Stich ließen. Aber er glaubte ihr sofort, daß ihr das alles lieber wäre, als daß Julia die Wahrheit erfuhr.

»Ich werde ihr nicht sagen, daß es Audley war«, versprach er. »Sie brauchen keine Angst zu haben.«

Tränen quollen ihr aus den Augen. Sie schluckte und zog die Nase hoch.

»Ich danke Ihnen. Vielen Dank, Mr. Monk.« Sie fischte nach einem Taschentuch, das gerade die Größe einer Hand hatte und zudem fast nur aus Spitze bestand. Es war nutzlos.

Er reichte ihr das seine, und sie nahm es schweigend, wischte sich die Tränen ab, zögerte, und schneuzte sich schließlich. Dann wußte sie nicht, ob sie es ihm wieder zurückgeben sollte oder nicht.

Er konnte nicht anders, er mußte lächeln. »Behalten Sie es«, bot er ihr an.

»Danke.«

»Und nun gehe ich besser und erstatte Ihrer Schwester einen letzten Bericht.«

Sie nickte und schniefte wieder. »Sie wird enttäuscht sein, aber lassen Sie sich nicht von ihr überreden. Sosehr es sie auch ärgern mag, nichts zu wissen – es zu wissen wäre noch viel, viel schlimmer.«

»Sie bleiben besser hier.«

»Das werde ich.« Sie schluckte. »Und – danke, Mr. Monk!«

Er fand Julia im Damenzimmer beim Briefeschreiben. Als er hereinkam, blickte sie auf, ihr Gesicht von der Erwartung belebt. Er verabscheute die Notwendigkeit, sie zu belügen: Sein Stolz machte es ihm grundsätzlich schwer, eine Niederlage einzugestehen, und diesmal war es um so bitterer, hatte er den Fall doch gelöst.

»Tut mir leid, Mrs. Penrose, aber ich habe das Gefühl, den Fall bis an die Grenze des mir Möglichen verfolgt zu haben. Die Sache weiter zu betreiben wäre eine Verschwendung Ihrer Mittel ...«

»Das lassen Sie mal meine Sorge sein, Mr. Monk«, unterbrach sie ihn rasch und legte ihre Feder beiseite. »Und ich betrachte es keinesfalls als Verschwendung.«

»Ich versuche Ihnen damit nur zu sagen, daß ich nicht mehr in Erfahrung bringen kann.« Es fiel ihm nicht leicht, das zu sagen. Er konnte sich nicht erinnern, jemals davor zurückgeschreckt zu sein, jemandem die Wahrheit zu sagen, so häßlich sie auch sein mochte. Vielleicht wäre es zuweilen besser gewesen. Es war eine andere Seite seines Charakters, die anzusehen vermutlich schmerzhaft wäre.

»Woher wollen Sie das wissen?« widersprach sie ihm, und ihre Züge versteiften sich. »Oder wollen Sie etwa sagen, Sie glauben nicht, daß man Marianne Gewalt angetan hat?«

»Nein, das möchte ich nicht«, sagte er scharf. »Ich glaube, das steht außer Frage, aber wer immer es gewesen ist, war hier fremd, und wir haben keine Möglichkeit mehr, ihn jetzt noch zu finden, da ihn weder Ihre Nachbarn gesehen haben noch irgendwelche Indizien auf seine Identität weisen.«

»Aber irgend jemand muß ihn doch gesehen haben!« insistierte sie. »Er kam doch nicht aus dem Nichts! Vielleicht war es ja gar kein Herumtreiber, sondern ein Gast in einem der Nachbarhäuser?« Die Herausforderung in Stimme und Augen war nicht zu übersehen.

»Der über die Mauer gestiegen ist, um etwas anzustellen?« fragte er und versuchte seinen Sarkasmus so gut es ging zu unterdrücken.

»Machen Sie sich nicht lächerlich!« sagte sie scharf. »Er

muß durch den Kräutergarten gekommen sein, als Rodwell einen Moment weg war. Vielleicht hat er das Haus verwechselt und gedacht, es gehöre einem Bekannten.«

»Und fand dabei Miss Gillespie in der Laube und überfiel sie.«

»Es hat immerhin den Anschein! Ja!« pflichtete sie ihm bei. Wahrscheinlich hat er sich erst mit ihr unterhalten, und sie kann sich nur nicht mehr daran erinnern, weil die ganze Episode so schrecklich war, daß sie sie aus ihrem Gedächtnis gestrichen hat. So etwas kommt vor!«

Er dachte an seine eigenen Erinnerungsfetzen, an den kalten Angstschweiß, die Wut, den Blutgeruch, seine Verwirrung und dann wieder die Finsternis.

»Das weiß ich!« sagte er bitter.

»Dann verfolgen Sie die Angelegenheit bitte weiter, Mr. Monk.« Sie sah ihn herausfordernd an, viel zu sehr von ihren eigenen Gefühlen beansprucht, um die seinen mitzubekommen. »Oder, falls Sie nicht willens oder nicht dazu in der Lage sind, vielleicht können Sie mir einen anderen Ermittler empfehlen, der sie übernimmt.«

»Ich glaube nicht, daß Sie auch nur die geringste Aussicht auf Erfolg haben, Mrs. Penrose«, sagte er etwas steif. »Ihnen das nicht zu sagen, wäre nicht ehrlich.«

»Ihre Integrität ist lobenswert«, sagte sie trocken. »Jetzt haben Sie es mir gesagt, ich habe es gehört und bitte Sie, trotzdem weiterzumachen.«

Er versuchte es noch einmal. »Sie werden nichts erfahren!«

Sie erhob sich von ihrem Schreibtisch und kam auf ihn zu. »Mr. Monk, haben Sie überhaupt eine Vorstellung davon, was für ein scheußliches Verbrechen es ist, sich einer Frau aufzuzwingen? Vielleicht glauben Sie, es gehe hier nur um ein Quentchen Widerstand um der Sittsamkeit willen und daß es einer Frau, die nein sagt, im Grunde gar nicht ernst damit ist?«

Er öffnete den Mund, um ihr zu widersprechen, aber sie ließ ihn nicht zu Wort kommen. »Das ist eine verlogene Vereinfachung, mit der Männer einen brutalen Akt zu rechtfertigen versuchen, der einfach nicht zu entschuldigen ist. Meine

Schwester ist jung und ledig. Gerade deshalb war es eine Schändung der übelsten Art. Sie wurde damit in... in die Bestialität eingeführt, anstatt in... in eine...« Sie errötete, wich seinem Blick jedoch nicht aus. »...eine heilige Verbindung, die sie... also – wirklich!« Sie verlor die Geduld mit sich. »Keiner hat das Recht, sich einem Mitmenschen gegenüber so zu benehmen, und wenn Sie von Natur aus zu unsensibel sind, um das zu verstehen, dann sehe ich keine Möglichkeit, es Ihnen beizubringen!«

Monk wählte seine Worte sehr sorgfältig. »Ich gebe Ihnen völlig recht, daß es sich um ein schändliches Verbrechen handelt, Mrs. Penrose. Daß ich keine Neigung verspüre, den Fall weiter zu verfolgen, hat nichts mit der Schwere des Verbrechens zu tun, sondern ausschließlich mit der Unmöglichkeit, den Schuldigen jetzt noch zu finden.«

»Ich nehme an, ich hätte früher zu Ihnen kommen sollen«, räumte sie ein. »Das wollen Sie mir doch damit sagen, oder? Marianne hat mir den wahren Sachverhalt die ersten Tage über verschwiegen, und dann dauerte es noch eine Weile, bis ich zu einem Entschluß kam, was am besten zu tun wäre. Und schließlich brauchte ich noch drei Tage, um Sie aufzuspüren und mich nach Ihrem Ruf zu erkundigen – der im übrigen ausgezeichnet ist! Um so mehr überrascht es mich, daß Sie so rasch aufgeben wollen. Ich habe da ganz etwas anderes gehört.«

Er spürte, wie er zornig wurde, und nur Mariannes Seelenqualen hielten ihn davon ab zurückzuschlagen.

»Ich komme morgen wieder vorbei, und wir sprechen noch einmal darüber«, sagte er grimmig. »Jedenfalls kann ich kein Geld mehr von Ihnen für etwas nehmen, was meiner Ansicht nach nicht zu bewerkstelligen ist.«

»Ich wäre Ihnen sehr verbunden, wenn Sie vormittags kämen«, antwortete sie. »Wie Sie ja bemerkt haben, weiß mein Gatte nicht, worum es geht, und es fällt mir zunehmend schwer, Ihre Anwesenheit zu erklären.«

»Vielleicht geben Sie mir besser einen Brief für Ihren Cousin, Mr. Finnister«, schlug er vor. »Ich werde ihn für Sie zur

Post bringen, damit nicht irgendwann etwas auf Sie zurückfällt, falls etwas davon laut werden sollte.«

»Ich danke Ihnen. Das ist sehr umsichtig von Ihnen. Ich werde Ihnen einen geben.«

Immer noch etwas verärgert, verabschiedete er sich und ging in forschem Tempo zurück in seine Zimmer in der Fitzroy Street.

Er wollte einfach zu keiner befriedigenden Lösung kommen. Er verstand weder die Situation noch die Gefühle der beiden Frauen gut genug, um sich in seiner Entscheidung sicher zu sein. Sein Zorn auf Audley Penrose war gewaltig. Mit tiefster Befriedigung hätte er seine Bestrafung zur Kenntnis genommen. Er sehnte sich geradezu danach. Und dennoch konnte er Mariannes Bedürfnis verstehen, nicht nur sich selbst zu schützen, sondern auch Julia.

Dieses eine Mal mußte er seinen Ruf als Detektiv hintanstellen. Was auch immer bei diesem Fall herauskam, er durfte noch nicht einmal daran denken, die beiden Frauen nur um seines beruflichen Ansehens willen zu ruinieren.

Todunglücklich und entsprechend gereizt ging er zu Callandra Daviot und sah seine miserable Laune auf der Stelle ins Bodenlose sinken, als er dort auf Hester Latterly traf. Es war schon einige Wochen her, seit er sie das letzte Mal gesehen hatte, und ihr Abschied war alles andere als herzlich gewesen. Wie schon so oft hatten sie sich mehr über die Form als den Inhalt gestritten. Ehrlich gesagt erinnerte er sich im Augenblick nicht einmal mehr daran, worum es gegangen war, nur an ihre übliche spitzzüngige Art und daß sie nicht bereit gewesen war, seinen Standpunkt auch nur in Betracht zu ziehen. Jetzt saß sie in Callandras bestem Sessel, seinem Lieblingssessel, und machte einen müden Eindruck – weit entfernt von dem angenehm weiblichen Wesen einer Julia Penrose. Hesters Haar war dick und glatt, und sie hatte sich gar nicht erst die Mühe gemacht, es in Locken zu legen oder zu Zöpfen zu flechten. So wie sie es nach hinten gekämmt hatte, betonte es den schönen kräftigen Knochenbau ihres Gesichts und die leidenschaftlichen Züge, aber ihre Intelligenz war viel zu dominant, um attraktiv zu wirken. Ihr Kleid war hellblau, der Rock reiflos und etwas zerknittert.

Ohne sie weiter zu beachten, bedachte er Callandra mit einem Lächeln. »Guten Abend, Callandra.« Es hatte herzlich klingen sollen, aber seine gedrückte Stimmung färbte es stärker ein, als ihm lieb war.

»Guten Abend, William«, antwortete Callandra mit dem leisen Anflug eines Lächelns in den Winkeln ihres breiten Munds.

Monk wandte sich an Hester. »Guten Abend, Miss Latterly«, sagte er kühl und mit unverhohlener Enttäuschung.

»Guten Abend, Mr. Monk«, antwortete Hester, die sich ihm zuwandte, aber nicht aufstand. »Sie sehen etwas ungehalten aus. Arbeiten Sie an einem unangenehmen Fall?«

»Die meisten Kriminalfälle sind unangenehm«, erwiderte er. »Wie die meisten Krankheiten.«

»Aber beide passieren nun mal«, bemerkte Hester. »Und nicht selten Leuten, die wir gern haben, und wir können helfen. Was ausgesprochen Freude macht – wenigstens mir. Falls das bei Ihnen anders ist, so sollten Sie sich vielleicht nach einem anderen Beruf umsehen.«

Monk setzte sich. Er war erstaunlich müde, was völlig lächerlich war, da er kaum etwas getan hatte. »Ich hatte den ganzen Tag mit einer Tragödie zu tun, Hester. Ich bin nicht in Stimmung für triviale Sophistereien.«

»Das ist keine Sophisterei!« fauchte sie ihn an. »Sie versinken Ihrer Arbeit wegen in Selbstmitleid. Also habe ich darauf hingewiesen, daß sie auch ihre guten Seiten hat.«

»Ich versinke nicht in Selbstmitleid!« Er hob die Stimme trotz seines festen Entschlusses, es nicht zu tun. »Großer Gott! Ich habe Mitleid mit jedem in dieser Geschichte – außer mit mir. Ich wollte wirklich, Sie würden sich derlei vorschnelle Urteile verkneifen, wenn Sie keine Ahnung haben, worum es geht.«

Sie starrte ihn einen Augenblick wütend an, dann, als sie verstand, leuchtete ihr Gesicht amüsiert auf. »Sie wissen nicht mehr weiter! Sie sind völlig durcheinander – wenigstens für den Augenblick!«

Die einzige Antwort, die ihm darauf einfallen wollte, bestand aus Worten, die er in Callandras Gegenwart nie in den Mund nehmen würde.

Callandra antwortete für ihn und legte Hester eine Hand auf den Arm, um sie zu zügeln.

»Sie sollten sich das nicht so zu Herzen nehmen, mein Lieber«, mahnte sie Monk sanft. »Die Chance, herauszufinden, wer es war – falls es überhaupt jemand war, ich meine falls es sich tatsächlich um Notzucht handelt –, war von vornherein nicht sehr groß.«

Hester blickte von Callandra zu Monk, mischte sich aber nicht ein. »Es war eine Vergewaltigung«, sagte Monk ruhig. »Und ich weiß auch, wer es war; ich weiß nur nicht, was ich unternehmen soll.« Er ignorierte Hester, war sich jedoch der Veränderung ihrer Haltung sehr wohl bewußt: das Lachen war verschwunden, ihre Aufmerksamkeit plötzlich ungeteilt und aufrichtig.

»Weil Sie nicht wissen, was Mrs. Penrose mit dieser Information anfangen könnte?« fragte Callandra.

»Nein, eigentlich nicht.« Mit ernstem Blick musterte er ihr kluges, neugieriges Gesicht. »Wegen des Ruins und der Schmerzen, die sie bringt.«

»Dem Täter?« fragte Callandra. »Seiner Familie?«

Monk lächelte. »Nein – und ja.«

»Können Sie darüber sprechen?« fragte ihn Hester; ihre Reibereien waren wie weggewischt, als hätte es nie welche gegeben. »Ich nehme an, Sie müssen zu einem Entschluß kommen, und das ist es, was Ihnen zu schaffen macht?«

»Ja, bis morgen früh.«

»Können Sie uns davon erzählen?«

Er zuckte kaum merklich mit den Achseln und lehnte sich in den Sessel zurück. Sie saß in dem, in dem er gern gesessen hätte, aber das spielte jetzt kaum noch eine Rolle. Sein Ärger war verflogen.

»Marianne lebt bei ihrer verheirateten Schwester, Julia, und deren Gatten, Audley Penrose. Sie behauptete, im Gartenhäuschen vergewaltigt worden zu sein, will aber den Betreffenden nicht gekannt haben.«

Keine von beiden, weder Hester noch Callandra, unterbrach ihn, und ihren Mienen war nicht anzusehen, was sie glaubten und was nicht.

»Ich habe die ganze Nachbarschaft befragt. Nicht einer hat einen Fremden gesehen.«

Callandra seufzte. »Audley Penrose?«

»Ja.«

»O Gott. Liebt sie ihn? Oder glaubt sie, verliebt zu sein?«

»Nein! Sie ist entsetzt – und ganz offensichtlich verletzt«, sagte er müde. »Sie würde sich lieber als unmoralische Frau auf die Straße setzen lassen, als Julia zu sagen, was wirklich passiert ist.«

Hester biß sich auf die Lippe. »Hat sie denn überhaupt eine Vorstellung, was das bedeuten würde?«

»Wahrscheinlich nicht«, antwortete er. »Aber das spielt keine Rolle. Julia würde das nie zulassen – denke ich jedenfalls. Aber Marianne will nicht, daß ich es ihr sage. Sie sagt, sie würde es bestreiten. Und Audley natürlich auch. Muß er ja. Ich habe keine Ahnung, was Julia glauben würde. Oder zu welcher Meinung sie sich nach außen hin glaubt bekennen zu müssen.«

»Das arme Ding«, sagte Hester mit aufflammender Leidenschaftlichkeit. »Was für ein gräßliches Dilemma. Was haben Sie ihr denn gesagt?«

»Daß sich nicht feststellen läßt, wer Marianne überfallen hat, und daß es mir lieber wäre, von dem Fall entbunden zu werden.«

Hester sah zu ihm hinüber; ihre Züge strahlten aufrichtigen Respekt und Bewunderung aus.

Er war überrascht, wie gut ihm das tat. Unvermittelt verschwand die Bitterkeit über seinen Entschluß. Sein Stolz verflüchtigte sich.

»Und Sie geben sich damit zufrieden?« zertrümmerte Callandra den schönen Augenblick.

»Nicht zufrieden«, entgegnete er. »Aber mir will einfach nichts Besseres einfallen. Es gibt keine anständige Alternative.«

Sie ließ nicht locker. »Und Audley Penrose?«

»Dem würde ich am liebsten den Hals umdrehen«, sagte er ungestüm. »Aber das ist ein Luxus, den ich mir nicht leisten kann.«

»Ich denke hier nicht an Sie, William«, sagte Callandra nüchtern. Sie war die einzige Person, die ihn bei seinem Vornamen nannte, und sosehr ihm diese Vertraulichkeit gefiel, sie rückte ihm Callandra auch nahe genug, um jede Verstellung unmöglich zu machen.

»Was?« meinte er etwas abrupt.

»Ich denke nicht an die Befriedigung Ihrer persönlichen Rache«, erklärte sie. »So süß sie auch wäre. Auch nicht an Ihre Vorstellung von Gerechtigkeit. Ich denke an Marianne Gillespie. Wie kann sie in diesem Haus weiterleben mit dem, was ihr passiert ist – und sehr gut wieder passieren kann, wenn er glaubt, damit durchgekommen zu sein.«

»Das ist ihre Entscheidung«, gab Monk zurück, aber es war keine befriedigende Antwort, und er wußte es. »Sie hat mit allem Nachdruck darauf bestanden«, fuhr er fort, um sich zu rechtfertigen. »Angefleht hat sie mich, Julia nichts zu sagen, und ich habe ihr mein Wort gegeben.«

»Und was stört Sie dann jetzt?« fragte Callandra mit großen Augen. Hester sah abwartend und mit gespannter Konzentration von einem zum anderen.

Monk zögerte.

»Ist es die reine Eitelkeit, weil Sie nicht gern als Verlierer dastehen?« fuhr Callandra fort. »Ist das alles, William: Ihr Ruf?«

»Nein – nein, ich weiß nicht, was es ist«, gestand er, und sein Zorn flaute vorübergehend ab.

»Haben Sie sich überlegt, wie ihr Leben aussehen wird, wenn er sie nicht in Ruhe läßt?« Callandras Stimme war ausgesprochen ruhig, aber die Eindringlichkeit ihres Tons füllte den Raum. »Sie wird vor Angst fast vergehen, jedesmal, wenn sie mit ihm allein ist, weil es wieder passieren könnte. Sie wird vor Angst fast vergehen, daß Julia sie ertappen könnte und daran zerbricht.« Sie beugte sich etwas weiter vor. »Marianne wird das Gefühl haben, ihre Schwester verraten zu haben, auch wenn es nicht ihre Schuld war, aber wird ihr Julia das glauben? Wird nicht zeitlebens das Gefühl an ihr nagen, daß Marianne im Grunde ihres Herzens doch willig war und ihn, wenn auch noch so zart, ermutigt hat?«

»Das glaube ich nicht!« sagte er heftig. »Sie würde sich lieber auf die Straße setzen lassen, als es Julia zu sagen!«

Callandra schüttelte den Kopf. »Ich spreche nicht von jetzt, William! Ich spreche davon, was passieren wird, wenn sie nichts sagt und zu Hause bleibt. Sie mag noch nicht daran gedacht haben, aber Sie müssen daran denken. Sie sind der einzige, der sämtliche Fakten kennt. Sie allein sind in der Lage, etwas zu tun.«

Unter dem Ansturm seiner Gedanken und Befürchtungen saß Monk schweigend da. Schließlich mischte sich Hester ein. »Es gibt noch etwas viel Schlimmeres«, sagte sie ruhig. »Was, wenn sie ein Kind bekommt?«

Monk und Callandra wandten sich ihr beide langsam zu, und es war nur zu offensichtlich, daß ihnen der Gedanke noch gar nicht gekommen war, und nun waren sie entsetzt.

»Was immer Sie versprochen haben, es ist nicht genug«, sagte Callandra grimmig. »Sie können sich nicht einfach drükken und die beiden ihrem Schicksal überlassen.«

»Aber kein Mensch hat das Recht, sich über Ihre Entscheidung hinwegzusetzen!« warf Hester ein, nicht etwa aus reiner Opposition, sondern weil es einfach gesagt werden mußte. Ihre eigenen widersprüchlichen Gefühle waren ihr deutlich anzusehen. In diesem Augenblick verspürte Monk keinerlei Feindseligkeit ihr gegenüber, nur das alte Gefühl einer bedingungslosen Freundschaft, eines Bandes zwischen zwei Menschen, die einander verstehen und die Leidenschaft für ein und dieselbe Sache teilen.

»Wenn ich ihr absage, so denke ich, ist Julia durchaus in der Lage, sich einen anderen Ermittler zu suchen, der den Fall übernimmt«, fügte Monk unglücklich hinzu. »Ich habe das Marianne noch nicht gesagt, weil ich sie nach meiner Unterhaltung mit Julia nicht mehr gesehen habe.«

»Aber was wird passieren, wenn Sie es Julia sagen?« fragte Hester besorgt. »Wird sie es Ihnen glauben? Sie bringen sie damit in eine unmögliche Position zwischen ihrem Gatten und ihrer Schwester.«

»Und es kommt noch schlimmer«, fuhr Monk fort. »Sie sind beide finanziell von Audley abhängig.«

»Er kann seine Frau nicht hinauswerfen!« Hester richtete sich auf, das Gesicht rot vor Zorn. »Und mit Sicherheit wäre sie nicht so – oh, aber natürlich! Sie meinen, sie entschließt sich womöglich selbst zum Gehen. Ach, du lieber Gott.« Sie biß sich wieder auf die Lippe. »Und selbst wenn das Verbrechen zu beweisen wäre, was es mit ziemlicher Sicherheit nicht ist, und er verurteilt würde, dann wären die beiden mittellos und säßen auf der Straße. Was für eine absurde Situation!« Sie ballte die Hände im Schoß, und ihre Stimme belegte sich vor ohnmächtiger Wut.

Zornig stand sie auf. »Wenn nur Frauen genauso einen Beruf erlernen könnten wie Männer! Wenn nur Frauen auch Ärzte, Architekten oder Anwälte sein könnten!« Sie trat ans Fenster und wandte sich um. »Oder wenigstens Verkäuferinnen oder Ladeninhaber! Irgend etwas Besseres als Dienstmädchen, Schneiderinnen oder Huren! Aber welche Frau verdient schon genug, um in etwas Besserem zu wohnen als einer Pension – wenn sie Glück hat? Und in einer Mietskaserne, wenn sie keines hat? Immer hungrig, immer frierend, und ständig den Gedanken im Kopf, ob es nächste Woche nicht noch schlimmer kommt.«

»Sie träumen«, sagte Monk, aber nicht um sie zu kritisieren. Er verstand ihre Gefühle, erkannte die Fakten dahinter. »Und selbst wenn es eines Tages dazu kommen sollte, was ziemlich unwahrscheinlich ist, da es gegen die naturgegebene Gesellschaftsordnung verstößt, so hilft das weder Julia Penrose noch ihrer Schwester. Egal was ich ihr erzähle – oder nicht –, es wird den beiden schaden.«

Sie schwiegen einige Minuten, während jeder auf seine Weise über das Problem nachdachte. Hester am Fenster, Callandra in ihren Sessel gelehnt, Monk auf der Kante des seinen. Schließlich war es Callandra, die das Schweigen brach.

»Ich denke, Sie sollten es Julia sagen«, sagte sie ruhig, leise und unglücklich. »Es ist zwar nicht die ideale Lösung, aber ich denke, es ist besser, als es ihr nicht zu sagen. Außerdem liegt die Entscheidung dann bei ihr und nicht bei Ihnen. Und wie Sie schon sagten, was immer Sie tun, es ist gut möglich, daß sie die Angelegenheit so oder so vorantreibt, bis sie etwas erfährt. Und gebe Gott, sie trifft die richtige Entscheidung. Wir können nur hoffen.«

Monk sah Hester an.

»Dem kann ich nur zustimmen«, antwortete sie. »Es gibt keine befriedigende Lösung, und egal was Sie ihr sagen, Sie rauben ihr den Frieden damit, aber ich fürchte, mit dem ist es so oder so aus. Falls er weitermacht, nimmt Marianne noch größeren Schaden, oder sie bekommt gar ein Kind, und alles wird noch schlimmer. Und Julia würde sich selbst die Schuld dafür geben – und Ihnen.«

»Was ist mit meinem Versprechen Marianne gegenüber?« fragte er.

Ihrem Blick war anzusehen, wie unglücklich sie war. »Denken Sie denn, sie weiß, auf was sie sich da einläßt? Sie ist jung, unverheiratet. Viele Mädchen haben keine Ahnung, wie Kinder zur Welt kommen, ja noch nicht einmal, wie sie zustande kommen. Sie entdecken das erst im Ehebett.«

»Ich weiß nicht.« Die Antwort genügte ihm nicht. »Ich habe ihr mein Wort gegeben.«

»Dann werden Sie ihr eben sagen müssen, daß Sie es nicht halten können«, erwiderte Callandra. »Was nicht einfach sein wird. Aber welche Alternativen haben Sie denn?«

»Ich könnte es halten.«

»Macht das nicht alles viel schwieriger – wenn nicht jetzt, dann später?« Er wußte, sie hatte recht. Er konnte dieser Angelegenheit nicht einfach den Rücken kehren und alles vergessen. Jede einzelne der tragischen Möglichkeiten würde ihn in seiner Phantasie verfolgen, und er würde, wenigstens teilweise, die Verantwortung dafür tragen.

»Ja«, gab er zu. »Ja ... ich muß noch mal hin und es Marianne sagen.«

»Tut mir leid.« Hester legte ihm kurz eine Hand auf den Arm, zog sie aber gleich wieder zurück. Es gab nichts weiter zu sagen, und sie konnten ihm beide nicht helfen. Statt dessen sprachen sie über Dinge, die nichts mit ihrer Arbeit zu tun hatten: von den neuesten Romanen und was sie über sie gehört hatten, von Politik, vom Stand der Dinge in Indien und der beängstigenden Nachricht einer Meuterei, dem Krieg in China. Als sie sich spät an diesem Sommerabend voneinander verabschiedeten und Monk und Hester sich eine Droschke zu ihren Wohnungen teilten, verlief das in freundschaftlichem Gespräch.

Selbstverständlich hielten sie zuerst bei Hesters Wohnung, einem ausgesprochen kargen Quartier, da sie häufig im Haus ihrer jeweiligen Patienten wohnte. Sie wohnte nur deshalb hier, weil ihre derzeitige Patientin so gut wie genesen war und sie nur noch jeden zweiten Tag brauchte; sie sah nicht ein, wieso sie eine Krankenschwester beherbergen und verköstigen sollte, für die sie kaum noch Verwendung hatte.

Monk stieg aus, öffnete den Wagenschlag und half ihr auf das Pflaster. Es lag ihm auf der Zunge, ihr zu sagen, wie schön es gewesen sei, sie zu sehen, aber er schluckte die Worte hinunter. Sie waren nicht nötig. Kleine Komplimente, so wahr sie auch sein mochten, waren Sache trivialerer Beziehungen, die sich lediglich an der Oberfläche hielten.

»Gute Nacht«, sagte er schlicht und ging mit ihr über die Steine zur Haustür.

»Gute Nacht, Monk«, antwortete sie mit einem Lächeln. »Ich werde morgen an Sie denken.«

Er erwiderte ihr Lächeln wehmütig; er wußte, sie meinte es ernst, und verspürte einen gewissen Trost bei dem Gedanken, in dieser Sache nicht allein dazustehen.

Hinter ihm auf der Straße stampfte das Pferd. Es gab nichts weiter zu sagen. Hester schloß auf, und Monk kehrte zurück zu der Droschke, die, noch bevor er wieder saß, die von Laternen beleuchtete Straße hinauffuhr.

Tags darauf fand er sich Viertel vor zehn wieder in der Hastings Street ein. Das Wetter war mild, aber es regnete leicht. Die Blumen im Garten waren mit Wasserperlen bedeckt, und irgendwo sang mit verblüffender Klarheit ein Vogel.

Monk hätte viel darum gegeben, sich einfach umdrehen und wieder nach Hause gehen zu können, der Nummer vierzehn keinen Besuch abstatten zu müssen.

Er zögerte jedoch weder auf der Treppe, noch wartete er, bevor er an der Klingelschnur zog. Es gab nichts mehr zu überlegen. Es gab nichts mehr zu debattieren, keine Argumente mehr, weder für die eine Seite, noch für die andere.

Das Dienstmädchen begrüßte ihn bereits mit einer gewissen Vertraulichkeit, war allerdings etwas verblüfft, als er nicht nach Mrs. Penrose fragte, sondern nach Miss Gillespie. Vermutlich hatte ihr Julia gesagt, sie erwarte ihn.

Er war allein im Damenzimmer und ging rastlos auf und ab, als Marianne hereinkam. Kaum sah sie ihn, wurde sie blaß.

»Was ist denn?« fragte sie rasch. »Ist etwas passiert?«

»Bevor ich gestern hier wegging«, antwortete er, »habe ich noch mit Ihrer Schwester gesprochen und ihr gesagt, ich könnte nicht in Erfahrung bringen, wer Sie überfallen hat und daß ich keinen Sinn darin sähe, die Sache weiter zu verfolgen. Sie wollte das nicht akzeptieren. Wenn ich es ihr nicht sage, wird sie jemand anderen engagieren, der es tut.«

»Aber wie sollte das jemand erfahren?« sagte sie verzweifelt. »Ich würde es doch niemandem sagen! Keiner hat etwas gesehen, keiner hat etwas gehört!«

»Man wird es aus den Tatsachen schließen – genauso wie ich.« Er sah seine schlimmsten Befürchtungen bestätigt. Sie machte einen völlig niedergeschmetterten Eindruck. »Es tut mir leid, Miss Gillespie... aber ich muß mein Versprechen Ihnen gegenüber zurücknehmen und Mrs. Penrose die Wahrheit sagen.«

»Das können Sie nicht!« Sie war entsetzt. »Sie haben es

versprochen!« Aber noch während sie das sagte, wich der Ausdruck naiven Unwillens in ihrem Gesicht dem des Verstehens – und der Niederlage.

Er fühlte sich elend. Er hatte keine Alternative, er verriet sie und wußte nicht, was er statt dessen tun könnte.

»Es gibt dabei noch mehr zu bedenken ...«

»Selbstverständlich gibt es noch mehr!« Zorn und Unglück machten ihre Stimme schneidend. »Das Schlimmste dabei ist, wie Julia es aufnehmen wird! Es wird sie vernichten. Wie sollen ihre Gefühle mir gegenüber je wieder normal werden, selbst wenn sie mir von ganzem Herzen glaubt, daß mir nichts ferner lag als das? Ich habe nichts, aber auch gar nichts getan, um ihn auf den Gedanken zu bringen, ihm jemals zu Willen zu sein, und das ist die Wahrheit, Mr. Monk! Ich schwöre es bei allem, was mir lieb und teuer ist ...«

»Das weiß ich!« unterbrach er sie. »Davon spreche ich auch nicht.«

»Wovon dann?« fragte sie abrupt. »Was sonst könnte noch von Bedeutung sein?«

»Warum glauben Sie, daß es nicht noch einmal passieren wird?«

Ihr Gesicht war bleich. Sie hatte Schwierigkeiten zu schlukken. Sie wollte schon etwas sagen, ließ es aber dann sein.

»Können Sie sicher sein, daß es nicht noch einmal passiert?« insistierte er ruhig.

»Ich ... aber ...« Sie senkte den Blick. »Das war doch sicher nur ein furchtbarer Fehltritt – bei einem Mann, der sich sonst mustergültig verhält? Ich bin sicher, daß er Julia liebt ...«

»Was hätten Sie noch eine Woche davor zu der Möglichkeit gesagt, daß so etwas passieren könnte? Haben Sie gewußt, haben Sie erwartet, daß er so etwas tun könnte?«

Worauf sie ihn anfunkelte. »Aber natürlich nicht! Wie können Sie nur so etwas Schreckliches sagen! Nein! Nein, ich hatte keine Ahnung! Nicht die geringste!« Sie wandte sich abrupt ab, als hätte er Anstalten gemacht, sie körperlich anzugreifen.

»Dann können Sie also nicht sagen, daß es nicht noch einmal passieren wird«, sagte er vernünftig. »Tut mir leid.« Er war drauf und dran, ihr zu sagen, daß die Möglichkeit bestand, ein Kind zu bekommen, aber dann fiel ihm ein, was Hester und Callandra gesagt hatten: Marianne wußte womöglich noch nicht einmal, wie Kinder gezeugt wurden. Also sagte er nichts. Seine Hilflosigkeit und die Unzulänglichkeit seiner Bemühungen schnürten ihm die Kehle zu.

»Es muß sehr schwer gewesen sein für Sie, mir das zu sagen.« Sie wandte sich ihm langsam wieder zu, ihr Gesicht völlig blutleer. »Es gibt viele Männer, die dazu nicht den Mut gehabt hätten. Ich danke Ihnen wenigstens dafür.«

»Jetzt muß ich aber mit Mrs. Penrose sprechen. Ich wollte, ich wüßte etwas Besseres, aber mir will nichts einfallen.«

»Sie ist im Salon. Ich warte in meinem Schlafzimmer. Audley wird mich wohl bitten, das Haus zu verlassen, und Julia wird das auch wollen.« Worauf sie sich mit bebenden Lippen umdrehte und zur Tür ging – zu schnell, als daß er sie vor ihr hätte erreichen können. Sie drehte ungeschickt am Knopf, zog die Tür auf und ging erhobenen Hauptes, aber unsicheren Schritts auf die Treppe zu.

Er blieb einen Augenblick lang stehen, versuchte sich noch ein letztes Mal etwas anderes einfallen zu lassen. Dann obsiegte der Verstand über das Gefühl, er schlug den mittlerweile vertrauten Weg ein und klopfte an die Tür zum Salon.

Man bat ihn einzutreten. Julia stand am Tisch in der Mitte des Raums vor einer Blumenvase, einen leuchtenden langstieligen Rittersporn in der Hand. Offensichtlich hatte ihr seine Position nicht zugesagt, und sie hatte ihn herausgenommen, um den Strauß selbst zu arrangieren. Als sie sah, um wen es sich handelte, steckte sie die Blume schief zurück, ohne sich die Mühe zu machen, sie noch weiter zurechtzurücken.

»Guten Morgen, Mr. Monk.« Ihre Stimme bebte ein klein wenig. Sie musterte sein Gesicht und entdeckte etwas in seinem Ausdruck, was ihr angst machte. »Was ist los?«

Er schloß die Tür hinter sich. Das hier würde ausgesprochen schmerzlich werden. Es gab kein Zurück mehr, noch nicht einmal die Möglichkeit, es ihr irgendwie leichter zu machen.

»Ich habe Ihnen gestern nicht die Wahrheit gesagt, Mrs. Penrose.«

Sie starrte ihn stumm an. Der Schatten der Überraschung und des Zorns über ihren Augen konnten die Angst darin nicht verbergen.

Es war so, als schaue er jemanden offen an, während er ihm den Todesstoß versetzte. Hatte er es ihr einmal gesagt, es wäre nicht mehr rückgängig zu machen. Obwohl also sein Entschluß feststand, zögerte er noch.

»Das müssen Sie mir schon erklären, Mr. Monk«, sagte sie schließlich, wobei ihr die Stimme versagte. Sie schluckte, um den Hals freizubekommen. »Das einfach so zu sagen genügt nicht. In welcher Hinsicht haben Sie mich gestern belogen und warum?«

Er beantwortete die zweite Frage zuerst. »Weil die Wahrheit so unangenehm ist, daß ich sie Ihnen ersparen wollte, Madam. Und außerdem war es Miss Gillespies Wunsch. Sie hat zuerst geleugnet, bis die Beweislast ihr das schließlich unmöglich machte. Woraufhin sie mich angefleht hat, Ihnen nichts davon zu sagen. Sie war bereit, lieber alle Konsequenzen selbst zu tragen, als Sie einzuweihen. Deshalb mußte ich heute erst mit ihr sprechen, um ihr zu sagen, daß ich mein Wort ihr gegenüber nicht länger halten kann.«

Julia war so weiß, daß er schon befürchtete, sie würde in Ohnmacht fallen. Langsam trat sie von dem Tisch mit dem leuchtenden Strauß zurück und griff nach der Lehne des Sofas hinter sich. Ohne ihn aus den Augen zu lassen, sank sie in die Polster.

»Sie sagen mir besser, worum es sich handelt, Mr. Monk. Ich muß es wissen. Wissen Sie, wer meine Schwester vergewaltigt hat?«

»Ich fürchte, ja.« Er tat einen tiefen Atemzug. Er versuchte noch ein letztes Mal auszuweichen, obwohl er wußte, daß es vergeblich war. »Ich glaube nach wie vor, daß Sie die Angelegenheit nicht länger verfolgen sollten. Sie können keine Anklage erheben. Wenn Sie Ihre Schwester vielleicht in eine andere Gegend schicken könnten, wo sie ihm nicht mehr begegnen kann? Haben Sie nicht eine Verwandte, eine Tante vielleicht, bei der sie unterkommen könnte?«

Ihre Augenbrauen hoben sich. »Wollen Sie damit andeuten, daß der Mann, der das getan hat, völlig ungestraft davonkommen soll, Mr. Monk? Ich bin mir darüber im klaren, daß das Gesetz ihn nicht bestrafen wird und ein Prozeß in jedem Fall für Marianne nicht weniger schmerzhaft wäre als für ihn!« Sie saß so verkrampft da, daß ihr jeder Muskel weh tun mußte vor Anspannung. »Aber ich werde nicht zulassen, daß er ungeschoren davonkommt! Anscheinend halten Sie es noch nicht einmal für ein Verbrechen. Ich muß gestehen, Sie enttäuschen mich. Ich hätte mehr von Ihnen erwartet.«

Zorn wallte in ihm auf, und er hatte wirklich alle Mühe, ihn zu unterdrücken. »Es würden weniger Leute zu Schaden kommen!«

Sie starrte ihn an. »Das ist bedauerlich, aber es läßt sich nun einmal nicht vermeiden. Wer war es? Bitte keine weiteren Ausflüchte mehr. Sie werden an meinem Entschluß nichts ändern.«

»Es war Ihr Gatte, Mrs. Penrose.«

Sie protestierte noch nicht einmal – weder entrüstet noch ungläubig. Sie saß völlig reglos da, das Gesicht aschfahl. Schließlich feuchtete sie sich die Lippen an und versuchte etwas zu sagen. Ihr Adamsapfel hob sich, aber es kam kein Ton. Sie versuchte es noch einmal. »Ich nehme an, Sie hätten mir das nicht gesagt, wenn ... wenn Sie nicht absolut sicher wären?«

»Selbstverständlich nicht.« Ihm war danach, sie zu trösten, aber sosehr er sich das auch wünschte, es gab keinen Trost. »Trotzdem wäre es mir lieber gewesen, ich hätte es Ihnen nicht sagen müssen. Ihre Schwester hat mich gebeten, es nicht zu tun, aber ich fühlte mich dazu verpflichtet, nicht zuletzt deshalb, weil Sie gar so entschlossen waren, die Angelegenheit weiterzuverfolgen – wenn nicht durch mich, dann eben durch einen anderen. Und außerdem weil die Gefahr besteht, daß es wieder passiert. Und schließlich wäre da noch die Möglichkeit, daß sie ein Kind bekommt ...«

»Hören Sie auf!« Es war ein wilder, schmerzlicher Schrei. »Hören Sie auf! Sie haben es mir gesagt. Das genügt.« Mit ungeheurem Kraftaufwand bekam sie sich in den Griff, obwohl ihre Hände unkontrollierbar zitterten.

»Als ich sie damit konfrontierte, bestritt sie es zunächst, um Sie zu schützen.« Unbarmherzig fuhr er fort; die Sache mußte zu Ende gebracht werden. »Dann, als sie aufgrund ihrer eigenen Aussage und der Ihrer Nachbarn nicht mehr anders konnte, hat sie es eingestanden, mich jedoch angefleht, es Ihnen nicht zu sagen. Ich denke, der einzige Grund, weshalb sie den Zwischenfall überhaupt erwähnt hat, war der, ihren Zustand und die blauen Flecken zu erklären. Andernfalls, so glaube ich, hätte sie wohl weiterhin geschwiegen, um Ihretwillen.«

»Arme Marianne!« Ihre Stimme bebte heftig. »Sie hätte das für mich ertragen. Was habe ich ihr nur angetan!«

Er trat einen Schritt auf sie zu und stand, unentschlossen, ob er sich unaufgefordert setzen oder stehen bleiben sollte, vor ihr. Er entschied sich dafür, sich zu setzen.

»Sie dürfen sich keine Schuld geben!« sagte er ernsthaft. »Sie tragen in dieser Sache von allen am wenigsten Schuld!«

»Ganz und gar nicht, Mr. Monk.« Sie sah ihn nicht an, sondern in den grünen Schatten der Blätter vor dem Fenster. Ihre Stimme war jetzt voller Abscheu über sich selbst. »Audley ist ein Mann mit ganz natürlichen Erwartungen, und ich habe ihn all die Jahre, die wir verheiratet sind, abgewiesen.« Sie kauerte sich zusammen, als wäre es plötzlich unerträglich kalt im Raum; ihre Finger krallten sich schmerzhaft in ihre Arme, bis das Blut aus der Haut wich.

Er wollte sie unterbrechen, ihr sagen, daß eine solche Erklärung privater Natur und völlig unnötig sei, aber er wußte, sie mußte es ihm sagen, um sich von einer Last zu befreien, die sie nicht länger ertragen konnte.

»Ich hätte das nicht tun sollen, aber ich hatte solche Angst!« Sie zitterte leicht, als hätte sie einen Krampf. »Sehen Sie, meine Mutter hatte zwischen meiner und Mariannes Geburt ein Kind nach dem anderen. Alle waren sie Fehlgeburten oder starben. Ich habe sie in ihrem Schmerz erlebt.« Ganz sachte begann sie sich zu wiegen, als erleichterte sie die Bewegung, während die Worte aus ihr heraussprudelten. »Ich erinnere mich daran, wie bleich sie war, und an das Blut auf den Laken. Furchtbar viel, große rote Flecken – man hätte meinen können, das Leben selbst rinne aus. Da man es vor mir zu verbergen suchte, mußte ich auf meinem Zimmer bleiben. Aber ich hörte sie vor Schmerzen weinen und sah die Dienstmädchen, die die Laken so zusammenzulegen versuchten, daß man nichts sah.« Tränen liefen ihr übers Gesicht, aber sie ignorierte es. »Und als ich sie schließlich sehen durfte, sah sie so müde aus. Sie hatte dunkle Ringe unter den Augen, ihre Lippen waren ganz weiß. Ich wußte, sie hatte wegen des verlorenen Babys geweint, und ich konnte es einfach nicht ertragen!«

Ohne zu überlegen, legte Monk seine Hände auf die ihren. Unbewußt hielt sie sich an ihm fest, mit kräftigen Fingern, als greife sie nach einer Rettungsleine.

»Ich wußte, sie hatte jedesmal, wenn sie ein Kind trug, eine entsetzliche Angst vor der Geburt. Ich spürte diese Angst, obwohl ich damals nicht wußte, was dafür verantwortlich war. Und als Marianne geboren war, hat sie sich so sehr gefreut!« Sie lächelte, als sie daran zurückdachte, und für einen Augenblick bekamen ihre Augen einen zärtlichen Glanz. »Sie hielt sie hoch und zeigte sie mir, als hätten wir es zusammen geschafft. Die Hebamme wollte mich hinausschicken, aber Mama ließ es nicht zu. Ich glaube, sie wußte damals schon, daß sie im Sterben lag. Sie nahm mir das Versprechen ab, auf Marianne zu achten, wie sie selbst es getan hätte, für Marianne zu tun, was ihre Mutter nicht für sie tun konnte.«

Julia weinte nun ganz offen. Monk litt mit ihr und seiner eigenen Hilflosigkeit wegen – für all die verängstigten, verlorenen und trauernden Frauen.

»Ich bin die ganze Nacht bei ihr geblieben«, fuhr sie fort und wiegte sich noch immer dabei. »Am Morgen setzten wieder die Blutungen ein, und man schickte mich hinaus, aber ich weiß noch, daß man nach dem Arzt schickte. Er ging die Treppe hinauf, sein Gesicht war ernst, und er hatte eine schwarze

Tasche in der Hand. Man trug wieder Laken heraus, die Dienstmädchen waren völlig verschreckt, und der Butler stand den Tränen nahe herum. Mama starb noch am Morgen. Ich weiß jetzt nicht mehr wann, aber ich wußte es. Ich kam mir plötzlich so allein vor wie nie zuvor. Ich habe mich seither nie wieder so richtig warm und geborgen gefühlt.«

Was sollte er darauf sagen. Er war wütend, hilflos, dummerweise selbst den Tränen nahe und von derselben unheilbaren Einsamkeit erfüllt wie sie. Er festigte seinen Griff um ihre Hände. Einige Augenblicke lang schwiegen sie beide.

Schließlich hob sie den Kopf, richtete sich auf und fischte nach einem Taschentuch. Wieder gab Monk das seine, das sie wortlos entgegennahm. Einen Augenblick später fuhr sie fort. »Ich kann mir einfach nicht vorstellen, selbst ein Kind zu bekommen. Der bloße Gedanke ist mir unerträglich. Ich habe eine solche Angst davor, daß ich lieber gleich durch eine Kugel sterben würde, als die Qualen durchzumachen, die Mama durchgemacht hat. Ich weiß, es ist falsch, wahrscheinlich sogar gottlos. Schließlich sollen Frauen ihren Männer nachgeben und Kinder bekommen. Es ist unsere Pflicht. Aber ich habe eine solche Todesangst davor, daß ich einfach nicht kann! Es ist wie ein Fluch. Und jetzt ist Marianne wegen mir vergewaltigt worden!«

»Nein! Das ist Unsinn!« sagte er wütend. »Was immer zwischen Ihnen und Ihrem Gatten passiert, ist keine Entschuldigung dafür, was er Marianne angetan hat! Wenn er sich nicht in Enthaltsamkeit üben konnte, so gibt es Frauen, deren Beruf es ist, solchen Begierden entgegenzukommen. Er hätte sehr leicht eine von ihnen bezahlen können.« Er hätte sie am liebsten geschüttelt, bis sie verstand. »Sie dürfen sich nicht die Schuld geben«, sagte er beharrlich. »Das ist falsch und töricht und wird weder Ihnen noch Marianne etwas nützen. Hören Sie mich?« Seine Stimme war gröber als beabsichtigt, aber er meinte, was er sagte, und es ließ sich nicht zurücknehmen.

Sie hob langsam den Kopf und sah ihn mit tränenverhangenen Augen an.

»Sich selbst die Schuld zu geben hieße, sich gehenzulassen.

Es würde Ihnen alle Kraft rauben!« sagte er noch einmal. »Sie müssen jetzt stark sein! Sie müssen sich einer beängstigenden Situation stellen. Sehen Sie nicht nach hinten, sehen Sie nach vorne und nur nach vorne! Wenn Sie sich nicht überwinden können, Ihre Ehe zu vollziehen, dann muß sich Ihr Mann eben anderweitig umsehen, aber nicht bei Marianne. Nie und nimmer bei Marianne!«

»Ich weiß!« flüsterte sie. »Aber schuldig bin ich dennoch. Er hat ein Recht darauf, das von mir zu erwarten – und ich habe es ihm nicht gewährt. Ich bin eine Betrügerin, daran ist nicht zu rütteln.«

»Nun, das ist wahr.« Er wollte ihr nicht ausweichen. Es würde keinem von ihnen nützen. »Aber Ihr Verhalten entschuldigt nicht sein Verbrechen. Sie müssen jetzt überlegen, was Sie als nächstes tun, nicht was Sie hätten tun sollen.«

»Was kann ich denn tun?« Ihre Augen suchten verzweifelt die seinen.

»Das ist eine Entscheidung, die ich Ihnen nicht abnehmen kann«, antwortete er. »Aber Sie müssen Marianne davor schützen, daß es jemals wieder dazu kommt. Würde sie ein Kind bekommen, es würde sie ruinieren.« Er brauchte ihr nicht zu erklären, was er meinte. Sie wußten beide, daß kein respektabler Mann eine Frau mit einem unehelichen Kind heiraten würde. Nicht nur das, es gäbe keinen Mann, in dessen Augen sie etwas anderes als eine gewöhnliche Hure wäre, egal wie falsch er damit liegen mochte.

»Das werde ich«, versprach sie, und zum erstenmal hatte sie wieder etwas von dem alten Stahl in der Stimme. »Es gibt keine andere Möglichkeit. Ich werde meine Angst eben in den Griff bekommen müssen.« Wieder wurden ihre Augen feucht, und ihre Stimme drohte zu ersticken. Dann beherrschte sie sich mit äußerster Anstrengung. »Ich danke Ihnen, Mr. Monk. Sie haben sich Ihrer Pflichten ehrenvoll entledigt. Ich danke Ihnen dafür. Sie können mir Ihre Rechnung vorlegen, und ich werde dafür sorgen, daß sie beglichen wird. Wenn Sie so freundlich wären, sich selbst hinauszulassen. Ich möchte mich in diesem Zustand nicht vor den Dienstboten zeigen.«

»Selbstverständlich.« Er stand auf. »Es tut mir aufrichtig leid. Ich wollte, ich hätte Ihnen eine andere Antwort geben können.« Er wartete nicht erst auf eine Erwiderung, die ohnehin nichts bedeutet hätte. »Auf Wiedersehen, Mrs. Penrose.«

Als er in das dunstige Sonnenlicht der Hastings Street trat, schien er am ganzen Körper taub zu sein, während ihm seine Gefühle so sehr zu schaffen machten, daß er sich weder der Passanten noch des Hufgeklappers, noch der Hitze oder der Leute bewußt war, die ihn im Vorbeigehen anstarrten.

3

So tief bewegt Callandra Daviot von Monks Geschichte über Julia Penrose und ihre Schwester auch war, sie war machtlos dagegen, und sie war alles andere als eine Frau, die Zeit und Gefühle sinnlos vergeudete. Dazu gab es anderweitig zu viel zu tun, und an erster Stelle kam da ihre Arbeit im Hospital, von der sie gesprochen hatte, als Monk vor einigen Wochen bei ihr gewesen war.

Sie saß im Verwaltungsrat, was im allgemeinen auf eine ziemlich passive Rolle hinauslief: Man gab Empfehlungen, die Ärzte und Kämmerer sich mehr oder weniger höflich anhörten, um sie dann zu ignorieren, und hielt den Schwestern Vorträge über Moral und Nüchternheit, eine Aufgabe, die sie nicht nur verabscheute, sondern auch sinnlos fand.

Es gab so viel Wichtigeres zu tun, angefangen bei den von Florence Nightingale vorgeschlagenen Reformen, die Hester so inbrünstig herbeisehnte. Hier in England hielt man Licht und Luft in Krankenhäusern für unnötig, wenn nicht gar schlicht schädlich. Die Ärzteschaft war hoffnungslos konservativ; sie wachte eifersüchtig über Wissen und Privilegien und selbst die kleinste Neuerung war ihr ein Greuel. Für Frauen war – außer in den seltenen Fällen, in denen man sie in der Verwaltung fand, als Wirtschafterin etwa – in dieser Welt nur als Arbeitstiere Platz; oder sie kümmerten sich um karitative Aufgaben wie sie selbst und andere Damen der Gesellschaft, die am Rande die Finger im Spiel hatten, über die Moral der Leute wachten und ihre Verbindungen dazu benutzten, Spenden zu sammeln.

Als sie zu Hause ihren Wagen bestieg, wies sie den Kutscher an, sie in die Gray's Inn Road zu fahren, und das mit einer Dringlichkeit, die nur zum Teil mit ihren Reformplänen zu tun hatte. Sie hätte Monk nie die Wahrheit gesagt, gestand sie sich doch nicht einmal selbst ein, wie sehr sie sich auf ein Wiedersehen mit Dr. Kristian Beck freute; wann immer sie an das Krankenhaus dachte, hatte sie sein Gesicht im Sinn und seine Stimme im Ohr.

Mit Gewalt richtete sie ihre Aufmerksamkeit wieder auf die weltlichen Angelegenheiten vor ihr. Sie hatte die Absicht, mit Mrs. Flaherty zu sprechen, der Wirtschafterin, einer nervösen kleinen Frau, die außerordentlich leicht eingeschnappt war und nichts vergaß noch vergab. Sie verwaltete ihre Stationen mit fähiger Hand, sorgte mit einem Schreckensregiment für bemerkenswerten Fleiß und Nüchternheit unter den Schwestern und hatte dabei eine Geduld mit Kranken, die schier grenzenlos schien. Aber sie war absolut unbeweglich in ihren Überzeugungen und ihrem Glauben an die Ärzte, die im Krankenhaus herrschten. Vor allem jedoch weigerte sie sich kategorisch, sich neumodische Ideen oder die Leute, die sie vertraten, auch nur anzuhören. Noch nicht einmal der Name Florence Nightingale beeindruckte sie.

Callandra stieg aus, sagte dem Kutscher, wann er sie wieder abholen solle, stieg dann die Stufen hinauf und trat durch das breite Portal in die mit Steinplatten ausgelegte Halle. Eine Frau mittleren Alters schlurfte durch den Raum, einen Eimer schmutzigen Wassers in der einen Hand, einen Scheuerlappen in der anderen. Sie war blaß und hatte ihr dünnes Haar hinten zu einem Knoten gedreht. Sie stieß mit dem Knie gegen den Eimer, der überschwappte, weshalb sie jedoch noch lange nicht stehenblieb. Sie ignorierte Callandra, als wäre sie unsichtbar.

Ein junger Chirurg, noch in der Ausbildung, die scharlachroten Blutspritzer auf dem kragenlosen Hemd und der alten Hose stumme Zeugen seiner Anwesenheit im Operationssaal, ging mit einem Nicken an Callandra vorbei.

Es roch nach Kohlenstaub, der Hitze von fiebernden Körpern, nach Krankheit, alten Verbänden, Eiter und ungeleerten Fäkalieneimern. Sie mußte sich mit der Wirtschafterin über die Moral der Schwestern unterhalten. Sie war mit dem Vortrag an der Reihe. Außerdem hatte sie den Kämmerer wegen neuer Mittel und der Umverteilung vorhandener zu sprechen und einige Fürsorgefälle zu begutachten. Sie würde das zuerst erledigen, dann hätte sie Zeit für einen Besuch bei Kristian Beck.

Sie fand die Oberschwester in einer der Stationen für Chirurgiepatienten, sowohl solche, die auf ihre Operation warteten, als auch Genesungsfälle. Einige von ihnen hatten über Nacht Fieber bekommen; der Zustand anderer, die bereits im fortgeschrittenen Fieber lagen, hatte sich verschlimmert. Ein Mann lag im Koma und stand kurz vor dem Tod. Obwohl die erst kürzlich entdeckte Anästhesie eine Reihe neuer Möglichkeiten eröffnete, starben viele, die eine Operation überstanden hatten, hinterher an einer Infektion. Überlebende waren in der Minderzahl. Man hatte einfach keine Mittel gegen Blutfäulnis oder Wundbrand, nichts, womit man gegen die Symptome hätte angehen können, von einer Heilung ganz zu schweigen.

Mrs. Flaherty kam aus der kleinen Kammer, in der Medikamente und saubere Bandagen aufbewahrt wurden. Ihr schmales Gesicht war blaß, ihr weißes Haar so straff nach hinten gezogen, daß es sogar die Falten um die Augen glattzog. Ihre Wangen zierten zwei Flecken zornigen Rots.

»Guten Morgen, die Dame«, sagte sie schroff. »Für Sie gibt es heute hier nichts zu tun, und von Miss Nightingale und frischer Luft möchte ich auch nichts hören. Uns sterben die armen Leute hier am Fieber, und wenn wir auf Sie hören, bringt uns die Luft von draußen auch noch die übrigen um.« Sie warf einen Blick auf die Uhr, die ihr an einer Nadel von der dünnen Schulter hing, dann sah sie wieder Callandra an. »Und, Madam, ich wäre Ihnen sehr verbunden, wenn Sie bei Ihrer nächsten Ansprache über Moral und Anstand insbesondere auf die Ehrlichkeit zu sprechen kämen. Einige der Patienten sind bestohlen worden. Kleinigkeiten, sicher, aber sie haben ja auch nicht viel, sonst wären sie nicht hier. Obwohl Sie wahrscheinlich keinen großen Sinn darin sehen, so wie ich Sie kenne.«

Sie betrat die Station, einen langen Raum mit hoher Decke, zu beiden Seiten von schmalen Betten gesäumt, die Patienten, waren sitzend oder liegend, in graue Decken gehüllt. Einige waren blaß, andere fieberten, einige warfen sich hin und her, während wieder andere einfach dalagen und entweder flach atmeten oder nach Luft schnappten.

Eine junge Frau in einem schmutzigen Kittel kam den Weg zwischen den Betten herauf, einen offenen Eimer Fäkalien in der Hand. Als sie vorbeiging, drang Callandra ein heftiger saurer Gestank in die Nase.

»Entschuldigen Sie«, antwortete Callandra und richtete ihre Aufmerksamkeit wieder auf die Oberschwester. »Aber Vorträge zu halten ist keine Lösung. Wir brauchen in diesem Beruf eine andere Sorten von Frauen, die man freilich auch entsprechend behandeln müßte.«

Mrs. Flaherty verzog irritiert das Gesicht. Die Argumente waren ihr nicht neu, und sie waren ebenso wirklichkeitsfremd wie undurchführbar.

»Das ist ja alles gut und schön, die Dame«, sagte sie spitz. »Aber wir müssen nun mal mit dem zurechtkommen, was wir haben, und das sind Faulheit, Trunksucht, Diebstähle und völlige Verantwortungslosigkeit. Wenn Sie helfen wollen, dann tun Sie was dagegen und reden nicht über Dinge, die es nie und nimmer geben wird.«

Callandra öffnete schon den Mund, um ihr zu widersprechen, aber ihre Aufmerksamkeit wurde von einer Frau abgelenkt, die mitten auf dem Weg zwischen den Betten zu würgen begann; die Patientin neben ihr rief um Hilfe.

Eine blasse fettleibige Frau mit einem leeren Eimer erschien und watschelte auf die sich übergebende Patientin zu.

»Das sind die Digitalisblätter«, sagte Mrs. Flaherty nüchtern. »Die Ärmste ist wassersüchtig. Seit Tagen hat sie nicht mehr Wasser gelassen, aber die werden ihr helfen. Sie war schon mal hier und hat sich wieder erholt.« Sie wandte sich ab und ihrem Tisch zu, an dem sie sich Notizen über Medikationen und die Reaktionen darauf machte. Die schweren Schlüssel an ihrem Gürtel klapperten. »Wenn Sie mich jetzt entschuldigen würden«, fuhr sie, ohne Callandra eines Blickes zu würdigen, fort. »Ich habe eine Menge Arbeit, und ich bin sicher, Sie auch.« Diese letzte Bemerkung war von schneidendem Sarkasmus.

»Ja«, sagte Callandra, nicht weniger spitz. »Das habe ich. Ich fürchte, Sie werden jemand anderen um eine Ansprache an die Schwestern bitten müssen, Mrs. Flaherty. Vielleicht möchte das Lady Ross Gilbert übernehmen. Sie scheint mir sehr fähig.«

»Das ist sie auch«, sagte Mrs. Flaherty bedeutungsvoll. Dann setzte sie sich an ihren Tisch und griff nach dem Federhalter. Callandra war damit entlassen.

So verließ sie denn die Station und ging einen langen schlechtbeleuchteten Flur entlang an einer Frau mit Eimer und Scheuerbürste vorbei; dann an einer zweiten, die in der Ecke lag wie ein Haufen schmutziger Wäsche – bis zur Bewußtlosigkeit betrunken.

Am Ende des Korridors begegneten ihr drei junge Medizinstudenten, die sich, die Köpfe zusammengesteckt und eifrig gestikulierend, unterhielten.

»Er ist so groß«, sagte ein rothaariger Junge und hielt ihnen die geballte Faust hin. »Sir Herbert wird ihn herausschneiden. Ich danke Gott dafür, heute leben zu dürfen. Denken Sie doch mal, wie hoffnungslos das noch vor zwölf Jahren gewesen wäre, vor der Anästhesie. Jetzt, mit Äther oder Lachgas, ist einfach nichts mehr unmöglich!«

»Das Beste seit Harvey und seinem Blutkreislauf«, pflichtete ihm ein anderer enthusiastisch bei. »Mein Großvater war Chirurg bei der Marine. Bei denen mußte noch alles mit einer Flasche Rum, einem Lederknebel und zwei Männern zum Festhalten gehen. Mein Gott, ist die moderne Medizin nicht was Wunderbares! Verdammt, meine Hose ist voller Blut.« Er zog ein Taschentuch heraus und tupfte sich ab, ohne damit eine Wirkung zu erzielen außer der, daß jetzt auch noch das Taschentuch rote Flecken aufwies.

»Ich weiß nicht, warum Sie Ihre Zeit verschwenden«, meinte der dritte junge Mann mit einem Lächeln für seine Bemühungen. »Sie assistieren doch, oder nicht? Da werden Sie ohnehin wieder naß. Sie hätten nicht den guten Anzug anziehen sollen. Ich mache das nie. Das wird Sie lehren, so eitel zu sein, nur weil es sich um Sir Herbert handelt.«

Sie schubsten einander und rangen im Scherz, nahmen Callandras Gegenwart im Vorübergehen mit einem kurzen Gruß zur Kenntnis und durchquerten schließlich die Halle in Richtung Operationssaal.

Einen Augenblick später trat Sir Herbert Stanhope persönlich durch die mächtige Eichentür. Er sah Callandra und zögerte, als suche er nach ihrem Namen. Er war ein wuchtiger Mann, nicht unbedingt groß, aber stattlich und von imposanter Haltung. Sein Gesicht war auf den ersten Blick ziemlich gewöhnlich: engstehende Augen, scharfe Nase, hohe Stirn und darüber bereits lichtes, sandfarbenes Haar. Erst beim zweiten Hinsehen bemerkte man die Kraft seines Intellekts, seine intensive Konzentrationsfähigkeit.

»Guten Morgen, Lady Callandra«, sagte er mit plötzlicher Befriedigung.

»Guten Morgen, Sir Herbert«, antwortete sie mit einem kaum merklichen Lächeln. »Ich bin froh, Sie noch zu sehen, bevor Sie operieren.«

»Ich habe es etwas eilig«, sagte er mit einem Anflug von Irritation. »Mein Stab wird mich bereits im Operationssaal erwarten, und höchstwahrscheinlich trifft auch meine Patientin jeden Augenblick ein.«

»Ich habe eine Beobachtung gemacht, wie man möglicherweise Infektionen bis zu einem gewissen Grad reduzieren könnte«, fuhr sie fort, ohne auf seine Eile zu achten.

»In der Tat«, sagte er skeptisch, eine ungeduldige Falte zwischen den Brauen. »Und was, bitte, haben Sie beobachtet?«

»Ich war eben auf der Station und habe, nicht zum erstenmal, wie ich sagen muß, gesehen, daß eine Schwester einen Fäkalieneimer ohne Deckel durch den Raum trug.«

»Fäkalien lassen sich nun einmal nicht vermeiden, Madam«, sagte er ungeduldig. »Der Mensch scheidet aus, was er nicht braucht, und ist er krank, so ist das Ergebnis häufig nicht besonders angenehm. Außerdem übergibt er sich. Das liegt in der Natur von Krankheit und Heilung.«

Callandra hatte Mühe, ihre Geduld zu wahren. Sie war keine Frau von hitzigem Temperament, aber derart von oben herab behandelt zu werden, war nur schwer zu ertragen.

»Dessen bin ich mir bewußt, Sir Herbert. Aber eben weil es sich um Ausgeschiedenes handelt, sind die Ausdünstungen schädlich und somit wohl besser nicht wieder einzuatmen. Könnte man nicht einfach die Schwestern die Eimer abdecken lassen?«

Irgendwo um die Ecke brach jemand in lautes Lachen aus. Sir Herberts Lippen strafften sich vor Abscheu.

»Haben Sie schon einmal versucht, einer Krankenschwester beizubringen, sich an die Regeln zu halten, Madam?« Er sagte das mit einem Anflug von Humor, aber ohne die geringste Freude daran. »Wie hieß es doch letztes Jahr in der *Times*? Ich vermag nicht wörtlich zu zitieren, aber es lief in etwa auf folgendes hinaus: Krankenschwestern bekommen Standpauken von Ausschüssen, Predigten vom Kaplan, Kämmerer und Verwalter sehen sie schief an, Oberschwestern zanken sie aus, Operationsassistenten tyrannisieren sie, Patienten meckern sie an und beschimpfen sie; wenn sie alt sind, beleidigt man sie; sind sie mittleren Alters und von angenehmem Wesen, behandelt man sie respektlos; sind sie jung, werden sie verführt.« Er hob seine schmalen Brauen. »Ist es da ein Wunder, wenn sie sind, wie sie sind? Von welcher Art Frau erwartet man denn, daß sie eine solche Arbeit verrichtet?«

»Ich habe den Artikel auch gelesen«, pflichtete sie ihm bei und blieb an seiner Seite, als er sich auf den weiten Weg zum Operationssaal machte. »Sie haben noch vergessen, daß die Chirurgen sie beschimpfen. Das stand auch drin.« Sie ignorierte das kurze Aufflackern in seinen Augen. »Das ist womöglich das beste Argument, eine andere Art Frauen einzustellen und sie wie gelernte Arbeitskräfte zu behandeln und nicht wie das niedrigste Gesinde.«

»Meine liebe Lady Callandra, Sie sagen das, als stünden Hunderte von intelligenten jungen Frauen aus gutem Hause und besten Charakters Schlange für diesen Dienst. Aber seit Glanz und Glorie des Krieges vorbei sind, ist dem bei weitem nicht so.« Er schüttelte heftig den Kopf. »Sie müssen sich nur einmal umsehen. Idealistische Tagträume sind gut und schön, aber ich habe mich mit der Wirklichkeit abzugeben. Ich kann nur mit denen arbeiten, die ich habe, und das sind nun mal die Frauen, die Sie hier sehen. Sie schüren die Öfen, leeren die Fäkalieneimer, rollen Bandagen auf. Und solange sie nüchtern sind, sind sie in der Regel sogar ziemlich freundlich zu den Kranken.«

Der Kämmerer des Krankenhauses kam an ihnen vorbei, ganz in Schwarz, einen Stapel Kladden unter dem Arm. Er nickte in ihre Richtung, blieb jedoch nicht stehen.

»Aber«, fuhr er fort, noch schroffer als zuvor, »wenn Sie unbedingt Deckel für die Eimer stellen wollen, bitte. Tun Sie, was Sie können, und sorgen Sie dafür, daß man sie auch benutzt. In der Zwischenzeit muß ich mich jedoch im Operationssaal melden, wo jeden Augenblick meine Patientin eintreffen wird. Ich wünsche noch einen guten Tag, Madam.« Und ohne auf ihre Antwort zu warten, durchquerte er die Halle zum Korridor gegenüber.

Callandra war noch nicht wieder zu Atem gekommen, als sie, gestützt von zwei Männern mit gesetzten Mienen, eine Frau mit aschfahlem Gesicht erblickte, die sich unter Schmerzen auf den Korridor zubewegte, in dem Sir Herbert verschwunden war. Offensichtlich handelte es sich um die Patientin, die er erwartete.

Erst nach einer ermüdenden Pflichtstunde mit dem schwarzgekleideten Kämmerer, mit dem sie Finanzen, Spenden und Schenkungen diskutierte, traf Callandra eine der anderen Damen vom Ausschuß: Lady Ross Gilbert, von der Mrs.

Flaherty so wohlwollend gesprochen hatte. Callandra befand sich oben auf der Treppe, als Berenice Ross Gilbert sie einholte. Sie war eine große Frau, die sich mit jener eleganten Leichtigkeit bewegte, die selbst der gewöhnlichsten Kleidung noch den Anschein der neuesten Mode gibt. Heute trug sie ein grünes Kleid mit vorne extrem spitz zulaufender Taille und einem Rock aus weichem Musselin, der mit drei gewaltigen, blumenbestickten Volants besetzt war. Es schmeichelte ihrem rötlichen Haar und dem blassen Teint; ihr Gesicht mit den schweren Lidern und dem etwas fliehenden Kinn war auf seine Art wunderschön.

»Guten Morgen, Callandra«, sagte sie lächelnd, während sie ihre Röcke um den Endpfosten des Geländers schwang, um neben ihr die Treppe hinabzusteigen. »Wie ich hörte, hatten Sie heute eine kleine Meinungsverschiedenheit mit Mrs. Flaherty.« Sie machte ein Gesicht, das eine amüsierte Resignation zum Ausdruck bringen sollte. »An Ihrer Stelle würde ich Miss Nightingale vergessen. Sie ist eine ziemliche Romantikerin, und ihre Ideen sind bei uns kaum anwendbar.«

»Von Miss Nightingale war gar nicht die Rede«, antwortete Callandra, die neben ihr ging. »Ich habe ihr nur gesagt, ich hätte keine Lust, die Schwestern über Ehrlichkeit und Nüchternheit zu belehren.«

Berenice lachte abrupt. »Es wäre auch reine Zeitverschwendung, meine Liebe. Sie würden damit bestenfalls Mrs. Flaherty das Gefühl geben, es wenigstens versucht zu haben, das wäre aber auch schon alles.«

»Hat sie Sie denn nicht darum gebeten?« fragte Callandra neugierig.

»Aber gewiß doch! Und höchstwahrscheinlich werde ich auch zusagen. Wenn es dann soweit ist, kann ich ja sagen, was ich will.«

»Das wird sie Ihnen nie verzeihen«, warnte Callandra sie. »Mrs. Flaherty verzeiht nichts. Aber, was wollen Sie denn sagen?«

»Ich weiß es wirklich nicht«, antwortete Berenice leichthin. »Nichts so Grimmiges wie Sie!«

Sie erreichten den Fuß der Treppe.

»Also wirklich, meine Liebe, Sie wissen doch, daß Sie die Leute hier nie dazu bekommen werden, bei diesem Klima die Fenster offenzulassen! Sie würden erfrieren. Selbst auf den westindischen Inseln, wissen Sie, achteten wir darauf, daß die Nachtluft draußen blieb. Sie ist einfach nicht gesund, so warm es dort auch ist.«

»Das ist doch etwas ganz anderes«, widersprach Callandra. »Bei all den Arten von Fieber, die es dort gibt.«

»Hier haben wir die Cholera, Typhus und die Pocken«, erinnerte sie Berenice. »Erst vor fünf Jahren hatten wir ganz in der Nähe eine schlimme Choleraepidemie, was mir doch recht gibt! Man sollte die Fenster geschlossen halten, vor allem im Krankenzimmer.«

Sie gingen nebeneinander den Flur entlang.

»Wie lange haben Sie denn auf den Inseln gelebt?« fragte Callandra. »Wo war das gleich wieder – Jamaika?«

»Oh, fünfzehn Jahre«, sagte Berenice. »Ja, Jamaika. Meine Familie hatte dort Plantagen. Ein ausgesprochen angenehmes Leben.« Sie zuckte mit den Achseln. »Aber langweilig, wenn man sich nach der Gesellschaft und der Aufregung Londons sehnt. Woche für Woche dieselben Leute. Nach einiger Zeit hat man das Gefühl, jeden halbwegs wichtigen Menschen zu kennen und alles gehört zu haben, was er zu sagen hat.«

Sie hatten einen Quergang erreicht, und Berenice schien linker Hand in eine Station zu wollen. Callandra wollte Kristian Beck aufsuchen. Am wahrscheinlichsten, dachte sie, dürfte er sich um diese Tageszeit in seinen eigenen Räumen aufhalten, wo er studierte, Patienten empfing und seine Bücher und Akten hatte. Und seine Räume lagen rechter Hand.

»Es muß trotzdem schwer gewesen sein, wegzugehen«, sagte sie ohne echtes Interesse. »Sie mußten doch erwarten, daß in England alles ganz anders wäre und Sie Ihre Familie vermissen würden.«

Berenice lächelte. »Als ich dort wegging, gab es nicht mehr allzuviel zu verlassen. Die Plantagen waren längst kein so gutes Geschäft mehr wie früher. Ich erinnere mich an den

Sklavenmarkt in Kingston, als ich noch ein Kind war, aber natürlich ist die Sklaverei schon seit Jahren verboten.« Sie fuhr mit der Hand über ihre voluminösen Röcke, um ein Stück losen Faden wegzuwischen.

Dann stieß sie ein kleines trockenes Lachen aus und ging den Korridor hinauf, so daß Callandra die andere Richtung zu Kristian Becks Räumen einschlagen konnte. Sie war plötzlich nervös, ihre Hände heiß, ihr Mund trocken. Das war doch lächerlich! Sie war eine Witwe mittleren Alters, weit davon entfernt, eine Schönheit zu sein, und besuchte einen vielbeschäftigten Arzt, nichts weiter – wozu die ganze Aufregung?

Sie klopfte abrupt an seine Tür.

»Herein.« Seine Stimme war überraschend tief und hatte einen kaum wahrnehmbaren Akzent, den sie nie so recht hatte einordnen können. Mitteleuropäisch, sicher, aber aus welchem Land genau, wußte sie nicht. Sie hatte ihn nie danach gefragt.

Sie drehte am Knopf und schob die Tür auf.

Er stand am Tisch vor dem Fenster, eine Reihe Papiere vor sich ausgebreitet, und drehte sich um, um zu sehen, wer hereingekommen war. Er war nicht groß, strahlte aber eine gewisse Kraft aus, körperlich wie emotional. Die dunklen Augen, die sein Gesicht dominierten, hatten eine wunderschöne Form, und der Mund war sinnlich und humorvoll zugleich. Als er sie sah, wich sein besorgter Ausdruck sofort einer echten Freude.

»Lady Callandra! Wie schön, Sie wiederzusehen. Ich hoffe, Ihr Besuch bedeutet nicht, daß etwas nicht stimmt?«

»Jedenfalls nichts Neues.« Sie schloß die Tür hinter sich. Sie hatte sich eine gute Entschuldigung für ihr Kommen zurechtgelegt, aber jetzt wollte sie ihr nicht mehr einfallen. »Ich habe auf Sir Herbert einzuwirken versucht, die Krankenschwestern dazu anzuhalten, die Fäkalieneimer abzudecken«, sagte sie etwas zu schnell. »Aber ich glaube nicht, daß er einen großen Sinn darin sieht. Er war auf dem Weg in den Operationssaal, und ich hatte das Gefühl, daß er in Gedanken längst bei seiner Patientin war.«

»Und jetzt wollen Sie statt dessen mich überzeugen?« Sein

Lächeln war breit und spontan. »Ich habe bisher nicht mehr als zwei, drei Schwestern gefunden, die sich eine Order länger als einen Tag merken können, geschweige denn, daß sie sich daran hielten. Die armen Dinger, jeder setzt ihnen zu, die Hälfte der Zeit über sind sie hungrig, die andere betrunken.« Sein Lächeln verschwand wieder. »Sie machen ihre Arbeit, so gut sie's eben verstehen.«

Seine Augen leuchteten, und als er sich gegen den Tisch lehnte, hatte er ihre ganze Aufmerksamkeit. »Wissen Sie, ich habe eben einen äußerst interessanten Artikel gelesen. Ein Arzt zog sich auf der Heimreise von den westindischen Inseln ein Fieber zu und hat sich geheilt, indem er nachts an Deck ging, die Kleidung ablegte und eine kalte Dusche mit Meerwasser nahm. Ist das nicht unglaublich?« Er beobachtete sie, musterte den Ausdruck in ihren Augen. »Es linderte die Symptome, er schlief gut und war am Morgen wieder wohlauf. Als sich das Fieber am Abend wieder einstellte, behandelte er sich auf die gleiche Art, und wieder war es verschwunden. Die Anfälle wurden von Mal zu Mal leichter, und als das Schiff in den Hafen einlief, war er wieder ganz der alte.«

Sie war etwas verblüfft, aber sein Eifer wirkte ansteckend. »Können Sie sich Mrs. Flaherty vorstellen, wenn Sie versuchen würden, Ihre Patienten mit kaltem Wasser zu traktieren?« Sie versuchte nicht zu lachen, aber ihre Stimme bebte, wenn auch weniger aus Belustigung denn aus Nervosität. »Ich kann sie noch nicht einmal dazu überreden, bei Sonne die Fenster zu öffnen, geschweige denn nachts!«

»Ich weiß!« sagte er rasch. »Ich weiß, aber wir entdecken jedes Jahr etwas Neues.« Er griff nach dem Stuhl zwischen ihnen und drehte ihn so, daß sie sich bequem setzen konnte, aber sie ignorierte ihn. Er bot ihr den Artikel an, als wolle er seine Freude mit ihr teilen.

Sie nahm ihn und konnte nicht anders, als zu lächeln, als sich ihre Blicke trafen.

»Sehen Sie ihn sich an!« befahl er ihr.

Gehorsam sah sie sich den Artikel an. Er war auf deutsch. Er sah ihre Verwirrung. »Oh, tut mir leid.« Ein zartes Rosa überzog seine Wangen. »So mühelos, wie ich mich mit Ihnen unterhalte, habe ich ganz vergessen, daß Sie des Deutschen nicht mächtig sind. Soll ich Ihnen vorlesen, was drinsteht?« Es war so deutlich zu sehen, wieviel ihm daran lag, daß sie es ihm, selbst wenn sie daran gedacht hätte, unmöglich abschlagen konnte.

»Ich bitte darum«, forderte sie ihn auf. »Es hört sich nach einer ausgesprochen wünschenswerten Behandlung an.«

Er schien überrascht. »Finden Sie wirklich? Also ich möchte mich nicht eimerweise mit kaltem Wasser begießen lassen.«

Sie lächelte breit. »Na, vielleicht nicht aus der Sicht des Patienten. Ich dachte eher an unsere. Kaltes Wasser ist billig und fast überall problemlos zu haben. Außerdem bedarf es keiner besonderen Fertigkeiten bei der Anwendung, und bei der Dosis kann man sich auch nicht vertun. Ein Eimer mehr oder weniger, was spielt das schon für eine Rolle?«

Sein Gesicht entspannte sich plötzlich, als er herzhaft zu lachen begann. »Oh, natürlich! Ich fürchte, Sie sind weit praktischer veranlagt als ich. Ich muß das bei Frauen immer wieder feststellen.« Dann wurde sein Gesicht ebenso plötzlich wieder hart, seine Stirn umwölkte sich. »Deshalb wünschte ich wirklich, wir könnten bei der Krankenpflege mehr intelligente, selbstbewußte Frauen hinzuziehen. Wir haben die eine oder andere ausgezeichnete Schwester, sicher, aber sie haben kaum eine große Zukunft, wenn sich unsere Ansichten nicht gründlich ändern.« Er sah sie ernst an. »Ich denke da vor allem an eine gewisse Miss Barrymore, die zusammen mit Miss Nightingale auf der Krim war. Sie verfügt über eine bemerkenswerte Auffassungsgabe, erfreut sich aber bedauerlicherweise hier nicht jedermanns Bewunderung.« Er seufzte und sah sie plötzlich mit absoluter Offenheit an – eine Vertraulichkeit, bei der ihr schlagartig warm ums Herz wurde. »Ich fürchte, ich habe mich mit Ihrem Reformeifer angesteckt!«

Er sagte das wie im Scherz, aber sie wußte, er meinte es absolut ernst und wollte ihr das zu verstehen geben.

Sie wollte ihm eben antworten, als draußen auf dem Flur ein zorniges Geschrei anhob. Eine Frau hatte wutentbrannt die

Stimme erhoben. Instinktiv wandten sich beide der Tür zu und lauschten.

Einen Augenblick später folgte ein wütender Schrei, dann kreischte jemand vor Schmerz und Wut auf.

Kristian ging zur Tür und öffnete sie. Callandra folgte ihm und blickte hinaus. Es gab hier keine Fenster, und tagsüber brannte das Gaslicht nicht. Einige Meter vor ihnen im Zwielicht rangen zwei Frauen, von denen einer das lange Haar offen und strähnig auf die Schultern hing; sie sahen, wie ihre Gegnerin sich darauf stürzte und zu ziehen begann.

»Aufhören!« rief Callandra, als sie sich an Kristian vorbeischob und auf die beiden Frauen zuging. »Was soll das? Was ist los mit Ihnen?«

Sie hielten einen Augenblick inne, hauptsächlich weil sie völlig überrascht waren. Eine von ihnen war Ende Zwanzig, gewöhnlich, aber nicht unattraktiv. Die andere war wenigstens zehn Jahre älter und sah bereits alt und verbraucht aus vom harten Leben und zu vielen durchzechten Nächten.

»Was ist los?« fragte Callandra noch einmal. »Weshalb schlagen Sie sich?«

»Die Wäscherutsche«, sagte die jüngere mürrisch. »Sie hat sie verstopft, weil sie das ganze Bettzeug auf einmal hineingestopft hat.« Sie funkelte sie an. »Jetzt geht nichts mehr durch, und wir müssen alles selber zu den Waschkesseln tragen! Als hätten wir nicht schon genug um die Ohren, auch ohne jedesmal die Treppe rauf und runter zu laufen, wenn ein Laken zu wechseln ist!«

Erst jetzt sah Callandra das Bündel schmutzigen Bettzeugs auf dem Boden neben der Wand.

»Ich war's nicht!« sagte die Ältere trotzig. »Ich hab' nur eines reingeworfen. Wie soll ich die Rutsche mit einem Laken verstopfen?« In ihrer Entrüstung hob sie die Stimme. »Da müßt' man ja wohl ein ganz gescheites Frauenzimmer sein, um weniger als eines auf einmal runterzuwerfen. Was meinst du? Daß ich es aus'nanderreiße und wieder zusammennähe, nachdem's gekocht ist?« Sie starrte ihre Gegnerin streitsüchtig an.

»Lassen Sie uns doch mal sehen«, sagte Kristian hinter ihr.

Mit einer Entschuldigung drängte er sich zwischen den beiden Schwestern durch und sah in den offenen Schacht, durch den die Laken direkt neben den Kupferkesseln der Waschküche landeten. Er spähte einige Sekunden hinab, während alle schweigend warteten.

»Ich kann nichts sehen«, sagte er schließlich und trat zurück. »Irgend etwas muß den Weg blockieren, sonst würde ich unten die Körbe sehen oder wenigstens Licht. Aber wir wollen später darüber diskutieren, wer das da hineingestopft hat. Zunächst einmal gilt es, das Ding zu entfernen.« Er sah sich nach etwas um, womit das zu bewerkstelligen wäre, fand aber nichts.

»Ein Besen?« schlug Callandra vor. »Oder ein Fensterhaken! Irgend etwas mit einem langen Stiel.«

Die Krankenschwestern standen reglos herum.

»Machen Sie schon!« befahl Callandra ungeduldig. »Gehen Sie einen suchen! Es muß doch wohl ein Fensterhaken auf der Station sein.« Sie wies auf die Tür zur nächstgelegenen Station. »Stehen Sie nicht herum, holen Sie ihn!«

Widerstrebend machte die Jüngere Anstalten zu gehen, zögerte noch einmal und warf ihrer Kollegin einen bösen Blick zu, bevor sie ging.

Callandra spähte in die Öffnung. Auch sie konnte nichts erkennen. Offensichtlich war der Schacht blockiert, aber wie weit unten, war nicht zu sehen.

Die Schwester kam mit einem langstieligen Fensterhaken zurück und reichte ihn Kristian, der ihn in die Öffnung steckte. Aber so weit er sich auch hineinlehnte, er traf auf keinerlei Widerstand. Das Hindernis, was immer es sein mochte, war außerhalb seiner Reichweite.

»Wir müssen hinunter und sehen, ob wir es von unten herausbekommen können«, sagte er nach einem weiteren erfolglosen Versuch.

»Ah...« Die jüngere der beiden Schwestern räusperte sich.

Sie wandten sich nach ihr um.

»Dr. Beck, Sir.«

»Ja?«

»Lally, das ist eins von den Mädchen, die im Operationssaal saubermachen. Also die ist erst dreizehn und dürr wie'n Karnickel zu neun Pence. Die könnte da leicht runterrutschen, und da ja die Wäschekörbe unten stehen, würd' sie sich wohl auch nicht weh tun.«

Kristian zögerte nur einen Augenblick.

»Gute Idee. Holen Sie sie, ja?« Er wandte sich an Callandra. »Wir sollten hinuntergehen in die Waschküche, um sicherzustellen, daß sie auch weich landet.«

»Ja, Sir, ich geh sie mal holen.« Worauf sie rasch verschwand; hinter der nächsten Ecke begann sie zu laufen.

Callandra, Kristian und die andere Schwester wandten sich in die entgegengesetzte Richtung und gingen in den Keller. Durch dunkle, spärlich von Gaslampen erhellte Gänge gelangten sie in die Waschküche, wo riesige Kupferkessel Dampf ausstießen und Rohre klapperten, aus denen siedendes Wasser kam. Frauen mit hochgekrempelten Ärmeln, angespannten Muskeln, hochroten Gesichtern und tropfnassem Haar, hievten das nasse Leinen auf hölzerne Pfähle. Eine oder zwei drehten sich nach den ungewöhnlichen Eindringlingen um, machten sich aber dann sofort wieder an die Arbeit.

Kristian trat ans untere Ende des Wäscheschachts und spähte nach oben; als er den Kopf wieder herausnahm, sah er Callandra kopfschüttelnd an.

Sie schob einen der großen Weidenkörbe unter den Schacht und warf einige Bündel Schmutzwäsche hinein, um den Fall der Kleinen zu dämpfen.

»Da hätte nichts hängenbleiben dürfen«, sagte Kristian mit gerunzelter Stirn. »Laken sind doch weich genug, um durchzurutschen, selbst wenn man mehrere auf einmal hineinstopft. Vielleicht hat jemand Abfall hineingeworfen.«

»Wir werden es gleich sehen«, antwortete sie mit einem erwartungsvollen Blick nach oben.

Sie brauchten nicht lange zu warten. Von oben drang gedämpftes Geschrei herab, schwach und unmöglich zu verstehen, dann folgte ein Augenblick Schweigen, ein Kreischen, ein merkwürdiges Schaben und ein weiterer Schrei. Eine Frau landete im Wäschekorb, die Röcke verschoben, Arme und Beine merkwürdig verdreht. Kurz nach dem Schrei kam das kleine dünne Putzmädchen, das noch einmal aufkreischte, sich dann aber aufrappelte, um wie ein Äffchen aus dem Korb zu klettern. Auf dem Boden brach sie laut heulend zusammen.

Kristian beugte sich vor, um der anderen Frau aufzuhelfen, dann jedoch lief sein Gesicht dunkel an und er griff nach Callandra, um sie zurückzuhalten. Aber es war schon zu spät. Sie hatte bereits in den Korb geblickt und sofort gesehen, daß die Frau nicht mehr lebte. Die aschfahle Färbung ihres Gesichts, die blauen Lippen, vor allem aber die schrecklichen Flecken am Hals waren nicht zu mißdeuten.

»Es ist Schwester Barrymore«, sagte Kristian heiser, dem die Stimme fast versagte. Er fügte erst gar nicht hinzu, daß sie tot war; er sah an Callandras Blick, daß sie nicht nur das wußte, sondern auch, daß sie weder durch einen Unfall noch durch eine Krankheit ums Leben gekommen war. Instinktiv streckte er die Hand aus, als wolle er die Frau berühren – als könne sein Mitgefühl sie noch erreichen.

»Nein«, sagte Callandra leise. »Nicht...«

Er öffnete den Mund, als wolle er einen Einwand vorbringen, erkannte aber dann, daß es sinnlos war. Er starrte auf die Leiche der Frau, und sein Blick füllte sich mit Traurigkeit. »Warum hat man ihr das angetan?« fragte er hilflos. Ohne nachzudenken, legte Callandra ihm eine Hand auf den Arm und drückte sanft.

»Das können wir noch nicht wissen. Aber wir müssen die Polizei rufen, da es sich um einen Mord zu handeln scheint.«

Eine der Wäscherinnen wandte sich um, womöglich weil das Putzmädchen ihre Aufmerksamkeit erregte, das eben wieder zu kreischen begann, und sah den Arm der Leiche über den Rand des Wäschekorbs ragen. Sie kam herüber und starrte sie mit offenem Mund an. Dann begann auch sie zu schreien.

»Mord!« Sie holte tief Luft und schrie, durchdringend, mit einer Stimme so gellend, daß sie selbst das Zischen des Dampfes und das Klappern der Rohre übertönte: »Mord! Hilfe! Mord!«

Worauf auch die anderen Frauen ihre Arbeit unterbrachen und sich um sie scharten, einige heulend, einige kreischend, während eine gar ohnmächtig zu Boden sank. Keiner achtete auf das Mädchen.

»Nun ist aber Schluß!« befahl Kristian scharf. »Hören Sie sofort damit auf und gehen Sie wieder an die Arbeit!«

Irgendeine Kraft in ihm, vielleicht auch sein Ton oder sein Auftreten, rührten an ihre angeborene Angst vor Autorität, so daß sie, eine nach der anderen, verstummten und zurückwichen. Aber nicht eine kehrte zu den Kesseln oder den langsam abkühlenden Haufen dampfender Wäsche auf den Steinplatten und in den Wannen zurück.

Kristian wandte sich an Callandra.

»Sie gehen besser und informieren Sir Herbert, damit er die Polizei ruft«, sagte er leise. »Das können wir nicht alleine erledigen. Ich bleibe hier und passe auf, daß sie niemand anrührt. Und nehmen Sie das Putzmädchen mal lieber mit, das arme Kind. Sorgen Sie dafür, daß sich jemand um sie kümmert.«

»Sie wird es jedem erzählen«, gab Callandra zu bedenken. »Zweifellos mit zahlreichen Ausschmückungen. Das halbe Krankenhaus wird denken, es sei zu einem Massaker gekommen. Einige werden hysterisch reagieren. Und die Patienten werden darunter leiden.«

Er zögerte einen Augenblick und ließ sich durch den Kopf gehen, was sie gesagt hatte.

»Dann bringen Sie sie besser zur Oberschwester und erklären warum. Und anschließend gehen Sie zu Sir Herbert. Ich werde zusehen, daß die Wäscherinnen hier bleiben.«

Sie lächelte und nickte leicht. Dann wandte sie sich dem Mädchen zu, die sich gegen die füllige Gestalt einer schweigenden Wäscherin drückte. Ihr schmales Gesicht war blutleer, und die dünnen Arme hatte sie fest um ihren Körper geschlungen, als halte sie sich selbst, um nicht vor Zittern zusammenzubrechen.

Callandra streckte ihr eine Hand hin. »Komm«, sagte sie sanft, »ich nehme dich mit hinauf, wo du dich setzen und eine

Tasse Tee trinken kannst, bevor du dich wieder an die Arbeit machst.« Von Mrs. Flaherty sagte sie nichts; sie wußte, daß die meisten Schwestern und Putzmädchen Angst vor ihr hatten, und das zu Recht.

Das Kind starrte sie an, aber es war nichts Ehrfurchtgebietendes in Callandras Gesicht, ihrer unordentlichen Frisur und der eher behäbigen Gestalt unter dem wollenen Kleid. Sie hatte nicht die geringste Ähnlichkeit mit Mrs. Flahertys grimmiger Hagerkeit.

»Komm schon«, sagte Callandra, diesmal etwas energischer. Gehorsam machte sich die Kleine los und folgte, wie sie es gewohnt war, einen Schritt hinterdrein.

Sie hatten Mrs. Flaherty rasch gefunden. Das ganze Krankenhaus wußte, wo sie war. Die Nachricht verbreitete sich wie eine Warnung, wann immer sie irgendwo vorbeikam. Flaschen wurden versteckt, Schrubber fester geschoben, Köpfe beugten sich tiefer über die Arbeit.

»Ja, Eure Ladyschaft, was ist denn nun wieder?« sagte sie freudlos, während ihr ungnädiger Blick auf das Putzmädchen fiel. »Sie ist doch nicht krank, oder?«

»Nein, Oberschwester, nur völlig verschreckt«, antwortete Callandra. »Wir haben im Wäscheschacht eine Leiche entdeckt, und das arme Kind hier hat sie gefunden. Ich bin unterwegs zu Sir Herbert, damit er die Polizei holt.«

»Wozu das denn?« fuhr Mrs. Flaherty sie an. »Eine Leiche in einem Krankenhaus ist nun wirklich nichts Ungewöhnliches, auch wenn ich mir beim besten Willen nicht vorstellen kann, wie sie in die Wäscherutsche gekommen ist!« Ihr Gesicht verfinsterte sich. »Ich hoffe, es war nicht einer der jungen Ärzte. Die haben ja manchmal eine kindische Auffassung von Amüsement.«

»Niemand könnte das amüsant finden, Mrs. Flaherty.« Callandra war überrascht, daß ihre Stimme so ruhig war. »Es handelt sich um Schwester Barrymore, und sie ist keines natürlichen Todes gestorben. Ich werde die Angelegenheit nun Sir Herbert melden, und ich wäre Ihnen sehr verbunden, wenn Sie dafür sorgen könnten, daß das Kind hier nicht unabsichtlich eine Hysterie auslöst, indem sie mit anderen darüber spricht. Es wird früh genug bekannt werden. In der Zwischenzeit wäre es jedoch besser, sich darauf vorzubereiten.«

Mrs. Flaherty sah sie erschreckt an. »Keines natürlichen Todes? Was soll das heißen?«

Aber Callandra hatte nicht vor, die Angelegenheit noch weiter zu diskutieren. Sie lächelte kurz und machte sich dann, ohne zu antworten, auf den Weg; in zorniger Verwirrung starrte Mrs. Flaherty ihr hinterher.

Sir Herbert Stanhope war im Operationssaal und hatte dort offensichtlich noch eine ganze Weile zu tun. Da die Angelegenheit jedoch nicht warten konnte, öffnete sie einfach die Tür und trat ein. Es war nicht gerade ein Saal, ein Instrumententisch auf der anderen Seite beanspruchte den größten Teil des Raums, und es befanden sich bereits mehrere Leute dort. Zwei Praktikanten assistierten, um etwas zu lernen, ein dritter, etwas älter als sie, kümmerte sich um die Lachgasflaschen und überwachte die Atmung der Patientin. Eine Schwester stand dabei, um die gewünschten Instrumente zu reichen. Die Patientin lag besinnungslos auf dem Tisch, das Gesicht weiß, der Oberkörper nackt, eine halbgeschlossene Wunde an der Brust. Sir Herbert stand an ihrer Seite, eine Nadel in der Hand, Blut an Hemdsärmeln und Unterarmen.

Alle starrten Callandra an.

»Was tun Sie hier, Madam?« verlangte Sir Herbert zu wissen. »Sie können doch nicht einfach in eine Operation platzen! Würden Sie bitte auf der Stelle gehen!«

Sie hatte einen Empfang dieser Art erwartet und war deshalb nicht weiter überrascht.

»Es gibt da etwas, was nicht warten kann, bis Sie fertig sind, Sir Herbert«, antwortete sie.

»Holen Sie einen der anderen Ärzte!« fuhr er sie an und wandte sich wieder seinen Stichen zu.

»Bitte achten Sie darauf, was ich mache, meine Herren«, fuhr er, an die Praktikanten gewandt, fort. Offensichtlich nahm er an, daß Callandra den Hinauswurf akzeptieren und anstandslos gehen würde.

»Hier im Hospital ist jemand ermordet worden, Sir Herbert«, sagte Callandra laut und deutlich. »Wollen Sie, daß ich die Polizei informiere, oder würden Sie das lieber selbst übernehmen?«

Er erstarrte, seine Hände mit der Nadel noch in der Luft. Trotzdem sah er sie nicht an. Die Schwester sog lautstark die Luft ein. Einer der jungen Ärzte gab einen würgenden Ton von sich und griff nach der Tischkante.

»Seien Sie nicht albern!« fuhr Sir Herbert sie an. »Sollte ein Patient unerwarteterweise gestorben sein, so werde ich mich darum kümmern, wenn ich hier fertig bin.« Langsam wandte er sich Callandra zu. Er schien anzunehmen, daß die falsche Diagnose eines Arztes den Tod herbeigeführt hatte, was natürlich kein Fall für die Polizei war. Er war blaß im Gesicht und hatte einige Zornesfalten zwischen den Brauen.

»Eine der Schwestern wurde erwürgt und in den Wäscheschacht gesteckt«, sagte Callandra langsam und sehr deutlich. »Es handelt sich ohne Frage um ein Verbrechen, und wenn Sie hier nicht abkömmlich sind, um die Polizei zu rufen, so werde ich das für Sie übernehmen. Die Leiche bleibt, wo sie ist. Dr. Beck sorgt dafür, daß sie niemand berührt.«

Mit einem scharfen Zischen sog er die Luft zwischen die Zähne. Einer der Medizinstudenten stieß einen Fluch aus.

Sir Herbert senkte die Hände, noch immer die blutige Nadel mit dem langen Faden in der einen. Mit leuchtenden Augen, das Gesicht verspannt, wandte er sich Callandra zu.

»Eine der Schwestern?« wiederholte er ganz langsam. »Sind Sie sicher?«

»Selbstverständlich bin ich sicher«, antwortete Callandra. »Es ist Schwester Barrymore.«

»Oh.« Er zögerte. »Das ist ja schrecklich. Ja, dann rufen Sie die Polizei, unbedingt. Ich werde das hier zu Ende bringen und zur Verfügung stehen, wenn sie kommt. Besser, Sie nehmen einen Wagen, als einen Boten zu schicken, und seien Sie um Himmels willen diskret. Wir wollen hier keine Panik. Die Kranken werden darunter leiden.« Sein Gesichtsausdruck verfinsterte sich. »Wer weiß außer Dr. Beck sonst noch davon?«

»Mrs. Flaherty, die Waschfrauen und eines der Putzmädchen, das ich aus diesem Grund in Mrs. Flahertys Obhut gegeben habe.«

»Gut.« Seine Miene entspannte sich etwas. »Dann fahren Sie besser sofort los. Ich dürfte wohl fertig sein, wenn Sie wieder zurück sind.« Er entschuldigte sich nicht, weder dafür, ihr nicht gleich zugehört zu haben, noch für seine Unhöflichkeit; nicht, daß sie dergleichen erwartet hätte.

Wie er vorgeschlagen hatte, nahm sie sich eine Droschke und befahl dem Kutscher, sie zu Monks altem Revier zu fahren. Wahrscheinlich war es das, das am nächsten lag, aber vor allem war es das einzige, dessen Adresse sie wußte und von dem sie sicher sein konnte, dort einen leitenden Beamten mit dem nötigen Sinn für Diskretion zu finden. Sie benutzte ihren Titel, um sofort vorgelassen zu werden.

»Lady Callandra.« Runcorn erhob sich, sobald man sie hereinführte. Er kam auf sie zu und streckte ihr eine Hand entgegen, um sie zu begrüßen, überlegte es sich dann jedoch anders und verbeugte sich statt dessen dezent. Er war ein großer Mann mit einem schmalen Gesicht, in gewisser Hinsicht fast gut aussehend, wären da nicht die zornigen Falten um den Mund gewesen. Dazu kam ein Mangel an Selbstsicherheit, den man bei einem Beamten seines Rangs nicht vermutet hätte. Man brauchte ihn nur anzusehen, um zu wissen, daß Monk und er unmöglich unbefangen miteinander umgehen könnten. Ihr Naturell, wie es in ihren Zügen zutage trat, war von Grund auf verschieden. Monk war selbstsicher, fast arrogant, seine Überzeugungen saßen tief und wurden vom Verstand dominiert, sein Ehrgeiz war grenzenlos. Runcorns Überzeugungen waren zwar nicht weniger tief, aber ihm mangelte es am nötigen Selbstvertrauen. Er war sich seiner Gefühle nicht sicher, und sein Humor war schlicht. Zwar war auch er ehrgeizig, aber seine Verletzlichkeit stand ihm ins Gesicht geschrieben. Das Urteil anderer konnte ihn nicht nur beeinflussen, sondern auch kränken.

»Guten Morgen, Mr. Runcorn«, antwortete Callandra mit verkniffenem Lächeln. Sie akzeptierte den Stuhl, den er ihr anbot. »Ich bedaure, ein Verbrechen melden zu müssen, und da es sich als heikle Angelegenheit erweisen könnte, möchte ich es Ihnen lieber persönlich sagen, als dem nächsten Konstabler auf der Straße. Ich fürchte, die Sache ist sehr ernst.«

»In der Tat.« Schon jetzt machte er einen auf undefinierbare Weise befriedigten Eindruck, als käme der Umstand, daß sie sich ihm anvertraute, einer Auszeichnung gleich. »Tut mir leid, das zu hören. Handelt es sich um einen Raub?«

»Nein.« Raub hatte für sie keinerlei Bedeutung. »Es handelt sich um Mord.«

Seine Selbstgefälligkeit verschwand, aber dafür belebte sich seine Aufmerksamkeit. »Wer wurde ermordet, Madam? Ich werde sofort meinen besten Beamten auf den Fall ansetzen. Wo ist es denn passiert?«

»Im Königlichen Armenspital in der Gray's Inn Road«, antwortete sie. »Eine der Krankenschwestern ist erwürgt worden. Sir Herbert Stanhope, der Oberarzt, ein Chirurg von beträchtlichem...«

»Ich habe selbstverständlich von ihm gehört. Ein hervorragender Mann.« Runcorn nickte. »In der Tat, ein hervorragender Mann! Hat er Sie geschickt, die Angelegenheit zu melden?«

»In gewissem Sinne.« Es war albern, ihm die Anspielung auf Sir Herbert übelzunehmen – als hätte dieser die Sache in die Hand genommen und sie wäre nichts weiter als eine Botin, und doch wußte sie, daß es letztlich genau darauf hinauslaufen würde. »Ich war eine der Personen, die die Leiche gefunden haben«, fügte sie hinzu.

»Wie betrüblich für Sie«, sagte Runcorn mitfühlend. »Darf ich nach einer Stärkung schicken? Einer Tasse Tee vielleicht?«

»Nein, danke.« Es kam etwas energischer als beabsichtigt. Sie war zu erschüttert und ihr Mund völlig trocken. »Nein, danke, ich würde es vorziehen, wieder ins Spital zurückzukehren, damit Ihr Beamter sich an seine Ermittlungen in der Sache machen kann«, fügte sie hinzu. »Ich habe Dr. Beck als Wache zurückgelassen, damit niemand etwas an der Leiche verändert. Er befindet sich jetzt schon eine geraume Weile dort.«

»Selbstverständlich. Ausgesprochen lobenswert, Madam«,

sagte Runcorn, und zweifelsohne war es auch so gemeint, aber für Callandra hörte es sich geradezu unerträglich herablassend an. Fast hätte sie ihn gefragt, ob er denn erwartet hatte, sie würde sich wie eine Idiotin benehmen und die Leiche so hinterlassen, daß jeder daran herumhantieren könnte, aber sie nahm sich zusammen. Sie war besorgter als sie gedacht hatte. Sie stellte zu ihrer Überraschung fest, daß ihr die Hände zitterten. Um sie vor Runcorn zu verstecken, schob sie sie in die Falten ihres Rocks. Dann starrte sie ihn erwartungsvoll an.

Er stand auf, entschuldigte sich, ging zur Tür, öffnete sie und rief nach einem Konstabler. »Schicken Sie auf der Stelle Inspektor Jeavis herauf. Ich habe einen neuen Fall für ihn – und Sergeant Evan.«

Die Antwort war nicht zu verstehen, aber es dauerte nur wenige Augenblicke, und ein dunkler, finsterer Mann steckte fragend den Kopf durch die Tür. Unmittelbar darauf kam er ganz herein, seine hagere Gestalt in einer förmlichen schwarzen Hose und schwarzem Gehrock. Mit dem weißen Kragen hätte man ihn eher für einen Stadtdirektor oder Bestatter gehalten. Sein Auftreten war selbstbewußt und zurückhaltend zugleich. Sein Blick fiel auf Runcorn, dann auf Callandra, als wolle er um Erlaubnis fragen, eintreten zu dürfen, wartete jedoch nicht darauf, sondern stellte sich in die Mitte zwischen beiden.

»Jeavis, das hier ist Lady Callandra Daviot«, begann Runcorn, bevor er sich seines gesellschaftlichen Fauxpas bewußt wurde. Er hätte zuerst ihn vorstellen sollen, nicht umgekehrt. Er errötete ärgerlich, aber es war nicht mehr rückgängig zu machen.

Ohne zu überlegen, erlöste Callandra ihn. Sie tat das ganz instinktiv.

»Ich danke Ihnen, daß Sie Mr. Jeavis so rasch hinschicken, Mr. Runcorn. Ich bin sicher, es wird sich als das beste Arrangement erweisen. Guten Morgen, Mr. Jeavis.«

»Guten Morgen, Madam.« Er verbeugte sich leicht und sie fand ihn auf der Stelle irritierend. Er hatte einen fahlen Teint, dickes schwarzes Haar und ausgesprochen schöne Augen, die dunkelsten, die sie jemals gesehen hatte, darüber jedoch merkwürdig dünne Brauen. Es war nicht fair, vorschnell über einen Mann zu urteilen, das war ihr noch im selben Augenblick klar, als sie es tat. »Vielleicht wären Sie so gut, mir zu sagen, welcher Art Verbrechen Sie zum Opfer gefallen sind?« erkundigte er sich.

»Keinem«, erwiderte sie hastig. »Ich sitze im Verwaltungsrat des Königlichen Armenspitals in der Gray's Inn Road. Wir haben eben im Wäscheschacht die Leiche einer unserer jungen Schwestern entdeckt. Es sieht ganz so aus, als wäre sie erwürgt worden.«

»Du lieber Himmel. Wie unangenehm. Wenn Sie sagen ›wir‹, Madam, wen meinen Sie damit?« fragte Jeavis. Trotz seiner servilen Art hatte er einen scharfen, überaus intelligenten Blick. Sie hatte das Gefühl, gründlich gewogen zu werden und daß das Urteil nichts von der gesellschaftlichen Achtung hatte, die er nach außen hin an den Tag legte.

»Ich und Dr. Kristian Beck, einer der Ärzte aus dem Krankenhaus«, antwortete sie. »Und im gewissen Sinne die Frauen aus der Waschküche, und dann noch ein Kind, das dort als Putzmädchen arbeitet.«

»Tatsächlich. Was hat Sie denn dazu veranlaßt, den Wäscheschacht in Augenschein zu nehmen, Madam?« Er hatte seinen Kopf neugierig zur Seite geneigt. »Das gehört doch sicherlich nicht zu den Pflichten einer Dame wie Ihnen?«

Sie erklärte ihm, wie es dazu gekommen war, und er hörte ihr zu, ohne sie auch nur einen Moment aus den Augen zu lassen.

Runcorn trat unruhig von einem Bein aufs andere; er war sich nicht sicher, ob er sich einmischen sollte oder nicht, wußte jedoch auch nicht, was er Sinnvolles hätte sagen sollen.

Es klopfte an der Tür, und auf Runcorns Aufforderung kam John Evan herein. Sein hageres junges Gesicht leuchtete auf, als er Callandra sah, aber er hatte genügend Aplomb, um sich trotz ihrer Vergangenheit und der gemeinsam gelösten Aufgaben mit der Anerkenntnis ihrer Gegenwart zufriedenzugeben.

»Guten Morgen, Sergeant«, sagte sie förmlich.

»Guten Morgen, Madam«, antwortete er und bedachte Runcorn dann mit einem fragenden Blick.

»Ein Mord im Königlichen Armenspital«, ergriff Runcorn die Gelegenheit, das Heft wieder in die Hand zu nehmen. »Sie übernehmen mit Inspektor Jeavis die Ermittlungen. Halten Sie mich über die Ergebnisse auf dem laufenden.«

»Ja, Sir.«

»Ach, Jeavis!« fügte Runcorn hinzu, als dieser Callandra die Tür öffnete.

»Ja, Sir.«

»Vergessen Sie nicht, sich im Spital bei Sir Herbert Stanhope zu melden! Fallen Sie da nicht ein wie auf Verbrecherjagd in der Whitechapel Road. Denken Sie daran, wer er ist!«

»Natürlich, Sir«, sagte Jeavis beschwichtigend, aber sein Gesicht verspannte sich unter einem gereizten Zucken. Er hatte es nicht gern, wenn man ihn an gesellschaftliche Artigkeiten erinnerte.

Evan warf Callandra einen raschen Blick zu; seine haselnußbraunen Augen glitzerten amüsiert. Schweigend tauschten sie einige humorvolle Erinnerungen aus.

Im Krankenhaus hatte sich die Lage inzwischen völlig verändert. Als sie eintrafen, hatte sich die Nachricht trotz Mrs. Flahertys Bemühungen bis in den letzten Winkel verbreitet. Der Kaplan kam herbeigeeilt, mit fliegenden Rockschößen und großen erschreckten Augen. Als ihm schließlich klar wurde, wer Jeavis war, nahm er sich eiligst zusammen, murmelte etwas, was keiner verstand, stieß einen hastigen Fluch aus und machte sich, das Gebetbuch in der Hand, wieder davon.

Eine junge Krankenschwester starrte sie fragend an, bevor sie sich wieder an ihre Aufgaben machte. Der Kämmerer, voller böser Ahnungen, schüttelte den Kopf und geleitete sie zu Sir Herberts Räumen.

Sir Herbert empfing sie an der Tür, die er weit genug öffnete, um ihnen einen Blick auf ein geschmackvolles Interieur mit einem preußischblauen Teppich und auf Hochglanz poliertem

Holz zu gestatten; durch das Südfenster fiel ein breiter Sonnenstrahl in den Raum.

»Guten Tag, Inspektor«, sagte er ernst. »Bitte, kommen Sie doch herein, und ich gebe Ihnen alle Informationen, die ich über die Angelegenheit habe. Ich danke Ihnen, Lady Callandra. Sie haben sich Ihrer Pflichten in exzellenter Weise entledigt. Wirklich, Sie haben weit mehr getan als nur Ihre Pflicht, und wir sind Ihnen alle sehr verbunden.« Er wies Jeavis und Evan in den Raum, blockierte Callandra jedoch gleichzeitig den Weg. Ihr blieb nichts anderes übrig, als die Entlassung zu akzeptieren und in die Waschküche zurückzukehren, um zu sehen, ob Kristian noch bei der Leiche war.

Das mächtige Kellergewölbe war wieder voller Dampf, die Kupferrohre klapperten und gurgelten wie zuvor, und der riesige Kessel zischte, als eine Wäscherin den Deckel hob und die langen Stangen hineinfuhren, um die Laken herauszuheben, die dann mit zum Zerreißen gespannten Armen zu den gewaltigen Mangeln getragen wurden, die die Wand säumten. Durch diese wurde die Wäsche gedreht, um soviel Wasser wie möglich herauszupressen. Man hatte die Arbeit wieder aufgenommen; Zeit und Arbeitgeber warteten nicht, und die Tote hatte ihren unmittelbaren Reiz verloren. Die meisten Frauen hatten genug Leichen gesehen. Der Tod kam häufig genug.

Kristian stand noch immer neben dem Wäschekorb, mit dem Rücken an den Rand gelehnt, damit es sich leichter stand. Als er Callandra erblickte, hob er den Kopf und sah sie fragend an.

»Die Polizei ist bei Sir Herbert«, beantwortete sie seine unausgesprochene Frage. »Ein Mann namens Jeavis. Ich glaube, er ist ganz gut.«

Er sah sie eingehender an. »Sie klingen nicht sehr überzeugt.«

Sie seufzte. »Ich wünschte, es wäre William Monk.«

»Der Kriminalbeamte, der jetzt als Privatdetektiv arbeitet?« Eine gewisse Belustigung blitzte in seinen Augen auf, so rasch, daß sie sie fast übersehen hätte.

»Er hätte...« Sie verstummte, ungewiß, was sie eigentlich

sagen wollte. Schließlich konnte man Monk nun wirklich keine besondere Sensibilität nachsagen. Der Mann verfügte über die Unbarmherzigkeit eines Molochs.

Kristian wartete und versuchte ihre Gedanken zu lesen.

Sie lächelte ihn an. »...Vorstellungskraft und Intelligenz«, sagte sie und wußte, es war nicht ganz, was sie meinte. »Die Gabe, über das Offensichtliche hinauszusehen«, fuhr sie fort. »Keiner, der ihm eine passende Antwort andrehen könnte, wenn es eine Lüge ist.«

»Er steht ja in hohem Ansehen bei Ihnen«, bemerkte Kristian. Sein trockenes, wehmütiges Lächeln kehrte zurück. »Lassen Sie uns auf die Begabung von Mr. Jeavis hoffen.« Er wandte sich wieder dem Korb zu. Er hatte der Toten ein ungewaschenes Laken übers Gesicht gebreitet. »Arme Frau«, sagte er zartfühlend. »Sie war eine gute Schwester, wissen Sie, ehrlich gesagt, ich hielt sie für die Beste hier. Was für eine Tragödie: Überlebt sämtliche Feldzüge auf der Krim, Gefahren und Krankheiten, die Seereise, und jetzt stirbt sie unter den Händen irgendeines Kriminellen in einem Londoner Spital.« Er schüttelte den Kopf; eine schreckliche Traurigkeit hatte sich auf seinem Gesicht ausgebreitet. »Warum sollte jemand eine solche Frau ermorden?«

»In der Tat, warum?« Jeavis war eingetreten, ohne daß sie ihn bemerkt hatten. »Sie kannten sie, Dr. Beck?«

Kristian machte ein überraschtes Gesicht. »Selbstverständlich.« Irritiert hob er die Stimme. »Sie war Krankenschwester hier. Wir kannten sie alle.«

»Aber Sie kannten sie persönlich?« Jeavis ließ nicht locker. Seine dunklen Augen durchforschten fast vorwurfsvoll Kristians Gesicht.

»Falls Sie damit meinen, außerhalb ihrer Pflichten hier im Hospital, nein«, antwortete ihm Kristian mit zusammengekniffenen Augen.

Jeavis brummte etwas und trat an den Wäschekorb. Mit spitzen Fingern nahm er das Laken und zog es zurück. Er musterte die Tote. Zum erstenmal warf auch Callandra einen Blick auf sie.

Prudence Barrymore war Anfang Dreißig gewesen, eine schlanke, hochgewachsene Frau. Sie mochte vielleicht elegant gewesen sein, der Tod jedoch hatte sie zu einem sperrigen Etwas ohne die geringste Anmut gemacht. Arme und Beine von sich gestreckt, lag sie da, einer ihrer Füße ragte nach oben, die Röcke waren hochgerutscht und gaben den Blick auf ein wohlgeformtes Bein frei. Ihr Gesicht war aschfahl, aber selbst als das Blut noch zirkuliert hatte, mußte sie blaß gewesen sein. Ihr Haar war von einem mittleren Braun, die Brauen flach und zart, ihr Mund breit und sensibel. Es war ein leidenschaftliches Gesicht, individuell, voller Kraft und Humor.

Callandra erinnerte sich lebhaft an sie, obwohl sie einander immer nur in Eile begegnet waren, beide in Erfüllung ihrer jeweiligen Pflicht. Aber Prudence Barrymore war eine Reformerin gewesen, eine Frau von brennendem Eifer, und nur wenige Leute im Hospital hatten sie nicht gekannt. Kaum eine, die im Leben so interessant gewesen war wie sie, und es mutete wie eine boshafte Verhöhnung an, daß sie jetzt dalag, all dessen beraubt, was sie so lebendig, so besonders gemacht hatte, nichts weiter als eine leere Hülle ohne Bewußtsein, ohne Gefühl, und dennoch so schrecklich verletzlich aussah.

»Bedecken Sie sie wieder«, sagte Callandra instinktiv.

»Einen Augenblick, Madam.« Jeavis hielt einen Arm hoch, als wolle er Callandra daran hindern, es selbst zu tun. »Einen Augenblick. Erwürgt, sagten Sie? Ja, tatsächlich. Sieht ganz danach aus. Armes Ding.« Er starrte auf die dunklen Male an ihrem Hals. Es war schrecklich leicht, sie sich als die Abdrücke von Fingern vorzustellen, die so lange zudrückten, bis keine Luft, kein Atem, kein Leben mehr in ihr war.

»Und sie war Krankenschwester?« Jeavis sah Kristian an. »Sie hat mit Ihnen zusammengearbeitet, Doktor?«

»Manchmal«, sagte Kristian. »Meist hat sie jedoch mit Sir Herbert Stanhope gearbeitet, vor allem an seinen schwierigeren Fällen. Sie war eine hervorragende Schwester und, soweit ich das sagen kann, eine großartige Frau. Ich habe nie jemanden schlecht über sie sprechen hören.«

Jeavis stand reglos da; die dunklen Augen unter den dünnen Brauen fixierten ihn.

»Ausgesprochen interessant. Was hat Sie denn dazu veranlaßt, im Wäscheschacht nachzusehen, Doktor?«

»Er war blockiert«, antwortete Kristian. »Zwei der Schwestern versuchten schmutzige Laken hinunterzuwerfen, bekamen sie aber nicht durch. Lady Callandra und ich kamen ihnen zu Hilfe.«

»Ich verstehe. Und wie haben Sie die Leiche freibekommen?«

»Wir haben eines der Putzmädchen hier durchgeschickt, ein Kind von dreizehn Jahren. Sie ist in den Schacht gestiegen, ihr Gewicht hat die Leiche bewegt.«

»Ausgesprochen effizient«, sagte Jeavis trocken. »Wenn auch etwas hart für die Kleine. Aber ich denke, wenn sie in einem Krankenhaus arbeitet, wird sie wohl schon die eine oder andere Leiche gesehen haben.« Er rümpfte die spitze Nase.

»Wir wußten nicht, daß es sich um eine Leiche handelt!« sagte Kristian voller Abscheu. »Wir nahmen an, es handle sich um ein Bündel Bettzeug.«

»Tatsächlich?« Jeavis schob den Korb aus dem Weg und spähte für einige Augenblicke den Schacht hinauf. »Wo führt denn der hin?« fragte er, als er sich schließlich umdrehte, mit einem Blick auf Callandra.

»In den Korridor im Erdgeschoß«, antwortete sie. Sie fand ihn von Minute zu Minute unausstehlicher. »In den Korridor des Westflügels, um genau zu sein.«

»Merkwürdiger Ort, um eine Leiche zu verstauen, finden Sie nicht?« bemerkte Jeavis. »Ist nicht einfach zu bewerkstelligen, ohne gesehen zu werden.« Mit großen Augen wandte er sich Kristian zu und schließlich wieder Callandra.

»Was nicht ganz korrekt ist!« antwortete Kristian. »Der Korridor hat in diesem Abschnitt keine Fenster, und tagsüber brennt kein Licht, um Ausgaben zu sparen.«

»Trotzdem«, widersprach ihm Jeavis, »man würde doch wohl eine Person sehen, die dort herumlungert, und gewiß eine Person, die eine Leiche aufhebt, um sie in einen Schacht zu werfen! Meinen Sie nicht?« Seine Stimme war etwas höher geworden, und auch wenn seine Frage keinesfalls sarkastisch gemeint war, höflich war sie auch nicht gerade.

»Nicht unbedingt«, sagte Callandra eingeschnappt. »Zuweilen liegen Wäschebündel auf dem Boden. Und gelegentlich sitzen auf den Fluren betrunkene Schwestern herum. In dem schlechten Licht könnte eine Leiche durchaus einem Haufen Bettwäsche ähneln. Und ich, sähe ich jemanden etwas in den Schacht stecken, würde selbstverständlich davon ausgehen, daß es sich um ein Bündel Laken handelt. Ich kann mir vorstellen, es würde auch allen anderen so gehen.«

»Du lieber Gott«, Jeavis sah von einem zum anderen. »Wollen Sie damit sagen, jeder könnte das arme Ding in den Schacht gesteckt haben, unter den Augen respektabler Mediziner, und kein Mensch wäre auf den Gedanken gekommen, daß da etwas nicht stimmt?«

Callandra war nicht wohl in ihrer Haut. Sie warf Kristian einen Blick zu. »Mehr oder weniger«, pflichtete sie ihm schließlich bei. »Man achtet hier in der Regel nicht darauf, was der andere tut; jeder geht seiner eigenen Arbeit nach.« Sie stellte sich eine finstere Gestalt vor, die, im schlechten Licht kaum zu erkennen, ein Bündel hebt, das schwerer war, als es sein sollte, um es in den offenen Schacht zu werfen. Als sie fortfuhr, war ihre Stimme belegt. »Ich kam heute morgen an einer Schwester vorbei, die betrunken war oder schlief. Ich könnte nicht sagen, was von beidem. Ihr Gesicht habe ich nicht gesehen.« Sie schluckte, ihr wurde übel, als ihr klar wurde, was das bedeuten konnte. »Es könnte sich durchaus um Prudence Barrymore gehandelt haben!«

»Tatsächlich!« Jeavis hob die blassen Brauen. »Liegen denn Ihre Schwestern öfter auf den Korridoren herum, Lady Callandra? Haben Sie keine Betten?«

»Die, die in den Schlafsälen wohnen, schon«, sagte sie spitz. »Aber viele von ihnen wohnen außer Haus, und sie haben in der Tat sehr wenig. Sie finden hier keinen Platz zum Schlafen, und auch zu essen haben sie kaum etwas. Tja, und dann trinken sie häufig zu viel!«

Jeavis schien einen Moment lang aus der Fassung gebracht. Er wandte sich wieder an Kristian. »Mit Ihnen werde ich mich noch einmal unterhalten müssen, Doktor. Mal sehen, was Sie über die Unglückliche sonst noch wissen.« Er räusperte sich. »Aber für den Anfang, wie lange, schätzen Sie, ist sie bereits tot? Nicht daß wir nicht unseren Polizeiarzt hätten, aber es würde uns Zeit sparen, Ihre Meinung dazu zu hören.«

»Etwa zwei Stunden, vielleicht auch drei«, antwortete Kristian kurz und bündig.

»Aber Sie haben sie doch nicht mal angesehen!« rief Jeavis.

»Das habe ich, bevor Sie gekommen sind«, antwortete Kristian.

»Haben Sie, ja! In der Tat!« Jeavis Gesichtsausdruck wurde scharf. »Ich dachte, Sie haben gesagt, Sie hätten die Leiche nicht angerührt! Sind Sie nicht eigens deswegen hiergeblieben? Um dafür zu sorgen, daß sich niemand an den Beweisen zu schaffen macht?«

»Ich habe sie nur angesehen, Inspektor, nicht bewegt!«

»Aber Sie haben sie berührt!«

»Ja, um zu sehen, ob sie bereits kalt ist.«

»Und war sie das?«

»Ja.«

»Woher wollen Sie wissen, daß sie nicht schon die ganze Nacht über tot war?«

»Weil die Totenstarre noch nicht gewichen ist.«

»Sie haben Sie also doch bewegt!«

»Das habe ich nicht.«

»Das müssen Sie doch!« antwortete Jeavis scharf. »Wie sollten Sie sonst wissen, ob sie steif war oder nicht?«

»Sie fiel immerhin aus dem Schacht, Inspektor«, erklärte Kristian geduldig. »Ich habe sie fallen sehen, ihre Art und Weise, wie sie im Korb gelandet ist, die Bewegung ihrer Gliedmaßen. Meiner Schätzung nach ist der Tod vor zwei bis vier Stunden eingetreten. Aber Sie sollten da unbedingt noch Ihren eigenen Arzt zu Rate ziehen.«

Jeavis sah ihn argwöhnisch an. »Sie sind kein Engländer, nicht wahr, Sir? Ich stelle, sagen wir mal, einen gewissen

Akzent fest. Einen leichten nur, aber einen Akzent. Wo kommen Sie her?«

»Aus Böhmen«, antwortete Kristian mit einem belustigten Flackern im Blick.

Jeavis atmete tief ein, um – wie Callandra dachte – zu fragen, wo das sei, bemerkte dann jedoch, daß auch die Wäscherinnen ihn beobachteten, und ließ es sein.

»Ich verstehe«, sagte er nachdenklich. »Nun denn, vielleicht wären Sie so gut, Doktor, mir zu sagen, wo Sie heute am frühen Morgen waren? Zum Beispiel, wann Sie hier angekommen sind?« Er sah Kristian dabei fragend an. »Notieren Sie sich das bitte, Sergeant«, fügte er mit einem Nicken für Evan hinzu, der die Szene aus zwei, drei Metern Entfernung verfolgte.

»Ich war die ganze Nacht über hier«, antwortete Kristian.

Jeavis' Augen wurden groß. »Tatsächlich! Und warum das, Sir?« Er legte eine Menge Bedeutung in seine Worte.

»Ich hatte einen extrem kranken Patienten«, antwortete Kristian und beobachtete dabei Jeavis' Gesicht. »Ich bin bei ihm geblieben. Ich dachte, ich könnte ihn retten, habe mich aber geirrt. Er ist kurz nach vier Uhr morgens gestorben. Es lohnte kaum noch, nach Hause zu gehen. Ich habe mich in eines der Krankenbetten gelegt und bis etwa halb sieben geschlafen.«

Jeavis zog die Stirn in Falten, warf einen Blick auf Evan, ob der auch alles notierte, und sah dann wieder Kristian an. »Ich verstehe«, sagte er gewichtig. »Sie waren also im Haus, als Schwester Barrymore zu Tode kam.«

Zum erstenmal durchzuckte Callandra so etwas wie Angst. Sie sah Kristian an, fand aber nichts in seiner Miene außer einer mäßigen Neugier – als verstehe er nicht so recht, worauf Jeavis hinauswollte.

»Ja, sieht ganz so aus.«

»Und haben Sie Schwester Barrymore gesehen?«

Kristian schüttelte den Kopf. »Ich glaube nicht, kann es aber nicht mit Sicherheit sagen. Ich habe jedenfalls nicht mit ihr gesprochen.«

»Und dennoch scheinen Sie sich gedanklich sehr stark mit

ihr zu beschäftigen«, sagte Jeavis rasch. »Sie wissen genau, wer sie ist und Sie sagen nur Gutes über sie!«

Kristian senkte den Blick, seine Augen voller Trauer. »Das arme Ding ist tot, Inspektor. Natürlich beschäftigt mich das gedanklich! Und sie war eine gute Schwester. Es gibt zu wenige, die sich der Pflege anderer mit solcher Hingabe widmen, als daß man sie so einfach vergessen könnte.«

»Hat denn nicht jeder in der Krankenpflege diese Hingabe?« fragte Jeavis, einigermaßen überrascht.

Kristian starrte ihn an und stieß dann einen tiefen Seufzer aus. »Wenn das alles ist, Inspektor, dann würde ich gern wieder meinen Pflichten nachgehen. Ich bin nun seit fast zwei Stunden hier in der Waschküche. Ich muß mich um meine Patienten kümmern.«

»Aber sicher«, sage Jeavis und schürzte die Lippen. »Aber ich muß Sie bitten, London nicht zu verlassen, Sir!«

Kristian war überrascht, erklärte sich aber widerspruchslos einverstanden, und einige Augenblicke später verließen er und Callandra die Waschküche. In Callandras Kopf überschlugen sich die Gedanken, Dinge, die sie ihm sagen wollte, hätten sie sich nicht so aufdringlich oder übermäßig besorgt angehört; vor allem wollte sie ihn nichts von den Befürchtungen ahnen lassen, die sich in ihr zu regen begannen. Vielleicht war es ja töricht. Jeavis hatte schließlich keinen Grund, Kristian zu verdächtigen, aber sie hatte bereits Justizirrtümer erlebt. Unschuldige waren gehängt worden. Es war so einfach, jemanden zu verdächtigen, nur weil er anders war, sei es nun in der Art, Auftreten, Rasse oder Religion. Wenn doch nur Monk die Ermittlungen führen würde!

»Sie sehen müde aus, Lady Callandra«, sagte er ruhig und unterbrach damit ihre Gedanken.

»Wie bitte?« Sie fuhr erschreckt auf, dann wurde ihr klar, was er gesagt hatte. »Oh, nein, weniger müde als traurig. Ich fürchte mich vor dem, was noch alles kommt.«

»Sie fürchten sich?«

»Ich habe solche Ermittlungen schon verfolgt. Menschen bekommen es mit der Angst zu tun. Man erfährt immer mehr über sie, als man je wissen wollte.« Sie zwang sich zu einem Lächeln. »Aber das ist töricht. Höchstwahrscheinlich ist alles rasch überstanden.« Sie kamen oben an und blieben stehen. Ein paar Meter vor ihnen standen zwei Medizinstudenten und stritten sich heftig. »Vergessen Sie, was ich gesagt habe«, fuhr sie hastig fort. »Wenn Sie fast die ganze Nacht über wach gewesen sind, bin ich sicher, Sie möchten sich eine Weile ausruhen. Es muß ja schon bald Mittagszeit sein.«

»Natürlich. Ich halte Sie auf. Tut mir leid.« Mit einem raschen Lächeln und einem kurzen Blick in ihre Augen entschuldigte er sich und eilte den Korridor hinauf in Richtung der nächsten Station.

Callandra fand Monk nicht vor dem frühen Abend. Ohne weitere Förmlichkeiten kam sie darauf zu sprechen, warum sie in seine Zimmer kam.

»Im Hospital ist jemand ermordet worden«, sagte sie ohne Umschweife. »Eine der Schwestern, eine außergewöhnliche junge Frau, ehrlich und fleißig. Sie wurde erwürgt, oder jedenfalls sieht es so aus, und dann in den Wäscheschacht gesteckt.« Sie sah ihn erwartungsvoll an.

Seine harten grauen Augen durchforschten einige Augenblicke lang ihr Gesicht, bevor er antwortete. »Was macht Ihnen daran so zu schaffen?« sagte er schließlich. »Das ist doch nicht alles.«

»Runcorn hat die Ermittlungen einem Inspektor Jeavis übertragen«, antwortete sie. »Kennen Sie ihn?«

»Ein wenig. Ausgesprochen fähig. Er leistet sicher angemessene Arbeit. Warum? Wer war es denn? Wissen Sie es – oder haben Sie einen Verdacht?«

»Nein!« sagte sie zu schnell. »Ich habe nicht die geringste Ahnung. Warum sollte jemand eine Krankenschwester ermorden wollen?«

»Aus einer ganzen Reihe von Gründen.« Er zog ein Gesicht. »Die offensichtlichsten sind abgewiesene Liebhaber, eifersüchtige Frauen und Erpressung. Aber es gibt noch andere. Vielleicht hat sie einen Diebstahl beobachtet oder einen Mord, der wie ein natürlicher Tod aussehen sollte. In Krankenhäusern wird ständig gestorben. Und es gibt dort auch immer Liebe, Haß und Eifersucht. War sie hübsch?«

»O ja, durchaus.« Callandra starrte ihn an. Er hatte mit einer Handvoll Worte so viele häßliche Dinge gesagt, und jedes davon konnte wahr sein. Mit ziemlicher Sicherheit traf etwas davon zu. Man erwürgte eine Frau nicht ohne eine heftige Leidenschaft. Es sei denn, es handelte sich um das Werk eines Wahnsinnigen.

Als hätte er ihre Gedanken gelesen, sagte er: »Ich nehme doch an, das Krankenhaus ist nur für körperliche Gebrechen? Es ist kein Irrenhaus?«

»Nein, ganz und gar nicht. Was für ein scheußlicher Gedanke.«

»Ein Irrenhaus?«

»Nein, ich meine, daß jemand völlig Normales sie ermordet hat.«

»Ist es das, was Ihnen zu schaffen macht?«

Sie überlegte schon, ob sie ihn belügen sollte oder wenigstens der Wahrheit ausweichen, entschied sich dann jedoch dagegen. »Nicht ganz. Ich fürchte, Jeavis hat Dr. Beck in Verdacht, vor allem weil er Ausländer ist, und außerdem hat er zusammen mit mir die Leiche entdeckt.«

Er sah sie aufmerksam an. »Haben Sie Dr. Beck in Verdacht?«

»Nein!« Sie errötete über die Heftigkeit ihrer Antwort, aber es war zu spät. Er hatte sowohl ihren Eifer bemerkt als auch unmittelbar darauf ihre Erkenntnis, sich verraten zu haben. »Nein, ich halte das für höchst unwahrscheinlich«, fuhr sie fort. »Aber ich habe kein Vertrauen zu Jeavis. Würden Sie sich mal mit der Angelegenheit befassen? Ich werde Sie selbst engagieren, zu Ihrem üblichen Tarif.«

»Seien Sie nicht albern!« sagte er bissig. »Sie haben mir geholfen, seit ich diesen Beruf ergriffen habe. Sie brauchen mich jetzt nicht zu bezahlen, wenn ich Ihnen schon einmal helfen kann.«

»Aber ich muß.« Sie sah ihn an, und seine Worte erstarben

ihm auf den Lippen. Callandra fuhr fort: »Würden Sie bitte den Mord an Prudence Barrymore untersuchen? Sie ist heute morgen gestorben, wahrscheinlich zwischen sechs und halb sieben. Ihre Leiche wurde im Wäscheschacht des Krankenhauses gefunden, und sie scheint erwürgt worden zu sein. Viel mehr kann ich Ihnen nicht sagen, außer daß sie eine hervorragende Schwester war, eine von Miss Nightingales Frauen auf der Krim. Ich schätze sie auf Anfang Dreißig und selbstverständlich unverheiratet.«

»Alles ausgesprochen sachdienliche Informationen«, stimmte er ihr zu. »Aber ich habe keine Möglichkeit, mich in diese Angelegenheit einzuschalten. Jeavis wird mich sicher nicht zu Rate ziehen, und ich glaube nicht, daß er seine Informationen mit mir teilt. Ebensowenig wird man mir im Krankenhaus meine Fragen beantworten, sollte ich die Kühnheit haben, welche zu stellen.« Sein Bedauern ließ sein Gesicht etwas milder werden. »Tut mir leid, ich würde, wenn ich könnte.«

Aber sie hatte Kristians Bild vor Augen, nicht Monks. »Ich sehe ein, daß es schwierig wird«, sagte sie, ohne zu zögern, »aber es ist ein Krankenhaus. Ich werde dort sein. Ich kann beobachten und Ihnen Bericht erstatten. Und vielleicht wäre die Sache noch effektiver, wenn wir Hester dort einen Posten verschaffen könnten? Sie würde viel sehen, was ich nicht sehe, und schon gar nicht Inspektor Jeavis.«

»Callandra!« unterbrach er sie. Sie bei ihrem Vornamen zu nennen war eine Vertraulichkeit, ja eine Arroganz, die sie jedoch nicht im geringsten störte. Wenn dem so wäre, hätte sie ihn auf der Stelle zurechtgewiesen. Was ihr einen kalten Schauer über den Rücken jagte, war seine Stimme.

»Hester hat eine ausgesprochen gute Beobachtungsgabe«, fuhr sie fort, ohne auf ihn zu achten. Dafür stand ihr Kristians Gesicht noch zu lebhaft vor Augen. »Und sie ist nicht weniger gut als Sie, wenn es darum geht, Informationen zusammenzufügen. Sie versteht die menschliche Natur ausgezeichnet und scheut sich auch nicht, einer Sache auf den Grund zu gehen.«

»In diesem Fall werden Sie mich ja wohl kaum brauchen!«

Es klang bissig, aber das humorvolle Funkeln in seinen Augen machte das sofort wieder wett.

Sie würde sich alles verderben, wenn sie ihn zu heftig bedrängte.

»Vielleicht habe ich etwas übertrieben«, räumte sie ein. »Aber sie wäre gewiß eine große Hilfe. Und sie könnte Dinge beobachten, die zu sehen Sie nicht in der Lage sind. Sie könnte Ihnen dann Bericht erstatten, Sie ziehen Ihre Schlüsse und sagen ihr, was sie als nächstes ausforschen soll.«

»Und wenn Sie in Ihrem Krankenhaus tatsächlich einen Mörder haben, haben Sie sich schon überlegt, welcher Gefahr Sie sie dann aussetzen? Eine Schwester wurde bereits ermordet«, erklärte er.

Sie sah es an seiner Miene, daß er sich seines Sieges sicher war. »Nein, daran habe ich nicht gedacht«, gab sie zu. »Sie würde eben äußerst vorsichtig sein müssen. Und sich umsehen, ohne Fragen zu stellen. Sie könnte Ihnen auch so immer noch eine unschätzbare Hilfe sein!«

»Sie reden ja ganz so, als würde ich den Fall übernehmen!«

»Täusche ich mich denn?« Diesmal war es ihr Sieg, und sie wußte es.

Wieder erhellte ein Lächeln seine Züge; er zeigte sich von einer ungewohnt sanften Seite. »Nein, nein, Sie täuschen sich nicht. Ich werde tun, was ich kann.«

»Ich danke Ihnen.« Sie spürte, wie ihr eine Last von den Schultern fiel, was sie überraschte. »Habe ich bereits erwähnt, daß John Evan der Sergeant ist, der Jeavis assistiert?«

»Nein, das haben Sie nicht, aber ich wußte bereits, daß er mit Jeavis arbeitet.«

»Das habe ich mir fast gedacht. Ich bin froh, daß Sie Ihre Freundschaft mit ihm pflegen. Er ist ein ganz außerordentlicher junger Mann.«

Monk lächelte.

Callandra stand auf, worauf sich automatisch auch Monk erhob. »Dann sollten Sie mal besser gehen und Hester aufsuchen«, wies sie ihn an. »Wir haben keine Zeit zu verlieren. Ich würde es ja selbst tun, aber Sie können ihr besser erklären, was sie für Sie tun soll, als ich. Sie können ihr ausrichten, daß ich meinen Einfluß geltend machen werde, ihr eine Stellung zu verschaffen. Man wird schließlich jemanden suchen, der Prudence Barrymores Platz einnimmt.«

»Ich werde sie fragen«, willigte er ein und zog ein Gesicht dabei. »Ich verspreche es«, fügte er hinzu.

»Ich danke Ihnen. Ich werde alles für morgen arrangieren.« Damit ging sie zur Tür hinaus, die er ihr offenhielt, und trat schließlich durch die Haustüre in die warme Abendluft. Jetzt, wo es nichts weiter zu tun gab, war sie plötzlich müde und über die Maßen traurig. Ihre Kutsche erwartete sie, und sie fuhr in düsterer Stimmung nach Hause.

Hester empfing Monk mit einer Überraschung, die sie erst gar nicht zu verbergen suchte. Sie führte ihn in das winzige Wohnzimmer und forderte ihn auf, sich zu setzen. Sie sah nicht mehr ganz so müde aus und strahlte sogar eine gewisse Kraft aus; sogar ihre Haut hatte wieder Farbe bekommen. Nicht zum erstenmal fiel ihm auf, wie lebendig sie war – weniger im physischen Sinn, als was Verstand und Willenskraft anbelangte.

»Das kann ja wohl unmöglich ein Freundschaftsbesuch sein«, sagte sie mit einem amüsierten kleinen Lächeln. »Es ist sicher etwas passiert.« Letzteres eine Feststellung, keine Frage.

Er hielt sich nicht mit Ausflüchten auf. »Callandra kam am frühen Abend bei mir vorbei«, begann er. »In dem Krankenhaus, in dem sie im Verwaltungsrat sitzt, ist heute morgen eine Schwester ermordet worden. Nicht irgendeine, sondern eine Frau, die im Krimkrieg gedient hat.« Er verstummte, als er den Schock auf ihrem Gesicht sah; ihm wurde mit einemmal klar, daß es sich aller Wahrscheinlichkeit nach um jemanden handelte, den sie gekannt hatte, vielleicht sogar gut, jemanden, den sie womöglich gern gehabt hatte. Weder er noch Callandra hatten an diese Möglichkeit gedacht.

»Tut mir leid.« Er meinte es ernst. »Es handelt sich um Prudence Barrymore. Haben Sie sie gekannt?«

»Ja.« Sie atmete tief und zitternd ein, ihr Gesicht war ganz blaß. »Nicht gut, aber ich konnte sie gut leiden. Sie hatte viel Mut und ein großes Herz. Wie ist das passiert?«

»Das weiß ich nicht. Genau das sollen wir für Callandra herausfinden.«

»Wir?« Sie blickte ihn verblüfft an. »Was ist mit der Polizei? Man hat doch sicher die Polizei gerufen?«

»Aber ja, natürlich hat man das!« sagte er spitz. Mit einemmal regte sich seine alte Verachtung für Runcorn wieder, ganz zu schweigen von seinem Unwillen darüber, nicht mehr selbst bei der Polizei zu sein, mit seinem alten Rang, der Macht und dem Respekt – Dinge, die er sich hart erarbeitet hatte, mochten sie noch so sehr auf Angst basiert haben. »Aber sie hat kein sonderliches Vertrauen, daß die Polizei den Fall löst.«

Hester legte die Stirn in Falten und sah ihn aufmerksam an. »Ist das alles?«

»Alles? Genügt Ihnen das nicht?« Fassungslos hob er die Stimme. »Wir haben weder Macht noch Befugnisse, und bisher gibt es auch nicht einen offensichtlichen Anhaltspunkt.« Böse stach er mit dem Finger auf die Armstütze des Sessels ein. »Wir haben kein Recht, Fragen zu stellen, keinen Zugang zu den Informationen der Polizei, zu medizinischen Berichten, zu rein gar nichts. Ist Ihnen das noch nicht Herausforderung genug?«

»Fehlt nur noch ein arroganter und unangenehmer Kollege«, meinte sie bissig. »Nur, um die Geschichte wirklich schwierig zu machen!« Sie stand auf und trat ans Fenster. »Also wirklich, zuweilen frage ich mich, wie man Sie bei der Polizei so lange behalten konnte!« Sie sah ihn an. »Warum ist Callandra eigentlich so besorgt? Und warum zweifelt sie daran, daß die Polizei den Fall löst? Ist es nicht ein bißchen früh für soviel Skepsis?«

Der Zorn spannte seinen Körper wie eine Feder, und doch verspürte er einen merkwürdigen Trost, mit jemandem zusammenzusein, der nicht nur einen Blick für das Wesentliche hatte, sondern auch für Nuancen, die sich letztlich als weitaus entscheidender erweisen konnten. Es gab Zeiten, in denen er Hester nicht ausstehen konnte, aber andererseits langweilte sie ihn auch nie; ebensowenig hatte er sie jemals banal oder oberflächlich erlebt. Wenn er ehrlich war, verschaffte es ihm zuweilen mehr Befriedigung mit ihr zu streiten, als sich mit jemand anderem einig zu sein.

»Nein«, sagte er offen. »Ich denke, sie fürchtet, man könne Dr. Beck beschuldigen, weil er Ausländer ist, ganz abgesehen davon, daß es womöglich einfacher ist, ihn als einen der herausragenden Chirurgen oder Honoratioren zu vernehmen. Mit einigem Glück stellt sich heraus, daß es eine der anderen Schwestern war«, die Verachtung verlieh seiner Stimme einen harten Unterton, »oder jemand, der gesellschaftlich genauso entbehrlich ist, aber es muß nicht unbedingt sein. Und dann gibt es im Krankenhaus nicht einen Mann, der nicht auf die eine oder andere Art wichtig wäre, seien es die Ärzte, der Kämmerer, die Kapläne, ja selbst die Mitglieder der Verwaltung.«

»Was kann ich denn Ihrer Meinung nach zur Klärung beitragen?« Hester zog die Stirn in Falten und lehnte sich gegen das Fensterbrett. »Ich weiß noch weniger über die Leute in diesem Krankenhaus als Sie. London ist schließlich nicht Skutari! Und ich war in keinem der Krankenhäuser hier lange genug, um viel zu wissen.« Sie setzte eine Arme-Sünder-Miene auf, aber er wußte sehr wohl, daß die Erinnerung an ihre Entlassung nach wie vor schmerzte.

»Sie möchte, daß Sie im Armenspital eine Stellung annehmen.« Er sah, wie sich ihre Miene verhärtete, und fuhr eilig fort. »Die sie Ihnen verschaffen wird. Wenn möglich schon morgen. Man wird jemanden brauchen, um Schwester Barrymore zu ersetzen. Aus Ihrer bevorzugten Position dort könnten Sie möglicherweise viel beobachten, was uns von Nutzen wäre. Auf keinen Fall jedoch dürfen Sie dort jemanden befragen!«

»Warum nicht?« Ihre Brauen hoben sich. »Was soll ich schon erfahren, wenn ich nichts frage?«

»Weil Sie sonst sehr schnell selbst als Leiche enden könnten, Sie Dummkopf«, blaffte er zurück. »Um Himmels willen, benutzen Sie Ihren Verstand! Eine eigensinnige junge Frau, die kein Blatt vor den Mund nahm, ist dort bereits ermordet worden! Wir brauchen keine zweite, um etwas zu beweisen.«

»Herzlichen Dank für Ihre Sorge.« Schwungvoll drehte sie sich um und starrte wieder zum Fenster hinaus. »Dann werde ich eben diskret sein. Ich habe das unerwähnt gelassen in der Annahme, Sie würden es als selbstverständlich voraussetzen, aber offensichtlich ist dem nicht so. Ich habe nicht den Wunsch, mich ermorden zu lassen. Oder auch nur wegen meiner Neugier auf die Straße gesetzt zu werden. Ich bin sehr wohl imstande, meine Fragen so zu stellen, daß niemand auf den Gedanken kommt, mein Interesse könnte mehr als nur oberflächlich oder völlig natürlich sein.«

»Sind Sie das?« sagte er voller Zweifel. »Nun, ich werde Sie nicht gehen lassen, wenn Sie mir nicht Ihr Wort darauf geben, nur die Augen offenzuhalten! Sie sehen sich um und spitzen die Ohren, weiter nichts. Haben Sie mich verstanden?«

»Natürlich habe ich Sie verstanden! Sie haben ja praktisch nur einen einsilbigen Wortschatz«, sagte sie bissig. »Ich bin nur nicht einverstanden damit, das ist alles. Außerdem will mir nicht einleuchten, wieso Sie sich einbilden, mir befehlen zu können! Ich werde tun, was ich für richtig halte. Wenn Ihnen das paßt, schön. Wenn nicht, soll es mir auch recht sein.«

»Dann kommen Sie aber auch nicht gelaufen und schreien um Hilfe, wenn es Ihnen an den Kragen geht!« fuhr er sie an. »Und sollte man Sie ermorden, so haben Sie mein aufrichtiges Beileid, aber sonderlich überraschen würde es mich nicht!«

»Dann haben Sie doch wenigstens die Genugtuung, auf meiner Beerdigung zu sagen, Sie hätten mich gewarnt!« antwortete sie und starrte ihn dabei mit großen Augen an.

»Eine ausgesprochen kleine Genugtuung«, versetzte er, »wenn Sie es nicht mehr hören!«

Sie wandte sich vom Fenster ab und durchquerte den Raum. »Nun seien Sie doch nicht so übellaunig. Sehen Sie nicht alles so schwarz! Immerhin bin ich es, die zurück ins Spital muß.

Ich muß mich an die Regeln halten und darf in der Inkompetenz und den altmodischen Vorstellungen dieser Leute erstikken! Sie brauchen nichts weiter zu tun, als sich meine Berichte anzuhören und herauszufinden, wer Prudence umgebracht hat. Nicht zu vergessen, warum!«

»Und das Ganze beweisen!« fügte er hinzu.

»Ach ja, das kommt noch hinzu.« Plötzlich bedachte sie ihn mit einem strahlenden Lächeln. »Aber das wäre doch was, meinen Sie nicht?«

»Das wäre wirklich was«, gab er offen zu. Es war einer jener seltenen Augenblicke, in denen sie völlig einer Meinung waren, und er zog eine ganz besondere Befriedigung daraus.

4

Monk begann seine Ermittlungen nicht im Krankenhaus; ihm war klar, daß man ihm dort höchst argwöhnisch und abwehrend begegnen würde. Womöglich würde er sogar Hesters Chancen gefährden. Nein, er begann damit, daß er mit der Great Western, der neuen Bahnlinie zwischen London und Bristol, nach Hanwell fuhr, wo Prudence Barrymores Familie lebte. Es war ein strahlender Tag mit einer sanften Brise, und hätte er nicht Leute besucht, deren Tochter man eben erwürgt hatte, wäre es ein entzückender Spaziergang gewesen vom Bahnhof über die Felder ins Dorf, die Green Lane entlang bis zu der Stelle, wo der Brent auf den Grand Junction-Kanal traf.

Das Haus der Barrymores war das letzte auf der rechten Seite, das Wasser floß gleich am hinteren Ende des Gartens vorbei. Zuerst, im Sonnenlicht, die Schatten der Kletterrosen in den Fenstern, die Luft voll vom Gesang der Vögel und dem Rauschen des Flusses, hätte man die geschlossenen Jalousien und die unnatürliche Stille über dem Haus leicht übersehen können. Erst als er direkt vor der Tür stand und den Trauerflor um den Klopfer sah, war die Nähe des Todes nicht mehr zu übersehen.

»Ja, Sir?« kam es traurig von einem Dienstmädchen mit rotgeweinten Augen.

Monk hatte einige Stunden Zeit gehabt zu überlegen, was er sagen, wie er sich vorstellen sollte, damit man ihn nicht als neugierigen Eindringling in einer Tragödie sah, die ihn nicht das geringste anging. Er hatte keinerlei offiziellen Status mehr. Es wäre töricht gewesen, Jeavis böse zu sein, aber seine Abneigung gegen Runcorn wurzelte tief in der Vergangenheit; und auch wenn er sich an diese nur teilweise erinnerte, er hatte nicht den geringsten Zweifel daran, daß sie sich noch nie hatten ausstehen können. Alles, was Runcorn sagte oder tat, seine Gesten, die Art, wie er sich hielt, sagte ihm das; er spürte es mit demselben Instinkt, der ihn zusammenzucken ließ, wenn etwas zu nahe an seinem Gesicht vorbeischoß.

»Guten Morgen«, sagte er respektvoll und reichte ihr seine Karte. »Mein Name ist William Monk. Lady Callandra Daviot vom Verwaltungsrat des Königlichen Armenspitals, eine Freundin von Miss Barrymore, hat mich gebeten, Mr. und Mrs. Barrymore meine Aufwartung zu machen, um zu sehen, ob ich nicht irgendwie helfen könne. Würden Sie sie fragen, ob sie so freundlich wären, mir etwas von ihrer Zeit zu widmen? Ich sehe, daß der Augenblick schlecht gewählt ist, aber es gibt Angelegenheiten, die unglücklicherweise keinen Aufschub dulden.«

»Oh, na ja«, sie blickte ihn zweifelnd an. »Ich werde fragen, Sir, aber ich glaube nicht, daß sie Sie empfangen. Wir haben gerade einen Trauerfall in der Familie, aber das wissen Sie ja offensichtlich, nach dem was Sie sagen.«

»Wenn Sie einfach fragen würden?« sagte Monk mit einem feinen Lächeln.

Das Dienstmädchen schaute etwas verwirrt drein, kam seiner Bitte jedoch schließlich nach und ließ ihn im Flur stehen, während sie die Hausherrin über seine Anwesenheit informierte. Vermutlich verfügte das Haus weder über ein Damenzimmer noch über einen Empfangsraum, in dem Besucher hätten warten können.

Wie immer sah er sich neugierig um. Aus der Beobachtung

eines Heims ließen sich eine Menge Rückschlüsse auf die Bewohner ziehen, nicht nur auf ihre finanzielle Situation, sondern auch auf ihren Geschmack, auf ihre Bildung, ob sie gereist waren oder nicht, manchmal sogar auf ihre Überzeugungen und Vorurteile und welches Bild die Leute sich von ihnen machen sollten. Im Falle von Häusern, die seit mehr als einer Generation im Besitz der Familie waren, ließ sich außerdem etwas über die Eltern und damit die Erziehung erfahren.

Der Flur der Barrymores freilich bot in dieser Hinsicht nicht sonderlich viel. Das Haus war zwar groß, aber im ländlichen Stil gehalten, so daß die Fenster klein und die Decken niedrig und von Eichenbalken durchzogen waren. Es war mehr mit dem Gedanken an die Bequemlichkeit einer großen Familie als an Gäste gebaut und sicher nicht, um zu beeindrucken. Die Halle hatte einen Holzboden, was angenehm war; an der Wand standen zwei oder drei Chintzsessel, aber es gab weder Bücherschränke, Porträts noch Sticktücher, aus denen sich Rückschlüsse auf den Geschmack der Bewohner hätten ziehen lassen, und der Hutständer hatte nicht eben Charakter; er wies noch nicht einmal einen Spazierstock auf, nur einen abgenutzten Regenschirm.

Das Dienstmädchen kam wieder, noch immer mit derselben bedrückten Miene. »Wenn Sie hier lang kommen würden, Sir. Mr. Barrymore wird Sie im Studierzimmer empfangen.«

Gehorsam folgte er ihr durch die Halle und einen schmalen Flur in den hinteren Teil des Hauses, wo er einen erstaunlich angenehmen Raum fand, der auf den rückwärtigen Garten hinaus führte. Durch die Verandatüren sah er einen kurzgeschorenen Rasen, dessen hinteres Ende im Schatten einiger über den Fluß geneigter Trauerweiden lag. Blumen gab es kaum, dafür aber zierliche Sträucher mit einer herrlichen Vielfalt an Blattformen.

Mr. Barrymore war ein hochgewachsener, hagerer Mann mit einem lebhaften Gesicht, das auf viel Phantasie schließen ließ. Dank Callandras Beschreibung konnte Monk sofort erraten, von wem die ermordete Krankenschwester Züge und Körperbau gehabt hatte. Die Ähnlichkeit war auffallend und ließ den

Verlust um so schmerzlicher erscheinen. Der Mann vor ihm hatte nicht nur ein Kind verloren, sondern einen Teil seiner selbst. Monk hatte ein schlechtes Gewissen, hier einfach so einzudringen. Was spielten Gesetz und Gerechtigkeit angesichts eines solchen Schmerzes noch für eine Rolle? Weder eine Lösung des Falles, noch Prozeß oder Strafe würden sie zurückbringen oder das Geschehene rückgängig machen. Wozu um alles in der Welt war Rache schon gut?

»Guten Morgen, Sir«, sagte Barrymore nüchtern. Sein Unglück stand ihm deutlich ins Gesicht geschrieben, aber weder entschuldigte er sich dafür, noch unternahm er einen sinnlosen Versuch, sich zu verstellen. Er sah Monk unsicher an. »Mein Mädchen sagt, Sie kommen im Zusammenhang mit dem Tod unserer Tochter. Sie hat zwar nichts gesagt, aber ich nehme an, Sie sind Polizist? Sie hat eine Lady Daviot erwähnt, aber da muß es sich wohl um einen Irrtum handeln, da wir niemanden dieses Namens kennen.«

Monk wünschte, er hätte einen Trick gehabt, eine spezielle Gabe, abzuschwächen, was gesagt werden mußte, aber er wußte, daß es derlei nicht gab. Vielleicht war die schlichte Wahrheit das beste. Ausflüchte würden das Ganze nur unnötig in die Länge ziehen.

»Nein, Mr. Barrymore. Ich war zwar früher bei der Polizei, bin es aber heute nicht mehr. Ich ermittle jetzt privat.« Wie er diese Floskel haßte! Sie hörte sich so schäbig an, als jage er Gelegenheitsdiebe und auf Abwege geratene Ehefrauen. »Lady Callandra Daviot«, das hörte sich schon besser an!, »ist vom Verwaltungsrat des Krankenhauses. Sie hegte eine tiefe Hochachtung für Miss Barrymore. Sie macht sich Sorgen, die Polizei könnte nicht alle Fakten des Falles zusammentragen, oder ihn nicht gründlich genug verfolgen, sollte es dabei nötig werden, Kapazitäten oder Personen von Stand zu behelligen. Aus diesem Grund hat sie mich gebeten, die Angelegenheit zu verfolgen – ich tue ihr damit sozusagen einen persönlichen Gefallen.«

Ein mattes Lächeln umspielte Barrymores Mund und war gleich wieder verschwunden. »Haben Sie denn keine Probleme damit, wichtige Leute zu stören, Mr. Monk? Ich hätte Sie, was die Ungnade gewisser Personen anbelangt, für weit gefährdeter gehalten als die Polizei. Man möchte doch annehmen, daß sie die Macht der Behörden hinter sich hat.«

»Das hängt ganz davon ab, wer diese wichtigen Leute sind«, erklärte Monk.

Barrymore legte die Stirn in Falten. Sie standen noch immer in der Mitte des charmanten Zimmers mit dem Blick auf den Garten. Es schien nicht die rechte Gelegenheit, sich zu setzen.

»Sie werden doch nicht etwa jemanden dieser Größenordnung verdächtigen, in Prudence' Tod verwickelt zu sein.« Barrymore sprach das Wort aus, als könne er es noch immer kaum fassen und als hätte sich der erste Schmerz noch nicht gelegt.

»Ich habe nicht die geringste Ahnung«, antwortete Monk. »Aber es ist bei Ermittlungen in einem Mordfall nicht besonders ungewöhnlich, eine ganze Reihe von Ereignissen und Beziehungen aufzudecken, die die Leute lieber im dunkeln gelassen hätten. Manchmal unternehmen sie beträchtliche Anstrengungen, sie dort zu belassen, selbst wenn dies bedeutet, die Aufklärung des eigentlichen Verbrechens zu verhindern.«

»Und Sie glauben, Sie könnten etwas in Erfahrung bringen, was die Polizei übersieht?« fragte Barrymore. Er war nach wie vor höflich, aber seine Zweifel waren nicht zu übersehen.

»Das weiß ich nicht, aber ich werde es versuchen. Ich hatte bereits in der Vergangenheit Erfolg, wo sie versagt hat.«

»Tatsächlich.« Es war kein Einwand, noch nicht einmal eine Frage, lediglich die Feststellung einer Tatsache. »Was können wir Ihnen sagen, Mr. Monk? Ich weiß nicht das geringste über das Krankenhaus.« Er starrte hinaus auf die Blätter. »Ich weiß nichts über die Medizin. Ich sammle seltene Schmetterlinge. Ich bin so etwas wie eine Kapazität auf diesem Gebiet.« Er lächelte traurig, als er Monk wieder ansah. »Das scheint jetzt alles ziemlich sinnlos, nicht wahr?«

»Nein«, sagte Monk leise. »Das Studium des Schönen kann nie und nimmer umsonst sein, vor allem wenn man es zu verstehen und zu bewahren versucht.«

»Ich danke Ihnen«, sagte Barrymore in einem Anfall von Dankbarkeit. Es war nur eine Kleinigkeit, aber zu Zeiten schwerer Schicksalsschläge reagiert der Verstand auf die kleinste Freundlichkeit, an die er sich inmitten von Chaos und Verzweiflung zu klammern vermag. Barrymore betrachtete Monk und merkte mit einemmal, daß sie beide standen und er seinem Gast nichts angeboten hatte. »Bitte, setzen Sie sich doch, Mr. Monk«, bat er ihn und setzte sich selbst. »Und sagen Sie mir, was ich tun kann. Ich verstehe ehrlich gesagt nicht...«

»Sie könnten mir etwas über sie erzählen.«

Barrymore blinzelte. »Was sollte Ihnen das helfen? Es war doch gewiß ein Geistesgestörter? Welcher gesunde Mensch würde einer... einer...« Er mußte sich bemühen, die Kontrolle nicht zu verlieren.

»Das mag sein«, warf Monk ein, um ihm die Verlegenheit zu ersparen. »Aber es ist ebensogut möglich, daß es jemand war, den sie kannte. Selbst Geistesgestörte brauchen irgendeinen Grund, wenn es sich nicht um völlig dem Wahnsinn Verfallene handelt. Aber wir haben bisher keinen Grund zur Annahme, daß im Krankenhaus ein Wahnsinniger herumläuft. Es werden dort nur körperliche Gebrechen behandelt, keine geistigen. Aber natürlich wird die Polizei sich ausführlich erkundigen, ob nicht irgendwelche Fremden gesehen wurden. Dessen dürfen Sie ganz sicher sein.«

Barrymore war noch immer verwirrt. Er sah Monk verständnislos an. »Was wollen Sie über Prudence wissen? Ich kann mir nicht vorstellen, warum jemand, der sie gekannt hat, ihr etwas antun sollte.«

»Wie ich gehört habe, hat sie auf der Krim gedient?«

Unbewußt nahm Barrymore die Schultern zurück. »Ja, das hat sie, in der Tat!« Stolz lag in seiner Stimme. »Sie ist als eine der ersten gegangen. Ich erinnere mich noch an den Tag, an dem sie von zu Hause wegging. Sie sah so schrecklich jung aus.« Sein Blick ging durch Monk hindurch an einen Ort vor seinem inneren Auge. »Nur die Jugend hat soviel Selbstvertrauen. Sie macht sich noch keine Vorstellung davon, was die Welt ihnen bringen kann.« Er lächelte in tiefer Trauer. »Sie stellt sich nicht vor, daß Niederlage und Tod sie ereilen könnte. Derlei passiert immer nur andern. Grenzt an Unsterblichkeit, finden Sie nicht? Dieser Glaube!«

Monk unterbrach ihn nicht.

»Sie hatte einen einzigen Blechkoffer mitgenommen«, fuhr er fort. »Nichts weiter als einige blaue Kleider, saubere Wäsche, ein zweites Paar Stiefel, ihre Bibel und ihre medizinischen Bücher. Sie wollte Ärztin werden, wissen Sie. Unmöglich, ich weiß, aber das schreckte sie nicht ab. Sie wußte eine ganze Menge.« Zum erstenmal sah er Monk direkt in die Augen. »Sie war sehr klug, wissen Sie, und sehr fleißig. Sie tat sich leicht mit dem Lernen. Ganz im Gegensatz zu ihrer Schwester, Faith. Die ist da ganz anders. Aber sie haben einander geliebt. Nachdem Faith geheiratet hatte und in den Norden gezogen war, schrieben sie einander mindestens einmal die Woche.« Sein ganzes Gefühl schwang in seiner Stimme mit. »Sie wird...«

»Inwiefern unterschieden sich die beiden?« fiel Monk ihm ins Wort, um ihn zu erlösen.

»Inwiefern?« Er starrte noch immer in den Park und erinnerte sich an glücklichere Tage. »Oh, Faith lachte ständig. Sie tanzte gern. Sie interessierte sich für alles mögliche, aber sie war so was von kokett, so hübsch. Die Leute mochten sie schnell.« Er lächelte. »Es gab ein Dutzend junger Männer, die nichts lieber getan hätten, als ihr den Hof zu machen. Sie hat sich für Joseph Barker entschieden. Er schien so gewöhnlich, so schüchtern. Er stotterte sogar hin und wieder vor Nervosität.« Er schüttelte den Kopf, als überraschte ihn das noch heute. »Er konnte nicht tanzen, wo Faith doch so gern tanzte! Aber sie hatte mehr Verstand als ihre Mutter und ich. Joseph hat sie sehr glücklich gemacht.«

»Und Prudence?« gab Monk ihm das Stichwort.

Das Leuchten verschwand aus seinem Gesicht. »Prudence? Sie wollte nicht heiraten. Sie interessierte sich nur für die Medizin und den Dienst am Nächsten. Sie wollte heilen. Sie wollte etwas verändern!« Er seufzte. »Und immer mehr wissen! Natürlich wollte ihre Mutter, daß sie heiratete, aber sie wies alle Freier ab, und es gab durchaus einige. Sie war ein hübsches Mädchen...« Wieder hielt er einen Moment inne, seine Gefühle waren einfach zu stark, um sie zu verstecken.

Monk wartete. Barrymore brauchte Zeit, um sich wieder in den Griff zu bekommen und seiner Gefühle Herr zu werden. Irgendwo jenseits des Gartens bellte ein Hund; aus der entgegengesetzten Richtung kam der Lärm lachender Kinder.

»Entschuldigen Sie«, sagte Barrymore eine Weile später. »Ich habe sie sehr geliebt. Man sollte keine Lieblingskinder haben, ich weiß, aber ich konnte Prudence so gut verstehen. Wir hatten so vieles gemein: Ideen, Träume...« Er verstummte, weil er ein weiteres Mal Tränen in der Stimme hatte.

»Ich danke Ihnen, daß Sie mir Ihre Zeit gewidmet haben, Sir«, Monk stand auf. Das Gespräch war unerträglich, und er hatte erfahren, was es zu erfahren gab. »Ich werde sehen, was sich im Hospital herausfinden läßt. Vielleicht auch von Freundinnen, mit denen sie Ihrer Meinung nach in letzter Zeit gesprochen haben könnte und die vielleicht etwas wissen.«

Barrymore nahm sich zusammen. »Ich weiß wirklich nicht, wie die Ihnen helfen könnten, aber wenn es irgend etwas gibt...«

»Ich würde gern noch mit Mrs. Barrymore sprechen, wenn sie dazu in der Lage ist.«

»Mrs. Barrymore?« Er schien überrascht.

»Sie könnte etwas über ihre Tochter wissen, etwas Vertrauliches vielleicht, was banal erscheinen mag, was uns aber auf etwas Wichtiges stoßen könnte.«

»Oh – ja, das wäre wohl möglich, ja. Ich werde sie fragen, ob sie sich dazu imstande fühlt.« Er schüttelte sachte den Kopf. »Ich kann über ihre Kraft nur staunen. Ich glaube fast, sie hat das weit besser verkraftet als ich.« Mit dieser Bemerkung entschuldigte er sich und ging seine Frau suchen.

Einige Augenblicke später kam er zurück und führte Monk in einen weiteren, komfortablen, hübsch möblierten Raum mit geblümten Sofas und Sesseln, Sticktüchern an der Wand und vielen kleinen Ziergegenständen verschiedenster Art. Ein

Bücherschrank mit Büchern, die man offensichtlich wegen ihres Inhalts, nicht wegen ihres möglichen Eindrucks ausgesucht hatte; neben einem Stickrahmen mit einem unfertigen Wandbehang stand ein Korb mit Seidengarn.

Mrs. Barrymore war um einiges kleiner als ihr Gatte, eine adrette kleine Frau in einem riesigen Rock, die das leicht angegraute blonde Haar unter ein Spitzenhäubchen gezogen hatte. Selbstverständlich trug sie Schwarz, und ihrem hübschen, feinknochigen Gesicht war anzusehen, daß sie erst kürzlich geweint hatte. Aber jetzt war sie gefaßt und begrüßte Monk freundlich. Sie stand nicht auf, hielt ihm aber eine hübsche Hand entgegen, die in einem fingerlosen Spitzenhandschuh steckte.

»Guten Tag, Mr. Monk. Mein Gatte sagt mir, Sie sind ein Freund von Lady Callandra Daviot, eine der Arbeitgeberinnen unserer armen Prudence. Es ist ausgesprochen freundlich von Ihnen, Anteil an unserer Tragödie zu nehmen.«

Monk bewunderte schweigend Barrymores Diplomatie. Er selbst wäre auf keine so elegante Erklärung gekommen.

»Viele Leute sind durch diesen Verlust bewegt, Madam«, sagte er, während er mit den Lippen ihre Fingerspitzen streifte. Wenn Barrymore ihn schon als Gentleman vorstellte, so wollte er seine Rolle auch spielen, ja, er würde sogar eine ausgesprochene Befriedigung dabei finden. Obwohl Barrymore es zweifelsohne seiner Gattin zuliebe getan hatte, um ihr das Gefühl zu ersparen, daß Leute von geringem Stand in ihrem Leben herumschnüffelten.

»Es ist wirklich schrecklich«, pflichtete sie ihm bei und blinzelte mehrere Male. Schweigend bedeutete sie ihm, sich zu setzen, und er nahm dankend an. Mr. Barrymore blieb neben dem Sessel seiner Frau stehen; seine Haltung schien merkwürdig distanziert und doch beschützend. »Obwohl es uns eigentlich gar nicht so überraschen sollte. Das wäre naiv, nicht wahr?« Sie sah ihn mit verblüffend klaren blauen Augen an.

Monk war verwirrt. Er zögerte, er wollte ihre Bereitschaft zu sprechen nicht durch ein falsches Wort unterlaufen.

»Ein so eigenwilliges Mädchen«, fuhr Mrs. Barrymore fort

und zog die Lippen leicht ein. »Charmant und hübsch, aber sehr eigensinnig.« Sie starrte an Monk vorbei zum Fenster hinaus. »Haben Sie Töchter, Mr. Monk?«

»Nein, Madam.«

»Dann würde Ihnen mein Rat wenig nützen, außer natürlich es stellen sich noch welche ein.« Sie wandte sich ihm wieder zu, den Hauch eines Lächelns um die Lippen. »Glauben Sie mir, ein hübsches Mädchen kann einem ganz schön Sorgen machen.« Ihr Mund straffte sich. »Aber viel schlimmer noch ist ein intelligentes Mädchen. Ein bescheidenes Mädchen, hübsch, aber nicht umwerfend, und mit genügend Verstand, um zu wissen, wie man gefällt, aber keinerlei Ehrgeiz, etwas zu lernen, das ist die beste der Welt.« Sie sah ihn aufmerksam an, um sicherzugehen, daß er auch wirklich verstand. »Man kann ein Kind immer Gehorsamkeit, Häuslichkeit und gute Manieren lehren.«

Mr. Barrymore hüstelte unangenehm berührt und trat von einem Bein auf das andere.

»Oh, ich weiß, was du denkst, Robert«, sagte Mrs. Barrymore, als hätte er etwas gesagt. »Ein Mädchen kann nichts dafür, wenn es gescheit ist. Ich sage ja auch nur, daß sie viel, viel glücklicher gewesen wäre, wenn sie sich damit zufriedengegeben hätte, ihren Verstand auf passende Art einzusetzen: Lesen, Gedichte schreiben, wenn sie unbedingt gewollt hätte, Gespräche mit Freundinnen.« Sie saß noch immer auf der Kante ihres Sessels, die Röcke um sie gebauscht. »Und wenn sie schon anderen Mut machen muß und eine Gabe dafür hat«, fuhr sie in ernstem Ton fort, »so gibt es doch unzählige, wohltätige Einrichtungen. Weiß Gott, ich habe selbst Stunden über Stunden auf derlei verwendet! Ich könnte Ihnen gar nicht aufzählen, in wie vielen Komitees ich mitgearbeitet habe.« Sie zählte sie an ihren kleinen behandschuhten Fingern auf. »Um die Armen zu speisen, um geeignete Unterkünfte für gefallene Mädchen zu finden, die als Hausmädchen nicht mehr in Frage kommen. Und eine ganze Reihe anderer wohltätiger Zwecke.« Die Erbitterung ließ ihre Stimme schärfer werden. »Aber Prudence wollte davon nichts hören! Sie interessierte sich für die

Medizin! Sie las alle möglichen Bücher, voll mit Bildern und Dingen, die eine anständige Frau gar nicht wissen sollte!« Sie verzog das Gesicht vor Abscheu und Verlegenheit. »Natürlich habe ich mit ihr vernünftig zu reden versucht, aber sie war ja so was von halsstarrig.«

Mr. Barrymore beugte sich, die Stirn in Falten gelegt, vor. »Meine Liebe, es hat doch keinen Sinn, einem Menschen seine Art ausreden zu wollen. Es lag einfach nicht in Prudence' Natur, das Studium aufzugeben.« Er sagte das sanft, aber seine Stimme hatte einen müden Unterton, als hätte er das schon oft gesagt, ohne daß es mehr gefruchtet hätte als jetzt.

Ihr Hals versteifte sich, sie schob ihr spitzes Kinn nach vorn. »Die Leute müssen endlich lernen, die Welt so zu sehen, wie sie ist.« Sie blickte nicht ihn an, sondern eines der Gemälde an der Wand, eine idyllische Szene im Hof einer Stallung. »Es gibt nun einmal Dinge, die man haben darf, und solche, die man nicht haben darf.« Ihr hübscher Mund spannte sich. »Ich fürchte, Prudence hat diesen Unterschied nie begriffen. Das ist die Tragödie.« Sie schüttelte den Kopf. »Sie hätte so glücklich sein können, wenn sie nur von ihren kindischen Ideen abgelassen und sich damit beschieden hätte, den armen Geoffrey Taunton zu heiraten. Er war so außerordentlich verläßlich, und er hätte sie genommen. Jetzt ist es natürlich zu spät.« Ihre Augen füllten sich ohne Vorwarnung mit Tränen. »Entschuldigen Sie«, sagte sie mit einem damenhaften Schniefen. »Ich kann nicht anders, als mich zu grämen.«

»Etwas anderes wäre unmenschlich«, sagte Monk rasch. »Sie war in jeder Hinsicht eine bemerkenswerte Frau, die vielen Trost gespendet hat, die furchtbar litten. Sie müssen sehr stolz auf sie sein.«

Mr. Barrymore lächelte, war jedoch zu überwältigt von seinen Gefühlen, um etwas zu sagen. Seine Gattin sah Monk mit dem Ausdruck einer gelinden Überraschung an, als hätte sie sein Lob für Prudence verwirrt.

»Sie sprechen von Mr. Taunton in der Vergangenheitsform, Mrs. Barrymore«, fuhr er fort. »Ist er denn nicht mehr am Leben?«

Jetzt sah sie ihn völlig entgeistert an. »Aber nicht doch! Nein, Mr. Monk. Der arme Geoffrey ist quicklebendig. Aber für Prudence, das arme Kind, ist es zu spät. Jetzt wird er zweifelsohne diese Nanette Cuthbertson heiraten. Sie ist ja nun wirklich schon lange genug hinter ihm her!« Einen Augenblick lang veränderte sich ihr Gesicht und nahm einen Ausdruck an, den man fast als Trotz hätte bezeichnen können. »Aber solange Prudence am Leben war, hätte Geoffrey sie nicht einmal angesehen! Er war erst letztes Wochenende wieder hier und hat sich nach Prudence erkundigt: Wie es ihr in London gehe, und wann wir sie wieder zu Hause erwarteten.«

»Er hat sie nie verstanden«, sagte Mr. Barrymore traurig. »Er hat immer geglaubt, es sei alles nur eine Frage der Zeit; irgendwann würde sie alles mit seinen Augen sehen, den Schwesternberuf aufgeben und zurückkommen, um einen Hausstand zu gründen.«

»Und das hätte sie auch«, sagte Mrs. Barrymore hastig. »Nur daß es dann womöglich zu spät gewesen wäre! Für einen Mann, der heiraten und eine Familie gründen will, hat eine Frau ihre Attraktivität rasch verloren!« Aufgebracht erhob sie die Stimme. »Prudence schien das einfach nicht zu verstehen, obwohl ich es ihr weiß Gott wie oft gesagt habe! Die Zeit wird nicht auf dich warten, habe ich ihr gesagt. Eines Tages wirst du das einsehen.« Wieder füllten sich ihre Augen mit Tränen, und sie wandte sich ab.

Mr. Barrymore war verlegen. Er hatte seiner Frau in diesem Punkt bereits einmal in Monks Gegenwart widersprochen, und mehr schien er dazu nicht zu sagen.

»Wo könnte ich diesen Mr. Taunton wohl finden?« fragte Monk. »Wenn er Miss Barrymore so oft gesehen hat, weiß er ja vielleicht von jemandem, der ihr Sorgen oder Kummer bereitet hat.«

Mrs. Barrymore blickte ihn wieder an; sie fand seine Frage so ungewöhnlich, daß sie ihren Kummer einen Augenblick lang vergaß. »Geoffrey? Geoffrey kennt doch niemanden, der... der einen Mord begeht, Mr. Monk! Er ist ein über die Maßen außergewöhnlicher junger Mann und so respektabel, wie man es sich nur wünschen kann. Sein Vater war Professor für Mathematik.« Sie verlieh dem Wort eine große Bedeutung. »Mr. Barrymore kannte ihn, bevor er vor vier Jahren verstarb. Er hat Geoffrey sehr gut versorgt.« Sie nickte. »Es überrascht mich nur, daß er noch immer nicht geheiratet hat! Für gewöhnlich sind es ja finanzielle Zwänge, die einen jungen Mann von der Ehe abhalten. Prudence wußte ja gar nicht, was für ein Glück sie hatte, daß er bereit war zu warten, bis sie gescheit würde.«

Monk konnte dazu nichts sagen. »Wo wohnt er denn, Madam?« fragte er.

»Geoffrey?« Ihre Brauen hoben sich. »In Little Ealing. Sie gehen die Boston Lane hinab und wenden sich dann nach rechts, dann folgen Sie der Straße etwa eine Meile, und Sie finden linker Hand The Ride. Geoffreys Haus liegt etwas weiter hinten. Sie werden dort noch einmal fragen müssen. Ich denke, das ist einfacher, als Ihnen das Haus beschreiben zu wollen, obwohl es ausgesprochen attraktiv ist. Aber das sind die Häuser dort alle. Es ist eine äußerst reizvolle Gegend.«

»Ich danke Ihnen, Mrs. Barrymore, Ihre Beschreibung ist sehr genau. Und Miss Cuthbertson, die sich ja offensichtlich als Miss Barrymores Rivalin betrachtete? Wo könnte ich sie wohl finden?«

»Nanette Cuthbertson?« Wieder verunzierte ein Ausdruck des Widerwillens ihr Gesicht. »Sie lebt auf der Wyke Farm, rechter Hand, auf der anderen Seite der Bahnlinie, am Rand von Osterley Park.« Sie lächelte wieder, aber diesmal nur mit den Lippen. »Ausgesprochen angenehm, wirklich, vor allem für ein Mädchen mit einer Schwäche für Pferde und dergleichen. Ich weiß freilich nicht, wie Sie dort hinkommen wollen. Es ist ein langer Weg über die Boston Lane. Wenn Sie sich kein Fahrzeug mieten können, dann werden Sie wohl über die Felder gehen müssen.« Ihre behandschuhte Hand machte eine merkwürdig anmutige Geste. »Wenn Sie sich auf der Höhe der Boston Farm nach Westen wenden, sollten Sie in etwa hinkommen. Ich nehme selbstverständlich immer den Ponywagen, aber ich denke doch, daß meine Schätzung korrekt ist.«

»Ich danke Ihnen, Mrs. Barrymore.« Er stand auf und neigte

höflich den Kopf. »Ich entschuldige mich für mein Eindringen und bin Ihnen wirklich ausgesprochen dankbar für Ihre Hilfe.«

Barrymore sah ihn rasch an. »Falls Sie etwas in Erfahrung bringen sollten, würde es wohl gegen Ihr Berufsethos verstoßen, uns das wissen zu lassen?«

»Ich werde Lady Callandra berichten, aber ich habe keinen Zweifel, daß sie es Ihnen sagen wird«, antwortete Monk. Er hätte nicht die geringsten Skrupel, diesem ruhigen, trauernden Mann zu erzählen, was auch immer ihm helfen würde, aber er dachte, es wäre leichter für ihn, es aus dem Munde Callandras zu hören. Außerdem ließe sich so vermeiden, daß er etwas erfuhr, was zwar wahr, aber nur schmerzlich und ohne Einfluß auf die Ermittlung oder Verurteilung des Mörders wäre. Er dankte ihnen und kondolierte ein letztes Mal. Mr. Barrymore begleitete ihn an die Tür und verabschiedete sich dann.

Da es ein angenehmer Tag war, genoß er den halbstündigen Spaziergang von der Green Lane nach Little Ealing, wo er das Haus von Geoffrey Taunton fand. Außerdem gab er ihm die Zeit, sich zurechtzulegen, was er dort sagen wollte. Er erwartete nicht, daß es einfach wäre. Womöglich weigerte sich Geoffrey Taunton gar, ihn zu sehen. Nicht alle Menschen reagierten im Kummer gleich. Bei einigen kam der Zorn zuerst, und das lange bevor sie den Schmerz einfach akzeptierten. Und selbstverständlich war es durchaus möglich, daß Geoffrey Taunton ihr Mörder war! Vielleicht hatte er nicht mehr so bereitwillig gewartet, wie er das in der Vergangenheit getan hatte. Vielleicht war seine Enttäuschung übergekocht? Oder es war ihm eine Leidenschaft ganz anderer Art aus dem Ruder gelaufen. Womöglich hatte er das bedauert und beabsichtigte nun, besagte Nanette Cuthbertson zu heiraten. Er durfte nicht vergessen, Evan nach dem exakten Befund des Leichenbeschauers zu fragen. Zum Beispiel ob Prudence Barrymore ein Kind erwartet hatte. Der Schilderung ihres Vaters nach zu urteilen, schien dies unwahrscheinlich, aber andererseits haben Väter oft nicht die geringste Ahnung über diesen Aspekt des Lebens ihrer Töchter.

Es war wirklich ein herrlicher Tag. Die Felder erstreckten

sich zu beiden Seiten des Wegs, ein leichter Wind riffelte den Weizen, der unter dem Herannahen des Hochsommers bereits golden zu werden begann. In einigen Wochen wären die Erntehelfer zugange, den Rücken in der Sonne und im Staub der Ähren gebeugt, der Geruch von heißem Stroh läge in der Luft, und irgendwo weiter hinten stünde der Wagen mit Cider und Brot. In seiner Phantasie hörte er das rhythmische Schwingen der Sicheln, spürte er den Schweiß auf der bloßen Haut, die Brise und den Schatten des Wagens, den Durst, den kühlen, süßen Cider, der noch nach Äpfeln roch.

Hatte er jemals Landarbeit verrichtet? Er durchforschte sein Gedächtnis, konnte aber nichts finden. War das hier im Süden gewesen oder zu Hause, in Northumberland, noch bevor er nach London gekommen war, um etwas über das Geschäftsleben zu lernen, Geld zu verdienen und fast so etwas wie ein Gentleman zu werden?

Er hatte nicht die geringste Ahnung. Es war verschwunden, wie so vieles andere auch. Und vielleicht war es gut so. Womöglich gehörte es zu irgendeiner persönlichen Erinnerung wie die an Hermione, die ihm so zu schaffen machte. Es war nicht ihr Verlust, das war kein Problem. Es war die Demütigung, sein Irrtum – die Dummheit, eine Frau geliebt zu haben, die außerstande war, diese Liebe zu erwidern. Aber immerhin war sie ehrlich genug gewesen, ihm einzugestehen, daß sie das gar nicht wollte! Liebe war nicht ungefährlich. Sie konnte sehr schmerzhaft sein! Sie hatte nicht die Absicht, sich einer solchen Gefahr auszusetzen, und sagte ihm das auch.

Nein, von jetzt an wollte er nur noch beruflichen Erinnerungen hinterherjagen. Da war er wenigstens sicher. Er war brillant. Selbst sein erbittertster Feind – und das war bisher Runcorn – hatte ihm weder seine Fähigkeiten noch seine Intelligenz, weder seine Intuition noch sein Engagement abgesprochen, die ihn zum besten Kriminalbeamten der Großlondoner Polizei gemacht hatten. Er schritt forsch aus. Es war nichts zu hören außer seinen eigenen Schritten und dem matten, warmen Wind über den Feldern. Am frühen Morgen hätte es wohl noch Lerchen gegeben, aber um diese Zeit war es dafür zu spät.

Aber es gab, abgesehen von seinem Stolz, noch einen weiteren Grund, warum er sich an möglichst viel erinnern sollte: Er mußte sich seinen Lebensunterhalt jetzt als Detektiv verdienen, und ohne Erinnerung an seine früheren Kontakte zur Unterwelt, an gewisse Details seines Handwerks, an Namen und Gesichter jener, die ihm etwas schuldeten, an Leute die ihn fürchteten, Leute mit Kenntnissen, die ihm nützlich sein konnten oder etwas zu verbergen hatten – ohne all das mußte er wieder ganz von vorne anfangen. Er mußte mehr darüber wissen, wer seine Freunde waren und wer seine Feinde. Durch den Verlust seines Gedächtnisses war er ihnen völlig ausgeliefert.

An den Weißdornhecken waren noch die letzten Blüten zu sehen, deren warmer, süßer Duft ihn zum Schneiden dick umgab. Dazwischen die langen Ranken wilder Rosen mit ihren rosa und weißen Blüten.

Er wandte sich nach rechts in The Ride und fand nach hundert Metern einen alten Fuhrmann, der sein Pferd den Weg heraufführte. Er erkundigte sich nach Geoffrey Taunton, und nach einem Moment argwöhnischen Zögerns bekam er die Richtung gewiesen.

Von außen war das Haus geschmackvoll, die prächtigen Stuckarbeiten am Putz waren ganz offensichtlich jüngsten Datums. Vermutlich als Geoffrey Taunton das Geld seines Vaters geerbt hatte.

Monk ging die ordentliche, kiesbestreute Einfahrt hinauf, die man erst kürzlich gerecht und gejätet hatte, und klopfte an die Tür. Es war mittlerweile früher Nachmittag, und er mußte schon Glück haben, um den Herrn des Hauses um diese Zeit anzutreffen; aber falls er aus war, so würde er eben versuchen, einen Termin für einen späteren Zeitpunkt zu bekommen.

Das Hausmädchen, das ihm öffnete, war jung, und seine Augen leuchteten neugierig auf, als es den elegant gekleideten Fremden auf der Stufe sah.

»Ja, Sir?« sagte sie freundlich und sah ihn an.

»Guten Tag. Ich habe zwar keine Verabredung, aber ich würde gern Mr. Taunton sprechen, wenn er zu Hause ist. Und falls ich zu früh komme, könnten Sie mir vielleicht sagen, wann es genehmer wäre?«

»Oh, ganz und gar nicht, Sir, jetzt paßt es ausgezeichnet.« Dann zögerte sie plötzlich, weil ihr klar wurde, daß sie gegen die Konventionen verstoßen hatte: Sie hätte vorgeben müssen, daß ihr Arbeitgeber nicht zu Hause sei, bis sie sich vergewissert hatte, daß der Besucher auch tatsächlich willkommen war. »Ich, ich ... meine ...«

Monk mußte lächeln. »Ich verstehe schon«, sagte er trokken. »Gehen Sie besser mal und fragen, ob er mich sehen will.« Er reichte ihr seine Karte, auf der Name und Adresse, nicht aber sein Beruf zu lesen waren. »Sie dürfen ihm sagen, ich käme im Auftrag von Lady Callandra Daviot, einer Angehörigen des Verwaltungsrats des Königlichen Armenspitals in Gray's Inn.« Das hörte sich beeindruckend an, nicht zu persönlich, und außerdem entsprach es der Wahrheit – wenn schon nicht im Kern, so immerhin den Fakten nach.

»Jawohl, Sir«, sagte sie mit einer spürbaren Zunahme des Interesses im Ton. »Wenn Sie mich jetzt entschuldigen würden, Sir, dann gehe ich fragen.« Mit einem Rauschen der Röcke drehte sie sich um und war auch schon verschwunden, nachdem sie Monk in einen sonnigen kleinen Salon geführt hatte.

Kaum fünf Minuten später trat Geoffrey Taunton persönlich ein. Er war eine angenehme Erscheinung, Anfang Dreißig, groß, von gutem Wuchs und trug das zeitlose Schwarz der Trauer. Sein Teint war weder hell noch dunkel, seine Züge fein, regelmäßig und wohlproportioniert. Sein von Natur aus milder Gesichtsausdruck war im Augenblick vom Schmerz gezeichnet.

»Mr. Monk? Guten Tag. Womit kann ich Ihnen und dem Verwaltungsrat dienen?« Er streckte ihm eine Hand entgegen.

Monk ergriff sie mit einem schlechten Gewissen, sich unter falschen Voraussetzungen Zutritt verschafft zu haben, aber das war rasch abgeschüttelt. Es war nur eine Frage der Prioritäten.

»Ich danke Ihnen, daß Sie mir Ihre Zeit widmen, Sir, und mir meinen unangemeldeten Besuch nachsehen«, entschuldigte er sich. »Aber ich habe erst durch Mr. Barrymore von Ihnen erfahren, den ich heute morgen aufgesucht habe. Wie Sie vielleicht bereits vermuten, hat man mich im Zusammenhang mit dem Tod von Miss Prudence Barrymore zu Rate gezogen.«

»Zu Rate gezogen?« Taunton legte die Stirn in Falten. »Das ist doch wohl Sache der Polizei?« Seine Miene drücke schärfste Mißbilligung aus. »Falls sich der Verwaltungsrat Sorgen um einen Skandal macht, so kann ich nichts, aber auch gar nichts tun, um ihm zu helfen. Wenn man junge Frauen eine solche Arbeit verrichten läßt, kann das zu allen möglichen unseligen Umständen führen, wie ich Miss Barrymore immer wieder klarzumachen versuchte, wenn auch ohne Erfolg.

Hospitäler sind weder dem Körper zuträglich noch der Moral«, fuhr er in strengem Ton fort. »Es ist schlimm genug, eines aufsuchen zu müssen, sollte man einer Operation bedürfen, die nicht im eigenen Heim durchzuführen ist, aber eine Frau, die dort in Stellung geht, setzt sich schrecklichen Gefahren aus. Vor allem, wenn die Betreffende aus besserem Hause ist und es somit nicht nötig hat, sich ihren Lebensunterhalt zu verdienen.« Sein Gesicht verdüsterte sich vor Gram über die Sinnlosigkeit des Ganzen, und er schob die Hände tief in die Taschen. Er sah eigensinnig aus, verwirrt und ausgesprochen verletzlich.

Evan hätte er leid getan; Runcorn hätte ihm zugestimmt. Monk empfand nichts weiter als Zorn über seine Blindheit. Sie standen einander noch immer im kleinen Salon gegenüber, auf einem grünen Teppich, keiner von beiden bereit, sich zu setzen.

»Ich nehme an, sie hat mehr aus Mitgefühl für die Kranken gearbeitet als um der Entlohnung willen«, sagte er trocken. »Nach allem, was ich gehört habe, war sie eine Frau von bemerkenswerten Fähigkeiten und großem Engagement. Daß sie nicht aus finanzieller Not gearbeitet hat, kann ihr doch nur zur Ehre gereichen.«

»Es hat sie das Leben gekostet!« sagte Taunton bitter, die großen Augen voller Zorn. »Das ist eine Tragödie und ein

Verbrechen! Nichts bringt sie wieder zurück, aber ich möchte den Verantwortlichen hängen sehen!«

»Wenn wir ihn fassen, Sir, dann dürften Sie dieses Privileg sicher haben«, antwortete Monk hart. »Obwohl es meiner Ansicht nach eine scheußliche Sache ist, sich so eine Hinrichtung anzusehen. Ich habe nur zwei gesehen, aber es war jedesmal ein Erlebnis, das ich lieber vergessen würde.«

Taunton sah ihn bestürzt an, sein Mund wurde schlaff, bevor er mißfällig das Gesicht verzog. »Ich habe das nicht wörtlich gemeint, Mr. Monk! Wie Sie sagen, allein der Gedanke daran ist scheußlich. Ich meinte damit nur, daß er gehängt werden soll!«

»Oh, ich verstehe. Ja, das ist etwas anderes. Und eine weitverbreitete Haltung obendrein.« Seine Stimme war voller Verachtung für Leute, die unangenehme Aufgaben lieber anderen übertrugen, um sich nicht selbst der schmerzlichen Realität stellen zu müssen; Hauptsache, man schlief ohne Alpträume, ohne gepeinigt zu sein von Schuld, Zweifel und Mitgefühl. Schließlich rief er sich mit einiger Mühe den Zweck seines Besuchs ins Gedächtnis. Er zwang sich, Tauntons Blick mit soviel Höflichkeit wie nur möglich zu begegnen. »Ich werde alles in meiner Macht Stehende tun, daß es dazu kommt, dessen dürfen Sie versichert sein.«

Taunton war beschwichtigt. Auch er vergaß den Anstoß, den er an Monk genommen hatte, und dachte wieder an Prudence und ihren Tod.

»Warum kommen Sie zu mir, Mr. Monk? Wie kann ich Ihnen helfen? Ich habe nicht die geringste Erklärung für das, was passiert ist. Abgesehen vom Wesen eines Krankenhauses an sich, seiner Bewohner und der Art von Frauen, die man dort beschäftigt. Aber dessen sind Sie sich ja wohl selbst bewußt.«

Monk beantwortete die Frage nicht direkt. »Können Sie sich einen Grund denken, warum eine der anderen Schwestern Miss Barrymore etwas Böses wollen könnte?« fragte er.

Taunton machte ein nachdenkliches Gesicht. »Da fällt mir so einiges ein. Würden Sie mir in mein Arbeitszimmer folgen? Da könnten wir die Angelegenheit in etwas bequemerer Umgebung diskutieren.«

»Ich danke Ihnen«, willigte Monk ein und folgte ihm über einen Flur in einen charmanten Raum auf der Rückseite des Hauses, der viel größer war als erwartet. Er bot einen Blick auf einen Rosengarten und die offenen Felder dahinter. Etwa zweihundert Meter weiter erhob sich ein schöner Ulmenhain. »Was für ein herrlicher Ausblick«, sagte er ungewollt.

»Ich danke Ihnen«, sagte Taunton mit einem verkniffenen Lächeln. Er wies auf einen der großen Sessel und forderte Monk auf, sich zu setzen, bevor er ihm gegenüber Platz nahm. »Sie haben nach den Schwestern gefragt«, wandte er sich wieder dem Thema zu. »Da Sie vom Verwaltungsrat beauftragt sind, nehme ich an, Sie sind mit dieser Sorte Frauen vertraut? Sie haben keine oder nur wenig Bildung und genau die Moral, die man von solchen Leuten erwartet.« Er sah Monk ernst an. »Es dürfte wohl kaum überraschen, wenn sie einer Frau wie Miss Barrymore gegenüber einen Groll hegten. Immerhin mußte sie ihnen reich erscheinen. Sie arbeitete, weil sie wollte, nicht weil sie es nötig hatte. Ganz offensichtlich war sie gebildet, aus besserem Hause und auch sonst mit allem gesegnet, was sich diese Frauen nur wünschen können.« Er sah Monk an, um sicherzugehen, daß er die Nuancen dessen, was er sagte, verstand.

»Ein Streit?« fragte Monk überrascht. »Es müßte sich aber um ein ausgesprochen verderbtes Frauenzimmer handeln, das zudem über beträchtliche Körperkräfte verfügen muß, um Miss Barrymore anzugreifen und zu erwürgen, ohne Aufmerksamkeit zu erregen. Die Flure sind des öfteren für längere Zeit verlassen, aber die Stationen sind nicht weit weg. Ein einziger Schrei, und die Leute wären herbeigeeilt.«

Taunton runzelte die Stirn. »Ich sehe nicht, worauf Sie hinauswollen, Mr. Monk. Wollen Sie damit sagen, Miss Barrymore sei nicht im Spital ermordet worden?« Eine gewisse Verachtung verhärtete seinen Ausdruck. »Ist das das Anliegen des Verwaltungsrats, die Verantwortung von sich zu weisen, indem man sagt, das Spital hätte damit nichts zu tun?«

»Ganz gewiß nicht.« Der Gedanke hätte Monk amüsiert, hätte er ihn nicht so wütend gemacht. Er verachtete Aufgeblasenheit; mit Dummheit gepaart – und für gewöhnlich war sie das – war sie schlicht unerträglich. »Ich versuche nur zu erklären, daß es höchst unwahrscheinlich ist, daß ein Streit zwischen zwei Frauen damit endet, daß eine die andere erwürgt«, sagte er ungeduldig. »Ein Streit wäre gehört worden, um genau zu sein, es war immerhin ein Streit zwischen zwei Frauen, der Dr. Beck und Lady Callandra an den Ort des Geschehens rief, was zu Miss Barrymores Entdeckung führte.«

»Oh.« Taunton sah plötzlich blaß aus, als ihr Wortgeplänkel in den Hintergrund rückte und sie sich beide erinnerten, daß es hier um Prudence' Tod und nicht um ein hypothetisches Gedankenspiel ging. »Ja, ich verstehe. Dann wollen Sie also damit sagen, das Ganze geschah vorsätzlich, kaltblütig und ohne Warnung.« Er wandte den Blick ab, seine Miene voller Gefühl. »Großer Gott, was für ein schrecklicher Gedanke! Arme Prudence.« Er schluckte mit einiger Mühe. »Ist es möglich, Mr. Monk, daß sie kaum etwas davon mitbekam?«

Monk hatte keine Ahnung. »Ja, ich denke schon«, log er. »Es kann durchaus sehr schnell gegangen sein, vor allem wenn der Angreifer kräftig war.«

Taunton blinzelte hastig. »Ein Mann also. Ja, das scheint viel wahrscheinlicher.« Er schien mit der Antwort zufrieden.

»Hat Miss Barrymore Ihnen gegenüber irgendwann einen Mann erwähnt, der ihr Sorgen machte, zu dem sie ein unbefriedigendes Verhältnis gehabt hatte?« fragte Monk.

Taunton hob die Brauen und sah Monk fragend an. »Ich bin mir nicht sicher, wie ich das verstehen darf.«

»Ich weiß nicht, wie ich es anders sagen soll. Ich meine damit entweder persönlich oder beruflich: ein Arzt, ein Kaplan, ein Kämmerer, der Verwandte eines Patienten, irgend jemand, mit dem sie im Zusammenhang mit ihren Pflichten zu schaffen hatte«, versuchte Monk zu erklären.

Tauntons Gesicht hellte sich auf. »Ach so, ja, ich verstehe.«

»Nun, war dem so? Von wem hat sie gesprochen?«

Taunton überlegte einen Augenblick, seine Augen auf den

Ulmen am Horizont, deren großartige grüne Kronen in der Sonne leuchteten. »Ich fürchte, wir haben nicht allzuoft über ihre Arbeit gesprochen.« Seine Lippen strafften sich, aber es war unmöglich zu sagen, ob im Zorn oder im Schmerz. »Ich konnte sie nicht gutheißen. Aber sie hat natürlich ihre Hochachtung für den Chefarzt, Sir Herbert Stanhope, erwähnt, einen Mann, der ihrer eigenen gesellschaftlichen Stellung natürlich weit eher entsprach. Sie hatte den größten Respekt vor seinen beruflichen Fähigkeiten. Ich hatte allerdings nie den Eindruck, daß ihre Gefühle persönlicher Natur waren.« Er sah Monk finster an. »Ich hoffe doch nicht, daß Sie derlei andeuten wollten?«

»Ich deute überhaupt nichts an«, sagte Monk ungeduldig und mit erhobener Stimme. »Ich versuche lediglich etwas über sie zu erfahren – wer ihr hätte Böses wollen können, egal aus welchem Grund: Eifersucht, Angst, Ehrgeiz, Rache, Gier, was auch immer. Hatte sie Ihres Wissens nach Verehrer? Nach allem, was ich so höre, war sie eine ausgesprochen attraktive Person.«

»Ja, das war sie, bei allem Eigensinn. Sie war wirklich sehr hübsch.« Einen Augenblick lang wandte er sich ab, damit Monk seine Qualen nicht sah.

Monk überlegte, sich zu entschuldigen, hatte dann jedoch das Gefühl, ihn damit nur noch mehr in Verlegenheit zu bringen. Er hatte nie gelernt, in solchen Augenblicken das Richtige zu sagen. Vielleicht gab es das gar nicht.

»Nein«, sagte Taunton einige Augenblicke darauf. »Sie hat nie von jemandem erzählt. Obwohl es natürlich möglich ist, daß sie mir nichts gesagt hat. Sie kannte ja meine Gefühle für sie. Aber sie war so offensichtlich ehrlich. Ich glaube, wenn es da jemanden gegeben hätte, sie hätte in ihrer offenen Art gar nicht anders gekonnt, als es mir zu sagen. Nach allem, was sie so sagte, war die Medizin ihre einzige Liebe. Eine Liebe, die ihr keine Zeit für gewöhnliche weibliche Interessen oder Instinkte ließ. Wenn überhaupt, würde ich sagen, dann war sie in letzter Zeit engagierter denn je.« Er sah Monk ernsten Blickes an. »Sie haben sie nicht gekannt, bevor sie auf die Krim ging,

Mr. Monk. Damals war sie noch anders, ganz anders. Sie hatte noch nicht diese...« Er verstummte und suchte nach einem passenden Wort. »Sie war... weicher. Ja, das ist es: weicher. Viel weiblicher.«

Monk widersprach ihm nicht, obwohl ihm die Worte auf der Zunge lagen. Waren Frauen wirklich weich? Die besten Frauen, die er kannte, die, die ihm dabei sofort in den Sinn kamen, waren alles andere als weich. Die Konventionen forderten, daß sie sich nach außen hin nachgiebig zeigten, sicher, aber sie verfügten über einen Kern aus Stahl, der so manchen Mann beschämt hätte; ihre Willenskraft und Ausdauer waren unübertroffen. Hester Latterly hatte den Mut gehabt, für ihn einzutreten, als er sich längst aufgegeben hatte. Sie hatte ihn drangsaliert, beschimpft oder war ihm um den Bart gegangen, bis er wieder gehofft und schließlich wieder gekämpft hatte, und das ohne Rücksicht auf ihr eigenes Wohlergehen.

Und er hätte jeden Eid geschworen, Callandra würde das gleiche tun, wenn die Situation es erforderte. Vielleicht war Prudence Barrymore eine von ihnen gewesen: leidenschaftlich, tapfer und zielbewußt. Einem Mann wie Geoffrey Taunton mußte es schwerfallen, das zu akzeptieren, geschweige denn, daß er es verstanden hätte. Vielleicht hätte jeder seine Schwierigkeiten damit gehabt. Hester konnte weiß Gott aggressiv sein, halsstarrig, scharfzüngig und sich in ihrer Eigensinnigkeit querstellen.

Um die Wahrheit zu sagen, Monks Ärger über Taunton klang merklich ab, als er darüber nachdachte. Hatte er Prudence Barrymore tatsächlich geliebt, so hatte er wahrscheinlich sein Kreuz zu tragen gehabt.

»Ja, ja, ich verstehe schon«, sagte er schließlich mit dem Anflug eines Lächelns. »Es muß sehr schwierig gewesen sein für Sie. Wann haben Sie Miss Barrymore das letzte Mal gesehen?«

»An dem Morgen, an dem sie gestorben ist – ermordet wurde«, antwortete Taunton ganz blaß. »Vermutlich kurz davor.«

Monk war verwirrt. »Aber sie wurde doch früh am Morgen ermordet, zwischen sechs und halb sieben.«

Taunton errötete. »Ja, es war noch sehr früh, um genau zu sein, spätestens sieben. Ich hatte die Nacht in der Stadt verbracht und habe sie vor Abfahrt meines Zuges besucht.«

»Es muß ja etwas sehr Wichtiges gewesen sein, wenn Sie um diese Stunde bei ihr im Hospital waren.«

»Das war es auch.« Mehr wollte Taunton nicht sagen. Sein Gesicht war ruhig, sein Ausdruck verschlossen.

»Wenn Sie es vorziehen, sich darüber auszuschweigen, so überlassen Sie die Angelegenheit meiner Phantasie«, forderte ihn Monk mit einem harten Lächeln heraus. »Ich werde annehmen, Sie haben mit ihr gestritten, weil Sie ihre Beschäftigung mißbilligten.«

»Sie dürfen annehmen, was Sie wollen«, sagte Taunton nicht weniger markig. »Es war eine private Unterhaltung, die ich gar nicht erwähnt hätte, wäre nicht etwas so Unseliges passiert. Und jetzt, wo die arme Prudence tot ist, werde ich auch nichts darüber sagen.« Er sah Monk herausfordernd an. »Es gereichte ihr nicht zur Ehre, das ist alles, was Sie daran zu interessieren braucht. Das arme Ding war ausgesprochen wütend, als ich ging – was ihr ganz und gar nicht stand –, aber sie war bei bester Gesundheit.«

Monk überging das kommentarlos. Offensichtlich war Taunton noch gar nicht auf den Gedanken gekommen, sich als Verdächtigen zu sehen. »Und sie hat Ihnen gegenüber auch nicht ein einziges Mal angedeutet, daß sie vor jemandem Angst hätte?« fragte Monk. »Oder daß jemand unfreundlich zu ihr gewesen sei, ihr vielleicht sogar gedroht hätte?«

»Selbstverständlich nicht, das hätte ich Ihnen doch sofort gesagt. Da hätten Sie erst gar nicht zu fragen brauchen.«

»Ich verstehe. Ich danke Ihnen, Sie waren wirklich sehr entgegenkommend. Ich bin sicher, Lady Callandra wird es Ihnen danken.« Monk wußte, er sollte ihm kondolieren, aber die Worte wollten ihm nicht über die Lippen. Er hatte seinen Zorn gezügelt, das mußte genügen. Er stand auf. »Jetzt möchte ich Sie nicht länger beanspruchen.«

»Sie scheinen noch keine großen Fortschritte gemacht zu haben.« Taunton stand ebenfalls auf, und während er sich unbewußt die Kleidung glattstrich, sah er Monk kritisch an. »Ich sehe nicht, wie Sie den Betreffenden mit solchen Methoden finden wollen.«

»Ich könnte Ihre Arbeit höchstwahrscheinlich auch nicht übernehmen, Sir«, sagte Monk mit einem verkniffenen Lächeln. »Was vielleicht auch gut so ist. Ich danke Ihnen noch einmal. Guten Tag, Mr. Taunton.«

Es war ein heißer Spaziergang The Ride entlang über die Boston Lane und durch die Felder zur Wyke Farm, aber Monk genoß ihn ganz außerordentlich. Es war ein herrliches Gefühl, anstatt des Pflasters wieder die Erde unter den Füßen zu spüren, im Wind, der über das offene Land strich, den Weißdorn zu riechen, nichts zu hören als das Rauschen der reifenden Weizenähren und gelegentlich das ferne Gebell eines Hundes. London und seine Sorgen schienen in einem anderen Land, nicht nur wenige Meilen den Schienenstrang entlang. Einen Augenblick lang vergaß er Prudence Barrymore und gestattete seinen Gedanken etwas Ruhe und Frieden. Eine alte Erinnerung schlich sich ein: die ausgedehnte Hügellandschaft Northumberlands, die sauberen Winde vom Meer herein, am Himmel die kreisenden Möwen. Mehr war ihm von seiner Kindheit nicht geblieben: Eindrücke, ein Geräusch, ein Geruch, der immer dieselben Gefühle hervorrief, ein kurzer Blick auf ein Gesicht, das stets wieder verschwand, noch bevor er es richtig sah.

Mit einemmal sah er sich in die Gegenwart zurückgerissen, und sein Vergnügen zerbrach: vor ihm thronte eine Frau auf dem Rücken eines Pferdes. Natürlich mußte sie über die Felder gekommen sein, aber so in Gedanken versunken wie er gewesen war, hatte er sie erst bemerkt, als sie ihn fast schon berührte. Sie ritt mit einer Leichtigkeit einer Person, für die das nicht weniger natürlich war als das Gehen. Sie war Anmut und Weiblichkeit in Person, der Rücken gerade, der Kopf erhoben, die Hände leicht an den Zügeln.

»Guten Tag, Madam«, sagte er überrascht. »Ich entschuldige mich, Sie nicht früher gesehen zu haben.«

Sie lächelte. Ihr Mund war breit, ihre Züge weich, die Augen, die vielleicht etwas zu tief lagen, schwarz. Ihr braunes Haar hatte sie nach hinten unter die Reitkappe gezogen, aber die schweren Locken milderten das strenge Bild. Sie war hübsch, ja fast schön.

»Haben Sie sich verlaufen?« sagte sie mit einem belustigten Blick auf seine elegante Kleidung und die dunklen Stiefel. »Sie werden auf diesem Weg nichts finden außer der Wyke Farm.« Sie hatte ihr Pferd streng unter Kontrolle, als sie knapp einen Meter vor ihm stand, die Hände geschickt und kräftig.

»Dann bin ich genau richtig«, antwortete er und begegnete ihrem Blick. »Ich bin auf der Suche nach Miss Nanette Cuthbertson.«

»Sie haben sie eben gefunden.« Sie war überrascht, aber freundlich und offen. »Was kann ich für Sie tun, Sir?«

»Guten Tag, Miss Cuthbertson. Mein Name ist William Monk. Ich gehe Lady Callandra Daviot aus dem Verwaltungsrat des Königlichen Armenspitals zur Hand. Ihr ist sehr daran gelegen, die Umstände von Miss Barrymores Tod zu klären. Sie waren doch mit ihr bekannt, glaube ich?«

Das Lächeln verschwand aus ihrem Gesicht, aber ihr war keinerlei Neugierde anzusehen, nur die vom Anstand gebotene Zurkenntnisnahme einer solchen Tragödie. Weiterhin so vergnügt dreinzuschauen hätte sich nicht geschickt.

»Das war ich, natürlich. Aber ich kann mir nicht denken, wie ich Ihnen helfen sollte.« Anmutig stieg sie aus dem Sattel, ohne ihn um Hilfe zu bitten und noch bevor er zuspringen konnte. Sie hielt die Zügel lose, fast als überlasse sie es dem Pferd, ihr zu folgen. »Ich weiß nichts darüber, außer was Mr. Taunton mir erzählt hat, mit anderen Worten nichts weiter, als daß sie eines ebenso plötzlichen wie schrecklichen Todes gestorben ist.« Sie sah ihn mit sanften, unschuldigen Augen an.

»Sie wurde ermordet«, antwortete er, seine Worte voller Gewalt, aber sein Ton die Liebenswürdigkeit selbst.

»Oh.« Sie wurde sichtlich blaß, aber er hätte nicht sagen können, ob das an der Nachricht lag oder an der Art, wie er sie überbrachte. »Wie gräßlich! Tut mir leid, mir war nicht klar...« Mit gerunzelten Brauen sah sie ihn an. »Mr. Taunton hat nur gesagt, ein Hospital wäre kein Ort für eine anständige Frau, weiter nichts. Ich hatte keine Vorstellung davon, daß es so schlimm ist. Krankheiten, natürlich, das kann ich verstehen. Das erwartet man schließlich. Aber Mord!«

»Es kann durchaus sein, daß die Örtlichkeit reiner Zufall war, Miss Cuthbertson. Leute werden auch in Wohnhäusern ermordet, und wir würden nicht sagen, daß Wohnhäuser gefährlich sind!«

Ein orangefarbener Schmetterling mit schwarzen Flecken verirrte sich zwischen sie und flatterte wieder davon.

»Ich verstehe nicht...« Ihrem Gesichtsausdruck war deutlich anzusehen, daß dem so war.

»Haben Sie Miss Barrymore gut gekannt?«

Sie machten sich langsam auf den Rückweg zur Farm. Auf dem hartgetrampelten Weg war gerade noch Platz für ihn, das Pferd kam mit gesenktem Kopf hinterdrein.

»Früher mal«, antwortete sie bedächtig. »Als wir noch viel jünger waren. Als Kinder. Seit sie auf der Krim gewesen ist, hat sie wohl keiner mehr gekannt. Sie hatte sich verändert, wissen Sie.« Sie wandte sich ihm zu, um zu sehen, ob er verstand.

»Ich kann mir vorstellen, daß das eine Erfahrung ist, die jeden verändern kann«, pflichtete er ihr bei. »Wie sollte man soviel Verwüstung und Leid sehen, ohne daß es einen verändert?«

»Ich nehme an, Sie haben recht«, sagte sie und warf einen Blick nach hinten, um zu sehen, ob das Pferd auch gehorsam folgte. »Aber es hat sie wirklich sehr verändert. Sie war ja schon immer... wenn ich jetzt eigensinnig sage, denken Sie bitte nicht, daß ich ihr etwas Schlechtes nachsagen will, es ist nur so, daß sie so glühende Wünsche und Pläne hatte.« Sie schwieg einen Augenblick, um ihre Gedanken zu ordnen. »Ihre Träume waren einfach anders als die anderer Leute. Aber nachdem sie aus Skutari zurückkam, da war sie...«, sie legte die Stirn in Falten, während sie nach dem passenden Wort suchte, »... härter – innerlich härter.« Dann blickte sie kurz zu Monk auf und zeigte ihm ein strahlendes Lächeln. »Tut mir leid. Hört sich das unfreundlich an? Das wollte ich nicht.«

Monk blickte ihr in die warmen braunen Augen, dann auf die feinen Wangen und dachte, daß sie das sehr wohl wollte – sie wollte nur nicht, daß andere sie so sahen. Er spürte einen Teil von sich reagieren und haßte sich für seine Gutgläubigkeit. Sie erinnerte ihn an Hermione, und Gott allein wußte wie viele andere Frauen aus seiner Vergangenheit, deren vollendete Weiblichkeit ihn angezogen und getäuscht hatte. Warum war er nur so ein Dummkopf gewesen? Wo er doch Dummköpfe verachtete!

Er war skeptisch, ja zynisch. Wenn Mrs. Barrymore recht gehabt hatte, dann hatte diese charmante Frau mit den sanften Augen und dem lächelnden Mund Geoffrey Taunton schon eine ganze Weile für sich gewollt; seine Zuneigung zu Prudence mußte sie furchtbar geärgert haben. Wie alt war Prudence gewesen? Callandra hatte etwas von Ende Zwanzig gesagt. Geoffrey Taunton war sicher etwas älter. War Nanette eine Altersgenossin, oder war sie nur etwas jünger? Falls dem so war, dann wurde es höchste Eisenbahn für sie, unter die Haube zu kommen. Wenn schon nicht jetzt, so würde es nicht mehr lange dauern, und man würde sie nicht nur für eine alte Jungfer halten, sondern auch für entschieden zu alt für ihr erstes Kind. Konnte es sein, daß sie mehr empfand als nur Eifersucht, eine gewisse Verzweiflung, Panik – zusehen zu müssen, wie die Jahre ins Land gingen und Geoffrey Taunton auf eine Frau wartete, die ihn ihres Berufs wegen abwies?

»Natürlich nicht«, sagte er unverbindlich. »Höchstwahrscheinlich ist es wahr, und mir geht es ja um die Wahrheit, so hart sie auch sein mag. Mit einer höflichen Lüge ist jetzt keinem gedient, im Gegenteil, sie würde nur verdunkeln, was ans Licht gehört.« Seine Stimme war kühl, aber sie hörte eine Rechtfertigung heraus. Mit festem Druck auf die Zügel hielt sie das Pferd dicht hinter sich.

»Ich danke Ihnen, Mr. Monk, das beruhigt mich sehr. Es ist

unangenehm, über andere Schlechtes zu sagen, und sei es noch so unbedeutend.«

»Ich glaube, viele Leute genießen das«, sagte er mit einem trägen Lächeln. »Um genau zu sein, es ist eines ihrer größten Vergnügen, vor allem wenn sie sich dabei überlegen fühlen können.«

Sie war bestürzt. Man sprach so etwas nicht so offen aus. »Oh, glauben Sie?«

Fast hätte er sich alles verdorben. »Es gibt solche Leute«, sagte er und köpfte einen langen Weizenhalm, der in den Weg gewachsen war. »So leid es mir tut, aber ich muß Sie bitten, mir noch einiges mehr über Prudence Barrymore zu erzählen, auch wenn Ihnen das geschmacklos erscheint. Ich weiß einfach nicht, wen ich sonst fragen sollte, wer sonst so ehrlich wäre. Lobreden helfen mir nicht weiter.«

Diesmal behielt sie die Augen geradeaus. Sie waren am Gatter der Farm angelangt, das er ihr öffnete und wartete, bis auch das Pferd es passiert hatte; dann ging er selbst durch und schloß es sorgfältig. Ein älterer Mann in einem verblichenen Kittel und einer Hose, die an den Knöcheln mit Schnüren zusammengebunden war, nahm ihr das Pferd mit einem schüchternen Lächeln ab. Nanette dankte ihm und führte Monk über den Hof auf den Kräutergarten zu. Schließlich öffnete er ihr die Tür des Bauernhauses, die wider Erwarten nicht in die Küche, sondern in einen breiten Flur auf der Seite des Hauses führte.

»Darf ich Ihnen eine Erfrischung anbieten, Mr. Monk«, fragte Nanette mit einem Lächeln. Sie war etwas größer als der Durchschnitt und schlank, hatte eine Wespentaille und einen kleinen Busen. Sie bewegte sich in ihren Reitröcken so geschickt, daß sie angewachsen schienen und ganz und gar nicht hinderlich wie für manch andere Frau.

»Ich danke Ihnen.« Er wußte nicht, ob von ihr etwas Nützliches zu erfahren wäre, aber womöglich war es seine einzige Gelegenheit. Er wollte sie nutzen.

Sie legte Hut und Reitgerte auf dem Tisch im Flur ab. Dann läutete sie nach einem Dienstmädchen, verlangte Tee und führte ihn in ein hübsches Wohnzimmer voller geblümter

Chintzmöbel. Sie unterhielten sich über Belanglosigkeiten, bis man den Tee brachte, dann waren sie wieder allein und konnten sicher sein, nicht weiter gestört zu werden.

»Sie wollen also mehr über die arme Prudence wissen«, sagte sie sofort und reichte ihm seine Tasse.

»Wenn Sie so freundlich wären.« Er nahm sie entgegen.

Ihre Blicke trafen sich. »Bitte, verstehen Sie, daß ich nur deshalb so offen spreche, weil ich mir darüber im klaren bin, daß Sie mit Nettigkeiten kaum herausfinden werden, wer sie ermordet hat, die arme Seele.«

»Ich habe Sie ja gebeten, offen zu sein, Miss Cuthbertson«, ermutigte er sie. Sie setzte sich in ihren Sessel zurück und begann, ihre Augen fest auf die seinen gerichtet, zu sprechen. »Ich kannte Prudence, seit wir beide kleine Mädchen waren. Sie war immer viel neugieriger als die meisten anderen und lernte mit großer Hingabe so viel sie nur konnte. Ihre Mutter, ein liebes Wesen mit gesundem Menschenverstand, versuchte ihr das auszureden, aber es hatte keinen Sinn. Haben Sie ihre Schwester Faith kennengelernt?«

»Nein.«

»Eine ausgesprochen nette Person«, sagte sie beifällig. »Sie hat nach York geheiratet. Aber Prudence war immer der Liebling ihres Vaters, und ich muß zu meinem Bedauern sagen, daß er ihr zu sehr nachgab, wenn es doch in ihrem besten Interesse gewesen wäre, ein bißchen mehr Disziplin walten zu lassen.« Sie zuckte die Achseln und bedachte Monk mit einem Lächeln. »Wie auch immer, das Ergebnis war, daß Prudence, als wir hier in England ein bißchen davon zu erfahren begannen, wie schlimm der Krieg auf der Krim geworden war, es sich in den Kopf setzte, unsere Soldaten dort zu pflegen. Und nichts auf der Welt konnte sie davon abhalten.«

Monk hatte alle Mühe, sie nicht zu unterbrechen. Er hätte dieser nicht weniger entschlossenen und ziemlich selbstgefälligen hübschen Frau, die diskret mit ihm flirtete, zu gern etwas über die Schrecken des Schlachtfelds und der Lazarette erzählt, die er von Hester gehört hatte. Er zwang sich jedoch, den Mund zu halten, und warf ihr einen aufmunternden Blick zu.

Sie hätte ihn nicht gebraucht. »Natürlich nahmen wir alle an, sie hätte nach ihrer Rückkehr genug davon«, sagte sie rasch. »Sie hatte ihrem Land gedient, und wir waren alle stolz auf sie. Aber nichts dergleichen! Sie bestand darauf, weiter als Schwester zu arbeiten, und übernahm die Stelle in diesem Londoner Krankenhaus.« Sie beobachtete aufmerksam Monks Gesicht und biß sich auf die Lippe, als wüßte sie nicht so recht, was sie sagen sollte; ihrer kräftigen Stimme freilich war anzuhören, daß dem ganz und gar nicht so war. »Sie wurde sehr... sehr energisch«, fuhr sie fort. »Sie nahm kein Blatt vor den Mund, was ihre Ansichten anbelangte, vor allem den medizinischen Autoritäten stand sie sehr kritisch gegenüber. Ich fürchte, sie hatte Ambitionen, die völlig unmöglich waren, von ihrer Schicklichkeit ganz zu schweigen, und das machte sie bitter.« Sie forschte in Monks Augen in dem Versuch, seine Gedanken zu lesen. »Ich kann nur annehmen, daß einige ihrer Erfahrungen im Krimkrieg so schrecklich waren, daß ihr Verstand darunter litt. Womöglich wurde ihr Urteilsvermögen in Mitleidenschaft gezogen. Das Ganze ist wirklich sehr tragisch.« Sie sagte das völlig emotionslos.

»Ausgesprochen«, pflichtete Monk ihr bei. »Es ist aber auch tragisch, daß jemand sie ermordet hat. Hat sie Ihnen gegenüber irgendwann einmal jemanden erwähnt, der sie bedroht haben, der ihr Böses gewollt haben könnte?« Es war eine naive Frage, aber es bestand immer die entfernte Möglichkeit einer überraschenden Antwort darauf.

Nanette zuckte kaum merklich die Achseln, eine zarte, sehr weibliche Geste. »Nun, sie war sehr offen, und sie konnte ausgesprochen kritisch sein«, sagte sie zögernd. »Ich fürchte, es ist nicht ganz ausgeschlossen, daß sie jemanden so beleidigt hat, daß er gewalttätig wurde. Ein schrecklicher Gedanke! Aber es gibt nun mal Männer mit ungezügeltem Temperament. Vielleicht war ihre Beleidigung sehr ernst, vielleicht bedrohte sie sein berufliches Ansehen. Sie schonte einen nicht gerade, wissen Sie.«

»Hat sie jemanden beim Namen genannt, Miss Cuthbertson?«

»Oh, mir gegenüber nicht! Aber Namen hätten mir ohnehin nichts gesagt, selbst wenn ich einen gehört hätte.«

»Ich verstehe. Was ist mit Verehrern? Gab es Männer, die – Sie wissen schon – Grund gehabt hätten, sich von ihr abgewiesen zu fühlen oder eifersüchtig zu sein?«

Eine leichte Röte überzog ihre Wangen, und sie lächelte, als hätte die Frage nicht die geringste Bedeutung für sie. »Derlei hat sie mir nicht anvertraut. Aber ich hatte den Eindruck, daß sie für solche Gefühle keine Zeit hatte.« Sie lächelte über die Absurdität eines solchen Wesens. »Da fragen Sie vielleicht besser jemanden, der sie jeden Tag sah.«

»Das werde ich. Ich danke Ihnen für Ihre Offenheit, Miss Cuthbertson. Wenn auch alle anderen so offen sind, dann kann ich mich wirklich glücklich schätzen.«

Sie beugte sich etwas vor. »Werden Sie herausfinden, wer sie ermordet hat, Mr. Monk?«

»Ja.« Er ließ keinerlei Zweifel daran, nicht weil er überzeugt davon gewesen wäre, geschweige denn, daß er etwas gewußt hätte, aber er hätte sich die Möglichkeit einer Niederlage nie eingestanden.

»Dann bin ich beruhigt. Es ist ausgesprochen tröstlich zu wissen, daß es bei allen Tragödien wenigstens Leute gibt, die für Gerechtigkeit sorgen.« Wieder lächelte sie ihn an, und er fragte sich, warum in aller Welt Geoffrey Taunton sich nicht um diese Frau bemühte, die sich so vorzüglich für ihn zu eignen schien. Statt dessen hatte er Zeit und Gefühle auf Prudence Barrymore verschwendet. Sie hätte weder ihn noch sich selbst glücklich machen können – nicht in einer Verbindung, die für ihn voll Ungewißheit und Spannungen und für sie nur unfruchtbar und beengend gewesen wäre.

Aber andererseits, wie hatte er sich damals eingebildet, Hermione Ward zu lieben, die ihn auf Schritt und Tritt enttäuscht und verletzt hatte, um ihn schließlich in bitterster Einsamkeit zurückzulassen. Vielleicht hätte er sie am Ende sogar gehaßt.

Er trank seinen Tee aus und verabschiedete sich, und nachdem er sich noch einmal bedankt hatte, machte er sich auf den Weg.

Auf der Rückreise nach London war es heiß, und der Zug war überfüllt. Er war auf einmal sehr müde; er schloß die Augen und lehnte sich in seinem Sitz zurück. Das Rattern und Schwanken des Eisenbahnwaggons war seltsam beruhigend. Er schreckte aus dem Schlaf und sah, daß ihn ein Junge intensiv und neugierig anstarrte. Eine blonde Frau zupfte das Kind an der Jacke und befahl ihm, sich an seine Manieren zu erinnern und nicht so unhöflich zu sein zu dem Herrn. Dann lächelte sie Monk schüchtern an und entschuldigte sich.

»Es ist ja kein Schaden angerichtet, Madam«, antwortete er ruhig, sah sich jedoch von einer bruchstückhaften, aber lebendigen Erinnerung aufgeschreckt. Es war ein Gefühl, das er seit seinem Unfall viele Male gehabt hatte; während der letzten Monate überkam es ihn immer häufiger. Und jedesmal überlief ihn ein Angstschauer dabei. So vieles von dem, was er über sich erfahren hatte, zeigte ihm nur Szenen ohne Hintergründe, und der Mann, den er dabei entdeckte, gefiel ihm nicht immer.

Die Erinnerung war scharf und hell und doch weit entfernt. Er war nicht der Mann, der er heute war; er war der Mann von gestern. Das Bild in seinem Kopf war sonnendurchflutet, und bei aller Klarheit hatte er das Gefühl von Ferne. Er war jünger, viel jünger, neu in seinem Beruf, mit all dem Eifer und dem Wunsch zu lernen, wie er Neulingen zu eigen ist. Sein unmittelbarer Vorgesetzter war Samuel Runcorn, das war klar. Er wußte es, wie man Dinge in Träumen weiß: Es gibt keinen sichtbaren Beweis, und doch steht die Gewißheit außer Frage. Er hatte Runcorn ebenso deutlich vor sich wie die Frau, die ihm gegenübersaß, als der ratternde Zug an den Häusern vorbei Richtung Stadt raste. Runcorn mit seinem schmalen Gesicht und den tiefliegenden Augen. Er hatte damals ganz gut ausgesehen: knochige Nase, schöne Stirn, breiter Mund. Selbst heute war es lediglich sein Gesichtsausdruck, diese Mischung aus Übellaunigkeit und dem Bedürfnis, sich zu rechtfertigen, der ihm die Züge verdarb.

Was war in den Jahren dazwischen passiert? Für wieviel davon war Monk verantwortlich gewesen? Das war ein Gedanke, der ihm immer und immer wieder kam. Und trotzdem war er töricht. Monk hatte keinerlei Schuld daran. Was immer Runcorn war, er hatte es sich selbst zu verdanken, es war seine eigene Entscheidung gewesen.

Warum war diese Erinnerung zurückgekommen? Nur ein Fetzen davon – eine Zugfahrt mit Runcorn. Runcorn war Inspektor gewesen, Monk ein Konstabler unter seinem Befehl.

Sie erreichten eben die Außenbezirke von Bayswater, es war also nicht mehr weit bis zur Euston Road und nach Hause. Es würde guttun, aus diesem lärmenden und schaukelnden engen Raum hinaus an die frische Luft zu kommen. Nicht daß die Fitzroy Street mit der Boston Lane und dem Wind über den Weizenfeldern zu vergleichen gewesen wäre.

Er verspürte eine ausgeprägte Enttäuschung: Fragen und Antworten, die nirgendwo hinführten, zu wissen, daß jemand log, aber nicht wer. Sie hatten seit Tagen an ihrem Fall gearbeitet und nichts erfahren, womit sie etwas hätten anfangen können. Nicht die Spur einer Beweiskette, aus der sich langsam eine Geschichte ergeben hätte.

Nur daß es diesmal der erste Tag war! Prudence Barrymore war erst gestern gestorben. Das Gefühl kam aus der Vergangenheit, hinter was auch immer er und Runcorn vor vielen Jahren hergewesen waren – waren es zehn, fünfzehn? Runcorn war anders gewesen: selbstsicherer, weniger arrogant, das Bedürfnis, seine Autorität herauszukehren noch nicht ganz so ausgeprägt, ebenso wie das Bedürfnis, immer recht zu haben. Irgend etwas war in den Jahren dazwischen passiert, das seinen Glauben zerstört und ihn innerlich verletzt und verkrüppelt hatte.

Wußte Monk, was es war? Hatte er es vor dem Unfall gewußt? War Runcorns Haß auf ihn eine Folge davon? Eine Folge seiner Verletzlichkeit und der Tatsache, daß Monk diese ausgenutzt hatte?

Der Zug fuhr jetzt durch Paddington. Nicht mehr lange, und er war zu Hause. Er sehnte sich danach, endlich aufzustehen.

Er schloß wieder die Augen. Die Hitze im Abteil und das rhythmische Hin und Her, das unablässige Rattern der Räder über den Fugen zwischen den Geleisen hatten eine hypnotische Wirkung auf ihn.

An dem Fall hatte noch ein zweiter Konstabler mitgearbeitet: ein schmächtiger junger Mann mit dunklem Haar, das ihm senkrecht von der Stirn stand. Die Erinnerung war ebenso lebhaft wie unbequem, aber Monk konnte sich nicht denken warum. Er zerbrach sich den Kopf, aber es wollte nichts herauskommen dabei. War er gestorben? Warum war er so unglücklich bei dem Gedanken an ihn?

Bei Runcorn war das anders; für ihn verspürte er nur Zorn und eine jähe, starke Verachtung. Nicht daß er dumm gewesen wäre. Ganz und gar nicht: seine Fragen waren scharfsichtig, wohlformuliert und zeugten von Urteilsvermögen; die Antworten wog er offensichtlich gewissenhaft ab. Er ließ sich keinen Bären aufbinden. Warum also mußte Monk feststellen, daß er beim Gedanken an ihn unbewußt die Lippen schürzte?

Um was war es in diesem Fall gegangen? Auch daran erinnerte er sich nicht mehr! Aber es war wichtig gewesen, daran hatte er nicht den geringsten Zweifel. Etwas Ernstes. Der Superintendent hatte sie jeden Tag nach ihren Fortschritten gefragt. Die Presse wollte endlich jemanden hängen sehen. Aber wofür?

Hatten sie Erfolg gehabt?

Ruckartig setzte er sich auf. Sie waren in der Euston Road, und es war Zeit auszusteigen. Hastig und unter Entschuldigungen an die Leute, denen er auf die Füße trat, rappelte er sich aus dem Sitz und ging hinaus auf den Bahnsteig.

Er mußte aufhören, in der Vergangenheit herumzustöbern und sich endlich überlegen, was er im Mordfall Prudence Barrymore unternehmen wollte. Er hatte Callandra noch nichts zu berichten, aber vielleicht hatte ja sie ihm etwas zu sagen, obwohl es dafür wahrscheinlich noch etwas zu früh war. Es war vermutlich besser, noch ein, zwei Tage zu warten; dann hatte vielleicht auch er ihr etwas zu sagen.

Er ging den Bahnsteig hinauf, drängte sich zwischen den Leuten durch, stieß einen Gepäckträger an und wäre fast über einen Packen Zeitungen gefallen.

Wie war Prudence Barrymore als Krankenschwester gewesen? Er fing besser am Anfang an. Er hatte ihre Eltern kennengelernt, ihren erfolglosen Freier und ihre Rivalin. Er würde noch ihre Vorgesetzten befragen, die freilich möglicherweise Verdächtige waren. Das beste Urteil über die nächste Phase ihrer Laufbahn dürfte von jemandem kommen, der sie auf der Krim gekannt hatte. Jemand anderes als Hester. Er wich zwei Männern und einer Frau aus, die sich mit einer Hutschachtel abmühten.

Was wäre mit Florence Nightingale selbst? Sie wußte doch sicher über ihre Schwestern Bescheid. Aber würde sie Monk empfangen? Sie war eine gefeierte Frau, die ganze Stadt bewunderte sie, nur die Königin selbst war beliebter!

Es war einen Versuch wert.

Er würde es morgen angehen. Mochte sie auch unendlich berühmter und wichtiger sein, sie konnte sich wohl kaum als eigensinniger oder scharfzüngiger entpuppen als Hester!

Ohne es zu merken, beschleunigte er seine Schritte. Es war eine gute Entscheidung. Er lächelte einer älteren Frau zu, die ihn anfunkelte.

Florence Nightingale war kleiner, als er erwartet hatte und von schmächtigem Wuchs; sie hatte braunes Haar und regelmäßige Züge. Auf den ersten Blick war sie völlig unscheinbar. Nur die Intensität ihres Blicks unter den flachen Brauen hielt ihn fest, die Art, wie sie einem geradewegs in den Kopf zu sehen schien; nicht neugierig, nur mit der Aufforderung, ihrer Ehrlichkeit mit gleicher Offenheit zu begegnen. Er konnte sich gut vorstellen, daß ihr keiner die Zeit zu stehlen wagte.

Sie hatte ihn in einem sparsam möblierten, funktional eingerichteten Büro empfangen. Er hatte Schwierigkeiten gehabt, vorgelassen zu werden, bevor er nicht genau erklärte, worum es ihm ging. Es war offensichtlich, daß sie alle Hände voll zu tun und ihre Arbeit nur für die Dauer dieses Gesprächs unterbrochen hatte.

»Guten Tag, Mr. Monk«, sagte sie mit klarer, kräftiger Stimme. »Ich höre, Sie kommen im Zusammenhang mit dem Tod einer meiner Schwestern. Es tut mir wirklich furchtbar leid, das zu hören. Was wünschen Sie denn nun von mir?«

Er hätte nicht gewagt, ihr mit Ausflüchten zu kommen. »Sie wurde ermordet, Madam, während ihrer Arbeit im Königlichen Armenspital. Ihr Name war Prudence Barrymore.« Er sah einen schmerzlichen Schatten über Florence Nightingales ruhige Züge huschen, was sie ihm sofort sympathischer machte. »Ich untersuche diesen Mord«, fuhr er fort. »Nicht für die Polizei, sondern auf Wunsch einer ihrer Freundinnen.«

»Ich bin zutiefst betrübt. Bitte, setzen Sie sich, Mr. Monk.« Sie wies auf einen Stuhl, setzte sich ihm gegenüber, legte die Hände in den Schoß und starrte ihn an.

Er gehorchte. »Können Sie mir etwas über ihr Wesen und ihre Fähigkeiten sagen, Madam?« fragte er. »Ich habe bereits gehört, daß sie sich ausschließlich der Medizin gewidmet hat, daß sie einen Mann abgewiesen hat, der ihr seit Jahren den Hof machte, und daß sie mit großer Überzeugung zu ihren Ansichten stand.«

Ein belustigtes Lächeln spielte um Florence Nightingales Mund. »Die sie auch zum Ausdruck gebracht hat«, pflichtete sie ihm bei. »Sie war eine großartige Frau mit einer großen Leidenschaft zu lernen. Nichts konnte sie davon abhalten, die Wahrheit in Erfahrung zu bringen und sich ihr zu stellen.«

»Und sie anderen mitzuteilen?« fragte er.

»Natürlich. Wenn man die Wahrheit kennt, dann bedarf es einer sanfteren und vielleicht auch weiseren Frau als Prudence Barrymore, sie nicht einfach auszusprechen. Sie hatte keinen Sinn für die Kunst der Diplomatie. Kranke sind weder mit Schmeicheleien noch mit Zwang zu heilen.«

Er unterließ es, ihr zu schmeicheln, indem er ihr beipflichtete. Sie war keine Frau, die sich mit Offensichtlichkeiten zufriedengab. »Könnte sich Miss Barrymore dadurch so erbitterte Feindschaften zugezogen haben, daß man sie ermordete?« fragte er. »Ich meine, hätten ihr Reformeifer oder ihre medizinischen Kenntnisse dafür ausgereicht?«

Florence Nightingale saß einige Minuten lang schweigend da, aber Monk wußte sehr wohl, daß sie ihn verstanden hatte und sich die Frage durch den Kopf gehen ließ.

»Das halte ich für unwahrscheinlich, Mr. Monk«, sagte sie

schließlich. »Prudence interessierte sich mehr für die Medizin an sich als ihre Reform, wie das bei mir der Fall ist. Mir geht es vor allem darum, einfache Veränderungen zu bewirken, die viele Leben retten würden, ohne viel zu kosten. Wie etwa eine richtige Belüftung der Krankenhäuser.« Sie sah ihn mit strahlenden Augen an, in denen die Leidenschaft loderte. Das Timbre ihrer Stimme hatte sich verändert, sie hatte eine ganz neue Dringlichkeit. »Haben Sie eine Vorstellung davon, Mr. Monk, wie stickig die meisten Stationen sind, wie abgestanden und voller schädlicher Dämpfe die Luft ist. Saubere Luft wird nicht weniger zur Heilung der Menschen beitragen als die Arzneien, die man ihnen gibt.« Sie lehnte sich geringfügig vor. »Natürlich lassen sich unsere Krankenhäuser nicht mit denen in Skutari vergleichen, aber es sind trotzdem Orte, an denen nicht weniger Leute an Infektionen sterben als an den ursprünglichen Beschwerden! Es gibt so viel zu tun, es könnte so viel Leid und Tod vermieden werden.« Sie sagte das in ruhigem Ton, und dennoch überlief Monk ein Schauer. Ihre Leidenschaftlichkeit ließ ihre Augen von innen heraus leuchten. Monk hätte sie längst nicht mehr als gewöhnlich beschreiben können. Sie verfügte über einen Ingrimm, ein Feuer und zugleich eine Verletzlichkeit, die sie einzigartig machten. Er sah deutlich, was eine ganze Armee dazu gebracht hatte, sie zu lieben, eine ganze Nation dazu, sie zu verehren, und warum sie dennoch im Grunde ihres Wesens einsam geblieben war.

»Ich habe da eine Freundin«, er benutzte das Wort, ohne zu überlegen, »die mit Ihnen auf der Krim gearbeitet hat, Miss Hester Latterly...«

Ihr Gesicht hellte sich sofort auf vor Freude. »Sie kennen Hester? Wie geht es ihr? Sie mußte vorzeitig damals nach Hause zurückkehren, weil ihre Eltern gestorben waren. Haben Sie sie kürzlich gesehen? Ist sie wohlauf?«

»Ich habe sie vor zwei Tagen gesehen«, antwortete er bereitwillig. »Sie ist bei bester Gesundheit. Sie wird sich sehr freuen zu hören, daß Sie sich nach ihr erkundigt haben.« Er verspürte einen gewissen Besitzerstolz. »Sie pflegt im Augenblick überwiegend privat. Ich fürchte, ihre Offenheit hat sie ihre erste

Stellung im Krankenhaus gekostet!« Er stellte fest, daß er lächelte, obwohl er ihre Entlassung damals wütend verurteilt hatte. »Sie wußte mehr über die Fiebermedizin als der Arzt und hat entsprechend gehandelt. Was er ihr nicht verzeihen konnte.«

Florence lächelte belustigt und, wie er meinte, von einem gewissen Stolz erfüllt. »Das überrascht mich nicht«, gestand sie. »Hester konnte Dummköpfe noch nie ertragen, vor allem keine militärischen, und davon gibt es eine ganze Menge. Sie konnte sich furchtbar aufregen über Dummheit und Verschwendung. Und das hat sie auch gesagt, und was man hätte tun sollen.« Sie schüttelte den Kopf. »Ich denke mir, wäre sie ein Mann, Hester würde einen guten Soldaten abgeben. Sie hatte den für den Kampf nötigen Eifer und einen guten Instinkt für Strategie, wenigstens für die physische Variante davon.«

»Die physische Variante?« Er verstand nicht. Er hatte nie bemerkt, daß Hester eine sonderlich gute Strategin gewesen wäre – eher im Gegenteil.

Sie sah seine Verwirrung und Zweifel. »Oh, ich meine damit eine Art, die ihr nicht viel nützen kann«, erklärte sie. »Jedenfalls nicht als Frau. Sie konnte nicht abwarten und Leute manipulieren. Dafür hatte sie keine Geduld. Aber auf einem Schlachtfeld, da kannte sie sich aus. Und sie hatte den nötigen Mut.«

Wieder konnte er nicht anders als zu lächeln. Das war die Hester, die er kannte. Aber Florence sah ihn nicht an. Sie hatte sich in Erinnerungen verloren, ihre Gedanken durchstreiften die jüngste Vergangenheit. »Das mit Prudence tut mir so leid«, sagte sie, mehr zu sich selbst als zu Monk, und ihr Gesicht strahlte mit einemmal eine unerträgliche Einsamkeit aus. »Sie hatte eine solche Leidenschaft fürs Heilen. Ich erinnere mich noch daran, daß sie mehr als nur einmal mit den Sanitätsoffizieren loszog. Sie war nicht besonders kräftig und hatte eine Heidenangst vor Kriechzeug, Insekten und dergleichen, aber sie schlief trotzdem draußen, um zur Stelle zu sein, wenn man sie brauchte. Immer wieder wurde ihr schlecht angesichts der Schrecklichkeit mancher Wunden, aber immer erst hinterher.

Während einer Operation gab sie dem nicht nach. Und wie sie arbeiten konnte! Nichts war ihr zuviel. Einer der Sanitätsoffiziere erzählte mir, daß sie über Amputationen nicht weniger wüßte als er selbst und auch nicht davor zurückschreckte, so etwas selbst zu erledigen, wenn sonst keiner zur Stelle war.«

Monk unterbrach sie nicht. Das milde Sonnenlicht über London verschwand, und er sah nichts weiter als die schlanke Frau in ihrer schmucklosen Kleidung, hörte nichts als ihre intensive, leidenschaftliche Stimme.

»Rebecca hat es mir erzählt«, sagte sie. »Rebecca Box. Ein Schrank von einer Frau, eine Soldatenfrau obendrein, weit über einen Meter achtzig groß und stark wie ein Ochse.« Die Erinnerung ließ sie lächeln. »Sie ist immer hinaus aufs Schlachtfeld, sogar vor die Kanonen, um Verwundete zu holen, und sie wagte sich viel weiter als alle anderen hinaus, bis direkt vor den Feind. Dann hat sie sie auf den Rücken genommen und ins Lager getragen.«

Mit einem forschenden Blick wandte sie sich wieder an Monk. »Sie haben keine Vorstellung davon, was Frauen vermögen, bevor Sie nicht jemanden wie Rebecca gesehen haben. Sie hat mir erzählt, wie Prudence das erste Mal einem Mann den Arm abgenommen hat. Man hatte ihn mit einem Säbel bis auf den Knochen durchtrennt. Er blutete schrecklich, und es gab keine Möglichkeit, ihn zu retten, und außerdem keine Zeit, einen der Ärzte zu suchen. Prudence war nicht weniger bleich als der Mann selbst, aber ihre Hand war ruhig und ihre Nerven stark. Sie nahm den Arm genauso geschickt ab wie ein Arzt. Der Mann überlebte. Das war Prudence. Es tut mir leid, daß sie nicht mehr ist.« Ihr Blick ruhte noch immer auf Monk, als wolle sie sich vergewissern, daß er ihre Gefühle teilte. »Ich werde ihrer Familie schreiben, um ihr mein Mitgefühl auszudrücken.«

Monk versuchte sich vorzustellen, wie Prudence im Flakkern einer Öllampe über dem blutenden Mann kniete, die Säge in den kräftigen, ruhigen Fingern, das Gesicht konzentriert, während sie in die Tat umsetzte, was sie durch Zusehen gelernt hatte. Er wollte, er hätte sie gekannt. Er empfand es als schmerzlich, daß dort, wo diese tapfere, willensstarke Frau gewesen war, sich jetzt eine dunkle Leere befand. Eine leidenschaftliche Stimme war zum Schweigen gebracht, und ihr Verlust war ebenso hart wie unerklärt.

Aber das würde sich ändern. Er würde herausfinden, wer sie umgebracht hatte und warum. Er würde für eine Art Rache sorgen.

»Ich danke Ihnen vielmals, daß Sie mir Ihre Zeit geopfert haben, Miss Nightingale«, sagte er etwas steifer als beabsichtigt. »Sie haben mir etwas über sie gesagt, was mir sonst keiner hätte sagen können.«

»Es war nur eine Kleinigkeit.« Sie wischte ihre Hilfe als unzulänglich vom Tisch. »Ich wünschte, ich hätte auch nur die leiseste Ahnung, wer sie lieber tot gesehen hat. Gerade angesichts all der Tragödien und des Leids auf der Welt, gegen das wir nichts vermögen, ist es mir unverständlich, wieso wir uns aus freien Stücken noch mehr schaffen. Manchmal möchte ich an der Menschheit verzweifeln. Hört sich das nach Blasphemie an, Mr. Monk?«

»Nein, Madam, nur ehrlich.«

Sie lächelte freudlos. »Werden Sie Hester Latterly wiedersehen?«

»Aber ja.« Er konnte nicht anders, sein Interesse war so groß, daß er sie ohne zu überlegen fragte: »Haben Sie sie gut gekannt?«

»O ja.« Das Lächeln kehrte auf ihre Lippen zurück. »Wir haben viele Stunden gemeinsam gearbeitet. Es ist merkwürdig, wieviel man über eine Person erfährt, wenn man an einer gemeinsamen Sache arbeitet, selbst wenn man sich nichts über sein Leben vor dem Krieg erzählt, nichts über seine Herkunft, seine Jugend, über seine Lieben und Träume. Und doch lernt man das Wesen des anderen kennen. Und vielleicht ist das ja der eigentliche Kern der Leidenschaft, meinen Sie nicht?«

Er nickte, um die Stimmung nicht mit Worten zu zerstören.

»Ich gebe zu«, fuhr sie nachdenklich fort, »nichts über ihre Vergangenheit zu wissen, aber ich habe gelernt, auf ihre Integrität zu vertrauen, während wir Abend für Abend arbeiteten, um den Soldaten und ihren Frauen zu helfen. Wir haben sie mit Nahrung versorgt und Decken. Wir haben den Kommandierenden Platz abgetrotzt, damit die Betten nicht so eng standen.« Sie stieß ein merkwürdiges kleines Lachen aus, das ihr im Halse steckenzubleiben schien. »Sie konnte so wütend werden! Ich wußte, wenn ich eine Schlacht zu schlagen hatte, auf Hester kann ich mich verlassen. Sie zog sich nicht zurück, sie täuschte nichts vor, und sie schmeichelte keinem. Und ich kannte ihren Mut.« In einer Geste des Widerwillens zog sie die Schultern hoch. »Sie haßte Ratten, und die waren damals überall. Sie kletterten die Wände hoch und fielen dann herab wie faule Pflaumen. Nie werde ich das Geräusch vergessen, mit dem ihre Körper auf dem Boden aufschlugen. Aber ich habe auch ihr Mitgefühl gesehen: keine sinnlose Larmoyanz, sondern ein endloser Schmerz über das Leid der anderen, das zu lindern sie alles nur menschenmögliche tat. Man hat ein besonderes Gefühl für jemanden, mit dem man solche Erfahrungen geteilt hat, Mr. Monk. Ich bitte Sie, ihr meine Grüße zu bestellen.«

»Das werde ich«, versprach er.

Er stand wieder auf, sich mit einemmal der Zeit bewußt, die vergangen war. Er wußte, sie hatte ihn zwischen zwei Treffen mit Krankenhausverwaltern, Architekten, Professoren oder ähnlichen Leuten geschoben. Seit ihrer Rückkehr von der Krim hatte sie unermüdlich für die Reformen in Praxis und Verwaltung gearbeitet, an die sie so leidenschaftlich glaubte.

»Wen werden Sie als nächstes aufsuchen?« kam sie seinem Abschied zuvor. Sie brauchte nicht zu erwähnen, in welcher Angelegenheit, und war keine Frau von unnötigen Worten.

»Die Polizei«, antwortete er. »Ich habe noch einige Freunde dort, die mir vielleicht erzählen, was der Leichenbeschauer sagt. Vielleicht auch, was andere Zeugen zu Protokoll gegeben haben. Dann möchte ich an ihre Kolleginnen im Spital appellieren. Wenn ich sie überreden kann, mir ehrlich von ihr und anderen zu erzählen, erfahre ich womöglich eine ganze Menge.«

»Ich verstehe. Gott sei mit Ihnen, Mr. Monk. Sie müssen

mehr suchen als nur Gerechtigkeit. Wenn man Frauen wie Prudence Barrymore ermorden kann, während sie ihrer Arbeit nachgehen, dann sind wir alle ein ganzes Stück ärmer. Nicht nur jetzt, sondern auch in Zukunft.«

»Ich werde nicht aufgeben, Madam«, sagte er grimmig und meinte es ernst. Es ging ihm nicht nur darum, seine Entschlossenheit der ihren anzugleichen, er verspürte auch einen brennenden Wunsch, den zu finden, der ein solches Leben ausgelöscht hatte. »Er wird seine Tat noch bereuen, das verspreche ich Ihnen. Guten Tag, Madam.«

»Guten Tag, Mr. Monk.«

5

John Evan war ganz und gar nicht glücklich über den Fall Prudence Barrymore. Allein der Gedanke, daß man eine junge Frau von solcher Vitalität und Leidenschaft ermordet hatte! Aber in diesem speziellen Fall machten ihm auch die anderen Umstände zu schaffen. Er mochte das Krankenhaus nicht. Schon der Geruch würgte ihn, von seinem Bewußtsein für den Schmerz und die Angst, die hier zu Hause sein mußten, ganz zu schweigen. Er sah die blutbefleckte Kleidung der Ärzte, die durch die Korridore eilten, die Berge schmutziger Verbände und Tücher, und hin und wieder sah und roch er eine Schwester mit einem Eimer voll menschlicher Exkremente.

Aber mehr als all das beunruhigte ihn etwas anderes, etwas Persönliches, etwas, gegen das er nicht nur etwas tun konnte, sondern das zu ändern er sich moralisch verpflichtet fühlte. Es war die Art und Weise, wie die Ermittlungen in diesem Fall geführt wurden. Er war wütend und bitter gewesen, als die Ereignisse im Fall Moidore und Runcorns Stellungnahme dazu Monk zur Kündigung veranlaßt hatten. Aber er hatte sich mittlerweile daran gewöhnt, mit Jeavis zu arbeiten, und mochte er ihn auch weder mögen noch bewundern wie Monk, er wußte, er war kompetent und ein Ehrenmann.

In diesem Fall freilich hatte Jeavis den Boden unter den Füßen verloren, jedenfalls Evans Eindruck nach. Die medizinische Beweislage war ziemlich eindeutig: Prudence Barrymore war von vorne angegriffen und erwürgt worden; man hatte keine Schnur benutzt. Die Spuren einer solchen wären deutlich zu sehen gewesen, und außerdem entsprachen die Flecken am Hals den Fingern einer kräftigen Person von etwa mittlerer Größe; es hätte jeder von einigen Dutzend Leuten sein können, die Zugang zum Krankenhaus hatten. Und sich von der Straße aus Eintritt zu verschaffen war nun wirklich einfach genug. Bei einem solchen Kommen und Gehen von Ärzten, Schwestern und Hilfskräften jeglicher Art wäre eine Person mehr oder weniger nicht aufgefallen. Noch nicht einmal um jemanden in blutgetränkter Kleidung hätte man sich Gedanken gemacht.

Zuerst hatte Jeavis an andere Schwestern gedacht. Nach Evans Ansicht nicht zuletzt deshalb, weil es einfacher für ihn war, als sich mit den Wundärzten und Chirurgen herumzuschlagen. Diese waren ihm an Bildung und gesellschaftlicher Stellung überlegen, was Jeavis nervös machte. Als jedoch immer mehr Schwestern ein Alibi vorzulegen begannen – entweder sie waren in der fraglichen Zeit mit einer Kollegin zusammen oder bei einem Patienten gewesen –, hatte Jeavis sein Netz weiter auswerfen müssen. Er hatte den Kämmerer unter die Lupe genommen, einen aufgeblasenen Mann, den sein hoher Kragen zu drücken schien. Ständig verrenkte er sich den Hals und streckte das Kinn vor, als wolle er sich von ihm befreien. Er war jedoch nicht früh genug im Haus gewesen, ja er konnte sogar beweisen, zum fraglichen Zeitpunkt entweder noch zu Hause oder mit einer Droschke auf der Gray's Inn Road unterwegs gewesen zu sein.

Jeavis' Gesicht hatte sich verspannt. »Nun denn, Mr. Evan, dann werden wir uns wohl mal die Patienten vorknöpfen müssen. Und falls wir unseren Mörder nicht unter ihnen finden, dann sind eben die Herren Doktoren dran.« Sein Ausdruck entspannte sich etwas. »Es gibt freilich immer noch die Möglichkeit, daß ein Außenstehender hereingekommen ist, vielleicht jemand, den sie kannte. Wir werden uns mal eingehender mit ihrem Charakter befassen müssen ...«

»Sie war doch kein Hausmädchen!« erwiderte Evan scharf.

»In der Tat!« pflichtete Jeavis ihm bei. »Bei dem Ruf, den Krankenschwestern haben, würden die meisten Damen mit Hauspersonal sie wahrscheinlich erst gar nicht einstellen!« Auf seinem Gesicht zeigte sich der Anflug eines Lächelns.

»Die Frauen, die mit Miss Nightingale auszogen, um die Soldaten zu betreuen, waren Damen!« Evan war außer sich, nicht nur um Prudence Barrymores, sondern um Hesters und – wie er überrascht feststellen mußte – Florence Nightingales willen. Ein Teil seiner selbst war erfahren und weltgewandt genug, um für Heldenverehrung nicht allzuviel übrig zu haben; aber ein erstaunlich großer Teil verspürte einen enormen Stolz und das Bedürfnis, für sie einzutreten, wann immer er an die »Dame mit der Lampe« dachte und alles, was sie den leidenden, sterbenden Männern in jenem Alptraum fernab von der Heimat bedeutet hatte. Er verübelte Jeavis die indirekte Schmähung. Daneben freilich verspürte er eine gewisse Belustigung, als er daran dachte, was Monk jetzt gesagt hätte; er konnte seine schöne, sarkastische Stimme geradezu hören: »Typisch für den Sproß eines Vikars, Evan! Glauben jede hübsche Geschichte und bevölkern die Straßen mit Ihren eigenen Engeln. Sie hätten Geistlicher werden sollen wie Ihr Vater!«

»Träumen wir wieder mal?« riß Jeavis ihn aus den Gedanken. »Darf man fragen, was es zu lächeln gibt? Wissen Sie etwas, was ich nicht weiß?«

»Nein, Sir!« Evan nahm sich zusammen. »Wie steht es mit dem Verwaltungsrat? Könnte sich herausstellen, daß der eine oder andere hier war, der sie kannte – auf die eine oder andere Weise.«

Jeavis' Gesicht wurde schärfer. »Was wollen Sie damit sagen, ›auf die eine oder andere Weise‹? Männer, die in Verwaltungsräten von Krankenhäusern sitzen, haben keine Affären mit Schwestern!« Seinem Mund war nicht nur der Abscheu für den bloßen Gedanken anzusehen, sondern auch seine Mißbilligung darüber, daß Evan ihn in Worte gefaßt hatte.

Evan hatte zuerst erklären wollen, daß er »beruflich« oder »gesellschaftlich« gemeint hatte, verspürte jetzt jedoch gute Lust, sich querzustellen, und entschied sich dafür, es wörtlich zu nehmen.

»Nach allem, was man so hört, war sie eine ansehnliche Person und überaus intelligent«, argumentierte er. »Und von solchen Frauen fühlen sich viele Männer angezogen.«

»Unsinn!« Wie Runcorn hielt auch Jeavis ein gewisses Bild von einer gewissen Klasse von Herren in Ehren. Die beiden konnten sich mittlerweile gut leiden, was sich in zunehmendem Maße für beide von Vorteil erwies. Es war eines der Dinge an Jeavis, die Evan zu sehr irritierten, um sie übersehen zu können.

»Wenn Mr. Gladstone gewöhnliche Straßenmädchen unterstützen konnte«, sagte Evan entschieden und sah Jeavis dabei geradewegs in die Augen, »dann bin ich sicher, daß ein Mann aus dem Verwaltungsrat eines Krankenhauses eine Zuneigung zu einer prächtigen Frau wie Prudence Barrymore hegen konnte!«

Jeavis war zu sehr Polizist, um sich in seiner Arbeit von seinen gesellschaftlichen Ambitionen blenden zu lassen. »Möglicherweise«, gab er widerstrebend zu und schob mit finsterer Miene die Lippe nach vorn. »Möglicherweise. Aber Sie bewahren gefälligst Ihren Respekt, wenn Sie über Mr. Gladstone sprechen! Und jetzt machen Sie sich an die Arbeit, anstatt hier die Zeit mit Herumstehen zu vertrödeln.« Er stach seinen Finger in die Luft. »Ich will wissen, ob an dem Morgen hier jemand eine fremde Person gesehen hat. Reden Sie mit jedem, hören Sie, daß Sie mir keinen auslassen. Und dann stellen Sie fest, wo sämtliche Ärzte waren – und zwar exakt! Ich kümmere mich inzwischen um die Verwaltungsräte.«

»Ja, Sir. Und der Kaplan?«

Ein ganzes Potpourri von Gefühlen huschte über Jeavis' Gesicht: Empörung über den Gedanken, daß sich ein Kaplan einer solchen Tat schuldig gemacht haben sollte, Ärger über Evan, daß er so etwas sagte, Trauer über die Tatsache, daß es nicht unmöglich war, und schließlich der amüsante Verdacht, daß

Evan – immerhin selbst Sohn eines Geistlichen – sich der Ironie des Ganzen bewußt war.

»Wenn Sie schon dabei sind«, sagte er schließlich. »Aber seien Sie sich Ihrer Fakten gewiß. Kein ›er hat gesagt, sie hat gesagt‹. Ich will Augenzeugen, haben wir uns verstanden?« Er fixierte Evan mit einem grimmigen Blick seiner blaßbewimperten Augen.

»Ja, Sir«, sagte Evan. »Ich werde konkrete Beweise beibringen, Sir. Die auch vor einer Jury bestehen!«

Drei Tage später jedoch, als Evan und Jeavis vor Runcorns Schreibtisch standen, war das, was sie an konkretem Beweismaterial hatten, kaum der Rede wert.

»Also, was haben Sie?« Runcorn lehnte sich zurück, sein langes Gesicht düster und kritisch. »Machen Sie schon, Jeavis! Eine Krankenschwester wird in einem Hospital erwürgt! Es ist schließlich nicht so, daß da jemand unbemerkt hineinspazieren könnte! Das Mädel muß Freunde gehabt haben, Feinde, Streit!« Er klopfte mit dem Finger auf den Schreibtisch ein. »Wer sind sie? Wo waren sie, als sie ermordet wurde? Wer hat sie zuletzt gesehen, bevor man sie fand? Was ist mit diesem Dr. Beck? Ein Ausländer, sagen Sie? Wie ist er denn so?«

Jeavis hatte Haltung angenommen, die Hände auf dem Rükken ineinandergelegt. »Ziemlich stiller Bursche«, antwortete er, die Züge sorgfältig zu einer respektvollen Miene gefaltet. »Geschniegelt, leichter Akzent, spricht unsere Sprache aber ziemlich gut – ehrlich gesagt, zu gut, wenn Sie wissen, was ich meine, Sir? Scheint seinen Beruf zu verstehen, aber Sir Herbert Stanhope, der Chefarzt, scheint ihn nicht sonderlich zu mögen.« Er blinzelte. »Wenigstens meine ich das zu spüren; gesagt hat er es natürlich nicht.«

»Vergessen Sie Sir Herbert.« Runcorn wischte das Thema mit einer Handbewegung beiseite. »Was ist mit der Toten? Hat sie sich mit diesem Dr. Beck vertragen?« Wieder das Klopfen seiner Finger auf dem Tisch. »Könnten Sie etwas miteinander gehabt haben? Sah sie nett aus? Wie war es um ihre Moral bestellt? Locker? Wie ich höre, sollen diese Schwestern ein ziemlich loses Völkchen sein.«

Evan öffnete schon den Mund, um zu widersprechen, aber Jeavis trat ihm gegen das Schienbein.

Evan schnappte nach Luft.

Runcorn wandte sich mit zusammengekniffenen Augen an ihn. »Ja? Reden Sie schon, Mann! Stehen Sie nicht einfach da!«

»Nein, Sir. Abträgliches über Miss Barrymores Moral ist uns nicht zu Ohren gekommen, Sir. Ganz im Gegenteil, jedermann sagt, derlei Dinge hätten sie nicht interessiert.«

»Nicht normal, was?« Runcorn verzog das lange Gesicht zu einem Ausdruck des Abscheus. »Kann nicht sagen, daß mich das groß überrascht. Welche normale Frau würde schon auf ein Schlachtfeld im Ausland ziehen und einen solchen Beruf ergreifen?«

Es schoß Evan durch den Kopf, daß Monk ihn auf die Ungereimtheit seines Schlusses hingewiesen hätte. Er starrte Jeavis von der Seite her an, dann wieder in Runcorns nachdenkliche Miene; der hatte die Brauen inzwischen tief über die lange, schmale Nase gezogen.

»Was sollen wir als normal ansehen, Sir?« Evan hatte die Worte gesagt, noch bevor ihn sein besseres Wissen davon abhalten konnte – fast als hätte jemand anderer gesprochen.

Runcorns Kopf fuhr auf. »Was?«

Evan stand breitbeinig da; er biß die Zähne zusammen. »Ich habe mir gedacht, Sir, wenn sie nicht normal war, nur weil sie kein Interesse an Männern hatte, und wenn sie von lockerer Moral war, wenn sie welches hatte, Sir. Was wäre Ihrer Ansicht nach das Richtige, Sir?«

»Richtig für eine junge Frau, Evan«, sagte Runcorn gepreßt, und das Blut stieg ihm ins Gesicht dabei, »ist, daß sie sich wie eine Dame benimmt: schicklich, bescheiden und liebenswürdig. Sie läuft einem Mann nicht nach, gibt ihm aber auf eine zarte und subtile Weise zu verstehen, daß sie ihn bewundert und ihr Aufmerksamkeiten seinerseits nicht unangenehm wären. Das verstehe ich unter dem, was normal und richtig ist, Mr. Evan! Sie sind Sohn eines Vikars! Daß ich Ihnen so etwas überhaupt sagen muß!«

»Vielleicht hätte sie es dem Betreffenden ja zu verstehen

gegeben, wenn ihr seine Aufmerksamkeiten nicht unangenehm gewesen wären«, schlug Evan, der die letzte Frage ignorierte, mit großen Augen und der Miene eines Unschuldslamms vor.

Runcorn war aus der Fassung gebracht. Er wußte nie so recht, was er von Evan zu halten hatte. Er sah so sanft und unschuldig aus mit seiner langen Nase und den haselnußbraunen Augen, aber irgendwie schien ihn immer alles ein bißchen zu amüsieren. Und da Runcorn nie wußte, was so komisch sein sollte, war ihm in seiner Gegenwart auch nie ganz wohl.

»Wissen Sie etwas, Sergeant, was Sie uns nicht gesagt haben?« fragte er scharf.

»Nein, Sir!« antwortete Evan und stellte sich noch gerader hin.

Jeavis trat von einem Bein aufs andere. »Sie hatte an jenem Morgen einen Besucher, Sir, einen Mr. Taunton.«

»Was Sie nicht sagen.« Runcorns Brauen hoben sich, und er setzte sich ruckartig nach vorn. »Na also, Mann! Was wissen wir über diesen Mr. Taunton? Warum haben Sie mir das nicht gleich gesagt, Jeavis?«

»Weil er ein ausgesprochen respektabler Herr ist«, verteidigte sich Jeavis, der einige Mühe hatte, seinen Zorn zu zügeln. »Außerdem kam und ging er innerhalb von etwa zehn Minuten. Wenigstens glaubt eine der anderen Schwestern die Barrymore nach seinem Weggehen noch lebend gesehen zu haben.«

»Oh!« Runcorn machte ein langes Gesicht. »Nun, dann vergewissern Sie sich da mal. Womöglich ist er wiedergekommen. Hospitäler sind sehr groß. Da kommt man ziemlich leicht rein und raus. Man braucht ja einfach bloß so reinzuspazieren, habe ich den Eindruck!« sagte er im Widerspruch zu seiner früheren Feststellung. Dann verschärfte sich sein Ausdruck. »Haben Sie denn überhaupt nichts, Jeavis? Was haben Sie denn die ganze Zeit gemacht? Sie sind doch zu zweit! Da müssen Sie doch etwas erfahren haben!«

»Wir haben etwas erfahren, Sir«, sagte er kühl. »Die Barrymore war der herrische, ehrgeizige Typ, mußte andere ständig herumkommandieren, aber sie war sehr gut. Sogar die, die sie am wenigsten leiden konnten, gestanden ihr das zu. Wie es den Anschein hat, hat sie früher viel mit Dr. Beck zusammengearbeitet – das ist der ausländische Arzt – und ist dann auf Sir Herbert Stanhope umgestiegen. Er ist der Chef des Ladens. Ausgesprochen fähiger Arzt. Makelloser Ruf, sowohl als Chirurg wie als Mann.«

In Runcorns Gesicht zuckte es. »Selbstverständlich. Ich habe von ihm gehört. Was ist mit dem anderen Burschen, diesem Beck? Sie hat mit ihm gearbeitet, sagen Sie?«

»Ja, Sir«, antwortete Jeavis, dessen glatte Züge einen zufriedenen Ausdruck annahmen. »Also mit dem ist das ganz was anderes. Mrs. Flaherty – das ist die Oberschwester, meines Erachtens nach eine über jeden Zweifel erhabene Person – hat Beck und die Barrymore nur wenige Tage zuvor miteinander streiten sehen.«

»In der Tat?« Runcorn sah gleich zufriedener aus. »Können Sie etwas genauer sein, Jeavis? Was meinen Sie mit ›wenige Tage‹?«

»Sie war sich nicht sicher, Sir, sonst hätte ich es gesagt«, antwortete Jeavis säuerlich. »Zwei, drei. Sieht fast so aus, als wären in so einem Krankenhaus Tage und Nächte nicht mehr so recht zu unterscheiden, Sir.«

»Und weshalb haben sie sich gestritten?«

Evan wurde von Minute zu Minute unwohler, aber ihm wollte kein vernünftiger Protest einfallen, nichts, was sich die beiden angehört hätten.

»Sie ist sich nicht sicher«, antwortete Jeavis. »Aber sie meinte, es wäre ganz entschieden eine gewaltige Meinungsverschiedenheit gewesen.« Als er sah, daß Runcorn wieder ungeduldiger wurde, beeilte er sich fortzufahren. »Beck sagte: ›Das wird Ihnen auch nichts nützen‹ oder etwas in der Art. Worauf sie sagte, wenn ihr keine andere Möglichkeit bliebe, dann müßte sie sich eben an die Leitung wenden! Und er sagte: ›Bitte, tun Sie das nicht! Ich bin sicher, Sie werden nichts erreichen, wenn überhaupt, so wird es Ihnen nur schaden.‹« Er ignorierte Evans Lächeln über sein »er sagte«, »sie sagte«, aber sein Hals lief rot an. »Und sie sagte darauf noch mal, sie wäre entschlossen und daß sie nichts davon abhalten könnte, worauf er sie noch mal bat. Dann wurde er wütend und nannte sie eine dumme, zerstörungswütige Frau, die durch ihren Eigensinn die Karriere eines guten Arztes ruiniere. Aber sie schrie ihn nur an, stürmte hinaus und schlug die Tür zu.« Jeavis beendete seinen Bericht und sah Runcorn offen an, während er abwartete, welche Wirkung seine Enthüllung auf den Mann hatte. Evan, der Mühe hatte, eine nüchterne Miene zu behalten, ignorierte er einfach.

Er hätte allen Grund haben sollen, sich zu freuen. Runcorn setzte sich kerzengerade auf, sein Gesicht leuchtete. »Nun, da haben Sie doch was, Jeavis!« sagte er begeistert. »Machen Sie da weiter, Mann! Gehen Sie und reden mit diesem Beck! Nageln Sie ihn fest. Ich erwarte in den nächsten Tagen eine Verhaftung, und zwar mit allen Beweismitteln, die wir für eine Verurteilung brauchen. Aber verderben Sie nicht alles durch einen überstürzten Schritt.«

Eine gewisse Unsicherheit huschte über Jeavis' schwarze Augen. »Nein, Sir. Genau das wäre überstürzt, Sir.« Evan hatte fast Mitleid mit Jeavis. Er war sich sicher, daß er gar nicht wußte, was das hieß. »Wir haben keine Ahnung, worum es bei dem Streit ging...«

»Erpressung«, sagte Runcorn scharf. »Ist doch offensichtlich, Mann! Sie wußte etwas über ihn, was ihm die Karriere ruinieren konnte, und wenn er nicht blechte, würde sie damit zur Verwaltung gehen. So eine Kanaille!« schnaubte er. »Könnte nicht sagen, daß es mir sonderlich nahegeht, wenn es einen Erpresser erwischt. Trotzdem, so was können wir nicht zulassen, nicht hier in London! Gehen Sie los und stellen Sie fest, um was es bei dieser Erpressung ging.« Noch einmal stach sein Finger auf den Schreibtisch ein. »Sehen Sie sich die Vergangenheit des Mannes an, seine Patienten, seine Qualifikation, alles, was sich auftreiben läßt. Überprüfen Sie, ob er jemandem Geld schuldet, den Röcken nachläuft.« Er rümpfte die lange Nase. »Oder den Jungs – wem immer. Ich will mehr über den Mann wissen, als er über sich selber weiß, haben Sie mich verstanden?«

»Ja, Sir«, sagte Evan grimmig.

»Ja, Sir«, sagte Jeavis.

»Na, denn mal los!« Runcorn lehnte sich lächelnd zurück. »An die Arbeit!«

»Also dann, Dr. Beck.« Jeavis wippte auf den Fußballen, die Hände tief in die Taschen gesteckt. »Einige Fragen, wenn es Ihnen recht ist.«

Beck sah ihn neugierig an. Er hatte außergewöhnlich hübsche Augen, schön geformt und fast schwarz. Ein zugleich sinnliches und kultiviertes Gesicht, aber sein Knochenbau hatte etwas Fremdes, etwas undefinierbar Ausländisches.

»Ja, Inspektor?« sagte er höflich.

Jeavis war voller Zuversicht, vielleicht weil er an Runcorns Zufriedenheit dachte. »Sie haben mit der verstorbenen Schwester Barrymore zusammengearbeitet, nicht wahr, Doktor.« Es war mehr eine Feststellung als eine Frage. Er kannte die Antwort, und er trug sein Wissen wie eine Rüstung.

»Ich nehme an, sie hat mit allen Ärzten im Haus gearbeitet«, antwortete Beck. »Obwohl sie in letzter Zeit, glaube ich, meist Sir Herbert assistierte. Sie war außerordentlich fähig, weit fähiger als der Durchschnitt.« Ein Anflug von Belustigung mit einem Schuß Ärger kräuselte seinen Mund.

»Wollen Sie damit sagen, daß die Verstorbene sich von den anderen Schwestern unterschied, Sir?« hakte Jeavis rasch nach.

»Selbstverständlich!« Beck war überrascht über Jeavis' Dummheit. »Sie war mit Miss Nightingales Schwestern auf der Krim gewesen! Die meisten anderen sind nur weibliche Angestellte, die lieber hier saubermachen als in einem Privathaushalt. Häufig schon deshalb, weil ein halbwegs guter Haushalt Referenzen über Charakter, Moral, Nüchternheit und Ehrlichkeit verlangen würde, die viele dieser Frauen nicht bekämen. Miss Barrymore war eine Dame, die sich der Krankenpflege zuwandte, um ihrem Land zu dienen. Sie hatte es vermutlich gar nicht nötig, für ihren Unterhalt zu arbeiten.«

Was Jeavis etwas aus der Fassung brachte. »Das mag sein«,

sagte er zweifelnd. »Ich habe einen Zeugen, der gehört hat, wie Sie sich einige Tage vor dem Mord an Miss Barrymore mit ihr stritten. Was haben Sie dazu zu sagen, Doktor?«

Beck sah ihn verblüfft an, sein Gesicht straffte sich leicht. »Ich sage dazu, daß Ihr Zeuge sich irrt, Inspektor«, antwortete er ruhig. »Ich hatte keinen Streit mit Miss Barrymore. Ich hatte großen Respekt vor ihr, sowohl persönlich als auch beruflich.«

»Nun, Sie sagen das jetzt nicht womöglich nur, weil sie ermordet wurde, oder, Sir?«

»Warum fragen Sie mich dann, Inspektor?« Wieder dieses Aufblitzen von Humor auf seinem Gesicht, aber es verschwand wieder und ließ es ernster zurück als zuvor. »Ihr Zeuge ist entweder böswillig, oder er hat etwas zu befürchten. Oder er hat einen Teil einer Unterhaltung mitbekommen und diesen falsch verstanden. Ich habe keine Ahnung, was.«

Jeavis kniff sich zweifelnd in die Lippe. »Nun, das mag durchaus der Fall sein, aber es handelt sich hier um eine Person von ausgezeichnetem Leumund, und ich erwarte wirklich eine bessere Erklärung als diese, Sir, denn nach dem zu urteilen, was der Zeuge gehört hat, sieht es ganz so aus, als hätte Miss Barrymore Sie erpreßt und damit gedroht, zur Hospitalverwaltung zu gehen. Und Sie haben sie angefleht, das nicht zu tun. Hätten Sie die Güte, mir das zu erklären, Sir?«

Beck war blässer geworden. »Das kann ich nicht«, gestand er. »Es ist kompletter Unsinn.«

Jeavis brummte. »Das glaube ich nicht, Sir. Das glaube ich ganz und gar nicht. Aber lassen wir das fürs erste.« Er sah Beck scharf an. »Lassen Sie sich nur nicht einfallen, plötzlich nach Frankreich zu verreisen, oder wo immer Sie herkommen. Sonst müßte ich Ihnen nachkommen!«

»Ich habe nicht den geringsten Wunsch, nach Frankreich zu reisen, Inspektor«, sagte Beck trocken. »Ich bin hier, das versichere ich Ihnen. Und jetzt, wenn Sie nichts mehr haben, dann muß ich zurück zu meinen Patienten.« Und ohne auf Jeavis' Zustimmung zu warten, ging er an ihnen vorbei aus dem Raum.

»Verdächtig«, sagte Jeavis finster. »Merken Sie sich, was ich Ihnen sage, Evan, das ist unser Mann.«

»Vielleicht.« Evan war da anderer Meinung, und das nicht weil er etwas gewußt oder einen anderen verdächtigt hätte, sondern aus Trotz. »Und vielleicht auch wieder nicht.«

Callandra wurde sich Jeavis' Anwesenheit im Krankenhaus in zunehmendem Maße bewußt, und schließlich auch, mit einer entsetzlichen Angst, seines Verdachts gegenüber Kristian Beck. Nicht, daß sie auch nur einen Augenblick an dessen Schuld geglaubt hätte, aber sie hatte die Justiz schon zu viele Fehler machen sehen, um nicht zu wissen, daß Unschuld nicht immer genügte, um einen vor dem Galgen zu retten, geschweige denn vor dem Schaden, den so ein Verdacht anrichtete: der ruinierte Ruf, die Angst, der Verlust von Freunden und Vermögen.

Auf ihrem Weg durch den breiten Krankenhauskorridor überfiel sie eine eigenartige Atemnot, und sie hatte fast so etwas wie einen Schwindelanfall, als sie um eine Ecke bog und mit Berenice Ross Gilbert zusammenstieß.

»Oh! Guten Tag«, sagte sie nach Luft schnappend, als sie, nicht allzu anmutig, ihr Gleichgewicht wiederfand.

»Guten Tag, Callandra«, sagte Berenice, die eleganten Brauen gehoben. »Sie sehen etwas verwirrt aus, meine Liebe. Ist etwas nicht in Ordnung?«

»Selbstverständlich ist etwas nicht in Ordnung!« antwortete Callandra gereizt. »Schwester Barrymore ist ermordet worden! Was könnte wohl weniger in Ordnung sein?«

»Es ist schrecklich, natürlich«, antwortete Berenice und zog ihr Fichu zurecht. »Aber Ihrem Ausdruck nach zu urteilen, dachte ich, es müßte schon wieder etwas passiert sein. Ich bin erleichtert, daß dem nicht so ist.« Sie trug ein sattes Braun mit geklöppelter Spitze. »Der ganze Betrieb hier steht Kopf. Mrs. Flaherty kann die Schwestern einfach nicht beruhigen. Die dummen Frauenzimmer scheinen zu glauben, daß hier ein Wahnsinniger herumläuft und sie alle in Gefahr sind.« Sie hatte eine ziemlich lange Nase, und aus ihrer ironischen Miene sprach tiefe Verachtung, als sie Callandra anstarrte. »Was doch wirklich lächerlich ist! Dieses Verbrechen wurde doch offensichtlich aus persönlichen Gründen verübt – wahrscheinlich irgendein abgewiesener Liebhaber.«

»Ein abgewiesener Freier vielleicht«, korrigierte Callandra sie. »Aber kein Liebhaber. So eine war Prudence nicht.«

»Also wirklich, meine Liebe.« Berenice lachte laut auf, ihr Gesicht voll höhnischer Belustigung. »Sie mag ja gesellschaftlich daneben gewesen sein, aber so eine war sie nun ganz sicher! Glauben Sie vielleicht, sie hat all die Zeit mit den Soldaten auf der Krim aus religiöser Berufung für die Krankenpflege zugebracht?«

»Nein. Ich glaube, sie ist aus einer häuslichen Unzufriedenheit dorthin«, gab Callandra bissig zurück. »Um des Abenteuers einer Reise willen, um andere Leute, andere Länder kennenzulernen, um etwas Nützliches zu tun, vor allem aber um mehr über die Medizin zu lernen, die seit ihrer Kindheit ihre Leidenschaft war.«

Mit einem kollernden Lachen warf Berenice den Kopf zurück. »Was sind Sie doch naiv, meine Liebe! Aber bitte, glauben Sie, was Sie wollen.« Sie trat etwas näher an Callandra heran, als wollte sie ihr etwas anvertrauen, und Callandra roch den schweren Moschusduft ihres Parfüms. »Haben Sie diesen schrecklichen kleinen Polizisten gesehen? Was für ein schmieriger kleiner Wicht! Der reinste Käfer! Ist Ihnen aufgefallen, daß er kaum Brauen hat, und diese schwarzen Augen – die reinsten Steine.« Sie erschauerte. »Ich schwöre Ihnen, sie sehen aus wie die Pflaumenkerne, die ich früher zu zählen pflegte, um meine Zukunft vorherzusagen. Sie wissen schon: Eene, meene, muu, und so weiter. Ich bin mir ziemlich sicher, er hat Dr. Beck in Verdacht.«

Callandra versuchte etwas zu sagen, mußte aber erst den Kloß in ihrem Hals hinunterschlucken. »Dr. Beck?« Nicht daß sie das so überrascht hätte. Sie brachte nur ihre Angst zum Ausdruck. »Aber warum? Warum um alles in der Welt sollte Dr. Beck – sie ermordet haben?«

Berenice zuckte die Achseln. »Wer weiß? Vielleicht war er hinter ihr her, sie hat ihn abgewiesen, er war außer sich, verlor die Kontrolle und hat sie erwürgt.«

»Hinter ihr her?« Callandra starrte sie an. In ihrem Kopf brach ein Aufruhr los, und der Schreck, der ihr wie eine heiße Welle durch den Körper fuhr, verursachte ihr Übelkeit.

»Um Himmels willen, Callandra, hören Sie auf, alles zu wiederholen, was ich sage, als hätten Sie nicht alle Sinne beisammen!« sagte Berenice spitz. »Warum nicht? Er ist ein Mann in den besten Jahren und mit einer Frau verheiratet, der er, günstigenfalls, völlig gleichgültig ist. Und die ihm schlimmstenfalls – wenn ich unfreundlich sein wollte – die ehelichen Pflichten verweigert...«

Callandra schauderte. Es war unsäglich widerwärtig, Berenice in solchen Worten über Kristian und sein Privatleben sprechen zu hören. Und es schmerzte sie mehr, als sie sich eingestanden hätte.

Berenice fuhr fort, sich des Entsetzens, das sie auslöste, offensichtlich nicht im geringsten bewußt. »Und Prudence Barrymore war auf ihre Weise durchaus eine ansehnliche Person, das muß man ihr lassen. Nicht, daß man sie hübsch im herkömmlichen Sinne hätte nennen können, dazu fehlte es ihren Zügen an der nötigen Gesetztheit, aber ich kann mir gut vorstellen, daß einige Männer gerade das interessant fanden. Womöglich war der arme Dr. Beck verzweifelt! Seite an Seite zu arbeiten kann sich als ausgesprochen anziehend erweisen.« Sie zuckte die eleganten Achseln. »Trotzdem, es läßt sich wohl kaum noch ändern, und ich habe zu viel zu tun, um noch mehr Zeit darauf zu verwenden. Jetzt muß ich den Kaplan finden, und dann bin ich bei Lady Whitehouse zum Tee eingeladen. Kennen Sie sie?«

»Nein«, erwiderte Callandra abrupt. »Aber dafür kenne ich jemanden, der vermutlich interessanter ist. Und den muß ich auf der Stelle sprechen. Ich wünsche noch einen guten Tag.« Mit diesen Worten, und noch bevor Berenice sich als erste abwenden konnte, ließ sie sie stehen.

Sie hatte dabei an Monk gedacht, aber der nächste, den sie

traf, war Kristian Beck selbst. Gerade als sie vorbeiging, trat er aus einer der Stationen. Er schien in Gedanken, als bereite ihm etwas Sorgen, lächelte aber sofort, als er sie sah. Angesichts der Aufrichtigkeit seines Lächelns wurde ihr ganz warm ums Herz, was ihre Angst jedoch nur verstärkte. Sie mußte sich eingestehen, daß ihr mehr an ihm lag, als an irgend jemandem in ihrem Leben. Sie hatte ihren Gatten geliebt, sicher, aber es war mehr eine Freundschaft, eine auf langer Vertrautheit und einer Reihe von gemeinsamen Idealen fußende Kameradschaft gewesen, nichts, was man mit der merkwürdigen akuten Verletzlichkeit hätte vergleichen können, die sie gegenüber Kristian Beck empfand. Ganz zu schweigen von dem jähen Hochgefühl, dem schmerzlichen Aufgewühltsein, dem süßen Schmelz, den sie trotz ihrer Qualen verspürte.

Er lächelte, und sie hatte keine Ahnung, was er gesagt hatte. Sie errötete über ihre Dummheit. »Wie bitte?« stammelte sie.

Er war überrascht. »Ich sagte ›Guten Morgen‹«, wiederholte er. »Geht es Ihnen nicht gut?« Er sah sie genauer an. »Hat Sie dieser ekelhafte Polizist behelligt?«

»Nein.« Sie lächelte, plötzlich erleichtert. Das war ja wohl das Albernste. Mit Jeavis wäre sie spielend fertig geworden! Herrgott noch mal, sie war schließlich Monk gewachsen, was sollte ihr da einer der jungen Speichellecker anhaben können, mit denen Runcorn ihn ersetzt hatte. »Nein«, sagte sie noch mal. »Ganz und gar nicht. Ich mache mir allerdings Sorgen um seine Tüchtigkeit. Ich fürchte, er verfügt womöglich nicht über die Fähigkeiten, wie sie dieser unselige Fall erfordert.«

Kristian bedachte sie mit einem gequälten Lächeln. »Fleißig ist er jedenfalls. Er hat mich bereits dreimal vernommen, und seinem Gesichtsausdruck nach zu urteilen, hat er mir kein Wort geglaubt.« Er stieß ein trauriges kleines Lachen aus. »Ich glaube, er hat mich in Verdacht.«

Sie hörte den besorgten Unterton in seiner Stimme, gab jedoch vor, nichts bemerkt zu haben; dann überlegte sie es sich anders und blickte ihm in die Augen. Sie hätte viel darum gegeben, ihn berühren zu können, aber sie wußte weder, was er für sie empfand, noch was er wußte. Und dies war nun wirklich nicht der richtige Augenblick.

»Er wird erpicht darauf sein, den Fall so schnell und zufriedenstellend wie möglich zu lösen«, sagte sie und gab sich dabei alle Mühe, Haltung zu bewahren. »Außerdem hat er einen Vorgesetzten mit gesellschaftlichen Ambitionen und einem scharfen Gespür dafür, was politisch opportun ist.« Sie sah, wie sich sein Gesicht straffte, da er nicht nur sehr genau verstand, was sie meinte, sondern auch, was sich daraus für ihn als Ausländer ohne gesellschaftliche Bindungen hier in England ergab. »Aber ich habe einen Freund, einen Mann für private Ermittlungen«, fuhr sie hastig fort, so sehr war ihr darum, ihn zu beruhigen. »Ich habe ihn engagiert, sich mit dem Fall zu befassen. Er ist brillant. Er wird die Wahrheit herausfinden.«

»Sie sagen das mit großer Zuversicht«, bemerkte er leise, halb amüsiert, halb erfüllt von dem Wunsch ihr zu glauben.

»Ich kenne ihn schon einige Zeit und habe ihn Fälle lösen sehen, die die Polizei nicht lösen konnte.« Sie durchforschte sein Gesicht, sah die Sorge in seinen Augen, die das Lächeln auf seinen Lippen Lügen strafte. »Er ist ein harter Mann, skrupellos und zuweilen arrogant«, fuhr sie eifrig fort. »Aber er hat einen klaren Kopf und ist von absoluter Integrität. Wenn einer die Wahrheit zu finden vermag, dann Monk.« Sie dachte an die Fälle, bei denen sie ihn erlebt hatte, und schöpfte neue Hoffnung. Sie trotzte sich ein Lächeln ab und bemerkte als Antwort ein Flackern in Kristians Augen.

»Wenn Sie solches Vertrauen in ihn setzen, dann kann ich ja wohl nicht anders, als ihm ebenfalls zu vertrauen«, antwortete er.

Sie wollte noch etwas sagen, aber es wollte ihr nichts einfallen, was nicht gezwungen geklungen hätte. Um nicht töricht zu erscheinen, entschuldigte sie sich und machte sich auf die Suche nach Mrs. Flaherty, um mit ihr über einige karitative Angelegenheiten zu sprechen.

Hester empfand die Rückkehr von der privaten Pflege ins Krankenhaus als schwere Prüfung. Sie hatte sich seit ihrer Entlassung vor etwa einem Jahr daran gewöhnt, ihre eigene Herrin zu sein.

Die Beschränkungen, die der praktischen Medizin in England auferlegt waren, erwiesen sich nach den Freiheiten auf der Krim als kaum zu ertragen. Im Krieg hatte man sie gebraucht. Armeechirurgen waren dünn gesät, so daß die Schwestern selbst Hand anlegen mußten, und kaum einer hatte Grund zur Klage gehabt. Hier dagegen schien man der Meinung, schikanöse kleine Vorschriften durchsetzen zu müssen, die mehr der Wahrung der Würde dienten, als der Linderung von Schmerzen oder der Rettung von Leben. Der Ruf des Arztes schien wichtiger als neue Entdeckungen.

Sie hatte Prudence Barrymore gekannt und verspürte neben einem gewaltigen Zorn auch eine sehr persönliche Trauer über ihren Verlust. Sie war entschlossen, Monk bei seinen Ermittlungen nach besten Kräften zu unterstützen. Also hatte sie sich vorgenommen, ihr Temperament zu zügeln, so schwer es ihr auch fallen mochte. Sie wollte davon absehen, den Leuten die Meinung zu sagen, so groß die Versuchung auch war. Und auf keinen Fall wollte sie nach ihrem eigenen medizinischen Urteil handeln.

Bisher war ihr das gelungen, aber Mrs. Flaherty stellte ihre Geduld auf eine harte Probe. So was von festgefahren wie diese Frau! Selbst an den mildesten Tagen weigerte sie sich, die Fenster zu öffnen. Zweimal hatte sie den Schwestern befohlen, beim Hinaustragen ein Tuch über die Fäkalieneimer zu legen, aber als diese das wieder vergaßen, hatte sie nichts mehr gesagt. Hester, als Jüngerin Florence Nightingales, war eine leidenschaftliche Verfechterin frischer Luft: Sie reinigte die Atmosphäre und beseitigte schädliche Ausdünstungen ebenso wie unangenehme Gerüche. Mrs. Flaherty dagegen hatte eine Heidenangst vor Erkältungen und verließ sich lieber auf das Ausräuchern. Hester hatte wirklich alle Mühe, ihre Ratschläge für sich zu behalten.

Kristian Beck mochte sie instinktiv. Seine Züge schienen

voll Mitgefühl und Vorstellungskraft. Seine Bescheidenheit und sein trockener Humor sprachen sie an, und zudem hatte sie das Gefühl, daß er beruflich ausgesprochen fähig war. Sir Herbert Stanhope mochte sie weniger, mußte aber zugeben, daß er ein hervorragender Chirurg war. Er führte Operationen durch, an die sich geringere gar nicht erst herangewagt hätten, und dann achtete er nicht so sehr auf seinen Ruf, daß er Neues oder Reformen hintangestellt hätte. Sie bewunderte ihn und konnte sich des Gefühls nicht erwehren, ihm eigentlich mehr Sympathien entgegenbringen zu müssen. Aber sie glaubte bei ihm eine Abneigung gegen Krankenschwestern aus dem Krimkrieg festzustellen. Vielleicht erntete sie hier die Saat von Prudence Barrymores aggressivem Ehrgeiz.

Der erste Todesfall nach ihrer Ankunft war eine schmächtige kleine Frau mit einem Geschwür in der Brust. Sie schätzte sie auf etwa fünfzig, und sie starb trotz Sir Herberts Bemühungen auf dem Operationstisch.

Es war spät am Abend. Sie hatten den ganzen Tag über gearbeitet und alles menschenmögliche versucht, sie zu retten. Vergeblich. Sie war ihnen noch während ihrer Bemühungen um sie gestorben. Sir Herbert stand da, die blutbefleckten Hände gehoben, hinter ihm die nackten Wände des Operationssaals, links der Tisch mit den Instrumenten, Tupfern und Bandagen, rechts die Zylinder mit den Anästhetika. Eine Schwester stand mit einem Lappen dabei und wischte sich mit einer Hand das Haar aus den Augen.

Die Galerie war leer, es assistierten nur zwei Studenten. Sir Herbert hob den Blick, sein Gesicht war blaß, die Haut über den Backenknochen straff. »Sie ist tot«, sagte er ausdruckslos. »Das arme Ding. Hatte einfach keine Kraft mehr.«

»War sie schon lange krank?« fragte einer der beiden Studenten.

»Lange?« sagte Sir Herbert und stieß ein abruptes Lachen aus. »Kommt ganz darauf an, was Sie darunter verstehen. Sie hat vierzehn Kinder gehabt und weiß Gott wie viele Fehlgeburten. Ihr Körper war einfach erschöpft.«

»Sie konnte doch schon eine ganze Weile nicht mehr

schwanger geworden sein«, sagte der Jüngere der beiden mit einem Blick auf den ausgemergelten Körper. Er sah so blutlos aus, als wäre der Tod schon vor Stunden eingetreten. »Sie muß doch wenigstens fünfzig sein.«

»Siebenunddreißig«, antwortete Sir Herbert mit rauher Stimme, als wäre er wütend. Fast hätte man meinen können, er machte den jungen Mann und seine Unwissenheit für die Situation verantwortlich.

Dieser holte Luft, um zu antworten, überlegte es sich dann jedoch mit einem Blick in Sir Herberts müdes Gesicht anders.

»Na schön, Miss Latterly«, sagte Sir Herbert zu Hester. »Sagen Sie in der Leichenhalle Bescheid, und lassen Sie sie abholen. Ich werde es ihrem Mann sagen.«

Ohne zu überlegen, sagte Hester: »Wenn Sie wollen, Sir, sage ich es ihm. « Er sah sie näher an, und einen Augenblick wich die Überraschung seiner Müdigkeit. »Das ist schr nett von Ihnen, aber es ist meine Aufgabe. Ich habe mich daran gewöhnt. Weiß Gott, wie viele Frauen ich im Kindbett habe sterben sehen. Ober nachdem sie bis zur Erschöpfung Kinder zur Welt gebracht hatten, so daß sie das erstbeste Fieber dahinraffte.«

»Warum machen sie so etwas nur?« fragte der junge Arzt. »Sie müssen doch sehen, wohin das führt? Neun, zehn Kinder müßten wohl jedem genügen!«

»Selbstverständlich weil sie es nicht besser wissen!« fuhr Sir Herbert ihn an. »Die Hälfte weiß noch nicht einmal, wie Kinder zustande kommen oder warum, geschweige denn, was man dagegen tun könnte.« Er griff nach einem Tuch und wischte sich die Hände ab. »Die meisten Frauen kommen in den Ehestand ohne die geringste Ahnung, was er mit sich bringt, und viele von ihnen kapieren den Zusammenhang zwischen ihren ehelichen Beziehungen und den unzähligen Schwangerschaften ihr Leben lang nicht.« Er hielt Hester das blutige Tuch hin, und sie nahm es ihm ab und ersetzte es durch ein frisches. »Man bringt ihnen bei, es sei ihre Pflicht und der Wille Gottes«, fuhr er fort. »Sie glauben an einen Gott, der weder Barmherzigkeit hat noch gesunden Menschenverstand.« Sein Gesicht lief dunkel an, während er sprach, und seine engstehenden Augen wurden vor Zorn ganz hart.

»Sagen Sie ihnen das denn?« fragte der junge Arzt.

»Was wollen Sie denen sagen?« entgegnete der Arzt gepreßt. »Daß sie ihren Männern eines der wenigen Vergnügen verwehren sollen, die die armen Teufel haben? Und dann was? Sollen sie zusehen, wie sie ihnen weglaufen und sich eine andere suchen?«

»Nein, natürlich nicht«, sagte der junge Mann gereizt. »Aber daß man ihnen eine Möglichkeit nennt...« Er verstummte, als ihm die Sinnlosigkeit seiner Worte bewußt wurde. Er sprach von Frauen, von denen die meisten weder lesen noch schreiben konnten. Die Kirche verdammte jede Art von Geburtenkontrolle. Es war schließlich Gottes Wille, daß Frauen so viele Kinder bekamen, wie die Natur nur zulassen wollte, und Schmerz, Angst und Tod gehörten nun einmal zu Evas Strafe und hatten mit stiller Stärke ertragen zu werden.

»Stehen Sie nicht so rum, Frau!« fuhr Sir Herbert Hester plötzlich an. »Sehen Sie zu, daß man die sterblichen Überreste dieser armen Kreatur in die Leichenhalle bringt!«

Zwei Tage später stand Hester in Sir Herberts Büro; sie hatte ihm im Auftrag von Mrs. Flaherty einige Papiere gebracht.

Es klopfte an der Tür, und Sir Herbert hieß die Person eintreten. Hester stand im Hintergrund des Raums in einer Nische, und ihr erster Gedanke war, er hätte sie vergessen. Dann, als die beiden jungen Frauen hereinkamen, wurde ihr klar, daß es ihm vielleicht lieber war, wenn sie blieb.

Die erste war schätzungsweise dreißig und blond, ihr Gesicht war sehr blaß, die Backenknochen hoch und merkwürdig schmal; dazu hatte sie ausgesprochen hübsche haselnußbraune Augen. Die zweite war viel jünger, womöglich nicht älter als achtzehn. Obwohl ihre Züge eine gewisse Ähnlichkeit mit der ersten hatten, war sie von dunklerem Teint und die Linie ihrer Brauen über den tiefblauen Augen war klar; ihr Haaransatz bildete zur Stirnmitte hin ein perfektes Dreieck. Außerdem hatte sie einen Schönheitsfleck über dem Wangenknochen. Letzterer äußerst attraktiv. Wie auch immer, sie wirkte müde und blaß.

»Guten Tag, Sir Herbert«, sagte die Ältere der beiden mit vor Nervosität stockender Stimme. Das Kinn jedoch trug sie hoch, ihr Blick war offen und direkt.

Er erhob sich etwas von seinem Stuhl, eine Geste, nichts weiter. »Guten Tag, Madam.«

»Mrs. Penrose«, beantwortete sie die unausgesprochene Frage. »Julia Penrose. Das hier ist meine Schwester, Miss Marianne Gillespie.« Sie wies auf die jüngere Frau.

»Miss Gillespie.« Sir Herbert nahm sie mit einem Nicken zur Kenntnis. »Wie kann ich Ihnen helfen, Mrs. Penrose? Oder ist Ihre Schwester die Patientin?«

Sie sah etwas verblüfft aus, als hätte sie ihm soviel Scharfsicht nicht zugetraut. Keine von beiden konnte Hester sehen, die reglos in ihrem Alkoven stand. Eine Hand in der Luft, um ein Buch wegzustellen, spähte sie durch die Lücke im Regal. Wie eine elektrische Entladung schossen ihr die beiden Namen durch den Kopf.

Julia sprach für Marianne, um Sir Herbert zu antworten. »Ja. Ja, meine Schwester braucht Ihre Hilfe.«

Sir Herbert sah Marianne an, fragend und abschätzend zugleich, musterte sie, ihren Körperbau, die Ängstlichkeit, mit der sie die Finger vor sich zu verknoten versuchte, den angsterfüllten Blick ihrer strahlenden Augen.

»Bitte, setzen Sie sich doch, meine Damen«, forderte er sie auf und wies auf die beiden Stühle vor seinem Schreibtisch. »Ich nehme an, Sie wollen bei der Konsultation zugegen sein, Mrs. Penrose?«

Julia hob das Kinn, um sofort jedem Versuch, sie loszuwerden, zu begegnen. »Das möchte ich. Ich kann alles bestätigen, was meine Schwester sagt.«

Sir Herberts Brauen hoben sich. »Habe ich denn Grund, an ihren Worten zu zweifeln, Madam?«

Julia biß sich auf die Lippe. »Das weiß ich nicht, aber es ist eine Möglichkeit, der ich zuvorkommen möchte. Die Situation ist schmerzlich genug. Ich kann nicht zulassen, daß man ihr noch weitere Qualen zufügt.« Sie setzte sich zurecht, als wolle sie ihre Röcke arrangieren. Man sah es ihrer Haltung an, wie unangenehm ihr das Ganze war. Dann stürzte sie sich mitten hinein: »Meine Schwester erwartet ein Kind...«

Sir Herberts Gesicht wurde ernst. Offensichtlich war ihm aufgefallen, daß man sie ihm als ledige Frau vorgestellt hatte. »Tut mir leid«, sagte er kurz, aber seine Mißbilligung war nicht zu überhören.

Marianne errötete heftig, und Julias Augen blitzten zornig auf. »Sie wurde vergewaltigt.« Sie benutzte ganz bewußt dieses Wort mit all seiner Brutalität; sie weigerte sich, irgendeinen schönfärbenden Ausdruck zu benutzen. »Ihre Schwangerschaft ist das Ergebnis davon.« Sie verstummte.

»Tatsächlich.« Sir Herbert sagte das weder skeptisch noch mitleidig. Er gab keinen Hinweis darauf, ob er ihr glaubte.

Julia deutete seinen Mangel an Entsetzen oder Mitleid als Unglauben. »Wenn Sie einen Beweis dafür wollen, Sir Herbert«, sagte sie eisig, »dann werde ich den privaten Ermittler rufen, der den Fall untersucht hat. Er wird Ihnen meine Worte bestätigen.«

»Sie haben die Angelegenheit nicht zur Anzeige gebracht?« Wieder hoben sich Sir Herberts feine blasse Brauen. »Es handelt sich da um ein sehr ernstes Verbrechen, Mrs. Penrose. Eines der scheußlichsten überhaupt!«

Julia war aschfahl. »Dessen bin ich mir bewußt. Es ist aber auch eines, in dem man das Opfer nicht weniger hart bestraft als den Täter, nicht nur durch die öffentliche Meinung, sondern auch dadurch, daß es sein Erlebnis vor Gericht noch einmal durchleben muß. Und es muß sich von jedem anstarren und beurteilen lassen, der das Geld für eine Zeitung in der Tasche hat!« Sie holte tief Luft, die Hände in ihrem Schoß zitterten. »Würden Sie Ihre Frau, Ihre Tochter einer solchen Tortur aussetzen, Sir? Und sagen Sie mir jetzt nicht, sie würden nie in eine solche Situation geraten! Meine Schwester war in ihrem eigenen Garten, in der Laube, allein, als sie von jemandem belästigt wurde, dem zu vertrauen sie allen Grund hatte.«

»Um so schlimmer das Verbrechen, meine liebe Dame«, erwiderte Sir Herbert ernst. »Jemandes Vertrauen zu mißbrauchen ist noch schändlicher, als einfach einer Fremden Gewalt anzutun.«

Julia war kreidebleich. Hester, in ihrem Alkoven, befürchtete schon, sie würde in Ohnmacht fallen. Sie machte Anstalten einzugreifen, ihr ein Glas Wasser anzubieten oder sie wenigstens zu stützen, als ihr Sir Herbert mit einem Blick andeutete zu bleiben, wo sie war.

»Ich bin mir der Ungeheuerlichkeit sehr wohl bewußt, Sir Herbert«, sagte Julia so leise, daß er sich vorbeugte und in seiner Konzentration die Brauen hochzog. »Mein eigener Gatte hat das Verbrechen begangen. Sie werden sicher verstehen, warum ich die Polizei nicht mit dieser Angelegenheit betrauen will. Und meine Schwester versteht meine Gefühle, wofür ich ihr zutiefst dankbar bin. Außerdem weiß sie sehr gut, daß es keinen Sinn hätte. Er würde es natürlich abstreiten. Aber selbst wenn es zu beweisen wäre, was unmöglich ist, sind wir beide von ihm abhängig. Wir wären alle ruiniert – und wozu?«

»Sie haben mein Mitgefühl, Madam«, sagte er etwas sanfter. »Es ist eine wahrhaft tragische Situation. Aber ich vermag nicht zu sehen, wie ich Ihnen dabei helfen kann. Schwangerschaft ist keine Krankheit. Ihr Hausarzt wird Ihnen alle Hilfe geben, die Sie benötigen, und während der Niederkunft wird sich eine Hebamme um sie kümmern.«

Zum erstenmal meldete sich jetzt Marianne mit lauter und klarer Stimme. »Ich möchte das Kind nicht haben, Sir Herbert. Seine Zeugung ist die Folge eines Ereignisses, das ich für den Rest meines Lebens zu vergessen versuchen werde. Seine Geburt würde uns alle ruinieren.«

»Ich verstehe Ihre Situation sehr gut, Miss Gillespie.« Er setzte sich zurück und blickte sie mit ernster Miene an. »Ich fürchte nur, daß Sie in dieser Angelegenheit keine Wahl haben. Ist ein Kind erst einmal gezeugt, gibt es nur eines: die Geburt abzuwarten.« Der Anflug eines Lächelns umspielte seinen hübschen Mund. »Ich habe tiefstes Mitgefühl für Sie, aber alles, was ich tun kann, ist, Sie an Ihren Pastor zu verweisen und bei ihm Trost zu suchen.«

Marianne blinzelte und schlug die Augen nieder, ihr Gesicht geradezu schmerzhaft heiß. »Natürlich gibt es eine Alternative«, sagte Julia hastig. »Eine Abtreibung.«

»Meine liebe Dame, Ihre Schwester scheint mir eine gesunde junge Frau zu sein. Wir haben weder Grund zur Annahme, daß ihr Leben in Gefahr ist, noch daß sie kein gesundes Kind zur Welt bringen könnte.« Er faltete seine schönen, sensiblen Hände. »Ich könnte unmöglich einen Schwangerschaftsabbruch vornehmen. Es wäre eine Straftat, dessen sind Sie sich doch bewußt, oder?«

»Die Vergewaltigung war die Straftat!« protestierte Julia und beugte sich vor, die Hände, deren Knöchel ganz weiß waren, auf der Schreibtischkante.

»Sie haben bereits sehr klar zum Ausdruck gebracht, warum Sie keine Anzeige erstattet haben«, sagte Sir Herbert geduldig. »Aber so oder so, in dieser Situation kann ich nichts für Sie tun.« Er schüttelte den Kopf. »Tut mir leid, aber ich kann so etwas nicht tun. Sie bitten mich, ein Verbrechen zu begehen. Ich kann Ihnen einen exzellenten und diskreten praktischen Arzt empfehlen und werde das gern tun. Er praktiziert in Bath, was Ihnen Gelegenheit gibt, London und Ihren Bekannten für einige Monate fernzubleiben. Er wird außerdem einen Platz für das Kind finden, sollten Sie es zur Adoption freigeben wollen, was Sie zweifelsohne tun sollten. Es sei denn ...?« Er wandte sich an Julia. »Könnten Sie denn nicht in Ihrer Familie Platz dafür schaffen, Mrs. Penrose? Oder glauben Sie, die qualvollen Umstände der Zeugung nicht überwinden zu können?«

Julia schluckte hart und öffnete den Mund, aber bevor sie antworten konnte, schnitt ihr Marianne das Wort ab. »Ich möchte dieses Kind nicht austragen!« Ihre Stimme hob sich in panischer Angst. »Es ist mir egal, wie diskret dieser Arzt ist oder wie leicht es hinterher einen Platz finden könnte. Können Sie das nicht verstehen? Das Ganze war ein einziger Alptraum! Ich möchte es vergessen und nicht mit etwas leben müssen, das mich jeden Tag aufs neue daran erinnert!«

»Ich wollte, ich könnte Ihnen einen anderen Ausweg anbieten«, sagte Sir Herbert mit einem schmerzlichen Ausdruck. »Aber ich kann nicht. Wie lange ist es denn her?«

»Drei Wochen und fünf Tage«, antwortete Marianne prompt.

»Drei Wochen?« fragte Sir Herbert ungläubig, die Brauen hochgezogen. »Aber mein liebes Mädchen, da können Sie doch unmöglich wissen, daß Sie in anderen Umständen sind! Sie werden frühestens in drei, vier Monaten die erste Bewegung spüren! Ich an Ihrer Stelle würde nach Hause gehen und aufhören, mir Sorgen zu machen.«

»Ich bin aber in anderen Umständen!« sagte Marianne mit einem harten, nur mit Mühe unterdrückten Zorn. »Die Hebamme sagt es, und sie irrt sich nie. Sie kann so etwas sagen, indem sie einer Frau ins Gesicht sieht, auch ohne die anderen Zeichen.« Schmerz und Zorn mischten sich in ihrem Ausdruck, als sie ihn trotzig anstarrte.

Er seufzte. »Möglicherweise. Aber das ändert nichts an der Sachlage. Das Gesetz ist hier eindeutig. Früher machte man einen Unterschied zwischen einer Schwangerschaftsunterbrechung vor der ersten Bewegung des Fötus und danach, aber man hat das abgeschafft. Heute ist das ein und dasselbe.« Er hörte sich müde an, als hätte er das alles schon öfter gesagt. »Und selbstverständlich wurde man früher dafür gehängt. Heute bedeutet es nur noch Gefängnis und den Ruin. Aber wie auch immer die Bestrafung aussehen mag, Miss Gillespie, es ist ein Verbrechen, das zu begehen ich nicht bereit bin, wie tragisch die Umstände auch sein mögen. Tut mir wirklich leid.«

Julia blieb sitzen. »Wir gehen selbstverständlich davon aus, daß es eine beträchtliche Summe kosten wird.«

Auf Sir Herberts Wange zuckte ein kleiner Muskel. »Ich hatte nicht angenommen, daß Sie es als Geschenk haben wollen. Aber die Bezahlung spielt hier überhaupt keine Rolle. Ich habe versucht, Ihnen zu erklären, warum ich es nicht tun kann.« Er sah von einer zur anderen. »Bitte, glauben Sie mir, meine Entscheidung ist unumstößlich. Ich kann Ihnen durchaus nachfühlen, wirklich. Es bekümmert mich. Aber ich kann Ihnen nicht helfen.«

Marianne stand auf und legte Julia eine Hand auf die Schulter. »Komm. Wir werden hier nichts erreichen. Wir werden uns woanders umsehen müssen.« Sie wandte sich an Sir Herbert. »Wir danken Ihnen für Ihre Zeit. Guten Tag.«

Julia kam nur sehr langsam auf die Beine. Es sah so aus, als zögere sie, weil sie die Hoffnung noch nicht ganz aufgegeben hatte.

»Woanders?« fragte Sir Herbert mit gerunzelter Stirn. »Ich versichere Ihnen, Miss Gillespie, kein respektabler Arzt wird eine solche Operation vornehmen.« Er atmete scharf ein, und mit einemmal nahm sein Gesicht einen merkwürdig gequälten Ausdruck an, der sich völlig von der etwas selbstgefälligen Art von vorhin unterschied. Er nahm ihre Worte sehr ernst. »Und ich bitte Sie inständig, gehen Sie zu keiner illegalen Abtreiberin«, sagte er eindringlich. »Sie wird das erledigen, sicher, aber die Möglichkeit, daß man Sie für den Rest Ihres Lebens ruiniert, ist sehr groß. Schlimmstenfalls werden Sie verbluten oder jämmerlich an einer Blutvergiftung sterben.«

Beide Frauen starrten ihn mit großen Augen an.

Er beugte sich vor, die Hände mit weißen Knöcheln auf den Schreibtisch gestützt. »Glauben Sie mir, Miss Gillespie, ich versuche nicht, Sie unnötig zu quälen! Ich weiß, wovon ich spreche. Meine eigene Tochter wurde das Opfer eines solchen Menschen! Auch sie ist belästigt worden. Sie war erst sechzehn...« Seine Stimme stockte einen Augenblick, und er mußte sich zwingen fortzufahren. Nur sein tiefsitzender Zorn überwand seinen Schmerz. »Wir haben nie herausgefunden, wer der Mann war. Sie hat uns nichts darüber erzählt. Sie war viel zu verängstigt, zu schockiert und schämte sich viel zu sehr. Sie hat eine Abtreibung vornehmen lassen von einem Menschen, der so ungeschickt war, daß er sie schnitt. Jetzt wird sie nie mehr ein Kind bekommen können.«

Seine Augen waren nurmehr Schlitze in einem fast blutleeren Gesicht. »Sie wird noch nicht einmal mehr eine normale Verbindung mit einem Mann eingehen können. Sie wird für den Rest ihres Lebens alleine sein. Und Schmerzen haben – unablässig Schmerzen! Um Himmels willen, gehen Sie nicht in so eine Hinterhofpraxis!« Seine Stimme senkte sich wieder, merkwürdig heiser. »Bekommen Sie Ihr Kind, Miss Gillespie. Was immer Sie jetzt denken, es ist besser, als das, was Ihnen blüht, wenn Sie sich die Hilfe, die ich Ihnen nicht geben kann, woanders suchen!«

»Ich ...« Marianne schluckte. »An so etwas dachte ich gar nicht – ich meine, ich hatte nicht ...«

»Wir hatten nicht daran gedacht, zu einer solchen Person zu gehen«, sagte Julia mit spröder Stimme. »Wir wüßten nicht einmal, wo wir so jemanden finden, an den wir uns wenden sollten. Ich hatte nur an einen achtbaren Arzt gedacht. Ich ... mir war nicht klar gewesen, daß das gegen das Gesetz ist, nicht wenn die Frau Opfer einer ... einer Vergewaltigung ist.«

»Ich fürchte, das Gesetz macht da keinen Unterschied. Es geht um das Leben des Kindes.«

»Das Leben des Kindes macht mir keine Sorgen«, sagte Julia, und es war kaum mehr als ein Flüstern. »Ich denke dabei an Marianne.«

»Sie ist eine gesunde junge Frau. Sie wird das wahrscheinlich bestens überstehen. Und mit der Zeit werden sich auch Angst und Kummer geben. Ich kann nichts für Sie tun. Tut mir leid.«

»Das haben Sie schon gesagt. Ich entschuldige mich dafür, Ihre Zeit in Anspruch genommen zu haben. Guten Tag, Sir Herbert.«

»Guten Tag, Mrs. Penrose – Miss Gillespie.« Kaum waren sie gegangen, schloß Sir Herbert die Tür und kehrte an seinen Schreibtisch zurück. Einige Augenblicke saß er reglos da, dann ließ er die Sache offensichtlich fallen und griff nach einem Stapel Notizen.

Hester trat aus dem Alkoven, zögerte und kam dann herüber. Sir Herberts Kopf fuhr auf, seine Augen weiteten sich einen Moment lang vor Überraschung. »Oh ... Miss Latterly.« Dann sammelte er sich wieder. »Ja ... die Leiche ist fortgeschafft. Ich danke Ihnen. Das wäre im Augenblick alles. Ich danke Ihnen.«

Womit sie entlassen war.
»Jawohl, Sir Herbert.«

Hester fand diese Begegnung zutiefst beunruhigend. Sie wollte ihr nicht mehr aus dem Kopf, und bei der ersten Gelegenheit erzählte sie das ganze Gespräch Callandra. Es war am späten Nachmittag, und sie saßen draußen in Callandras Garten. Der Duft der Rosen hing schwer in der Luft, und die tiefstehende Sonne lag golden, fast aprikosenfarben auf den Blättern der Pappeln. Nur der Abendwind bewegte sich in den Bäumen. Die Mauer dämpfte das Klappern der Hufe und machte das Zischen der Räder unhörbar.

»Es war ein absoluter Alptraum«, sagte Hester und starrte auf die Pappeln und den blaugoldenen Himmel. »Ich wußte schon vorher, was passiert. Und natürlich wußte ich, daß jedes ihrer Worte der Wahrheit entsprach, und trotzdem konnte ich nicht das geringste für sie tun.« Sie wandte sich an Callandra. »Ich nehme an, Sir Herbert hat recht, und Abtreibung ist ein Verbrechen, selbst wenn das Kind das Ergebnis einer Vergewaltigung ist. Ich war nie in der Verlegenheit, so etwas wissen zu müssen. Ich habe fast ausschließlich Soldaten gepflegt oder Leute, die an Verletzungen und Fieber litten. Ich habe nicht die geringste Erfahrung als Hebamme. Ich habe noch nicht einmal Kinder gepflegt, geschweige denn Mütter mit Kind. Es scheint mir nur so ungerecht zu sein!«

Ihre Hand landete klatschend auf der Armstütze des Gartenstuhls. »Ich sehe das Leid der Frauen, wie ich es bisher nie gesehen habe. Ich habe nie darüber nachgedacht. Aber wissen Sie, wie viele Frauen allein während der paar Tage, die ich nun dort bin, in dieses Krankenhaus gekommen sind, völlig ausgezehrt davon, Kind auf Kind zu bekommen?« Sie beugte sich etwas vor, um Callandra anzusehen. »Und wie viele von ihnen kriegen wir überhaupt nicht zu sehen? Wie viele leben einfach in stiller Verzweiflung und Angst vor der nächsten Schwangerschaft?« Wieder schlug sie auf die Armstütze. »Es herrscht eine solche Unwissenheit! Eine derart tragische Blindheit!«

»Ich könnte nicht sagen, was Wissen da ausrichten sollte«, erwiderte Callandra, die nicht Hester ansah, sondern das Rosenbeet, wo ein später Schmetterling von einer Blüte zur anderen flatterte. »Verhütungsmittel gibt es seit den Römern, aber sie sind den meisten Leuten nicht zugänglich.« Sie machte ein Gesicht. »Und zudem handelt es sich oft um die verrücktesten Vorrichtungen, die ein normaler Mann nie verwenden würde. Eine Frau hat weder nach weltlichen noch nach kirchlichen Gesetzen das Recht, sich ihrem Mann zu verweigern, und selbst wenn sie es hätte, der gesunde Menschenverstand und die Notwendigkeit, auch nur halbwegs anständig zu überleben, würde es praktisch nicht anwendbar machen.«

»Aber wenigstens würde das Wissen den Schock mildern!« widersprach ihr Hester hitzig. »Wir hatten da eine junge Frau, die fühlte sich so gedemütigt, als sie erfuhr, was in der Ehe von ihr verlangt wurde, daß sie hysterisch wurde und sich umzubringen versuchte.« Sie wurde laut vor Entrüstung. »Kein Mensch hatte ihr auch nur die geringste Vorstellung davon vermittelt, und sie konnte es nicht ertragen. Man hatte sie in strengster Keuschheit erzogen, und was dann kam, war ihr einfach zuviel. Ihre Eltern verheirateten sie mit einem Mann, der dreißig Jahre älter war als sie und herzlich wenig Geduld oder Zärtlichkeit aufbrachte. Sie kam ins Krankenhaus mit gebrochenen Armen, Beinen und Rippen, weil sie aus dem Fenster gesprungen war.«

Sie tat einen tiefen Atemzug und machte einen vergeblichen Versuch, ihre Stimme zu senken. »Also, wenn es Dr. Beck nicht gelingt, Polizei und Kirche davon zu überzeugen, daß es ein Unfall war, dann wird man ihr auch noch den Selbstmordversuch zur Last legen und sie entweder ins Gefängnis stecken oder aufhängen!« Wieder sauste die Faust auf die Armstütze. »Und Jeavis, dieser Riesentrottel, versucht zu beweisen, daß Dr. Beck Prudence Barrymore umgebracht hat.« Sie merkte nicht, wie Callandra erstarrte und einige Nuancen blasser wurde. »Weil es eine einfache Lösung wäre, die es ihm ersparen würde, die anderen Ärzte oder den Kaplan und die Angehörigen des Verwaltungsrats zu vernehmen.«

Callandra wollte etwas sagen, ließ es dann aber sein.

»Können wir denn nichts tun, um Marianne Gillespie zu helfen?« fuhr Hester beharrlich fort und beugte sich mit geballten Fäusten vor. Sie sah zu den Rosen hinüber. »Gibt es denn niemanden, an den sie sich wenden könnte? Sir Herbert sagte, man hätte auch seiner eigenen Tochter Gewalt angetan, und auch sie sei davon schwanger geworden.« Sie wandte sich wieder Callandra zu. »Sie ist zu einem Engelmacher in einer Hinterhofpraxis gegangen, der sie so schlimm verstümmelt hat, daß sie nicht mehr heiraten, geschweige denn Kinder bekommen kann. Und sie hat ständig Schmerzen! Herrgott noch mal, irgend etwas muß man doch tun können!«

»Wenn ich etwas wüßte, würde ich jetzt nicht hier sitzen und Ihnen zuhören«, antwortete Callandra mit einem traurigen Lächeln. »Ich hätte es Ihnen gesagt, und wir wären bereits unterwegs! Seien Sie bitte vorsichtig, sonst schlagen Sie mir noch ein Loch in meinen besten Gartenstuhl.«

»Oh! Tut mir leid. Aber ich bin so was von wütend!«

Callandra lächelte und sagte nichts.

Die nächsten beiden Tage waren heiß und schwül. Die Gemüter waren gereizt. Jeavis schien allgegenwärtig, stand im Weg und stellte Fragen, die man vorwiegend ärgerlich und sinnlos fand. Der Kämmerer beschimpfte ihn. Ein Herr vom Verwaltungsrat beschwerte sich bei seinem Parlamentsabgeordneten. Mrs. Flaherty hielt ihm einen Vortrag über Abstinenz, Anstand und Redlichkeit, der selbst ihm zuviel war. Danach ging er ihr tunlichst aus dem Weg.

Aber allmählich ging im Krankenhaus alles wieder seinen gewohnten Gang, und selbst in der Waschküche ging es wieder um das übliche: Ehemänner, Geld, die jüngsten Witze aus der Music Hall und den neuesten Klatsch.

Monk konzentrierte sich ganz darauf, mehr über Vergangenheit und gegenwärtige Verhältnisse der Ärzte, vor allem der Studenten, in Erfahrung zu bringen, ließ aber auch Kämmerer, Kaplan und diverse Angehörige des Verwaltungsrats nicht aus.

Eines Tages, am späten Nachmittag, es war noch immer drückend schwül, machte sich Callandra auf den Weg zu einem Besuch bei Kristian Beck. Da es eigentlich keinen Anlaß gab, mußte sie einen erfinden. Im Grunde wollte sie nur sehen, wie er sich unter Jeavis' Vernehmungen und den alles andere als subtilen Anspielungen hielt, er hätte irgendein schändliches Geheimnis, das Prudence Barrymore nicht der Krankenhausleitung mitteilen sollte.

Sie hatte noch immer keine richtige Vorstellung davon, was sie ihm sagen sollte, als sie den Korridor entlang auf sein Zimmer zuging. Ihr Herz klopfte, und sie war so nervös, daß ihr Mund wie ausgedörrt war. In der Hitze, die die Nachmittagssonne auf Fenstern und Dächern hinterlassen hatte, war die Luft abgestanden und schal. Fast roch sie den widerlichen Geruch der Verbände und die beißenden Dämpfe menschlicher Ausscheidungen heraus. Zwei Fliegen summten vorbei und stießen blindlings gegen die Scheibe.

Sie konnte ihn fragen, ob Monk bereits mit ihm gesprochen hatte, und ihn ein weiteres Mal seiner Brillanz und großen Erfolge versichern. Keine sonderlich gute Ausrede, aber sie konnte diese Untätigkeit einfach nicht länger ertragen. Sie mußte ihn sehen und alles in ihrer Macht Stehende tun, um seine Angst, die er doch haben mußte, zu zerstreuen. Immer wieder hatte sie sich vorzustellen versucht, was ihm wohl durch den Kopf gehen mochte, wenn Jeavis seine Andeutungen machte und ihn dabei mit seinen schwarzen Augen fixierte. Es war unmöglich, sich gegen Vorurteile zu verteidigen, dieses irrationale Mißtrauen gegen alles, was anders war.

Sie kam an seine Tür. Sie klopfte. Sie hörte etwas, eine Stimme, aber sie konnte die Worte nicht verstehen. Sie drehte am Knopf und schob die Tür weit auf.

Der Anblick, der sich ihr bot, brannte sich ihr auf ewig ins Gedächtnis. Der große Tisch, der ihm als Schreibtisch diente, stand in der Mitte des Raums, und auf ihm lag eine Frau, teilweise mit einem weißen Laken bedeckt, Unterleib und Oberschenkel jedoch entblößt. Neben ihr lagen blutbefleckte Tupfer und ein rotverschmiertes Handtuch. Auf dem Boden stand ein Eimer, über dem jedoch ein Tuch lag, so daß sie nicht sehen konnte, was er enthielt. Sie hatte schon genügend Operationen miterlebt, um die Flaschen mit dem Äther und die anderen Gerätschaften zu erkennen, mit denen man einen Patienten anästhesierte.

Kristian stand mit dem Rücken zu ihr. Sie hätte ihn überall erkannt: die Linie seiner Schultern, die Nackenhaare, die Rundung seines Backenknochens.

Und auch die Frau kannte sie. Ihr Haar war schwarz und wuchs ihr in einem Dreieck tief in die Stirn. Sie hatte dunkle, deutlich abgesetzte Brauen und ein kleines Muttermal in Höhe des Augenwinkels. Marianne Gillespie! Es gab nur einen Schluß: Sir Herbert hatte sie abgewiesen – aber nicht so Kristian Beck. Er nahm eine illegale Abtreibung vor.

Callandra stand wie gelähmt, die Zunge steif, der Mund trocken. Sie sah noch nicht einmal die Gestalt der Schwester hinter dem Tisch.

Kristian konzentrierte sich ganz auf seine Arbeit, seine Hände bewegten sich flink, aber vorsichtig, sein Blick fiel immer wieder prüfend auf Mariannes Gesicht, um sicherzugehen, daß sie gleichmäßig atmete. Er hatte weder Callandras Stimme gehört, noch das Öffnen der Tür.

Schließlich kam wieder Leben in sie. Sie trat rückwärts aus dem Raum und zog die Tür hinter sich zu. Ihr Herz klopfte so wild, daß sie am ganzen Körper bebte, und sie bekam kaum noch Luft. Einen Augenblick lang hatte sie Angst zu ersticken.

Vor Müdigkeit schwankend kam eine Schwester vorbei; Callandra war nicht weniger schwindlig, auch sie hatte Schwierigkeiten, das Gleichgewicht nicht zu verlieren. Wie Hammerschläge kamen ihr Hesters Worte in den Sinn. Sir Herberts Tochter war zu einem illegalen Abtreiber gegangen, der so ungeschickt operierte, daß sie nie wieder eine normale Frau oder frei von Schmerzen sein würde.

War das auch Kristian gewesen? Hatte sie sich an ihn gewandt? Wie Marianne? Ihr humorvoller, sanfter und kluger Kristian, mit dem sie so viele zweisame Augenblicke geteilt hatte, dem sie ihre Gedanken nicht zu erklären brauchte, weder die schmerzlichen, noch die komischen; Kristian, dessen Gesicht sie sah, kaum daß sie die Augen schloß, den sie so gerne berührt hätte, obwohl sie wußte, daß sie dieser Versuchung niemals nachgeben durfte. Es hätte die zarte Barriere zwischen einer akzeptablen und einer unmöglichen Liebe zerstört. Der Gedanke, Schande über ihn zu bringen, war ihr unerträglich.

Schande! Konnte der Mann, den sie kannte, tatsächlich derselbe sein, der tat, was sie eben gesehen hatte? Und womöglich Schlimmeres – viel Schlimmeres? Was für ein abscheulicher Gedanke, aber sie wurde ihn nicht mehr los. Sie brauchte nur die Augen zu schließen, schon hatte sie das Bild vor sich.

Und dann kam ihr ein Gedanke, der noch viel schrecklicher war. Hatte Prudence Barrymore davon gewußt? War es das, womit sie nicht zur Krankenhausleitung gehen sollte? Und nicht nur zum Verwaltungsrat, sondern zur Polizei? Hatte er sie ermordet, um sie zum Schweigen zu bringen?

Von ihrem Jammer überwältigt, lehnte sie sich an die Wand. Ihr Verstand verweigerte sich ihr. Sie hatte niemanden, an den sie sich wenden konnte. Sie wagte es nicht einmal Monk zu sagen. Es war eine Bürde, die sie allein zu tragen hätte. Sich der Ungeheuerlichkeit ihres Tuns nicht bewußt, faßte sie den Entschluß, Kristians Schuld mit ihm gemeinsam zu tragen.

6

Hester fand es zunehmend schwierig, sich in die Krankenhausroutine einzuordnen. Sie gehorchte Mrs. Flaherty, aber sie mußte die Zähne zusammenbeißen, um ihr nicht zu widersprechen, und mehr als einmal mußte sie einen Satz mittendrin ändern, um ihn zu entschärfen. Allein der Gedanke an Prudence Barrymore ermöglichte ihr das. Sie hatte sie nicht besonders gut gekannt. Das Schlachtfeld war zu groß, zu verwirrend gewesen, zu voll von Schmerz, Gewalt und erschütternden Zwängen, als daß man sich außerhalb der Arbeit noch hätte groß kennenlernen können. Der Zufall hatte es gewollt, daß sie nur ein einziges Mal mit Prudence gearbeitet hatte – eine Begegnung freilich, die sich ihr unauslöschlich eingeprägt hatte. Es war nach der Schlacht von Inkerman im November 54 gewesen, kaum drei Wochen nach der Katastrophe von Balaklava und dem Massaker an der leichten Brigade, die so selbstmörderisch gegen die russischen Kanonen angerannt war. Es war bitterkalt, und der unablässige Regen führte dazu, daß die Männer bis zu den Knien im Schlamm standen. Die Zelte waren voller Löcher, und man schlief in nasser, schmutzstarrender Kleidung, die sich zudem aufzulösen begann, ohne daß man das nötige Flickzeug gehabt hätte. Einer wie der andere waren sie unterernährt, weil der Nachschub nicht klappte. Und nicht zuletzt waren sie alle erschöpft von den ständigen Strapazen und ihrer Angst.

Sie sah Prudence Barrymores Gesicht vor sich, ihren konzentrierten Blick, der im Aufruhr der Gefühle zum Strich gezogene Mund, das verschmierte Blut auf Wange und Stirn, wo sie sich die Haare aus den Augen gewischt hatte. Sie hatten in schweigender Übereinstimmung gearbeitet, zu müde, um etwas zu sagen, wenn auch ein Blick genügte. Es bestand keine Notwendigkeit, ein Gefühl auszudrücken, das man so vollkommen teilte. Ihre Welt bestand aus privatem Entsetzen, Mitleid, Notwendigkeiten und einer Art schrecklichem Sieg. Wenn man das überlebte, konnte einen selbst die Hölle nicht mehr schrecken.

Man hätte nicht von Freundschaften sprechen können; es war zugleich weniger und mehr. Solche Erfahrungen zu teilen schuf ein Band und hob sie vom Rest der Welt ab. Man konnte so etwas niemandem erzählen. Es gab keine Worte, die für beide Seiten dasselbe bedeutet hätten, die das physische Grauen oder die Höhen und Tiefen ihrer Gefühle vermittelt hätten.

Daß Prudence nicht mehr war, rief neben einer Art Einsamkeit auch einen ungestümen Zorn über die Art ihres Todes hervor.

Während der Nachtschicht – die Mrs. Flaherty ihr aufbrummte, wann immer es nur ging; sie haßte die Schwestern von der Krim mitsamt den Veränderungen, für die sie standen – machte Hester im Schein der Lampen ihre Runde, und gerade dann stürmten die Erinnerungen auf sie ein. Mehr als einmal hörte sie einen dumpfen Plumps und fuhr erschauernd herum in der Erwartung, eine benommene Ratte zu sehen, die von der Wand gefallen war; aber es war nichts weiter zu sehen als ein Bündel Laken und Bandagen oder ein Fäkalieneimer.

Allmählich lernte sie die anderen Schwestern kennen und unterhielt sich mit ihnen, wann immer sich eine Gelegenheit bot. Sehr oft hörte sie einfach zu. Sie hatten eine entsetzliche Angst. Prudence' Name fiel oft, warum hatte man sie ermordet? Lief im Hospital ein Verrückter herum? Könnte es sein, daß eine von ihnen die nächste war? Es kursierten Geschichten von unheimlichen Schatten, die durch die leeren Korridore huschten, von gedämpften Schreien und plötzlicher Stille; man stellte Spekulationen an über so gut wie jeden Mann aus dem Personal.

Frühmorgens befand sie sich in der Waschküche. Die riesigen Kessel schwiegen, kein Lärmen des Dampfes in den Rohren, kein Zischen, kein Blubbern. Es war Schichtende. Es gab kaum noch etwas zu tun, außer Laken zu falten und abzuholen.

»Wie war sie denn so?« fragte Hester mit beiläufigem Interesse. »Herrschsüchtig«, antwortete eine ältere Schwester und verzog das Gesicht. Sie war dick und müde, und ihre rotgeäderte Nase legte stummes Zeugnis davon ab, daß ihr Trost aus der Ginflasche kam. »Ständig am Anschaffen. Die hat gemeint, weil sie auf der Krim war, hätt' sie alles gewußt. Manchmal hätt' sie gar bei den Ärzten anschaffen wollen.« Sie ließ ein zahnloses Grinsen sehen. »Das hat die vielleicht die Wände hochgetrieben, mein Lieber.«

Die ganze Runde lachte. So unbeliebt Prudence auch gewesen war, offensichtlich waren die Ärzte noch unbeliebter, und wann immer sie mit ihnen über Kreuz kam, fanden die Frauen das lustig und standen hinter ihr.

»Tatsächlich?« Hester legte ein unverhohlenes Interesse an

den Tag. »Hat man ihr da nicht mal Bescheid gestoßen? Da hat sie doch Glück gehabt, daß man sie nicht rausgeworfen hat!«

»Die doch nich'!« Eine Schwester lachte abrupt auf. »Kommandieren mußt' sie immer, aber sie hat auch gewußt, wie man so eine Station auf Zack bringt und sich um die Kranken kümmert. Die hat mehr gewußt als Mrs. Flaherty! Aber wenn Sie jemandem sagen, ich hätt' das gesagt, also ich kratz' Ihnen die Augen aus.« Mit einem Plumps ließ sie das letzte Laken fallen.

»Wer wird dem alten Drachen schon was sagen, du dumme Kuh?« sagte die erste beißend. »Aber so gut war sie meiner Meinung nach auch wieder nicht. Wenn sie's auch gedacht hat, wohlgemerkt.«

»Und ob sie das war!« Jetzt wurde die andere zornig. Ihr Gesicht lief rot an. »Die hat 'ner Menge Leute das Leben gerettet in dem gottverlassenen Laden hier! Sogar gerochen hat's hier besser, seit sie da war.«

»Besser gerochen!« Schallendes Gelächter von einer großen Rothaarigen. »Wo meinst du denn, wo du bist, in 'nem Herrenhaus? Nu' hör aber auf, du Schaf! Für eine feine Dame hat sie sich gehalten, was Besseres wie unsereins. War sich viel zu gut, mit Putzweibern und Hausangestellten zu arbeiten. Doktor werden hätt' sie wollen! Eine Närrin war sie, sag' ich euch, die arme Sau! Hätte mal hören sollen, was seine Lordschaft da drüber zu sagen gehabt hat!«

»Wer? Sir Herbert?«

»Klar doch, Sir Herbert! Wer'n sonst? Meinste vielleicht unser Germanen-Georg? Ausländer – der hat sie doch eh nicht alle mit seinen komischen Ideen. Würd' mich gar nicht wundern, wenn der sie umgebracht hat. Jedenfalls die von der Schmiere, die sagen das.«

»Tatsächlich?« Hester blickte sie interessiert an. »Wieso denn? Hätte das nicht genausogut irgendein anderer sein können?«

Worauf sie alle ansahen.

»Wie meinst'n das?« fragte die Rothaarige mit gerunzelter Stirn.

Hester hievte sich auf die Kante des Wäschekorbs. Das war die Gelegenheit, auf die sie gewartet hatte. »Na ja, wer war denn da, als sie umgebracht wurde?«

Sie sahen sie an, dann einander. »Wen meinste damit? Die Ärzte und so?«

»Na klar doch meint sie die Ärzte und so!« sagte die Dicke verächtlich. »Meinst du, sie glaubt, daß sie eine von uns abgemurkst hat? Also, wenn ich einen umbringen würd', dann wär' das mein Alter, und keine eingebildete Krankenschwester, der der Kopf nach mehr steht, als sie kriegen kann! Was int'ressiert mich die schon? Ich hätt' der nichts Böses wollen, der armen Sau, nicht daß ich deswegen eine Träne vergossen hätt'.«

»Was ist mit dem Kämmerer und dem Kaplan?« Hester versuchte, ganz beiläufig zu klingen. »Haben die sie gemocht?«

Die Dicke zuckte die Achseln. »Wer weiß? Warum sollte die sie überhaupt int'ressieren?«

»Na ja, schlecht ausgesehen hat sie ja nich' grade«, sagte die Ältere großzügig. »Und wenn sie schon Mary Higgins nachsteigen können, dann der schon zweimal.«

»Wer steigt Mary Higgins nach?« fragte Hester, die nicht genau wußte, wer Mary Higgins war, auch wenn sie annahm, daß es sich um eine der Schwestern handelte.

»Na, der Kämmerer«, sagte die Jüngere achselzuckend. »Der ist doch total scharf auf die.«

»Und der Kaplan genauso«, sagte die Dicke mit einem Schnauben. »Der alte Dreckfink. Legt ihr immer den Arm um und nennt sie sein' ›Schatz‹. Also, wenn ich's mir recht überleg', ich würd' dem schon zutrauen, daß der's auch auf Pru Barrymore abgesehen hatte. Vielleicht ist er zu weit gegangen, und sie hat ihm damit gedroht, ihn zu melden? Also getan haben könnt' er's.«

»War er denn hier an dem Morgen?« fragte Hester zweifelnd.

Sie sahen einander an.

»Ja!« sagte die Dicke, ihrer Sache völlig sicher. »Der ist die ganze Nacht über dagewesen, weil jemand Wichtiges gestorben ist. Freilich war der da. Vielleicht ist er's ja gewesen, und nicht Germanen-Georg? Wo dem ja auch noch sein Patient abgekratzt ist«, fügte sie hinzu. »War ja schon 'ne ziemliche Überraschung! Also ich hätt' gedacht, daß er durchkommt – der arme Kerl!«

Derlei Unterhaltungen gab es mehrere zwischen Wischen und Wäscheholen, Bandagenrollen, Eimerleeren und Bettenmachen. Hester erfuhr eine ganze Menge darüber, wo sich die einzelnen Leute an besagtem Morgen um sieben Uhr aufgehalten hatten, aber es blieben immer noch eine ganze Reihe von Möglichkeiten, was den Mörder anbelangte. Auch eine ganze Menge Klatsch über Motive bekam sie mit, das meiste davon Verleumdungen und ziemlich spekulativ, aber als sie John Evan sah, zog sie ihn einen Augenblick in eine der kleinen Kammern, in denen man die Medikamente aufbewahrte, und berichtete ihm davon. Mrs. Flaherty war eben gegangen, hatte Hester jedoch noch angewiesen, einen Riesenberg Bandagen zu rollen, und Sir Herbert war frühestens in einer halben Stunde zurück, wenn er gegessen hatte.

Evan saß halb auf dem Tisch und sah zu, wie ihre Finger die Binden glätteten, bevor sie sie aufrollte.

»Haben Sie das Monk schon gesagt?« fragte er mit einem Lächeln.

»Den habe ich seit Sonntag nicht mehr gesehen«, antwortete sie.

»Was treibt er denn so?« fragte er im Plauderton, aber seine haselnußbraunen Augen musterten sie aufmerksam.

»Weiß ich nicht«, antwortete sie und legte einen weiteren Berg Bandagen auf den Tisch. »Er hat gesagt, daß er noch mehr über die Leute aus dem Verwaltungsrat in Erfahrung bringen will, für den Fall, daß einer irgendeine Beziehung zu Prudence oder ihrer Familie hatte, von der wir nichts wissen. Oder vielleicht sogar irgendeine Verbindung aus dem Krimkrieg.«

Evan brummte und ließ den Blick über den Schrank schweifen: Gläser voll getrockneter Kräuter und farbiger Kristalle, Flaschen mit Wein und medizinischem Alkohol. »Daran haben wir noch nicht mal gedacht.« Er zog ein Gesicht. »Aber auf so etwas käme Jeavis sowieso nicht. Er hat es eher mit dem Offensichtlichen und hat damit in der Regel auch recht. Runcorn würde es nicht gutheißen, die besseren Leute aufzustören, wenn es sich nur irgendwie vermeiden läßt. Ist Monk denn der Ansicht, es handelt sich um etwas Persönliches?«

Sie lachte. »Das hat er mir nicht gesagt! Es könnte jeder gewesen sein. Sieht so aus, als wäre der Kaplan die ganze Nacht über hier gewesen – wie Dr. Beck...«

Evans Kopf fuhr hoch. »Der Kaplan? Das wußte ich ja gar nicht! Das hat er gar nicht gesagt, als wir mit ihm gesprochen haben. Obwohl, um ehrlich zu sein, ich bin mir gar nicht sicher, ob Jeavis ihn danach gefragt hat. Ihn interessierte eher seine Meinung über Prudence und ob er wüßte, wie die anderen zu ihr standen.«

»Und, wußte er was?« fragte sie.

Er lächelte, seine Augen leuchteten belustigt. Er wußte, sie würde Monk jedes seiner Worte erzählen.

»Jedenfalls nichts Vielversprechendes«, begann er. »Mrs. Flaherty mochte sie nicht, aber das überrascht ja nicht weiter. Die anderen Schwestern akzeptierten sie im großen und ganzen, aber sie hatte kaum etwas mit ihnen gemein. Eine oder zwei von den Jüngeren bewunderten sie – für die war sie eine Heldin, nehme ich an. Einem der Studenten schien es ebenso gegangen zu sein, aber sie hat ihn wohl kaum ermutigt.« Ein Schatten sarkastischen Mitgefühls legte sich über seine Miene, als könnte er sich das gut vorstellen. »Ein anderer Student, so ein großer Blonder, dem die Haare in die Stirn hängen, der mochte sie nicht. Er war der Ansicht, sie hätte zuviel Ehrgeiz für eine Frau.« Seine Augen begegneten Hesters. »Arroganter Bursche, wie mir schien«, fügte er hinzu. »Aber andererseits hat er auch für Polizisten nichts übrig. Wir stehen nur bei der richtigen Arbeit im Weg – und das ist natürlich die seine.«

»Sie mochten ihn nicht«, sagte sie überflüssigerweise, während sie nach einem weiteren Haufen Bandagen griff. »Aber war er an jenem Morgen hier?«

Er machte ein Gesicht. »Unglücklicherweise nicht. Und auch nicht der, der sie verehrt hat.«

»Wer war denn hier, wissen Sie das?«

»Etwa die Hälfte der Schwestern, der Kaplan, der Kämmerer,

Dr. Beck, Sir Herbert, zwei Studenten – Howard und Cantrell –, Mrs. Flaherty und zwei Leute aus dem Verwaltungsrat, Sir Donald MacLean und eine Lady Ross Gilbert. Und die Pforte war offen, so daß jedermann unbemerkt hätte hereinkommen können. Nicht besonders hilfreich, was?«

»Nicht besonders«, pflichtete sie ihm bei. »Aber andererseits war ich von Anfang an nicht der Meinung, daß uns die Frage nach der Gelegenheit in Sachen Beweislage groß weiterbringt.«

Er lachte. »Sie hören sich so tüchtig an. Ganz wie es sich für Monks rechte Hand gehört.«

Bevor sie etwas darauf erwidern konnte, tauchte Mrs. Flahertys aufrechte hagere Gestalt in der Tür auf. Ihr Gesicht war rosig vor Zorn, und ihre Augen blitzten.

»Was denken Sie sich wohl, Schwester Latterly, hier herumzustehen und mit dem jungen Mann zu plaudern? Sie sind noch neu hier, und wenn Sie noch so viele hochgestellte Freunde haben, möchte ich Sie doch daran erinnern, daß wir großen Wert auf einen hohen moralischen Standard legen, und wenn Sie dem nicht entsprechen, dann müssen Sie gehen!«

Einen Augenblick lang war Hester wütend. Dann jedoch sah sie die Absurdität des Vorwurfs, John Evan könnte eine Gefahr für ihre Moral darstellen.

»Ich bin von der Polizei, Mrs. Flaherty«, sagte Evan kühl und richtete sich auf. »Ich habe Miss Latterly vernommen. Sie kann gar nicht anders, als meine Fragen zu beantworten, wie jeder andere hier, wenn sie nicht wegen Behinderung der Justiz belangt werden will!«

Mrs. Flahertys Wangen liefen rot an. »Schnickschnack, junger Mann!« fauchte sie. »Schwester Latterly war noch nicht mal hier, als die arme Schwester Barrymore zu Tode kam! Wenn Sie das bisher noch nicht erfahren haben, dann sind Sie hoffnungslos inkompetent. Ich möchte wirklich wissen, wofür wir Sie bezahlen!«

»Ich bin mir dessen sehr wohl bewußt«, sagte Evan zornig. »Gerade die Tatsache, daß sie nicht schuldig sein kann, macht ihre Beobachtungen so nützlich.«

»Welche Beobachtungen denn?« Mrs. Flahertys weiße Augenbrauen schossen in die Höhe. »Wie ich Ihnen grade gesagt habe, junger Mann, war sie nicht hier! Was könnte sie also gesehen haben?«

Evan tat unendlich geduldig. »Mrs. Flaherty, vor fünf Tagen hat jemand eine der Schwestern erwürgt und die Leiche in den Wäscheschacht gestopft. So etwas ist nicht die vereinzelte Tat eines Wahnsinnigen. Wer immer das gewesen ist, hatte ein starkes Motiv, das seine Wurzeln in der Vergangenheit hat. Ähnlich wirkt die Erinnerung an das Verbrechen und die Angst, gefaßt zu werden, in die Zukunft. Es gibt jetzt viel zu beobachten für jemanden mit Augen im Kopf.«

Mrs. Flaherty warf brummend einen Blick auf Hester: ihre kräftigen Züge, ihre schlanke, fast magere Figur, die kantigen Schultern, die aufrechte Haltung. Und dann einen auf Evan neben dem mit Bandagen überhäuften Tisch: das braune Haar wie ein weicher Flügel über der Stirn, lange Nase, sensibles, humorvolles Gesicht. Sie stieß ein ungläubiges Schnauben aus. Dann drehte sie sich auf dem Absatz um und marschierte davon.

Evan wußte nicht, sollte er wütend sein oder lachen, und diese gemischten Gefühle waren ihm deutlich anzusehen.

»Tut mir leid«, entschuldigte er sich. »Ich hatte nicht die Absicht, Sie zu kompromittieren. Auf den Gedanken bin ich gar nicht gekommen.«

»Ich auch nicht«, gab Hester mit leicht geröteten Wangen zu. Das Ganze war so lächerlich. »Vielleicht sollten wir uns das nächste Mal besser außerhalb treffen.«

»So daß auch Jeavis nichts mitbekommt«, sagte er rasch. »Er würde es nicht sehr schätzen, wenn ich dem Feind mit Rat und Trost zur Seite stehe.«

»Dem Feind! Bin ich denn der Feind?«

»Indirekt, ja.« Er steckte die Hände in die Taschen. »Runcorn haßt Monk noch immer und hört nicht auf, Jeavis zu sagen, um wieviel besser er ist. Aber auf dem Revier ist Monk noch immer in aller Munde, und Jeavis ist nicht dumm. Er weiß genau, warum Runcorn ihn bevorzugt. Also ist er entschlossen, sich zu beweisen – und Monks Geist endlich zu bannen.« Er lächelte. »Nicht daß ihm das je gelingen wird! Runcorn kann all die Jahre mit Monk auf den Fersen nicht vergessen, all die Male, in denen Monk recht hatte und Runcorn falsch lag. Die Kleinigkeiten, die unausgesprochene Verachtung, die besser geschnittenen Anzüge, die etwas vollere Stimme.« Er beobachtete Hesters Augen. »Allein die Tatsache, daß er Monk so oft erfolglos zu demütigen versuchte. Letzten Endes hat er natürlich gewonnen, aber es schmeckt nicht nach einem Sieg. Im Grunde will er Monk zurückholen, um noch einmal gewinnen zu können – und diesmal will er es richtig genießen.«

»Ach, du lieber Gott.« Hester rollte die letzte Bandage auf und verschnürte das Ende. Jeavis tat ihr leid, und, wenn auch nicht ganz so eindeutig, auch Runcorn, aber vor allem verspürte sie einen scharfen Kitzel der Genugtuung für Monk. Sie lächelte nicht, aber fast. »Armer Inspektor Jeavis.«

Evan blickte einen Augenblick lang verwirrt drein, dann begriff er, und seine Miene hellte sich liebenswürdig auf. »Ich gehe jetzt besser und spreche mit dem Kaplan.« Er neigte den Kopf. »Ich danke Ihnen!«

Noch am selben Nachmittag schickte Sir Herbert nach Hester: sie sollte ihm bei einer Operation assistieren. Die Nachricht überbrachte ihr eine Schwester mit mächtigen Schultern, groben Zügen und auffallenden Augen. Hester hatte sie bereits mehrere Male gesehen und war ihr immer mit einem gewissen Unbehagen begegnet. Diesmal bemerkte sie zum erstenmal, warum ihre Augen so fesselnd waren: das eine war blau, und das andere grün, kühl und klar. Wie hatte ihr das nur bisher entgehen können? Vielleicht hatte sie die physische Kraft der Frau so beschäftigt, daß für weitere Eindrücke kein Platz mehr war.

»Sir Herbert will Sie sehen«, sagte die Frau grimmig. Sie hieß Dora Parsons, das wußte Hester noch; sie tat sich schwer, die vielen Namen zu behalten.

Hester stellte ihren Eimer ab. »Wo?«

»In seinem Büro natürlich. Du nimmst wohl ihren Platz ein, nehm' ich an, was? Oder bildest es dir wenigstens ein!«

»Wessen Platz?«

Das riesige häßliche Gesicht der Frau troff geradezu vor Verachtung. »Komm' mir bloß nicht auf die Doofe, Gräfin Rotz! Bloß weil du auf der Krim gewesen bist und alle ein großes Trara um dich gemacht haben, brauchst du dir noch lange nicht einbilden, daß wir dir was durchgehen lassen, das kannste vergessen! Tut so, als wär' sie zu gut für uns.« Sie spuckte kräftig aus, um ihre Verachtung zu zeigen.

»Ich nehme an, Sie sprechen von Schwester Barrymore!« sagte Hester eisig, obwohl die körperliche Kraft der Frau einschüchternd war. Sie würde aufpassen müssen, mit ihr nicht allein in der Waschküche zu landen, wo sie kein Mensch hören konnte. Aber Tyrannen suchen sich bekanntlich ja immer die aus, in denen sie Angst spüren.

»Natürlich meine ich Schwester Barrymore!« äffte Dora Parsons sie nach. »Sind vielleicht noch mehr von euch feinen Krimschwestern da?«

»Nun, das sollten Sie ja wohl besser wissen«, gab Hester zurück. »Ich entnehme Ihren Worten, daß Sie sie nicht mochten?«

»Ich und 'n Dutzend andere«, pflichtete Dora ihr bei. »Also lauf bloß nicht rum und behaupte, ich wär diejenige, wo sie abgemurkst hat, sonst bist du an der Reihe!« Sie grinste sie boshaft an. »Bei dem dürren Hals bräucht' ich bloß zweimal zu schütteln, das kannste mir glauben!«

»Scheint mir ziemlich überflüssig, das der Polizei zu sagen.« Hester gab sich alle Mühe, ihre Stimme unter Kontrolle zu halten. Um richtig wütend zu werden, dachte sie ganz bewußt an Prudence im Operationszelt auf dem Schlachtfeld und dann tot in der Waschküche. Das war allemal besser, als Angst vor diesem ekelhaften Frauenzimmer zu haben. »Ihr Verhalten ist so offensichtlich, daß selbst der dümmste Konstabler es sehen würde. Brechen Sie öfter Leuten den Hals, wenn sie Sie stören?«

Dora öffnete den Mund, um zu antworten, merkte aber dann, daß sie mit ihrer Antwort in eine Falle getappt wäre.

»Was ist, gehen Sie nu' zu Sir Herbert, oder soll ich ihm sagen, daß Sie zu beschäftigt sind?«

»Ich gehe schon.« Hester ging um Dora Parsons mächtige Gestalt herum und rasch aus dem Raum. Auf dem Korridor klapperten die Absätze ihrer Stiefel über die Fliesen. Als sie Sir Herberts Tür erreichte, klopfte sie scharf – gerade so, als wäre Dora noch hinter ihr.

»Herein!« erklang Sir Herberts herrische Stimme.

Sie drehte am Knopf und trat ein.

Er saß hinter seinem Schreibtisch, einige Papiere vor sich ausgebreitet. Er hob den Kopf. »Oh, Miss, ah... Latterly. Sie sind doch die Krimschwester, nicht wahr?«

»Jawohl, Sir Herbert.« Sie nahm respektvoll Haltung an, kerzengerade, hinter dem Rücken eine Hand in der anderen.

»Gut«, sagte er zufrieden, während er einige Papiere zusammenfaltete, bevor er sie wegräumte. »Ich habe da eine heikle Operation an einer Person von einiger Bedeutung. Ich möchte, daß Sie mir assistieren und sich hinterher um den Patienten kümmern. Ich kann nicht überall gleichzeitig sein. Ich habe da einige neue Theorien über das Thema gelesen. Ausgesprochen interessant.« Er lächelte. »Womit ich natürlich nicht sagen will, daß Sie das groß interessieren wird.«

Er verstummte, als erwarte er fast, sie könnte darauf antworten. Es war sogar von beträchtlichem Interesse für sie, aber eingedenk der Notwendigkeit, hier weiter zu arbeiten (was nicht zuletzt von Sir Herberts Meinung über sie abhängen würde), sagte sie das, was er ihrer Ansicht nach hören wollte.

»Ich denke kaum, daß das innerhalb meiner Fähigkeiten liegt, Sir«, meinte sie zurückhaltend. »Obwohl ich natürlich sicher bin, daß es ausgesprochen wichtig ist und womöglich durchaus etwas, was ich zu lernen habe, wenn die Zeit reif ist.«

Die Befriedigung in seinen kleinen intelligenten Augen war nicht zu übersehen. »Selbstverständlich, Miss Latterly. Wenn es soweit ist, werde ich Ihnen alles sagen, was Sie zu wissen brauchen, um sich um meinen Patienten zu kümmern. Sie haben die richtige Einstellung.«

Sie biß sich auf die Zunge, um nicht zu widersprechen. Aber

sie dankte ihm auch nicht für das Kompliment, das es zweifelsohne hatte sein sollen. Sie war sich sicher, ihr sarkastischer Tonfall hätte sie verraten.

Er schien jedoch darauf zu warten, daß sie etwas sagte.

»Wollen Sie, daß ich mir den Patienten ansehe, bevor die anderen im Operationsraum eintreffen, Sir?« fragte sie ihn.

»Nein, das ist nicht nötig. Mrs. Flaherty bereitet ihn bereits vor. Schlafen Sie in der Schwesternunterkunft?«

»Ja.« Ein heikles Thema. Sie haßte Gemeinschaftsunterkünfte: Bettenreihen in einem einzigen großen Raum, wie im Armenhaus, ohne die geringste Privatsphäre; man hatte weder Ruhe zum Schlafen noch zum Nachdenken oder Lesen. Ständig die Geräusche der anderen Frauen, die Unterbrechungen, die rastlosen Bewegungen, die Unterhaltungen, zuweilen sogar Gelächter; dann das ständige Kommen und Gehen. Sie wusch sich an einem der beiden großen Becken und aß während der wenigen Gelegenheiten, die sich zwischen den langen Zwölf-Stunden-Schichten boten.

Nicht, daß sie an harte Arbeitsbedingungen nicht gewöhnt gewesen wäre. Gott wußte, die Krim war bei weitem schlimmer gewesen. Sie hatte schon mehr gefroren, war hungriger gewesen, müder und zudem in Todesgefahr. Aber damals schien sich das nicht vermeiden zu lassen; es herrschte Krieg. Und dann war da noch die Kameradschaft angesichts eines gemeinsamen Feindes gewesen. Das hier war völlig willkürlich, und es ärgerte sie. Allein der Gedanke an Prudence Barrymore ließ es sie ertragen.

»Gut.« Sir Herbert lächelte sie an. So wie sich sein Gesicht dadurch aufhellte, sah er plötzlich ganz anders aus. Obwohl es nur ein unverbindliches Lächeln war, sah sie die weichere, menschlichere Seite hinter dem Arzt. »Wir haben einige Schwestern, die ihren eigenen Haushalt führen, aber es ist kein befriedigendes Arrangement, vor allem nicht, wenn sie sich um einen Patienten zu kümmern haben, der ihrer ungeteilten Aufmerksamkeit bedarf. Ich bitte Sie, sich Punkt zwei Uhr zur Verfügung zu halten. Ich wünsche noch einen guten Tag, Miss Latterly.«

»Ich danke Ihnen, Sir Herbert.« Worauf sie sich auf der Stelle zurückzog.

Die Operation erwies sich als ausgesprochen interessant. Für über zwei Stunden vergaß sie alles: ihre Abneigung gegen die Krankenhausdisziplin und die Nachlässigkeit, mit der hier gepflegt wurde, den Schlafsaal und die beängstigende Anwesenheit Dora Parsons; sie vergaß sogar Prudence Barrymore und den eigentlichen Grund ihrer Anwesenheit hier. Ziel der Operation war es, einen überaus stattlichen Herrn Ende Fünfzig von seinem Steinleiden zu befreien. Sein Gesicht bekam sie kaum zu sehen, aber sein blasser, von der Völlerei aufgeschwemmter Unterleib und die Fettschichten, durch die Sir Herbert schnitt, um die Organe freizulegen, waren überaus faszinierend. Die Befreiung von den Zwängen des Augenblicks und dem quälenden Bewußtsein um die schier unerträglichen Schmerzen des Mannes, versetzten sie in einen nahezu euphorischen Zustand.

Mit an Ehrfurcht grenzender Bewunderung beobachtete sie die spitzen Finger an Sir Herberts schlanken Händen. Feingliedrige, kräftige Hände, die sich flink, aber ohne Hast bewegten. Weder seine intensive Konzentration noch seine unendliche Geduld schienen auch nur einen Augenblick nachzulassen. Seine Geschicklichkeit war von einer Schönheit, die sie alles andere vergessen ließ. Sie bemerkte noch nicht einmal die gespannten Gesichter der zusehenden Studenten; ein schwarzhaariger junger Mann, der fast neben ihr stand, sog immer wieder hörbar die Luft ein, ein Geräusch, das sie normalerweise stark irritiert hätte. Heute nahm sie es kaum wahr.

Als Sir Herbert schließlich fertig war, trat er zurück, und sein Gesicht verstrahlte das Bewußtsein, ausgezeichnete Arbeit geleistet zu haben: seine Kunstfertigkeit hatte die Ursache des Schmerzes beseitigt, die Wunde würde bei sorgfältiger Pflege und mit etwas Glück heilen, und die Gesundheit des Mannes war wiederhergestellt.

»Sehen Sie, meine Herren«, sagte er mit einem Lächeln, »noch vor zehn Jahren hätten wir eine so langwierige Operation nicht durchführen können. Wir leben in einer Zeit der

Wunder. Die Wissenschaft bewegt sich mit Riesenschritten voran, und wir marschieren vorneweg. Neue Horizonte winken, neue Techniken, neue Entdeckungen. Nun denn, Schwester Latterly, mehr kann ich für ihn nicht tun. Es ist nun an Ihnen, die Wunde zu verbinden, das Fieber in Grenzen zu halten und dafür zu sorgen, daß er keinem Zug ausgesetzt wird. Ich werde morgen wieder nach ihm sehen.«

»Jawohl, Sir Herbert.« Und dieses Mal war ihre Bewunderung ehrlich genug, um sie das mit aufrichtiger Demut sagen zu lassen.

Der Patient kam langsam wieder zu Bewußtsein, und das mit erheblichen Problemen. Er hatte nicht nur große Schmerzen, er litt auch an Übelkeit und erbrach sich; zudem machte sie sich Sorgen, er könnte die frische Naht auf seinem Unterleib aufreißen. Sie war vollauf damit beschäftigt, für Linderung zu sorgen und immer wieder nachzusehen, ob er nicht blutete. Sie hatte keine Möglichkeit festzustellen, ob er an inneren Blutungen litt; alles, was sie tun konnte, war, darauf zu achten, ob seine Haut klamm wurde, ob er zu fiebern oder sein Puls schwächer zu werden begann.

Mehrere Male steckte Mrs. Flaherty den Kopf in das kleine Zimmer, in dem sie war, und erst beim dritten dieser Besuche erfuhr Hester den Namen des Patienten.

»Wie geht es Mr. Prendergast denn?« fragte Mrs. Flaherty mit gefurchter Stirn. Ihr Blick fiel auf den Eimer, über den Hester ein Tuch gelegt hatte. Was sie natürlich nicht unkommentiert lassen konnte. »Ich nehme an, der ist leer, Miss Latterly?«

»Nein, er hat sich erbrochen«, antwortete Hester.

Mrs. Flahertys weiße Brauen hoben sich. »Ich dachte, Ihr Krimschwestern wärt diejenigen, die so darauf bedacht sind, in der Nähe der Patienten keine Ausscheidungen herumstehen zu lassen? Sie halten wohl nichts davon, nach den eigenen Grundsätzen zu handeln, was?«

Hester atmete tief durch und dachte wieder an den Grund ihrer Anwesenheit. »Ich hielt es für das kleinere Übel«, antwortete sie und wagte dabei nicht, Mrs. Flahertys eisigem blauen Blick zu begegnen; sie befürchtete, sie könnte ihr ihre Wut ansehen. »Ich fürchte, er hat ziemliche Schmerzen, und wenn ich nicht hier bin, reißt er sich womöglich die Naht auf, falls er sich wieder erbricht. Dazu kommt, daß ich nur einen Eimer habe, und es ist allemal besser, als das Bett zu verunreinigen.«

Mrs. Flaherty bedachte sie mit einem frostigen Lächeln. »Gesunden Menschenverstand haben Sie ja, wie ich sehe. Ist auch viel nützlicher als alle Bildung der Welt. Vielleicht machen wir ja noch eine vernünftige Schwester aus Ihnen, was ich nun wirklich nicht von jeder von eurer Sorte behaupten möchte.« Und noch bevor Hester zurückschlagen konnte, fuhr sie hastig fort. »Fiebert er? Was macht der Puls? Haben Sie nach der Wunde gesehen? Blutet er?«

Hester gab ihr bereitwillig Auskunft und wollte eben nach einer Ablösung fragen, damit sie zum Essen käme – sie war, seit Sir Herbert sie hatte rufen lassen, noch nicht einmal zu einem Schluck Wasser gekommen –, aber Mrs. Flaherty tat verhalten ihre Befriedigung kund und rauschte mit rasselnden Schlüsseln und klappernden Absätzen hinaus.

Vielleicht tat sie ihr Unrecht, aber Hester war der Ansicht, daß Mrs. Flaherty sehr wohl wußte, wie lange sie nun schon hier war, ohne länger abgelöst worden zu sein, als um ihren natürlichen Bedürfnissen Folge leisten zu können. Und daß sie eine gewisse Befriedigung daraus zog.

Etwa gegen zehn Uhr abends kam eine der jüngeren Schwestern herein, eine von denen, die Prudence verehrt hatten, und brachte einen Becher Tee und ein dickes Hammelsandwich. Rasch schloß sie die Tür hinter sich und hielt ihr beides hin.

»Sie müssen doch schon nach einem Bissen lechzen«, sagte sie mit leuchtenden Augen.

»Ich habe einen Bärenhunger«, gestand Hester dankbar. »Ich danke Ihnen vielmals.«

»Wie geht es ihm denn?« fragte die Schwester. Sie war etwa zwanzig, hatte braunes Haar und ein sanftes, eifriges Gesicht.

»Er hat Schmerzen«, antwortete Hester mit vollem Mund.

»Aber sein Puls ist noch kräftig, also hoffe ich, daß er kein Blut verliert.«

»Der arme Mann. Aber Sir Herbert ist ein wunderbarer Chirurg, nicht wahr?«

»Ja«, meinte Hester aufrichtig. »Er ist wirklich brillant.« Obwohl er zu heiß war, nahm sie einen großen Schluck von dem Tee.

»Waren Sie auch auf der Krim?« fuhr die Schwester mit vor Begeisterung strahlender Miene fort. »Haben Sie die arme Schwester Barrymore gekannt? Und Miss Nightingale?« Ihre Stimme wurde vor Ehrfurcht vor dem großen Namen ganz leise.

»Ja«, sagte Hester, leicht belustigt. »Ich habe sie beide gekannt. Und Mary Seacole.«

Das Mädchen war verwirrt. »Wer ist Mary Seacole?«

»Eine der besten Frauen, die ich je gekannt habe«, antwortete Hester und wußte, daß hinter ihrer Antwort neben dem puren Eigensinn auch die Wahrheit stand. So tief ihre Bewunderung für Florence Nightingale und die anderen Frauen von der Krim auch war, sie hatte so viel Lob für die meisten von ihnen gehört und nie auch nur ein Wort über die schwarze Jamaikanerin, die mit nicht weniger Selbstlosigkeit und Fleiß gedient hatte. Mary Seacole hatte eine Pension für Kranke, Verletzte und Verängstigte geleitet, sie hatte ihre eigenen Fieberkuren verabreicht, die sie in den Gelbfiebergebieten ihrer westindischen Heimat gelernt hatte.

Neugierde belebte das Gesicht des Mädchens. »Oh? Ich habe noch nie von ihr gehört. Warum nicht? Wieso weiß keiner was von ihr?«

»Wahrscheinlich weil sie Jamaikanerin ist«, antwortete Hester und nippte an ihrem Tee. »Wir sind sehr beschränkt, wenn es darum geht, wen wir verehren.« Sie dachte an die starre gesellschaftliche Hierarchie – selbst unter den Damen, die auf einer Anhöhe mit Blick auf ein Schlachtfeld picknickten oder am Morgen zuvor – und danach – mit ihren schönen Pferden in der Parade mitritten; an Teekränzchen inmitten eines Blutbads. Dann fand sie ruckartig in die Gegenwart zurück. »Ja, ich kannte Prudence. Sie war eine tapfere und selbstlose Frau – damals.«

»Damals!« Das Mädchen war entsetzt. »Was soll das heißen? Sie war wunderbar! Sie wußte so viel! Viel mehr als mancher Arzt! Ich dachte mir – oh!« Sie hielt sich die Hand vor den Mund. »Sagen Sie bitte niemandem, daß ich das gesagt habe! Natürlich war sie nur eine Schwester ...«

»Aber sie wußte sehr viel?« Hester kam ein neuer, häßlicher Gedanke und verdarb ihr die Freude an ihrem Sandwich.

»O ja!« sagte das Mädchen heftig. »Ich nehme an, das kam von ihrer großen Erfahrung. Nicht daß sie viel darüber gesprochen hätte. Ich habe mir immer gewünscht, sie würde mehr sagen ... Es war so wundervoll, ihr zuzuhören.« Sie lächelte etwas schüchtern. »Ich nehme an, Sie hätten ähnliches zu erzählen, wo Sie doch auch dabeigewesen sind?«

»Das hätte ich wohl«, gab Hester zu. »Aber manchmal ist es schwer, die richtigen Worte zu finden. Wie wollen Sie Geruch und Geschmack dieser Erfahrung beschreiben, die unsägliche Müdigkeit, das Entsetzen, den Zorn oder das Mitleid? Ich wünschte, ich könnte Sie für einen Augenblick durch meine Augen schauen lassen, aber ich kann es nicht. Und wenn man etwas nicht richtig machen kann, ist es zuweilen besser, es nicht herabzuwürdigen, indem man es schlecht macht.«

»Das kann ich verstehen.« Plötzlich hatte sie ein neues Leuchten in den Augen, und ein zartes Lächeln deutete an, daß sie hinter etwas sah, was sie sich lange Zeit nicht hatte erklären können.

Hester atmete tief durch, trank ihren Tee aus und stellte ihr dann die Fragen, die sie bestürmten. »Glauben Sie, Prudence wußte genug, um zu erkennen, daß jemand einen Fehler gemacht hat – einen schwerwiegenden?«

»Oh ...« Das Mädchen machte eine nachdenkliche Miene, während sie sich die Möglichkeit durch den Kopf gehen ließ. Dann, als ihr klar wurde, was Hester meinte, erschauerte sie entsetzt. Ihre Hand fuhr nach oben, ihre dunklen Augen wurden ganz groß. »O nein! Du lieber Himmel! Sie meinen, ob sie gesehen hat, wie jemand einen richtig schrecklichen Fehler gemacht hat, und daß der sie dann umgebracht hat, um sie zum Schweigen zu bringen? Aber wer würde so etwas Gottloses tun?«

»Jemand, der um seinen Ruf fürchten müßte«, antwortete Hester. »Wenn der Fehler tödliche Folgen hatte...«

»Oh – ich verstehe.« Das Mädchen starrte sie immer noch völlig entgeistert an.

»Mit wem hat sie in jüngster Zeit gearbeitet?« fuhr Hester hartnäckig fort. Sie war sich darüber im klaren, daß sie sich hier auf ein gefährliches Gebiet wagte, gefährlich für sie selbst, falls dieses unschuldige, fast schon einfältig wirkende junge Ding ihre Unterhaltung weitererzählte, aber ihre Neugier war stärker als ihr Selbsterhaltungstrieb. Die Gefahr war nur eine Möglichkeit, eine weit entfernte obendrein. Die Information dagegen war zum Greifen nah. »Wer hat sich um jemanden gekümmert, der unerwartet verstarb?«

Der Blick des Mädchens hing an Hesters Gesicht. »Bis kurz vor ihrem Tod hat sie sehr eng mit Sir Herbert zusammengearbeitet. Aber auch mit Dr. Beck.« Unglücklich senkte sie die Stimme. »Und Dr. Becks Patient ist in dieser Nacht gestorben – und zwar unerwartet. Wir hatten alle gedacht, er würde wieder gesund werden. Und Prudence und er haben sich gestritten... Jeder weiß das, aber ich denke, wenn er so was gemacht hätte, dann hätte sie das gesagt. Sie war sehr aufrichtig. Sie hätte nichts verschwiegen – für nichts und niemanden! Nicht sie!«

»Wenn es also das gewesen wäre, dann dürfte das doch am Tag davor passiert sein oder gar noch in jener Nacht?«

»Ja.«

»Aber gestorben ist Dr. Becks Patient in jener Nacht«, sagte Hester.

»Ja«, gab das Mädchen zu. Wieder leuchteten ihre Augen auf, ihre Stimme hob sich.

»Mit wem hat sie denn in dieser Nacht gearbeitet?« fragte Hester. »Wer war denn überhaupt im Haus?«

Das Mädchen zögerte einige Augenblicke und dachte nach, um sich auch richtig zu erinnern. Der Patient warf sich unruhig von einer Seite auf die andere. Hester richtete ihm das Kissen. Mehr konnte sie nicht für ihn tun.

»Also, Sir Herbert war am Tag zuvor hier«, erzählte das Mädchen. »Natürlich. Aber nicht in der Nacht.« Den Blick nach innen gerichtet, sah sie an die Decke. »Er bleibt selten die ganze Nacht hier. Er ist natürlich verheiratet. Und seine Frau soll eine sehr nette Person sein. Und sieben Kinder hat er. Und natürlich ist er ein richtiger Gentleman, nicht wie Dr. Beck – ich meine, der ist Ausländer, und das ist ja wohl was anderes, nicht wahr? Nicht daß er nicht furchtbar nett wäre und immer höflich. Noch nie habe ich von ihm ein grobes Wort gehört. Er ist ziemlich oft die Nacht über hier, wenn er einen Patienten hat, dem es wirklich schlechtgeht. Das ist nichts Ungewöhnliches.«

»Und die anderen Ärzte?«

»Dr. Chalmers war nicht da. Der kommt normalerweise immer erst nachmittags. Vormittags arbeitet der woanders. Dr. Didcot war in Glasgow. Und falls Sie die Studenten meinen, die kommen selten vor neun.« Sie zog ein Gesicht. »Wenn Sie sie fragen, dann sagen sie, sie haben studiert oder so was in der Art, aber ich hab' da so meine eigenen Ansichten.« Sie ließ ein höchst ausdrucksvolles kleines Schnauben hören.

»Und die Schwestern? Ich nehme an, daß auch Schwestern Fehler machen können«, führte Hester die Sache zu Ende. »Was ist mit Mrs. Flaherty?«

»Mrs. Flaherty?« Entsetzt und belustigt zugleich hob das Mädchen die Brauen. »Ach du meine Güte! An die hab' ich überhaupt nicht gedacht. Also – die und Prudence, die konnten sich nun wirklich nicht leiden.« Ein kleiner Schauer überlief sie. »Ich denke, die hätten sich beide ganz schön gefreut, die andere bei einem Fehler zu erwischen. Aber Mrs. Flaherty ist doch so furchtbar klein. Prudence war groß, sechs, sieben Zentimeter größer als Sie, würde ich sagen, und eine gute Spanne größer als Mrs. Flaherty.«

Hester war etwas enttäuscht. »War sie denn hier?«

»O ja, hier war sie schon.« Eine gewisse Häme ließ ihr Gesicht aufleuchten, worüber sie sich jedoch sofort schämte.

»Daran erinnere ich mich noch genau, weil ich mit ihr zusammen war!«

»Wo denn?«

»Im Schlafsaal der Schwestern. Sie hat ihnen die Leviten gelesen, daß ihnen Hören und Sehen verging.« Sie blickte Hester an, um zu sehen, wie weit sie sich in ihrer Aufrichtigkeit wagen könnte. Als sie Hesters Blick begegnete, vergaß sie jede Vorsicht. »Über eine Stunde war sie da und hat alles inspiziert, was ihr unter die Finger kam. Ich weiß, daß sie sich vorher mit Prudence gestritten hatte, weil ich Prudence weggehen sah. Und Mrs. Flaherty ist los, um ihren Zorn an den Schwestern auszulassen. Ich denke, die müssen sich fürchterlich in die Wolle gekriegt haben.«

»Sie haben Prudence an jenem Morgen gesehen?« Hester versuchte ihrer Stimme die Dringlichkeit zu nehmen.

»Aber ja«, sagte sie entschieden.

»Wissen Sie auch wann?«

»So gegen halb sieben.«

»Dann müssen Sie eine der letzten gewesen sein, die sie lebend gesehen haben.« Sie sah, wie das Mädchen blaß wurde; Traurigkeit legte sich über ihr junges Gesicht. »Hat die Polizei Sie danach gefragt?«

»Na ja, nicht wirklich. Sie haben gefragt, ob ich Dr. Beck und Sir Herbert gesehen hätte.«

»Und, haben Sie?«

»Dr. Beck habe ich gesehen, auf dem Korridor zu den Stationen. Sie haben mich gefragt, was er gemacht und wie er ausgesehen hat. Er ist ganz einfach gegangen, und ausgesehen hat er schrecklich müde, als wäre er die ganze Nacht über aufgewesen – was er, glaube ich, auch war. Jedenfalls hat er nicht wütend ausgesehen oder als hätte er Angst gehabt, weil er grade jemanden umgebracht hatte. Nur traurig.«

»Wen haben Sie sonst noch gesehen?«

»Eine ganze Menge Leute!« sagte sie rasch. »Es sind schließlich eine Menge Leute unterwegs hier, sogar um diese Zeit. Der Kaplan, und dann Mr. Plumstead – das ist der Kämmerer. Keine Ahnung, was der hier zu suchen hatte!« Sie zuckte die

Achseln. »Und ein Herr, den ich nicht kenne, aber richtig elegant, mit braunen Haaren. Er schien sich nicht auszukennen. Er lief in die Wäschekammer und kam dann im nächsten Augenblick wieder raus, ganz verlegen, als hätte er gewußt, daß er sich wie ein Idiot benimmt. Ich glaube aber nicht, daß er Arzt war; um diese Zeit besuchen uns keine Ärzte. Außerdem sah er irgendwie aufgebracht aus, als hätte ihn jemand abblitzen lassen. Nicht wütend, aber ärgerlich.«

Sie sah Hester beunruhigt an. »Glauben Sie, der könnte es gewesen sein? Wie ein Verrückter sah der nicht aus. Eigentlich richtig nett. Wie der Bruder von jemandem, wenn Sie wissen, was ich meine? Wahrscheinlich wollte er einen Patienten besuchen und durfte nicht rein. So was kommt schon mal vor, vor allem wenn die Leute zur falschen Zeit kommen.«

»Wahrscheinlich«, stimmte Hester ihr zu. »War das bevor oder nachdem Sie Prudence gesehen hatten?«

»Vorher. Aber er hätte ja durchaus warten können, oder?«

»Ja – wenn er sie überhaupt gekannt hat.«

»Scheint mir nicht sehr wahrscheinlich, oder?« sagte das Mädchen unglücklich. »Also, ich nehme an, es war keiner von uns. Mrs. Flaherty und sie lagen sich ständig in den Haaren. Erst vorige Woche hat Mrs. Flaherty geschworen, entweder würde sie gehen oder Prudence. Ich nehme an, es war bloß so dahingesagt, im Zorn, aber vielleicht hat sie's ja doch ernst gemeint.« Sie sah Hester fast schon hoffnungsvoll an.

»Aber Sie haben doch gesagt, Sie hätten Prudence nach dem Streit noch gesehen und daß Mrs. Flaherty danach für mindestens eine Stunde im Schlafsaal war!« erklärte Hester.

»Oh – ja, stimmt. Dann kann sie's wohl nicht gewesen sein.« Sie sah ein bißchen enttäuscht aus. »Nicht daß ich wirklich gedacht hätte, daß sie's gewesen ist, auch wenn sie Prudence wirklich gehaßt hat. Aber da war sie nicht die einzige!«

Der Patient bewegte sich wieder, und sie sahen ihn schweigend an, aber nach einem verhaltenen Stöhnen schlief er wieder ruhig weiter.

»Wer denn noch?« gab Hester ihr das Stichwort.

»Richtig gehaßt? Na, ich nehme an Dora Parsons. Aber die wünscht ja eine ganze Menge Leute zum Teufel. Stark genug ist sie, um einem den Hals umzudrehen. Haben Sie ihre Arme gesehen?«

»Ja«, gab Hester schaudernd zu. Aber sosehr sie Dora Parsons fürchtete, sie hatte eher Angst, verletzt zu werden als umgebracht. Sie konnte sich kaum vorstellen, daß die Abneigung gegen eine Frau, die sich für etwas Besseres zu halten schien und deren Ambitionen sie als arrogant und verfehlt betrachtete, Motiv für einen Mord sein sollte. Nicht für eine geistig gesunde Person. Und Dora Parsons war bei aller Grobheit eine annehmbare Schwester, rauh, aber nicht grausam, und durchaus geduldig mit den Patienten. Je mehr Hester darüber nachdachte, desto weniger konnte sie sich vorstellen, daß Dora Prudence aus purem Haß umgebracht haben sollte.

»Ja, ich bin sicher, daß sie die Kraft dazu hatte«, fuhr sie fort. »Aber keinen Grund.«

»Wahrscheinlich nicht.« Es hörte sich an, als widerstrebe es ihr, aber sie lächelte, als sie es sagte. »Und ich gehe jetzt mal besser, bevor Mrs. Flaherty zurückkommt und mich erwischt. Soll ich den Eimer für Sie ausleeren?«

»O ja, bitte. Und danke für Sandwich und Tee.«

Das Mädchen zeigte ihr ein strahlendes Lächeln, errötete dann, nahm den Eimer und verschwand.

Es war eine lange Nacht, und Hester tat kaum ein Auge zu. Ihr Patient döste unruhig, sich seiner Schmerzen die ganze Zeit über bewußt, aber als es Tag wurde, kurz vor vier Uhr morgens, war sein Puls kräftig und sein Fieber kaum der Rede wert. Hester war müde, aber zufrieden, und als um halb acht Sir Herbert kam, erstattete sie ihren Bericht mit einem gewissen Stolz.

»Ausgezeichnet, Miss Latterly.« Er faßte sich kurz und achtete darauf, daß Prendergast ihn nicht hörte, obwohl dieser kaum richtig wach war. »Ganz ausgezeichnet. Aber wir sind noch nicht über den Berg.« Er sah ihn unschlüssig an, wobei er die Unterlippe vorschob. »Er kann während der nächsten sieben oder acht Tage jederzeit zu fiebern beginnen, und das könnte durchaus tödlich sein. Ich möchte, daß Sie jede Nacht bei ihm bleiben. Tagsüber kann sich Mrs. Flaherty um ihn kümmern.« Er ignorierte sie vorübergehend, während er den Patienten untersuchte, und sie trat beiseite und wartete. Seine Konzentration war absolut; die Brauen gehoben, die Augen hellwach, hantierte er sachte und geschickt. Er stellte die eine oder andere Frage, mehr um sich Prendergasts Aufmerksamkeit zu versichern, als um der Information willen; auch als Prendergast, die Augen noch tief in den Höhlen von Operationstrauma und Blutverlust, nur wenige zusammenhängende Antworten gab, machte ihm das keinerlei Sorgen.

»Sehr gut«, sagte Sir Herbert schließlich und trat zurück. »Sie machen ausgezeichnete Fortschritte, Sir. Ich denke, Sie sind innerhalb weniger Wochen wieder völlig hergestellt.«

»Denken Sie? Denken Sie wirklich?« Prendergast lächelte schwach. »Ich komme mir furchtbar krank vor.«

»Das ist ganz natürlich. Aber das geht vorbei, das versichere ich Ihnen. Jetzt muß ich mich um meine anderen Patienten kümmern. Die Schwestern werden für Sie sorgen. Guten Tag, Sir.« Mit einem knappen Nicken an Hesters Adresse verließ er den Raum und schritt, Kopf hoch, Schultern zurückgenommen, den Korridor hinauf.

Als man sie ablöste, ging auch Hester. Sie hatte kaum die Hälfte des Wegs zum Schlafsaal der Schwestern zurückgelegt, als sie der imposanten Gestalt von Berenice Ross Gilbert begegnete. In einem gesellschaftlichen Rahmen hätte sie sich Lady Ross Gilbert jederzeit ebenbürtig gefühlt – auch wenn letztere diese Meinung vielleicht nicht geteilt hätte; in ihrer grauen Schwesterntracht und angesichts der Tatsache, daß ihr Beruf bekannt war, sah sie sich jedoch im Nachteil, und so war ihr nicht ganz wohl in ihrer Haut.

Berenice war prächtig gekleidet wie immer, ihr Kleid eine Mischung aus Rosttönen und Gold mit einem Hauch Fuchsienrot, der Schnitt nach dem letzten Schrei. Sie lächelte mit beiläufigem Charme, sah jedoch durch Hester hindurch und ging ihres Wegs. Sie war kaum einige Schritte weiter, als Sir Herbert aus einer der Türen trat.

»Ah!« sagte er rasch, und sein Gesicht hellte sich auf. »Ich hatte darauf gehofft...«

»Guten Morgen, Sir Herbert«, fiel Berenice ihm ins Wort, ihre Stimme scharf und etwas zu laut. »Ein weiterer schöner Tag. Wie geht es Mr. Prendergast? Wie ich höre, verlief die Operation gut. Was übrigens ausgezeichnet für den Ruf des Hauses ist, von der englischen Medizin allgemein ganz zu schweigen. Wie hat er denn die Nacht verbracht?«

Sir Herbert war etwas erstaunt. Er stand mit dem Profil zu Hester, die er im Schatten nicht bemerkt hatte. Sie war eine Krankenschwester und somit bis zu einem gewissen Grad unsichtbar, wie ein guter Domestik.

Sir Herberts Brauen hoben sich, seine Überraschung ganz offensichtlich. »Ja, dem geht es soweit ausgezeichnet«, antwortete er. »Aber zu diesem Zeitpunkt will das noch nichts besagen. Ich wußte nicht, daß Sie mit Mr. Prendergast bekannt sind.«

»Nein, nein, mein Interesse ist keineswegs persönlicher Natur.«

»Ich wollte eben sagen, daß ich...«, begann er aufs neue.

»Und natürlich«, fiel sie ihm aufs neue ins Wort, »geht es mir um den Ruf des Hauses und Ihre Verbindung damit, Sir Herbert.« Sie lächelte starr. »Da ist natürlich diese unsägliche Geschichte mit dieser armen Schwester – wie immer sie hieß!«

»Barrymore? Also, wirklich Berenice...«

»Ja, natürlich, Barrymore. Aber wie ich höre, haben wir ja eine neue Krimschwester – Miss, ah...« Sie wandte sich etwas zur Seite, um ihm Hester zu zeigen.

»Ah – ja.« Sir Herbert schien verwirrt und leicht aus der Fassung geraten. »Ja – eine ausgesprochen glückliche Anschaffung, bis jetzt. Eine sehr kompetente junge Frau. Ich danke Ihnen für Ihre freundlichen Worte, Lady Ross Gilbert.« Unbewußt zupfte er sich das Jackett zurecht. »Ausgesprochen großzügig von Ihnen. Wenn Sie mich jetzt entschuldigen würden, ich muß mich noch um andere Patienten kümmern. Charmant, Sie getroffen zu haben!«

Berenice lächelte freudlos. »Aber selbstverständlich. Guten Morgen, Sir Herbert.«

Hester legte schließlich den Rest des Wegs in den Schlafsaal zurück, um sich ein, zwei Stunden Schlaf zu gönnen. Sie war müde genug, um selbst bei dem ständigen Kommen und Gehen, dem Hin und Her und dem Geplapper der andern einzuschlafen. Nicht, daß sie sich nicht etwas Privatsphäre gewünscht hätte. Sie sehnte sich nach der Ruhe ihres kleinen Zimmers, das ihr früher nie wie ein Zufluchtsort erschienen war; aber da hatte sie es auch noch mit dem väterlichen Zuhause verglichen, mit seiner Geräumigkeit, seiner Wärme und der vertrauten Eleganz.

Sie hatte noch nicht allzu lange geschlafen, da fuhr sie hoch und versuchte sich fieberhaft einen Eindruck ins Gedächtnis zu rufen. Er war wichtig und bedeutete etwas, aber es gelang ihr nicht, ihn zu fassen.

Eine ältere Schwester mit einem Fleck an der Schläfe stand einige Schritte vor ihrem Bett und starrte sie an.

»Der eine von der Schmier' will was von Ihnen«, sagte sie ausdruckslos. »Der mit den Frettchenaugen. Passen Sie mal bloß auf bei dem. Dem versuchen Sie mal besser nichts zu erzählen.« Und nachdem sie ihre Botschaft überbracht hatte, ging sie wieder, ohne weiter darauf zu achten, ob Hester der Aufforderung nachkam oder nicht.

Blinzelnd, mit entzündeten Augen und schwerem Kopf stieg Hester aus dem Bett (sie mochte es nicht als »ihres« bezeichnen), streifte sich ihr Kleid über und ordnete das Haar. Dann machte sie sich auf die Suche nach Jeavis; der Beschreibung der Frau nach konnte es sich nur um Jeavis handeln, nicht Evan.

Sie fand ihn vor Sir Herbert Stanhopes Zimmer; er beobachtete sie, als sie den Korridor herauf auf ihn zukam. Vermutlich wußte er, wo der Schlafsaal lag, und hatte sich gedacht, daß sie diesen Weg nehmen würde.

»Morgen, Miss«, sagte er, als sie ihn fast erreicht hatte. Er musterte sie neugierig von Kopf bis Fuß. »Sie sind also Miss Latterly?«

»Ja, Inspektor. Was kann ich für Sie tun?« Sie sagte das

kühler als beabsichtigt, aber irgend etwas an seiner Art irritierte sie.

»Ach ja. Sie waren ja noch nicht hier, als Miss Barrymore zu Tode kam«, begann er überflüssigerweise. »Aber wie ich höre, haben Sie auch auf der Krim gedient? Haben Sie sie vielleicht dort kennengelernt?«

»Beiläufig, ja.« Sie wollte schon hinzufügen, daß sie nichts von Bedeutung wüßte, sonst hätte sie ihn das bereits wissen lassen, als ihr klar wurde, daß von ihm ja möglicherweise etwas zu erfahren wäre, wenn sie die Unterhaltung etwas in die Länge zog. »Wir haben einmal Seite an Seite gearbeitet.« Sie sah ihm in die dunklen, fast brauenlosen Augen und mußte unwillkürlich an die Schwester denken, die ihn ein »Frettchen« genannt hatte. Es war grausam, aber nicht ganz unangebracht: ein dunkelbraunes, hochintelligentes Frettchen. Vielleicht war es wirklich keine gute Idee, ihm einen Bären aufbinden zu wollen.

»Schwer zu sagen, wie eine Frau ausgesehen hat«, sagte er nachdenklich, »die man nie lebendig gesehen hat. Ich höre hier von allen Seiten, daß sie ganz ansehnlich war. Würden Sie dem zustimmen, Miss Latterly?«

»Ja.« Sie war überrascht. Es schien ihr herzlich unwichtig. »Doch, sie hatte ein ganz ... ganz eigenes Gesicht, ausgesprochen attraktiv. Sie war allerdings ziemlich groß.«

Jeavis nahm unbewußt die Schultern zurück. »In der Tat. Ich nehme also an, daß sie wohl ihre Bewunderer hatte?«

Hester wich seinem Blick bewußt aus. »Oh, ja. Glauben Sie denn, daß einer von denen sie umgebracht hat?«

»Was ich glaube, tut nichts zur Sache«, antwortete er blasiert. »Beantworten Sie einfach meine Fragen, so gut Sie können.«

Hester kochte vor Zorn und hatte große Mühe, sich nichts anmerken zu lassen. Aufgeblasener kleiner Mann!

»Meines Wissens hat sie nie jemanden ermutigt«, sagte sie mit steifen Lippen. »Sie hat nicht geflirtet. Ich glaube, daß sie nicht einmal gewußt hätte, wie man das macht.«

»Hmmm ...« Er biß sich auf die Lippe. »Sei's drum, hat sie

Ihnen gegenüber jemals einen Mr. Geoffrey Taunton erwähnt? Denken Sie jetzt sorgfältig nach, ich brauche eine präzise, ehrliche Antwort.«

Hester hielt sich mit unendlicher Mühe unter Kontrolle. Sie hätte gute Lust gehabt, ihn zu ohrfeigen. Aber die Unterhaltung hätte sich schon gelohnt, wenn sie auch nur das geringste erfuhr. Sie starrte ihn mit großen Augen an.

»Wie sieht der denn aus, Inspektor?«

»Es spielt keine Rolle, wie er aussieht, Miss!« sagte er gereizt. »Was ich wissen will, ist, ob sie ihn erwähnt hat?«

»Sie hatte eine Fotografie«, log Hester ohne Gewissensbisse. Obwohl es sich nur in dem Sinne um eine Lüge handelte, daß Prudence' Fotografie von ihrem Vater gewesen war.

Auf der Stelle regte sich Jeavis' Interesse. »Tatsächlich! Wie sah er denn aus, der Mann auf diesem Foto?«

So hatte es keinen Sinn. »Na ja, hm ...« Sie legte die Stirn in Falten, als suche sie nach den richtigen Worten.

»Kommen Sie schon, Miss! Sie müssen doch irgendeine Ahnung haben!« drängte sie Jeavis. »War er grob, kultiviert? Sah er gut aus, war er häßlich? War er rasiert, trug er einen Schnurrbart, Bart, Backenbart? Also, wie sah er aus?«

»Oh, er sah gut aus«, wich sie ihm aus in der Hoffnung, er würde seine Vorsicht vergessen. »Irgendwie – tja, schwer zu sagen ...«

»Ah ja.«

Sie befürchtete, er könnte das Interesse verlieren, wenn sie ihm nicht bald eine zufriedenstellende Antwort gab. »Sie hatte es die ganze Zeit bei sich!«

Jeavis war mit seiner Geduld am Ende. »Groß, glattes Haar, regelmäßige Züge, eher kleiner Mund, helle Augen, gesetzt.«

»Ja! Ja, das war er, ganz genau«, sagte sie und tat erleichtert. »Ist er das?«

»Das geht Sie nichts an! Sie hat es also mit sich herumgetragen, ja? Hört sich an, als kannte sie ihn ziemlich gut. Ich nehme an, sie hat Briefe bekommen?«

»O ja, jedesmal wenn Post aus England kam. Aber ich hatte nicht den Eindruck, daß Mr. Taunton in London lebte?«

»Tat er auch nicht«, gab er zu. »Aber es gibt schließlich Züge, und man kann kommen und gehen, wann man will. Die Fahrt nach Ealing dauert höchstens eine Stunde, wenn überhaupt. Im Krankenhaus aus und ein zu gehen ist kein Problem. Ich werde mich mit Mr. Taunton wohl doch etwas eingehender unterhalten müssen.« Er schüttelte finster den Kopf. »Einer der so aussieht, müßte doch auch anderen Damen gefallen. Komisch, daß er nicht Schluß gemacht hat mit ihr, noch nicht einmal, als sie hier angefangen hat und offensichtlich fest entschlossen war hierzubleiben.«

»Mit der Liebe ist das so eine Sache«, sagte Hester spitz. »Es mögen zwar eine ganze Menge aus anderen Gründen heiraten, aber es gibt auch einige, bei denen es aus Liebe sein muß. Vielleicht ist Mr. Taunton einer von denen?«

»Sie haben eine ausgesprochen spitze Zunge, Miss Latterly«, sagte Jeavis mit einem scharfen, aufmerksamen Blick in ihr Gesicht. »War Miss Barrymore auch so? Unabhängig und ein bißchen giftig, ja?«

Hester starrte ihn an. Es war keine angenehme Beschreibung. »Ich hätte mich anders ausgedrückt, aber im wesentlichen denke ich, ja. Aber ich kann mir nicht vorstellen, daß sie von einer eifersüchtigen Frau umgebracht worden sein soll. Die Art Frau, die sich in Mr. Taunton verliebt, hätte mit Sicherheit nicht die Kraft, sie zu erwürgen. Prudence war groß und keinesfalls schwach. Hätte es da nicht zum Kampf kommen müssen? Und dann müßte besagter Jemand doch Spuren aufweisen, wenigstens Kratzer oder blaue Flecken?«

»O nein«, antwortete Jeavis rasch. »Zu einem Kampf ist es nicht gekommen. Es muß alles sehr rasch gegangen sein. Nur zwei kräftige Hände um ihren Hals.« Er machte eine rasche, brutale Geste, als wolle er beide Fäuste ballen, und seine Lippen verzogen sich vor Abscheu dabei. »Und schon war alles vorbei. Mag sein, daß sie eine Hand gekratzt hat, vielleicht sogar den Hals oder das Gesicht. Aber sie hatte weder Blut an den Nägeln noch sonst etwas, keine Kratzer, keine blauen Flecken, nichts. Es gab keinen Kampf. Wer immer es gewesen ist, sie war nicht darauf gefaßt.«

»Natürlich haben Sie recht, Inspektor.« Hester verbarg ihren Triumph hinter Demut und niedergeschlagenen Augen. Ob Monk wohl wußte, daß es nicht zu einem Kampf gekommen war? Das war vielleicht etwas, was er selbst nicht herausbekommen hatte. Sie weigerte sich, an die menschliche Seite dieses Umstands zu denken.

»Wenn es eine Frau war«, fuhr Jeavis fort, die Brauen tief über die Augen gezogen, »dann war es eine starke Frau mit kräftigen Händen, eine gute Reiterin zum Beispiel. Mit Sicherheit war es keine feine Dame, die nie etwas Größeres als eine Kuchengabel in der Hand gehabt hat. Und Sie dürfen den Überraschungseffekt nicht unterschätzen. War sie tapfer, Ihre Miss Barrymore?«

Schlagartig war Prudence' Tod wieder Wirklichkeit.

»Ja... ja, tapfer war sie«, sagte Hester mit stockender Stimme. Sie verdrängte die Erinnerungen: Prudence' Gesicht im Schein der Lampe, die Chirurgensäge in der Hand. Prudence in ihrem Bett in Skutari, beim Schein einer Kerze über eine medizinische Abhandlung gebeugt.

»Hmmm«, machte Jeavis nachdenklich, sich ihres inneren Aufruhrs nicht im geringsten bewußt. »Ich frage mich, warum sie wohl nicht geschrien hat. Man möchte doch meinen, daß man in so einem Fall schreit, oder nicht? Würden Sie nicht schreien, Miss Latterly?«

Hester blinzelte sich die Tränen aus den Augen. »Ich weiß nicht«, sagte sie aufrichtig. »Wenn ich der Situation nicht gewachsen wäre.«

Jeavis machte große Augen. »Das ist ja wohl etwas albern, Miss? Ich meine, wenn Sie jemand angreift, wären Sie kaum in der Lage sich zu verteidigen, oder? Miss Barrymore jedenfalls war es nicht. Und hier scheint mir nicht so viel Lärm zu herrschen, daß ein lauter Schrei nicht zu hören wäre.«

»Dann erfolgte der Angriff eben sehr schnell!« sagte Hester scharf. Sie verübelte ihm seine Worte nicht weniger als den abschätzigen Ton. Zu sehr glichen ihre Gefühle einer offenen Wunde. »Was auf jemand sehr Starkes schließen läßt«, fügte sie überflüssigerweise hinzu.

»Unbedingt«, pflichtete er ihr bei. »Ich danke Ihnen für Ihr Entgegenkommen, Miss. Sie hatte also einen Verehrer während ihrer Zeit auf der Krim. Das war im Grunde alles, was ich von Ihnen wissen wollte. Sie dürfen sich wieder an Ihre Arbeit machen.«

»Ich habe nicht gearbeitet«, sagte sie bissig. »Ich habe geschlafen! Ich habe die ganze Nacht bei einem Patienten gewacht.«

»Ach, tatsächlich?« Ein Funke schrägen Humors blitzte in seinen Augen auf. »Da bin ich ja froh, daß ich Sie nicht von etwas Wichtigem abgehalten habe.«

So wütend sie auch war, sie fand das sympathischer, als wenn er plötzlich unterwürfig geworden wäre.

Tags darauf traf sie sich mit Monk auf dem Mecklenburgh Square, dem so viele Erinnerungen an Mord, Schuld und Geheimnisse anhaften. Die drückende Hitze wirkte zermürbend, und sie war dankbar für den Schatten der Bäume. Sie gingen Seite an Seite; er hatte einen Stock dabei, als befände er sich auf einem Verdauungsspaziergang, sie trug ein Kleid aus blauem Musselin, dessen weite Röcke über das Gras am Rande des Weges wischten. Sie hatte ihm bereits von ihrer Begegnung mit Jeavis erzählt.

»Daß Geoffrey Taunton da war, wußte ich bereits«, sagte er, als sie fertig war. »Er hat es selbst zugegeben. Ich nehme an, man hat ihn gesehen, zumindest einige der Schwestern.«

»Oh.« So unvernünftig es auch sein mochte, aber sie war furchtbar enttäuscht.

»Aber daß die Leiche keinerlei Kampfspuren aufwies, ist sehr interessant«, fuhr er fort. »Das wußte ich nicht! Jeavis wird mir nicht das geringste sagen, was ich für durchaus natürlich halte. Das würde ich an seiner Stelle auch nicht. Aber es sieht ganz so aus, als hätte er das noch nicht einmal Evan gesagt.« Unbewußt beschleunigte er seine Schritte, obwohl sie nur im Kreis um den Platz spazierten. »Das bedeutet also, wer immer es gewesen ist, muß sehr kräftig sein. Eine schwache Person könnte sie nicht erwürgt haben, ohne daß es zum

Kampf gekommen wäre. Außerdem hat sie den Betreffenden wahrscheinlich gekannt und nichts dergleichen erwartet. Ausgesprochen interessant. Daraus ergibt sich eine ausgesprochen wichtige Frage.«

Sie zügelte ihre Neugier. Aber dann sah sie es mit einemmal selbst und sprach es aus, noch während sich der Gedanke formte. »War das Ganze womöglich geplant? Ist er – oder sie – in der Absicht gekommen, sie zu ermorden? Oder hat Prudence etwas gesagt, über dessen Bedeutung sie sich nicht bewußt war? Hat das einen plötzlichen Angriff ausgelöst?«

Überrascht sah er sie an; seine Züge hellten sich auf und brachten, wenn auch widerstrebend seine Anerkennung zum Ausdruck. »Exakt.« Er schlug mit dem Stock nach einem Stein auf dem Weg und verfehlte ihn. Er fluchte und erwischte ihn mit dem zweiten Schlag so, daß der Stein gut zwanzig Meter durch die Luft flog.

»Geoffrey Taunton?« fragte sie.

»Unwahrscheinlich.« Er erwischte einen weiteren Stein. »Sie stellte keine Bedrohung für ihn dar. Jedenfalls nicht, soweit wir wissen. Und ich kann mir nicht vorstellen, wie so eine Bedrohung aussehen sollte. Nein, wenn er sie ermordet hat, dann nur im Affekt. Nur, wenn ihm bei einem Streit die Gäule durchgegangen sein sollten. Sie haben sich zwar an jenem Morgen gestritten, aber sie war danach noch am Leben. Er könnte zwar noch einmal zurückgekommen sein, aber das halte ich für unwahrscheinlich.« Er sah sie neugierig an. »Was halten Sie denn von Kristian Beck?«

Sie kamen an einer Nurse mit einem kleinen Kind im Matrosenanzug vorbei. Irgendwo in der Ferne spielte ein Leierkasten, dessen Melodie ihr vertraut schien.

»Ich habe ihn bisher kaum zu Gesicht bekommen«, antwortete sie. »Aber was ich gesehen habe, gefällt mir.«

»Mich interessiert nicht, ob Sie ihn sympathisch finden oder nicht!« sagte er eisig. »Ich möchte wissen, ob er Prudence ermordet haben könnte.«

»Sie meinen, mit dem Tod seines Patienten in jener Nacht könnte etwas nicht gestimmt haben? Das bezweifle ich. Viele

Leute sterben unerwartet. Da denkt man eben noch, sie seien auf dem Weg der Besserung, im nächsten Augenblick sind sie tot. Wie auch immer, wie sollte Prudence wissen, daß da etwas nicht stimmte? Wenn er in ihrem Beisein einen Fehler gemacht hätte, dann hätte sie das gleich gesagt und ihn korrigiert. Aber er wurde ja nicht in jener Nacht operiert.«

»Das hat nichts mit jener Nacht zu tun!« Er nahm sie am Ellenbogen, um sie aus dem Weg eines Mannes zu ziehen, der forsch seinen Geschäften nachging.

Hätte er sie mit dieser Geste beschützen wollen, sie hätte sie durchaus begrüßt, aber sie war aufdringlich und ungeduldig, als wäre sie nicht in der Lage, auf sich selbst aufzupassen. Mit einem Ruck riß sie sich los.

»Sie wußte etwas; er bat sie, damit nicht zur Krankenhausleitung zu gehen, und sie weigerte sich«, fuhr er, ohne darauf zu achten, fort.

»Das hört sich nicht nach der Prudence an, die ich gekannt habe«, sagte sie sofort. »Es muß schon etwas wirklich Ernstes gewesen sein. Sie haßte Obrigkeiten, sie hatte nichts als Verachtung für sie. Wie jeder, der in der Armee gewesen ist! Sind Sie sicher, daß die Information richtig ist?«

»Der Streit wurde gehört«, antwortete er. »Sie sagte, sie würde zur Krankenhausleitung gehen, und Beck flehte sie an, es nicht zu tun. Aber sie ließ sich nicht davon abbringen.«

»Aber Sie wissen nicht, worum es ging?« drängte sie ihn.

»Nein, natürlich nicht!« Er funkelte sie an. »Wenn ich es wüßte, würde ich Beck darauf ansprechen! Könnte es wahrscheinlich sogar Jeavis sagen und den Mann verhaften lassen, was Callandra kaum gefallen würde. Ich vermute, sie hat mich vor allem engagiert, um Becks Unschuld zu beweisen. Sie hat große Hochachtung vor ihm.«

Ihr war nach einem Streit, aber es war nicht der rechte Augenblick; es gab Wichtigeres als ihre Gefühle.

»Befürchten Sie denn, daß er es war?« fragte sie ruhig.

Er sah sie nicht an. »Ich weiß es nicht. Die Auswahl scheint nicht sehr groß. Hatte sie Streit mit einer der Schwestern? Ich kann mir nicht vorstellen, daß sie sehr beliebt war, wenn ihre

Reformideen auch nur annähernd den Ihren glichen. Ich nehme an, sie hat sich auch den Zorn einiger Ärzte zugezogen. Ihnen ist das ja bereits gelungen!«

Ihre guten Absichten waren auf der Stelle dahin. »Wenn Sie sich den Zorn eines Arztes zuziehen, dann entläßt er Sie!« erwiderte sie scharf. »Es ist doch unsinnig, jemanden zu ermorden, wenn man ihn so leicht und völlig ohne Risiko loswerden kann – und ihm damit obendrein noch schadet!«

Er stöhnte. »Sie haben einen präzisen und logischen Verstand. Das ist zwar recht nützlich, aber nicht sonderlich attraktiv. Ich frage mich, ob sie wohl genauso war? Was ist mit den Schwestern? Mochten die sie auch nicht?«

Sie war verletzt, auch wenn es lächerlich war. Sie wußte längst, daß er weibliche, verletzliche, geheimnisvolle Frauen bevorzugte. Sie erinnerte sich noch sehr gut daran, wie charmant er ihre Schwägerin Imogen gefunden hatte. Obwohl sie sehr wohl wußte, daß unter Imogens sanfter Art alles andere als ein törichtes, gefügiges Frauenzimmer steckte – sie wußte sich nur anmutig und reizvoll zu geben. Eine Kunst, die Hester völlig abging, und so dumm es auch sein mochte, gerade in diesem Augenblick war sie sich dieses Mangels schmerzlich bewußt.

»Was ist?« forderte er sie auf. »Sie haben sie doch bei der Arbeit gesehen, da müssen Sie doch einen Eindruck gewonnen haben!«

»Einige haben sie verehrt«, sagte sie rasch, das Kinn gehoben, ihre Schritte entschlossener. »Andere haben sie, was nur natürlich ist, beneidet. Sie können keinen Erfolg haben, ohne Neid zu riskieren. Das sollten Sie wissen!«

»War dieser Neid stark genug, um sie zu hassen?« Er war einfach logisch, ungeachtet seiner Gefühle.

»Möglicherweise«, sagte sie, nicht weniger vernünftig. »Es gibt da eine ausgesprochen große, kräftige Frau, eine gewisse Dora Parsons, die sie wirklich gehaßt hat. Ob das genügte, um sie zu erwürgen, kann ich nicht sagen. Es scheint mir jedenfalls etwas extrem – es sei denn, sie hatte einen ganz speziellen Grund.«

»Hatte Prudence die Macht, für ihre Entlassung zu sorgen, falls sie inkompetent war oder trank – oder stahl?« Er sah sie hoffnungsvoll an.

»Ich denke doch.« Sie hob geziert die Röcke, als sie über einen mit hohem Gras bewachsenen Flecken im Pfad gingen. »Prudence arbeitete eng mit Sir Herbert. Er hat sie sehr gelobt. Ich kann mir vorstellen, daß ihm in so einem Fall ihr Wort genügt hätte.« Sie ließ die Röcke wieder fallen. »Und Dora Parsons ist sicher leicht zu ersetzen. Von ihrer Sorte gibt es in London Tausende.«

»Aber ausgesprochen wenige Prudence Barrymores«, dachte er ihren Gedanken zu Ende. »Und vermutlich gibt es noch einige Dora Parsons im Spital. Der Gedanke läßt also kaum irgendwelche Schlüsse zu.«

Sie gingen wieder eine Weile schweigend nebeneinander her, jeder in seine Gedanken vertieft. Sie kamen an einem Mann mit einem Hund und zwei kleinen Jungs vorbei: der eine hatte einen Reifen, der andere einen Kreisel, für den er eine ebene Stelle suchte, um ihn tanzen zu lassen. Eine junge Frau musterte Monk bewundernd von Kopf bis Fuß; ihr Begleiter schmollte.

Schließlich war es Hester, die das Gespräch wieder aufnahm. »Haben Sie denn etwas in Erfahrung gebracht?«

»Was?«

»Ob Sie etwas in Erfahrung gebracht haben?« wiederholte sie. »Sie müssen doch etwas gemacht haben die ganze Woche über! Was haben Sie herausgefunden?«

Er grinste plötzlich übers ganze Gesicht, als amüsiere ihn dieses Verhör. »Ich nehme an, Sie haben wohl nicht weniger Anrecht darauf als ich«, räumte er ein. »Ich habe Erkundigungen über Mr. Taunton und Miss Nanette Cuthbertson eingezogen. Die junge Frau ist entschlossener, als ich vermutet hatte. Und sie schien von allen das beste Motiv gehabt zu haben, Prudence loswerden zu wollen. Prudence stand zwischen ihr und ihrer Liebe, Respektabilität und dem Familienstatus, den sie sich mehr als alles in der Welt wünscht. Die Zeit wird langsam knapp für sie – sehr knapp.« Sie waren vorübergehend in den Schatten der Bäume getreten, und er steckte die Hände in die Taschen. »Sie ist achtundzwanzig, wenn auch nach wie vor bemerkenswert hübsch. Ich kann mir gut vorstellen, daß sie langsam in Torschlußpanik gerät, und zwar durchaus schlimm genug, um für eine Gewalttat zu reichem. Wenn ich nur dahinterkommen könnte, wie sie es angestellt hat«, sagte er nachdenklich. »Sie ist kleiner als Prudence, gut fünf Zentimeter, und eher schmächtig. Und selbst mit dem Kopf in den Wolken der Gelehrsamkeit hätten Prudence Nanettes Gefühle unmöglich entgehen können.«

Hester wollte ihm schon bissig antworten, daß achtundzwanzig wohl kaum steinalt und Nanette Cuthbertson selbstverständlich noch hübsch sei! Und das auch noch gut und gerne zwanzig Jahre bleiben könnte! Aber sie hatte einen lächerlichen Kloß im Hals, und die Worte blieben ungesagt. Es spielte kaum eine Rolle, ob achtundzwanzig alt war oder nicht, wenn es ihm alt schien! Man kann jemandem solche Ansichten nicht ausreden.

»Hester?« Er sah sie mit gerunzelter Stirn an.

Hester starrte geradeaus vor sich hin und machte sich wieder auf den Weg. »Möglich wäre es durchaus«, erwiderte sie dann energisch. »Vielleicht schätzte sie mehr die inneren Werte: Humor, Mut, Integrität, Intelligenz, Mitgefühl, Kameradschaft, Phantasie, Ehre – alles, was nicht mit dem dreißigsten Geburtstag verschwindet!«

»Um Himmels willen, benehmen Sie sich doch nicht wie eine Idiotin!« sagte er erstaunt, als er wieder neben ihr ging. »Wir sprechen hier doch nicht von Werten! Wir sprechen hier von Nanette Cuthbertsons Liebe! Sie will Geoffrey Taunton heiraten, eine Familie gründen! Was hat das mit Intelligenz, Mut oder Humor zu tun! Was ist denn los mit Ihnen? Laufen Sie doch nicht so, sonst fallen Sie womöglich noch hin! Sie will Kinder – keinen Heiligenschein! Sie ist eine ganz und gar normale Frau. Ich hätte Prudence für klug genug gehalten, das zu erkennen. Aber wenn ich Sie so höre, war dem ja vielleicht gar nicht so. Sie scheinen das nicht zu sehen.«

Hester öffnete schon den Mund, um ihm zu widersprechen,

aber es gab keine logische Antwort darauf; sie wußte einfach nicht, was sie hätte sagen sollen.

Er schritt schweigend neben ihr her und schlug hin und wieder nach einem Stein auf dem Weg.

»Ist das alles, was Sie gemacht haben?« sagte sie schließlich.

»Was?«

»Haben Sie nichts weiter entdeckt, als daß Nanette ein gutes Motiv, aber, soweit Sie feststellen konnten, keine Möglichkeit hatte?«

»Natürlich nicht!« Er traf einen weiteren Stein. »Ich habe mir Prudence' Vergangenheit angesehen, ihre Fähigkeiten als Krankenschwester, ihre Kriegsakte, alles, was mir nur einfallen wollte. Alles ausgesprochen interessant und bewundernswert, aber nichts davon deutet auf ein spezielles Motiv für einen Mord – oder auf jemanden, dem daran etwas gelegen haben könnte. Daß ich keine offiziellen Befugnisse habe, schränkt mich etwas ein.«

»Na, und wessen Schuld ist das wohl?« sagte sie scharf, wünschte sich aber sofort, sie hätte geschwiegen – aber der Teufel sollte sie holen, wenn sie sich entschuldigte!

Wieder gingen sie hundert Meter schweigend nebeneinander her, bis sie wieder an der Doughty Street angelangt waren. Sie verabschiedete sich mit der Entschuldigung, kaum geschlafen zu haben und wieder die ganze Nacht bei Mr. Prendergast wachen zu müssen. Sie trennten sich kühl. Sie ging zurück zum Hospital, er Gott weiß wohin.

7

Alles, was Monk über Prudence Barrymore erfahren hatte, wies auf eine leidenschaftliche, intelligente und zielstrebige Frau hin, die sich ausschließlich der Krankenpflege widmete. Sosehr sie seine Phantasie auch anregen mochte, sie war sicher keine Frau, mit der leicht auszukommen war, weder in einer Freundschaft noch in der Familie. Keiner hatte ein Wort darüber verloren, ob sie auch nur eine Spur von Humor gehabt hatte. Immerhin, Humor war zuweilen der einzige Zug, der Hester erträglich machte. Nein, so ganz stimmte das auch wieder nicht: Er würde nie ihren Mut vergessen, ihren Willen, sich für ihn einzusetzen, selbst wenn der Kampf noch so aussichtslos und Monk sonst keinem der Mühe wert schien. Aber trotzdem, manchmal konnte sie einfach unausstehlich sein!

Unter einem drückenden grauen Himmel spazierte er die Straße entlang. Jeden Augenblick war ein sommerlicher Platzregen zu erwarten. Er würde die Fußgänger durchnässen, die Pferdeäpfel in den Rinnstein spülen und in großen Bächen voll winziger Strudel über das Pflaster laufen. Selbst der Wind roch bereits naß und schwer.

Er ging in der Gray's Inn Road Richtung Krankenhaus in der Absicht, noch einmal mit Evan zu reden, um ihm einige Fragen zu Prudence Barrymores Charakter zu stellen; falls Evan gewillt war, ihm Auskunft zu geben. Und wenn Monk ehrlich war, so war er sich dessen gar nicht so sicher. Entsprechend ungern fragte er ihn. An Jeavis' Stelle hätte er niemandem etwas gesagt und jeden Untergebenen zur Schnecke gemacht, der etwas verlauten ließ.

Und trotzdem, mochte er auch keinen konkreten Grund dafür haben, seiner Meinung nach war Jeavis dem Fall nicht gewachsen. Monk hatte Erfolge seit seinem Unfall gehabt, auch wenn einige davon durchaus fragwürdig gewesen waren, da er sie großteils der Hilfe anderer, vor allem Hesters verdankte. Was vor dem Unfall gewesen war, konnte er nur aus Aufzeichnungen ersehen. Sie wiesen auf Intelligenz, auf Zorn über Ungerechtigkeit und Ungeduld mit Verzagten und Zauderern hin. Und niemand schien ihm geholfen zu haben. Aber wie verläßlich waren diese Aufzeichnungen, die größtenteils in seiner eigenen Handschrift waren?

Was für eine Erinnerung mochte da wohl an ihm gezupft haben auf der Rückfahrt von Little Ealing? Er und Runcorn hatten zusammen an einem Fall gearbeitet, vor langer Zeit, als Monk noch neu bei der Polizei gewesen war. Er hatte sich alle Mühe gegeben, sich an weitere Einzelheiten zu erinnern, irgendeinen Hinweis darauf zu finden, worum es in diesem Fall gegangen war, aber es wollte sich nichts einstellen, nur Zorn, eine ohnmächtige, weißglühende Wut, die wie ein Schild funktionierte – nur gegen was?

Es begann zu regnen: riesige warme Tropfen fielen, schneller und schneller. Von irgendwoher grollte, selbst den Krach der Räder übertönend, der Donner. Ein Mann, der seinen schwarzen Schirm zu öffnen versuchte, eilte an ihm vorbei. Ein Zeitungsjunge stopfte hastig seine Blätter in eine Leinentasche, ohne dabei mit seinem Geschrei aufzuhören. Monk schlug den Rockkragen hoch und beugte sich vor.

Das war es! Die Presse! Sein Zorn hatte ihn gegen ihren lautstarken Protest nach einer Verhaftung und den Druck von oben gefeit. Es hatte ihn nicht interessiert, was die anderen dachten; alles, was für ihn zählte, waren seine eigenen übermächtigen Gefühle gegenüber dem Verbrechen, die Wut, die an ihm fraß. Nur, um was für ein Verbrechen hatte es sich gehandelt? Nichts in seinem Gedächtnis gab ihm auch nur den geringsten Hinweis darauf. Er konnte suchen, soviel er wollte, es war nichts da.

Es war ungemein deprimierend. Und auch dieses Gefühl war ihm vertraut. Er war seinerzeit nicht weniger entmutigt gewesen. Die Ursache seines Zorns war heute wie damals die Hilflosigkeit. Eine Sackgasse nach der anderen. Er kannte die aufkeimende Hoffnung, die Vorfreude, der dann die Enttäuschung folgte, das hohle Gefühl zu versagen. Sein rasender Zorn hatte sich zumindest teilweise gegen Runcorn gerichtet, weil dieser einfach zu zaghaft war, zu sehr darauf bedacht, keinem der Zeugen zu nahe zu treten. Monk wäre ihnen rücksichtslos zu Leibe gerückt; nicht etwa weil er grausam gewesen wäre, sondern weil es ihnen auch angesichts der weitaus größeren Tragödie einzig um den Schutz ihrer eigenen kleinen Geheimnisse ging. Lieber lebten sie im Schatten eines bedrückenden Unheils.

Aber wie sah dieses Unheil aus? Alles, woran er sich erinnerte, war ein finsteres Gewicht, das auf ihm lastete, und sein ständiger Zorn.

Der Regen begann ihm mittlerweile durch die Hose zu dringen, so daß ihm langsam kalt um die Knöchel wurde; zudem lief er ihm in den Nacken. Heftig erschauernd, beschleunigte er seine Schritte. Das Wasser im Rinnstein stieg und verschwand in Strudeln in den Gullys.

Er mußte es einfach wissen. Er mußte sich verstehen oder besser den Mann, der er damals gewesen war; wie sonst sollte er erfahren, ob sein Zorn gerechtfertigt war oder lediglich eine Ausrede für die ihm eigene Heftigkeit – und damit emotional wie intellektuell unaufrichtig. Was er zutiefst verachtete.

Aber es gab keinen Grund dafür, sich auf Kosten von Callandras Auftrag gehenzulassen. Er hatte noch immer keine Ahnung, wer Prudence Barrymore ermordet hatte oder warum. Es gab zu viele Möglichkeiten. Es konnte plötzlich aufflakkernder Haß bei Geoffrey Taunton gewesen sein, weil er abgewiesen worden war; Panik und Eifersucht einer Nanette Cuthbertson, der die Zeit zwischen den Fingern zerrann, während Geoffrey auf Prudence wartete, die ihn auf Distanz hielt, statt ihn zu erhören oder endgültig abzuweisen.

Oder es war ein Liebhaber, einer der Ärzte oder jemand aus dem Verwaltungsrat, ein Streit, eine plötzlich aufwallende Eifersucht; vielleicht sogar der Erpressungsversuch an Kristian Beck, den Jeavis laut Evan unterstellte.

Zu guter Letzt: Falls Prudence Barrymore tatsächlich so eigensinnig, diensteifrig und autoritär gewesen war, wie es den Anschein hatte, konnte es sich genausogut um eine der Schwestern handeln, der angesichts der pausenlosen Angriffe auf Gemütsruhe und Selbstwertgefühl eine Sicherung durchgebrannt war. Vielleicht hatte eine höhnische Bemerkung, eine Kritik das Faß zum Überlaufen gebracht und jemand hatte schließlich zurückgeschlagen.

Es war nicht mehr weit bis zum Krankenhaus.

Er lief die letzten Meter und nahm zwei Stufen auf einmal, um endlich unter ein Dach zu kommen. Dann stand er in der Eingangshalle und sorgte für Pfützen auf dem Boden. Er legte den Kragen um, glättete die Aufschläge seines Rocks und fuhr sich in unbewußter Eitelkeit mit den Fingern durchs Haar. Er wollte Evan alleine sprechen, konnte jedoch nicht darauf warten, daß sich die Gelegenheit ohne sein Zutun bot. Er würde ihn suchen müssen in der Hoffnung, ihn ohne Jeavis zu finden. Weitere Pfützen hinterlassend, machte er sich auf die Suche.

Er sollte kein Glück haben. Er hatte sich die Ausrede zurechtgelegt, zu Callandra zu wollen, falls ihn jemand fragte, was er hier zu suchen hätte. Aber kaum ging er den Korridor hinauf, stieß er neben dem Wäscheschacht auf Jeavis und Evan.

Jeavis sah ihn überrascht an, als er ihn erkannte, da er der Kleidung nach jemanden vom Verwaltungsrat erwartet hatte. Argwohn verfinsterte seine Miene. »Guten Tag. Was machen Sie denn hier, Monk?« Er lächelte freudlos. »Sie sind doch nicht etwa krank?« Er musterte Monks vom Regen dunklen Rock, dann die nassen Fußspuren, sagte jedoch nichts.

Monk zögerte, zog schon eine Lüge in Betracht, aber der Gedanke, sich Jeavis gegenüber zu entschuldigen, war unerträglich.

»Lady Callandra Daviot hat mich engagiert, wie Sie höchstwahrscheinlich bereits wissen«, antwortete er. »Ist das hier besagter Schacht in die Waschküche?«

Evan schien sich nicht wohl zu fühlen in seiner Haut. Monk wußte, daß er ihn zu einer Wahl zwischen ihnen zwang. Jeavis' Gesicht war hart. Monk hatte ihn in die Defensive gedrängt. Was vielleicht ungeschickt war. Aber auf der anderen Seite beschleunigte es vielleicht auch nur, was ohnehin nicht zu vermeiden gewesen wäre.

»Selbstverständlich«, sagte er kalt. Er hob die dünnen Brauen. »Sehen Sie ihn denn zum erstenmal? Bißchen spät für Sie, Monk!«

»Ich wüßte nicht, was er mir sagen sollte«, erwiderte Monk gereizt. »Hätte er Ihnen etwas gesagt, dann hätten Sie bereits jemanden verhaftet.«

»Ich hätte schon jemanden verhaftet, wenn ich überhaupt etwas gefunden hätte«, sagte Jeavis in einem seltenen Anflug von Humor. »Aber ich nehme an, das wird Sie nicht daran hindern, trotzdem hinter mir dreinzutappen!«

»Oder gelegentlich vor Ihnen her«, fügte Monk hinzu.

Jeavis warf ihm einen Blick zu. »Das mag dahingestellt sein. Aber bitte, Sie können den Schacht hinunterspähen, so lange Sie wollen. Sie werden nichts weiter sehen als einen Wäschekorb. Und hier oben haben Sie einen langen Korridor, schlecht beleuchtet, mit einem halben Dutzend Türen, aber keine in diesem Abschnitt, außer der zu Dr. Becks Büro und dem des Kämmerers da drüben. Machen Sie damit, was Sie wollen.«

Monk sah sich um, blickte nach rechts und nach links. Der einzig konkrete Schluß, den er zog, war, daß Prudence, falls sie tatsächlich hier neben dem Wäscheschacht ermordet worden war, nicht geschrien haben konnte, ohne gehört zu werden, falls in einem der beiden Büros jemand war. Die anderen Türen schienen außer Hörweite zu sein. War sie jedoch woanders ermordet worden, so hätte man sie ein hübsches Stück über den offenen Korridor tragen müssen, was durchaus ein Risiko barg. Krankenhauskorridore waren nie völlig verlassen, wie es vielleicht in einem Haus oder Büro der Fall gewesen wäre. Er hatte jedoch nicht die Absicht, Jeavis das zu sagen.

»Interessant, nicht wahr?« sagte Jeavis trocken, und Monk wußte, daß er genau dasselbe dachte. »Sieht mir verdächtig nach dem guten Dr. Beck aus, meinen Sie nicht?«

»Oder dem Kämmerer«, pflichtete Monk ihm bei. »Oder jemand, der ganz spontan gehandelt hat, genau hier, und das so flink und überraschend, daß für einen Schrei keine Zeit mehr blieb.«

Jeavis machte ein Gesicht und lächelte. »Sie scheint mir eine Frau gewesen zu sein, die sich gewehrt hätte«, sagte er mit einem leichten Kopfschütteln. »Groß wie sie war. Nicht eben schwächlich, nach allem, was man so hört. Freilich sind einige der anderen Schwestern hier gebaut wie Brauereigäule.« Er sah Monk mit ebenso höflicher, wie belustigter Herausforderung an. »Ihre Zunge schien nicht weniger scharf gewesen zu sein als das Skalpell eines Chirurgen, und sie hat keine geschont, wenn sie der Ansicht war, daß sie nicht spurte. Eine ganz eigene Sorte Frau, unsere Schwester Barrymore.« Und dann fügte er verhalten hinzu: »Gott sei Dank!«

»Aber gut genug in ihrem Beruf, um zu wissen, wovon sie sprach«, sagte Monk nachdenklich. »Sonst wäre man sie längst losgeworden, meinen Sie nicht?« Er vermied es, Evan anzusehen.

»O ja«, sagte Jeavis, ohne zu zögern. »Das scheint sie zweifelsohne gewesen zu sein. Ich glaube kaum, daß man sich das sonst hätte bieten lassen. Wenigstens nicht die, die sie nicht ausstehen konnten. Und um fair zu sein, das waren nicht alle. Sieht ganz so aus, als wäre sie für einige hier eine Art Heldin gewesen. Und Sir Herbert spricht auch ziemlich gut über sie.«

Eine Schwester mit einem Stapel sauberer Laken kam auf sie zu, und sie traten beiseite, um sie durchzulassen.

»Was ist mit Beck?« fragte Monk, als sie vorbei war.

»Oh, der auch. Aber falls er sie umgebracht hat, wird er uns wohl kaum sagen, daß er sie nicht ausstehen konnte, oder?«

»Was sagen denn die anderen?«

»Tja, Mr. Monk, ich möchte Sie wirklich nicht Ihres Unterhalts berauben, indem ich Ihnen die Arbeit mache«, sagte Jeavis und blickte Monk dabei geradewegs in die Augen. »Wie könnten Sie dann zu Lady Callandra gehen und Ihr Honorar verlangen?« Mit einem Lächeln und einem vielsagenden Blick für Evan ging er den Korridor hinauf.

Evan sah Monk an, zuckte die Achseln und folgte ihm pflichtbewußt. Jeavis war bereits nach einem Dutzend Schritten stehengeblieben und wartete auf ihn.

Monk konnte hier nicht mehr viel tun. Er hatte keinerlei Befugnis, jemanden zu befragen, und der Versuchung, Hester aufzusuchen, widerstand er. Jede unnötige Verbindung zu ihm würde ihre Chancen verringern, hier Fragen zu stellen, ohne sich verdächtig zu machen. Womit sie ihm natürlich nicht mehr von Nutzen wäre.

Er hatte den Grundriß des Hauses fest im Kopf. Wenn er nur herumstand, würde er kaum etwas erfahren.

Er war eben auf dem Weg nach draußen, ärgerlich und gereizt, als er Callandra die Halle durchqueren sah. Sie sah müde aus, und ihr Haar war noch unordentlicher als gewöhnlich. Ihrem Gesicht fehlte der sonst so charakteristische humorvolle Zug, und überhaupt machte sie den Eindruck, als habe sie Sorgen, was ihr ganz und gar nicht ähnlich sah.

Sie war schon fast auf gleicher Höhe mit Monk, als sie ihn endlich erkannte. Worauf sich ihr Ausdruck änderte, aber er sah sehr wohl, welche Anstrengung es sie kostete.

War es der Tod der Krankenschwester, wenn auch einer so unbequemen wie Prudence Barrymore, der sie so tief bekümmerte? War es die Tatsache, daß das Ganze so kurz auf die Tragödie um Julia Penrose und ihre Schwester gefolgt war? Einmal mehr hatte er das schreckliche Gefühl, jemanden zu gern zu haben und ihm bei aller Bewunderung und Dankbarkeit nicht helfen zu können. Die gleiche Situation hatte er schon einmal erlebt: mit seinem Mentor, dem Mann, der ihm vom Tag seiner Ankunft in London an geholfen hatte. Dem Mann, dessen Tragödie ihn dazu veranlaßt hatte, zur Polizei zu gehen. Und jetzt, wie damals, war er machtlos.

»Hallo, William«, begrüßte Callandra ihn höflich, aber ihrem Ton fehlte sowohl die Freude als auch der Schwung. »Sind Sie auf der Suche nach mir?« Er sah die Sorge in ihrem Blick, als fürchtete sie seine Antwort.

Er hätte sie gern getröstet, aber er wußte auch ohne Worte, daß das, was ihr zu schaffen machte, privater Natur war. Sie würde es ihm schon sagen, wenn sie wollte. Das Netteste, was er im Augenblick tun konnte, war, so zu tun, als hätte er nichts bemerkt.

»Eigentlich hatte ich gehofft, Evan allein zu finden«, sagte er kläglich. »Aber ich bin sofort Jeavis über den Weg gelaufen. Ich wollte eben wieder gehen. Ich wünschte, ich wüßte mehr über Prudence Barrymore. So viele Leute haben mir ihre Ansichten über sie erzählt, und doch habe ich das Gefühl, als wäre mir etwas Wesentliches entgangen. Hester erinnert sich an sie, wissen Sie...«

Callandras Miene spannte sich, aber sie sagte nichts. Ein Student kam vorbei; er sah aus, als hätte er Sorgen.

»Und ich war bei Miss Nightingale. Sie hat Prudence in den höchsten Tönen gelobt. Hester übrigens auch.«

Callandra lächelte matt. »Haben Sie etwas erfahren?«

»Nichts, was auch nur das geringste Licht darauf wirft, warum man sie ermordet hat. Sieht ganz so aus, als wäre sie eine ausgezeichnete Schwester gewesen. Ihr Vater hat nicht übertrieben. Weder was ihre Fähigkeiten anbelangte, noch ihre Hingabe an die Medizin. Aber ich weiß nicht.« Er verstummte plötzlich. Vielleicht war der Gedanke nicht fair und würde Callandra nur unnötig schmerzen.

»Was wissen Sie nicht?« Ihr Gesicht verdunkelte sich, die Müdigkeit und die Sorgen waren ihr deutlich anzusehen.

Da er keine Ahnung hatte, wovor sie sich fürchtete, konnte er das Thema auch nicht bewußt vermeiden. »Ich frage mich, ob ihre Kenntnisse wohl so groß waren, wie sie gedacht hat. Womöglich hat sie etwas mißverstanden, falsch beurteilt...«

Callandras Blick klärte sich. »Möglich wäre es«, sagte sie langsam. »Obwohl ich nicht verstehe, warum das zu einem Mord führen sollte. Aber gehen Sie der Sache weiter nach, William. Es scheint alles zu sein, was wir im Augenblick haben. Und informieren Sie mich bitte, wenn Sie etwas erfahren.«

Sie nickten kurz dem Kaplan zu, der vor sich hin murmelnd vorbeikam.

»Selbstverständlich«, erklärte Monk sich einverstanden. Und nachdem er ihr noch einen guten Tag gewünscht hatte, ging er durch die Halle hinaus auf die nasse Straße. Es hatte aufgehört zu regnen, und Gehsteig und Straße glänzten im Licht der nun wieder strahlenden Sonne. Die Luft war von einer Unzahl von Gerüchen erfüllt, die meisten von ihnen warm, schwer und nicht sonderlich angenehm: die Roßäpfel, die überquellenden Abflüsse, die den Wolkenbruch nicht verkraftet hatten, der Unrat, der im Strom der Rinnsteine trieb. Pferde klapperten vorbei, mit dampfenden Flanken, unter den Rädern der Kutschen spritzte das Wasser hervor.

Wo konnte er mehr über Prudence' wirklichen Kenntnisstand erfahren? Im Krankenhaus konnte er keine unvoreingenommene Meinung erwarten, dasselbe galt für ihre Familie und doppelt für Geoffrey Taunton. Von Florence Nightingale war nichts weiter zu erwarten. Es gab keine anerkannte Körperschaft, die die Fähigkeiten von Krankenschwestern beurteilte, weder eine Schule noch ein Kolleg.

Vielleicht trieb er einen Sanitätsoffizier auf, der sie gekannt hatte – was auch immer dessen Meinung zum Thema wert sein mochte. Sie mußten damals unter Zeitdruck gearbeitet haben, bei ständiger Müdigkeit, überwältigt von der Zahl der Kranken und Verletzten. Wieviel mochte er über eine bestimmte Schwester noch wissen oder gar über ihre medizinischen Kenntnisse? War überhaupt Zeit gewesen für mehr als die oberflächlichste Versorgung: amputieren, ausbrennen, vernähen, schienen und beten?

Die Passanten ignorierend, ging er die rasch trocknende Straße entlang, und hielt sich, ohne ein genaues Ziel zu verfolgen, Richtung Süden.

Hatte sie seit der Krim daran gedacht, ihr Wissen zu erweitern? Wie hätte sie das angestellt? Medizinische Fakultäten nahmen Frauen nicht auf. So etwas war undenkbar. Welche Möglichkeiten zum privaten Studium gab es wohl? Was konnte sie ohne Lehrer lernen?

Eine verschwommene Erinnerung aus seiner Jugend stellte sich ein. Als er damals von Northumberland nach London gekommen war, fest entschlossen, etwas aus sich zu machen und soviel zu lernen, wie er konnte, um sich gegen eine geschäftige, ungeduldige und argwöhnische Welt zu wappnen, war er immer in den Lesesaal des Britischen Museums gegangen.

Auf dem Absatz machte er kehrt und ging die zwanzig Meter zurück zur Guildford Street, wo er, am Foundling Hospital vorbei, seine Schritte beschleunigte, bis er an den Russell Square gelangte, von dem aus er die Montague Street zum Britischen Museum nahm. Kaum durch die Pforte, ging er direkt in den Lesesaal. Hier hätte sie alle möglichen Bücher und Artikel gefunden, wenn sie so wissensdurstig war, wie ihr Vater behauptet hatte.

Mit einer Erregung, die in keinem Verhältnis zur Bedeutung seiner Frage stand, wandte er sich an den Bibliothekar. »Entschuldigen Sie, darf ich Ihre Zeit einen Augenblick in Anspruch nehmen?«

»Guten Tag, Sir. Selbstverständlich dürfen Sie«, antwortete der Mann mit einem höflichen Lächeln. Er war klein und ausgesprochen dunkel. »Womit kann ich Ihnen dienen? Sollten Sie etwas zu finden wünschen ...« Sein Blick schweifte in unverhohlener Ehrfurcht über die endlosen Reihen sichtbarer und unsichtbarer Bücher. Das ganze Wissen der Welt war hier versammelt, ein Wunder, das ihn nach wie vor in Erstaunen versetzte. Monk sah es in seinen Augen.

»Ich erkundige mich im Namen der Freunde und der Familie einer jungen Dame, die, wie ich glaube, hier zum Studium herkam«, begann Monk mehr oder weniger wahrheitsgetreu.

»O Gott«, das Gesicht des Mannes verdunkelte sich. »O Gott, Sir, Sie sprechen ja von ihr, als wäre sie verschieden.«

»Ich fürchte, ja. Aber wie das nicht selten der Fall ist, wünschen die trauernden Hinterbliebenen nun alles über sie zu wissen, was in Erfahrung zu bringen ist. Es ist alles, was sie noch tun können.«

»Selbstverständlich. Ja, natürlich.« Der Mann nickte eifrig. »Das verstehe ich. Aber die Leute hinterlassen hier nicht immer ihren Namen, wissen Sie; vor allem wenn es sich um Zeitungen und Zeitschriften handelt, kommen sie nur zum Lesen her. Gerade bei Themen, über die sich junge Damen gewöhnlich informieren – fürchte ich.«

»Die junge Dame war groß, entschlossen und intelligent, und aller Wahrscheinlichkeit nach schlicht gekleidet, vielleicht in Blau oder Grau, und hatte nur wenige Reifen in den Röcken, wenn überhaupt.«

»Ah.« Das Gesicht des Mannes hellte sich auf. »Ich denke, ich weiß, welche junge Dame Sie meinen! Hat sie sich vielleicht zufällig für medizinische Bücher und Abhandlungen interessiert? Eine ausgesprochen bemerkenswerte Person, sehr ernst. Und immer sehr freundlich, wirklich, außer Leuten gegenüber, die sie unnötigerweise störten und sich über ihre Absichten mokierten.« Er nickte rasch. »Ich erinnere mich da an einen jungen Herren, mit dem sie sehr energisch wurde, weil er – um es einmal so zu sagen – in seiner Aufmerksamkeit sehr hartnäckig war.«

»Das dürfte sie sein!« Monk verspürte ein plötzliches Hochgefühl. »Sie studierte medizinische Texte, sagten Sie?«

»O ja, in der Tat, Sir. Sie war ausgesprochen fleißig. Eine sehr ernste Person.« Er sah zu Monk auf. »Ein bißchen erschrekkend, wenn Sie wissen, was ich meine, daß eine junge Dame so ernst sein sollte. Ich nahm, fälschlicherweise vielleicht, an, sie habe einen Krankheitsfall in der Familie und wolle soviel als möglich über die Krankheit erfahren.« Er machte ein langes Gesicht. »Jetzt sieht es ganz so aus, als hätte ich falsch gelegen, und sie war es selbst. Das tut mir aufrichtig leid. Bei all ihrer Ernsthaftigkeit fühlte ich mich doch zu ihr hingezogen.« Er sagte das, als müsse er sich entschuldigen, als bedürfe das der näheren Erläuterung. »Sie hatte etwas ... na ja. Jedenfalls tut es mir leid, das zu hören. Wie kann ich Ihnen denn nun helfen, Sir? Ich fürchte, ich erinnere mich nicht mehr daran, was sie gelesen hat. Aber vielleicht kann ich ja nachsehen. Es war mehr allgemein.«

»Nein, nein, das ist nicht nötig, ich danke Ihnen«, lehnte Monk ab. Er hatte, was er wollte. »Sie waren ausgesprochen großzügig. Ich wünsche noch einen guten Tag.«

»Guten Tag, Mr.... äh ... guten Tag, Sir.«

Obwohl Monk das Museum wissender verließ, als er hineingegangen war, war er nicht gescheiter als zuvor; sein Erfolgsgefühl entbehrte jeder faktischen Grundlage.

Hester musterte Callandra ebenfalls, wenn auch mit den Augen einer Frau und weit größerer Sensibilität, was die Ursache ihrer Sorgen anbelangte. Nur etwas sehr Persönliches konnte ihr solchen Kummer bereiten. Und sie hatte doch wohl keine Angst um ihre eigene Person, oder? Jeavis konnte sie unmöglich verdächtigen, Prudence ermordet zu haben; sie hatte nicht den geringsten Grund dazu. Und Monk hatte kein Geheimnis daraus gemacht, wer ihn mit den Ermittlungen beauftragt hatte.

War es möglich, daß sie wußte, wer der Mörder war, oder es sich wenigstens einbildete? Daß sie deshalb um ihre persönliche Sicherheit fürchtete? Es schien ihr unwahrscheinlich.

Wenn sie etwas wußte, hätte sie es Monk sicher unverzüglich gesagt und alles Nötige zu ihrem Schutz unternommen.

Hester war immer noch dabei, unbefriedigende Möglichkeiten durchzugehen, als man nach ihr schickte, um Kristian Beck zu assistieren. Mr. Prendergast erholte sich bestens und brauchte keine Nachtwache mehr. Sie war müde von zu wenig Schlaf und der Ungewißheit, ob man sie nicht gleich wieder weckte, kaum daß sie eingeschlafen war.

Kristian Beck sagte nichts, aber sie sah es einem gelegentlichen Ausdruck in seinen Augen an, daß er sehr wohl wußte, wie müde sie war; so lächelte er denn auch nur, wenn sie hin und wieder zögerte. Er kritisierte sie noch nicht einmal, als sie ein Instrument fallen ließ und es aufheben und abwischen mußte, bevor sie es ihm gab.

Als sie fertig waren, schämte sie sich ihrer Ungeschicklichkeit und war erpicht darauf zu gehen, aber andererseits konnte sie sich die Möglichkeit nicht entgehen lassen, ihn eingehender zu beobachten. Er war ebenfalls müde und viel zu intelligent, um sich Jeavis' Verdächtigungen nicht bewußt zu sein. Es waren gerade solche Zeiten, in denen man sich verriet: Die Gefühle sind viel zu intensiv, als daß man sie noch verbergen könnte, und man hat einfach keine Kraft mehr, auch noch seine Gedanken zu kontrollieren.

»Ich habe keine großen Hoffnungen für ihn«, sagte Kristian leise zu ihr und warf dabei einen Blick auf den Patienten. »Aber wir haben getan, was wir konnten.«

»Wünschen Sie, daß ich bei ihm wache?« fragte sie aus reinem Pflichtgefühl und fürchtete seine Antwort.

Aber sie hätte sich keine Sorgen zu machen brauchen. Er lächelte: eine ebenso aufschlußreiche wie nette kleine Geste. »Nein, nein, Mrs. Flaherty wird ihm jemanden zuweisen. Sie sollten schlafen.«

»Aber...«

»Sie müssen lernen sich zu entspannen, Miss Latterly.« Er schüttelte sachte den Kopf. »Wenn Sie das nicht tun, werden Sie sich nur erschöpfen – und wem wollen Sie dann noch helfen? Im Krimkrieg haben Sie doch sicher gelernt, daß die erste Regel im Pflegedienst lautet, sich die eigene Kraft zu bewahren. Daß es das Urteilsvermögen trübt, bis an die Grenzen seiner Reserven zu gehen.« Er ließ sie nicht einen Moment aus den Augen. »Und die Kranken verdienen nun einmal Ihr Bestes. Weder Fertigkeiten noch Mitgefühl sind genug. Es bedarf auch eines Quentchens Weisheit.«

»Natürlich, Sie haben recht«, gab sie zu. »Ich habe wohl das Augenmaß verloren.«

Ein humorvoller Ausdruck huschte über sein Gesicht. »So etwas ist schnell passiert. Kommen Sie.« Er verließ den Operationsraum als erster und hielt ihr dann die Tür auf. Schweigend gingen sie nebeneinander her und wären fast mit Callandra zusammengestoßen, die aus einer der Stationen kam.

Sie blieb abrupt stehen, Farbe schoß ihr in die Wangen. Hester sah keinerlei Grund für ihre Verwirrung, konnte sie jedoch nicht übersehen. Sie wollte gerade etwas sagen, als sie bemerkte, daß Callandra nur Augen für Kristian Beck hatte; sie war sich Hesters Anwesenheit kaum bewußt.

»Oh, guten Morgen, Doktor«, sagte Callandra hastig und versuchte ihre Fassung wiederzugewinnen.

Er machte einen etwas verwirrten Eindruck. »Guten Morgen, Lady Callandra.« Er sagte das leise und sprach dabei jedes Wort so deutlich aus, als gehe ihm ihr Name besonders angenehm über die Zunge. Er legte die Stirn in Falten. »Ist alles zu Ihrer Zufriedenheit?«

»O ja!« antwortete sie. Dann wurde ihr klar, wie albern das unter diesen Umständen war. »Soweit man sich das im Augenblick erhoffen darf, nehme ich an – mit der Polizei in jedem Winkel. Zu erreichen scheinen sie freilich nichts.«

»Ich bezweifle, daß sie uns das sagen würden«, sagte Kristian bedauernd. Dann antwortete er mit einem dünnen Lächeln, das voller Zweifel und Selbstironie war. »Ich bin sicher, sie verdächtigen mich! Inspektor Jeavis fragt mich immer wieder nach meiner Auseinandersetzung mit der armen Schwester Barrymore. Die mir mittlerweile auch wieder eingefallen ist – es ging um einen Fehler eines Studenten, der meiner Ansicht nach keiner war. Man muß sich wirklich fragen, was man da gehört hat, und wer.« Er schüttelte leicht den Kopf. »Ich habe mir noch nie große Gedanken darüber gemacht, was die Leute von mir denken könnten, aber jetzt, muß ich gestehen, will es mir kaum mehr aus dem Kopf.«

Callandra sah ihn nicht direkt an, ihre Wangen glühten noch immer. »Sie können sich Ihr Leben nicht von der Angst diktieren lassen, was andere von Ihnen halten könnten. Wenn Sie ... wenn Sie nach bestem Wissen und Gewissen handeln, dann sollen sie doch denken, was sie wollen.« Sie atmete tief ein, sagte aber nichts mehr.

Hester und Kristian warteten darauf, daß sie fortfuhr, aber sie schwieg. So wie ihre Worte im Raum standen, hörten sie sich banal an, was Callandra gar nicht ähnlich sah.

»Macht ...« Sie sah Kristian geradewegs in die Augen. »Macht Jeavis Ihnen denn Kummer?« Diesmal durchforschte sie sein Gesicht.

»Ich habe es nicht gern, verdächtigt zu werden«, antwortete er ganz offen. »Aber ich weiß, der Mann tut nur seine Pflicht. Ich wollte, ich hätte auch nur die geringste Ahnung, was der armen Schwester Barrymore tatsächlich zugestoßen ist, aber sosehr ich mich anstrenge, es will mir nichts einfallen.«

»Es gibt unzählige Gründe, warum sie jemand getötet haben könnte!« sagte Callandra mit plötzlichem Ingrimm. »Ein abgewiesener Liebhaber, eine eifersüchtige Frau, eine neidische Schwester, ein Verrückter oder ein unzufriedener Patient, alle möglichen Leute.« Etwas außer Atem und ohne einen Blick für Hester verstummte sie.

»Ich gehe davon aus, daß Jeavis sich das auch überlegt hat.« Kristian zog ein Gesicht. Er ließ Callandra nicht aus den Augen. »Ich hoffe nur, er verfolgt diese Gedanken mit demselben Fleiß. Wollten Sie mit mir über etwas sprechen? Oder ist unsere Begegnung rein zufällig?«

»Reiner ... Zufall«, antwortete Callandra. »Ich bin ... auf dem Weg zum Kaplan.«

Kristian deutete eine Verbeugung an und entschuldigte sich, bevor er Callandra und Hester allein ließ. Offensichtlich ohne es zu bemerken, sah Callandra ihm nach, bis er um die Ecke in einer der Stationen verschwand, dann wandte sie sich an Hester.

»Wie geht es Ihnen, meine Liebe?« fragte sie mit einer plötzlichen Sanftheit in der Stimme. »Sie sehen müde aus.« Sie sah selbst völlig erschöpft aus. Ihre Haut war blaß und ihr Haar wilder denn je, man hätte meinen können, sie hätte es sich in ihrer Verstörtheit gerauft.

Hester vergaß ihre eigenen Gefühle. Offensichtlich hatte Callandra ein großes Problem, und sie konzentrierte sich ganz darauf, wie sie ihr helfen konnte. Dabei war sie sich noch nicht einmal sicher, ob sie sich überhaupt anmerken lassen sollte, daß sie etwas gemerkt hatte, geschweige denn danach fragen, was los war. Irgend etwas an Callandras Haltung sagte ihr, daß es sich um etwas Privates handelte, und aller Wahrscheinlichkeit nach war das nicht der geringste Teil ihrer Last.

Sie zwang sich zu einer beiläufigen Miene. »Das bin ich im Augenblick auch«, gab sie zu. »Aber es ist eine lohnende Arbeit. Sir Herbert ist ein brillanter Chirurg. Er ist nicht nur gut, er hat auch Mut.«

»Ja, in der Tat«, pflichtete Callandra ihr mit aufflammender Begeisterung bei. »Ich habe gehört, er steht ganz oben auf der Liste für den Posten eines medizinischen Beraters für jemanden aus dem Königshaus – ich habe vergessen, für wen.«

»Kein Wunder, daß er so zufrieden aussieht«, sagte Hester sofort. »Aber höchstwahrscheinlich hat er es wirklich verdient. Trotzdem, es ist eine große Ehre.«

»In der Tat.« Callandras Gesicht bewölkte sich wieder. »Hester, haben Sie William in letzter Zeit gesprochen? Wissen Sie, wie er vorankommt – ob er in unserer Sache etwas erfahren hat?« Ihre Stimme war nervös, und sie blickte Hester mit einer Unruhe an, die sich nicht verbergen ließ.

»Ich habe ihn seit ein, zwei Tagen nicht mehr gesehen«, antwortete Hester und wünschte sich, sie könnte ihr mehr sagen. Was machte Callandra nur solche Sorgen? Für gewöhnlich war sie eine äußerst sensible Frau voller Mitgefühl und Kampfwillen, die über eine innere Ruhe verfügte, eine Sicherheit, die durch äußerliche Einwirkungen nicht zu erschüttern war. Mit einemmal war dieser ruhige Kern nicht mehr da. Was immer es war, was sie so fürchtete, es hatte sie in ihrem Innersten getroffen.

Und es hatte mit Kristian Beck zu tun. Dessen war Hester ziemlich sicher. Hatte sie die Gerüchte von seinem Streit mit Prudence gehört und befürchtete nun, er könnte schuldig sein? Aber selbst wenn, warum sollte ihr das mehr Kummer bereiten als den anderen hier? Warum sollte es sie auf eine so tiefgehende Weise beunruhigen?

Die Antwort lag auf der Hand. Hester sah nur einen einzigen Grund, warum sie das derart beunruhigen sollte. Ihre Gedanken flogen zurück zu einer bitterkalten Nacht während der Belagerung von Sewastopol. Schnee hatte die Hügel in Weiß gehüllt und dämpfte jeden Laut. Über allem lag eine beißende Kälte. Der Wind war so stark geworden, daß er sich durch die dünnen Decken fraß; die Männer saßen zusammengekauert und zitternd da. Alle waren hungrig. Selbst jetzt konnte sie es nicht ertragen, an die Pferde zu denken.

Sie hatte sich eingebildet, einen der Ärzte zu lieben – obwohl, wo war schon der Unterschied zwischen »lieben« und es sich nur »einzubilden«? Kann man ein Gefühl danach unterscheiden, ob es von Dauer ist oder nicht – Schmerz zum Beispiel? Es schmerzt auch, wenn man nur glaubt, sich weh getan zu haben.

Sie erkannte in jener Nacht, daß er auf dem Schlachtfeld solche Angst gehabt hatte, daß er Verwundete hatte liegen und sterben lassen. Sie erinnerte sich noch heute gut an die Qualen, die ihr diese Entdeckung bereitet hatte, und das, obwohl sie seit Jahren nur noch Mitleid für ihn empfand.

Callandra liebte Kristian Beck. Jetzt, wo ihr das klar war, fragte sie sich, wieso ihr das bisher entgangen war. Und sie hatte eine entsetzliche Angst davor, daß er schuldig sein könnte. Steckte dahinter mehr als Jeavis' Verdächtigungen wegen eines halb mitgehörten Streits? Hatte sie selbst noch mehr erfahren?

Ein Blick auf Callandras blasses, müdes Gesicht sagte ihr, daß sie ihr nichts erzählen würde. Hester hätte das an ihrer

Stelle auch nicht getan. Sie hätte sich weiterhin an den Glauben geklammert, daß es einen Grund geben mußte, irgendeine Erklärung, die alles in ein anderes Licht rückte.

»Ich gehe ihn mal besser suchen und berichte ihm von meinen Fortschritten«, sagte sie und riß Callandra damit aus ihren Gedanken. »So wenig es auch ist.«

»Ja... natürlich«, sagte Callandra. »Dann will ich Sie nicht länger aufhalten. Aber sehen Sie zu, daß Sie etwas Schlaf bekommen, meine Liebe. Jeder braucht seine Ruhe, woher sollte man sonst die Kraft nehmen, um nützlich zu sein?«

Hester lächelte kurz, als könnte sie ihr nur beipflichten; dann entschuldigte sie sich.

Bevor Hester Monk wieder traf, wollte sie noch einmal einen Blick in den Korridor mit dem Wäscheschacht werfen, und zwar um sieben Uhr morgens, also etwa zur gleichen Zeit, in der man Prudence ermordet hatte. Sie sorgte dafür, daß sie um halb sieben aufwachte, und stand gegen sieben allein vor dem Schacht. Draußen war es längst hell, und das seit fast drei Stunden, aber dieser Abschnitt des Flurs war düster, weil es hier keine Fenster gab und man das Gaslicht um diese Jahreszeit tagsüber nicht anmachte.

Sie lehnte sich gegen die Wand und wartete. Innerhalb von fünfunddreißig Minuten kam ein Operationsassistent mit einem Bündel Bandagen vorbei; er sah weder nach rechts noch nach links. Er machte einen müden Eindruck, und Hester hielt es für gut möglich, daß er sie noch nicht einmal sah. Und falls er sie gesehen hatte, so bezweifelte sie doch sehr, daß er hinterher noch hätte sagen können, wer es war.

Eine Schwester kam vorbei; sie ging in die entgegengesetzte Richtung. Verärgert beschimpfte sie Hester, ohne sie auch nur eines Blicks zu würdigen. Wahrscheinlich war sie müde, hungrig und sah ihre Zukunft als eine endlose Folge ewig gleicher Tage und Nächte. Hester hatte nicht den Mut zurückzuschimpfen.

Nachdem sie eine weitere Viertelstunde lang niemanden gesehen hatte, beschloß sie zu gehen. Sie hatte erfahren, was sie wissen wollte. Vielleicht wußte Monk es ja bereits, aber falls dem so war, dann aus anderen Hinweisen. Jedenfalls war sie sich jetzt sicher: Jeder hätte Zeit gehabt, Prudence zu töten und in den Wäscheschacht zu stecken ohne Angst haben zu müssen, daß man ihn entdeckte; und sah man ihn doch, dann brauchte er sich noch nicht einmal notwendigerweise Sorgen zu machen, von einem Zeugen wiedererkannt zu werden.

Sie drehte sich um und ging Richtung Treppe und wäre beinahe in die riesige Gestalt Dora Parsons gelaufen, die mit verschränkten Armen auf dem Korridor stand.

»Oh!« Hester blieb wie angewurzelt stehen; ein eiskalter Schauer überlief sie.

Dora griff nach ihr wie ein Schraubstock. Sich zu wehren wäre völlig zwecklos gewesen.

»Na, was treiben wir denn hier im Finstern neben dem Wäscheschacht, Miss?« fragte Dora ruhig, ihre Stimme kaum mehr als ein heiseres Flüstern.

Hesters Verstand war wie taub. Rein instinktiv hätte sie gelogen, aber so aufmerksam, wie Doras leuchtende, verschiedenfarbige Augen sie musterten, sah sie nicht danach aus, als ließe sie sich einen Bären aufbinden; im Gegenteil, sie machte einen schrecklich wissenden Eindruck.

»Ich ...«, stammelte Hester, und die eisige Furcht wich der Hitze der Panik. Kein Mensch weit und breit, der sie gehört hätte. Der tiefe Treppenschacht war nur zwei Schritte von ihnen entfernt. Die mächtigen Schultern brauchten sie nur mal rasch anzuheben, und schon würde sie neun, zehn Meter tiefer auf dem Steinboden der Waschküche landen. War es Prudence genauso ergangen? Einige Augenblicke lähmenden Schreckens, und dann der Tod. War die Antwort so einfach: eine ebenso riesige wie häßliche Krankenschwester mit einem unerschütterlichen Haß auf Frauen, die mit neuen Ideen und Richtlinien ihr Auskommen bedrohten?

»Na, was ist?« wollte Dora wissen. »Was denn? Hat's dir die Sprache verschlagen? Jetzt sind wir nicht mehr so klug, was?« Sie schüttelte Hester grob – wie eine Ratte. »Was hast du da gemacht? Auf was hast du denn gewartet, eh?«

Ihr fiel keine glaubwürdige Lüge ein. Dann könnte sie ebensogut an der Wahrheit sterben. Es kam ihr in den Sinn zu schreien, aber womöglich geriet Dora dann in Panik und brachte sie auf der Stelle um.

»Ich...« Ihr Mund war so trocken, daß sie erst ein paarmal würgen und schlucken mußte, bevor sie die Worte hervorbrachte. »Ich...«, setzte sie wieder an, »wollte nur sehen, wie verlassen... der Korridor um diese Tageszeit ist. Wer hier normalerweise vorbeikommt.« Sie schluckte wieder. Doras riesige Pranken hielten ihre Arme so fest, daß sie morgen blaue Flecken haben würde – wenn es überhaupt ein Morgen gab.

Doras Gesicht rückte ein Stückchen näher, so daß Hester die offenen Poren ihrer Haut und jede einzelne ihrer kurzen schwarzen Wimpern sah.

»Na, das ist ja wohl klar«, zischte Dora leise. »Bloß weil ich nich' auf der Schule gewesen bin, brauch' ich ja noch lange nich' blöd zu sein! Wen hast du denn gesehen? Und was int'ressiert dich das überhaupt? Du warst ja noch nicht mal bei uns, als sie das Luder abgemurkst haben. Also, was int'ressiert dich das? Das möcht' ich jetzt wissen.« Sie musterte sie von oben bis unten. »Bist du bloß so'n neugieriges Frauenzimmer, oder hast du 'n Grund dafür?«

Hester konnte sich nicht vorstellen, daß die reine Neugierde sie in Doras Augen entschuldigen könnte. Ein Grund wäre zudem viel glaubwürdiger.

»Einen Grund?« keuchte sie.

»Ja. Um was geht's denn?«

Sie waren jetzt nur noch einen Schritt vom Geländer und dem Sturz in den Treppenschacht entfernt. Ein rascher Ruck dieser breiten Schultern, und Hester wäre hinüber.

Was würde sie ihr glauben? Und womit würde sie sich nicht ihren Haß zuziehen? Die Wahrheit spielte jetzt wirklich keine Rolle.

»Ich... ich wollte nur sichergehen, daß sie Dr. Beck nichts anhängen, nur weil er Ausländer ist!« keuchte sie.

»Wieso?« Doras Augen wurden schmal. »Was int'ressiert dich das, was die machen?« wollte sie wissen. »Du bist doch eben erst gekommen! Kann dir doch schnuppe sein, ob sie den aufhängen.«

»Ich kenne ihn von früher!« Hester erwärmte sich langsam für ihre Lüge. Sie hörte sich gut an.

»Ach ja? Und wo soll das gewesen sein, he? Er hat im Krieg nicht im Lazarett gearbeitet! Weil er nämlich hier gewesen ist!«

»Das weiß ich selbst!« gab Hester bissig zurück. »Der Krieg hat aber nur zwei Jahre gedauert!«

»Bist wohl scharf auf ihn, was?« Doras Griff lockerte sich etwas. »Wirst du aber nicht weit kommen bei dem. Der ist nämlich verheiratet. Mit einem eiskalten Luder mit 'nem Gesicht wie 'n toter Schellfisch. Und der passenden Figur dazu. Trotzdem, das ist dein Problem, nicht meins. Wärst wahrscheinlich nicht die erste feine Dame, die ihr Vergnügen im Bett von 'ner andren sucht.« Sie musterte Hester mit verkniffenen Augen und einem ganz neuen Ausdruck im Gesicht, der gar nicht mal so unfreundlich war. »Na, dann paß man bloß auf, damit du kein' Ärger kriegst!« Ihr Griff lockerte sich noch mehr. »Was hast du denn herausgefunden?«

Hester tat einen tiefen Atemzug. »Daß hier kaum einer vorbeikommt, und wenn doch, dann schaut er weder nach rechts noch nach links und würde wahrscheinlich auch keinen wiedererkennen, der dort im Finstern herumsteht – noch nicht einmal, wenn er ihn bemerkt hätte. Man hätte genügend Zeit, jemanden umzubringen und in den Schacht zu stopfen.«

Dora grinste ebenso plötzlich wie bestürzend und zeigte einige schwarze Zähne dabei. »Da hast du recht! Also, dann paß mal auf dich auf! Sonst endest du womöglich noch genauso.« Ohne Warnung ließ sie los, stieß Hester mit einem kleinen Schubs von sich weg, drehte sich auf dem Absatz um und marschierte davon.

Hesters Knie waren so weich, daß sie fast unter ihr nachgaben; also ließ sie sich zu Boden sinken, den sie hart und kalt unter sich spürte, und lehnte sich mit dem Rücken gegen die Wand. Sie mußte ganz schön lächerlich aussehen! Jeder, der hier vorbeikam, würde sie für betrunken halten. Keiner würde auf die Idee kommen, daß sie vor Erleichterung in die Knie gegangen war! Sie blieb noch einige Augenblicke so, bevor sie sich wieder aufraffte; sie hielt sich am Geländer fest und schluckte schwer, bevor sie sich auf den Weg machte.

Monk explodierte vor Zorn, als sie ihm in seiner Wohnung davon erzählte. Sein Gesicht war weiß, die Augen schmal, die Lippen zu einem Strich gezogen. »Sie dumme Kreatur, Sie!« sagte er mit harter, tiefer Stimme. »Sie törichte, gefährliche, spatzenhirnige Idiotin! Callandra sagte, Sie wären müde, aber sie sagte nichts davon, daß Sie Ihr bißchen Verstand verloren hätten!« Er funkelte sie an. »Es hat wohl keinen Sinn, Sie zu fragen, was Sie sich dabei gedacht haben! Weil Sie offensichtlich nicht denken! Jetzt muß ich auch noch auf Sie aufpassen wie auf ein kleines Kind – ein kleines Kind, und ein unvernünftiges obendrein.«

Sie hatte schreckliche Angst ausgestanden, aber da sie nun wieder hinlänglich sicher war, konnte sie auch ihrem Zorn freien Lauf lassen. »Es ist mir ja nichts passiert«, sagte sie eisig. »Sie haben mich schließlich gebeten dort zu arbeiten.«

»Callandra hat Sie gebeten!« unterbrach er sie und verzog den Mund zu einem Lächeln.

»Wenn Sie meinen«, sagte sie rasch mit einem harten, verkniffenen Lächeln, das dem seinen in nichts nachstand. »Callandra hat mich gebeten, für Sie an Informationen heranzukommen, die Sie selbst nicht herausfinden könnten.«

»Von denen sie *dachte,* ich könnte sie nicht selbst herausfinden!« korrigierte er sie ein weiteres Mal. Sie hob die Brauen, so hoch es ging. »Oh, sollte sie sich etwa geirrt haben? Ich sehe nicht wie! Ich habe Sie weder in den Korridoren noch auf den Stationen noch im Operationssaal gesehen. Oder waren Sie vielleicht der Operationsassistent, der gestern über den Koteimer gestolpert ist – gut verkleidet?«

Seine Augen leuchteten belustigt auf, aber er weigerte sich, dem Gefühl nachzugeben. »Ich riskiere mein Leben nicht auf so idiotische Weise wie Sie!« sagte er kalt.

»Natürlich nicht«, pflichtete sie ihm bei und hätte gute Lust gehabt, ihm eine zu langen, um ihn körperlich reagieren zu sehen, ihn unmittelbarer zu treffen als mit Worten, egal wie beißend ihr Sarkasmus auch sein mochte. Aber ihr Selbsterhaltungstrieb zügelte sie. »Ja, Sie gehen immer auf Nummer Sicher, Sie gehen nicht das geringste Risiko ein«, fuhr sie fort. »Sich nur nicht in Gefahr begeben! Pfeif darauf, wenn nichts dabei rauskommt! Was für ein Jammer, daß sie den Falschen gehängt haben, aber wenigstens ist uns nichts passiert. Ich habe schon gemerkt, daß das Ihre Philosophie ist.«

Wäre er nicht so aufgebracht gewesen, hätte er auf so etwas gar nicht reagiert, aber er kochte noch immer vor Zorn. »Ich gehe Risiken ein, wenn es nötig ist! Nicht wenn es dumm ist! Und ich überlege zuerst, was ich tue!«

Diesmal lachte sie laut auf, sie brüllte geradezu vor Lachen, und das auf eine unwürdige, höchst undamenhafte Art. Es war wunderbar. Die ganze Spannung, die Ängste verschwanden, ihr Zorn, ihre Einsamkeit; sie lachte noch lauter. Sie hätte auch nicht aufhören können, wenn sie es versucht hätte, also versuchte sie es erst gar nicht.

»Dummes Frauenzimmer!« murmelte er gepreßt, und sein Gesicht lief rot an. »Gott bewahre mich vor Schwachsinnigen!« Er wandte sich ab, weil er selbst jeden Augenblick loszuprusten drohte.

Schließlich bekam sie sich wieder in den Griff. Tränen liefen ihr übers Gesicht, und sie fischte nach einem Taschentuch, um sich zu schneuzen.

»Wenn Sie sich wieder gefaßt haben«, sagte er, weiterhin um eine eisige Miene bemüht, »dann sagen Sie mir vielleicht, ob Sie bei dieser oder einer Ihrer anderen Operationen etwas Nützliches erfahren haben.«

»Selbstverständlich«, sagte sie fröhlich. »Deshalb bin ich ja hier.« Sie hatte sich bereits, ohne groß darüber nachdenken zu müssen, dazu entschlossen, ihm nichts über Callandras Gefühle für Kristian Beck zu sagen. Das ging nur sie selbst etwas an. Es ihm gegenüber zu erwähnen, wäre einem Verrat gleichgekommen. »Der Korridor ist um diese Tageszeit so gut wie verlassen, und die wenigen, die vorbeikommen, haben es entweder eilig oder sind zu müde, um etwas mitzubekommen –

oder beides. Mich haben sie jedenfalls nicht bemerkt, und ich glaube auch nicht, daß sie jemand anderen bemerkt hätten.«

»Nicht einmal einen Mann?« drängte er sie, seine Aufmerksamkeit wieder ganz bei ihrem Fall. »In Hose und Jacke, anstatt der Kleidung eines Operationsassistenten?«

»Es ist sehr düster dort. Also ich glaube nicht«, sagte sie nachdenklich. »Man bräuchte sich nur umzudrehen und so zu tun, als stecke man etwas in den Schacht. Um diese Zeit haben die Schwestern eine Nachtschicht hinter sich und sind einfach zu erschöpft, um sich um anderer Leute Angelegenheiten zu kümmern. Ihre eigenen genügen ihnen vollauf. Sie denken nur an eines: sich irgendwo hinzulegen und einzuschlafen. Das ist alles, was zählt.«

Er sah sie genauer an. »Sie sehen müde aus«, sagte er, nachdem er einen Augenblick überlegt hatte. »Um ehrlich zu sein, Sie sehen gräßlich aus.«

»Sie nicht«, erwiderte sie rasch. »Sie sehen ausgesprochen gut aus. Aber dann habe ich höchstwahrscheinlich auch etwas härter gearbeitet als Sie!«

Es überraschte sie, als er ihr zustimmte. »Ich weiß.« Er lächelte plötzlich. »Lassen Sie uns hoffen, daß die Kranken es Ihnen angemessen danken. Ich bin sicher, Callandra wird es tun. Dann können Sie sich ein neues Kleid kaufen. Sie haben wirklich eines nötig. Haben Sie sonst noch etwas erfahren?«

Die Bemerkung über das Kleid schmerzte. Sie war sich seiner Eleganz sehr wohl bewußt. Und auch wenn sie es ihm nie gesagt hätte – er war auch so schon eitel genug –, sie bewunderte das. Und sie wußte, daß sie sehr selten elegant gekleidet war, und nie wirklich weiblich. Es war eine Kunst, die sie nicht beherrschte, und so versuchte sie es erst gar nicht mehr. Zu gern wäre sie so hübsch wie Imogen gewesen, so anmutig und romantisch!

Er starrte sie an, während er auf eine Antwort wartete.

»Sir Herbert wird wahrscheinlich medizinischer Berater eines Mitglieds des königlichen Haushalts«, sagte sie hastig. »Aber ich weiß nicht für wen.«

»Hört sich nicht weiter wichtig an«, meinte er und ließ das

Thema achselzuckend fallen. »Aber möglich wäre es wohl, nehme ich an. Was sonst noch?«

»Sir John Robertson, einer der Herren aus dem Verwaltungsrat, ist in finanziellen Schwierigkeiten«, berichtete sie in nüchternem Ton. »Der Kaplan trinkt – nicht wüst, aber zuweilen mehr als seinem Urteilsvermögen guttut, von seinem Gleichgewicht ganz zu schweigen. Und der Kämmerer hat zu neugierige Augen und Hände, was die hübscheren Schwestern anbelangt. Aber er bevorzugt Blonde mit üppigem Busen.«

Monk sah sie an, verkniff sich jedoch jeden Kommentar. »Dann dürfte er Prudence ja kaum belästigt haben«, bemerkte er.

Sie konnte sich des Gefühls nicht erwehren, seine Bemerkung war persönlich gemeint und schloß sie mit ein. »Und wenn, wäre sie meiner Ansicht nach sehr gut mit ihm fertig geworden«, antwortete sie heftig. »Ich jedenfalls schon!«

Er grinste breit, dem Lachen nahe, sagte jedoch nichts.

»Und, haben Sie etwas herausgefunden?« erkundigte sie sich angriffslustig. »Oder haben Sie einfach darauf gewartet, was ich herausfinden würde?«

»Natürlich habe ich einiges entdeckt. Bin ich Ihnen vielleicht Rechenschaft schuldig?« Er hörte sich überrascht an.

»Allerdings!«

»Na schön. Sowohl Geoffrey Taunton als auch Nanette Cuthbertson hatten eine ausgezeichnete Gelegenheit«, berichtete er und richtete sich auf wie ein Soldat beim Rapport; aber er lächelte. »Er war an jenem Morgen im Krankenhaus, um mit Prudence zu sprechen, und hat sich nach eigenen Angaben mit ihr gestritten.«

»Sie wurde nach dem Streit noch lebend gesehen«, unterbrach sie ihn.

»Das weiß ich! Aber es gibt keinen Beweis dafür, wann er das Krankenhaus wieder verlassen hat. Er hat den nächsten Zug nicht erwischt. Ja, er ist sogar erst gegen Mittag wieder nach Hause gekommen und kann nicht beweisen, wo er gewesen ist. Meinen Sie, ich würde mir die Mühe machen, das zu erwähnen, wenn er das könnte?«

Sie zuckte die Achseln. »Erzählen Sie weiter.«

»Und Miss Cuthbertson war an jenem Morgen ebenfalls in der Stadt. Sie war die ganze Nacht über hier gewesen, weil sie zu einem Ball bei Mrs. Waldemar am Regent Square eingeladen war – nur zwei Straßen vom Krankenhaus.« Er sah sie an, während er sprach. »Und merkwürdigerweise stand sie, nachdem sie die Nacht durchgetanzt hatte, schon so früh auf, daß sie nicht zum Frühstück anwesend war. Sie behauptete, frische Luft schnappen gewesen zu sein. Aber dafür gibt es keinen Beweis. Keiner hat sie gesehen. Und zum Frühstück war sie nicht da.«

»Und sie hatte mit ihrer Eifersucht ein ausgezeichnetes Motiv«, pflichtete Hester ihm bei. »Aber wäre sie denn stark genug?«

»O ja«, sagte er, ohne zu zögern. »Sie ist eine ausgezeichnete Reiterin. Ich habe sie neulich ein Pferd zügeln sehen, dem selbst ein Mann kaum Herr geworden wäre. Sie hat die Kraft, vor allem wenn sie sie überrascht hat.«

»Und ich nehme an, sie könnte gut als Schwester durchgegangen sein, wenn sie schlicht genug angezogen war«, sagte sie nachdenklich. »Aber Beweise gibt es dafür nicht!«

»Ich weiß!« Seine Stimme wurde scharf und laut. »Wenn es einen gäbe, wäre ich damit zu Jeavis gegangen!«

»Sonst noch was?«

»Jedenfalls keinen Anhaltspunkt.«

»Dann nehme ich an, wir machen uns besser wieder an die Arbeit und geben uns etwas mehr Mühe.« Sie stand auf. »Ich werde mal probieren, ob ich nicht noch etwas mehr über einige der Verwaltungsräte herausbekommen kann. Und Sir Herbert und Dr. Beck.«

Er beeilte sich, zwischen sie und die Tür zu kommen; sein Gesicht mit einemmal völlig ernst, fixierte er sie. »Seien Sie vorsichtig, Hester! Jemand hat Prudence Barrymore umgebracht – und es war weder ein Kampf noch ein Unfall. Der Betreffende wird Sie nicht weniger rasch beseitigen, wenn er einen Grund zu haben glaubt.«

»Natürlich werde ich vorsichtig sein«, sagte sie und geriet

gleich wieder in Hitze. »Ich stelle keine Fragen, ich beobachte nur.«

»Schon möglich«, räumte er zweifelnd ein.

»Was wollen Sie denn tun?«

»Mir die Herren Studenten vornehmen.«

»Sagen Sie mir, wenn ich Ihnen dabei irgendwie helfen kann. Vielleicht kann ich ja was über sie erfahren.« Er stand dicht vor ihr, hörte ihr zu, musterte ihr Gesicht. »Bisher scheinen sie mir sehr gewöhnlich: überarbeitet, erpicht darauf zu lernen, arrogant gegenüber dem weiblichen Personal und voll blöder Witze, um ihren Kummer wettzumachen, von ihren eigenen Unzulänglichkeiten ganz zu schweigen. Und dann immer arm und nicht selten hungrig und müde. Sie reißen böse Witze über Sir Herbert, aber sie bewundern ihn ganz gewaltig.«

»Sie auch?« Mit einemmal schien er interessierter als zuvor.

»Ja«, antwortete sie überrascht. »Ja. Ich denke schon – jetzt.«

»Seien Sie vorsichtig!« sagte er noch einmal mit zunehmender Dringlichkeit.

»Das haben Sie schon gesagt, und ich habe es versprochen. Auf Wiedersehen.«

»Auf Wiedersehen.«

Am folgenden Tag hatte sie mehrere Stunden frei und nutzte diese, um zwei Leute zu besuchen, mit denen sie eine solide Freundschaft verband. Der eine war Major Horatio Tiplady, obwohl der »Horatio« ein Geheimnis zwischen ihnen beiden war, das zu hüten sie ihm hatte versprechen müssen. Sie hatte ihn nach einem schlimmen Beinbruch gepflegt, den er sich zugezogen hatte, während sie in den Fall Carlyon verwickelt war, und sie hatte eine ungewöhnliche Zuneigung zu ihm gefaßt. Es kam nicht oft vor, daß sie mehr als Respekt und Verantwortung für ihre Patienten empfand; zwischen dem Major und ihr jedoch hatte sich eine echte Freundschaft entwikkelt.

Edith Sobell dagegen hatte sie bereits vor dem Fall gekannt; ohne die Freundschaft zu ihr wäre sie gar nicht erst in die Geschichte verwickelt worden. Allerdings waren sie sich während dieser ereignisreichen Zeit noch nähergekommen. Hester hatte es Edith auch ermöglicht, ihr Elternhaus zu verlassen, indem sie sie dem Major vorstellte, der ihr daraufhin das Angebot machte, sie – eine Witwe ohne jegliche Berufserfahrung – als Sekretärin einzustellen, damit sie ihm bei der Niederschrift seiner Memoiren über seine Zeit in Indien half.

Hester kam am frühen Nachmittag an, ohne ihren Besuch angekündigt zu haben; dazu war keine Zeit gewesen. Nichtsdestoweniger hieß man sie aufs Herzlichste willkommen und ließ alles liegen und stehen.

»Hester! Wie wunderbar, Sie zu sehen! Wie geht es Ihnen? Gott, was sehen Sie müde aus, meine Liebe. Kommen Sie doch herein und erzählen Sie uns, wie es Ihnen so geht. Der Tee kommt sofort. Sie bleiben doch, oder?« Ediths neugieriges Gesicht, gewöhnlich und schön zugleich, leuchtete vor Begeisterung.

»Natürlich bleibt sie!« sagte der Major rasch. Bis auf ein kaum merkliches Hinken war er wieder völlig gesund. Hester hatte ihn nie aktiv erlebt, und so war es eine ziemliche Überraschung für sie, ihn auf den Beinen zu sehen, ganz zu schweigen davon, daß er sich um sie kümmerte und nicht umgekehrt. Keine Spur mehr von Schmerz und Frustration im Gesicht; trotzdem sah er immer noch genauso rosig geschrubbt und sauber aus wie damals, und auch das Haar stand immer noch ab wie die Haube eines weißen Vogels.

Mit Freuden willigte sie ein. Es war ein schönes Gefühl, wieder einmal unter Freunden zu sein und keinerlei Pflichten zu haben, außer Tee und Konversation.

»Bei wem sind Sie denn im Augenblick? Wo pflegen Sie?« fragte Edith eifrig und ließ sich mit ihrer typischen Mischung aus Anmut und bäurischer Uneleganz in einen großen Sessel sinken. Hester war entzückt, da dies bedeutete, daß sie sich hier völlig zu Hause fühlte. Sie setzte sich nicht auf den Rand, mit steifem Kreuz, die Röcke drapiert, die Hände gefaltet, wie sich das für eine Dame gehörte. Hester spürte, wie sie sich selbst entspannte; ohne einen besonderen Grund zu haben, lächelte sie.

»Im Königlichen Armenspital in der Gray's Inn Road«, antwortete sie.

»In einem Hospital?« Major Tiplady war erstaunt. »Nicht privat? Wie das denn? Ich dachte, Sie empfänden das als zu ...« Er zögerte, um einen diplomatischen Ausdruck verlegen.

»Beengend für Ihr Temperament«, beendete Edith den Satz für ihn.

»Ist es auch«, gab Hester, immer noch lächelnd, zu. »Es ist nur vorübergehend. Ausgesprochen höflich von Ihnen, mich nicht daran zu erinnern, daß es überhaupt noch ein Krankenhaus gibt, das mich nach meinem letzten Erlebnis nimmt. Lady Callandra Daviot sitzt im Verwaltungsrat. Sie hat mir die Stellung verschafft, nachdem ihre beste Schwester, die ebenfalls auf der Krim war, ermordet wurde.«

»Mein Gott, wie schrecklich!« Edith machte ein langes Gesicht. »Wie kam es denn dazu?«

»Das wissen wir nicht«, antwortete Hester und wurde wieder ernst. »Lady Callandra hat Monk mit dem Fall betraut, neben der Polizei, versteht sich. Und deshalb bin ich dort.«

»Ah!« Die Augen des Majors leuchteten begeistert auf. »Dann sind Sie also wieder einmal als Detektiv unterwegs.« Dann wurde er wieder ernst. »Seien Sie ja vorsichtig, meine Liebe. Ein solches Unterfangen könnte sehr leicht gefährlich werden, wenn man Ihre Absichten entdeckt.«

»Sie brauchen sich keine Sorgen zu machen«, versicherte Hester ihm. »Ich bin dort nur eine Schwester wie jede andere auch.« Sie lächelte übers ganze Gesicht. »Wenn man mich dort nicht mag, so nur weil ich im Krimkrieg gedient habe und herrisch und eigensinnig bin!«

»Und wie war die Ermordete?« erkundigte sich Edith.

»Herrisch und eigensinnig.« Hester bedachte sie mit einem schiefen Lächeln. »Aber ehrlich, wenn das ein Motiv für Mord wäre, dann wären nur noch wenige von uns am Leben.«

»Haben Sie denn eine Vorstellung, warum man sie ermordet hat?« fragte der Major über Ediths Sessel gebeugt.

»Nein ... nicht die geringste. Es gibt mehrere Möglichkeiten. Monk sieht sich einige davon genauer an. Ich würde gern mehr über einen deutschen Arzt herausfinden, der dort arbeitet. Ich gebe zu, daß er mir sympathisch ist, und mir mehr darum zu tun ist, seine Unschuld zu beweisen als seine Schuld. Ich frage mich ...« Sie verstummte. Was sie hatte sagen wollen, kam ihr mit einemmal impertinent vor.

»Ob wir Ihnen behilflich sein könnten?« beendete der Major ihren Satz. »Wir wären entzückt. Sagen Sie uns seinen Namen und was Sie über ihn wissen, den Rest finden wir schon heraus. Sie dürfen sich ganz auf uns verlassen, nicht wahr, Edith?«

»Aber sicher«, sagte Edith, gleich Feuer und Flamme. »Ich bin ziemlich gut geworden, wenn es darum geht, Dinge auszugraben – in literarischer Hinsicht, versteht sich.« Sie lächelte wehmütig. Ihr ganz eigenes Gesicht mit der geschwungenen Nase und dem humorvollen Mund zeigte deutlich, daß sie sich des Unterschieds zwischen Nachforschungen in einer Bibliothek und Hesters Ermittlungen – was immer sie sich darunter vorstellte – völlig im klaren war. »Ich kann mir vorstellen, daß man in den Krankenhäusern, in denen er zuvor gearbeitet hat, einiges über ihn weiß. Ich werde dem sofort nachgehen. Es gibt medizinische Behörden mit allen Arten von Listen.« Sie setzte sich etwas bequemer. »Aber nun erzählen Sie doch mal, was Sie in letzter Zeit so gemacht haben. Wie geht es Ihnen denn? Sie sehen ziemlich müde aus.«

»Ich werde uns Tee bestellen«, sagte der Major entschlossen. »Sie müssen doch durstig sein. An einem so schrecklich heißen Tag, und zweifelsohne sind Sie auch einen Teil des Weges gelaufen. Hätten Sie gerne ein paar Gurkensandwiches? Tomaten vielleicht? Ich weiß doch noch, wie gern Sie Tomaten hatten.«

»Liebend gern.« Hester nahm das Angebot mit Freuden an, nicht nur um der Erfrischung willen, sondern mehr noch wegen der Freundschaft und der Herzlichkeit des Empfangs. Lächelnd blickte sie zum Major auf. »Wie aufmerksam von Ihnen, daran zu denken.«

Er errötete leicht und ging dann, vor Zufriedenheit strahlend, sich darum kümmern.

»Also«, sagte Edith noch einmal, »jetzt erzählen Sie doch

mal, was Ihnen seit unserer letzten Begegnung so an Vergnüglichem oder Interessantem widerfahren ist.«

Hester rutschte etwas tiefer in ihren Sessel und begann zu erzählen.

Etwa zur gleichen Zeit, als Hester sich mit Edith und dem Major Tee und Gurkensandwiches schmecken ließ, bediente sich Callandra auf Lady Stanhopes Gartenparty mit einer hauchdünnen Schnitte butterbestrichenen Brots. Sie hielt nichts von Gartenparties und noch weniger von den Leuten, die man dort gemeinhin traf, aber sie war gekommen, weil sie die Tochter kennenlernen wollte, von der Sir Herbert laut Hester gesprochen hatte; das Mädchen, das man durch den verpfuschten Abort verkrüppelt hatte. Allein beim Gedanken daran fröstelte es sie bis zur Übelkeit.

Um sie herum das Durcheinander klingender Tassen und Gläser, Gelächter, das Rascheln und Rauschen von Röcken. Lakaien bewegten sich diskret unter den Gästen und boten gekühlten Champagner und Limonade auf Eis. Dienstmädchen in sauberen Spitzenschürzen und gestärkten Hauben reichten Sandwiches, Kuchen und kleines Gebäck. Eine Dame von Adel machte einen Scherz, und die Umstehenden lachten. Köpfe wandten sich ihnen zu.

Es war nicht einfach gewesen, an eine Einladung zu kommen, da sie mit Lady Stanhope nicht bekannt war. Die Dame des Hauses war eine stille Frau, die lieber bei ihren sieben Kindern blieb, als sich mit öffentlichen Angelegenheiten abzugeben. Für Lady Stanhope gab es nur zwei Gründe, sich in Gesellschaft zu begeben: wenn es galt, die Stellung ihres Gatten zu wahren oder Gerede vorzubeugen. Die Gartenparty war also eine Möglichkeit, sich einer ganzen Reihe von Verpflichtungen auf einen Streich zu entledigen, was dazu führte, daß sie mit der Gästeliste nicht völlig vertraut war. Folglich schien sie auch nicht weiter überrascht, Callandra zu sehen. Vielleicht hielt sie sie für jemanden, dessen Gastfreundschaft sie einmal genossen hatte, ohne sich daran zu erinnern; vermutlich dachte sie, sie hätte sie eingeladen, um eine Schuld zu begleichen.

Callandra war in Begleitung einer gemeinsamen Freundin gekommen, mit der sie vertraut genug war, um ihr ohne weitere Erklärungen einen Gefallen abzuverlangen.

Sie hatte sich weit förmlicher kleiden müssen, als ihr lieb war. Zudem hatte ihr Hausmädchen, ein höchst angenehmes und sympathisches Wesen, das schon seit Jahren bei ihr in Diensten war, ihre liebe Not mit Frisuren; sie hatte nicht das geringste Talent dafür. Auf der anderen Seite war sie sehr ausgeglichen und von exzellenter Gesundheit, verfügte über einen wohltuenden Humor und war über alle Maßen loyal. Da es Callandra selten interessierte, wie ihr Haar aussah, machten diese Tugenden ihre Mängel mehr als wett.

An diesem Tag freilich hätte sie sich etwas mehr Geschick im Umgang mit Haarnadeln und Kamm gewünscht. Sie sah nämlich aus, als wäre sie im gestreckten Galopp zur Party gekommen, und jedesmal, wenn sie eine verirrte Strähne zurechtzuzupfen versuchte, machte sie alles noch schlimmer und lenkte – falls das überhaupt möglich war – noch mehr Blicke auf sich.

Ihr Kleid war in einem mittleren Blauton mit weißen Borten. Es war nicht sonderlich modisch, stand ihr aber ausgezeichnet, was in ihrem Alter viel wichtiger war.

Sie war sich nicht wirklich sicher, was sie hier wollte. Selbst in der flüssigsten und geselligsten Unterhaltung mit Victoria Stanhope, sollte sich eine solche überhaupt bewerkstelligen lassen, konnte sie nicht einfach fragen, wer die tragische Operation vorgenommen hatte. Ganz zu schweigen davon, wieviel er für diese Tat – einen Dienst konnte man es ja wohl kaum nennen – verlangt hatte.

Sie stand am Rande des Rasens, gleich neben der Rabatte, die neben hohem Rittersporn, leuchtenden Pfingstrosen, fast schon verblühtem Klatschmohn und blauem Ehrenpreis auch köstlich duftende Katzenminze zierte. Sie fühlte sich elend, völlig fehl am Platz und kam sich albern vor. Es war sinnlos gewesen, hierherzukommen, und sie war drauf und dran, sich nach einer akzeptablen Entschuldigung umzutun, als ein älterer Herr sie in ein Gespräch verwickelte. Er schien entschlossen, ihr seine Theorien über die Nelkenzucht auseinanderzusetzen und legte dabei großen Wert darauf, daß sie auch verstand, welche Anweisungen sie ihrem Gärtner hinsichtlich des Schneidens zu geben hätte.

Dreimal versuchte sie ihm klarzumachen, daß ihr Gärtner sein Handwerk durchaus verstand, aber seine Begeisterung erstickte jeden Versuch im Keim; es dauerte eine Viertelstunde, bis sie sich endlich freimachen konnte und sich Arthur Stanhope, Sir Herberts Ältestem, gegenübersah. Er war ein schlanker junger Mann mit blassem Teint und glattem braunen Haar. Er mochte neunzehn sein und tat hier auf der Party seiner Mutter ganz offensichtlich nur seine Pflicht. Es wäre herzlos gewesen, ihn einfach stehenzulassen. Das einzig Anständige war, seine höflichen Fragen zu beantworten und eine völlig belanglose Unterhaltung zu führen.

Sie war damit beschäftigt, in den – wie sie hoffte – passenden Augenblicken »ja« oder »nein« zu sagen, als sie ein Mädchen von etwa siebzehn Jahren bemerkte, das einige Meter weiter wartete. Sie war sehr dünn und schien fast schief zu stehen, als würde sie beim Gehen hinken. Ihr Kleid war hübsch, von zartem Rosa und ausgezeichnetem Schnitt, aber auch das große Geschick der Schneiderin konnte nicht von dem abgespannten Ausdruck, und den Halbmonden unter den müden Augen ablenken. Callandra hatte zu viele Invaliden gesehen, um nicht sofort die Anzeichen physischer Qualen zu erkennen; sie waren nicht weniger deutlich als ihre Haltung, die erkennen ließ, daß sie das Stehen ermüdend fand.

»Entschuldigen Sie«, unterbrach sie Arthur Stanhope gedankenlos.

»Wie?« Er sah sie verwirrt an. »Ja?«

»Ich habe den Eindruck, die junge Dame wartet auf Sie.« Sie wies auf das Mädchen in Rosa.

Er drehte sich um und folgte ihrem Blick. Sein Gesicht bot eine ganze Palette von Emotionen: Unbehagen, Zärtlichkeit, Irritiertheit und das Gefühl, sie in Schutz nehmen zu müssen.

»Oh – ja. Das ist meine Schwester... Victoria, komm doch her, ich möchte dir Lady Callandra Daviot vorstellen.«

Victoria zögerte; jetzt, wo sie die Aufmerksamkeit auf sich gelenkt sah, wurde sie verlegen.

Callandra wußte, welche Art Leben ein Mädchen erwartete, das nicht auf eine Ehe hoffen konnte. Sie würde finanziell immer von ihrem Vater abhängig sein und von ihrer Mutter, was Kameradschaft und Zuneigung anbelangte. Sie würde nie ein eigenes Heim haben, es sei denn, sie war das Einzelkind wohlhabender Eltern, was Victoria aber nicht war. Erben würde natürlich Arthur, abgesehen von einer angemessenen Mitgift für die Schwestern, die zu verheiraten waren. Seine Brüder würden ihre eigenen Wege gehen, mit einer angemessenen Ausbildung und einer ansehnlichen Starthilfe.

Das Schlimmste wäre das Mitleid, die wohlwollenden und furchtbar grausamen Bemerkungen, die unüberlegten Fragen, die jungen Männer, die ihr den Hof machten – bis sie die Wahrheit erfuhren.

Trotz dieser unerträglichen Gedanken lächelte Callandra das Mädchen an. »Guten Tag, Miss Stanhope«, sagte sie mit allem Charme, den sie aufzubringen vermochte, und das war weit mehr, als ihr klar wurde.

»Guten Tag, Lady Callandra«, antwortete Victoria mit einem zaghaften Lächeln.

»Was für einen entzückenden Garten Sie haben«, fuhr Callandra fort. Die Unterhaltung zu führen oblag Callandra nicht nur, weil sie um ein Beträchtliches älter war, sondern weil es ihr nicht entging, daß Victoria ihren Pflichten weder gewachsen war noch große Freude an ihnen hatte. Ihre Unbeholfenheit auf gesellschaftlichem Parkett war ein Nadelstich im Vergleich zu der tödlichen Wunde, die man ihr beigebracht hatte. »Wie ich sehe, haben Sie auch einige hübsche Nelken. Ich liebe ihren Duft über alles, Sie nicht auch?« Victoria antwortete mit einem Lächeln. »Ein Herr mit einem Monokel erklärte mir eben, wie man zwei Arten miteinander kreuzt.«

»O ja, Oberst Strother«, sagte Victoria rasch und trat einen Schritt näher. »Ich fürchte, er neigt dazu, sich etwas zu sehr über das Thema zu verbreiten.«

»Ein klein wenig«, gab Callandra zu. »Trotzdem, sie sind ein angenehmes Thema, und er hat es höchstwahrscheinlich nur gut gemeint.«

»Ich höre lieber Oberst Strother über Nelken sprechen als Mrs. Warburton über die Unmoral unserer Garnisonsstädte.« Victoria lächelte ein bißchen. »Oder Mrs. Peabody über ihre Gesundheit, oder Mrs. Kilbride über den Zustand der Baumwollindustrie auf den amerikanischen Plantagen, oder Major Drissell über den indischen Aufstand.« Ihre Begeisterung wuchs, als sie Callandras Zwanglosigkeit spürte. »Bei jedem Besuch bekommen wir das Massaker von Amritsar erzählt. Ich bekam es schon beim Abendessen zum Fisch gereicht und dann gleich noch mal zum Sorbet.«

»Einige Leute kennen einfach kein Maß und Ziel.« Callandra erwiderte ihre Offenheit mit Offenheit. »Ihr Lieblingsthema neigt dazu, mit ihnen durchzugehen wie ein Pferd.«

Victoria lachte; der Vergleich schien sie zu amüsieren.

»Entschuldigen Sie.« Ein nett aussehender junger Mann von vielleicht einundzwanzig, zweiundzwanzig Jahren, trat kleinlaut hinzu, ein kleines Spitzentüchlein in der Hand. Fast ohne Callandra zu beachten, sah er Victoria an; Arthur hatte er offensichtlich gar nicht gesehen. Er hielt ihr das Stückchen spitzenbesetzten Batists entgegen. »Ich könnte mir denken, daß Sie das verloren haben, Madam. Entschuldigen Sie, daß ich mir die Vertraulichkeit herausnehme, es Ihnen zurückzugeben.« Sie lächelte. »Aber es gibt mir eine Gelegenheit, mich vorzustellen. Gestatten, Robert Oliver.«

Victorias Wangen wurden blaß; dann lief sie rot an. Ein Dutzend Gefühle jagten über ihr Gesicht: Freude, wilde Hoffnung und nach der bitteren Erinnerung schließlich die Einsicht.

»Ich danke Ihnen«, sagte sie mit dünner, verkniffener Stimme. »Aber zu meinem Bedauern ist es nicht das meine. Es muß einer anderen ... einer anderen Dame gehören.«

Er starrte sie an, forschte in ihren Augen nach einem Zeichen, ob er damit wirklich entlassen war.

Callandra sehnte sich danach einzugreifen, aber sie wußte, sie würde den Jammer nur in die Länge ziehen. Etwas in Victorias Gesicht hatte Robert Oliver angezogen: Intelligenz, Phantasie, Schutzlosigkeit. Vielleicht hatte er sogar gesehen, was sie hätte sein können. Er konnte nichts von der Wunde in ihrem Körper wissen, die es ihr unmöglich machte, ihm zu geben, was er ganz natürlich suchen würde.

Ohne es zu wollen, hörte sich Callandra sagen: »Wie aufmerksam von Ihnen, Mr. Oliver. Ich bin sicher, Miss Stanhope ist Ihnen sehr verbunden, aber das wird der tatsächlichen Besitzerin des Tüchleins zweifelsohne nicht anders gehen.« Sie war überzeugt davon, daß Robert Oliver nicht die Absicht hatte weiterzusuchen. Er hatte das Stück Stoff gefunden und als ebenso eleganten wie schlichten Vorwand benutzt. Er hatte keine Verwendung mehr dafür.

Zum erstenmal sah er sie richtig an. Er versuchte zu beurteilen, wer sie war und welche Rolle ihre Ansicht spielte. Er sah etwas von dem Kummer in ihr und wußte, er war echt, auch wenn er den Grund nicht kannte. Sein schmales und ernstes junges Gesicht war völlig verwirrt.

Callandra spürte einen glühenden Zorn in sich aufsteigen. Sie haßte den Arzt, der das verbrochen hatte. Es war eine Schändlichkeit, Geld mit den Nöten und Ängsten seiner Mitmenschen zu verdienen. Es war schon Tragödie genug, daß auch korrekte Operationen nicht immer gut verliefen.

Bitte, bitte Gott, gib, daß es nicht Kristian war! Der Gedanke war so schrecklich, daß er wie ein Schlag in den Magen wirkte und ihr die Luft nahm.

Wollte sie wirklich wissen, ob er es gewesen war? Würde sie sich nicht lieber an das klammern, was sie kannte: seine Freundlichkeit, sein Lachen, selbst den Schmerz, ihn nicht berühren zu können, zu wissen, daß sie nie mehr haben könnte als das? Aber könnte sie in dieser Ungewißheit weiterleben? Würde nicht die schreckliche schleichende Angst, er könnte doch schuldig sein, alles verderben? Robert Oliver starrte sie immer noch an.

Sie zwang sich, ihn anzulächeln. »Miss Stanhope und ich waren eben dabei, eine kleine Erfrischung einzunehmen, und dann wollte sie mir einige Blumen zeigen, die ihr Gärtner selbst gezüchtet hat. Ich bin sicher, Sie entschuldigen uns?« Sachte nahm sie das Mädchen am Arm. Victoria, blaß und mit bebender Unterlippe, zögerte nur einen Augenblick, dann kam sie mit. Schweigend gingen sie nebeneinanderher. Victoria fragte Callandra weder, warum sie das getan hatte, noch was sie wußte.

In der Dorfkirche von Hanwell fand ein Gedenkgottesdienst für Prudence Barrymore statt, und Monk wohnte ihm bei. Er betrachtete es als Teil seiner Pflicht Callandra gegenüber, war aber auch wegen des zunehmenden Respekts gekommen, den er für die Tote empfand; er empfand es als großen Verlust, daß jemand so Lebendiges und Wertvolles nicht mehr war. Einer förmlichen Anerkenntnis dieses Verlustes beizuwohnen war eine Art, diese Lücke wenn schon nicht zu füllen, so doch zu überbrücken.

Es war eine stille Andacht, aber die Kirche war bis auf den letzten Platz gefüllt. Wie es schien, waren viele aus London gekommen, um ihren Respekt zu bezeigen und der Familie zu kondolieren. Monk sah wenigstens zwanzig Männer, die früher Soldaten gewesen sein mußten, einige mit amputierten Gliedmaßen, auf Krücken gelehnt oder mit leeren Ärmeln. Viele andere hatten Gesichter, die eigentlich hätten jung aussehen müssen, aber Spuren vorzeitigen Verschleißes und unauslöschlicher Erinnerungen zeigten. Auch sie hielt er für Soldaten.

Mrs. Barrymore war ganz in Schwarz, aber ihr Gesicht glühte vor Energie, während sie ein Auge auf alles hatte, Leute begrüßte und mit einer Art liebenswürdiger Verwirrung Beileidsbezeugungen von Fremden entgegennahm. Sie war ganz offensichtlich erstaunt, daß so viele Leute einen so tiefen Respekt für ihre Tochter gehabt haben sollten, die für sie nur eine schwere Prüfung und letztlich eine Enttäuschung gewesen war.

Ihr Gatte sah weit eher aus, als hätte er Mühe, seine Gefühle unter Kontrolle zu halten, aber er strahlte eine ungeheure Würde aus. Schweigend stand er da und nickte den Leuten zu, die an ihm vorbeikamen, um ihrem Kummer Ausdruck zu geben, ihrer Bewunderung oder ihrer Schuld gegenüber dem Mut und der Hingabe seiner Tochter. Er war so stolz auf sie, daß er den Kopf hochtrug und das Kreuz durchdrückte, als wäre er wenigstens für diesen einen Tag selbst ein Soldat. Aber sein Schmerz war zu tief, als daß er anders als stockend hätte antworten können, und so brachte er sich nicht unnötig in Verlegenheit und beschränkte sich auf die wenigen Worte, die ein Mindestmaß an Höflichkeit ihm gebot.

Man hatte ihr zu Ehren Blumen, Kränze und Girlanden aus Sommerblumen ausgelegt. Monk hatte selbst welche mitgebracht: ein Gebinde aus voll erblühten Sommerrosen, die er zu den anderen gelegt hatte. Er sah auch eines aus Wildblumen, das klein und diskret zwischen den anderen lag, und mußte an die Blumen auf dem Schlachtfeld denken. Er sah sich die Karte an. Darauf stand schlicht: »Meiner Kameradin in Liebe, Hester.«

Einen Augenblick lang spürte er eine lächerliche Gefühlsaufwallung, die ihn zwang, blinzelnd den Kopf aus den Blumen zu nehmen und einige Male kräftig die Nase hochzuziehen. Er wandte sich ab, aber nicht ohne vorher noch einen Kranz aus schlichten Gänseblümchen zu bemerken; auf der Karte stand: »Ruhe in Frieden, Florence Nightingale.«

Monk stellte sich etwas abseits, da er nicht angesprochen werden wollte. Er vernachlässigte seine Pflicht. Er war schließlich hier, um zu beobachten, nicht um zu trauern, aber die Gefühle, die in ihm aufwallten, ließen sich einfach nicht leugnen. Er verspürte keine Neugierde und, in diesem Augenblick, auch keinerlei Zorn; nur Kummer. Die langsame traurige Orgelmusik erfüllte das uralte Gemäuer der Kirche, die sich über den kleinen Gestalten wölbte, die ganz in Schwarz und mit entblößten Häuptern von einem schweren Verlust sprachen.

Er sah Callandra, still und diskret; sie war nicht als Vertreterin des Verwaltungsrats hier, sondern privat. Diese offizielle Funktion erfüllte vermutlich einer der feierlichen Herren auf der anderen Seite des Mittelgangs. Sir Herbert hatte ein Gebinde geschickt, ein anderer war vom Hospital: ein nüchternes Arrangement aus weißen Lilien mit ein paar passenden Zeilen.

Wie es der Zufall wollte, traf er nach der Messe auf Mr. Barrymore; ihm auszuweichen wäre eine ostentative Unhöflichkeit gewesen. Aber andererseits war es ihm unmöglich, irgendeine Banalität zu sagen. Er begegnete Barrymores Blick und lächelte verhalten.

»Ich danke Ihnen für Ihr Kommen, Mr. Monk«, sagte Barrymore aufrichtig. »Das ehrt Sie wirklich, da Sie sie schließlich nicht gekannt haben.«

»Immerhin weiß ich eine ganze Menge über sie«, antwortete Monk. »Und auch was ich erfahren habe, es läßt mich den Verlust um so tiefer spüren. Ich bin hier, weil ich hier sein wollte.«

Barrymores Lächeln wurde breiter, aber seine Augen füllten sich plötzlich mit Tränen, so daß er einen Augenblick schweigen mußte, bis er wieder Herr über sich war.

Monk war keineswegs verlegen. Der Kummer des Mannes war aufrichtig, es gab nichts, was den Betrachter mit Scham zu erfüllen brauchte. Monk streckte ihm die Hand entgegen, und Barrymore ergriff sie fest, um sie herzlich zu drücken; dann ließ er wieder los.

Erst dann bemerkte Monk die junge Frau halb hinter ihm. Sie war von durchschnittlicher Größe und hatte ein feingeschnittenes intelligentes Gesicht, das unter anderen Umständen voller Humor gewesen wäre; seine Lebhaftigkeit hätte ihm viel Charme verliehen. Aber selbst jetzt, bei aller Schwermut, verrieten die Fältchen ihren Charakter. Die Ähnlichkeit mit Mrs. Barrymore war unverkennbar. Sie mußte Faith Barber, Prudence' Schwester, sein. Da Barrymore gesagt hatte, sie lebe in Yorkshire, war sie vermutlich nur zur Beerdigung hier, so daß er später keine Gelegenheit mehr hätte, mit ihr zu sprechen. Wie unpassend und unsensibel es auch schien, er mußte darauf bestehen.

»Mrs. Barber?« erkundigte er sich.

Sie zeigte sofort Interesse. Sie musterte ihn offen von Kopf bis Fuß. »Sind Sie Mr. Monk?« erkundigte sie sich mit einer Höflichkeit, die ihren Worten die Unverblümtheit nahm. Ihr Gesicht war bemerkenswert gefällig, jetzt, wo sie die Feierlichkeit der Trauer für einen Augenblick ablegte. Er sah in ihr das Mädchen, das ihre Mutter beschrieben hatte, das Mädchen, das tanzte und flirtete.

»Ja«, sagte er und fragte sich, was man ihr wohl über ihn gesagt hatte. Sie bedachte ihn mit einem vertraulichen Blick und legte ihm eine schwarzbehandschuhte Hand auf den Arm.

»Können wir uns ein paar Minuten unter vier Augen unterhalten? Es ist mir klar, daß ich Ihre Zeit beanspruche, aber ich wäre Ihnen dankbarer, als Sie sich vorstellen können.«

»Natürlich«, sagte er rasch. »Wenn es Ihnen nichts ausmacht, mich zum Haus zu begleiten?«

»Ich danke Ihnen.« Sie nahm seinen Arm, und zusammen gingen sie durch die Trauernden aus dem Schatten der Kirche hinaus in die Sonne und suchten sich einen Weg zwischen den Grabsteinen hindurch in einen grasbewachsenen ruhigen Winkel neben der Mauer.

Sie hielt ihn an und wandte sich ihm zu. »Papa sagt, Sie untersuchen Prudence' Tod, und zwar unabhängig von der Polizei. Stimmt das?«

»Ja.«

»Aber Sie werden zur Polizei gehen, wenn Sie etwas Wichtiges herausfinden, und sie zwingen, entsprechend zu handeln?«

»Wissen Sie denn etwas, Mrs. Barber?«

»Ja – und ob ich etwas weiß. Prudence hat mir alle zwei, drei Tage geschrieben, ganz gleich wie beschäftigt sie war. Aber es handelte sich dabei nicht lediglich um Briefe, sondern eher um eine Art Tagebuch mit Bemerkungen zu den Fällen, die sie für medizinisch lehrreich hielt.« Sie sah ihn durchdringend an. »Ich habe sie alle hier – oder wenigstens die aus den letzten drei Monaten. Ich denke, das wird reichen.«

»Reichen wozu, Madam?« Er spürte die Erregung, die in ihm aufkam, aber er wollte nicht vorschnell sein für den Fall, daß sich das Ganze als schlecht begründeter Verdacht erweisen sollte, als bloße Vermutung, die dem natürlichen Wunsch einer Schwester nach Rache – oder Gerechtigkeit, wie sie wohl gesagt hätte – entsprangen.

»Ihn zu hängen«, sagte sie entschieden. Plötzlich war jeglicher Charme aus ihrem Blick verschwunden, und zurück blieben trostlose, zornige Augen voll Schmerz.

Er streckte ihr eine Hand entgegen. »Ich kann dazu nichts sagen, bevor ich sie nicht gelesen habe. Aber wenn dem so ist, so gebe ich Ihnen mein Wort darauf, daß ich nicht ruhen werde, bis die Sache erledigt ist.«

»Das habe ich mir gedacht.« Ein Lächeln huschte um ihren Mund und verschwand wieder. »Ihre Unbarmherzigkeit steht Ihnen ins Gesicht geschrieben, Mr. Monk. Sie hätte ich wirklich nicht gern auf den Fersen.« Sie grub in einem ungewöhnlich großen Ridikül und brachte ein Bündel Umschläge zum Vorschein. »Hier.« Sie hielt sie ihm hin. »Ich hatte gehofft, Sie würden zur Beisetzung kommen. Bitte, nehmen Sie sie, und tun Sie damit, was Sie für nötig halten. Vielleicht kann ich sie ja eines Tages wiederhaben – nachdem sie ihrem Zweck als Beweise gedient haben?«

»Wenn es in meiner Macht steht«, versprach er.

»Gut. Jetzt muß ich aber zu meinem Vater, auch wenn ich ihm nur ein kleiner Trost sein kann. Denken Sie daran, Sie haben mir Ihr Wort gegeben! Guten Tag, Mr. Monk.« Und ohne noch etwas hinzuzufügen, ging sie davon, kerzengerade, den Kopf steif und hoch, bis sie zwischen einer Gruppe Soldaten, darunter eine ganze Reihe Invaliden, verschwand, die ihr verlegen Platz machten.

Er öffnete die Briefe erst, als er zu Hause war, wo er sie bequem und ohne Hast lesen konnte.

Der erste war vor etwa drei Monaten geschrieben, genau wie Faith Barber gesagt hatte. Die Handschrift war klein, schlampig, ganz offensichtlich hatte es die Verfasserin eilig gehabt; trotzdem war sie weder gedrungen noch gewöhnlich und ließ sich leicht lesen.

Liebe Faith,
heute hatten wir einen weiteren langwierigen, aber äußerst interessanten Fall. Eine Frau mit einem Brusttumor. Das arme Ding hatte seit geraumer Zeit Schmerzen, hatte je-

doch zuviel Angst davor gehabt, jemanden zu konsultieren. Sir Herbert hat sie untersucht und sie wissen lassen, daß so rasch wie möglich operiert werden müßte und daß er das selbst übernehmen würde. Er konnte sie fast völlig beruhigen, und man nahm sie rechtzeitig im Hospital auf.

Hier folgte eine detaillierte und sehr technische Beschreibung der Operation und Sir Herberts Brillanz.

Hinterher hatte ich eine rasche Mahlzeit mit Sir Herbert (wir hatten stundenlang ohne die geringste Stärkung gearbeitet). Er setzte mir viele seiner Ideen über Behandlungsmethoden auseinander, die den Schock der Patienten bei solchen Operationen reduzieren könnten. Ich halte seine Gedanken für ausgezeichnet und würde es zu gerne sehen, daß er eine Position erreicht, in der er sie anwenden könnte. Er ist eine der großen Zierden sowohl der theoretischen als auch der praktischen Medizin. Manchmal denke ich, seine Hände sind die hübschesten, die ich je gesehen habe! Manche bezeichnen Hände im Gebet als erhabenen Anblick! Ich finde, heilende Hände sind durch nichts zu übertreffen!

Ich ging so müde zu Bett! Und doch so glücklich!

Deine dich liebende Schwester.

Monk legte den Brief beiseite. Er war persönlich, ließ vielleicht sogar das eine oder andere ahnen, enthielt jedoch keinerlei Vorwürfe und schon gar nichts Belastendes.

Er las einen weiteren und noch einen. Sie waren im Grunde alle gleich; eine ganze Reihe medizinischer Kommentare und Einzelheiten, und immer wieder Bemerkungen über Sir Herberts Geschicklichkeit.

Es war lächerlich, derart enttäuscht zu sein. Was hatte er denn erwartet? Mit schwindendem Interesse las er drei weitere. Dann, mit einemmal, stellte er fest, daß sein Herz klopfte, während die Finger mit dem Papier erstarrten.

Ich habe gestern nacht über eine Stunde lang mit Sir Herbert gesprochen. Wir waren erst nach Mitternacht fertig geworden und beide zu überreizt von den Ereignissen, um uns sofort zu Bett zu begeben. Nie habe ich die Geschicklichkeit eines Mannes mehr bewundert als die seine, und das habe ich ihm gesagt. Er zeigte sich ausgesprochen freundlich, ja herzlich mir gegenüber. Faith, ich glaube wirklich, daß es für mich doch das höchste Glück geben kann, genau wie ich mir das als Mädchen erträumt habe. Ich stehe einen Schritt vor all dem, was ich seit so langer Zeit schon will! Und Herbert ist der einzige, der es mir geben kann!

Ich ging so glücklich zu Bett – und aufgeregt! Ich hoffe – ich träume – ja, ich bete sogar! Und alles liegt in Herberts Händen! Gott sei mit ihm.

Prudence.

Fieberhaft blätterte Monk weitere Briefe durch und fand zwischen medizinischen Details und Krankengeschichten noch weitere Passagen dieser Art: voll aufgeregter Hoffnung, voller Hinweise auf künftiges Glück und die Erfüllung ihrer Träume.

Er hat die Macht, mich zur glücklichsten Frau der Welt zu machen! Ich weiß, das hört sich absurd an, unmöglich, und ich weiß, du würdest des Mahnens und Warnens nicht müde. Aber wenn sich alles erfüllt! Und er könnte dafür sorgen, Faith – er könnte! Es ist immerhin nicht unmöglich. Ich habe gesucht und überlegt, aber ich habe kein Gesetz gefunden, das nicht zu bekämpfen oder zu umgehen wäre. Bete für mich, meine liebe Schwester. Bete für mich!

Und dann, nur eine Woche vor ihrem Tod, änderte sich schlagartig der Ton.

Sir Herbert hat mich verraten! Zuerst konnte ich es kaum glauben! Ich ging zu ihm, voller Hoffnung – und Dummkopf, der ich war, voller Vertrauen! Er lachte mich aus und sagte mir, es sei völlig unmöglich und würde es auch bleiben!

Wie eine Ohrfeige traf mich die Erkenntnis, daß er mich nur benutzt hat. Er hat nie die Absicht gehabt, sein Wort zu halten.

Aber ich habe Mittel und Wege, ihn dazu zu zwingen! Ich werde ihm keine Wahl lassen! Ich hasse Gewalt – ich verabscheue sie zutiefst! Aber was bleibt mir anderes übrig? Ich werde nicht aufgeben – nie und nimmer! Ich habe die Waffen, und ich werde sie einsetzen!

War es das gewesen? Sie hatte ihm gedroht, und er hatte mit seiner eigenen Waffe zurückgeschlagen – mit Mord?

Faith Barber hatte recht: Diese Briefe genügten, um Sir Herbert den Prozeß zu machen! Und höchstwahrscheinlich sogar, ihn zu hängen.

Er entschloß sich, die Briefe am nächsten Morgen Runcorn zu bringen.

Es war noch nicht einmal acht, als Monk die Briefe in die Tasche packte und einen Hansom zur Polizeiwache nahm. Er stieg aus, bezahlte den Fahrer und stieg die Treppe hinauf. Er genoß jeden Augenblick: Die Luft war bereits warm, rund um ihn war Lärm, Hufe klapperten über das Pflaster, Räder ratterten über die Steine; noch nicht einmal der Geruch von Gemüse und Fisch, Unrat und altem Roßdung konnte ihm heute etwas anhaben.

»Guten Tag!« sagte er bester Laune zum Sergeanten vom Dienst, auf dessen Miene er zuerst Überraschung, dann Besorgnis feststellte.

»Morgen, Sir«, sagte er, kniff aber dabei mißtrauisch die Augen zusammen. »Was kann ich für Sie tun, Mr. Monk?«

Monk zeigte ihm lächelnd die Zähne. »Ich würde gern Mr. Runcorn sprechen, wenn's recht ist? Ich habe wichtiges Material im Zusammenhang mit dem Mord an Prudence Barrymore.«

»Ja, Sir. Und das wäre?«

»Vertraulich, Sergeant, da es eine sehr wichtige Persönlichkeit betrifft. Würden Sie Mr. Runcorn bitte Bescheid sagen?«

Der Sergeant überlegte einen Augenblick und musterte Monk. Eine Flut von Erinnerungen bestürmte ihn, das war ihm deutlich anzusehen; die alten Ängste vor einer ebenso flinken wie unbarmherzigen Zunge. Er kam zu dem Schluß, daß er Monk noch immer mehr fürchtete als Runcorn.

»Jawohl, Mr. Monk. Ich gehe ihn mal fragen.« Dann fiel ihm

ein, daß Monk nichts mehr darstellte. Er lächelte zögernd. »Aber ich kann nicht versprechen, daß er Zeit für Sie hat!«

»Sagen Sie ihm, es genügt für eine Verhaftung«, fügte Monk mit tiefster Genugtuung hinzu. »Ich kann damit auch woanders hingehen, falls ihm das lieber ist?«

»Nicht doch, Sir. Ich frage ihn.« Und langsam, um ja keine ehrerbietige Hast an den Tag zu legen, geschweige denn etwas, was ihm als Gehorsam ausgelegt werden könnte, verließ er seinen Posten und ging zur Treppe.

Er war einige Minuten verschwunden und kam dann mit fast ausdrucksloser Miene zurück. »Ja, Sir, wenn Sie hinaufgehen würden, Mr. Runcorn empfängt Sie sofort.«

»Ich danke Ihnen«, sagte Monk mit übertriebener Freundlichkeit. Dann ging er die Treppe hinauf und klopfte an Runcorns Tür. Jetzt bestürmten auch ihn eine Menge Erinnerungen an die zahllosen Male, die er hier gestanden hatte, mit den verschiedensten Erkenntnissen oder keinen.

Er überlegte, was Runcorn wohl denken mochte, ob wenigstens eine Spur Nervosität in ihm war, Erinnerungen an alte Zusammenstöße, Siege und Niederlagen. Oder fühlte er sich jetzt, wo Monk nicht mehr im Amt war, so sicher, daß er jede Konfrontation zu gewinnen glaubte?

»Kommen Sie herein.« Runcorns Stimme war kräftig und voller Erwartung. Monk öffnete und trat lächelnd ein.

Runcorn lehnte sich etwas zurück und starrte Monk mit kühler Zuversicht an.

»Guten Morgen«, sagte Monk lässig, die Hände in den Taschen, die Finger um Prudence Barrymores Briefe.

Einige Sekunden lang starrten sie einander an. Langsam verblaßte Runcorns Lächeln. Seine Augen wurden schmäler. »Nun?« sagte er gereizt. »Stehen Sie nicht grinsend rum! Haben Sie der Polizei etwas zu geben oder nicht?«

Monk spürte sein altes Selbstvertrauen zurückkehren, das Wissen, Runcorn überlegen zu sein, den flinkeren Verstand, die schärfere Zunge und den stärkeren Willen zu haben.

»Ich habe in der Tat etwas«, antwortete er, zog die Briefe aus der Tasche und zeigte sie Runcorn.

Runcorn wartete; er weigerte sich zu fragen, worum es sich handelte. Er starrte Monk an, aber seine Sicherheit schwand rasch dahin. Die Erinnerungen an alte Zeiten waren zu stark.

»Briefe von Prudence Barrymore an ihre Schwester«, erklärte Monk. »Ich denke, wenn Sie sie gelesen haben, werden Sie genügend Beweise haben, um Sir Herbert Stanhope zu verhaften.« Er sagte das, weil er wußte, es würde Runcorn aus der Fassung bringen. Er hatte eine Heidenangst davor, Leuten von gesellschaftlichem oder politischem Rang auf die Füße zu treten; und mehr noch davor, einen Fehler zu machen, der weder ein Zurück erlaubte noch sich sonst jemandem in die Schuhe schieben ließ. Schon kroch ihm die erste Zornesröte ins Gesicht, und sein Mund nahm einen verkniffenen Ausdruck an.

»Briefe von der Barrymore an ihre Schwester?« wiederholte Runcorn, um Zeit zu gewinnen und einen klaren Gedanken zu fassen. »Sie beweisen ja wohl nicht sehr viel, Monk! Das Wort einer Toten – durch nichts erhärtet. Sie glauben doch nicht, daß wir daraufhin jemanden verhaften! Wir würden keine Verurteilung bekommen.« Ein hilfloses Lächeln spielte um seinen Mund; in seinen Augen war davon nichts zu sehen.

Eine Erinnerung an die Vergangenheit stellte sich ein, beide waren sie noch viel jünger gewesen, aber Runcorn schon damals ängstlich und ständig in Sorge, er könnte einem Mächtigen zu nahe treten, selbst wenn es auf der Hand zu liegen schien, daß der etwas verschwieg. Monk empfand seine Verachtung nicht weniger stark als damals, als sie noch Grünschnäbel waren, neu in ihrem Beruf und ungeübt in ihren Fertigkeiten. Er wußte, daß sie ihm nicht weniger deutlich anzusehen war als damals. Und am aufblitzenden Haß in Runcorns Augen sah er auch, daß sie diesem nicht entging.

»Ich nehme die Briefe an mich und werde mir mein eigenes Urteil über ihren Wert bilden!« Runcorns Stimme war scharf, seine Lippen verächtlich geschürzt, aber sein Atem war rauher geworden, und die Hand, die nach den Briefen griff, steif. »Sie haben gut daran getan, damit zur Polizei zu gehen.« Das Wort »Polizei« sprach er mit besonderer Genugtuung aus und sah Monk dabei fest in die Augen.

»Das hoffe ich doch.« Monk hob die Brauen. »Ich frage mich nämlich, ob ich damit nicht besser zu jemandem gegangen wäre, der den Mut hat, sie auch offen zu benutzen und das Gericht entscheiden zu lassen, was sie beweisen!«

Runcorn blinzelte, in seinen Augen loderte die Verwirrung. Es war derselbe abwehrende Blick wie damals, als er und Monk sich über besagten Fall gestritten hatten. Daß er letztendlich gewonnen hatte, änderte daran nichts.

Worum war es in diesem Fall nur gegangen? Hatten sie ihn gelöst?

»Das steht Ihnen nicht zu«, sagte Runcorn. »Sie würden Beweismaterial zurückhalten, und das ist strafbar. Glauben Sie ja nicht, ich würde Ihnen nicht den Prozeß machen!« Dann trat eine tiefe Freude in seine Augen. »Aber ich kenne Sie, Monk. Sie geben Sie mir schon deshalb, weil Sie sich die Gelegenheit nicht entgehen lassen wollen, eine hochgestellte Persönlichkeit bloßzustellen. Sie können es einfach nicht ertragen, wenn einer Erfolg hat, wenn er nach oben gekommen ist, weil Sie es selbst nicht geschafft haben! Sie sind neidisch, weiter nichts. Oh, Sie geben mir die Briefe. Das wissen Sie so gut wie ich.«

»Natürlich wissen Sie das!« meinte Monk höhnisch. »Das macht Ihnen ja solche Angst. Sie werden sie benutzen müssen! Sie sind derjenige, der Sir Herbert vernehmen muß. Und wenn er nicht antwortet, müssen Sie Druck ausüben, ihn in die Enge treiben und schließlich verhaften. Allein der Gedanke versetzt Sie in Angst und Schrecken. Es wird Ihre gesellschaftlichen Ambitionen ruinieren. Sie werden zeit Ihres Lebens der Mann sein, der den besten Chirurgen Londons ruiniert hat!«

Selbst Runcorns Lippen waren weiß geworden; Schweißperlen standen ihm auf der Stirn. Aber er machte keinen Rückzieher. »Ich...«, er schluckte, »ich werde der Mann sein, der den Mord an Prudence Barrymore aufgeklärt hat«, sagte er heiser. »Und das ist mehr, als man von Ihnen sagen kann, Monk! Sie wird man vergessen!«

Was schmerzte, weil es wahrscheinlich die Wahrheit war.

»Sie werden mich nicht vergessen, Runcorn«, sagte Monk

böse. »Weil Sie wissen, wer Ihnen diese Briefe gebracht hat. Sie haben sie nicht selbst gefunden! Und Sie werden jedesmal daran denken, wenn Ihnen jemand sagt, wie klug und was für ein brillanter Detektiv Sie sind – Sie wissen dann nämlich genau, daß in Wirklichkeit ich gemeint bin! Nur daß Sie weder Mumm noch Charakter genug haben, das auch zu sagen. Sie werden dasitzen und sich lächelnd bedanken. Aber Sie werden es wissen.«

»Vielleicht!« Runcorn erhob sich mit hochrotem Kopf. »Aber Sie nicht, weil es nämlich in Clubs und Sälen und Speisezimmern passieren wird, in die man Sie nie einladen wird.«

»Ebensowenig wie Sie, Sie Dummkopf!« sagte Monk mit beißendem Spott. »Sie sind kein Herr, und Sie werden auch nie einer sein! Sie stehen nicht wie einer, Sie kleiden sich nicht wie einer, Sie sprechen nicht wie einer – und vor allem haben Sie nicht den Mut dazu, weil Sie genau wissen, daß Sie keiner sind! Sie sind ein Polizist mit Ambitionen, die eine Nummer zu groß für Sie sind. Vor allem für den Polizisten, der Sir Herbert Stanhope verhaften wird – und daran wird man sich erinnern!«

Runcorn nahm die Schultern hoch, als beabsichtige er, Monk einen Schlag zu versetzen. Sekundenlang starrten sie einander an, beide drauf und dran, sich zu prügeln.

Dann entspannte sich Runcorn. Er setzte sich wieder und blickte Monk an, die Andeutung eines höhnischen Lächelns auf den Lippen.

»Auch Sie wird man nicht vergessen, Monk, hier – auf der Polizeiwache. Mit Widerwillen wird man an Sie denken: der einfache Konstabler, den Sie tyrannisiert und fertiggemacht haben, die Männer, deren Ruf Sie ruiniert haben, weil sie weniger unbarmherzig waren als Sie oder nicht ganz so flink, wie Sie es von ihnen verlangt haben. Haben Sie je die Bibel gelesen, Monk? ›Die Helden sind gefallen!‹ Erinnern Sie sich?« Sein Lächeln wurde breiter. »Oh, über Sie wird man in den Schenken und an den Straßenecken sprechen; wie gut, daß Sie endlich weg sind, wird man sich sagen. Und maulenden Rekruten wird man sagen, sie hätten ja keine Ahnung! Sie sollten mal einen wirklich harten Kerl sehen – einen richtigen Tyrannen!« Jetzt fand sein Lächeln den Weg in die Augen. »Geben Sie mir die Briefe, Monk, und dann gehen Sie wieder zurück zu Ihren kleinen Schnüffeleien und was immer Sie sonst jetzt so machen.«

»Was ich mache? Was ich immer gemacht habe«, sagte Monk mit verhaltenem Zorn und erstickender Stimme. »Ich löse die Fälle, mit denen Sie nicht zurechtkommen, und räume hinter Ihnen her!« Er knallte die Briefe auf den Schreibtisch. »Ich bin nicht der einzige, der von ihnen weiß, glauben Sie also ja nicht, Sie können sie verschwinden lassen und irgendeinem armen Kerl die Schuld in die Schuhe schieben wie dem armen Teufel von einem Lakaien, den Sie seinerzeit an den Galgen gebracht haben.« Damit drehte er sich auf dem Absatz um, ging hinaus und ließ Runcorn kreidebleich und mit zitternden Händen zurück.

8

Sir Herbert Stanhope wurde verhaftet und unter Anklage gestellt, und Oliver Rathbone wurde mit seiner Verteidigung beauftragt. Er war einer der besten Anwälte Londons und mit Monk und Hester Latterly seit Monks erstem Fall bestens bekannt. Ihr Verhältnis eine Freundschaft zu nennen wäre sowohl unter- als auch übertrieben gewesen. Seine Beziehung zu Monk war komplex. Die beiden hatten großen Respekt voreinander, der durchaus an Bewunderung grenzte. Zudem vertrauten sie nicht nur blind auf die Kompetenz des anderen, sondern auch auf dessen berufliche Integrität.

Auf der persönlichen Ebene jedoch war das etwas anderes. Monk fand Rathbone mitunter arrogant und blasiert, und seine Gespreiztheit war ihm zuweilen unerträglich. Rathbone, auf der anderen Seite, fand Monk arrogant und eigensinnig und übertrieben rücksichtslos obendrein.

Mit Hester war das ganz anders, für sie empfand Rathbone eine Wertschätzung, die mit der Zeit immer tiefer und intimer wurde. Als Lebensgefährtin schien sie ihm nicht so recht geeignet, dafür war sie ihm zu dogmatisch und hatte zu wenig Vorstellungen davon, wofür eine Dame sich zu interessieren hatte – Kriminalfälle nun sicher nicht! Und dennoch genoß er ihre Gesellschaft merkwürdigerweise mehr als die einer jeden anderen und mußte feststellen, daß ihm an ihren Ansichten über ihn nicht weniger lag als an ihren Gefühlen. Seine Gedanken wandten sich ihr öfter zu, als er sich das hinlänglich zu erklären vermochte, was er beunruhigend, aber nicht unangenehm fand.

Was nun ihre Gefühle für ihn anbelangte, so hatte sie nicht die geringste Absicht, ihn diese jemals wissen zu lassen. Zuweilen verstörten sie sie geradezu – zum Beispiel damals, vor einem Jahr, als er sie so unvermutet und zärtlich geküßt hatte. Die Zeit, die sie zusammen mit seinem Vater, Henry Rathbone, den Hester sehr sympathisch fand, in Primrose Hill verbracht hatte, war ihr in angenehmer Erinnerung geblieben. Nie würde sie die Verbundenheit vergessen, die sie bei ihren abendlichen Spaziergängen im Garten empfunden hatte, die Düfte des Sommers im Wind – gemähtes Gras und Geißblatt –, die Apfelbäume jenseits der Hecke dunkle Schemen vor den Sternen.

Und dennoch war da, ganz hinten in ihren Gedanken, immer noch Monk. Monks Gesicht drängte sich in ihre Gedanken, seine Stimme, die Worte, die er in stillen Augenblicken zu ihr sprach.

Rathbone war nicht im geringsten überrascht über den Besuch von Sir Herberts Anwälten. Es verstand sich von selbst, daß ein Mann seines Standes den besten Strafverteidiger wollte, und das war für viele ohne Zweifel Oliver Rathbone.

Er las sämtliche Papiere und dachte die Angelegenheit sorgfältig durch. Die Beweise gegen Sir Herbert waren überzeugend, aber keinesfalls hieb- und stichfest. Er hatte Gelegenheit gehabt, sicher, aber das galt auch für wenigstens zwanzig andere. Er hatte die Mittel gehabt, wie jeder andere auch mit der nötigen Kraft in den Händen; sah man sich die Krankenschwestern an, so galt das für so gut wie alle. Der einzige Hinweis auf ein Motiv waren die Briefe, die Prudence Barrymore ihrer Schwester geschickt hatte – sie freilich stellten unbestreitbar schwerwiegendes Belastungsmaterial dar.

Vor dem Gesetz reichten bereits begründete Zweifel seitens der Geschworenen für einen Freispruch und damit für die Rettung vor dem Galgen. Um freilich Sir Herberts Ruf und Ehre zu retten, durfte es überhaupt keinen Zweifel geben. Das bedeutete nichts anderes, als daß Rathbone der Öffentlichkeit einen anderen Verdächtigen anbieten mußte. Letztlich war sie die Jury, auf die es ankam.

Aber zunächst einmal galt es einen Freispruch vor Gericht zu erlangen. Er las die Briefe noch mal. Sie schrien nach einer Erklärung, einer alternativen Auslegung, die sowohl harmlos als auch glaubhaft war. Dazu mußte er mit Sir Herbert persönlich sprechen.

Es war ein weiterer heißer Tag, schwül und bedeckt. Er ging grundsätzlich nicht gern ins Gefängnis, aber bei dieser dumpfen, drückenden Hitze war es noch unangenehmer als sonst: der Gestank der verstopften Abflüsse, die geschlossenen Räume mit den erschöpften Menschen, die Angst, die langsam, aber sicher zur Verzweiflung wurde. Er konnte sogar die Steine riechen, als sich die Tür mit einem harten metallischen Schlag hinter ihm schloß und der Wärter ihn in den Raum führte, wo er mit Sir Herbert Stanhope sprechen konnte.

Hier gab es nichts außer nacktem grauen Stein und einem schlichten Holztisch in der Mitte, zu dessen Seiten zwei Stühle standen. Ein einziges hochgelegenes Fenster, mit einem Eisengitter versehen, ließ etwas Licht herein; selbst der größte Mann hätte hier nicht hinausschauen können.

Der Wärter wandte sich an Rathbone. »Rufen Sie mich, wenn Sie wieder rauswollen, Sir.« Damit drehte er sich um und ließ Rathbone mit Sir Herbert Stanhope allein.

Trotz der Tatsache, daß beide Männer prominent waren, waren sie sich noch nie begegnet, und so musterten sie einander interessiert. Für Sir Herbert ging es um Leben oder Tod. Oliver Rathbones Fertigkeiten waren das einzige Schild zwischen ihm und der Schlinge. Sir Herberts Augen wurden schmal; konzentriert schätzte er das Gesicht seines Gegenübers ab, die breite Stirn, die neugierigen, für einen so hellen Typ ungewöhnlich dunklen Augen, die lange, sensible Nase und den hübschen Mund.

Rathbone musterte seinerseits sorgfältig Sir Herbert. Er sollte diesen Mann schließlich verteidigen, eine Berühmtheit, wenigstens in der Welt der Medizin. Es war eine schreckliche Verantwortung, das Leben eines Menschen in der Hand zu haben, und das nicht etwa wie bei Sir Herbert, bei dem alles von der Geschicklichkeit seiner Finger abhing; Rathbone war ganz auf seine Menschenkenntnis, seine Vertrautheit mit dem Gesetz, sowie die Behendigkeit von Verstand und Zunge gestellt.

War er unschuldig oder schuldig?

»Guten Tag, Mr. Rathbone«, sagte Sir Herbert schließlich mit einer kleinen Neigung des Kopfes, bot ihm jedoch nicht die Hand. Er trug seine eigene Kleidung. Da er sich noch nicht vor Gericht verantwortet hatte, war er dem Gesetz nach unschuldig. Man hatte ihn mit Respekt zu behandeln, selbst hier im Gefängnis.

»Guten Tag, Sir Herbert«, antwortete Rathbone und trat an den Stuhl auf der anderen Seite des Tisches. »Bitte, setzen Sie sich doch. Unsere Zeit ist kostbar, also werde ich sie nicht mit Artigkeiten vergeuden, die wir wohl beide voraussetzen können.«

Sir Herbert lächelte düster und kam der Aufforderung nach. »Es ist wahrlich kein Höflichkeitsbesuch«, pflichtete er ihm bei. »Ich nehme an, Sie haben sich mit der Darstellung der Sachlage durch die Staatsanwaltschaft vertraut gemacht?«

»Selbstverständlich.« Er setzte sich auf den schlichten Stuhl und beugte sich etwas über den Tisch. »Sie hat einen guten Fall, der jedoch keineswegs hieb- und stichfest ist. Bei den Geschworenen einen berechtigten Zweifel zu erwecken, wird nicht allzu schwer sein. Aber ich möchte doch mehr tun als das, da sonst Ihr Ruf nicht zu retten ist.«

»Natürlich.« Ein Ausdruck trockener, bitterer Belustigung legte sich über Sir Herberts breites Gesicht. Es beeindruckte Rathbone, daß er bereit war zu kämpfen, anstatt im Selbstmitleid zu versinken, wie ein geringerer Charakter das getan hätte. Er sah weder gut aus, noch war er besonders charmant, aber er verfügte offensichtlich über einen hohen Grad an Intelligenz sowie die Willenskraft und Nervenstärke, die ihn an die Spitze seines Berufsstandes gebracht hatten. Er war es gewohnt, das Leben anderer in Händen zu haben und rasche Entscheidungen zu treffen, von denen Leben und Tod abhingen. Rathbone konnte gar nicht anders, als ihm seinen Respekt zu zollen, ein Gefühl, das er seinen Mandanten beileibe nicht immer entgegenbrachte.

»Ihr Rechtsbeistand hat mich bereits informiert, daß Sie den Mord an Prudence Barrymore kategorisch bestreiten«, fuhr er fort. »Darf ich davon ausgehen, daß Sie mir dasselbe versichern? Und denken Sie daran, ich muß Sie nach besten Kräften verteidigen, ungeachtet der Umstände, aber mich zu belügen wäre ausgesprochen töricht, da es mich in meiner Arbeit behindern würde. Ich muß alle Fakten kennen, um Sie gegen die Auslegung durch den Staatsanwalt verteidigen zu können.« Er beobachtete Sir Herbert genau, vermochte jedoch nicht das geringste zu entdecken, weder ein nervöses Zucken noch ein Schwanken in seiner Stimme.

»Ich habe Schwester Barrymore nicht ermordet«, antwortete er, »und ich weiß nicht, wer es gewesen ist, obwohl ich mir einiges dazu vorstellen könnte – wissen jedoch tue ich nichts. Fragen Sie mich, was immer Sie wollen.«

Rathbone lehnte sich etwas zurück, ohne es sich auf dem hölzernen Stuhl bequem machen zu können. Ruhigen Auges musterte er den Arzt. »Mittel und Gelegenheit sind hier ohne Bedeutung. Eine ganze Reihe von Leuten hatten beides. Ich gehe davon aus, daß Sie sich bereits den Kopf darüber zerbrochen haben, ob es nicht jemanden gibt, der bestätigen könnte, wo Sie an jenem Morgen waren, und daß es niemanden gibt? Nicht? Das habe ich mir gedacht, sonst hätten Sie es der Polizei wohl gesagt und wir wären nicht hier.«

Der Anflug eines Lächelns brachte Sir Herberts Augen zum Leuchten, aber er sagte nichts.

»Bliebe also nur das Motiv«, fuhr Rathbone fort. »Die Briefe, die Miss Barrymore ihrer Schwester geschrieben hat und die sich jetzt im Besitz der Staatsanwaltschaft befinden, lassen kaum einen anderen Schluß zu, als den einer romantischen Verbindung zwischen Ihnen und ihr. Als ihr klar wurde, daß daraus nichts werden würde, wurde sie Ihnen lästig, drohte Ihnen auf die eine oder andere Weise, und um einen Skandal zu vermeiden, haben Sie sie ermordet. Ich akzeptiere, daß Sie sie nicht ermordet haben. Aber hatten Sie eine Affäre mit ihr?«

Sir Herberts schmale Lippen verzogen sich. »Absolut nicht! Der Gedanke ist so weit von der Wahrheit, daß er geradezu amüsant wäre, brächte er mich nicht in Todesgefahr. Nein, Mr. Rathbone. Ich habe Miss Barrymore noch nicht einmal unter diesem Gesichtspunkt betrachtet!« Seine Überraschtheit schien etwas fragwürdig. »Weder sie noch eine andere Frau außer der meinen! Was sich angesichts der Moral der meisten Männer unwahrscheinlich anhören mag.« Er hob die Achseln, eine belustigte und doch flehentliche Geste. »Aber ich habe all meine Energie und Leidenschaft in meinen Beruf gesteckt.«

Seine Augen ruhten aufmerksam auf Rathbones Gesicht. Er hatte die Gabe, sich auf sein Gegenüber zu konzentrieren, als wäre der Betreffende in diesem Augenblick das einzig Wichtige für ihn; seine Aufmerksamkeit war absolut. Rathbone war sich der Kraft seiner Persönlichkeit in hohem Maße bewußt. Aber er war der Überzeugung, seine Leidenschaftlichkeit war rein geistiger Art. Er hatte nicht das Gesicht eines Genußmenschen. Rathbone sah keinerlei Schwäche darin, nicht die Spur eines ungezügelten Verlangens. »Ich habe eine treu ergebene Frau, Mr. Rathbone«, fuhr Sir Herbert fort. »Und sieben Kinder. Mein häusliches Leben genügt mir vollauf. Der menschliche Körper fasziniert mich in hohem Maße, seine Anatomie, seine Physiologie, seine Krankheiten und deren Heilung. Es gelüstet mich nicht nach Krankenschwestern.« Wieder der belustigte Ausdruck, wenn auch nur kurz. »Und um ganz offen zu sein, wenn Sie Schwester Barrymore gekannt hätten, hätten Sie das auch nicht angenommen. Sie war ganz ansehnlich, sicher, aber unbeugsam, ehrgeizig und völlig unweiblich.«

Rathbone schürzte kaum merklich die Lippen. Er konnte das Thema nicht fallenlassen; seine persönliche Überzeugung spielte hier keine Rolle. »Unweiblich in welcher Hinsicht, Sir Herbert? Den Aussagen anderer zufolge muß ich annehmen, daß sie durchaus Verehrer hatte. Es gab sogar einen, der ihr so ergeben war, daß er ihr über Jahre hinweg den Hof machte, und das, obwohl sie ihn immer wieder abgewiesen hat.«

Sir Herberts dünne, helle Brauen hoben sich. »Tatsächlich? Das überrascht mich. Aber um Ihre Frage zu beantworten, sie war launisch, unangenehm offen und, was gewisse Themen anbelangt, dogmatisch. Und an Heim und Familie nicht im geringsten interessiert. Sie gab sich wenig Mühe, sich attraktiv zu machen.« Er beugte sich vor. »Ich bitte Sie, das richtig zu verstehen, das ist beileibe keine Kritik!« Er schüttelte den Kopf. »Ich habe kein Interesse daran, daß meine Schwestern mit mir flirten, weder mit mir noch mit anderen. Sie haben sich um die Kranken zu kümmern, Anweisungen zu befolgen und, was Moral und Nüchternheit betrifft, einen halbwegs akzeptablen Standard zu wahren. Prudence Barrymore war weitaus besser. Sie war enthaltsam im körperlichen Sinne, völlig nüchtern, pünktlich und fleißig, zuweilen sogar begnadet. Ich kann wohl ruhigen Gewissens sagen, daß sie die beste Krankenschwester war, die ich je gekannt habe. Und ich hatte mit Hunderten zu tun.«

»Also eine durch und durch anständige, wenn auch etwas strenge junge Frau«, faßte Rathbone zusammen.

»Absolut«, pflichtete Sir Herbert ihm bei und lehnte sich wieder zurück. »Ganz und gar nicht die Art Frau, mit der man flirtet, wenn man dazu neigt, was bei mir nicht der Fall ist.« Er lächelte wehmütig. »Aber glauben Sie mir, Mr. Rathbone, selbst wenn dem so wäre, ich hätte nie und nimmer diesen Ort gewählt, meinen Arbeitsplatz, der mir wichtiger ist als alles andere in meinem Leben. Ich hätte ihn nie einer so trivialen Befriedigung wegen aufs Spiel gesetzt.«

Woran Rathbone keinen Augenblick zweifelte. Er hatte seine ganze Laufbahn damit verbracht zu beurteilen, ob jemand log, und hatte sich damit einen großartigen Ruf geschaffen. Es gab gut zwei Dutzend winzige Hinweise, auf die man zu achten hatte, und hier sah er keinen davon.

»Wie erklären Sie sich dann ihre Briefe?« fragte er vernünftig und ruhig. Er änderte seinen Ton nicht im geringsten; es war nichts weiter als eine Frage, auf die er eine glaubwürdige Antwort erwartete.

Sir Herbert nahm einen reumütigen Ausdruck an, fast als wolle er sich entschuldigen. »Das Ganze ist mir ausgesprochen peinlich, Mr. Rathbone. Ich sage das nur ungern, steht einem Gentleman derlei doch schlecht zu Gesicht.« Er atmete tief ein und stieß die Luft mit einem Seufzer aus. »Ich ... mir ist in der Vergangenheit zu Ohren gekommen, daß sich junge Frauen, darf ich sagen ... in Männer mit einem gewissen Bekanntheitsgrad verliebt haben.« Er sah Rathbone neugierig an. »Höchstwahrscheinlich haben Sie diese Erfahrung selbst schon gemacht? Eine junge Frau, der Sie geholfen haben – oder ihrer Familie. Daß sich ihre natürliche Verehrung und Dankbarkeit in ... in romantische Gefühle verwandeln? Ihnen ist das völlig entgangen, bis plötzlich ein zufälliges Wort, ein Blick Ihnen klarmacht, daß da jemand eine Phantasie pflegt, deren Zentrum Sie sind.«

Rathbone kannte die Erfahrung nur zu gut. Er kannte das ausgesprochen angenehme Gefühl, bewundert zu werden, das plötzlich in einer peinlichen Konfrontation mit einer atemlosen jungen Dame endet, die seine Eitelkeit in ihrem romantischen Eifer als Schüchternheit und verborgene Leidenschaft gedeutet hatte. Selbst jetzt errötete er bis über die Ohren bei der Erinnerung daran.

Sir Herbert lächelte. »Ich sehe, Sie haben. Äußerst schmerzlich so etwas. Und dann stellt man womöglich fest, daß man derlei aus reiner Blindheit nicht schon im Keime erstickt hat, weil man einfach zu sehr mit seiner Arbeit beschäftigt war.« Sein Blick ruhte nach wie vor auf Rathbones Gesicht. »Ich fürchte, genau das ist mit Schwester Barrymore passiert. Ich schwöre Ihnen, ich hatte nicht die geringste Ahnung. Sie war nicht die Art Frau, mit der man solche Gefühle verbindet.« Er seufzte. »Gott allein weiß, was ich gesagt oder getan haben könnte, was sie völlig falsch aufgefaßt hat. Frauen scheinen in der Lage, Worte und Schweigen so auszulegen, daß sie alles mögliche bedeuten, was einem nie in den Sinn gekommen ist!«

»Wenn Ihnen etwas Spezielles einfallen würde, wäre das sicher hilfreich.«

Unter der Anstrengung, Rathbones Aufforderung nachzukommen, legte Sir Herbert das Gesicht in Falten. »Es ist wirklich sehr schwierig«, sagte er schließlich zögernd. »Während man seine Pflicht tut, wägt man nicht jedes Wort ab. Natürlich habe ich unzählige Male mit ihr gesprochen. Sie war eine exzellente Schwester.« Er schüttelte heftig den Kopf. »Wir hatten ein rein berufliches Verhältnis, Mr. Rathbone. Ich habe mich nicht mit ihr unterhalten wie mit einer Bekannten. Es ist mir nie in den Sinn gekommen, auf ihr Gesicht zu achten, um sicherzugehen, daß sie keine meiner Bemerkungen falsch versteht. Möglicherweise habe ich ihr sogar oft den Rücken zugewandt, während ich mit ihr sprach, im Weggehen oder während ich anderweitig beschäftigt war. Meine Hochachtung für sie hatte absolut nichts Persönliches.«

Rathbone unterbrach ihn nicht, sondern saß abwartend da und beobachtete sein Gesicht. Sir Herbert zuckte mit den Achseln. »Junge Frauen neigen zu Phantasien, zumal wenn sie ein gewisses Alter erreichen und nicht verheiratet sind.« Ein flüchtiges Lächeln umspielte seine Lippen, das sowohl Bedauern als auch Mitgefühl ausdrückte. »Daß sich eine Frau in diesem Ausmaß ihrem Beruf widmet, ist einfach nicht natürlich und stellt zweifelsohne eine Belastung für ihre naturgegebene Gefühlswelt dar. Vor allem wenn es sich um einen so ungewöhnlichen und fordernden Beruf wie den der Krankenschwester handelt.« Sein Blick ruhte ernst auf Rathbones Gesicht. »Die Kriegserlebnisse müssen in ihrem Fall zu einer besonderen Verletzlichkeit geführt haben, und Tagträume sind beileibe keine so abnormale Methode, Dinge zu bewältigen, die sonst nicht zu ertragen wären.«

Rathbone wußte, daß er recht hatte, und dennoch konnte er sich des Gefühls nicht erwehren, daß es sich herablassend anhörte. Ohne recht zu wissen warum, ärgerte ihn das. Er konnte sich kaum jemanden vorstellen, dem er weniger zugetraut hätte, sich romantischen Tagträumen hinzugeben als Hester Latterly, auf die Sir Herbert sich in vieler Hinsicht bezog. Sie war schließlich in genau der gleichen Situation wie Prudence. Vielleicht hätte er dann weniger Schwierigkeiten gehabt, mit ihr auszukommen! Und trotzdem, wäre dem so gewesen, er hätte sie weniger bewundert, vielleicht sogar weniger gern gehabt. Mit einiger Mühe verkniff er sich zu sagen, was ihm in den Sinn kam. Er wandte sich wieder seiner ursprünglichen Frage zu.

»Ihnen fällt also keine spezielle Gelegenheit ein, bei der sie eine bestimmte Bemerkung Ihrerseits falsch ausgelegt haben könnte? Es wäre ausgesprochen hilfreich, wenn wir den Vorwurf detaillierter widerlegen könnten.«

»Das sehe ich ein, aber ich fürchte, mir will nichts einfallen, was ich gesagt oder getan haben könnte, um bei einer Frau den Eindruck zu erwecken, mein Interesse gehe über das Berufliche hinaus.« Sir Herbert sah ihn besorgt und mit einer, wie Rathbone meinte, völlig unschuldigen Ratlosigkeit an.

Rathbone stand auf. »Das wäre fürs erste genug, Sir Herbert. Verlieren Sie den Mut nicht. Wir haben noch etwas Zeit, in der wir Weiteres über Miss Barrymore und eventuelle Feinde und Rivalen in Erfahrung bringen können. Aber überdenken Sie bitte noch einmal die ganze Zeit Ihrer Zusammenarbeit; vielleicht fällt Ihnen ja doch etwas ein, was uns nützlich sein könnte. Wenn wir vor Gericht gehen, müssen wir schon mehr tun, als die Anklage zu bestreiten.« Er lächelte. »Aber versuchen Sie, sich nicht allzu viele Sorgen zu machen. Ich habe exzellente Leute, die mich unterstützen, und wir werden zweifelsohne noch eine ganze Menge entdecken.«

Nun stand auch Sir Herbert auf. Er war bleich, und die Besorgnis war ihm jetzt, wo er sich nicht mehr auf spezielle Fragen konzentrierte, deutlich anzusehen. Der Ernst der Lage war überwältigend: Bei all seinen Beteuerungen, bei aller

Logik und Rathbones Versicherungen drohte ihm, falls das Urteil zu seinen Ungunsten ausfiel, der Strick. Dieses Wissen verdrängte alles andere.

Er machte Anstalten zu sprechen, fand aber dann keine Worte.

Rathbone hatte öfter in Zellen wie dieser gestanden, und das mit Männern und Frauen aller Art, von denen jeder seine eigene Methode hatte, sich seiner Angst zu stellen. Sir Herbert war nach außen hin ruhig, aber Rathbone kannte die schlimmen Ängste, die er ausstehen mußte; er konnte nur nichts dagegen tun. Was immer er ihm sagen würde, sobald sich die große Tür hinter ihm schloß, wäre Sir Herbert für endlose Stunden allein, in denen die Hoffnung zur Verzweiflung würde und der Mut zur Todesangst. Ihm blieb nichts als zu warten und den Kampf anderen zu überlassen.

»Ich werde meine besten Leute darauf ansetzen«, sagte er und drückte Sir Herberts Hand. »In der Zwischenzeit versuchen Sie, sich an jedes Gespräch zu erinnern, das Sie mit Miss Barrymore geführt haben. Das wird uns helfen, die Beweisführung der Staatsanwaltschaft zu entkräften.«

»Ja.« Sir Herbert zwang sich zu einem Ausdruck ruhiger Intelligenz. »Selbstverständlich. Guten Tag, Mr. Rathbone. Ich freue mich auf Ihren nächsten Besuch...«

»In zwei oder drei Tagen«, beantwortete Rathbone die unausgesprochene Frage, dann wandte er sich ab und rief nach dem Aufseher.

Rathbone war fest entschlossen, alles in seiner Macht Stehende zu tun, in diesem Fall einen anderen Verdächtigen aufzustöbern. Wenn Sir Herbert unschuldig war, dann mußte ein anderer schuldig sein. Und in ganz London gab es keinen, der tüchtiger gewesen wäre, wenn es darum ging, die Wahrheit an den Tag zu bringen, als Monk. Folglich schickte er Monk einen Brief, daß er ihn noch am selben Abend in einer geschäftlichen Angelegenheit in der Fitzroy Street aufsuchen werde. Er kam noch nicht einmal auf den Gedanken, daß Monk anderweitig beschäftigt sein könnte.

Und Monk hatte in der Tat nichts zu tun. Wie immer seine persönlichen Neigungen aussehen mochten, er brauchte jeden einzelnen Auftrag nicht weniger dringend als Rathbones Wohlwollen. Viele seiner, in beruflicher wie in finanzieller Hinsicht, lohnendsten Fälle waren über Rathbone gekommen.

Er begrüßte ihn und forderte ihn auf, in einem der beiden bequemen Sessel Platz zu nehmen; dann setzte er sich in den anderen und sah ihn neugierig an. In seinem Brief hatte er nicht gesagt, um welchen Fall es sich handelte.

Rathbone schürzte die Lippen. »Ich habe eine außerordentlich schwierige Verteidigung zu führen«, begann er vorsichtig und beobachtete dabei Monks Gesicht. »Ich halte meinen Mandanten für unschuldig. Die Indizien stehen auf schwachen Beinen, aber die Beweise für das Motiv sind sehr stark, und ein anderer unmittelbarer Tatverdächtiger bietet sich nicht an.«

»Kämen denn andere in Frage?« unterbrach ihn Monk.

»O ja, mehrere sogar.«

»Mit Motiven?«

»Gewiß, aber es gibt keinen Beweis dafür, daß eines triftig genug wäre, um eine solche Tat zu zeitigen. Es läßt sich eher darauf schließen, als daß man einen Hinweis hätte.«

»Eine hübsche Unterscheidung«, meinte Monk lächelnd. »Ich gehe davon aus, daß das Motiv Ihres Mandanten offenkundiger ist?«

»Ich fürchte, ja. Aber er ist keinesfalls der einzige Verdächtige – nur aufgrund gewisser Umstände der naheliegendste.«

Monk machte ein nachdenkliches Gesicht. »Er bestreitet die Tat. Bestreitet er denn das Motiv?«

»Auch das. Er behauptet, das Ganze beruhe auf einem Mißverständnis, das aufgrund von etwas … gestörten Emotionen zustande gekommen sei.« Er sah, wie Monks graue Augen sich verengten. Rathbone lächelte. »Ich sehe schon, was Sie denken. Und Sie haben recht. Es handelt sich um Sir Herbert Stanhope. Ich weiß sehr wohl, daß Sie es waren, der Prudence Barrymores Briefe an ihre Schwester gefunden hat.«

Monks Brauen hoben sich. »Und dennoch bitten Sie mich darum, ihren Inhalt zu widerlegen?«

»Nicht darum, ihren Inhalt zu widerlegen«, widersprach Rathbone. »Nur darum, aufzuzeigen, daß Miss Barrymores Schwärmerei für Sir Herbert nicht bedeutet, daß er sie umgebracht hat. Es gibt noch weitere, ausgesprochen glaubwürdige Möglichkeiten, von denen sich durchaus eine als wahr erweisen könnte.«

»Und, sind Sie mit der bloßen Möglichkeit zufrieden?« fragte Monk. »Oder wollen Sie von mir auch gleich einen Beweis für die Alternative?«

»Zuerst die Möglichkeit«, sagte Rathbone trocken. »Dann, wenn Sie die haben, träfe sich ein Beweis ausgezeichnet. Es ist unbefriedigend, lediglich für Zweifel zu sorgen. Man kann sich nicht darauf verlassen, daß die Geschworenen ihn deswegen freisprechen, und mit Sicherheit rettet es nicht den Ruf des Mannes. Ohne die Verurteilung eines anderen ist er praktisch ruiniert.«

»Halten Sie ihn denn für unschuldig?« Monk sah Rathbone mit brennendem Interesse an. »Oder ist das etwas, was Sie mir nicht sagen können?«

»Ich halte ihn für unschuldig«, antwortete Rathbone freimütig. »Ich habe zwar keinen Grund dafür, aber ich glaube es. Sind Sie denn von seiner Schuld überzeugt?«

»Nein«, antwortete Monk, so gut wie ohne zu zögern. »Eigentlich nicht, trotz der Briefe.« Sein Gesicht verfinsterte sich, während er weitersprach. »Es sieht ganz so aus, als hätte sie für ihn geschwärmt, und vielleicht war er sogar geschmeichelt und töricht genug, sie zu ermutigen. Aber wenn man so überlegt – und ich habe mir das alles gründlich durch den Kopf gehen lassen –, dann scheint mir ein Mord eine ziemlich hysterische Reaktion auf die zweifelsohne peinlichen, aber keinesfalls gefährlichen Gefühle einer jungen Frau. Selbst wenn sie noch so in ihn verliebt war«, er sagte das, als spreche er von einer Geschmacklosigkeit, »so konnte sie doch nichts weiter tun, als ihn in eine gewisse Verlegenheit zu bringen.« Er schien sich in sich zurückzuziehen, und Rathbone sah, daß ihn die Gedanken schmerzten. »Ich hätte angenommen, daß ein hervorragender Mann wie er, der ständig mit Frauen arbeitet«, fuhr er fort, »schon öfter in eine ähnliche Situation geraten wäre. Ich teile zwar nicht Ihre Gewißheit, was seine Unschuld anbelangt, aber ich bin sicher, daß an der Geschichte mehr dran ist, als wir bisher entdeckt haben. Ich nehme Ihren Auftrag an. Es interessiert mich sehr, was ich sonst noch in Erfahrung bringen kann.«

»Wie wurden Sie denn überhaupt in die Angelegenheit verwickelt?« fragte Rathbone neugierig.

»Lady Callandra bat mich, mir den Fall etwas näher anzusehen. Sie sitzt im Verwaltungsrat des Hospitals und hatte große Hochachtung für Prudence Barrymore.«

»Und sie ist mit dieser Antwort zufrieden?« Rathbone machte sich nicht die Mühe, seine Überraschung zu verbergen. »Man hätte doch meinen mögen, als Verwaltungsrätin wäre sie erpicht darauf, Sir Herbert zu entlasten! Der Mann ist fraglos eine große Attraktion. Jeder andere wäre entbehrlicher als er.«

Zweifel verdüsterten Monks Blick. »Ja«, sagte er langsam. »Sie schien sehr zufrieden. Sie hat mir gedankt, mich bezahlt und mich von dem Fall entbunden.«

Rathbone sagte nichts, sein Kopf war voller Mutmaßungen, die zu keinem Schluß führten, ein beunruhigender Gedanke verschmolz mit dem anderen.

»Hester glaubt nicht, daß es die Antwort ist«, fuhr Monk einen Augenblick später fort.

Der Name erregte schlagartig Rathbones Aufmerksamkeit. »Hester? Was hat sie denn damit zu tun?«

Monk senkte die Mundwinkel zu einem Lächeln. Er betrachtete Rathbone belustigt, und Rathbone hatte den unangenehmen Verdacht, daß ihm seine komplizierten und äußerst persönlichen Gefühle für Hester ins Gesicht geschrieben standen. Sie hatte sich doch Monk nicht etwa anvertraut? Das wäre einfach zu ... nein, natürlich nicht, das würde sie nicht tun. Er verwarf den Gedanken. Er war ebenso beunruhigend wie anstößig.

»Sie kannte Prudence von der Krim her«, antwortete Monk. Schwester Barrymores Vornamen so einfach hingesprochen zu hören bestürzte Rathbone. Er hatte sie bislang immer nur als das Opfer gesehen; seine Sorge hatte ganz und gar Sir Herbert gegolten. Jetzt traf ihn die Wirklichkeit wie ein schmerzhafter Schock. Hester hatte sie gekannt, vielleicht sogar gern gehabt. Mit erschreckender Klarheit sah er noch einmal, wie sehr sie Hester geähnelt haben mußte. Mit einemmal fröstelte ihn.

Monk sah ihm den Schreck an. Zu Rathbones Überraschung folgte jedoch keine der ironischen Bemerkungen, die er erwartet hätte, statt dessen sah er den Schmerz des anderen.

»Haben Sie sie denn gekannt?« fragte er, noch bevor sein Verstand die Worte zu zensieren vermochte. Selbstverständlich hatte Monk sie nicht gekannt! Wie sollte er?

»Nein«, antwortete Monk ruhig, und sein Schmerz war ihm anzuhören. »Aber ich habe eine ganze Menge über sie erfahren.« Seine grauen Augen wurden hart, kalt und unversöhnlich. »Und ich habe die Absicht, den Richtigen dafür hängen zu sehen.« Dann hatte er mit einemmal wieder das unbarmherzige, bittere Lächeln auf den Lippen. »Und nicht nur, um einen Justizirrtum zu vermeiden. Den ich natürlich auch nicht will. Ich möchte Stanhope nicht freigesprochen sehen, ohne dafür einen anderen zu haben. Ich werde nicht zulassen, daß dieser Fall ungelöst bleibt.«

Rathbone musterte ihn eingehender. »Was haben Sie denn über sie erfahren, was Sie derart tief bewegt?«

»Mut«, antwortete Monk. »Intelligenz, die Entschlossenheit, etwas zu lernen, der Wille einzutreten für das, woran sie glaubte und was sie wollte. Sie sorgte sich um ihre Mitmenschen, sie war immer geradeheraus und kannte keine Heuchelei.«

Rathbone hatte plötzlich die Vision einer Frau, die Monk gar nicht so unähnlich war: in mancher Hinsicht merkwürdig komplex, in manch anderer auffallend einfach. So erstaunte es ihn auch nicht weiter, daß Monk ihr Tod derart nahe ging, ja noch nicht einmal, daß er den Verlust so persönlich nahm.

»Hört sich nach einer Frau an, die zu einer tiefen Liebe

fähig gewesen sein könnte«, sagte Rathbone mild. »Ganz und gar nicht nach einer, die eine Abfuhr ohne Kampf hingenommen hätte.«

Monk schürzte die Lippen, in seinem zweifelnden Blick spiegelten sich Widerwille und Zorn. »Aber auch keine, die ihr Heil in Bettelei oder Erpressung sucht«, sagte er, sein Tonfall freilich eher gequält als überzeugt.

Rathbone stand auf. »Sollte es da eine Geschichte geben, die wir noch nicht kennen, finden Sie sie heraus. Tun Sie, was auch immer nötig ist, um weitere Motive aufzudecken. Irgend jemand muß sie schließlich umgebracht haben.«

Monks Gesicht wurde hart und entschlossen. »Das werde ich«, versprach er, weniger Rathbone als sich selbst. Er setzte ein saures Lächeln auf. »Ich nehme an, Sir Herbert übernimmt die Rechnung?«

»Selbstverständlich«, antwortete Rathbone. »Wenn wir nur jemanden mit einem triftigen Motiv ausgraben könnten! Sie ist nicht ohne Grund umgebracht worden, Monk.« Er verstummte. »Wo arbeitet eigentlich Hester im Augenblick?«

Monk lächelte, und diesmal reichte seine Belustigung bis in die Augen. »Im Königlichen Armenspital.«

»Was?« Rathbone konnte es nicht glauben. »In einem Krankenhaus? Aber ich dachte, sie...« Wieder verstummte er. Es ging Monk schließlich nichts an, daß man Hester bereits einmal entlassen hatte, obwohl er es natürlich wußte. Diese Gedanken, die Belustigung, der Zorn und das instinktive Bedürfnis, sich wider Willen zu verteidigen, all das war Rathbone von den Augen abzulesen, als er Monk anstarrte.

Es gab Augenblicke, in denen Rathbone sich Monk außerordentlich nahe fühlte, in denen er ihn gern hatte und zugleich verabscheute entsprechend der beiden zerstrittenen Seiten seines Naturells. »Ich verstehe«, sagte er. »Nun, ich nehme an, es könnte sich als nützlich erweisen. Halten Sie mich bitte auf dem laufenden.«

»Selbstverständlich«, meinte Monk nüchtern. »Guten Tag.«

Rathbone zweifelte nicht einen Augenblick daran, daß er Hester einen Besuch abstatten würde. Er versuchte es sich auszureden, überlegte sich das Für und Wider eines solchen Schritts, aber das war nur sein Verstand – seine Füße trugen ihn längst Richtung Krankenhaus. Sie würde nicht einfach zu finden sein; sicher arbeitete sie. Es war durchaus möglich, daß sie über den Mord gar nichts wußte. Aber sie hatte Prudence Barrymore gekannt. Vielleicht sogar Sir Herbert. Er konnte es sich nicht leisten, ihre Meinung außer acht zu lassen. Er konnte es sich schwerlich leisten, auch nur irgend etwas außer acht zu lassen.

Das Krankenhaus selbst mißfiel ihm. Allein der Geruch stellte eine Zumutung dar, und das Wissen um den Schmerz und die Nöte blieb nicht ohne Wirkung auf seine Gedanken. Im Haus herrschte seit Sir Herberts Verhaftung eine reichlich planlose Ordnung. Die Leute waren verwirrt und, was die Frage nach seiner Schuld anbelangte, entschieden parteiisch.

Er bat darum, Hester zu sprechen, und nachdem er erklärt hatte, wer er war und was er wollte, führte man ihn in einen kleinen, ordentlichen Raum und bat ihn zu warten. Dort stand er gut zwanzig Minuten und wurde zunehmend gereizter, als sich schließlich die Tür öffnete und Hester eintrat.

Es war über drei Monate her, seit sie sich das letzte Mal gesehen hatten, und obwohl er geglaubt hatte, sie in lebhafter Erinnerung behalten zu haben, wirkte ihre Gegenwart wie ein Schlag. Sie sah müde aus, etwas blaß und hatte einen Blutflekken auf dem schlichten, grauen Kleid. Die Vertrautheit, die sich sofort bei ihm einstellte, war angenehm und beunruhigend zugleich.

»Guten Tag, Oliver«, sagte sie ziemlich förmlich. »Wie ich höre, haben Sie Sir Herberts Verteidigung übernommen und wollen mich in dieser Angelegenheit sprechen. Ich bezweifle nur, daß ich Ihnen da weiterhelfen kann. Zum Zeitpunkt des Mordes war ich noch nicht hier. Aber ich will natürlich tun, was ich kann.« Ihr Blick war direkt und hatte nichts von der gezierten Sittsamkeit, wie er sie von Frauen gewohnt war.

In diesem Augenblick war er sich des Umstands, daß sie

Prudence Barrymore gekannt und gern gehabt hatte, in hohem Maße bewußt; es war klar, daß ihr Tun in dieser Angelegenheit stark von ihren Gefühlen bestimmt wurde. Was ihm gefiel und zugleich auch wieder nicht. In beruflicher Hinsicht würde es sich als lästig erweisen, schließlich brauchte er ihre ungetrübte Beobachtungsgabe. Persönlich dagegen hielt er jede Gleichgültigkeit gegenüber dem Tod für eine größere Tragödie als den Tod selbst; zuweilen schien sie ihm sogar anstößiger als viele der Lügen, Ausflüchte und Treuebrüche, die bei so vielen Prozessen an der Tagesordnung waren.

»Monk sagte mir, Sie kannten Prudence Barrymore«, sagte er ohne Umschweife.

Ihr Gesicht wurde ernst. »Ja.«

»Sind Sie mit dem Inhalt der Briefe an ihre Schwester vertraut?«

»Ja. Monk hat mir davon erzählt.« Ihre Miene zeigte, daß sie auf der Hut und über die Situation nicht eben glücklich war. Lag das, so fragte er sich, an seinem Eindringen in ihre Privatsphäre oder an den Briefen selbst?

»Waren Sie überrascht?« fragte er.

Sie stand noch immer vor ihm. Es gab keine Stühle in dem Raum. Augenscheinlich diente er lediglich als Lager und man hatte ihn hier hereingeführt, weil man hier ungestört war.

»Ja«, sagte sie klipp und klar. »Es bleibt mir nichts anderes übrig, als zu akzeptieren, was sie geschrieben hat, aber es hört sich ganz und gar nicht nach der Frau an, die ich kannte.«

Er wollte sie nicht beleidigen, aber er mußte die Wahrheit herausfinden.

»Kannten Sie sie auch unter anderen Umständen als im Krieg?«

Eine scharfsichtige Frage, deren Bedeutung sie sofort verstand.

»Nein, hier in England bin ich ihr nie begegnet«, antwortete sie. »Außerdem verließ ich die Krim wegen des Todes meiner Eltern vor ihr und hatte sie seither nicht mehr gesehen. Trotzdem, das sieht der Frau, die ich gekannt habe, nicht ähnlich.« Sie runzelte die Stirn, als sie ihre Gedanken zu ordnen und in

Worte zu kleiden versuchte. »Dazu war sie viel zu selbstgenügsam...« Es war zur Hälfte eine Frage, um zu sehen, ob er verstand. »Sie hätte ihr Glück nicht in die Hände anderer gelegt«, unternahm sie einen erneuten Anlauf. »Sie war eine Führernatur, keine Mitläuferin. Drücke ich mich verständlich aus?« Sie beobachtete ihn gespannt, sich der Unzulänglichkeit ihrer Worte bewußt.

»Nein«, sagte er schlicht und mit dem Anflug eines Lächelns. »Heißt das, daß sie unfähig war, sich zu verlieben?«

Sie zögerte so lange, daß er glaubte, sie wolle nicht antworten. Er wünschte, er hätte das Thema nicht angeschnitten, aber für einen Rückzug war es zu spät. »Hester?«

»Ich weiß nicht«, sagte sie schließlich. »Zur Liebe war sie sicher fähig – aber sich zu verlieben, da bin ich mir nicht so sicher. Letzteres führt in gewissem Sinne zu einem Verlust des Gleichgewichts. Man läßt sich fallen. Und ich bin nicht sicher, ob Prudence dazu fähig war. Und dann scheint mir Sir Herbert nicht eben...« Sie verstummte.

»Scheint nicht eben was?« wollte er wissen.

Fast schnitt sie eine Grimasse. »Die Art Mann, die in einem eine überwältigende Leidenschaft wecken könnte.« Auch das fast eine Frage, während der sie sein Gesicht musterte.

»Wovon könnte in ihren Briefen denn sonst die Rede gewesen sein?« fragte er.

Sie schüttelte knapp den Kopf. »Ich sehe keine andere Erklärung. Es fällt mir nur schwer, es zu glauben. Ich nehme an, sie hat sich wohl mehr verändert, als ich für möglich gehalten hätte.« Ihr Gesichtsausdruck wurde härter. »Es muß zwischen den beiden etwas gegeben haben, worauf wir noch nicht gekommen sind: zarte Bande, etwas, was sie teilten und was ihr über die Maßen teuer war, so teuer, daß sie es nicht aufgeben konnte – selbst auf die Gefahr hin, sich auf das unwürdige Niveau von Drohungen zu begeben.«

Wieder das energische, ungeduldige kleine Kopfschütteln, als wollte sie ein lästiges Insekt verscheuchen. »Sie war immer so direkt, so offen. Was in aller Welt wollte sie mit der erzwungenen Zuneigung eines Mannes? Das ist so unlogisch!«

»Solche Schwärmereien sind selten logisch, meine Liebe«, sagte er ruhig. »Wenn Sie für jemanden eine so heftige, alles verzehrende Leidenschaft empfinden, können Sie einfach nicht glauben, daß der andere über kurz oder lang nicht genauso empfindet. Wenn Sie nur die Möglichkeit hätten, mit ihm zusammenzusein, könnten Sie alles ändern!« Er verstummte abrupt. Natürlich war es ebenso wahr wie wichtig für den Fall, aber es war weit mehr, als er hatte sagen wollen. Und doch hörte er sich weitersprechen. »Haben Sie denn noch nie für jemanden so empfunden?« Er fragte nicht nur wegen Prudence Barrymore, sondern auch weil er wissen wollte, ob Hester nie das ungestüme Aufwallen eines Gefühls gekannt hatte, das alles andere in den Hintergrund treten und alle anderen Bedürfnisse und Wünsche zweitrangig erscheinen ließ. Kaum waren die Worte gesprochen, wünschte er, nichts gesagt zu haben. Sagte sie nein, so würde sie ihm kalt vorkommen – als wäre sie keine richtige Frau –, und er müßte befürchten, sie sei solcher Gefühle nicht fähig. Sagte sie aber ja, wäre er lächerlich eifersüchtig auf den Mann, der sie ausgelöst hatte. Er kam sich ungemein dumm vor, während er auf ihre Antwort wartete.

Falls sie sich seines inneren Aufruhrs bewußt war, so ließ sie sich das jedenfalls nicht anmerken. »Wenn ja, so hätte ich sicher nicht den Wunsch, das hier zu erörtern«, sagte sie und lächelte ihn dann plötzlich an. »Ich bin keine große Hilfe, was? Tut mir leid. Sie müssen Sir Herbert verteidigen, und das hier wird Ihnen dabei nicht das geringste nützen. Ich glaube, es ist besser, Sie versuchen herauszufinden, welche Druckmittel sie gegen ihn in der Hand hatte. Finden Sie nichts, wird das für ihn sprechen.« Sie hob die Brauen. »Das nützt Ihnen nicht viel, was?«

»So gut wie gar nichts«, pflichtete er ihr bei und zwang sich, ihr Lächeln zu erwidern.

»Was kann ich tun, um Ihnen behilflich zu sein?« fragte sie ganz offen.

»Mir Hinweise dafür beschaffen, daß es jemand anders war.«

Ein Zweifel huschte über ihr Gesicht, vielleicht auch Besorgnis oder Unglück. Aber sie erklärte ihm nichts.

»Was ist?« drängte er sie. »Wissen Sie etwas?«

»Nein«, sagte sie zu rasch. Dann begegnete sie seinem Blick. »Nein, ich habe nicht den geringsten Hinweis, der einen anderen belasten könnte. Ich glaube, die Polizei hat alle anderen Verdächtigungen ziemlich gründlich unter die Lupe genommen. Ich weiß, daß Monk sich ernste Gedanken über Geoffrey Taunton und Nanette Cuthbertson gemacht hat. Ich nehme an, Sie werden sich mit ihnen befassen wollen?«

»Das werde ich ganz gewiß, natürlich. Was ist mit den anderen Schwestern hier? Haben Sie einen Eindruck von deren Gefühle Schwester Barrymore gegenüber gewonnen?«

»Ich bin mir nicht sicher, ob meine Eindrücke von Wert sind, aber mir scheint, man verehrte und haßte sie zugleich – aber getan hätte ihr keine was.« Sie sah ihn mit einem merkwürdigen Ausdruck an, halb ironisch, halb traurig. »Sie sind sehr wütend auf Sir Herbert. Sie glauben, er ist es gewesen, und sie haben nicht das geringste Mitleid mit ihm.« Sie lehnte sich leicht gegen einen der Arbeitstische. »Sie wären sehr schlecht beraten, eine von ihnen als Zeugin aufzurufen, nicht, wenn es sich vermeiden läßt.«

»Warum? Glauben sie denn, sie hat ihn geliebt, und er hat sie getäuscht?«

»Ich weiß nicht, was sie denken.« Sie schüttelte den Kopf. »Sie akzeptieren einfach, daß er schuldig ist. Sie haben darüber nicht groß nachgedacht, ihnen genügt der Standesunterschied zwischen Arzt und Schwester. Er hatte Macht, sie nicht. Der ewige Groll der Schwachen gegen den Starken, der Armen gegen die Reichen, der Unwissenden gegen die Klugen und Gebildeten. Aber man müßte schon sehr raffiniert sein, um ihnen im Zeugenstand etwas aus der Nase zu ziehen.«

»Ich nehme Ihre Warnung zur Kenntnis«, sagte er grimmig. Die Aussichten waren nicht eben rosig. Sie hatte ihm nichts gesagt, aber immerhin Hoffnung gemacht. »Was denken denn Sie über Sir Herbert? Sie haben doch mit ihm gearbeitet, nicht wahr?«

»Ja.« Sie legte die Stirn in Falten. »Ich bin überrascht, aber es fällt mir schwer zu glauben, daß er sie benutzt hat, wie ihre Briefe vermuten lassen. Ich hoffe, das hört sich jetzt nicht nach verletzter Eitelkeit an, aber ich habe in seinem Blick nie auch nur das leiseste Interesse an mir gesehen.« Sie sah Rathbone aufmerksam an, um seine Reaktion abzuschätzen. »Und ich habe sehr eng mit ihm zusammengearbeitet«, fuhr sie fort. »Oft bis spät in die Nacht. Und bei schwierigen Fällen, wenn viel Raum für Gefühle über gemeinsame Erfolge oder Niederlagen war. Nachdem, was ich gesehen habe, geht er völlig in seiner Arbeit auf und verhält sich in jeder Hinsicht korrekt.«

»Wären Sie bereit, das zu beeiden?«

»Selbstverständlich. Aber ich sehe nicht, was Ihnen das nützen soll. Wahrscheinlich würde das auch jede der anderen Schwestern beeiden, die mit ihm gearbeitet hat.«

»Ich kann sie nicht aufrufen, wenn ich mir nicht sicher bin, daß sie das auch wirklich tun«, erklärte er. »Ich frage mich, ob Sie …«

»Das habe ich bereits«, unterbrach sie ihn. »Ich habe mit einigen gesprochen, die hin und wieder mit ihm gearbeitet haben, vor allem den Hübschesten unter den Jüngeren. Nicht eine, die ihm nicht die größte Korrektheit bescheinigt hätte.«

Seine Stimmung hob sich etwas. War es auch nicht viel, so ergab sich immerhin langsam ein Bild. »Das hilft mir doch schon«, sagte er. »Hat sich Schwester Barrymore jemandem anvertraut? Sie hatte doch sicher jemanden, der ihr besonders nahestand.«

»Nicht daß ich wüßte.« Sie schüttelte den Kopf. »Aber ich werde dem noch mal nachgehen. Auf der Krim hatte sie jedenfalls niemanden. Sie ging völlig in ihrer Arbeit auf. Sie hätte auch weder Zeit noch Gefühle übrig gehabt – es reichte gerade für jene Art schweigendes Verständnis, das einen keine Mühe kostet. England und alle Bindungen hatte man zurückgelassen. Ich nehme an, es gab eine ganze Menge, wovon ich keine Ahnung habe – woran ich noch nicht einmal dachte.«

»Ich muß es wissen«, sagte er schlicht. »Es wäre von entscheidender Bedeutung zu wissen, was in ihr vorging.«

»Selbstverständlich.« Sie sah ihn einen Augenblick ernst an und richtete sich dann auf. »Ich werde Sie über alles informieren, was ich auch nur irgendwie für nützlich halte. Brauchen Sie es schriftlich, oder genügt Ihnen ein mündlicher Rapport?«

Nur mit Mühe verkniff er sich ein Lächeln. »Oh, ein mündlicher Rapport ist weitaus besser«, sagte er nüchtern. »Sollte ich beim einen oder anderen Thema nachfragen wollen, kann ich es gleich tun. Ich danke Ihnen für Ihre Unterstützung. Ich bin sicher, es dient der Gerechtigkeit.«

»Ich dachte, Sie dienen Sir Herbert«, sagte sie trocken, aber nicht ohne Humor. Dann verabschiedete sie sich höflich mit der Entschuldigung, sie müsse wieder zu ihren Pflichten zurück.

Nachdem sie gegangen war, stand er noch einige Augenblicke allein in dem kleinen Raum. Er spürte langsam ein Hochgefühl in sich aufkommen. Er hatte ganz vergessen, wie anregend sie wirkte, wie intuitiv und intelligent sie war, wie natürlich. Ihre Gegenwart wirkte auf angenehme Weise vertraut, merkwürdig wohltuend und irgendwie beruhigend. Es war etwas, was sich weder so einfach verdrängen ließ, noch konnte er es sich aussuchen, ob und wann es ihm in den Sinn kommen sollte.

Monk hatte ziemlich gemischte Gefühle dabei, Oliver Rathbone bei Sir Herberts Verteidigung zur Hand zu gehen. Als er die Briefe gelesen hatte, war er überzeugt gewesen, sie seien der Beweis für eine Beziehung, die weit über das hinausging, was Sir Herbert eingestehen wollte. Das Ganze war sowohl auf beruflicher wie auf persönlicher Ebene eine Schande. Die Gefahr einer Indiskretion ihrerseits, und damit hatte sie ja offensichtlich gedroht, wäre durchaus ein Motiv für den Mord – ein sehr einfaches, das jede Jury problemlos schlucken würde.

Auf der anderen Seite jedoch war Rathbones Version, laut der sich alles nur in Prudence' überhitzter Phantasie abgespielt hatte, ziemlich glaubwürdig – bei jeder anderen außer Prudence Barrymore. Oder hatte Monk ihre moralische Stärke, ihre übermenschliche Hingabe an die Pflicht überbewertet und dabei ihre ganz gewöhnlichen menschlichen Schwächen übersehen? Hatte er einmal mehr ein Phantasiewesen geschaffen, das in seiner Überlegenheit mit einer Frau aus Fleisch und Blut nicht das geringste zu tun hatte?

Es war ein schmerzlicher Gedanke. Und dennoch, sosehr er ihn auch traf, er ließ sich nicht verdrängen. Er hatte Hermione Qualitäten angedichtet, die sie nicht hatte, und vielleicht auch Imogen Latterly. Wie viele andere Frauen mochte er wohl derart idealisiert und damit hoffnungslos mißverstanden haben?

Es hatte fast den Anschein, als fehle es ihm, was Frauen betraf, sowohl an Urteilsvermögen als auch an der Fähigkeit, aus seinen Fehlern zu lernen.

Wenigstens hatte er seine beruflichen Fertigkeiten, seine Arbeit. Jetzt galt es, sich Rathbones Problem zu widmen und Stanhopes Unschuld nicht weniger hartnäckig zu beweisen versuchen als zuvor seine Schuld. Und vielleicht noch mehr, und sei es auch nur, um sich selbst zufriedenzustellen. Die Beweiskraft der Briefe war stark, hieb- und stichfest waren sie nicht. Der einzig schlüssige Beweis wäre, aufzuzeigen, daß er es unmöglich gewesen sein konnte; und da er sowohl Mittel und Gelegenheit gehabt hatte, von einem Motiv ganz zu schweigen, hatte es keinen Sinn, diese Richtung einzuschlagen. Die Alternative bestand darin, zu beweisen, daß es ein anderer war. Das war die einzige Möglichkeit, einen zweifelsfreien Freispruch zu erwirken. Zweifel unter den Geschworenen mochten ihn zwar der Schlinge des Henkers entziehen, konnten aber weder Ehre noch Ruf wiederherstellen.

War er denn unschuldig?

Weit schlimmer noch als einen Schuldigen ungestraft davonkommen zu lassen, war Verurteilung und der Tod eines Unschuldigen.

Aber es gab keine Indizien für die Schuld eines anderen: weder Fußspuren noch Kleiderfetzen, noch Zeugen, die etwas gehört oder gesehen hatten – nicht eine Lüge, in der sich einer hätte fangen können.

Wenn nicht Sir Herbert, wer war es dann gewesen?

Er wußte nicht, wo er anfangen sollte. Er hatte zwei Möglichkeiten: die Schuld eines anderen zu beweisen, was vielleicht unmöglich war, oder einen so starken Zweifel an Sir Herberts Schuld zu wecken, daß die Geschworenen ihn nicht schuldig sprechen konnten. Was ersteres anbelangte, so hatte er bereits alles getan, was ihm einfallen wollte. Bis ihm eine neue Idee kam, würde ihm also nichts anderes übrigbleiben, als die zweite Möglichkeit zu verfolgen. Er würde mit Sir Herberts Kollegen sprechen, um in Erfahrung zu bringen, welchen Ruf er bei ihnen genoß. Sie könnten sich immerhin als eindrucksvolle Leumundszeugen erweisen.

Es folgten einige Tage mit Routinearbeit: äußerst höfliche Befragungen, in denen er seinem Gegenüber Kommentare zu entlocken versuchte, die tiefer gingen als dick aufgetragenes Kollegenlob oder die vorsichtig geäußerte Ansicht, daß man Sir Herbert derlei nicht zutraue. Ebensowenig wie ihm die nervöse Zusicherung genügte, zu seinen Gunsten auszusagen, wenn es denn unbedingt nötig sei. Die offensichtliche Nervosität der Leute aus dem Verwaltungsrat entsprang der Angst, in irgendeine häßliche Geschichte verwickelt zu werden. Es war ihren gequälten Mienen anzusehen, daß sie hin und her gerissen waren, was Sir Herberts Schuld anbelangte – sie wußten nicht, mit wem sie es halten sollten, wollten sie nicht mit einer verlorenen Sache untergehen.

Bei Mrs. Flaherty stieß er auf hartnäckiges Schweigen; sie werde weder ihre Meinung äußern noch vor Gericht aussagen, sollte man sie darum bitten. Sie hatte eindeutig Angst, und wie so viele, die sich wehrlos fühlen, verweigerte sie sich kategorisch. Monk stellte zu seiner Überraschung fest, daß er sie nicht nur verstand, sondern auch mehr Geduld dafür aufbrachte, als er sich zugetraut hätte. Selbst auf dem trostlosen Krankenhauskorridor, das spitze blasse Gesicht vor sich, die leuchtenden Flecken auf den Backenknochen, sah er, wie verwirrt und verwundbar sie war.

Berenice Ross Gilbert war da ein ganz anderer Fall. Sie empfing ihn in dem Raum, in dem sich normalerweise der Verwaltungsrat traf, einem eleganten, geräumigen Zimmer mit einem langen, von Stühlen gesäumten Mahagonitisch, Drukken an den Wänden und Brokatvorhängen. Ihr Kleid war von einem satten Grün und mit türkisen Borten besetzt. Es war teuer und schmeichelte ihrem kastanienbraunen Haar. Die gewaltigen Röcke waren ziemlich ausladend, aber sie bewegte sie mit müheloser Eleganz.

Amüsiert betrachtete sie Monk, musterte seine Züge, die starke Nase, die hohen Backenknochen, die ruhigen, unerschrockenen Augen. Er sah das Aufleuchten ihres Interesses, das Lächeln auf ihren Lippen. Er hatte diesen Blick schon oft gesehen und wußte ihn befriedigt zu deuten.

»Armer Sir Herbert.« Sie hob die geschwungenen Brauen. »Eine absolut schreckliche Sache. Ich wünschte, ich wüßte, was ich sagen soll, um Ihnen zu helfen, aber was kann ich tun?« Sie hob anmutig die Achseln. »Ich habe keine Ahnung von den privaten Schwächen des Mannes. Ich fand ihn zu allen Zeiten höflich, ausgesprochen professionell und korrekt. Aber andererseits«, sie lächelte Monk an, und ihr Blick traf den seinen, »wenn ihm nach einer heimlichen Romanze war, dann wäre seine Wahl sicher nicht auf mich gefallen.« Ihr Lächeln wurde breiter. Sie wußte, es war die Wahrheit und eine Lüge zugleich. Und sie erwartete von ihm, daß er diese Doppeldeutigkeit entschlüsselte. Sie war keine, die man sich zum Zeitvertreib nahm und wieder ablegte; auf der anderen Seite war sie eine elegante Dame von Welt, auf ihre eigene Art fast schön, vielleicht sogar mehr als schön, denn sie hatte Charakter. Prudence hielt sie für geziert und naiv und, was Charme und Anziehungskraft anbelangte, ihr hoffnungslos unterlegen.

Monk hatte keine speziellen Erinnerungen, und doch wußte er, er war nicht das erste Mal in dieser Situation – in Gegenwart einer wohlhabenden, belesenen Frau, die ihn aufregend fand und seinen Beruf und seine Aufgabe nur allzugern vergaß.

Er erwiderte ihr Lächeln andeutungsweise, gerade genug, um höflich zu sein, ohne ein Interesse seinerseits zu verraten.

»Sicher gehört es als Angehörige des Verwaltungsrates zu Ihren Obliegenheiten, Lady Ross Gilbert, sich ein Bild von Moral und Unzulänglichkeiten des Personals zu machen. Und ich kann mir vorstellen, daß Sie, was die menschliche Natur anbelangt, über eine scharfe Beobachtungsgabe verfügen, gerade auf diesem Gebiet.« Er sah das belustigte Glitzern in ihren Augen. »In welchem Ruf steht Sir Herbert? Und bitte, seien Sie ehrlich, Schönfärbereien sind weder in seinem noch im Interesse des Hospitals!«

»Ich gebe mich nur selten mit Schönfärbereien ab, Mr. Monk«, sagte sie, noch immer das Lächeln auf den Lippen. So wie sie etwas gegen einen Stuhl gelehnt stand, war ihre Haltung ausgesprochen elegant. »Ich wünschte, ich könnte Ihnen etwas Interessanteres sagen, aber ich habe im Zusammenhang mit Sir Herbert nie auch nur vom Hauch eines Skandals gehört.« Sie verzog das Gesicht zu einer kleinen Maske spöttischer Trauer. »Ganz im Gegenteil, er scheint ein ausgezeichneter Chirurg zu sein, wenn auch persönlich bis zur Langeweile korrekt, ziemlich aufgeblasen und von sich selbst eingenommen. Gesellschaftlich, politisch und religiös völlig konventionell.«

Sie ließ Monk nicht einen Moment aus den Augen. »Ich bezweifle, daß er in seinem Leben auch nur einen originellen Gedanken gehabt hat, von der Medizin einmal abgesehen, wo er innovativ und mutig ist. Man könnte meinen, sie habe ihn sämtlicher schöpferischen Energien und anderer Interessen beraubt, und was übriggeblieben ist, ist langweilig bis dorthinaus.« Das Lachen in ihren Augen war scharf, das Interesse in ihrem Blick wurde immer offener; sie sagte ihm damit, daß sie ihn nicht einen Augenblick in diese Kategorie einreihte.

»Kennen Sie ihn persönlich, Lady Ross Gilbert?« fragte er und beobachtete dabei ihr Gesicht.

Wieder hob sie die Achseln, die eine ein klein wenig höher als die andere. »Nur soweit es das Geschäftliche erfordert, und das ist nicht sehr viel. Ich bin Lady Stanhope gesellschaftlich begegnet, wenn auch nicht sehr oft.« Ihre Stimme änderte sich eine Nuance, um behutsam ihre Verachtung anzudeuten. »Sie ist eine ausgesprochen zurückhaltende Person. Sie zieht es vor, ihre Zeit zu Hause bei den Kindern zu verbringen – sieben, wie ich glaube. Aber sie schien mir immer eine ausgesprochen angenehme Person – nicht modisch, Sie verstehen, aber durchaus attraktiv, sehr weiblich, weder laut noch unbeholfen.« Ihre schweren Lider senkten sich kaum merklich. »Höchstwahrscheinlich ist sie in jeder Hinsicht eine exzellente Frau. Ich habe jedenfalls keinen Grund daran zu zweifeln.«

»Und was war mit Schwester Barrymore?« fragte er, abermals mit einem wachsamen Blick auf ihr Gesicht, sah jedoch nicht, daß sich ihr Ausdruck auch nur um eine Nuance verändert hätte, nichts, was ein Gefühl verraten hätte oder daß sie etwas Beunruhigendes wußte.

»Von ihr weiß ich nur das wenige, was ich selbst beobachtet habe, oder was mir von anderen zugetragen wurde. Ich muß allerdings gestehen, daß ich nie etwas Nachteiliges über sie gehört habe.« Ihr Blick durchforschte sein Gesicht. »Offen gesagt, ich denke, sie war nicht weniger langweilig als er! Sie paßten gut zusammen.«

»Eine interessante Wortwahl, Madam.«

Sie lachte ganz offen. »Unbeabsichtigt, Mr. Monk. Ich hatte keinerlei Hintergedanken dabei.«

»Glauben Sie, daß sie sich Tagträumen über ihn hingab?« fragte er.

Sie blickte an die Decke. »Weiß der Himmel. Ich hätte gedacht, sie wüßte ein besseres Objekt dafür – Dr. Beck, zum Beispiel. Er ist ein Mann voll Gefühl und Humor, etwas eitel und, wie ich denke, mit etwas natürlicheren Gelüsten.« Sie stieß ein kleines Lachen aus. »Aber das hat sie vielleicht gar nicht interessiert.« Sie sah wieder ihn an. »Nein, um offen zu sein, Mr. Monk, meiner Ansicht nach hat sie Sir Herbert ungemein verehrt, wie wir das hier alle tun, aber keineswegs auf einer persönlichen Ebene. Daß sie ihn in einem romantischen Licht gesehen haben sollte, überrascht mich wirklich. Aber dann wiederum ist das Leben ja voller Überraschungen, finden Sie nicht?« Wieder trat das Leuchten in ihre Augen, ein lebhaftes Funkeln, das fast einer Aufforderung glich, obwohl er nicht hätte sagen können, ob zu mehr als nur zu größerer Bewunderung.

Und das war auch schon alles, was von ihr zu erfahren war.

Nicht eben von großem Nutzen für Oliver Rathbone, aber er erstattete trotzdem Bericht.

Bei Kristian Beck erging es ihm nicht viel besser, obwohl das Gespräch gänzlich anders verlief. Er traf sich mit ihm auf Becks Vorschlag hin bei ihm zu Hause. Mrs. Beck selbst war nicht zugegen, aber ihr kaltes, präzises Naturell sprach aus jedem der phantasielosen Möbel, der unerbittlichen Korrektheit, mit der alles auf seinem Platz stand, den sterilen Bücherschränken, in denen alles seine Ordnung hatte, sowohl die Reihen der Bücher, als auch der konventionelle Inhalt. Selbst die Blumen in den Vasen waren sorgfältig arrangiert und standen steif wie Soldaten. Der Gesamteindruck war sauber, ordentlich und abweisend. Monk lernte die Frau nicht kennen (offensichtlich war sie außer Haus, bei einer Wohltätigkeitsveranstaltung oder wo auch immer), aber er konnte sie sich trotzdem lebhaft vorstellen: das Haar von einem strengen Mittelscheitel aus nach hinten gezogen, die Brauen ohne Schwung und Phantasie, flache Backenknochen und kleinliche, leidenschaftslose Lippen.

Warum um alles in der Welt hatte Beck eine solche Frau geheiratet? Er war das genaue Gegenteil; sein Gesicht war voller Gefühl und Humor, die Lippen sinnlich, ohne etwas Grobes oder Genußsüchtiges zu haben. Welcher unglückliche Zufall mochte die beiden zusammengeführt haben? Sicher würde er das nie erfahren. Mit bitterer Selbstironie dachte er, daß Beck womöglich einen ebenso schlechten Blick für Frauen hatte wie er selbst! Vielleicht hatte er die Leidenschaftslosigkeit ihres Gesichts als Reinheit und Kultiviertheit gedeutet, ihre Humorlosigkeit als Intelligenz oder gar Frömmigkeit.

Kristian führte ihn in sein Arbeitszimmer, einen Raum, der völlig anders war, weil dort sein eigener Charakter deutlich wurde. Auf den Regalen stapelten sich Bücher aller Art: Romane und Gedichtbände neben Biographien, Historischem, Philosophischem und medizinischer Fachliteratur. Die Farben waren satt, die Vorhänge aus Samt, der Kamin mit Kupfer verblendet, und der Sims bot eine höchst persönliche Ansammlung von Gegenständen. Die eisige Mrs. Beck hatte hier keinen Platz. Genaugenommen erinnerte der Raum Monk eher an Callandra. Seine willkürliche Ordnung, sein Reichtum und Wert erinnerten ihn an sie. Er konnte sie sich hier vorstellen, ihr sensibles humorvolles Gesicht, die lange Nase, das unordentliche Haar, ihr unbeirrbarer Instinkt für das, was wirklich zählte.

»Wie kann ich Sie unterstützen, Mr. Monk?« Kristian betrachtete ihn fragend. »Ich habe wirklich keine Ahnung, was passiert ist, und das wenige, was ich darüber erfahren habe – warum die Polizei Sir Herbert verdächtigt –, kann ich kaum glauben. Falls die Zeitungsberichte den Tatsachen entsprechen.«

»Im großen und ganzen«, antwortete Monk und zwang seine Konzentration mit Gewalt zurück zu dem Fall. »Es gibt eine Sammlung von Briefen von Prudence Barrymore an ihre Schwester, die vermuten läßt, daß sie eine tiefe Liebe zu Sir Herbert hegte. Er scheint sie damals in dem Glauben gelassen zu haben, er erwidere diese Gefühle und würde versuchen, eine Heirat zwischen ihnen zu ermöglichen.«

»Aber das ist doch lächerlich«, sagte Kristian und wies dann schweigend auf einen Stuhl. »Was konnte er schon tun? Er hat eine außergewöhnliche Frau und eine große Familie – sieben Kinder, glaube ich. Selbstverständlich hätte er sie verlassen können, theoretisch wenigstens, aber praktisch hätte ihn das ruiniert.«

Monk kam der Aufforderung nach und setzte sich. Der Sessel war außerordentlich bequem. »Und selbst wenn, dann wäre er noch lange nicht frei gewesen, Miss Barrymore zu heiraten«, erklärte er. »Nein, darüber bin ich mir durchaus im klaren, Dr. Beck. Aber mich interessiert Ihre Meinung über Sir Herbert und Miss Barrymore. Sie sagen, Sie können kaum glauben, was Sie da gehört haben? Glauben Sie es denn?«

Kristian setzte sich ihm gegenüber, bevor er antwortete, seine dunklen Augen auf Monks Gesicht. »Nein – nein, ich glaube es nicht. Sir Herbert ist im Grunde ein vorsichtiger Mann, ganz auf seinen Ruf und sein Ansehen in der medizinischen Welt bedacht, sowohl hier in England, als auch im Ausland.« Er legte die Fingerspitzen aneinander. Er hatte hübsche, kräftige Hände mit breiten Ballen, kleiner jedoch als die von Sir Herbert. »Sich mit einer Krankenschwester einzulassen, wie interessant oder attraktiv auch immer sie sein mag«, fuhr er fort, »wäre extrem töricht. Sir Herbert ist weder ein impulsiver Mensch, noch ein Mann mit physischen oder emotionellen Gelüsten.« Er sagte das völlig ausdruckslos, als könne er einen solchen Mangel weder bewundern noch verachten. Als Monk ihm so ins Gesicht sah, wußte er, daß die beiden Männer, so klug und engagiert sie auch sein mochten, kaum verschiedener hätten sein können; was jedoch Kristians Gefühle anbelangte, so hatte er nicht den geringsten Anhaltspunkt.

»Sie haben in bezug auf Schwester Barrymore die Worte intelligent und attraktiv gebraucht«, sagte er neugierig. »War das Ihre Meinung über sie? Lady Ross Gilberts Worten entnehme ich, daß sie etwas gouvernantenhaft war, naiv, was Liebesdinge anbelangt. Ganz und gar nicht die Frau, die ein Mann anziehend finden könnte.«

Kristian lachte. »Ja – Berenice muß sie wohl so gesehen haben. Zwei verschiedenere Frauen könnte man sich kaum vorstellen. Ich bezweifle, daß die beiden sich je verstanden haben könnten.«

»Das ist keine Antwort, Dr. Beck.«

»Nein, das ist es nicht.« Er schien nicht im geringsten beleidigt. »Ja, ich hielt Schwester Barrymore für ausgesprochen attraktiv, sowohl als Person und, wenn ich das überhaupt denken dürfte, auch als Frau. Aber andererseits ist mein Geschmack wohl auch etwas außergewöhnlich. Ich schätze Mut und Humor, und ich finde Intelligenz stimulierend.« Er schlug die Beine übereinander, lehnte sich in den Sessel zurück und betrachtete Monk lächelnd. »Ich persönlich kann dem Gespräch mit einer Frau, die sich lediglich über Trivialitäten unterhält, nichts abgewinnen. Ich mag weder affektiertes Gekicher noch Geflirte, und Gehorsam und ständiges Nach-dem-Mund-Reden machen im Grunde sehr einsam. Wenn eine Frau sagt, sie ist Ihrer Meinung, wie auch immer ihre eigenen Gedanken aussehen mögen, wie wollen Sie das eine Beziehung nennen? Genausogut können Sie sich ein hübsches Bild aufhängen, denn schließlich bekommen sie von ihr immer nur Ihre eigenen Ideen zurück.«

Monk dachte an Hermione – charmant, gelehrig, fügsam – und an Hester: eine eigensinnige Quertreiberin, leidenschaftlich in ihren Überzeugungen, mutig und unbequem; zu Zeiten haßte er sie mehr als alles andere auf der Welt, aber sie war eine richtige Frau.

»Ja«, sagte er widerstrebend. »Ich sehe, was Sie meinen. Glauben Sie, es besteht die Wahrscheinlichkeit, daß auch Sir Herbert sie attraktiv gefunden haben könnte?«

»Prudence Barrymore?« Kristian biß sich nachdenklich auf die Lippe. »Ich bezweifle es. Ich weiß, er hat ihre beruflichen Fertigkeiten geschätzt. Wie wir alle. Aber sie hat gelegentlich seine Meinungen in Frage gestellt, und das hat ihn erbost. Er akzeptierte das nicht einmal von Kollegen, geschweige denn von einer Schwester – einer Frau.«

Monk runzelte die Stirn. »Könnte ihn das so erzürnt haben, daß er wild um sich schlug?«

Kristian lachte. »Kaum. Er war Chefarzt. Sie nur eine Schwester. Bei seinen Möglichkeiten hätte er nicht gleich derart aus dem Rahmen zu fallen brauchen, um sie zu vernichten. Und dabei auch noch seine eigene Position zu gefährden.«

»Selbst wenn er unrecht und sie recht gehabt hätte?« drängte Monk. »Es hätten doch andere erfahren können.«

Kristians Gesicht wurde schlagartig ernst. »Tja, das würde die Angelegenheit in ein anderes Licht rücken. Das hätte ihm sicher nicht geschmeckt. Das ginge jedem Mann so.«

»Hätten ihre medizinischen Kenntnisse für so etwas ausgereicht?« fragte Monk.

Kristian schüttelte sachte den Kopf. »Ich weiß nicht. Denkbar wäre es, nehme ich an. Sie wußte jedenfalls eine ganze Menge, weit mehr als jede andere Schwester, mit der ich jemals zu tun hatte, obwohl auch die, die sie ersetzt hat, ganz außerordentlich ist.«

Monk spürte eine Welle der Genugtuung in sich aufsteigen,

die ihn auf der Stelle beunruhigte. »Genug?« fragte er etwas schärfer als beabsichtigt.

»Möglicherweise«, räumte Kristian ein. »Aber haben Sie auch nur den geringsten Anhaltspunkt dafür, daß es so gewesen ist? Ich dachte, man hätte ihn der Briefe wegen verhaftet?« Er schüttelte vorsichtig den Kopf. »Und eine verliebte Frau stellt doch einen Mann nicht vor aller Welt bloß! Ganz im Gegenteil. Ich habe nicht eine einzige Frau kennengelernt, die den geliebten Mann nicht bis in den Tod verteidigt hätte, selbst wenn sie es besser nicht getan hätte. Nein, Mr. Monk, eine völlig unbrauchbare Theorie. Und überhaupt, wie ich Ihren Bemerkungen eingangs entnommen habe, hat Sir Herberts Verteidiger Sie beauftragt, Beweise für einen Freispruch beizubringen! Oder habe ich Sie da mißverstanden?«

Eine höfliche Art zu fragen, ob Monk ihn belogen hatte.

»Nein, Dr. Beck, Sie haben völlig recht«, antwortete Monk und wußte sehr wohl, daß der Mann ihn verstand. »Ich überprüfe nur die Stichhaltigkeit der Anklage, um gegen sie angehen zu können.«

»Wie kann ich Ihnen dabei helfen?« fragte Kristian ernst. »Ich habe mir den Fall immer und immer wieder durch den Kopf gehen lassen. Aber mir will einfach nichts einfallen, was ihm nützen oder schaden könnte. Natürlich werde ich seine exzellente persönliche Reputation und sein hohes berufliches Ansehen beeiden, wenn Sie es wünschen.«

»Das werden wir, nehme ich an«, sagte Monk. »Wenn ich Sie hier ganz privat frage, Dr. Beck, sagen Sie mir dann ganz offen, ob Sie persönlich ihn für schuldig halten?«

Kristian sah ihn etwas erstaunt an. »Darauf antworte ich Ihnen ebenso offen, Sir. Ich halte es für höchst unwahrscheinlich. Ich habe nie etwas gesehen oder gehört, was mir diesen Mann zu einer derart undisziplinierten und gewalttätigen Überreaktion fähig erscheinen ließe.«

»Wie lange kennen Sie ihn schon?«

»Ich arbeite nun seit knapp elf Jahren mit ihm.«

»Und Sie würden das beeiden?«

»Jederzeit.«

Monk mußte überlegen, was die Anklagevertretung durch geschickte und tückische Fragen aus dem Mann herausholen könnte. Die Zeit, das zu entdecken, war jetzt, nicht im Zeugenstand, dann war es zu spät. Er verfolgte jeden Gedanken, der ihm nur kommen wollte, aber Kristians Antworten waren wohlüberlegt und frei von jeder Kritik. Eine halbe Stunde später stand Monk auf, dankte Kristian für seine Zeit und seine Offenheit und verabschiedete sich.

Das Gespräch war merkwürdig unbefriedigend. Eigentlich hätte er sich freuen sollen. Kristian Beck hatte jeden Aspekt von Sir Herberts Charakter bestätigt, ganz nach Wunsch. Darüber hinaus war er gerne bereit auszusagen. Warum also war Monk so unzufrieden?

Wenn es nicht Sir Herbert gewesen war, so waren Geoffrey Taunton und Beck selbst die offensichtlichsten Verdächtigen. War er der charmante, intelligente und kaum als Ausländer zu erkennende Mann, der er schien? Oder hatte er hinter der Fassade, die selbst Monk so angenehm fand, auch eine verschlossene, unendlich dunklere Seite?

Er hatte keine Ahnung. Die ihm sonst eigene Menschenkenntnis hatte ihn im Stich gelassen.

Monk unterhielt sich mit so vielen von Prudence' Bekannten und Kollegen, wie er nur konnte, aber sie sprachen nur widerstrebend mit ihm und waren voller Ressentiments. Die jungen Schwestern funkelten ihn abwehrend an und antworteten einsilbig, als er sie fragte, ob Prudence eine romantische Person gewesen sei.

»Nein.« Klarer ging es wohl nicht.

»Hat sie je davon gesprochen zu heiraten?«

»Nein. Ich habe nie etwas gehört.«

»Oder davon, die Krankenpflege aufzugeben und einen Hausstand zu gründen?« drängte er.

»O nein – niemals. Nie und nimmer. Sie liebte ihren Beruf.«

»Haben Sie sie je aufgeregt erlebt, erhitzt, extrem glücklich oder traurig, ohne daß ersichtlich gewesen wäre, warum?«

»Nein. Sie hatte sich immer im Griff. Sie war ganz und gar

nicht so, wie Sie sagen.« Sie begleitete die Antwort mit einem trotzigen, verärgerten Blick.

»Neigte sie zu Übertreibungen?« fragte er, schier am Verzweifeln. »Hat sie ihre Leistungen überbewertet oder den Krimkrieg verherrlicht?«

Wenigstens zeitigte er eine Reaktion, wenn auch nicht die, die er sich erhofft hätte. »Nein, das hat sie nicht!« Das Gesicht der jungen Frau lief rot an vor Zorn. »Es ist bösartig, so etwas zu behaupten! Sie hat immer die Wahrheit gesagt. Und über die Krim hat sie überhaupt nicht gesprochen, außer um uns von Miss Nightingales Ideen zu erzählen. Eigenlob kannte sie nicht! Und ich werde mir von Ihnen nicht das Gegenteil sagen lassen! Weder um den Mann zu verteidigen, der sie umgebracht hat, noch aus sonst einem Grund, das schwöre ich Ihnen!«

Es half ihm nicht im geringsten, und doch war er, so verdreht es auch klingen mochte, zufrieden. Er hatte eine lange, fruchtlose Woche hinter sich und kaum etwas gehört, was ihm von Nutzen war – im Grunde genau das, was er erwartet hatte. Aber niemand hatte sein Bild von Prudence zerstört. Er hatte nichts in Erfahrung gebracht, was sie zu der gefühlsbetonten Erpresserin gemacht hätte, die ihre Briefe vermuten ließen.

Aber wie sah die Wahrheit aus?

Die letzte Person, mit der er sprach, war Lady Stanhope. Wie nicht anders zu erwarten, war es eine emotionsgeladene Begegnung. Sir Herberts Verhaftung war ein vernichtender Schlag gewesen. Sie mußte ihre ganze Kraft zusammennehmen, um einen Rest von Haltung zu wahren, schon um der Kinder willen, aber die Zeichen des Schocks, der Schlaflosigkeit und endloser Tränen standen ihr deutlich ins Gesicht geschrieben. Als man Monk ins Haus führte, hatte sie Arthur, ihren ältesten Sohn an ihrer Seite, auch sein Gesicht bleich, wenn er das Kinn auch herausfordernd hoch trug.

»Guten Tag, Mr. Monk«, sagte Lady Stanhope ruhig. Sie schien nicht so recht zu verstehen, wer er war und was er wollte. Sie blinzelte ihm erwartungsvoll entgegen. Sie saß auf einem mit Schnitzereien verzierten Stuhl und stand auch nicht auf, als Monk eintrat; Arthur stand direkt hinter ihr.

»Guten Tag, Lady Stanhope«, antwortete er. Er mußte vorsichtig vorgehen, Ungeduld würde hier zu nichts führen. »Guten Tag, Mr. Stanhope«, fügte er, Arthurs Anwesenheit zur Kenntnis nehmend, hinzu.

Arthur nickte. »Bitte, setzen Sie sich, Mr. Monk«, forderte er ihn auf, um das Versäumnis seiner Mutter auszugleichen. »Was können wir für Sie tun, Sir? Wie Sie sich vorstellen können, empfängt meine Mutter niemanden, wenn es nicht unbedingt nötig ist. Die Situation ist ausgesprochen schwierig für uns.«

»Selbstverständlich«, räumte Monk ein und nahm auf dem Stuhl, den man ihm angeboten hatte, Platz. »Ich gehe Mr. Rathbone dabei zur Hand, die Verteidigung Ihres Herrn Vaters aufzubauen, wie ich Ihnen geschrieben zu haben glaube.«

»Seine Verteidigung ist seine Unschuld«, unterbrach Arthur ihn. »Die arme Frau gab sich ganz offensichtlich Illusionen hin. Was bei unverheirateten Frauen eines gewissen Alters wohl vorkommt, wie ich glaube. Sie reden sich etwas ein, leben in Tagträumen, Phantastereien über hervorragende Leute, Männer von Rang und Würde. Für gewöhnlich ist das nur traurig und etwas peinlich. In dieser Angelegenheit hat es sich obendrein als tragisch erwiesen.«

Nur mit Mühe unterdrückte Monk die Frage, die ihm auf der Zunge lag. Dachte der selbstgefällige junge Mann mit dem glatten Gesicht dabei an den Tod von Prudence Barrymore oder nur an die Anklage gegen seinen Vater?

»Das wenigstens ist unbestritten«, pflichtete er ihm bei. »Schwester Barrymore ist tot, und Ihr Vater sitzt im Gefängnis, um sich in einem Mordprozeß zu verantworten.«

Lady Stanhope schnappte nach Luft, und das letzte bißchen Farbe verschwand aus ihrem Gesicht. Sie umklammerte Arthurs Hand auf ihrer Schulter.

»Wirklich, Sir!« sagte Arthur wütend. »Das war völlig unnötig! Ich hätte Ihnen doch etwas mehr Rücksicht auf die Gefühle meiner Mutter zugetraut! Wenn Sie schon mit uns zu schaffen haben, dann erledigen Sie das kurz und taktvoll. Und dann gehen Sie um Himmels willen wieder.«

»Was können wir tun?« fragte Lady Stanhope besänftigend. »Was können wir tun, um Herbert zu helfen?«

Allmählich und mit ungewöhnlicher Geduld entlockte er den beiden ein Bild von Sir Herbert als einem ruhigen, anständigen Mann mit einem normalen Privatleben, seiner Familie treu ergeben und völlig kalkulierbar, was seine persönlichen Vorlieben anbelangte. Der einzige Genuß, den er sich zu gönnen schien, war ein Glas Whisky am Abend, und dann hatte er noch eine Schwäche für gutes Roastbeef. Er war ein pflichtbewußter Ehemann und ein liebevoller Vater.

Die Unterhaltung verlief zäh. Er probierte jede Möglichkeit, die ihm nur einfallen wollte, um einem der beiden etwas zu entlocken, was für Rathbone von Nutzen sein könnte, irgend etwas, was über die zu erwartende Loyalität hinausging, die er ihnen durchaus abnahm, die Geschworenen jedoch wahrscheinlich kaum beeinflussen würde. Was sollte eine Ehefrau sonst sagen? Und zudem war sie keine vielversprechende Zeugin. Sie war viel zu verängstigt, um sich klar auszudrücken, geschweige denn überzeugend zu sein.

Er konnte jedoch nicht anders, als Mitleid mit ihr zu haben.

Er wollte eben gehen, als es an der Tür klopfte. Ohne auf eine Antwort zu warten, kam eine junge Frau herein. Sie war schlank, ja mager, und ihr Gesicht war so auffallend von Krankheit und Enttäuschung gezeichnet, daß man sich schwer tat, ihr Alter zu schätzen, aber seiner Ansicht nach mochte sie wohl zwanzig sein.

»Entschuldigt mein Eindringen«, begann sie, aber noch bevor sie den Mund aufgemacht hatte, überkam Monk eine Erinnerung, so stark und quälend, daß seine Umgebung verschwand: Lady Stanhope und Arthur wurden zu bloßen Flekken am Rande seines Gesichtsfeldes. Mit erschütternder Unmittelbarkeit fiel ihm ein, worum es in diesem alten Fall gegangen war. Ein Mädchen war vergewaltigt und ermordet worden. Er sah ihren zerschlagenen mageren Körper vor sich und spürte die Wut, die Verwirrung und den Schmerz, die qualvolle Hilflosigkeit. Sie war es, die ihn seine Konstabler so hart hatte anfassen, seinen Zeugen so unerbittlich hatte zusetzen lassen; sie war der Grund, weshalb er Runcorn so gnadenlos und ungeduldig mit Verachtung gestraft hatte.

Das Entsetzen stellte sich mit all der Unmittelbarkeit ein, das es für ihn mit zwanzig gehabt hatte. Es entschuldigte kaum die Art, wie er die Leute behandelt hatte, es machte nichts ungeschehen. Aber es war eine Erklärung. Wenigstens hatte er jetzt einen Grund: eine Leidenschaft nicht um seiner selbst willen. Er war nicht lediglich grausam, arrogant und ehrgeizig gewesen. Er hatte sich engagiert – wütend, unermüdlich und zielbewußt.

Er mußte feststellen, daß er erleichtert lächelte, und dennoch war ihm ganz flau im Magen.

»Mr. Monk?« fragte Lady Stanhope nervös.

»Ja – ja, Madam?«

»Werden Sie meinem Gatten helfen können, Mr. Monk?«

»Ich denke doch«, sagte er mit fester Stimme. »Ich werde alles in meiner Macht Stehende tun, das verspreche ich Ihnen.«

»Ich danke Ihnen. Ich – wir ... sind Ihnen sehr dankbar.« Sie hielt Arthurs Hand etwas fester. »Wir alle.«

9

Der Prozeß gegen Sir Herbert Stanhope im Old Bailey begann am ersten Montag im August. Es war ein schwüler, grauer Tag mit einem heißen Südwind, der den Geruch von Regen in sich trug. Draußen drängte sich die Menge und wälzte sich, erpicht darauf, einen der wenigen öffentlichen Sitzplätze zu ergattern, die Treppe hinauf. Zeitungsjungen versprachen lautstark exklusive Enthüllungen und prophezeiten, was da kommen sollte. Die ersten schweren Regentropfen fielen warm auf selbstvergessene Köpfe.

In dem holzgetäfelten Sitzungssaal saßen, in zwei Reihen, die Geschworenen, den Rücken zu den hohen Fenstern, das Gesicht in Richtung der Anwaltstische, hinter denen sich die wenigen der Öffentlichkeit zur Verfügung stehenden Bänke reihten. Rechter Hand von den Geschworenen, gut sechs Meter über dem Boden, befand sich die Anklagebank, eine Art Balkon, von dem aus eine verborgene Treppe zu den Zellen führte. Ihr gegenüber befand sich, in der Art einer Kanzel, der Zeugenstand. Um sie zu erreichen, mußte man den Saal durchqueren und eine gewundene Treppe hinaufsteigen; dann stand man da, allein, und sah sich den Anwälten und dem Publikum gegenüber. Hinter dem Zeugenstand und noch etwas höher saß, auf Plüsch und von einer Täfelung mit herrlichen Schnitzereien umgeben, der Richter, der scharlachroten Samt und eine gelockte Perücke aus weißem Roßhaar trug.

Der Saal war bereits zur Ordnung gerufen. Die Geschworenen waren vereidigt, die Anklage verlesen, und der Angeklagte hatte sich dazu geäußert. Mit ungeheurer Würde, erhobenen Hauptes und mit fester Stimme hatte Sir Herbert seine Schuld kategorisch bestritten. Sofort darauf ging ein mitfühlendes Raunen durch den Saal.

Der Richter, ein Mann Ende Vierzig mit strahlenden hellgrauen Augen und einem feinknochigen, hohlwangigen Gesicht, ließ seinen Blick durch den Saal schweifen, hielt sich jedoch zurück. Er war ein harter Mann, jung für ein so hohes Amt, aber er war niemandem etwas schuldig, und sein einziges Interesse galt dem Gesetz. Vor Unbarmherzigkeit schützte ihn ein ausgeprägter Sinn für Humor; sympathisch machte ihn seine Liebe zu den Klassikern und deren hochfliegender Vorstellungskraft, die er zwar kaum verstand, aber nichtsdestoweniger für unschätzbar wertvoll hielt.

Die Anklage vertrat Wilberforce Lovat-Smith, einer der begabtesten Staatsanwälte seiner Generation und ein Mann, den Rathbone sehr gut kannte. Er hatte ihm schon häufig vor Gericht gegenübergestanden, und mochte er ihn auch ganz und gar nicht leiden, so hatte er doch die größte Hochachtung vor ihm. Er war von kaum durchschnittlicher Größe und dunklem Teint, sein Gesicht scharf geschnitten, die Lider schwer, die Augen darunter erstaunlich blau. Seine Erscheinung war wenig beeindruckend. Er sah eher nach einem Wandermusikus oder einem Spieler aus als nach einer Stütze der Gesellschaft. Seine Robe war etwas zu lang und von nachlässigem Schnitt, und seine Perücke saß nicht ganz gerade. Rathbone freilich machte nicht den Fehler, ihn deshalb zu unterschätzen.

Die erste Zeugin war Lady Callandra Daviot. Kerzengerade und hoch erhobenen Hauptes durchquerte sie den freien Raum zwischen Bankreihen und Zeugenstand. Als sie die Treppe hinaufstieg, nahm sie jedoch den Handlauf zu Hilfe, und als sie sich Lovat-Smith zuwandte, sah ihr blasses Gesicht müde aus, als hätte sie seit Tagen, wenn nicht gar Wochen keine ruhige Nacht mehr gehabt. Es war deutlich zu sehen, daß sie krank war oder eine nahezu unerträgliche Bürde auf ihr lastete.

Hester war nicht zugegen; sie hatte Dienst im Krankenhaus. Abgesehen von der Tatsache, daß sie die Anstellung brauchte, waren Monk und sie nach wie vor der Überzeugung, sie könnte dort etwas Nützliches in Erfahrung bringen. Die Chancen waren zwar gering, aber sie wollten nichts unversucht lassen.

Monk saß in der Mitte der ersten Reihe und verfolgte aufmerksam jede Änderung des Tons, jeden Gesichtsausdruck. Er wäre zur Stelle, sollte es Rathbone einfallen, einen neuen Faden zu verfolgen, der sich plötzlich ergab. Er brauchte Callandra nur anzusehen, um zu wissen, daß da etwas nicht stimmte. Er starrte sie minutenlang an, bevor ihm klar wurde, was ihn an ihrer Erscheinung noch mehr beunruhigte als das ausgezehrte Gesicht: ihre Haare waren ordentlich, ja sogar hübsch zurechtgemacht. Was ihr so gar nicht ähnlich sah. Durch die Tatsache, daß sie vor Gericht aussagen mußte, war das nicht zu erklären. Er hatte sie bei weit wichtigeren und förmlicheren Anlässen gesehen, selbst in Abendgarderobe kurz vor dem Aufbruch zu Diners mit Botschaftern und Angehörigen des Königshauses, und trotzdem hatten sich ganze Strähnen nach Lust und Laune gekringelt. Der Anblick erfüllte ihn mit einem schwer erklärlichen Kummer.

»Sie stritten sich darüber, daß offensichtlich der Wäscheschacht verstopft war?« fragte Lovat-Smith mit künstlichem

Erstaunen. Obwohl jedermann wußte, was kam, herrschte im Saal völlige Stille. Die Zeitungen hatten es in riesigen Schlagzeilen verkündet, und es war kaum etwas, was man so leicht vergaß. Trotzdem lehnten sich die Geschworenen vor und lauschten konzentriert jedem Wort.

Richter Hardie lächelte kaum merklich.

»Ja.« Callandra bot kein Wort mehr als das, wonach man sie fragte.

»Bitte, fahren Sie fort, Lady Callandra«, forderte Lovat-Smith sie auf. Sie war keine feindliche Zeugin, half aber auch nicht mit. Ein geringerer Mann wäre womöglich ungeduldig geworden. Lovat-Smith war dafür viel zu klug. Sie hatte die Sympathien des Gerichts, man war der Ansicht, daß ein solches Erlebnis jede sensible Frau in Schrecken versetzt hätte. Die Geschworenen waren selbstverständlich allesamt Männer. Wenn man Frauen nicht genug rationales Urteilsvermögen zutraute, um in der Masse zur Urne zu gehen, wie sollten sie dann in einem Zwölfer-Gremium über Leben und Tod eines Menschen entscheiden? Und Lovat-Smith wußte, Geschworene waren ganz gewöhnliche Männer. Was sowohl ihre Stärke als auch ihre Schwäche war. Sie würden Callandra für eine durchschnittliche Frau halten, leicht zu beeindrucken und zart – wie eben Frauen so sind. Sie hatten keine Ahnung, daß sie über weit mehr Verstand und Kraft verfügte als die meisten der Soldaten, die ihr Gatte behandelt hatte, als er noch am Leben gewesen war. Lovat-Smith gab sich entsprechend zartfühlend und höflich.

»Ich bedaure, Sie darum bitten zu müssen, aber würden Sie dem Gericht schildern, was daraufhin passierte, mit eigenen Worten. Lassen Sie sich Zeit...«

Der Anflug eines Lächelns umspielte Callandras Mund. »Sie sind ausgesprochen höflich, Sir. Selbstverständlich werde ich es Ihnen erzählen. Dr. Beck spähte in den Schacht, um zu sehen, was ihn blockierte, konnte aber nichts entdecken. Wir schickten eine der Schwestern nach einem Fensterhaken, um damit in den Schacht zu stoßen und freizubekommen, was immer dort festsaß. Zu diesem Zeitpunkt...«, sie schluckte schwer und fuhr dann mit gedämpfter Stimme fort, »gingen wir davon aus, daß es sich um ein Lakenbündel handelte. Selbstverständlich war da mit dem Fensterhaken nichts zu erreichen.«

»Selbstverständlich«, sagte Lovat-Smith hilfreich. »Was haben Sie daraufhin unternommen, Madam?«

»Eine der Schwestern, ich weiß nicht mehr welche, schlug vor, eines der Putzmädchen zu holen, ein Kind noch und ziemlich klein. Es sollte in den Schacht steigen.«

»Sie wollten ein Kind da hinunterschicken?« sagte Lovat-Smith besonders deutlich. »Zu diesem Zeitpunkt waren Sie also immer noch in dem Glauben, daß Wäsche den Schacht verstopfte?«

Ein ahnungsvoller Schauder ging durch den Raum. Rathbone zog ein Gesicht, aber so diskret, daß die Geschworenen es nicht sehen konnten. Sir Herbert saß mit ausdrucksloser Miene auf der Anklagebank. Richter Hardie trommelte mit den Fingern lautlos auf die Platte des Richtertischs.

Lovat-Smith sah es und verstand. Er forderte Callandra auf fortzufahren.

»Selbstverständlich«, sagte sie ruhig.

»Was ist denn passiert?«

»Dr. Beck und ich sind in die Waschküche gegangen, um das Bündel in Empfang zu nehmen.«

»Warum?«

»Wie bitte?«

»Warum sind Sie in den Keller gegangen, Madam?«

»Ich ... das weiß ich nicht mehr. Es schien damals das Gegebene. Ich nehme an, um festzustellen, was es war, damit der Streit geschlichtet würde. Deshalb haben wir uns ja überhaupt erst eingemischt, um den Streit zu schlichten.«

»Ach so. Ja, scheint mir ganz natürlich. Würden Sie dem Gericht bitte schildern, was dann geschah?«

Callandra war ausgesprochen blaß; sie schien Mühe zu haben, die Kontrolle zu bewahren. Lovat-Smith lächelte sie ermutigend an.

»Wenige Augenblicke später hörten wir ein Geräusch ...«

Sie atmete tief ein, sah Lovat-Smith jedoch nicht an. »Und ein Körper kam aus dem Schacht und landete im Wäschekorb darunter.«

Das unmittelbar folgende Geraschel und das entsetzte Raunen im Publikum hinderte sie daran weiterzusprechen. Einige der Geschworenen hielten den Atem an, einer griff gar nach seinem Taschentuch.

Sir Herbert, auf der Anklagebank, zuckte leicht zusammen, ließ Callandra jedoch nicht aus den Augen.

»Zuerst dachte ich, es sei das Putzmädchen«, fuhr sie fort. »Dann, einen Augenblick später, landete ein zweiter Körper und versuchte sofort aus dem Korb zu krabbeln. Wir halfen ihr, fast mußten wir sie herausheben. Erst dann sahen wir uns den ersten Körper näher an. Wir erkannten sehr schnell, daß es sich um eine Leiche handelte.«

Wieder das kollektive Luftholen im Saal, dann ein Raunen, das sich jedoch sofort wieder legte.

Rathbone sah zur Anklagebank hinauf. Selbst ein Gesichtsausdruck konnte eine Rolle spielen. Er hatte es mehr als einmal erlebt, daß ein Gefangener durch schiere Unverschämtheit eine Jury gegen sich aufgebracht hatte. Aber er hätte sich keine Sorgen zu machen brauchen. Sir Herbert war ernst und gesetzt, sein Gesicht zeigte nur Trauer.

»Ich verstehe.« Lovat-Smith hob die Hand, einige Zentimeter nur. »Woher wußten Sie, daß es sich bei diesem ersten Körper um eine Leiche handelte, Lady Callandra? Ich weiß, Sie verfügen über einige medizinische Erfahrung; Ihr verstorbener Gatte, glaube ich, war Stabsarzt. Würden Sie uns bitte schildern, wie dieser Körper aussah.« Er lächelte sie um Vergebung bittend an. »Ich entschuldige mich dafür, Sie zu bitten, noch einmal durchzumachen, was für Sie eine außerordentliche Qual gewesen sein muß, aber ich versichere Ihnen, es ist nötig, für die Geschworenen, Sie verstehen?«

»Es war die Leiche einer jungen Frau in einer Schwesterntracht«, sagte Callandra ruhig. »Sie lag auf dem Rücken im Korb, als wäre sie zusammengeklappt, ein Bein nach oben gestreckt. Niemand wäre so liegengeblieben, wenn er noch bei

Bewußtsein gewesen wäre. Als wir sie näher ansahen, sahen wir, daß ihre Augen geschlossen und ihr Gesicht aschfahl war. Und sie hatte Quetschungen am Hals und war bereits kalt.«

Von den Publikumsrängen kam ein langer Seufzer; jemand zog die Nase hoch. Zwei der Geschworenen sahen einander an, ein dritter schüttelte mit ernster Miene den Kopf.

Rathbone saß reglos an seinem Tisch.

»Nur noch eine Frage, Lady Callandra«, sagte Lovat-Smith entschuldigend. »Kannten Sie die junge Frau?«

»Ja.« Callandra war kreidebleich. »Es war Prudence Barrymore.«

»Eine der Krankenschwestern des Hospitals?« Lovat-Smith trat einen Schritt zurück. »Ja, um genau zu sein, eine Ihrer besten Schwestern, glaube ich? Hat sie nicht mit Florence Nightingale im Krimkrieg gearbeitet?«

Rathbone erwägte schon Einspruch wegen Unerheblichkeit zu erheben: Lovat-Smith spielte Theater. Aber er hätte seiner Sache eher geschadet als genutzt, hätte er Prudence Barrymore diesen Augenblick posthumer Anerkennung zu verwehren versucht. Was Lovat-Smith sehr wohl wußte; er sah es an seiner etwas großspurigen Haltung – als stelle Rathbone keine Gefahr für ihn dar.

»In jeder Hinsicht eine gute Frau«, sagte Callandra ruhig. »Ich hatte größte Hochachtung vor ihr und mochte sie sehr.«

Lovat-Smith neigte den Kopf. »Ich danke Ihnen, Madam. Das Gericht weiß sehr wohl zu würdigen, daß es sich hier um eine schwierige Pflicht für Sie handelt. Ich danke Ihnen, ich habe keine weiteren Fragen an Sie.«

Richter Hardie beugte sich vor, als Callandra eine kleine Bewegung machte. »Wenn Sie bleiben würden, Lady Callandra, Mr. Rathbone möchte vielleicht noch das Wort an Sie richten.«

Callandra errötete über ihre eigene Dummheit, obwohl sie gar keine Anstalten gemacht hatte zu gehen.

Lovat-Smith kehrte an seinen Tisch zurück, und Rathbone stand auf, trat auf den Zeugenstand zu und blickte zu ihr hinauf. Es beunruhigte ihn, sie so abgespannt zu sehen.

»Guten Morgen, Lady Callandra. Mein verehrter Herr Kollege hat mit Ihrer Identifikation der unglücklichen Toten geschlossen. Aber vielleicht würden Sie dem Gericht noch sagen, was Sie getan haben, nachdem Sie sich versichert hatten, daß ihr nicht mehr zu helfen war?«

»Ich ... wir ... Dr. Beck blieb bei ihr«, Callandra geriet etwas ins Stammeln, »um sicherzustellen, daß man sie nicht berührte, während ich losging, um die Angelegenheit Sir Herbert Stanhope zu melden, damit er nach der Polizei schicken konnte.«

»Wo haben Sie ihn gefunden?«

»Im Operationssaal – er operierte gerade.«

»Erinnern Sie sich noch an seine Reaktion, als Sie ihn darüber informierten, was passiert war?«

Wieder wandten sich die Gesichter der Anklagebank zu, neugierig und von Entsetzen erregt zugleich.

»Ja – er war selbstverständlich schockiert. Als ihm klar wurde, daß es eine Angelegenheit für die Polizei war, schickte er mich, diese zu informieren.«

»Oh? Es war ihm also nicht sofort klar?«

»Was vielleicht meine Schuld war«, gab sie zu. »So wie ich es ihm berichtet habe, mag er wohl gedacht haben, es handle sich um einen natürlichen Todesfall. In einem Krankenhaus wird ständig gestorben!«

»Natürlich. Schien er Angst zu haben oder nervös zu sein?«

Ein Anflug bitterer Belustigung huschte über ihr Gesicht. »Nein. Er war völlig ruhig. Ich glaube, er hatte seine Operation eben beendet.«

»Erfolgreich?« Er hatte sich bereits vergewissert, daß sie erfolgreich verlaufen war, sonst hätte er nicht gefragt. Er konnte sich noch lebhaft erinnern, Sir Herbert gefragt zu haben, und an dessen offene, wenn auch überraschte Antwort.

»Ja.« Callandra begegnete seinem Blick, und er wußte, sie verstand genau.

»Ein Mann mit kühlem Verstand und ruhiger Hand«, bemerkte er. Wieder war er sich der Blicke der Geschworenen hinauf zur Anklagebank bewußt.

Lovat-Smith kam auf die Beine.

»Ja, ja«, sagte Richter Hardie und winkte ab. »Mr. Rathbone, bitte sparen Sie sich derlei Kommentare für das Plädoyer. Lady Callandra war während des Rests der Operation nicht zugegen und konnte sich so kein Urteil darüber bilden. Sie haben bereits ihre Aussage, daß der Patient überlebt hat, was Sie bereits wußten, wie ich mir vorstellen kann? Ja – selbstverständlich. Bitte, fahren Sie fort.«

»Ich danke Ihnen, Euer Ehren.« Rathbone verbeugte sich kaum merklich. »Lady Callandra, wir dürfen also davon ausgehen, daß Sie die Polizei informiert haben. Einen gewissen Inspektor Jeavis, glaube ich. War das das Ende Ihres Engagements in diesem Fall?«

»Wie bitte?« Sie blinzelte und wurde noch bleicher; etwas wie Angst zeigte sich in ihrem Blick und dem Zucken um ihren Mund.

»War das das Ende Ihres Engagements in diesem Fall?« wiederholte er. »Oder haben Sie weitere Schritte unternommen?«

»Ja – ja, das habe ich...« Sie verstummte.

»Tatsächlich? Und was war das?«

Wieder ging ein Rascheln durch den Saal, als Seide und Taft gegeneinander rieben oder zerdrückt wurden, weil die Leute sich vorbeugten. Richter Hardie sah sie fragend an.

»Ich... ich habe einen privaten Ermittler beauftragt, mit dem ich bekannt bin«, antwortete sie sehr ruhig.

»Würden Sie das bitte so sagen, daß die Geschworenen Sie hören können«, wies Richter Hardie sie an.

Sie wiederholte es deutlicher und starrte Rathbone dabei an.

»Warum haben Sie das getan, Lady Callandra? Hielten Sie die Polizei nicht für fähig, sich um die Angelegenheit zu kümmern?« Aus dem Augenwinkel sah er Lovat-Smith erstarren und wußte, daß er ihn überrascht hatte.

Callandra biß sich auf die Lippe. »Ich war mir nicht sicher, ob sie den Fall würde klären können. Das ist schließlich nicht immer so.«

»In der Tat nicht«, pflichtete Rathbone ihr bei. »Ich danke Ihnen, Lady Callandra. Ich habe keine weiteren Fragen an Sie.«

Noch bevor der Richter ihr eine Anweisung geben konnte, war Lovat-Smith wieder auf den Beinen. »Lady Callandra, glauben Sie, man hat in diesem Fall die richtige Lösung gefunden?«

»Einspruch!« sagte Rathbone sofort. »Lady Callandras Meinung ist, bei aller Vortrefflichkeit, in diesem Verfahren nicht relevant!«

»Mr. Lovat-Smith«, sagte Richter Hardie mit einem leichten Kopfschütteln. »Wenn das alles ist, was Sie zu sagen haben, so ist Lady Callandra entlassen. Das Gericht dankt der Zeugin.«

Lovat-Smith setzte sich mit verkniffenem Mund; Rathbones Blick wich er aus.

Rathbone lächelte, aber ohne Befriedigung.

Richter Hardie rief Jeavis in den Zeugenstand. Er mußte schon viele Male vor Gericht ausgesagt haben, weit öfter als irgendein anderer hier, und dennoch wirkte er merkwürdig fehl am Platz. Sein hoher weißer Kragen schien ihm zu eng, die Ärmel zwei Fingerbreit zu kurz.

Er sagte über die nackten Tatsachen aus, so wie er sie kannte, ohne die Spur einer Emotion oder Meinung. Trotzdem verschlangen die Geschworenen jedes seiner Worte, und nur ein-, zweimal wandte sich einer von ihnen ab, um Sir Herbert auf der Anklagebank anzusehen.

Rathbone war lange hin und her gerissen gewesen, ob er Jeavis ins Kreuzverhör nehmen sollte oder nicht. Er durfte sich von Lovat-Smith nicht zu einem Fehler verleiten lassen! An Jeavis' Aussage war nichts zu deuteln; aus ihm war nichts weiter herauszuholen.

»Keine Fragen, Euer Ehren«, sagte er. Er sah ein amüsiertes Leuchten in Lovat-Smiths Gesicht.

Der nächste Zeuge der Anklage war der Polizeiarzt, der über Zeitpunkt und Todesursache aussagte. Eine reine Formsache, so daß Rathbone auch ihn nichts zu fragen hatte. Rathbones Gedanken schweiften ab. Als erstes studierte er die Geschworenen, einen nach dem anderen. Ihre Gesichter waren noch frisch, ihre Konzentration ungebrochen; sie bekamen jedes Wort mit. In zwei, drei Tagen würden sie ganz anders aussehen; ihre Augen würden dann müde sein, ihre Muskeln verkrampft. Sie würden unruhig werden und zu zappeln beginnen. Sie würden sich nicht mehr ansehen, wer sprach, sondern in der Gegend herumstarren – so wie er jetzt. Und es war gut möglich, daß sie, was Sir Herberts Schuld anbelangte, längst zu einem Schluß gekommen wären.

Schließlich, vor der Mittagspause, rief Lovat-Smith Mrs. Flaherty auf. Sie stieg die Stufen zum Zeugenstand sehr vorsichtig hinauf, ihr Gesicht vor Konzentration ganz weiß, die schwarzen Röcke wischten über die Handläufe zu beiden Seiten. Sie sah aus wie eine in die Jahre gekommene Haushälterin. Rathborne erwartete fast, einen Schlüsselbund an ihrer Hüfte baumeln zu sehen, ein Haushaltsbuch in ihrer Hand.

Sie wandte sich dem Gericht zu, Angriffslust und Mißbilligung in ihren verkniffenen Zügen. Sie betrachtete die Notwendigkeit, an einem solchen Ort zu sein, als Affront. Kriminalverfahren waren unter der Würde anständiger Leute, und sie hätte nie im Leben erwartet, sich je in einer solchen Lage zu sehen.

Lovat-Smith amüsierte das offensichtlich. In seinem Gesicht jedoch war nichts als Respekt, und seine Manieren waren tadellos. Rathbone freilich kannte ihn gut genug, um es am Winkel seiner Schultern zu sehen, seinen Gesten, selbst an der Art, wie er über die polierten Dielen schritt und zu ihr hinaufsah.

»Mrs. Flaherty«, begann er in aller Ruhe. »Sie sind Oberschwester im Königlichen Armenspital, nicht wahr?«

»Das bin ich« sagte sie grimmig. Sie schien noch etwas hinzufügen zu wollen, schloß dann aber die Lippen zu einem dünnen Strich.

»Ganz recht!« sagte Lovat-Smith. Er war weder von einer Gouvernante erzogen worden, noch war er je in einem Krankenhaus gewesen. Tüchtige Damen mittleren Alters nötigten ihm keinen Respekt ab wie vielen seiner Kollegen.

In einem ihrer seltenen entspannten Augenblicke hatte er Rathbone, spätabends und bei einer Flasche Wein, anvertraut, er habe ein Internat am Rande der Stadt besucht; erst dort habe ein Gönner seine Intelligenz entdeckt und ihn auf eine bessere Schule geschickt.

Jetzt sah Lovat-Smith ausdruckslos-höflich zu Mrs. Flaherty auf. »Wären Sie so gut, Madam, dem Gericht zu sagen, wo Sie am Tag, an dem Prudence Barrymore zu Tode kam, waren – von zirka sechs Uhr morgens an bis zu dem Zeitpunkt, an dem Sie von der Entdeckung der Leiche hörten. Ich danke Ihnen vielmals.«

Widerwillig, aber präzise sagte sie ihm, was er hören wollte. Auf seine häufigen Zwischenfragen hin, berichtete sie dem Gericht außerdem über den Verbleib fast aller anderen Schwestern, die an jenem Morgen Dienst gehabt hatten; zum Teil auch über den des Kaplans und der Operationsassistenten.

Rathbone unterbrach ihn nicht. Weder stritt er sich über einen der Verfahrenspunkte, noch zweifelte er die Fakten an. Es wäre dumm gewesen, die Aufmerksamkeit auf die Schwäche seiner Position zu lenken, indem er gegen einen Punkt anging, den er nicht gewinnen konnte. Sollten die Geschworenen lieber denken, er halte sich zurück in der Gewißheit, daß er noch einen entscheidenden Schlag in der Hinterhand hatte. Mit der Andeutung eines Lächelns lehnte er sich in seinen Stuhl zurück und setzte eine ruhige, interessierte Miene auf.

Er bemerkte, daß einige der Geschworenen zu ihm herübersahen, dann zu Lovat-Smith, und wußte, daß sie sich fragten, wann die eigentliche Schlacht beginnen würde. Außerdem warfen sie verstohlene Blicke auf Sir Herbert. Er war sehr blaß, aber falls er Angst hatte oder eine finstere Schuld ihn quälte, auf seinem Gesicht war nicht das geringste zu sehen.

Rathbone musterte ihn diskret, während Lovat-Smith Mrs. Flaherty noch weitere Einzelheiten aus der Nase zog. Sir Herbert hörte aufmerksam zu, aber wirkliches Interesse zeigte er nicht. Er schien entspannt, sein Rücken war kerzengerade, die Hände auf dem Geländer vor ihm verschränkt. Es war alles bereits bekannt, und er wußte, es hatte keinerlei Einfluß auf den eigentlichen Fall. Er hatte nie bestritten, zu diesem

Zeitpunkt im Krankenhaus gewesen zu sein, und Mrs. Flaherty ließ nur die Randpersonen aus, die man ohnehin nie wirklich verdächtigt hatte.

Richter Hardie unterbrach die Verhandlung für die Mittagspause, und als man den Saal verließ, schloß sich Lovat-Smith mit einem belustigten Glitzern in seinen merkwürdig hellen Augen Rathbone an. »Wie in aller Welt konnten Sie das übernehmen?« fragte er gelassen, aber seine Fassungslosigkeit war nicht zu überhören.

»Was übernehmen?« Rathbone blickte geradeaus, als hätte er nichts gehört.

»Diesen Fall, Mann! Den können Sie nicht gewinnen!« Lovat-Smith war vorsichtig. »Diese Briefe brechen ihm das Genick.«

Rathbone wandte sich ihm lächelnd zu, ein freundliches und strahlendes Lächeln, das seine ausgezeichneten Zähne zeigte. Er sagte nichts.

Lovat-Smith war kurz verunsichert, aber nur ein Experte hätte es sehen können. Dann hatte er seine Fassung wiedererlangt, und er war wieder die Ruhe selbst. »Mag sein, daß die Kasse stimmt, aber Ihrem Ruf wird es sicher nicht guttun«, sagte er mit ruhiger Gewißheit. »Wissen Sie, mit solchen Geschichten kommt man kaum zu einem Adelstitel!«

Rathbone lächelte etwas breiter, um sich nicht anmerken zu lassen, wie sehr er fürchtete, daß Lovat-Smith da recht haben könnte.

Die Aussagen des Nachmittags waren in vieler Hinsicht vorauszusehen gewesen, und dennoch hinterließen sie in Rathbone eine Unzufriedenheit, von der er noch am selben Abend bei einem Besuch in Primrose Hill seinem Vater erzählte.

Henry Rathbone war ein großer, ziemlich gebeugter Gelehrter mit sanften blauen Augen, hinter deren Freundlichkeit sich ein scharfer Verstand und ein großartiger, wenn auch gelegentlich launischer und respektloser Humor verbarg. Olivers Liebe zu ihm war tiefer als er je zugegeben hätte, auch vor sich selbst. Die gelegentlichen stillen Abendessen waren Oasen tiefer

Freude in einem vom Ehrgeiz getriebenen und über die Maßen geschäftigen Leben.

Diesmal machte er sich Sorgen, was Henry Rathbone sofort bemerkte, obwohl er das Gespräch mit den üblichen Banalitäten wie dem Wetter, Rosen und Kricket eröffnet hatte.

Im letzten Licht des Tages saßen sie über einem exzellenten Abendessen aus Krustenbrot, Pastete und französischem Käse. Nachdem sie eine Flasche Rotwein geleert hatten, fragte Henry Rathbone schließlich: »Ist dir ein taktischer Fehler unterlaufen?«

»Wie kommst du denn darauf?« Oliver sah ihn nervös an.

»Du bist in Gedanken ganz woanders«, antwortete Henry. »Wäre es etwas gewesen, was du vorausgesehen hättest, dann würde es dich nicht noch immer beschäftigen.«

»Ich weiß nicht so recht«, gestand Oliver. »Um ehrlich zu sein, ich weiß noch nicht einmal, wie ich diese Geschichte überhaupt angehen soll.«

Henry wartete.

Oliver umriß den Fall, soweit er ihm bekannt war. Henry, in seinen Sessel gelehnt, die Beine bequem übereinandergeschlagen, hörte ihm schweigend zu.

»Was habt ihr bisher an Zeugenaussagen gehört?« fragte er, als Oliver schließlich zum Ende kam.

»Nur solche zum Sachverhalt. Callandra Daviot berichtete, wie sie die Leiche fand. Die Polizei und der Gerichtsmediziner gaben die Fakten zu Tatzeit und Todesursache zu Protokoll. Nichts Neues, nichts Beunruhigendes. Lovat-Smith versuchte soviel Wirkung und Mitgefühl wie möglich herauszuschlagen, aber das war zu erwarten.«

Henry nickte.

»Ich nehme an, es war heute nachmittag«, sagte Oliver nachdenklich. »Die erste Zeugin nach der Mittagspause war die Oberschwester des Krankenhauses – eine verkrampfte, selbstherrliche kleine Frau, die es offensichtlich als Zumutung empfand, vorgeladen zu werden. Sie ließ keinen Zweifel daran, was sie von ›feinen Damen‹ im Schwesternkittel hält. Noch nicht einmal ihr Einsatz auf der Krim findet Gnade vor ihren

Augen. Ganz im Gegenteil: sie sieht dadurch nur ihren Einflußbereich bedroht.«

»Und die Geschworenen?« fragte Henry.

Oliver lächelte. »Die mochten sie nicht«, sagte er kurz und bündig. »Sie zweifelte an Prudence' Fähigkeiten. Lovat-Smith gab sich alle Mühe, ihr den Mund zu stopfen, aber sie hinterließ trotzdem einen negativen Eindruck.«

»Aber ...«, drängte ihn Henry.

Oliver stieß ein scharfes Lachen aus. »Aber sie schwor, Prudence sei hinter Sir Herbert her gewesen. Sie habe ständig darum gebeten, mit ihm arbeiten zu dürfen und weit mehr Zeit mit ihm verbracht als irgendeine der anderen Schwestern. Allerdings gab sie widerstrebend zu, daß sie ihre beste Schwester gewesen sei und Sir Herbert immer nach ihr gefragt hätte.«

»Was du sicher alles vorhergesehen hast.« Henry sah ihn aufmerksam an. »Es scheint mir kaum eine ausreichende Erklärung für deinen jetzigen Zustand.«

Gedankenverloren saß Oliver da. Der Wind des frühen Abends trug den Duft des spät blühenden Geißblatts durch die offenen Verandatüren, und ein Schwarm Stare bewölkte den blassen Himmel, bevor er auseinanderstob und sich irgendwo jenseits des Obstgartens niederließ.

»Hast du denn Angst, zu verlieren?« brach Henry das Schweigen. »Es wäre nicht das erste Mal – und du wirst noch öfter verlieren, es sei denn, du übernimmst nur Fälle, die lediglich eines Dirigenten bedürfen.«

»Nein, natürlich nicht!« sagte Oliver voller Abscheu. Er war nicht wütend; dazu war der Gedanke viel zu absurd.

»Fürchtest du denn, Sir Herbert könnte schuldig sein?«

Diesmal fiel die Antwort überlegter aus. »Nein. Nein, ganz und gar nicht. Es ist ein schwieriger Fall, es gibt keine wirklichen Beweise, aber ich glaube ihm. Ich weiß, wie es ist, wenn eine junge Frau Bewunderung und Dankbarkeit mit romantischer Hingabe verwechselt. Und man hat nicht die geringste Ahnung davon – außer daß man sich irgendwie in seiner Eitelkeit geschmeichelt fühlt, das gebe ich, wenn auch widerwillig, zu. Und mit einemmal hat man sie vor sich, mit wogendem

Busen, schmelzenden Augen und erhitzten Wangen – und du stehst da, entsetzt, mit trockenem Mund und rasendem Verstand, siehst dich als Opfer und Schurke zugleich und fragst dich, wie du da wieder ehrenvoll und mit einem gewissen Maß an Würde herauskommen sollst!«

Henry lächelte so offen, daß es schon fast an ein Lachen grenzte.

»Das ist nicht komisch!« protestierte Oliver.

»O doch – köstlich sogar. Mein lieber Junge, die Eleganz deiner Kleidung, deine wohlgesetzten Worte, deine Eitelkeit, das alles wird dich eines Tages noch in schreckliche Schwierigkeiten bringen! Was ist denn dieser Sir Herbert für einer?«

»Ich bin nicht eitel!«

»Ja, von wegen! Aber es ist ein kleiner Fehler im Vergleich zu vielen anderen; man muß dir auch einiges zugute halten. Erzähl mir von Sir Herbert.«

»Seine Kleidung ist alles andere als elegant«, begann Oliver etwas pikiert. »Er kleidet sich teuer, aber sein Geschmack ist sehr sachlich, Figur und Haltung sind etwas zu stattlich, um anmutig zu wirken. Gediegen wäre das richtige Wort für ihn.«

»Was mehr über deine Gefühle für den Mann sagt als über ihn selbst«, bemerkte Henry. »Ist er eitel?«

»Ja. In intellektueller Hinsicht. Ich halte es für gut möglich, daß sie ihm noch nicht einmal aufgefallen ist – außer als ungewöhnlich tüchtiger verlängerter Arm seiner eigenen Fertigkeiten. Es würde mich sehr überraschen, wenn er sich überhaupt Gedanken über ihre Gefühle gemacht hätte. Er erwartet nichts als Bewunderung, und nach allem, was ich gehört habe, bekommt er sie auch.«

»Aber er ist nicht schuldig?« Henry runzelte die Stirn. »Was hätte er zu verlieren gehabt, wenn sie ihn einer Ungehörigkeit bezichtigt hätte?«

»Nicht annähernd so viel wie sie selbst. Kein Mensch von Rang und Namen würde ihr glauben. Und es gäbe keinerlei Beweise dafür außer ihrem eigenen Wort. Sein Ruf ist makellos.«

»Was beunruhigt dich denn dann so? Dein Mandant ist unschuldig. Gib dir Mühe, und du hast eine reelle Chance, einen Freispruch zu erwirken.«

Oliver antwortete nicht. Das Licht begann langsam nachzulassen, und die Farben wurden satter, als die Schatten sich über dem Rasen ausbreiteten.

»Hast du dich danebenbenommen?«

»Ja, ich wußte mir keinen anderen Ausweg – aber ja, ich habe das Gefühl, mich danebenbenommen zu haben.«

»Was hast du getan?«

»Ich habe Barrymore in der Luft zerrissen – ihren Vater«, antwortete Oliver leise. »Einen ehrlichen, anständigen, vom Schmerz über den Tod seiner über alles geliebten Tochter überwältigten Mann. Ich habe alles getan, um ihn davon zu überzeugen, daß sie eine Tagträumerin war, die sich in Phantasien über ihre Fähigkeiten erging und dann auch noch Lügen darüber verbreitete. Ich habe aufzuzeigen versucht, daß sie nicht die Heldin war, die sie schien, sondern eine unglückliche Frau, deren Träume sich nicht verwirklicht hatten. Worauf sie sich eine Traumwelt schuf, in der sie klüger, tapferer und geschickter war, als das in Wirklichkeit der Fall war.« Er atmete scharf ein. »Ich konnte es ihm ansehen, daß ich selbst in ihm Zweifel geweckt habe! Gott, wie ich solche Manöver verabscheue! Ich glaube nicht, daß ich mir jemals schäbiger vorgekommen bin!«

»Ist es denn wahr?« Henrys Stimme war liebenswürdig.

»Ich weiß es nicht! Möglich wäre es!« sagte Oliver wütend. »Aber das ist es ja gar nicht! Ich habe die Träume des Mannes mit meinen schmutzigen, respektlosen Fingern berührt! Ich habe das Kostbarste, das er hatte, an die Öffentlichkeit gezerrt und in häßliche Zweifel getunkt. Ich konnte richtig spüren, wie die Leute mich haßten, mitsamt den Geschworenen, und das war noch gar nichts im Vergleich zu meinem Abscheu vor mir selbst!« Er lachte plötzlich auf. »Ich glaube, nur Monk hat mich noch mehr verabscheut, und als ich ging, habe ich schon gedacht, er würde mir einen Schlag versetzen. Er war ganz weiß vor Wut. Als ich ihm in die Augen sah, bekam ich richtiggehend Angst!« Er lachte unsicher, als er an den Augenblick auf der Treppe des Old Bailey dachte. An die Ohnmacht, den Selbsthaß.

Henry sah ihn mit glänzenden, traurigen Augen an. Sein Ausdruck zeugte von seiner Liebe und dem Wunsch, ihn zu schützen; sein Verhalten zu entschuldigen, hatte er freilich nicht die Absicht. »War es denn eine berechtigte Frage?« wollte er wissen.

»Ja, natürlich! Sie war eine hochintelligente Frau; nicht mal ein Idiot wäre auf den Gedanken gekommen, Sir Herbert würde für sie seine Frau und sieben Kinder verlassen und sich beruflich, gesellschaftlich und finanziell ruinieren! Das ist doch absurd!«

»Und was bringt dich zu der Annahme, daß sie das geglaubt haben könnte?«

»Die Briefe, verdammt noch mal! Sie sind in ihrer Handschrift abgefaßt, daran besteht kein Zweifel! Ihre Schwester hat sie identifiziert.«

»Vielleicht war sie eine zerrissene Frau mit zwei sehr unterschiedlichen Seiten, die eine rational, tapfer und tüchtig, die andere bar jeder Vernunft, ja ohne die Spur eines Selbsterhaltungstriebs«, gab Henry zu bedenken.

»So wird es wohl sein.«

»Wieso machst du dir dann Vorwürfe? Was hast du dann falsch gemacht?«

»Ich habe Träume zerstört, Barrymore seines kostbarsten Glaubens beraubt – und womöglich noch andere, mit Sicherheit Monk.«

»Du hast sie in Frage gestellt«, korrigierte ihn Henry. »Du hast niemanden beraubt – jedenfalls noch nicht.«

»Und ob ich das habe. Ich habe Zweifel gesät. Ihr Gedenken ist besudelt. Sie wird nie wieder sein wie zuvor.«

»Was glaubst *du* denn?«

Oliver überlegte eine ganze Weile. Die Stare waren endlich verstummt. Mit zunehmender Dämmerung nahm der Duft des Geißblatts noch zu.

»Ich glaube, daß es da etwas verdammt Wichtiges gibt, was ich noch nicht weiß«, antwortete er schließlich. »Und ich weiß es nicht nur nicht, ich weiß noch nicht einmal, wo ich danach suchen soll.«

»Dann trau deinem Glauben«, riet Henry ihm. Seine Stimme wirkte tröstlich in dem mittlerweile nahezu dunklen Raum. »Wenn du nichts Bestimmtes weißt, ist das alles, was du tun kannst.«

Der zweite Tag verging damit, daß Lovat-Smith eine ermüdende Prozession von Krankenhausangestellten aufziehen ließ, die Prudence' berufliche Fähigkeiten bestätigten. Er sorgte tunlichst dafür, daß man ihr zu keinem Zeitpunkt zu nahe trat. Ein-, zweimal sah er Rathbone lächelnd und mit strahlenden grauen Augen an. Er kannte den exakten Stellenwert jedes einzelnen Gefühls, das hier eine Rolle spielte. Es war sinnlos, auf einen Fehler seinerseits zu hoffen. Einer nach der anderen entlockte er ihnen ihre Beobachtungen: zu Prudence' Verehrung für Sir Herbert, daß er ungewöhnlich oft mit ihr allein zu arbeiten wünschte, ihren offensichtlich zwanglosen Umgang miteinander und schließlich ihre augenscheinliche Hingabe an ihn.

Rathbone tat sein möglichstes, die Wirkung abzuschwächen, indem er darauf verwies, Prudence' Gefühle für Sir Herbert seien noch lange kein Beweis für seine Gefühle ihr gegenüber und daß er sich der Tatsache, daß ihre Gefühle anderer Natur als rein beruflicher waren, noch nicht einmal bewußt gewesen sei. Ganz zu schweigen davon, daß er sie ermutigt hätte. Er hatte jedoch das zunehmend ungute Gefühl, alle Sympathien verloren zu haben. Sir Herbert war nicht leicht zu verteidigen; er war kein Mann, der Sympathien weckte. Dafür schien er zu gesetzt, zu sehr Herr seines Geschicks. Er war gewohnt, mit Menschen zu tun zu haben, die ganz und gar von ihm abhängig waren, was ihre Schmerzen, ja selbst ihre physische Existenz anbelangte.

Rathbone legte sich die Frage vor, ob er hinter seiner maskenhaften Gesetztheit wohl Angst hatte, ob er sich darüber im klaren war, wie nahe er der Schlinge des Henkers und seinem eigenen letzten Schmerz war. Rasten seine Gedanken? Trieb ihm seine Phantasie den kalten Schweiß auf die Haut? Oder glaubte er, so etwas könne ihm nicht passieren? War es die Unschuld, die ihn gegen die Gefahr wappnete?

Was war wirklich zwischen ihm und Prudence passiert?

Rathbone ging in seinem Versuch, sie als Frau voller Phantasien und romantischer Hirngespinste hinzustellen, sehr weit, aber er sah die Gesichter der Geschworenen und spürte die Welle von Abneigung, wann immer er sie herabsetzte; und so wagte er nicht, über Andeutungen hinauszugehen; er mußte sich darauf beschränken, den Gedanken in ihnen reifen zu lassen. Immer wieder fielen ihm Henrys Worte ein: Trau deinem Glauben.

Nur mit Monk hätte er nicht streiten sollen. Da hatte er sich gehenlassen. Er brauchte ihn dringender denn je. Die einzige Möglichkeit, Sir Herbert vor dem Galgen zu retten, und vor allem seinen Ruf, bestand darin, herauszufinden, wer Prudence Barrymore umgebracht hatte. Selbst das Schlupfloch, unter den Geschworenen für einen begründeten Zweifel zu sorgen, wurde immer kleiner. Einmal, als er zum Kreuzverhör aufgestanden war, hatte er den panischen Unterton in seiner Stimme gehört, und er war schweißgebadet: Lovat-Smith konnte das nicht entgangen sein. Er wußte, er würde gewinnen – wie ein Hund auf der Jagd den Tod der Beute wittert.

Der dritte Tag verlief besser. Lovat-Smith machte seinen ersten taktischen Fehler. Er rief Mrs. Barrymore in den Zeugenstand, damit sie über Prudence' makellose moralische Haltung aussagte. Vermutlich hatte er beabsichtigt, die Sympathien für Prudence noch zu steigern. Mrs. Barrymore war eine trauernde Mutter, es war also ganz natürlich, und in seiner Lage hätte Rathbone mit einiger Sicherheit dasselbe getan. Soviel gestand er sich ein.

Trotzdem erwies es sich als Fehler.

Lovat-Smith ging sie mit Ehrerbietung und Sympathie an, ohne jedoch etwas von der großspurigen Haltung des Vortags abgelegt zu haben. Er war am Gewinnen, und er wußte es. Um so schöner, wenn es gegen Oliver Rathbone war.

»Mrs. Barrymore«, begann er mit einer leichten Neigung des Kopfes. »Ich bedaure, Sie um diese Zeugenaussage bitten zu müssen, da das hier schmerzlich sein muß für Sie, aber ich bin sicher, Sie sind nicht weniger erpicht darauf als wir alle hier, daß der Gerechtigkeit Genüge getan wird.«

Sie sah müde aus, und ihre helle Haut war um die Augen herum geschwollen, aber sie hatte sich völlig im Griff. Sie war ganz in Schwarz, was gut zu ihrem hellen Teint und den feinen Zügen paßte. »Selbstverständlich«, pflichtete sie ihm bei. »Ich werde mein Bestes tun, Ihre Fragen ehrlich zu beantworten.«

»Da bin ich sicher«, sagte Lovat-Smith. Als er die Ungeduld des Richters spürte, fing er an. »Natürlich haben Sie Prudence ihr ganzes Leben lang gekannt, wahrscheinlich besser als jeder andere. War sie ein romantisches, verträumtes Mädchen, das sich des öfteren verliebte?«

»Überhaupt nicht«, sagte sie mit großen Augen. »Ganz im Gegenteil. Ihre Schwester Faith las Romane und träumte davon, eine Heldin zu sein. Sie träumte von hübschen jungen Männern wie die meisten Mädchen. Prudence war ganz anders. Sie konzentrierte sich auf ihre Studien und schien immer noch mehr lernen zu wollen. Keine gesunde Haltung für ein junges Mädchen.« Sie machte einen verwirrten Eindruck, als gebe ihr diese Anomalie nach wie vor Rätsel auf.

»Aber sie wird doch als Mädchen für jemanden geschwärmt haben?« drängte sie Lovat-Smith. »Eine Art Heldenverehrung, wenn Sie so wollen, für den einen oder anderen jungen Mann?« Aber das Wissen stand ihr ebenso deutlich ins Gesicht geschrieben wie ihre Antwort; ihr entschiedener Ton unterstrich das Ganze noch.

»Nein«, sagte sie beharrlich. »Nicht ein einziges Mal. Noch nicht einmal unser neuer Hilfsgeistlicher, der sehr charmant war und die jungen Mädchen des ganzen Kirchspiels anzog, interessierte Prudence auch nur im geringsten.« Sie schüttelte den Kopf, so daß sich die schwarzen Bänder ihres Huts bewegten.

Die Geschworenen hörten ihr aufmerksam zu; sie waren

sich nicht sicher, wieviel sie glauben oder was sie fühlen soll-ten, und diese Mischung aus Konzentration und Zweifel war ihnen deutlich anzusehen.

Rathbone warf rasch einen Blick auf Sir Herbert. Merkwür-digerweise schien den das nicht sonderlich zu interessieren, als gingen ihn Prudence' Mädchenjahre nichts an. Verstand er denn nicht deren Gefühlswert und den Einfluß auf das Bild, das die Geschworenen sich von Prudence' Charakter machten? War ihm denn nicht klar, wieviel davon abhing, welche Art Frau sie gewesen war: eine desillusionierte Träumerin, eine Idealistin, eine edle und leidenschaftliche Frau, der man un-recht getan hatte, oder eine Erpresserin?

»War sie denn eine leidenschaftslose Frau?« fragte Lovat-Smith mit künstlicher Überraschung.

»O nein, nein, sie war ausgesprochen gefühlsbetont!« versi-cherte Mrs. Barrymore ihm. »Ausgesprochen. So sehr, daß ich schon fürchtete, sie könnte krank werden.« Sie blinzelte einige Male und hatte große Schwierigkeiten, sich wieder un-ter Kontrolle zu bekommen. »Jetzt scheint der Gedanke so töricht, nicht wahr? Es scheint gerade so, als hätte genau das zu ihrem Tod geführt! Tut mir leid, es fällt mir sehr schwer, meiner Gefühle Herr zu werden!« Sie warf Sir Herbert einen durch und durch haßerfüllten Blick zu, worauf dieser zum erstenmal betroffen zu sein schien. Er stand auf und beugte sich vor, aber noch bevor er etwas tun konnte, griff einer der beiden Gefängniswärter nach ihm und zog ihn zurück auf die Bank.

Das Publikum hielt geschlossen den Atem an und seufzte dann. Einer der Geschworenen sagte etwas Hörbares. Richter Hardie öffnete den Mund, überlegte es sich dann jedoch anders und schwieg. Rathbone dachte schon daran, Einspruch zu er-heben, entschied sich aber dagegen. Es hätte die Geschwore-nen nur noch mehr befremdet.

»Da Sie sie so gut gekannt haben, Mrs. Barrymore«, Lovat-Smith sagte das zartfühlend, seine Stimme fast eine Liebko-sung, und Rathbone spürte die Zuversicht des Mannes wie eine warme Decke auf seiner Haut, »fällt es Ihnen schwer zu glauben, daß Prudence in Sir Herbert Stanhope endlich einen Mann gefunden hatte, den sie mit ihrem ganzen idealistischen Herzen lieben und verehren und dem sie sich völlig hingeben konnte?«

»Ganz und gar nicht«, antwortete Mrs. Barrymore, ohne zu zögern. »Er war der Mann ihrer Träume. Sie muß ihn für edel, engagiert und brillant gehalten haben, womit er alles war, was sie von ganzem Herzen lieben konnte.« Schließlich ließen sich die Tränen nicht mehr länger zurückhalten, und sie nahm die Hände vors Gesicht und weinte lautlos.

Lovat-Smith trat vor, um ihr sein Taschentuch zu reichen. Sie griff danach, ohne hinzusehen. Diesmal war selbst Lovat-Smith um Worte verlegen. Es gab nichts zu sagen, was nicht entweder banal oder unangebracht gewesen wäre. Er nickte etwas verlegen, wußte, daß sie ihn nicht ansah, und kehrte wieder auf seinen Platz zurück, wo er mit einer Handbewegung andeutete, daß nun Rathbone an der Reihe sei.

Rathbone erhob sich, und als er die Saalmitte durchquerte, wußte er, daß sämtliche Augen auf ihm ruhten. Er konnte in den nächsten Minuten alles gewinnen oder alles verlieren.

Außer Mrs. Barrymores leisem Weinen war nichts zu hören. Rathbone wartete. Er unterbrach sie nicht. Das Risiko war zu groß. Zwar mochte man ihm das als Sympathie für sie auslegen, aber hätte er sich anders verhalten, hätte man ihm womöglich eine unschickliche Hast vorgeworfen.

Schließlich schneuzte Mrs. Barrymore sich geziert, ein ebenso verhaltener wie vornehmer und dennoch bemerkenswert effizienter Akt. Als sie aufblickte, waren zwar ihre Augen rot, aber sie schien wieder gefaßt.

»Tut mir wirklich leid«, sagte sie leise. »Ich fürchte, ich bin nicht so stark, wie ich dachte.« Ihr Blick wanderte für einen Moment nach oben, wo er auf der anderen Seite des Saals voller Abscheu auf Sir Herbert liegen blieb.

»Sie brauchen sich nicht zu entschuldigen, Madam«, versicherte ihr Rathbone leise, aber so deutlich, daß es noch in der letzten Reihe zu hören war. »Ich bin sicher, jeder hier versteht Ihren Kummer und fühlt mit Ihnen.« Er konnte nichts tun, um ihren Haß zu besänftigen. So war es besser, ihn zu ignorieren.

»Ich danke Ihnen«, sagte sie mit einem leisen Schniefen.

»Mrs. Barrymore«, begann er mit dem Anflug eines Lächelns. »Ich habe nur einige wenige Fragen an Sie, und ich werde versuchen, mich kurz zu fassen. Wie Mr. Lovat-Smith bereits angedeutet hat, kannten Sie Ihre Tochter natürlich, wie das nur einer Mutter möglich ist. Sie wußten um ihre Liebe zur Medizin ebenso wie um ihre Sorge um Kranke und Verletzte.« Er steckte die Hände in die Taschen und blickte zu ihr hinauf. »Konnten Sie so ohne weiteres glauben, daß sie selbst Operationen durchführte?«

Philomena Barrymore legte die Stirn in Falten und konzentrierte sich auf etwas, was sie offensichtlich nicht recht verstand. »Nein, ich fürchte, das fiel mir schwer. Es ist etwas, was mich immer vor ein Rätsel gestellt hat.«

»Halten Sie es für möglich, daß sie ihre eigene Rolle ein klein wenig übertrieben hat, um – sagen wir einmal – ihrem Ideal näherzukommen? Oder um Sir Herbert nützlicher zu sein?«

Ihr Gesicht hellte sich auf. »Ja – ja, das würde es erklären. Es ist ja wohl keine naturgegebene Beschäftigung für eine Frau, nicht wahr? Aber Liebe ist etwas, was ein jeder von uns leicht versteht!«

»Natürlich«, pflichtete Rathbone ihr bei, obwohl er zunehmend Schwierigkeiten hatte, sie als alleiniges Motiv für die Handlungsweise eines Menschen zu akzeptieren, selbst die einer jungen Frau. Er stellte seine eigenen Worte in Frage, noch während er sie aussprach. Aber jetzt war nicht die Zeit, dem nachzugeben. Alles, was jetzt zählte, war Sir Herbert: Es galt den Geschworenen zu zeigen, daß er nicht weniger Opfer war als Prudence Barrymore selbst und daß sich seine Notlage als nicht weniger tödlich für ihn erweisen könnte. »Und fällt es Ihnen schwer zu glauben, daß sie um Sir Herbert all ihre Hoffnungen und Träume gesponnen hat?«

Sie lächelte traurig. »Ich fürchte, sie scheint ziemlich töricht gewesen zu sein, das arme Kind! So furchtbar töricht.« Sie bedachte Mr. Barrymore, der kreidebleich und unglücklich hoch oben auf den Besucherrängen saß, mit einem ebenso zornigen wie enttäuschten Blick. Dann wandte sie sich wieder an Rathbone. »Sie hatte ein ausgezeichnetes Angebot von einem absolut geeigneten jungen Mann bei uns zu Hause, wissen Sie«, fuhr sie ernst fort. »Keiner von uns verstand, warum sie ihn nicht erhört hat.« Ihre Brauen senkten sich, und sie sah selbst wie ein verlorenes Kind aus. »Den Kopf voller absurder Träume. Völlig unmöglich, und nicht einmal erstrebenswert. Es hätte sie nie und nimmer glücklich gemacht.« Ihre Augen füllten sich wieder mit Tränen. »Und jetzt ist alles zu spät. Junge Leute können mit Gelegenheiten so verschwenderisch umgehen.«

Ein mitfühlendes Raunen ging durch den Saal. Rathbone wußte, jetzt stand alles auf Messers Schneide. Sie hatte zugegeben, daß Prudence sich eine Phantasie geschaffen hatte, daß sie die Realität mißdeutete; aber ihr Schmerz war so offensichtlich echt, daß nicht einer im Saal davon unberührt blieb. Die meisten hatten selbst Familie, eine Mutter, die sie an ihre Stelle setzen, oder ein Kind, das zu verlieren sie sich vorstellen konnten. Ging er zu zaghaft vor, dann verpaßte er womöglich seine Chance, was Sir Herbert vielleicht mit dem Leben bezahlte. War er zu grob, stieß er die Geschworenen vor den Kopf, und wiederum hätte die Kosten Sir Herbert zu tragen.

Er mußte etwas sagen. Die Ungeduld der Leute begann sich bereits in dem Rascheln zu äußern, das rund um ihn aufkam. »Wir alle entbieten Ihnen nicht nur unsere Sympathie, sondern auch unser Verständnis, Madam«, sagte er klar und deutlich. »Wie viele von uns haben in ihrer Jugend nicht etwas fahren lassen, was so kostbar gewesen wäre. Nur daß die meisten von uns ihre Träume und Mißverständnisse nicht so teuer bezahlen mußten.« Er ging einige Schritte, wandte sich dann wieder um und sah sie von der anderen Seite her an. »Darf ich Sie noch etwas fragen? Können Sie sich vorstellen, daß sich Prudence in ihrer ungestümen Natur in Sir Herbert Stanhope verliebt haben könnte und sich, als ganz normale Frau, die sie war, mehr von ihm ersehnt haben könnte, als er ihr geben konnte?«

Er stand mit dem Rücken zu Sir Herbert und war froh darüber.

Er zog es vor, sein Gesicht nicht zu sehen, während er Spekulationen über solche Emotionen anstellte. Hätte er es gesehen, so hätten sich womöglich seine eigenen Gedanken dazwischengedrängt, sein eigener Zorn, seine Schuldgefühle. »Und daß, wie bei so vielen von uns«, fuhr er fort, »der Wunsch der Vater des Gedankens gewesen sein könnte, er erwidere ihre Gefühle, wo er ihr in Wirklichkeit nur den Respekt und die Hochachtung entgegenbrachte, die einer engagierten und beherzten Kollegin zustanden, deren Können das der anderen Schwestern so weit überstieg?«

»Ja«, sagte sie ausgesprochen ruhig und blinzelte heftig dabei. »Sie treffen es haargenau. Das törichte Mädchen. Hätte Sie nur genommen, was man ihr bot, und einen Hausstand gegründet wie jede andere auch, sie hätte so glücklich sein können! Ich habe es ihr immer wieder gesagt – aber sie wollte ja nicht hören. Mein Mann«, sie schluckte, »hat sie noch unterstützt, nicht daß er ihr schaden wollte, da bin ich sicher, aber er hat einfach nichts verstanden!« Diesmal sah sie nicht hinauf zum Balkon.

»Ich danke Ihnen, Mrs. Barrymore«, sagte Rathbone rasch, um die Angelegenheit auf sich beruhen zu lassen, bevor sie die Wirkung zerstörte. »Ich habe keine weiteren Fragen an Sie.«

Lovat-Smith war schon halb aufgestanden, als er es sich anders überlegte und sich wieder setzte. Sie war verwirrt und gramgebeugt, aber sie hatte ihre unerschütterlichen Überzeugungen. Er wollte seinen Irrtum nicht noch verschlimmern.

Nach seinem Streit mit Rathbone auf der Treppe des Gerichtsgebäudes am Vortag war Monk vor Zorn kochend nach Hause gegangen. Die Tatsache, daß er genau wußte, daß Rathbone als Anwalt, ungeachtet seiner persönlichen Ansichten über Prudence Barrymore, Sir Herbert verpflichtet war, milderte seinen Zorn keineswegs. Rathbones Loyalität hatte ungeteilt zu sein; weder Beweise noch Gefühle gestatteten es ihm, von diesem Prinzip abzuweichen.

Trotzdem haßte er ihn für das, was er Prudence unterstellt hatte, schon der Gesichter der Geschworenen wegen, die nikkend dasaßen, die Stirn runzelten und sie in einem ganz anderen Licht zu sehen begannen: weniger als Jüngerin der Dame mit der Lampe, die sich in einem fremden und gefährlichen Land um Kranke und Verzweifelte kümmerte, denn als fehlbare junge Frau, deren Träume sie um den gesunden Menschenverstand gebracht hatten.

Aber es gab noch einen anderen Grund: An der Wurzel seines Zorns saß die Tatsache, daß sich auch in ihm die ersten Zweifel geregt hatten. Das Bild, das er sich von ihr gemacht hatte, wies bereits die ersten Trübungen auf, und sosehr er sich auch bemühte, die ehedem schlichte Kraft wollte sich einfach nicht mehr einstellen. Dabei spielte es keine Rolle, ob sie Sir Herbert nun geliebt hatte oder nicht, sondern lediglich, ob ihre Verblendung so weit gegangen war, daß sie ihn so völlig mißverstanden haben konnte? Und schlimmer noch: Waren ihre medizinischen Großtaten nur erfunden? War sie tatsächlich eine jener traurigen, wenn auch verständlichen Kreaturen, die sich ihre graue Welt mit den Farben ihrer Träume ausmalen? Hatte sie sich in diese selbst erfundene Parallelwelt geflüchtet und den Rest der Welt so lange verdreht, bis er hineinpaßte?

Er sah das schlagartig und mit erschreckender Klarheit. Wieviel von sich selbst mochte er wohl durch seinen Gedächtnisverlust verdreht sehen? War die Unkenntnis seiner Vergangenheit seine persönliche Art und Weise, Dingen zu entfliehen, die er nicht ertragen konnte? An wieviel wollte er sich wirklich erinnern?

Anfangs hatte er leidenschaftlich gesucht. Dann, als er mehr über sich erfahren hatte, vieles davon brutal, kleinlich und selbstsüchtig, hatte er in seinem Bemühen nachgelassen. Die ganze Episode mit Hermione war schmerzlich und demütigend gewesen. Außerdem hegte er den Verdacht, daß die Gründe für Runcorns Bitterkeit nicht zuletzt bei ihm lagen. Der Mann war schwach, das war sein einziger Fehler; aber Monk hatte das all die Jahre hindurch ausgenutzt. Ein besserer Mann hätte das vielleicht nicht getan. Kein Wunder, daß Runcorn seinen endgültigen Triumph so genoß!

Und noch während er darüber nachdachte, wußte Monk bereits, daß er die Angelegenheit nicht auf sich beruhen lassen würde. Eine Hälfte von ihm hoffte, daß Sir Herbert unschuldig war und er Runcorn einmal mehr schlagen könnte.

Am Morgen ging er wieder ins Krankenhaus und befragte Schwestern und Operationsassistenten noch einmal zu dem jungen Mann, den sie am Morgen von Prudence' Tod in den Fluren gesehen hatten. Es gab keinen Zweifel daran, daß es sich um Geoffrey Taunton handelte. Er hatte es ja selbst zugegeben. Aber vielleicht hatte ihn jemand später gesehen, als er gesagt hatte. Vielleicht hatte jemand einen Streit mit angehört, der heftig genug gewesen war, um mit einer Gewalttat zu enden. Vielleicht hatte sogar jemand Nanette Cuthbertson gesehen oder eine Frau, die sie gewesen sein könnte. Ein Motiv hätte sie schließlich gehabt.

Es nahm fast den ganzen Tag in Anspruch. Er war ziemlich gereizt und, sosehr es ihm auch mißfiel, er hörte die Ecken und Kanten in seiner Stimme, die Drohungen und den Sarkasmus in seinen Fragen. Aber seine Wut auf Rathbone, seine Ungeduld, einen Faden zu finden, irgend etwas, was zu verfolgen wäre, war stärker als sein Urteilsvermögen und alle guten Absichten.

Um vier Uhr hatte er nichts weiter erfahren, als daß Geoffrey Taunton im Krankenhaus gewesen war, was er bereits gewußt hatte, und daß man ihn hatte weggehen sehen, mit hochrotem Gesicht und ziemlich aufgebracht. Aber Prudence Barrymore war zu diesem Zeitpunkt noch sehr lebendig gewesen. Ob er dann noch einmal zurückgekommen war und sie aufgesucht hatte, um den Streit fortzusetzen, blieb ungeklärt. Möglich war es, sicher, aber es gab keinerlei Hinweise darauf. Um genau zu sein, es deutete auch nichts darauf hin, daß er zur Gewalttätigkeit neigte. Die Art freilich, wie Prudence ihn behandelt hatte, hätte die Geduld der meisten Männer auf eine harte Probe gestellt.

Über Nanette Cuthbertson erfuhr er nichts Schlüssiges. Wenn sie schlichte Kleidung getragen hätte, wie Schwestern und Hausangestellte sie trugen, dann könnte sie hinein- und wieder hinausgegangen sein, ohne bemerkt zu werden.

Bis zum Spätnachmittag war er sämtlichen Möglichkeiten nachgegangen; er war dieses Falles nicht weniger überdrüssig als seiner eigenen Art. Er hatte ein gutes Dutzend Leute erschreckt oder beleidigt, ohne etwas erreicht zu haben.

Er verließ das Krankenhaus und trat hinaus auf die Straße, mitten in das Geklapper der Hufe und das Zischen der Räder, das Geschrei der Gemüsehändler, der Hausierer, die ihre Ware priesen, zwischen Männer und Frauen, die ihr Ziel zu erreichen versuchten, bevor der schwere Himmel über ihnen sich in einem Sommergewitter entlud.

Er blieb stehen und kaufte sich eine Zeitung von einem Jungen, der schrie: »Das Neueste über den Prozeß um Sir Herbert! Das müssen Sie lesen! Nur einen Penny! Hier haben Sie das Neueste!« Aber als Monk die Seite aufschlug, fand er kaum etwas Neues: lediglich weitere Fragen und Zweifel an Prudence, was ihn wütend machte.

Einen Ort gab es noch, an dem er es versuchen könnte. Nanette Cuthbertson hatte nur einige hundert Meter weiter bei Freunden übernachtet. Es war möglich, daß die etwas wußten, wie belanglos auch immer.

Der Butler empfing ihn ausgesprochen kühl; hätte er ihn abweisen können, ohne den Anschein zu erwecken, sich der Gerechtigkeit in den Weg zu stellen, nahm Monk an, er hätte es getan. Der Herr des Hauses, ein gewisser Roger Waldemar, war so kurz angebunden, daß er schon unhöflich war. Seine Frau dagegen war entschieden höflich, und Monk entdeckte ein bewunderndes Glitzern in ihren Augen.

»Meine Tochter und Miss Cuthbertson sind seit Jahren befreundet.« Obwohl ihr Gesicht ernst war, hatte sie ein Lächeln in den Augen.

Sie saßen allein in ihrem Salon, der ganz in Grau und Rosa gehalten war und auf einen winzigen, von einer Mauer gesäumten Garten hinausführte – ideal zum Nachdenken oder für Liebeleien. Monk verwarf seine Spekulationen darüber, was hier wohl schon alles passiert war, und richtete seine Aufmerksamkeit wieder auf seine Aufgabe.

»Genaugenommen von Kindheit an«, sagte Mrs. Waldemar eben. »Miss Cuthbertson war an jenem Abend mit uns auf dem Ball. Sie sah wirklich hübsch aus, und sie war so lebhaft. Sie hatte richtig Feuer in den Augen, wenn Sie wissen, was ich meine, Mr. Monk? Es gibt Frauen, die haben so eine gewisse ...«, sie hob vielsagend die Achseln, »Lebendigkeit, die anderen völlig abgeht, ungeachtet der Umstände.«

Monk antwortete mit einem Lächeln. »Natürlich, Mrs. Waldemar, ich weiß. Es ist nicht gerade etwas, was ein Mann übersehen oder vergessen könnte.« Er gestattete seinem Blick, den Bruchteil einer Sekunde länger als nötig auf ihr zu ruhen. Er hatte Geschmack an dieser Art Macht, und eines Tages würde er feststellen, wie weit er gehen könnte. Er war sicher, es war um einiges weiter als dieser stillschweigende kleine Flirt.

Sie senkte die Augen, und ihre Finger zupften am Stoff des Sofas, auf dem sie saß. »Ich glaube, sie ging schon sehr früh aus dem Haus, um sich etwas in der frischen Luft zu ergehen«, sagte sie deutlich. »Sie war nämlich zum Frühstück nicht da. Aber es wäre mir wirklich nicht recht, wenn Sie in diesen Umstand etwas Bedauerliches hineinläsen. Ich bin sicher, sie wollte sich nur etwas Bewegung verschaffen, vielleicht um einen klaren Kopf zu bekommen. Ich nehme an, sie wollte über etwas nachdenken.« Sie sah ihn durch ihre Wimpern hindurch an. »Ich an ihrer Stelle hätte das nämlich getan. Und für derlei muß man allein und ungestört sein.«

»An ihrer Stelle?« erkundigte sich Monk und musterte sie ruhigen Blicks. Ihr Gesicht war ernst geworden. Sie hatte ausgesprochen schöne Augen, aber sie war nicht der Typ Frau, der ihn ansprach. Sie war zu willig, ihre Unzufriedenheit zu offensichtlich.

»Ich ... ich weiß nicht, ob das nicht etwas indiskret ist. Und es kann ja auch völlig bedeutungslos sein ...«

»Wenn es nicht von Bedeutung ist, Madam, dann werde ich es auf der Stelle vergessen«, versprach er ihr und beugte sich etwas in ihre Richtung. »Ich kann meine Meinung durchaus für mich behalten.«

»Da bin ich mir sicher«, sagte sie langsam. »Nun denn, die

arme Nanette hegt seit geraumer Zeit zarte Gefühle für Geoffrey Taunton, den Sie ja kennen werden. Er jedoch hatte lediglich Augen für dieses unglückliche Mädchen, diese Prudence Barrymore. In letzter Zeit nun hat der junge Martin Hereford, ein ausgesprochen angenehmer und absolut akzeptabler junger Mann«, sie verlieh diesen Worten eine besondere Betonung, um anzudeuten, wie langweilig ihr alles war, was derart den Erwartungen entsprach, »Nanette beträchtliche Aufmerksamkeit entgegengebracht«, schloß sie den Satz. »Erst gestern abend hat er seiner Verehrung offen Ausdruck verliehen. Ein so netter junger Mann. Weit passender als Geoffrey Taunton.«

»Ach ja?« sagte Monk mit genau der richtigen Mischung aus Skepsis – um ihr eine Erklärung zu entlocken – und Ermutigung, um sie nicht zu kränken. Er ließ sie nicht einen Moment aus den Augen.

»Nun ja«, sie zog eine Schulter hoch; ihre Augen leuchteten. »Geoffrey Taunton kann sehr charmant sein, und selbstverständlich ist er bestens situiert und erfreut sich eines ausgezeichneten Rufs. Aber es gibt da noch mehr zu bedenken.«

Er beobachtete sie aufmerksam, während er auf eine Erklärung wartete.

»Er verfügt über ein erschreckendes Temperament«, sagte sie, sich ihrer Sache absolut sicher. »Die meiste Zeit ist er der Charme in Person. Macht man ihm jedoch wirklich einen Strich durch die Rechnung, und es wird ihm zuviel, dann verliert er jede Kontrolle. Ich habe ihn nur ein einziges Mal so gesehen – wegen einer völlig albernen Lappalie. Während eines Wochenendes auf dem Land.« Sie hatte Monks Aufmerksamkeit, und sie wußte es. Sie zögerte, um den Augenblick zu genießen.

Er wurde langsam ungeduldig. Er spürte den Schmerz in seinen Muskeln, als er sich zwang, ruhig dazusitzen und sie anzulächeln, wo er lieber explodiert wäre vor Zorn über ihre Dummheit, ihre ebenso geistlose wie unsinnige Koketterie.

»Ein langes Wochenende«, fuhr sie fort. »Um genau zu sein, ging es von Donnerstag bis Dienstag, soweit ich mich erinnere. Die Männer waren beim Schießen gewesen, glaube ich, und die

Damen hatten den ganzen Tag über dem Nähzeug geplaudert, während sie auf ihre Rückkehr warteten. Es war am späten Nachmittag.« Sie atmete tief ein und warf einen Blick durch den Raum, als habe sie Mühe, sich zu erinnern. »Ich glaube, es war am Sonntag. Wir waren alle früh in der Kirche gewesen, noch vor dem Frühstück, damit wir den ganzen Tag über draußen bleiben konnten. Das Wetter war herrlich. Schießen Sie, Mr. Monk?«

»Nein.«

»Sollten Sie aber. Es ist ein sehr gesunder Zeitvertreib, wissen Sie.«

Er verschluckte die Antwort, die er auf der Zunge hatte. »Dann werde ich es mir wohl überlegen müssen, Mrs. Waldemar.«

»Sie spielten Billard«, nahm sie den Faden wieder auf. »Geoffrey hatte ständig verloren – gegen Archibald Purbright. Er ist wirklich ein Schuft. Vielleicht sollte ich das nicht sagen, nein?« Sie sah ihn fragend an, ihr Lächeln hart an der Grenze alberner Affektiertheit.

Er wußte, was sie wollte. »Ich bin sicher, Sie sollten das nicht sagen«, pflichtete er ihr mit einiger Mühe bei. »Aber ich werde es nicht weitersagen.«

»Kennen Sie ihn denn?«

»Ich glaube nicht, daß ich das möchte, wenn er ein solcher Schuft ist, wie Sie sagen.«

Sie lachte. »Ach, du lieber Gott. Trotzdem, ich bin sicher, Sie werden nicht weitersagen, was ich Ihnen erzähle.«

»Selbstverständlich nicht. Es wird ganz unter uns bleiben.« Er verachtete sich für das, was er da tat, und sie noch weit mehr. »Was ist denn nun passiert?«

»Oh, Archie schummelte, wie üblich, und Geoffrey geriet schließlich in Wut und sagte einige absolut grauenhafte Dinge ...«

Monk wurde selbst wütend, so enttäuscht war er. Beleidigungen, wie heftig auch immer, hatten noch lange nichts mit Mord zu tun. Dummes Frauenzimmer! Er hätte sie am liebsten in ihr albernes Lächeln geschlagen!

»Ich verstehe«, sagte er entschieden kühl. Es war eine Erleichterung, nicht weiter so tun zu müssen als ob.

»Aber nein, Sie verstehen nicht!« entgegnete sie eindringlich. »Geoffrey hat den armen Archie mit dem Billardqueue auf Kopf und Schultern geschlagen. Zu Boden geschlagen hat er ihn, und er hätte ihn bis zur Bewußtlosigkeit geprügelt, hätten Bertie und George ihn nicht weggezerrt. Es war wirklich schrecklich.« Ihre Wangen hatten sich vor Aufregung gerötet. »Archie lag vier Tage lang im Bett, und natürlich mußte man nach einem Arzt schicken. Dem hat man gesagt, Archie wäre vom Pferd gefallen, aber ich glaube nicht, daß der Doktor das auch nur einen Augenblick geglaubt hat. Er war zu diskret, um etwas zu sagen, aber ich habe den Ausdruck auf seinem Gesicht gesehen. Archie sagte, er würde Geoffrey verklagen, aber er hatte ja geschummelt und wußte, daß wir es wußten, und so hat er es natürlich nicht getan. Aber man hat seither keinen von beiden je wieder eingeladen.« Sie lächelte ihn an und zuckte die glatten Schultern. »Ich nehme also an, Nanette hatte eine ganze Menge nachzudenken. Immerhin, ein Temperament dieser Art gibt einem schon zu denken, wie charmant ein Mann auch immer sein mag, finden Sie nicht?«

»Das finde ich in der Tat, Mrs. Waldemar«, sagte Monk aufrichtig. Mit einemmal sah sie ganz anders aus. Sie war nicht dumm; ganz im Gegenteil, sie verfügte über eine außerordentliche Auffassungsgabe. Sie plapperte nicht nur so dahin; sie lieferte kostbare und womöglich äußerst wichtige Informationen. Mit tiefer Wertschätzung sah er sie an. »Ich danke Ihnen. Ihr ausgezeichnetes Gedächtnis ist bewundernswert. Sie haben mir zu einem ganz neuen Verständnis verholfen. Kein Zweifel, Miss Cuthbertson verhielt sich genau so, wie Sie sagen. Ich danke Ihnen vielmals für Ihre Zeit und Höflichkeit.« Er stand auf und trat zurück.

»Aber nicht doch.« Sie erhob sich ebenfalls, ihre Röcke umwogten sie mit dem leisen Rascheln von Taft. »Wenn ich Ihnen noch irgendwie behilflich sein kann, zögern Sie nicht, mich zu besuchen.«

»Das werde ich in der Tat.« So rasch, wie der Anstand es

zuließ, verabschiedete er sich und trat hinaus auf die dämmernden Straßen; der Laternenanzünder kam ihm entgegen, den ganzen Gehsteig entlang erwachte eine Lampe nach der anderen zum Leben.

Geoffrey hatte also ein gewalttätiges, ja mörderisches Temperament! Seine Schritte wurden leichter. Es war nur eine Kleinigkeit, aber ein entschiedener Lichtblick in dem Dunkel, das Sir Herbert Stanhope umgab.

Es erklärte weder Prudence' Träume noch deren Realität, was ihm nach wie vor zu schaffen machte, aber es war ein Anfang.

Und es wäre ihm eine tiefe Genugtuung, damit zu Rathbone zu gehen! Es war etwas, was dieser nicht selbst herausgefunden hatte. Er konnte sich den Ausdruck überraschter Dankbarkeit auf dem klugen und beherrschten Gesicht vorstellen, wenn er es ihm erzählte.

10

Wie sich herausstellte, war Rathbone viel zu erleichtert über Monks Nachricht, als daß seine Verärgerung über den Augenblick hätte hinausgehen können. Es war ihm anzusehen, wie sehr Monks selbstgefällige Miene und sein arroganter Ton ihn im ersten Augenblick ärgerten; dann jedoch konzentrierte er sich ganz darauf, was er mit diesem Wissen anfangen sollte, wie es sich am besten einsetzen ließ.

Als er Sir Herbert vor dem Beginn der Sitzung einen kurzen Besuch abstattete, fand er ihn nachdenklich vor, und die nervösen Bewegungen seiner Hände, das gelegentliche Zurechtzupfen von Kragen und Weste, wiesen auf innere Spannungen. Er hatte sich jedoch genügend unter Kontrolle, um Rathbone nicht danach zu fragen, wie der Prozeß seiner Meinung nach lief.

»Ich habe eine kleine Neuigkeit«, sagte Rathbone unmittelbar, nachdem der Wärter sie allein gelassen hatte.

Sir Herberts Augen wurden groß, und einen Moment lang hielt er den Atem an. »Ja?« Seine Stimme war heiser.

Rathbone fühlte sich schuldig; seine persönlichen Gedanken genügten nicht für eine wirkliche Hoffnung. Er würde schon sein ganzes Geschick aufwenden müssen, um daraus etwas zu machen. »Monk hat einen unglücklichen Zwischenfall in Geoffrey Tauntons jüngster Vergangenheit in Erfahrung gebracht«, sagte er ruhig. »Taunton hatte einen Bekannten dabei ertappt, wie dieser beim Billard betrog, worauf er ernsthaft gewalttätig wurde. So wie es aussieht, hat er den Mann angegriffen, und er mußte mit Gewalt von ihm weggezogen werden, bevor er ihn verletzte, womöglich sogar tödlich.« Er übertrieb ein bißchen, aber Sir Herbert konnte jede erdenkliche Ermutigung gebrauchen.

»Er war zu der Zeit, in der sie getötet wurde, im Krankenhaus«, sagte Sir Herbert mit leuchtenden Augen und einem plötzlichen Schwung in der Stimme. »Und der Himmel weiß, er hatte ein Motiv! Sie muß ihm die Stirn geboten haben – diese dumme Weibsperson!« Er blickte Rathbone gespannt an.

»Das ist doch ausgezeichnet! Warum freuen Sie sich nicht mehr darüber? Er ist doch mindestens ebenso verdächtig wie ich!«

»Ich freue mich ja«, sagte Rathbone ruhig. »Aber Geoffrey Taunton sitzt nicht auf der Anklagebank – noch nicht. Ich habe noch eine Menge zu tun, bevor ich ihn dorthin bringen kann. Ich wollte Ihnen nur sagen, wir haben allen Grund zur Hoffnung, also verlieren Sie nicht den Mut.«

Sir Herbert lächelte. »Ich danke Ihnen – Sie sind sehr ehrlich. Ich verstehe, daß Sie nicht mehr sagen können. Ich befand mich in der gleichen Situation mit Patienten. Ich verstehe Sie voll und ganz.«

Wie der Zufall es wollte, spielte Lovat-Smith Rathbone in die Hand. Seine erste Zeugin dieses Tages war Nanette Cuthbertson. Sie stieg anmutig die Stufen zum Zeugenstand hinauf, wobei sie ihre Röcke mit einem einzigen Schwung des Handgelenks durch die enge Passage manövrierte. Oben angekommen, drehte sie sich um und begegnete seinem Blick mit einem ruhigen Lächeln. Sie trug Dunkelbraun, eine Farbe, die bei aller Nüchternheit auch ihrem Haar und dem warmen Teint schmeichelte. Ein beifälliges Raunen ging durch den Saal, und so mancher nahm die Schultern zurück. Einer der Geschworenen nickte, ein anderer zog sich den Kragen zurecht.

Ihr Interesse an diesem Morgen war nicht besonders groß. Die erhofften Enthüllungen wollten sich nicht einstellen. Sie hatten erwartet, daß Stück für Stück Beweise erbracht würden, die Sir Herbert im einen Augenblick schuldig und im nächsten unschuldig erscheinen ließen; und nicht zuletzt hatten sie einen Kampf der Giganten erwartet.

Statt dessen hatte man ihnen eine ermüdende Prozession ganz gewöhnlicher Leute geboten, deren Ansicht nach Prudence Barrymore eine ausgezeichnete Krankenschwester, aber keineswegs eine große Heldin gewesen war. Offensichtlich hatte sie das gleiche durchgemacht wie viele andere junge Frauen auch, als sie sich einbildete, von einem Mann geliebt zu werden, der einfach nur höflich war. Traurig, ja sogar bemitleidenswert, aber nicht eben der Stoff für ein großes Drama. Niemand hatte bisher eine befriedigende Alternative zum Verdächtigen präsentiert.

Jetzt hatte man wenigstens eine interessante Zeugin, eine forsche und doch sittsame junge Frau. Die Leute reckten die Hälse, ganz erpicht darauf zu sehen, warum man sie wohl aufgerufen hatte.

»Miss Cuthbertson«, begann Lovat-Smith, sobald die nötigen Formalitäten erledigt waren. Er kannte die Erwartungen und wußte, wie wichtig es war, den Pegel der Emotionen nicht sinken zu lassen. »Sie kannten Prudence Barrymore von Kindesbeinen an, nicht wahr?«

»Das stimmt«, antwortete Nanette offen, das Kinn gehoben, den Blick gesenkt.

»Kannten Sie sie gut?«

»Sehr gut.«

Keiner machte sich die Mühe, Sir Herbert anzusehen. Alle hatten nur Augen für Nanette; man wartete auf die Aussagen, deretwegen man sie aufgerufen hatte.

Nur Rathbone warf einen heimlichen Seitenblick hinauf zur Anklagebank. Sir Herbert saß auf der Kante der Bank und spähte in tiefer Konzentration hinüber zum Zeugenstand. Er hatte einen geradezu ungeduldigen Ausdruck im Gesicht.

»War sie romantisch veranlagt?« fragte Lovat-Smith.

»Nein, nicht im geringsten«, sagte Nanette mit einem wehmütigen Lächeln. »Sie war extrem praktisch veranlagt. Sie machte sich nicht die geringste Mühe, ihren Charme spielen zu lassen oder Herren anzuziehen.« Sie bedeckte die Augen, dann sah sie wieder auf. »Ich spreche nicht gern schlecht über jemanden, der nicht anwesend ist, um sich zu verteidigen, aber wenn es darum geht, eine Ungerechtigkeit zu vermeiden, muß ich einfach die Wahrheit sagen.«

»Selbstverständlich. Ich bin sicher, wir verstehen das alle«, sagte Lovat-Smith etwas salbungsvoll. »Hatten Sie Kenntnis über ihre Vorstellungen von der Liebe, Miss Cuthbertson? Junge Damen vertrauen sich einander doch von Zeit zu Zeit an.«

Sie nahm einen dem Thema angemessenen sittsamen Ausdruck an. »Ja. Ich fürchte, sie hätte außer Sir Herbert Stanhope keinen anderen angesehen. Es gab noch andere, ausgesprochen geeignete und forsche junge Herren, die sie verehrten, aber sie wollte nichts von ihnen wissen. Sie sprach die ganze Zeit über nur von Sir Herbert, seinem Engagement, seinen Fähigkeiten, wie er ihr geholfen habe und welche Zuneigung und Aufmerksamkeit er ihr entgegenbringe.« Ein Ausdruck der Mißbilligung legte sich über ihr Gesicht, als überrasche sie das, was sie zu sagen gedachte, nicht weniger, als es sie ärgerte, trotzdem hob sie nicht ein einziges Mal den Blick hinauf zur Anklagebank. »Sie sagte immer wieder, sie glaube, er würde all ihre Träume wahr werden lassen. Sie blühte auf, wann immer sie seinen Namen aussprach.«

Lovat-Smith stand exakt in der Mitte des Saals, seine Robe alles andere als tadellos. Er hatte kaum etwas von der Eleganz eines Rathbone, und dennoch durchpulste ihn eine verhaltene Energie, der man sich nicht entziehen konnte.

»Schlossen Sie daraus, Miss Cuthbertson«, fragte er, »daß

sie ihn liebte und daß sie glaubte, er erwidere diese Liebe und würde sie in absehbarer Zeit zu seiner Frau machen?«

»Selbstverständlich.« Nanette machte große Augen. »Welche andere Möglichkeit hätte es sonst geben sollen?«

»Mir würde in der Tat keine einfallen«, pflichtete Lovat-Smith ihr bei. »Waren Sie sich der Veränderung in ihrem Glauben bewußt, haben Sie bemerkt, wann ihr klar wurde, daß Sir Herbert ihre Gefühle nicht erwiderte?«

»Nein. Nein, davon weiß ich nichts.«

»Aha.« Lovat-Smith war fertig und entfernte sich vom Zeugenstand. Dann jedoch machte er auf dem Absatz kehrt und wandte sich ihr noch einmal zu. »Miss Cuthbertson, war Prudence Barrymore eine entschlossene, zielstrebige Frau? Verfügte sie über große Willensstärke?«

»Aber selbstverständlich!« sagte Nanette heftig. »Wie hätte sie sich sonst ausgerechnet die Krim aussuchen können? Ich glaube, daß es dort ziemlich grauenhaft war. O gewiß, wenn sie sich erst einmal etwas in den Kopf gesetzt hatte, dann gab sie nicht mehr auf.«

»Hätte sie Ihrer Meinung nach ihre Hoffnungen, Sir Herbert zu heiraten, aufgegeben, ohne wenigstens darum zu kämpfen?«

»Niemals!« antwortete Nanette, noch bevor Richter Hardie eingreifen oder Rathbone protestieren konnte.

»Mr. Lovat-Smith«, sagte Hardie ernst. »Sie suggerieren der Zeugin die Antworten, wie Sie sehr wohl wissen.«

»Ich entschuldige mich, Euer Ehren«, sagte Lovat-Smith ohne die Spur von Reue. Er warf Rathbone einen lächelnden Seitenblick zu. »Ihre Zeugin, Mr. Rathbone.«

»Ich danke Ihnen.« Rathbone stand auf, geschmeidig und elegant. Er ging hinüber zum Zeugenstand und sah hinauf zu Nanette. »Sosehr ich es bedaure, Madam, aber ich muß Ihnen eine ganze Reihe von Fragen stellen.« Seine Stimme war ein schönes Instrument, das er meisterhaft beherrschte. Er war höflich, ja ehrerbietig, und auf hinterhältige Art bedrohlich zugleich.

Nanette blickte höflich und mit großen Augen auf ihn herab,

ohne die geringste Vorstellung zu haben, was da kommen sollte.

»Ich weiß, das ist Ihre Aufgabe, Sir, und ich bin absolut bereit.«

»Sie kannten Prudence Barrymore von Kindesbeinen an, und Sie kannten sie gut«, begann Rathbone. »Sie haben uns erzählt, daß sie Ihnen viele ihrer innersten Gefühle anvertraute, was ganz natürlich ist.« Er lächelte zu ihr hinauf und entdeckte als Antwort den Hauch eines Lächelns – gerade genug, um der Höflichkeit Genüge zu tun. Sie mochte ihn nicht, was freilich an seinem Mandanten lag. »Sie haben von einem anderen Verehrer gesprochen«, fuhr er fort. »Spielten Sie damit auf Mr. Geoffrey Taunton an?«

Eine zarte Röte bedeckte ihre Wangen, aber sie verlor keineswegs die Fassung. Sie mußte sich darüber im klaren gewesen sein, daß diese Frage nicht ausbleiben konnte.

»Ja.«

»Sie hielten sie also für töricht und unvernünftig, ihn nicht zu erhören?«

Lovat-Smith kam auf die Beine. »Wir haben das Thema bereits erörtert, Euer Ehren. Die Zeugin hat das bereits gesagt. Ich fürchte, mein gelehrter Freund vergeudet in seiner Verzweiflung die Zeit des Gerichts.«

Hardie sah Rathbone fragend an. »Mr. Rathbone, hat Ihre Frage noch einen anderen Sinn als den, Zeit zu gewinnen?«

»Den hat sie, Euer Ehren«, antwortete Rathbone.

»Dann fahren Sie fort«, wies Hardie ihn an.

Rathbone neigte den Kopf und wandte sich dann wieder an Nanette. »Kennen Sie Mr. Taunton gut genug, um ihn als bewunderungswürdigen jungen Mann zu bezeichnen?«

Wieder das zarte Rot auf ihren Wangen. Es stand ihr gut zu Gesicht, und es war durchaus möglich, daß sie das wußte. »Ja.«

»Tatsächlich? Sie kennen also keinen Grund, warum Prudence Barrymore ihn nicht akzeptiert haben sollte?«

»Nicht den geringsten!« Diesmal schwang in ihrer Stimme ein gewisser Trotz mit, und sie hob sogar ihr Kinn etwas an. Sie glaubte Rathbone durchschaut zu haben. Selbst im Saal ließ die Aufmerksamkeit nach. Es war langweilig, ja es war geradezu kläglich. Sir Herbert hatte sein eingangs großes Interesse verloren und machte einen besorgten Eindruck. Rathbone hatte nichts erreicht. Nur Lovat-Smith hatte einen vorsichtigen Ausdruck im Gesicht.

»Würden Sie ihn akzeptieren, sollte er Ihnen einen Antrag machen?« fragte Rathbone mild. »Die Frage ist selbstverständlich rein hypothetisch«, fügte er hinzu, bevor Hardie ihn unterbrechen konnte.

Das Blut brannte in Nanettes Wangen. Der ganze Saal atmete hörbar ein. Einer der Geschworenen aus der hinteren Reihe räusperte sich laut.

»Ich...«, stammelte Nanette verlegen. Sie konnte es nicht leugnen, sonst würde sie ihn ja praktisch ablehnen, und das war das letzte, was sie wollte. »Ich – Sie...« Sie hatte Mühe, ihre Fassung wiederzuerlangen. »Sie bringen mich in eine unmögliche Lage, Sir!«

»Ich entschuldige mich«, sagte Rathbone nicht sonderlich aufrichtig. »Aber auch Sir Herbert befindet sich in einer unmöglichen Lage, Madam, und zudem in einer weitaus gefährlicheren als Sie.« Er neigte den Kopf ein klein wenig. »Ich muß auf einer Antwort bestehen, denn wenn Sie Mr. Taunton nicht akzeptieren würden, dann würde das bedeuten, daß Ihnen ein Grund bekannt ist, weshalb ihn Prudence Barrymore nicht akzeptiert haben könnte. Was wiederum bedeuten würde, daß ihr Verhalten gar nicht so unvernünftig war und mit Sir Herbert oder irgendwelchen Hoffnungen in bezug auf seine Person nicht das geringste zu tun hatte. Verstehen Sie das?«

»Ja«, gab sie widerstrebend zu. »Das verstehe ich.«

Er wartete. Endlich hatte er die Aufmerksamkeit der Leute auf den Publikumsbänken. Er hörte das Rascheln von Taft und Bombassin. Man wußte nicht so recht, was jetzt kommen sollte, aber ein Drama witterte man allemal – und die Leute sahen, wenn jemand Angst hatte.

Nanette atmete tief ein. »Ja – ich würde«, sagte sie mit erstickter Stimme.

»In der Tat.« Rathbone nickte. »Das hat man mir auch

gesagt.« Er ging ein, zwei Schritte und wandte sich dann wieder um. »Tatsache ist, daß Sie Mr. Taunton selbst sehr zugetan sind, nicht wahr? So sehr, daß es Ihrer Zuneigung zu Miss Barrymore geschadet hat, als er dieser so nachhaltig den Hof machte, obwohl sie ihn wiederholt abgewiesen hatte?«

Im Saal erhob sich ein zorniges Gemurmel. Einige der Geschworenen rutschten unruhig hin und her.

Nanette war entsetzt. Sie klammerte sich an das Geländer des Zeugenstands, als müßte sie sich stützen; ihr Gesicht war scharlachrot bis zum Ansatz ihres dunklen Haares.

»Wenn Sie damit andeuten wollen, daß ich lüge, Sir, haben Sie unrecht«, sagte Nanette schließlich.

Rathbone war die Höflichkeit in Person. »Ganz und gar nicht, Miss Cuthbertson. Ich möchte damit nur andeuten, daß Ihre Sicht der Dinge unter dem Eindruck extremer Emotionen wie bei den meisten von uns von persönlichen Notwendigkeiten eingefärbt ist. In diesem Fall handelt es sich nicht um eine Lüge, sondern lediglich um einen Irrtum.«

Sie funkelte ihn an, verwirrt und unglücklich, aber es wollte ihr nichts einfallen, was sie hätte erwidern sollen.

Aber Rathbone wußte, der dramatische Moment wäre gleich wieder vorbei, dann käme wieder der Verstand zu seinem Recht. Und er hatte noch nicht viel erreicht, um Sir Herbert zu helfen.

»Ist Ihre Zuneigung zu ihm stark genug, um sich von seiner gewalttätigen Natur nicht abschrecken zu lassen, Miss Cuthbertson?« fuhr er fort.

Sie wurde schlagartig blaß. »Von seiner gewalttätigen Natur?« wiederholte sie. »Das ist Unsinn, Sir. Mr. Taunton ist der sanftmütigste Mann, den man sich vorstellen kann.«

Aber das Publikum, das sie so aufmerksam beobachtete, hatte durchaus bemerkt, daß ihre Fassungslosigkeit dem Schrecken gewichen war. Die Leute sahen an ihrer verspannten Haltung unter dem modischen Kleid und den mächtigen Röcken, daß sie sehr genau wußte, wovon Rathbone sprach. Sie war verwirrt, weil sie das zu verbergen versuchte, nicht weil sie ihn nicht verstand.

»Wenn ich Mr. Archibald Purbright fragen würde, würde er mir zustimmen?« sagte Rathbone ruhig. »Ich bezweifle, daß Mrs. Waldemar Ihrer Ansicht wäre.«

Lovat-Smith sprang auf, seine Stimme heiser vor gespielter Verwirrung. »Euer Ehren, wer ist Archibald Purbright? Mein verehrter Kollege hier erwähnt eine Person dieses Namens zum erstenmal. Wenn der Mann etwas auszusagen hat, dann hat er das hier zu tun, wo die Krone ihn vernehmen und seine Antworten abwägen kann. Wir können nicht zulassen ...«

»Schon gut, Mr. Lovat-Smith«, unterbrach Hardie ihn. »Ich weiß sehr wohl, daß Mr. Purbright nicht vorgeladen ist.« Mit hochgezogenen Brauen wandte er sich an Rathbone. »Vielleicht sollten Sie das dem Gericht erklären.«

»Ich habe nicht die Absicht, Mr. Purbright vorzuladen, Euer Ehren, es sei denn Miss Cuthbertson macht es nötig.« Es war ein Bluff. Er hatte keine Ahnung, wo er Archibald Purbright finden sollte.

Hardie wandte sich an Nanette. Sie stand steif und kreidebleich da.

»Es handelt sich um einen vereinzelten Zwischenfall, der einige Zeit zurückliegt.« Fast wäre sie an ihren Worten erstickt. »Der Mann hatte beim Billard betrogen. Ich bedaure das sagen zu müssen, aber es ist wahr.« Sie bedachte Rathbone mit einem haßerfüllten Blick. »Und Mrs. Waldemar würde das bestätigen!« Die Spannung legte sich. Lovat-Smith lächelte.

»Und Mr. Taunton war zweifelsohne maßlos enttäuscht über diese schreiende Ungerechtigkeit, verständlicherweise«, pflichtete Rathbone ihr bei. »Das wäre uns nicht anders ergangen. Wenn man sein Bestes gegeben hat, dann hat man das Gefühl, den Sieg verdient zu haben, schließlich ist man der bessere Spieler, und ständig um den Sieg betrogen zu werden würde unser aller Geduld auf eine harte Probe stellen.«

Er zögerte, tat ein, zwei lässige Schritte und wandte sich dann wieder um. »Und in diesem Augenblick schlug Mr. Taunton so hart zu, daß ihn zwei seiner Freunde überwältigen mußten, um ihn davon abzuhalten, Mr. Purbright ernsthafte, womöglich sogar tödliche Verletzungen beizubringen.«

Schlagartig war die Spannung wieder da. Die Leute fuhren schockiert auf, und über dem Rascheln der Kleider und dem Scharren der Schuhe schnappte man hörbar nach Luft. Sir Herberts Lippen krümmten sich zu einem kaum sichtbaren Lächeln. Selbst Hardie erstarrte.

Lovat-Smith verbarg seine Überraschung nur mit Mühe. Einen Augenblick lang war sie ihm vom Gesicht abzulesen, und Rathbone sah sie sehr wohl. Ihre Blicke trafen sich, dann kehrte Rathbones zurück zu Nanette.

»Halten Sie es nicht für möglich, Miss Cuthbertson – ja fürchten Sie nicht im Grunde Ihres Herzens –, daß Mr. Taunton eben diese Enttäuschung, dieses Gefühl, ungerecht behandelt worden zu sein, auch gegenüber Miss Barrymore verspürte, die ihn so hartnäckig abwies, obwohl sie keine anderen Verehrer hatte, und damit, seiner Ansicht nach, auch keinen Grund für ihre Handlungsweise?« Seine Stimme war ruhig, ja besorgt. »Wäre es nicht möglich, daß er zugeschlagen hat, falls sie vielleicht so töricht gewesen sein sollte, ihn verhöhnt oder auf die eine oder andere Weise gekränkt zu haben, um ihn endlich zur Einsicht zu bringen? Auf dem Korridor des Krankenhauses gab es zu dieser frühen Stunde keine Freunde, die ihn zurückhalten konnten. Sie war müde nach einer langen Nachtwache und erwartete keine Gewalt...«

»Nein!« explodierte Nanette wütend und beugte sich, das Gesicht wieder gerötet, über die Brüstung. »Nein! Niemals! Es ist abscheulich von Ihnen, so etwas zu sagen! Sir Herbert Stanhope hat sie ermordet«, sie warf einen haßerfüllten Blick auf die Anklagebank, und die Geschworenen folgten ihm, »weil sie ihm gedroht hat, ihre Affäre aufzudecken!« sagte sie laut. »Das weiß doch jeder! Es war nicht Geoffrey! Sie sagen das nur, weil Sie alles tun würden, um ihn zu verteidigen!« Wieder warf sie einen glühenden Blick auf die Anklagebank, bei dem selbst Sir Herbert unbehaglich zumute schien. »Und weil Sie sonst nichts haben!« beschuldigte sie ihn. »Sie sind verabscheuungswürdig, Sir! Einen guten Mann eines armseligen Ausrutschers wegen zu verleumden!«

»Ein armseliger Ausrutscher genügt völlig, Madam«, sagte

Rathbone seelenruhig, und seine Stimme brachte die plötzliche Bewegung im Saal zum Verstummen. »Ein starker Mann kann eine Frau in wenigen Augenblicken erwürgen.« Er hielt die Hände hoch: feine, schöne Hände mit langen Fingern. Er machte eine rasche, kräftige Bewegung, als würde er jemandem den Hals umdrehen, und hörte eine Frau nach Luft schnappen und das Rascheln von Taft, als sie irgendwo hinter ihm zu Boden fiel.

Nanette sah selbst aus, als wollte sie jeden Augenblick in Ohnmacht fallen.

Mit unerbittlicher Miene klopfte der Richter mit dem Hammer.

Lovat-Smith stand auf und setzte sich wieder.

Rathbone lächelte. »Ich danke Ihnen, Miss Cuthbertson. Ich habe keine weiteren Fragen.«

Mit Geoffrey Taunton war das etwas ganz anderes. Rathbone sah an der Haltung, mit der Lovat-Smith in die Saalmitte trat, daß er hin und her gerissen war, ob er Taunton aufrufen lassen sollte oder nicht. Sollte er es dabei belassen, anstatt zu riskieren, alles nur noch schlimmer zu machen, oder sollte er alles mit einem kühnen Angriff wieder wettzumachen versuchen? Er war ein tapferer Mann. Er entschied sich für letzteres, und Rathbone hatte es gewußt. Selbstverständlich hatte Geoffrey Taunton draußen gewartet wie alle noch nicht aufgerufenen Zeugen; er hatte also keine Ahnung, was über ihn gesagt worden war. Ebensowenig wie er Nanette Cuthbertson bemerkte, die verkrampft und mit gespannter Miene im Publikum saß, auf daß ihr keines der Worte entging, die sie so fürchtete. Sie hatte nicht die geringste Möglichkeit ihn zu warnen.

»Mr. Taunton«, begann Lovat-Smith, und das Selbstvertrauen in seiner Stimme strafte Rathbones Gefühl Lügen. »Sie kannten Miss Barrymore sehr gut, und das seit Jahren«, fügte er hinzu. »Wußten Sie Näheres über ihre Gefühle zu Sir Herbert Stanhope? Ich möchte Sie bitten, nicht zu spekulieren, sondern uns nur Ihre eigenen Beobachtungen zu berichten oder was sie Ihnen erzählt hat.«

»Selbstverständlich«, erklärte sich Geoffrey, den Hauch eines Lächelns auf den Lippen, einverstanden. Er war voller Selbstvertrauen. Er hatte nicht die leiseste Ahnung, warum die Leute ihn so gespannt anstarrten oder warum die Geschworenen ihn zwar ansahen, aber seinem Blick auswichen. »Ja, ich war mir seit einigen Jahren schon ihres Interesses für die Medizin bewußt, und so überraschte es mich auch nicht, als sie sich entschloß, auf die Krim zu gehen, um im Lazarett von Skutari unseren verwundeten Soldaten zu helfen.« Er legte beide Hände auf die Brüstung. Er machte einen frischen, lässigen Eindruck.

»Ich gestehe aber, daß ich sehr bestürzt war, als sie darauf bestand, hier in London die Stellung im Königlichen Armenspital anzunehmen. Schließlich brauchte man sie hier bei weitem weniger dringend. Es gibt Hunderte von Frauen, die sich für diese Art von Arbeit eignen und auch durchaus bereit sind, sie zu tun, während sie sich für eine Frau ihres Standes nun wirklich nicht schickt.«

»Haben Sie ihr das zu erklären, ihr die Arbeit auszureden versucht?« fragte Lovat-Smith.

»Mehr als das, ich habe ihr die Ehe angeboten.« Nur ein Hauch von Farbe überzog seine Wangen. »Aber sie hatte sich bereits dazu entschlossen.« Sein Mund wurde zu einem Strich. »Sie hatte völlig unrealistische Vorstellungen von der medizinischen Praxis, und, wie ich zu meinem Bedauern sagen muß, der Wert, den sie ihren Fertigkeiten beimaß, stand in keinem Verhältnis zu dem, was sie hierzulande damit anfangen konnte. Ich nehme an, ihre Erfahrungen während des Kriegs führten zu Vorstellungen, die zu Hause, in Friedenszeiten völlig unpraktikabel waren. Ich denke, unter vernünftiger Anleitung hätte sie das mit der Zeit auch erkannt.«

»Unter Ihrer Anleitung, Mr. Taunton?« sagte Lovat-Smith höflich, seine grauen Augen ganz groß.

»Und der ihrer Mutter, ja«, pflichtete Geoffrey ihm bei.

»Aber das war Ihnen noch nicht gelungen?«

»Zu meinem Bedauern, nein.«

»Können Sie sich auch vorstellen, warum nicht?«

»Das kann ich sehr wohl. Sir Herbert Stanhope hat sie ermutigt.« Er warf einen verächtlichen Blick auf die Anklagebank.

Sir Herbert sah ihn seelenruhig an, nicht die Spur von Schuldbewußtsein oder Ausflüchten in seinem Blick.

Einer der Geschworenen lächelte in sich hinein. Rathbone sah es und freute sich über den kleinen Sieg.

»Sind Sie ganz sicher?« fragte Lovat-Smith. »Das scheint mir doch ziemlich außergewöhnlich. Ich meine, wenn einer gewußt haben muß, daß sie weder die Fähigkeiten noch die Möglichkeiten hatte, jemals eine Verantwortung zu übernehmen, die über die einer gewöhnlichen Schwester hinausging, dann doch wohl er. Mit anderen Worten, sie wäre nie mehr als eine Art Dienstbote gewesen, der Fäkalieneimer leert, Packungen macht und Laken und Bandagen wechselt.« Er unterstrich diese Punkte mit ebenso natürlichen wie energischen Bewegungen seiner kurzen, kräftigen Hände. »Der Patienten beobachtet, in Notfällen den Arzt ruft und nach Anweisung Medikamente verabreicht. Was hätte sie hier in England sonst schon tun können? Hier gibt es keine Feldlazarette, in denen ganze Wagenladungen Verwundeter eintreffen.«

»Ich habe nicht die geringste Ahnung«, sagte Geoffrey mit sichtlichem Widerwillen. »Aber sie hat mir völlig unmißverständlich erzählt, er hätte ihr gesagt, es gebe eine Zukunft für sie – mit Aufstiegsmöglichkeiten.« Wieder erfüllten ihn Zorn und Abscheu, als er zu Sir Herbert hinübersah.

Diesmal zuckte Sir Herbert zusammen und schüttelte leise den Kopf, als könne er das, und wenn er hundertmal zum Schweigen verurteilt war, nicht unwidersprochen lassen.

»Hat sie je über ihre persönlichen Gefühle Sir Herbert gegenüber gesprochen?« fragte Lovat-Smith weiter.

»Ja. Sie verehrte ihn leidenschaftlich und war der festen Überzeugung, daß ihr künftiges Glück ganz in seinen Händen lag. Das hat sie mir selbst gesagt – wortwörtlich.«

Lovat-Smith tat überrascht. »Haben Sie denn nicht versucht, sie von diesem Irrtum zu befreien, Mr. Taunton? Sie müssen sich doch darüber im klaren gewesen sein, daß Sir Herbert Stanhope ein verheirateter Mann ist.« Er wies mit einem schwarzgekleideten Arm in Richtung Anklagebank. »Und daß er ihr nichts als berufliche Hochachtung entgegenbringen könnte, und selbst das nur in ihrer Eigenschaft als Krankenschwester, einer Position also, die sehr weit unter der seinen lag. Sie waren ja noch nicht einmal Kollegen, jedenfalls nicht im Sinne einer Gleichberechtigung. Was also hätte sie sich erhoffen können?«

»Ich habe nicht die geringste Ahnung.« Er schüttelte den Kopf, sein Mund vor Wut und Schmerz verzerrt. »Jedenfalls nichts von Bedeutung! Er hat sie belogen – und das ist noch das kleinste seiner Vergehen.«

»Durchaus«, pflichtete Lovat-Smith ihm weise bei. »Aber das zu entscheiden ist Sache der Geschworenen, Mr. Taunton. Hier noch mehr zu sagen, stünde uns nicht zu. Ich danke Ihnen, Sir. Wenn Sie bitte noch bleiben würden, ich habe keinen Zweifel, daß mein hochverehrter Kollege Sie noch zu befragen wünscht.« Er wandte sich bereits seinem Platz zu, drehte sich dann aber noch einmal um und blickte zum Zeugenstand hinauf. »Oh! Wenn Sie schon da sind, Mr. Taunton: Hielten Sie sich am Morgen von Schwester Barrymores Tod im Krankenhaus auf?« Sein Ton war völlig unschuldig, als handle es sich um eine ganz beiläufige Frage.

»Ja«, sagte Geoffrey vorsichtig, sein Gesicht reglos und blaß.

Lovat-Smith senkte den Kopf. »Wir haben hier gehört, daß Sie zu Temperamentsausbrüchen neigen, wenn man Sie über Gebühr reizt.« Er sagte das mit der Andeutung eines Lächelns, als sei das schließlich keine Sünde, sondern eher eine kleine Schwäche. »Haben Sie sich an jenem Morgen mit Prudence gestritten und die Kontrolle verloren?«

»Nein!« Die Knöchel von Geoffreys Händen auf der Brüstung wurden weiß.

»Sie haben sie also nicht ermordet?« fügte Lovat-Smith mit hochgezogenen Brauen und leicht angehobener Stimme hinzu.

»Nein, das habe ich nicht!« Geoffrey zitterte; seine Gefühle waren ihm deutlich am Gesicht abzulesen. Von der Galerie her kam ein mitfühlendes Raunen, während man in einer anderen Ecke ungläubig zischte.

Hardie hob den Hammer, ließ ihn dann jedoch lautlos sinken.

Rathbone stand auf. Im Vorbeigehen traf sich sein Blick kurz mit dem seines Vorgängers. Er hatte ihm den Wind aus den Segeln genommen, der Augenblick der Überlegenheit war vorbei, und beide wußten es.

Er starrte zum Zeugenstand hinauf. »Sie haben also versucht, Prudence Barrymore die Vorstellung auszureden, ihr persönliches Glück liege in den Händen von Sir Herbert Stanhope?« fragte er mild.

»Selbstverständlich«, antwortete er. »Es war absurd.«

»Weil Sir Herbert bereits verheiratet ist?« Er steckte die Hände in die Taschen, seine ganze Haltung war ausgesprochen lässig.

»Natürlich«, antwortete Geoffrey. »Es war völlig unmöglich, daß er ihr irgend etwas anderes bieten konnte als berufliche Hochachtung, jedenfalls nichts Ehrenwertes. Und wenn sie ihr Verhalten nicht änderte, so würde sie selbst diese verlieren!« Sein Gesicht wurde hart, seine Ungeduld darüber, daß Rathbone auf etwas so Offensichtlichem und zudem Schmerzlichem herumreiten konnte, war ihm deutlich anzusehen.

Rathbone legte die Stirn in Falten. »Es war also eine auffallend törichte Handlungsweise, die ihr nur schaden konnte? Wozu sollte sie schon führen außer zu Peinlichkeiten, Unglück und Hoffnungslosigkeit.«

»Genau«, stimmte Geoffrey ihm zu, wobei er verächtlich die Lippen verzog. Er wollte eben noch etwas hinzufügen, als Rathbone ihm das Wort abschnitt.

»Sie hegten große Zuneigung zu Miss Barrymore und kannten sie seit langer Zeit. Ja, Sie kennen sogar ihre Familie. Ihr Verhalten muß doch sehr schmerzlich für Sie gewesen sein?«

»Selbstverständlich!« Ein zorniger Ausdruck überzog Geoffreys Gesicht, und er sah Rathbone mit zunehmender Verärgerung an.

»Sie sahen also Gefahren, ja selbst eine Tragödie voraus?« fuhr Rathbone fort.

»Und ob. Und genau das ist ja passiert!«

Ein Raunen ging durch den Saal. Auch das Publikum wurde ungeduldig.

Richter Hardie beugte sich vor, um etwas zu sagen.

Rathbone ignorierte ihn und drängte weiter. Er wollte durch eine Unterbrechung nicht noch den letzten Rest an Aufmerksamkeit verlieren.

»Es schmerzte Sie also«, fuhr er fort, seine Stimme etwas lauter. »Sie hatten Miss Barrymore mehrmals um ihre Hand gebeten, und sie hat Sie abgewiesen, augenscheinlich in dem törichten Glauben, Sir Herbert hätte ihr etwas zu bieten. Was, wie Sie selbst sagen, völlig absurd war. Ihre Widerspenstigkeit muß Sie doch über die Maßen enttäuscht haben. Sie war lächerlich, selbstzerstörerisch und ausgesprochen ungerecht!«

Geoffreys Finger umklammerten einmal mehr die Brüstung des Zeugenstands, als er sich weiter vorbeugte.

Das Rascheln und Wetzen der Kleider verstummte abrupt, als den Leuten klar wurde, was Rathbone sagen wollte. »Es hätte wohl jeden Mann zornig gemacht«, fuhr er mit aalglatter Stimme fort. »Selbst einen Mann von sanfterem Naturell als Sie! Und dennoch sagen Sie, Sie hätten sich nicht gestritten? Dann scheint mir Ihr Temperament gar nicht so ungestüm! Ja, um genau zu sein, es hat ganz den Anschein, als hätten Sie überhaupt kein Temperament! Mir wollen, wenn überhaupt, nur sehr wenige Männer einfallen«, er zog ein Gesicht, das fast an Verachtung grenzte, »denen angesichts einer solchen Behandlung nicht der Kamm schwellen würde.«

Der tiefere Sinn des Gesagten war offensichtlich. Seine Ehre, seine Männlichkeit waren in Frage gestellt.

Im ganzen Saal war nichts zu hören, außer dem Scharren von Lovat-Smiths Stuhl, der Anstalten machte aufzustehen, dann aber doch sitzen blieb.

Geoffrey schluckte. »Selbstverständlich war ich ärgerlich«, sagte er, und die Worte blieben ihm fast im Halse stecken. »Aber der Streit wurde nicht gewalttätig. Ich bin kein gewalttätiger Mann.«

Rathbone machte große Augen. Es herrschte absolute Stille im Raum; nur Lovat-Smith atmete ganz langsam aus.

»Nun, Gewalt ist natürlich relativ«, sagte Rathbone ruhig. »Aber Ihr Angriff auf Mr. Archibald Purbright, der Sie bei einer Partie Billard betrogen hat – was natürlich ärgerlich ist, aber keineswegs von Bedeutung –, also der war doch gewalttätig, oder etwa nicht? Wenn Ihre Freunde Sie nicht zurückgehalten hätten, dann hätten Sie den Mann lebensgefährlich verletzt!«

Geoffrey war aschfahl, der Schreck ließ ihm das Blut aus dem Kopf weichen.

Rathbone ließ ihm keine Zeit. »Haben Sie Ihre Beherrschung Miss Barrymore gegenüber nicht auf ähnliche Weise verloren, als sie sich so töricht benahm und Sie einmal mehr abwies? War das tatsächlich weniger ärgerlich, als eine Partie Billard mit einem Mann zu verlieren, von dem ohnehin jeder wußte, daß er betrog?«

Geoffrey öffnete den Mund, aber es kam kein verständlicher Laut.

»Nein«, sagte Rathbone lächelnd. »Sie brauchen darauf nicht zu antworten! Ich sehe sehr wohl, daß es unfair war, Sie das zu fragen. Die Geschworenen werden ihre eigenen Schlüsse ziehen. Ich danke Ihnen, Mr. Taunton. Ich habe keine weiteren Fragen.«

Lovat-Smith stand auf; seine Augen leuchteten, seine Stimme war scharf und klar. »Sie brauchen die Frage nicht noch einmal zu beantworten, Mr. Taunton«, sagte er bitter. »Aber vielleicht wollen Sie das ja. Haben Sie Miss Barrymore ermordet?«

»Nein! Nein, das habe ich nicht!« Geoffrey hatte endlich seine Sprache wiedergefunden. »Ich war wütend, aber ich habe ihr nichts, aber auch gar nichts angetan! Um Himmels willen!« Er warf einen funkelnden Blick in den Saal. »Stanhope hat sie umgebracht! Ist das nicht offensichtlich?«

Ohne es zu wollen, starrte jeder, selbst Hardie, Sir Herbert an. Und zum erstenmal machte Sir Herbert den Eindruck, als wäre ihm ganz und gar nicht wohl in seiner Haut. Er wandte jedoch weder den Blick ab noch errötete er. Er erwiderte Geoffrey Tauntons Blick mit einem Ausdruck, in dem sich weniger Schuld als Ohnmacht und Verlegenheit spiegelten.

Rathbone verspürte eine Welle der Bewunderung für ihn, und erneuerte noch im selben Augenblick seinen Schwur, ihn freizubekommen.

»Für einige hier, ja.« Lovat-Smith lächelte geduldig. »Aber nicht alle – noch nicht. Ich danke Ihnen, Mr. Taunton. Das wäre alles. Sie sind entlassen.«

Geoffrey Taunton stieg langsam die Treppe hinab, als wäre er sich nicht sicher, ob er nicht besser oben bleiben und noch etwas hinzufügen sollte. Schließlich wurde ihm klar, daß er die Gelegenheit verpaßt hatte, falls er überhaupt eine gehabt hatte, und legte die wenigen Meter zu den Publikumsbänken mit einem Dutzend Schritte zurück.

Die erste Zeugin des Nachmittags war Berenice Ross Gilbert. Allein schon ihre Erscheinung sorgte für Bewegung, noch bevor sie auch nur ein Wort gesagt hatte. Sie war ruhig, außerordentlich selbstsicher und trug ein prächtiges Kleid. Trotz der ernsten Angelegenheit hatte sie sich nicht für Schwarz entschieden; es wäre geschmacklos gewesen, da sie schließlich um niemanden trauerte. So trug sie denn eine pflaumenblaue, mit Holzkohlengrau durchschossene Jacke, einen mächtigen Rock in einem ähnlichen Ton, nur etwas dunkler. Das Ensemble schmeichelte sowohl ihrem Teint als auch ihrem Alter und wirkte gleichzeitig distinguiert und dramatisch. Rathbone hörte die Leute nach Luft schnappen, als sie in den Saal kam, und als sich Lovat-Smith erhob, um ihr seine Fragen zu stellen, legte sich eine erwartungsvolle Stille über den Saal. Eine solche Frau mußte schließlich etwas Wichtiges zu sagen haben.

»Lady Ross Gilbert«, begann Lovat-Smith. Er wußte nichts von Ehrerbietung – etwas in seinem Charakter ließ ihm allein schon die Vorstellung albern erscheinen –, aber seine Stimme zeugte von Respekt, sei es nun für sie oder die Situation. »Sie gehören dem Verwaltungsrat des Hospitals an. Sie verbringen dort einen beträchtlichen Teil Ihrer Zeit?«

»In der Tat.« Ihre Stimme war sehr klar und kräftig. »Ich bin nicht jeden Tag dort, aber doch drei-, viermal die Woche. Es gibt viel zu tun.«

»Da bin ich sicher. Ausgesprochen bewundernswert. Ohne die großzügige Hilfe von Leuten wie Ihnen wären derlei Orte in einem argen Zustand«, sagte Lovat-Smith anerkennend, obwohl die Wahrheit dieser Aussage zweifelhaft war. Er machte sich jedoch nicht die Mühe, weiter darauf einzugehen. »Haben Sie Prudence Barrymore des öfteren gesehen?«

»Selbstverständlich. Man bittet mich häufig, den Schwestern Vorträge über moralische Richtlinien und Pflichten zu halten. Ich sah die arme Prudence fast jedesmal, wenn ich dort war.« Sie sah ihn an und wartete lächelnd auf die nächste offensichtliche Frage.

»War Ihnen aufgefallen, daß sie sehr häufig mit Sir Herbert Stanhope zusammenarbeitete?«

»Selbstverständlich.« Ein Anflug von Bedauern schlich sich in ihre Stimme. »Zunächst erschien mir das ganz logisch, schließlich war sie eine exzellente Schwester.«

»Und später?« drängte Lovat-Smith.

In einer beredsamen Geste hob sie die Schulter. »Später mußte ich erkennen, daß sie ihm ergeben war.«

»Meinen Sie damit, mehr, als sich aus den üblichen Pflichten erklären ließ?« Lovat-Smith wählte seine Worte sehr sorgfältig, um keinen Fehler zu machen, der Rathbone Gelegenheit zum Einspruch gegeben hätte.

»In der Tat«, sagte Berenice nach einem bescheidenen Zögern. »Es war offensichtlich, daß ihre Verehrung für ihn an Leidenschaft grenzte. Er ist ein guter Chirurg, wie wir alle wissen, aber bei Prudence' Hingabe, den Extrapflichten, die sie freiwillig übernahm, war es schließlich nicht mehr zu übersehen, daß ihre Gefühle für ihn über den Beruf hinausgingen, so engagiert und gewissenhaft sie auch sein mochte.«

»Hatten Sie irgendwelche Hinweise darauf, daß sie Sir Herbert liebte?« fragte Lovat-Smith. Obwohl sein Ton bescheiden und freundlich war, drangen seine in die Totenstille gesprochenen Worte bis in den letzten Winkel des Saals.

»Ihre Augen begannen zu leuchten, wann immer sie seinen Namen hörte, ihre Haut glühte. Sie strahlte eine Art innerer Energie aus.« Berenice lächelte und machte ein etwas wehmütiges Gesicht. »Ich habe keine andere Erklärung dafür, wenn sich eine Frau so benimmt.«

»Ich auch nicht«, gestand Lovat-Smith. »Bedenkt man, daß das moralische Wohl der Schwestern zu Ihren Obliegenheiten gehört, Lady Ross Gilbert, haben Sie Prudence Barrymore darauf angesprochen?«

»Nein«, sagte sie langsam, als sei sie noch am Überlegen. »Um offen zu sein, ich habe nie gedacht, daß ihre Moral in Gefahr sein könnte. Sich zu verlieben ist menschlich.« Mit einem spöttischen Blick sah sie an Lovat-Smith vorbei ins Publikum. »Ist eine Liebe so deplaziert, dann ist die Moral oft sicherer, als würde sie erwidert.« Sie zögerte und tat, als sei ihr das unangenehm. »Selbstverständlich hatte ich damals nicht die leiseste Ahung, daß diese Geschichte so enden könnte.«

Nicht ein einziges Mal hatte sie Sir Herbert angesehen, der ihr gegenüber auf der Anklagebank saß, und das, obwohl er sie nicht einen Moment aus den Augen ließ.

»Sie sagen, Prudence' Liebe sei deplaziert gewesen.« Lovat-Smith war noch nicht fertig. »Wollen Sie damit sagen, Sir Herbert hätte ihre Gefühle nicht erwidert?«

Berenice zögerte, aber sie schien eher nach den richtigen Worten zu suchen, als sich ihrer Meinung nicht sicher zu sein.

»Wissen Sie, mein Geschick im Lesen der Gefühle von Männern und Frauen läßt etwas zu wünschen übrig...«

Ein Murmeln ging durch den Saal, ob aus Zweifel an ihren Worten oder weil man sie nur zu gut verstand, war nicht zu sagen. Einer der Geschworenen nickte weise.

Rathbone hatte ganz entschieden den Eindruck, daß sie die Dramatik des Augenblicks nicht weniger genoß als ihre Macht über das Publikum.

Lovat-Smith unterbrach sie nicht.

»Er verlangte sie, wann immer eine geschulte Schwester vonnöten war«, sagte sie langsam in die gespannte Stille. »Er hat stundenlang in engem Kontakt mit ihr gearbeitet, wobei sie nicht selten allein waren.« Sie sagte das, den Blick fest auf Lovat-Smith gerichtet, ohne ein einziges Mal zur Anklagebank hinüberzusehen.

»Vielleicht war er sich ihrer Gefühle ihm gegenüber gar nicht bewußt?« schlug Lovat-Smith ohne einen Funken Überzeugung vor. »Ist er Ihrer Meinung nach ein törichter Mann?«

»Selbstverständlich nicht! Aber...«

»Selbstverständlich nicht!« schnitt er ihr das Wort ab, noch bevor sie eine Erklärung hinzufügen konnte. »Und deshalb hielten Sie es auch nicht für nötig, ihn zu warnen?«

»Daran habe ich nie gedacht«, gestand sie irritiert. »Es steht mir nicht zu, den Ärzten Hinweise in bezug auf ihren Lebenswandel zu geben. Außerdem konnte ich ihm meiner Ansicht nach nichts sagen, was er nicht längst selbst gewußt hätte; ich dachte, er würde schon entsprechend handeln. Wenn ich jetzt so zurückblicke, dann sehe ich freilich...«

»Ich danke Ihnen«, unterbrach er sie. »Vielen Dank, Lady Ross Gilbert. Ich habe keine weiteren Fragen an Sie. Aber mein sehr verehrter Kollege... womöglich.« Letzteres eine zarte Anspielung darauf, daß Rathbones Sache verloren sei und dieser eventuell daran dachte, sich ins Unvermeidliche zu schicken.

Und tatsächlich war Rathbone äußerst unglücklich. Sie hatte eine Menge von dem zerschlagen, was er mit Nanette Cuthbertson und Geoffrey Taunton aufgebaut hatte. Er hatte bestenfalls für einen berechtigten Zweifel gesorgt. Und jetzt schien sich selbst dieser wieder zu zerstreuen. Der Fall würde kaum eine Zierde seiner Laufbahn werden, und es sah zunehmend danach aus, als könne er noch nicht einmal Sir Herberts Leben retten, geschweige denn seinen Ruf.

Er trat Lady Ross Gilbert mit einem lässigen Selbstvertrauen gegenüber, das er ganz und gar nicht verspürte. Er nahm bewußt eine nachlässige Haltung an. Die Geschworenen mußten glauben, er habe noch eine gewaltige Enthüllung in der Hinterhand, eine Spitzfindigkeit, die das Blatt mit einem Schlag wenden würde.

»Lady Ross Gilbert«, begann er mit einem charmanten Lächeln. »Prudence Barrymore war eine ausgezeichnete Krankenschwester, nicht wahr? Deren Geschick und Fertigkeiten weit über den Durchschnitt hinausgingen?«

»Ganz gewiß«, pflichtete sie ihm bei. »Sie verfügte über ein beträchtliches medizinisches Wissen, wie ich glaube.«

»Und sie war gewissenhaft, was ihre Pflichten anbelangte?«

»Das werden Sie doch sicher wissen?«

»Das tue ich.« Rathbone nickte. »Es wurde hier bereits von mehreren Personen zu Protokoll gegeben. Warum überrascht es Sie dann, daß Sir Herbert bei einer ganzen Reihe von Operationen mit ihr zusammenarbeiten wollte? War das denn nicht im Interesse seiner Patienten gewesen?«

»Ja – selbstverständlich war es das!«

»Sie haben ausgesagt, Sie hätten an Prudence die offensichtlichen Zeichen einer verliebten Frau beobachtet. Haben Sie solche Zeichen auch an Sir Herbert beobachtet, wenn Prudence in der Nähe war oder wenn er ihre Nähe spürte?«

»Nein, das habe ich nicht«, antwortete sie, ohne zu zögern.

»Haben Sie irgendeine Veränderung in seinem Verhalten ihr gegenüber bemerkt, irgendein Abweichen von dem, was zwischen einem engagierten Chirurgen und seiner besten und zuverlässigsten Schwester schicklich und normal gewesen wäre?«

Sie überlegte nur einen Augenblick, bevor sie antwortete. Zum erstenmal blickte sie hinüber zu Sir Herbert, ein kurzer Blick nur, dann wandte sie sich wieder ab. »Nein – er war wie immer«, sagte sie. »Korrekt und engagiert, und außer seinen Patienten und seinen Studenten interessierte ihn kaum etwas.«

Rathbone lächelte sie an. Er wußte, er hatte ein hübsches Lächeln. »Ich kann mir gut vorstellen, daß Sie Verehrer hatten, möglicherweise sogar eine ganze Reihe?«

Sie zuckte kaum merklich mit den Achseln, eine zarte Geste, die Amüsement und Zustimmung ausdrückte.

»Hätte Sir Herbert Sie behandelt, wie er Prudence Barrymore behandelte, hätten Sie daraus geschlossen, er liebe Sie? Oder daß er daran dächte, Frau, Familie, Heim und Ruf aufzugeben, um Sie zu bitten, ihn zu heiraten?«

Ihr Gesicht leuchtete belustigt auf. »Um Himmels willen, nein! Das wäre doch völlig absurd! Selbstverständlich nicht!«

»Wenn sich also Prudence vorstellte, er liebe sie, dann war das doch völlig unrealistisch, oder etwa nicht? War das die Einbildung einer Frau, die zwischen ihren Träumen und der Realität nicht mehr unterscheiden konnte?«

Ein Schatten legte sich über ihr Gesicht, der jedoch unmöglich zu deuten war. »Ja – ja, genau das war es.«

Er mußte sein Argument klarer herausarbeiten. »Sie sagten doch, sie verfügte über medizinische Fertigkeiten, Madam. Haben Sie Hinweise darauf, daß ihre medizinischen Fähigkeiten groß genug waren, um selbst Amputationen durchzuführen, erfolgreich und ohne Anleitung? War sie denn in Wirklichkeit nicht eher eine Ärztin als eine Krankenschwester?«

Ein unglückliches Raunen ging durch den Saal; es herrschte eine große Verwirrung.

Berenice riß die Brauen hoch. »Um Himmels willen! Natürlich nicht! Sie müssen schon verzeihen, Mr. Rathbone, aber Sie kennen sich in der Welt der Medizin nicht aus, sonst würden Sie eine derartige Frage nicht stellen. Eine Frau als Chirurg, das ist doch absurd!«

»Dann hatte sie also auch in dieser Hinsicht die Fähigkeit verloren, zwischen Tagträumen und der Realität zu unterscheiden?«

»Wenn sie das behauptet hat, dann mit Sicherheit. Sie war Krankenschwester, eine sehr gute zwar, aber doch in keiner Hinsicht ein Arzt! Das arme Ding, der Krieg muß sie um den Verstand gebracht haben. Vielleicht tragen wir die Schuld, weil wir das nie bemerkt haben.« Sie setzte eine angemessen reuige Miene auf.

»Vielleicht hat das Elend, das sie im Krieg ertragen mußte, zu einer Geistesstörung geführt«, pflichtete Rathbone ihr bei. »Und ihr Wunsch zu helfen hat sie dazu gebracht, sich das einzubilden. Wir werden das wohl nie erfahren.« Er schüttelte den Kopf. »Es ist eine Tragödie, daß diese prächtige, mitfühlende Frau mit dem leidenschaftlichen Bedürfnis zu heilen so strapaziert wurde, daß sie ihr Leben kaum noch ertragen konnte; und vor allem, daß dieses Leben ein solches Ende nehmen mußte.« Er sagte das für die Geschworenen; nicht daß es irgendeinen Einfluß auf die Beweislage gehabt hätte, aber es war wichtig, sich ihre Sympathien zu erhalten. Er hatte bereits Prudence' Ruf als Heldin zerstört, da durfte er ihr nicht auch noch ihre Rolle als ehrenwertes Opfer nehmen.

Lovat-Smiths letzter Zeuge war Monk.

Mit steinerner Miene stieg er die Treppe zum Zeugenstand hinauf und stellte sich kühl dem Gericht. Von den Presseleuten, Gerichtssekretären und Müßiggängern, die im Saal aus und ein gingen, hatte er bereits das eine oder andere von dem mitbekommen, was Rathbone aus Berenice Ross Gilbert herausgeholt hatte. Er war wütend, noch bevor man ihm die erste Frage stellte.

»Mr. Monk«, begann Lovat-Smith vorsichtig. Er wußte, er hatte einen parteiischen Zeugen vor sich, wußte jedoch ebensogut, daß seine Aussage unanfechtbar war. »Sie sind nicht mehr bei der Polizei, sondern führen private Ermittlungen durch, ist das korrekt?«

»Jawohl.«

»Wurden Sie engagiert, um im Todesfall Prudence Barrymore zu ermitteln?«

»Das wurde ich.« Monk hatte nicht die Absicht, freiwillig mit etwas herauszurücken. Das Publikum war weit davon entfernt, das Interesse zu verlieren; die Leute spürten die Feindseligkeiten und saßen aufrechter da als gewöhnlich, damit ihnen auch nicht ein Wort entging.

»Von wem? Miss Barrymores Familie?«

»Von Lady Callandra Daviot.«

Sir Herbert, auf der Anklagebank, rutschte nach vorne, sein Ausdruck mit einemmal gespannt, zwischen seinen Brauen ein senkrechter Strich.

»Sie haben an der Beerdigung von Miss Barrymore also aus beruflichen Gründen teilgenommen?« fuhr Lovat-Smith fort.

»Nein«, sagte Monk kurz und bündig.

Falls Monk gehofft hatte, Lovat-Smith aus dem Konzept zu bringen, so gelang ihm das kaum. Sein Instinkt, vielleicht auch der stählerne Ausdruck auf Monks Gesicht, warnte den Staatsanwalt davor, nach seinen Motiven zu fragen. Er konnte für die

Antwort nicht garantieren. »Aber Sie waren dort?« fragte er ihn statt dessen und wich dem Problem damit aus.

»Jawohl.«

»Und Miss Barrymores Familie kannte Ihre Verbindung zu dem Fall?«

»Ja.«

Es war jetzt mucksmäuschenstill im Saal. Der Zorn in Monk, irgendeine Kraft in seinem Gesicht sorgte für gespannte Aufmerksamkeit; niemand flüsterte, niemand rührte sich.

»Hat Ihnen Miss Barrymores Schwester, Mrs. Faith Barber, bei dieser Gelegenheit einige Briefe überreicht?« fragte Lovat-Smith.

»Ja.«

Lovat-Smith hatte Mühe, seinen ruhigen Ton zu wahren. »Und Sie haben sie angenommen. Was für Briefe waren das, Mr. Monk?«

»Briefe von Prudence Barrymore an ihre Schwester«, antwortete Monk. »In einer Art Tagebuch, fast jeden Tag einer in den letzten dreieinhalb Monaten ihres Lebens.«

»Haben Sie sie gelesen?«

»Natürlich.«

Lovat-Smith brachte einen Stapel Papiere zum Vorschein und reichte ihn Monk hinauf. »Sind das die Briefe, die Mrs. Barber Ihnen gegeben hat?«

Monk sah sie durch, obwohl es nicht nötig gewesen wäre. Er hatte sie auf der Stelle erkannt. »Sie sind es.«

»Würden Sie dem Gericht den ersten vorlesen, den ich mit einem roten Band gekennzeichnet habe. Wenn Sie die Freundlichkeit hätten?«

Gehorsam und mit knapper, harter Stimme begann Monk zu lesen:

Meine liebste Faith,
was für einen wunderbaren Tag habe ich hinter mir! Sir Herbert hat glänzende Arbeit geleistet. Ich konnte seine Hände nicht einen Augenblick aus den Augen lassen. Eine derartige Kunstfertigkeit hat eine ganz eigene Schönheit.

Und seine Erklärungen sind so einleuchtend, daß ich nicht die geringsten Schwierigkeiten habe, ihnen zu folgen und jeden einzelnen Punkt zu verstehen.
Er hat mir Dinge gesagt, die mich innerlich jauchzen lassen vor Glück! Alle meine Träume liegen in der Waagschale, und er hat alles in der Hand. Ich hätte nie geglaubt, jemanden mit einem solchen Mut zu finden! Faith, er ist wirklich ein wunderbarer Mann – ein Visionär – ein Held im besten Sinne: nicht einer, der durch die Weltgeschichte eilt und Völker erobert, die man besser zufrieden gelassen hätte, oder sich irgendwo abmüht, die Quelle eines Flusses zu entdecken, nein, er führt hier, zu Hause, einen Kreuzzug für großartige Prinzipien, die Zehntausenden helfen werden. Ich kann dir gar nicht sagen, wie glücklich und privilegiert ich bin, daß er mich auserwählt hat!
Bis zum nächsten Mal, deine dich liebende Schwester.
Prudence

»Und den zweiten von mir markierten, wenn Sie so freundlich wären?« fuhr Lovat-Smith fort.

Wieder las Monk vor und blickte dann auf; weder in seinen Augen noch in seinen Zügen fand sich eine Gefühlsregung. Nur Rathbone kannte ihn gut genug, um sich des Widerwillens bewußt zu sein, den er dabei empfand, in die innersten Gedanken einer Frau einzudringen, die er verehrte.

Im Saal herrschte Schweigen, alle Ohren waren gespitzt. Die Geschworenen starrten Sir Herbert mit unverhohlenem Abscheu an.

»Sind die anderen in ähnlichem Ton gehalten, Mr. Monk?« fragte Lovat-Smith.

»Einige«, antwortete Monk. »Andere wieder nicht.«

»Dann, Mr. Monk, wollen Sie uns zu guter Letzt noch den von mir mit einem gelben Band markierten Brief vorlesen?«

Mit leiser, harter Stimme las Monk vor.

Liebe Faith,
nur eine Notiz heute. Ich bin zu demoralisiert, um mehr zu

schreiben, und so müde, daß ich einschlafen und nie wieder aufwachen möchte. Es war alles nur vorgetäuscht. Ich kann es selbst jetzt noch kaum glauben, obwohl er es mir ins Gesicht gesagt hat. Sir Herbert hat mich verraten. Es war alles eine Lüge – er wollte mich nur benutzen – all seine Versprechen bedeuteten nichts. Aber ich werde es nicht dabei belassen. Ich habe etwas in der Hand, und ich werde es benutzen!
Prudence

Ein Seufzen und ein Rascheln, als sich die Köpfe von Monk zur Anklagebank wandten. Sir Herbert machte einen angespannten Eindruck; aus seinem Gesicht war neben seiner Müdigkeit eine gewisse Verwirrtheit abzulesen. Nicht daß er verängstigt ausgesehen hätte – eher, als befände er sich in einem Alptraum, der ihm ein Rätsel war. Der Blick, der auf Rathbone ruhte, hatte fast etwas Verzweifeltes.

Lovat-Smith zögerte, sah Monk einige Augenblicke lang an und entschied sich dann, ihn nichts weiter zu fragen. Wiederum war er sich der Antwort nicht sicher.

»Ich danke Ihnen«, sagte er mit einem Blick auf Rathbone.

Rathbone zermarterte sich das Hirn auf der Suche nach etwas, womit sich das eben Gehörte abschwächen ließe. Er brauchte Sir Herberts weißes Gesicht erst gar nicht zu sehen, auf dem die Verwirrung, die er so lange zur Schau getragen hatte, nun von Angst abgelöst worden war. Ob er die Briefe verstand oder nicht, er war nicht so naiv, als daß ihm ihre Wirkung auf die Geschworenen entgangen wäre.

Rathbone zwang sich, die Geschworenen nicht anzusehen, aber er wußte, als sie sich seitwärts, Richtung Anklagebank, wandten, daß sie bereits an einen Schuldspruch dachten.

Was konnte er Monk fragen? Was konnte er sagen, um dem Gehörten die Wirkung zu nehmen? Es wollte ihm einfach nichts einfallen.

»Mr. Rathbone?« Richter Hardie sah ihn mit geschürzten Lippen an.

»Danke, Euer Ehren, ich habe keine Fragen an den Zeugen.«

»Der Beweisvortrag der Anklagevertretung ist damit abgeschlossen, Euer Ehren«, sagte Lovat-Smith mit dem Anflug eines selbstgefälligen Lächelns.

»In diesem Falle vertagt sich das Gericht auf morgen. Die Verteidigung mag dann mit ihrem Beweisvortrag beginnen.«

Callandra war nach ihrer Aussage nicht im Saal geblieben. Ein Teil von ihr hätte durchaus gewollt. Unvernünftig oder nicht, sie hoffte verzweifelt auf Sir Herberts Schuld und daß man sie ihm über jeden Zweifel hinaus nachweisen würde. Die entsetzliche Angst, Kristian könnte der Mörder sein, quälte sie wie ein physischer Schmerz. Tagsüber suchte sie sich jede erdenkliche Pflicht, um ihre Stunden zu füllen. Sie nahm ihrem Verstand jede Gelegenheit, auf ihre Ängste zurückzukommen und auf der sinnlosen Suche nach der gewünschten Lösung immer und immer wieder dieselben Argumente durchzugehen.

Abends dann fiel sie, erschöpft, wie sie glaubte, ins Bett, nur um nach einer Stunde voller Angst wieder aufzuwachen. In den endlosen Morgenstunden warf sie sich von einer Seite auf die andere und sehnte sich nach Schlaf; sie hatte Angst zu träumen und noch mehr Angst wach zu sein.

Sie hätte Kristian zu gern gesehen, aber sie wußte nicht, was sie ihm hätte sagen sollen. Sooft sie mit ihm im Krankenhaus zusammengewesen war und die Krisen – und den Tod – anderer mit ihm geteilt hatte, jetzt wurde ihr schmerzlich bewußt, wie wenig sie über ihn wußte. Selbstverständlich war ihr bekannt, daß er verheiratet und seine Frau eine kühle, distanzierte Person war, mit der sich nur selten Lachen und Zärtlichkeit teilen ließ, von seiner Arbeit, in die soviel Leidenschaft floß, ganz zu schweigen; nicht zu vergessen etwas so Kostbares wie Humor und Verständnis, kleine persönliche Vorlieben und Abneigungen wie seine Liebe zu Blumen, Gesang und dem Spiel des Lichts auf taufrischem Gras.

Aber wieviel mochte ihr unbekannt sein? Zuweilen, während der langen Stunden, in denen sie beisammengesessen und sich weit länger unterhalten hatten als nötig, hatte er ihr von seiner Jugend erzählt, von seinen Anstrengungen im heimatlichen Böhmen, seiner Freude, wenn seine Studien ihm die wunderbare Funktionsweise der menschlichen Physiologie enthüllten. Er hatte von den Leuten erzählt, die er gekannt und mit denen er so viele Erfahrungen geteilt hatte. Sie hatten zusammen gelacht und waren im Gedanken an ihre Verluste in eine süße Melancholie versunken; die Gewißheit, daß der andere verstand, hatte sie erträglich gemacht.

Mit der Zeit hatte sie ihm von ihrem Gatten erzählt, von seinem glühenden Lebenseifer, seinem Temperament, seinen unvernünftigen An- und plötzlichen Einsichten, seinem lauten Witz und seiner ungestümen Lebensfreude.

Aber was war mit Kristians Gegenwart? Alles, was er mit ihr geteilt hatte, war bereits fünfzehn, zwanzig Jahre her, als wären die Jahre zwischen damals und heute verloren oder tabu. Wann war ihm der Idealismus seiner Jugend abhanden gekommen? Wann hatte er zum erstenmal das Beste in sich verraten und alles andere befleckt, indem er eine Abtreibung vorgenommen hatte? Brauchte er das zusätzliche Geld wirklich so dringend?

Nein! Das war nicht fair. Es war immer wieder dasselbe: Schon quälte sie sich wieder, indem sie einmal mehr den schrecklichen Gedanken aufnahm, der sie zu Prudence Barrymore und einem Mord führen würde. Der Mann, den sie kannte, konnte das nicht getan haben! Es konnte doch unmöglich alles, was sie über ihn wußte, Einbildung sein! Womöglich hatte sie falsche Schlüsse gezogen aus dem, was sie an jenem Tag gesehen hatte? Vielleicht war es bei Marianne Gillespie zu Komplikationen gekommen? Immerhin war das Kind in ihr die Frucht einer Vergewaltigung! Vielleicht hatte sie eine innere Verletzung davongetragen, die Kristian behoben hatte – ohne das Kind zu töten!

Natürlich! Das war sehr gut möglich! Sie mußte es herausfinden und ihren Ängsten ein für allemal ein Ende machen.

Aber wie? Wenn sie ihn einfach fragte, würde sie zugeben müssen, daß sie ihn ertappt hatte – und er würde wissen, sie hatte ihn verdächtigt, ja gleich das Schlimmste vermutet.

Und warum sollte er ihr die Wahrheit sagen? Sie konnte ihn wohl kaum um einen Beweis bitten! Allein die Frage würde ihre Verbundenheit für immer zerstören – und diese war ihr, so zart und zur Hoffnungslosigkeit verurteilt sie auch sein mochte, das teuerste auf der Welt.

Aber ihre Angst und die häßlichen Zweifel ruinierten sie so oder so. Es war ihr unmöglich, seinem Blick zu begegnen oder sich so natürlich mit ihm zu unterhalten wie früher. Die alte Ungezwungenheit, das Vertrauen und das Lachen waren dahin.

Sie mußte ihn sehen. Was immer sie herausfinden mochte, sie mußte Klarheit haben.

Gelegenheit dazu ergab sich an dem Tag, an dem Lovat-Smith die Beweisaufnahme der Staatsanwaltschaft abschloß. Sie hatte sich gerade für einen mittellosen Mann eingesetzt, den man eben eingeliefert hatte, und den Verwaltungsrat davon überzeugt, daß er bedürftig sei und die Behandlung verdiene. Kristian Beck war der ideale Arzt für ihn. Der Fall war zu kompliziert für die Studenten, und die anderen Ärzte waren vollauf beschäftigt; und Sir Herbert stand nicht zur Verfügung, jedenfalls nicht auf absehbare Zeit – wenn nicht auf immer.

Von Mrs. Flaherty wußte sie, daß Kristian in seinen Räumen war. Sie ging hin und klopfte an seine Tür, ihr Herz schlug so wild, daß sie am ganzen Körper zu zittern glaubte. Ihr Mund war trocken. Sie wußte, sie würde ins Stottern geraten, wenn sie den Mund aufmachte.

Sie hörte seine Stimme, die sie zum Eintreten aufforderte, und mit einemmal war ihr danach wegzulaufen, aber ihre Beine wollten sich nicht bewegen.

Er wiederholte seine Aufforderung.

Diesmal schob sie die Tür auf und trat ein.

Sein Gesicht leuchtete auf vor Freude, kaum daß er sie sah; er stand auf. »Callandra! Treten Sie ein, treten Sie ein! Ich habe Sie seit Tagen nicht zu Gesicht bekommen.« Seine Augen wurden schmal, als er sie näher ansah. Sein Blick hatte jedoch nichts Kritisches, nur eine Sanftheit, die ihre Sinne unter dem Ansturm ihrer Gefühle ins Taumeln gerieten ließ. »Sie sehen müde aus, meine Liebe. Geht es Ihnen nicht gut?«

Sie wollte ihm schon die Wahrheit sagen, wie immer, vor allem ihm, aber er bot ihr das perfekte Schlupfloch.

»Vielleicht nicht so gut, wie ich es gern hätte. Aber es ist nichts Ernstes.« Ihre Worte kamen wie ein Sturzbach, ihre Zunge verhedderte sich. »Jedenfalls brauche ich keinen Arzt. Das vergeht schon wieder.«

»Sind Sie sicher?« Er sah sie besorgt an. »Wenn Sie lieber einen anderen Arzt konsultieren, fragen Sie Allington. Er ist ein guter Mann, und er ist heute im Haus.«

»Wenn es nicht vergeht«, log sie. »Aber ich bin wegen eines Mannes hier, der heute eingeliefert wurde und mit Sicherheit Ihrer Hilfe bedarf.« Sie schilderte ihm das Problem und hörte dabei ihre eigene Stimme wie die einer Fremden.

Nach einigen Augenblicken hielt er eine Hand hoch. »Ich verstehe, ich werde ihn mir ansehen. Sie brauchen mich nicht zu überreden.« Wieder musterte er sie eingehend. »Macht Ihnen etwas Sorgen, meine Liebe? Sie sind ja ganz aufgelöst. Haben wir nicht genügend Vertrauen zueinander, daß Sie mir nicht gestatten wollen, Ihnen zu helfen?«

Es war eine offene Aufforderung, und sie wußte, wenn sie sich jetzt weigerte, würde sie nicht nur die Tür schließen, die beim nächsten Mal noch schwieriger zu öffnen wäre, sie würde ihn auch verletzen. Seine Gefühle waren ihm an den Augen abzulesen – ihr hätte das Herz hüpfen sollen vor Freude.

Jetzt erstickten ihr die zurückgehaltenen Tränen die Stimme. Die Einsamkeit ungezählter Jahre, schon lange vor dem Tod ihres Gatten: all die Male, in denen er zu forsch gewesen war, nur sich selbst gesehen hatte – nicht unfreundlich, aber einfach nicht in der Lage, den Unterschied zwischen ihnen zu überbrücken.

»Es ist nur diese unselige Geschichte um die Schwester«, sagte sie und blickte zu Boden. »Und der Prozeß. Ich weiß nicht, was ich denken soll, und ich nehme mir diese ganze Geschichte mehr zu Herzen, als ich sollte... Tut mir leid. Bitte vergeben Sie mir, daß ich auch noch allen anderen damit zur Last falle, wo wir doch alle schon genug an unserem eigenen Kreuz zu tragen haben.«

»Ist das alles?« fragte er neugierig und hob seine Stimme leicht an.

»Ich hatte sie gern«, antwortete sie und sah zu ihm auf, weil wenigstens das die Wahrheit war. »Und sie erinnert mich an eine junge Frau, an der mir sogar noch mehr gelegen ist. Ich bin nur einfach müde. Morgen wird es mir schon wieder besser gehen.« Sie zwang sich zu einem Lächeln, auch wenn sie das Gefühl hatte, daß es grauenhaft aussehen mußte.

Er erwiderte das Lächeln mit einem traurigen, sanften Blick, und sie hätte nicht sagen können, ob er ihr auch nur ein Wort glaubte. Eines war gewiß, sie konnte ihn unmöglich nach Marianne Gillespie fragen. Sie hätte die Antwort einfach nicht ertragen!

Sie erhob sich und ging rückwärts zur Tür. »Ich danke Ihnen, daß Sie Mr. Burke übernehmen. Ich war mir sicher, daß ich mich auf Sie verlassen kann.« Damit griff sie nach dem Türgriff, schenkte ihm noch ein letztes mattes Lächeln und floh.

Sir Herbert drehte sich im selben Augenblick um, in dem Rathbone zur Zellentür hereinkam. Im Gerichtssaal hatte Sir Herbert, von wenigen Augenblicken abgesehen, den Eindruck erweckt, als habe er sich leidlich unter Kontrolle, jetzt jedoch, aus der Nähe, im harten Tageslicht des einzigen Fensters unter der Decke, sah er abgehärmt aus. Sein Gesicht schien teigig, außer um die Augen, um die er dunkle Ränder hatte, als hätte er bestenfalls unruhig geschlafen.

Er war Entscheidungen über Leben und Tod gewohnt und mit der körperlichen Gebrechlichkeit des Menschen nicht weniger vertraut als mit übermäßigen Schmerzen oder dem Tod. Aber er war es auch gewohnt, das Kommando zu haben; er war derjenige, der handelte, der die Entscheidungen fällte, von denen das Schicksal des anderen abhing. Diesmal war er hilflos. Es war Rathbone, der das Heft in der Hand hatte, nicht er, und es machte ihm angst. Sie sprach aus seinen Augen, aus der Art, wie er den Kopf bewegte, ja selbst aus dem Geruch in dem kleinen Raum.

Rathbone war es gewohnt, Leuten Mut zu machen, ohne

ihnen tatsächlich etwas zu versprechen. Es gehörte zu seinem Beruf. Bei Sir Herbert war das schwieriger als gewöhnlich. Er kannte die üblichen Phrasen. Und er hatte allen Grund, Angst zu haben.

»Es läuft nicht sehr gut, stimmt's?« fragte Sir Herbert ohne Umschweife, sein Blick fest auf Rathbones Gesicht. Angst und Hoffnung spiegelten sich darin.

»Es ist noch etwas zu früh, das zu sagen«, beschwichtigte Rathbone ihn, wollte ihn jedoch nicht belügen. »Aber es stimmt, es ist uns bisher nicht gelungen, der Anklage einen ernsthaften Schlag zu versetzen.«

»Er kann aber doch nicht beweisen, daß ich sie ermordet habe.« Ein Hauch von Panik klang in Sir Herberts Stimme an. Sie hörten ihn beide. Sir Herbert errötete. »Ich war es nicht. Die Behauptung, ich hätte eine romantische Beziehung zu ihr gehabt, ist einfach absurd! Wenn Sie die Frau gekannt hätten, wäre Ihnen dies nie und nimmer in den Sinn gekommen! Sie war einfach... sie war einfach nicht so – noch nicht einmal annähernd! Ich weiß nicht, wie ich es noch deutlicher sagen sollte.«

»Können Sie sich eine andere Erklärung für ihre Briefe denken?« fragte Rathbone ohne große Hoffnung.

»Nein! Kann ich nicht. Das ist ja das Beängstigende! Das Ganze ist ein Alptraum.« Die Angst ließ seine Stimme lauter und schärfer werden. Rathbone brauchte ihm nur ins Gesicht, in die Augen zu sehen, um ihm zu glauben. Er hatte Jahre damit zugebracht, sein Urteilsvermögen zu verfeinern und immer wieder seine berufliche Reputation darauf gesetzt. Sir Herbert Stanhope sagte die Wahrheit. Er hatte nicht die geringste Vorstellung, wovon Prudence Barrymore gesprochen hatte, und es war eben diese Verwirrtheit, die Tatsache, nichts zu wissen, die ihm am meisten angst machte – jegliche Realität war ihm abhanden gekommen: Ereignisse, die er weder verstand noch kontrollieren konnte, hatten ihn mit fortgerissen und drohten ihn zu vernichten.

»Könnte es sich um einen bösartigen Streich handeln?« fragte Rathbone verzweifelt. »Leute schreiben die merkwürdigsten Dinge in ihr Tagebuch. Könnte sie Ihren Namen benutzt haben, um jemand anderen zu decken?«

Sir Herbert sah ihn bestürzt an, dann hellte ein Hoffnungsschimmer sein Gesicht auf. »Das ist vorstellbar, ja! Aber ich habe keine Ahnung, wen! Ich wünschte bei Gott, ich wüßte es! Aber warum sollte sie so etwas tun? Sie schrieb ihrer Schwester. Sie kann doch nicht damit gerechnet haben, daß ihre Briefe jemals an dic Öffentlichkeit gelangen würden.«

»Vielleicht der Mann ihrer Schwester?« schlug Rathbone vor und wußte noch im selben Augenblick, wie dumm das war.

»Eine Affäre mit ihrem Schwager?« Sir Herbert war schokkiert und skeptisch zugleich.

»Ach was«, entgegnete Rathbone ungeduldig. »Es bestand die Möglichkeit, daß ihr Schwager die Briefe las! Es soll ja schon vorgekommen sein, daß ein Mann die Briefe seiner Frau liest!«

»Oh!« Sir Herberts Gesicht klärte sich auf. »Ja, natürlich. Das wäre doch völlig normal. Ich habe das selbst schon hin und wieder getan. Ja – das ist eine Erklärung! Sie müßten herausfinden, wer der Mann ist, den sie meint! Was ist mit diesem Monk? Kann er ihn nicht finden?« Dann schwand die Ungezwungenheit des Augenblicks auch schon wieder dahin. »Aber uns bleibt so wenig Zeit! Können Sie keine Vertagung erwirken, einen Aufschub oder wie immer Sie das nennen?«

Rathbone antwortete nicht. »Es gibt mir viel mehr Munition für meine Befragung von Mrs. Barber«, sagte er statt dessen. Dann fiel ihm mit einem eiskalten Schauder ein, daß es Faith Barber gewesen war, die Monk die Briefe gegeben hatte, in der Überzeugung, Sir Herbert daraufhin hängen zu sehen. Was immer Prudence gemeint hatte, ihre Schwester war sich eines Geheimnisses in diesen Briefen nicht bewußt. Er bemühte sich, seine Enttäuschung zu verbergen, wußte jedoch, daß es ihm nicht gelang.

»Das ist doch eine Erklärung!« sagte Sir Herbert verzweifelt und mit geballten Fäusten, die ausgeprägten Kiefer fest aufeinandergepreßt. »Gott verdammt noch mal – ich hatte nicht das geringste persönliche Interesse an dieser Frau! Nie habe ich auch nur ein Wort gesagt, das...« Mit einemmal überfiel ihn blankes Entsetzen. »Großer Gott!« Mit tödlichem Schrecken in den Augen sah er Rathbone an.

Rathbone, der fast wieder zu hoffen wagte, wartete ab.

Sir Herbert schluckte. Er versuchte zu sprechen, aber seine Lippen waren zu trocken. Er versuchte es erneut. »Ich habe ihre Arbeit gelobt! Ich habe sie über den grünen Klee gelobt. Glauben Sie, sie könnte das als Bewunderung für ihre Person mißverstanden haben? Daß ich sie so oft gelobt habe!« Die Angst trieb ihm einen dünnen Schweißfilm auf Oberlippe und Stirn. »Sie war die beste Schwester, die ich je gehabt habe. Sie war intelligent, lernte schnell, führte Anordnungen präzise aus und war dennoch nicht ohne Initiative. Sie war immer makellos sauber. Sie beklagte sich nie über Überstunden, und sie kämpfte wie eine Tigerin um jedes Leben.« Sein Blick ruhte fest in Rathbones. »Aber ich schwöre Ihnen, bei Gott, mein Lob war nie persönlich gemeint – nur so, wie ich es sagte! Nicht mehr und nicht weniger!« Er legte den Kopf in die Hände. »Gott bewahre mich davor, mit jungen Frauen zu arbeiten – jungen Frauen aus gutem Hause, die Verehrer erwarten und geheiratet werden wollen!«

Rathbone hatte schreckliche Angst, sein Wunsch könnte sich erfüllen und er würde mit überhaupt niemandem mehr arbeiten – auch wenn er bezweifelte, daß Gott etwas damit zu tun hatte.

»Ich tue, was ich kann«, sagte er mit einer Stimme, die weit fester und zuversichtlicher klang, als er sich fühlte. »Verlieren Sie nicht den Mut. Wir haben weit mehr als einen berechtigten Zweifel, und Ihre Haltung ist unser größtes Plus. Geoffrey Taunton ist noch lange nicht aus dem Schneider, auch Miss Cuthbertson nicht. Und dann gibt es noch andere Möglichkeiten – Kristian Beck zum Beispiel.«

»Ja.« Sir Herbert stand langsam auf und zwang sich wieder Haltung anzunehmen. Die Jahre unbarmherziger Selbstdisziplin bezwangen seine Panik schließlich. »Aber ein Freispruch aufgrund berechtigter Zweifel! Um Himmels willen – meine Karriere wäre ruiniert!«

»Es muß ja nicht für immer sein«, sagte Rathbone absolut aufrichtig. »Wenn man Sie freispricht, bleibt der Fall offen. Womöglich dauert es gar nicht lange, einige Wochen vielleicht, bis man den wirklichen Mörder findet.«

Aber sie wußten beide, daß selbst »berechtigte Zweifel« erst erkämpft werden mußten, um Sir Herbert vor dem Galgen zu retten – und sie hatten nur noch wenige Tage Zeit.

Rathbone hielt ihm eine Hand entgegen. Eine Geste des Vertrauens. Sir Herbert schüttelte sie und hielt sie etwas länger als nötig, als wäre sie eine Rettungsleine. Er zwang sich zu einem Lächeln, das mehr Mut zeigte als Zuversicht.

Als Rathbone ging, war sein Entschluß zu kämpfen größer denn je.

Nach seiner Aussage verließ Monk das Gerichtsgebäude; sein Magen war in Aufruhr, sein Körper vor Zorn ganz verspannt. Daß er nicht wußte, gegen wen er ihn richten sollte, machte den Schmerz noch schlimmer. Sollte Prudence tatsächlich so blind gewesen sein? Es widerstrebte ihm, sie mit einem solchen Mangel zu sehen. Es paßte so gar nicht zu der Frau, um die er in der überfüllten Kirche in Hanwell getrauert hatte. Sie war tapfer gewesen und edel, und allein von ihr gehört zu haben, hatte eine kathartische Wirkung auf ihn gehabt. Er hatte ihre Träume verstanden, ihren grimmigen Kampf und den Preis, den sie dafür bezahlt hatte. Irgend etwas in ihm hatte sich mit ihr verbunden gefühlt.

Er überquerte die Newgate Street, ohne auf scheuende Pferde und fluchende Kutscher zu achten. Ein leichtes Gig konnte ihm eben noch ausweichen. Dann überrollte ihn beinahe ein schwarzer Landauer; der Lakai auf dem Trittbrett bedachte Monk mit einem Schwall von Unflätigkeiten.

Ohne einen bewußten Entschluß schlug Monk die Richtung zum Krankenhaus ein und rief, nachdem er zwanzig Minuten lang forsch ausgeschritten war, einen Hansom, in dem er den Rest des Weges zurücklegte. Er wußte nicht, ob Hester Dienst hatte oder im Schwesternsaal war, um etwas dringend benötigten Schlaf nachzuholen. Und wenn er ehrlich sein wollte, es war ihm egal. Sie war die einzige, der er seine Verwirrung, seine übermächtigen Gefühle anvertrauen konnte.

Wie der Zufall es so wollte, war sie eben eingeschlafen. Sie hatte eine lange Schicht hinter sich, die noch vor sieben begonnen hatte. Da er wußte, wo der Schlafsaal war, schritt er mit solcher Autorität darauf zu, daß niemand ihn aufzuhalten wagte, bis er vor die Tür kam. Vor dieser, genau in der Mitte, stand eine große Schwester mit rotem Haar und Armen wie ein Kanalarbeiter und starrte ihn grimmig an.

»Ich muß in einer dringenden Angelegenheit Miss Latterly sprechen«, sagte er, ihren funkelnden Blick erwidernd. »Ein Leben könnte davon abhängen.« Was natürlich eine Lüge war, die ihm jedoch, ohne daß er mit einer Wimper gezuckt hätte, über die Lippen kam.

»Ach ja? Wem sein's denn? Ihr's?«

Er fragte sich, was sie wohl von Sir Herbert Stanhope gehalten hatte. »Geht Sie nichts an«, sagte er beißend. »Ich komme eben aus dem Old Bailey, und ich habe hier etwas Geschäftliches zu erledigen. Und jetzt gehen Sie mir aus dem Weg oder holen Sie Miss Latterly.«

»Von mir aus kommen Sie auf'm Besenstil aus der Hölle, Sir, hier jedenfalls kommen Sie nicht rein.« Sie verschränkte die mächtigen Arme vor der Brust. »Ich werd' ihr sagen, daß Sie da sin', wenn Sie mir sagen, wer Sie sin'. Dann kann sie ja rauskommen, sollt' ihr danach sein.«

»Monk!«

»Sie und ein Mönch!« sagte sie und musterte ihn von Kopf bis Fuß.

»Das ist mein Name, nicht mein Beruf, Sie Dummkopf! Und jetzt sagen Sie Hester, daß ich hier bin!«

Sie schnaubte laut, gehorchte jedoch, und kaum drei Minuten später kam Hester heraus, die sich rasch etwas übergezogen hatte; sie sah müde aus und trug das Haar in einem langen braunen Zopf auf der Schulter. Er hatte ihr Haar noch nie so gesehen und war richtiggehend bestürzt: Sie sah ganz anders aus, jünger und verletzlicher. Er hatte ein schlechtes Gewissen, sie wegen eines im Grunde selbstsüchtigen Anliegens aus dem Bett geholt zu haben. Aller Wahrscheinlichkeit nach hatte es nicht den geringsten Einfluß auf Sir Herberts Schicksal, ob er nun mit ihr sprach oder nicht.

»Was ist passiert?« fragte sie sofort, noch viel zu schläfrig und erschöpft, um auf all die Möglichkeiten zu kommen, die ihr hätten angst machen können.

»Nichts Besonderes«, sagte er und nahm sie beim Arm, um sie von der Tür des Schlafsaals wegzuziehen. »Ich weiß noch nicht einmal, ob es gut oder schlecht läuft. Ich hätte nicht kommen sollen, aber es gab sonst keinen, mit dem ich darüber sprechen wollte. Lovat-Smith hat die Beweisaufnahme abgeschlossen, und ich möchte wirklich nicht an Stanhopes Stelle sein. Aber andererseits ist auch Geoffrey Taunton schlecht weggekommen. Er hat ein aufbrausendes Temperament und wäre nicht zum erstenmal gewalttätig geworden. Und er war zum fraglichen Zeitpunkt hier. Aber es sitzt nun mal Stanhope auf der Anklagebank, und bisher ist nichts überzeugend genug, um sie die Plätze tauschen zu lassen.«

Sie standen vor einem der wenigen Fenster im Korridor, und die Spätnachmittagssonne hüllte sie in einen dunstigen Schleier.

»Hat Oliver denn irgendwelche Beweise vorzubringen, wissen Sie das?« Sie war zu müde, um, was Rathbone anbelangte, auf Förmlichkeiten zu achten.

»Nicht daß ich wüßte. Ich fürchte, mit dem war ich etwas grob. Seine Verteidigung zielt darauf ab, Prudence als Idiotin hinzustellen.« Noch immer spürte er die geballte Kraft von Schmerz und Zorn.

»Wenn sie tatsächlich der Ansicht gewesen ist, Sir Herbert Stanhope würde sie heiraten, dann war sie das auch«, sagte Hester, aber mit einer solchen Traurigkeit in der Stimme, daß er ihr unmöglich böse sein konnte.

»Außerdem ließ er durchblicken, sie hätte ihre medizinischen Fähigkeiten überschätzt«, fuhr er fort. »Und daß ihre Geschichten über ihre Operationen im Krieg nichts als Märchen gewesen seien.«

Sie wandte sich ihm zu und starrte ihn an; ihre Verwirrung

verwandelte sich in Zorn. »Das ist nicht wahr! Sie kannte sich mit Amputationen sehr gut aus, besser als die meisten der Sanitätsoffiziere dort. Ich werde aussagen! Ich werde das beeiden, und mich werden die nicht erschüttern, weil ich es nämlich selbst gesehen habe!«

»Können Sie aber nicht«, sagte er, das schale Gefühl der Niederlage im Ton.

»Und ob ich das kann!« entgegnete sie wütend. »Und lassen Sie endlich meinen Arm los! Ich stehe ganz gut alleine! Ich bin nur müde, nicht krank!«

Er ließ sie aus purer Halsstarrigkeit nicht los. »Sie können nicht aussagen, weil Lovat-Smith die Beweisaufnahme abgeschlossen hat«, sagte er mit verhaltenem Zorn. »Und Rathbone wird Sie sicher nicht aufrufen! Daß sie eine akkurate und realistische Person war, will der nicht hören. Es würde Sir Herbert an den Galgen bringen!«

»Vielleicht sollte man ihn ja hängen!« sagte sie scharf, bedauerte es jedoch sofort. »War nicht so gemeint. Ich meine, vielleicht hat er sie ja umgebracht. Zuerst habe ich es gedacht, dann wieder nicht, und jetzt weiß ich nicht mehr.«

»Rathbone scheint noch immer davon überzeugt, daß er es nicht gewesen ist; und ich muß zugeben, sehe ich mir das Gesicht des Mannes an, wenn er so auf der Anklagebank sitzt, kann ich es mir selbst schwerlich vorstellen. Es scheint einfach keinen Grund zu geben – nicht wenn Sie Ihren Verstand benutzen. Und er wird ein ausgezeichneter Zeuge sein. Jedesmal, wenn von Prudence' Schwärmerei für ihn die Rede ist, macht er ein Gesicht, als könne er es einfach nicht glauben.«

Sie starrte ihn an und begegnete seinem Blick mit offener Neugier. »Sie glauben ihm, nicht wahr?« schloß sie daraus.

»Ja – so sehr es mich ärgert, es einzugestehen.«

»Dann müssen wir allerdings noch konkretere Hinweise auf den wirklichen Mörder beibringen. Sonst wird man ihn hängen«, warf sie ein, aber in ihrer Stimme klangen jetzt Mitgefühl und Entschlossenheit an.

Er erinnerte sich, und die Erinnerung an ihr leidenschaftliches Engagement für ihn führte zu einem wohligen Schauder.

»Ich weiß«, sagte er grimmig. »Und das rasch. Aber was Geoffrey Taunton anbelangt, will mir einfach nichts mehr einfallen. Ich werde Dr. Beck noch mal auf den Zahn fühlen. Haben Sie über ihn etwas in Erfahrung gebracht?«

»Nein«, sie wandte sich ab, ihr Gesicht traurig und verletzlich. Das Licht fing sich auf ihren Backenknochen und betonte die Müdigkeit um ihre Augen. Er wußte nicht, was sie so schmerzte; sie hatte sich ihm nicht anvertraut. Er war nur überrascht, wie weh es tat, daß sie ihn ausgeschlossen hatte. Er war wütend über das Gefühl, ihr die Doppelbelastung von Detektivarbeit und Krankenpflege ersparen zu wollen, aber am wütendsten machte ihn, daß ihn das so aufbrachte. Das sollte es nicht. Es war absurd – und schwach!

»Tja, was treiben Sie dann hier?« fragte er grob. »Während der ganzen Zeit müssen Sie doch mehr getan haben, als Fäkalieneimer auszuleeren und Bandagen zu rollen? Um Himmels willen, denken Sie nach!«

»Wenn Sie wieder mal keinen Fall haben, dann probieren Sie's doch mal mit der Krankenpflege«, gab sie zurück. »Sehen Sie mal, ob Sie das hinkriegen – und ob Sie dann noch Zeit zum Detektivspielen haben! Sie sind doch keinem Menschen von Nutzen außer als Detektiv – und was haben Sie herausgefunden?«

»Daß Geoffrey Taunton zur Gewalttätigkeit neigt, daß Nanette Cuthbertson hier im Krankenhaus war, daß sie allen Grund hatte, Prudence zu hassen und daß sie Kraft genug hat, um ein Pferd zu halten, dem so mancher Mann nicht Herr werden würde!« sagte er prompt.

»Das wissen wir doch schon eine Ewigkeit.« Sie wandte sich ab. »Es ist nützlich – aber es ist nicht genug.«

»Genau deswegen bin ich hier, Sie Dummkopf! Wenn es genug wäre, hätte ich nicht zu kommen brauchen!«

»Ich dachte, Sie wären hier, um zu jammern ...«

»Ich jammere? Hören Sie mir denn überhaupt zu?« Er wußte, er war ungerecht, fuhr aber trotzdem fort: »Was ist mit den anderen Schwestern? Einige von ihnen müssen sie doch gehaßt haben. Sie war arrogant, despotisch und eigensinnig.

Einige von ihnen sehen mir kräftig genug aus, um einen Wagen zu ziehen.«

»So arrogant, wie Sie denken, war sie nun auch wieder …«, begann sie.

Er lachte scharf. »Nach Ihren Maßstäben vielleicht nicht – ich dachte an die der Schwestern!«

»Was wissen Sie schon von deren Maßstäben«, sagte sie voller Verachtung. »Sie ermorden doch keinen, nur weil er Ihnen hin und wieder auf die Nerven geht.«

»Es sind schon viele ermordet worden, weil sie Nervensägen oder Tyrannen waren, die andere beleidigt und gedemütigt haben«, widersprach er ihr. »Dazu braucht es nur einen einzigen Augenblick, in dem einem der Geduldsfaden reißt, weil man es einfach nicht mehr ertragen kann.« Wie ein Stich überkam ihn die Sorge um sie, fast wie eine Vorahnung. »Und genau deshalb sollten Sie hier sehr vorsichtig sein, Hester.«

Überrascht sah sie ihn an; dann begann sie zu lachen. Zuerst war es nur ein Kichern, das jedoch zu einem gewaltigen Heiterkeitsausbruch anschwoll.

Einen Augenblick lang flammte der Zorn in ihm auf, dann wurde ihm klar, wieviel ihm daran lag, nicht mit ihr zu streiten. Er weigerte sich jedoch, in ihr Gelächter mit einzustimmen. Er wartete mit einem Ausdruck resignierter Geduld.

Schließlich rieb sie sich, herzlich unelegant, die Augen mit dem Handballen und hörte zu lachen auf. Sie zog die Nase hoch. »Ich werde vorsichtig sein«, versprach sie. »Vielen Dank für Ihre Sorge.«

Er holte schon Luft, um sie anzublaffen, überlegte es sich dann jedoch anders. »Wir haben Kristian Beck noch nicht unter die Lupe genommen. Ich weiß nicht, was Prudence der Krankenhausleitung sagen wollte, als er sie bat, das zu unterlassen.« Ein neuer Gedanke kam ihm, der ihm schon längst hätte kommen können. »Ich frage mich, wen sie damit wohl gemeint hat? Den Verwaltungsrat – oder Sir Herbert.«

Hester sagte nichts. Die Müdigkeit kehrte auf ihr Gesicht zurück.

»Gehen Sie wieder schlafen«, sagte er sanft und legte ihr

instinktiv eine Hand auf die Schulter. »Ich werde mal mit Rathbone sprechen. Wir haben noch einige Tage Zeit. Vielleicht finden wir ja noch etwas heraus.«

Sie lächelte, aber in diesem Lächeln war eine Wärme, ein Verständnis und eine Anteilnahme, die keiner Worte bedurfte. Sie streckte die Hand aus und berührte einen Augenblick sein Gesicht mit den Fingerspitzen, dann drehte sie sich um und ging in den Schlafsaal zurück.

Er hatte keine große Hoffnung, daß Sir Herbert viel über Kristian Beck wüßte; andernfalls hätte er sich längst über ihn geäußert. Allerdings war es durchaus vorstellbar, daß er ihm sagen könnte, wem ein Vorfall zu melden war – dem Vorsitzenden des Verwaltungsrats vielleicht? Insgesamt sah der Fall ganz und gar nicht gut aus. Er hing ganz und gar von Rathbones Geschicklichkeit und den Launen der Geschworenen ab. Hester war keine große Hilfe gewesen. Und dennoch verspürte er ein merkwürdiges Glück, als wäre er nie weniger alleine gewesen als jetzt.

Tags darauf, bei der ersten Gelegenheit, tauschte Hester ihren Dienst mit einer der Schwestern und besuchte Edith Sobel und Major Tiplady. Sie begrüßten sie mit großer Freude und einiger Aufregung.

»Wir wollten Ihnen schon eine Nachricht zukommen lassen«, sagte der Major ernst, während er sie zu einem chintzbezogenen Sessel führte, als wäre sie alt und behindert. »Wir haben etwas für Sie.«

»Ich fürchte freilich, es wird Ihnen nicht gefallen«, fügte Edith hinzu, die sich mit ernster Miene ihr gegenübersetzte. »Tut mir wirklich leid.«

Hester war verwirrt. »Sie haben nichts herausgefunden?« Das war wohl kaum genug Grund für eine Nachricht.

»Wir haben etwas herausgefunden.« Jetzt machte auch der Major einen verwirrten Eindruck, aber sein fragender Blick richtete sich auf Edith. Nur am Rande bemerkte Hester die tiefe Zuneigung darin.

»Ich weiß, daß sie uns darum gebeten hat«, sagte Edith

geduldig. »Aber Dr. Beck ist ihr nun mal sympathisch.« Sie wandte sich wieder an Hester. »Sie werden es nicht gern hören, aber man hat ihm vorgeworfen, zwei junge Damen falsch behandelt zu haben, die daraufhin gestorben sind. In beiden Fällen waren sich die Eltern völlig sicher, mit ihnen sei alles in Ordnung gewesen. Dr. Beck hätte völlig unnötige Operationen vorgenommen, und das so stümperhaft, daß sie verblutet sind. Beide Väter haben ihn verklagt, aber verloren. Man hatte nicht genügend Beweise.«

Hester wurde schlecht. »Wo? Wo ist das passiert? Doch sicher nicht, seit er hier im Königlichen Spital ist?«

»Nein«, pflichtete Edith ihr bei, ihr neugieriges Gesicht mit der Adlernase und dem sanften, schiefen Mund voller Traurigkeit. »Das erste Mal war es im Norden, in Alnwick, gleich an der schottischen Grenze, das zweite Mal in Somerset. Ich wollte, ich könnte Ihnen etwas Besseres sagen.«

»Sind Sie sicher, daß er es war?« Es war eine törichte Frage, aber sie mußte nach jedem Strohhalm greifen. Sie dachte nur an Callandra.

»Könnte es zwei Chirurgen aus Böhmen namens Kristian Beck geben?« sagte Edith ruhig.

Der Major sah Hester besorgt an. Er wußte nicht, warum sie das so schmerzte, aber zu seinem Leidwesen mußte er feststellen, daß dem so war.

»Wie haben Sie das herausgefunden?« fragte Hester. Die Frage änderte zwar nichts an der Realität, aber allein sie zu stellen, schob ihre Endgültigkeit hinaus.

»Ich habe mich mit der Bibliothekarin einer Zeitung angefreundet«, antwortete Edith. »Sie kümmert sich um das Archiv. Sie hat mir sehr geholfen, die Einzelheiten diverser Begebenheiten aus den Memoiren des Majors nachzuprüfen, also habe ich sie auch in diesem Fall um Hilfe gebeten.«

»Ich verstehe.« Sie wußte nicht, was sie sonst noch hätte fragen sollen. Das war es also, was Prudence der Krankenhausleitung hatte mitteilen wollen. Nur daß Beck sie zuvor umgebracht hatte.

Dann kam ihr noch ein weit häßlicherer Gedanke. War es

möglich, daß Callandra das bereits wußte? Sah sie deshalb in letzter Zeit so abgehärmt aus? Sie war doch fast verrückt vor Angst – und dem schlechten Gewissen darüber, es zu verschweigen!

Edith und der Major sahen sie beide an; beider Mienen drückten deutlich ihre Besorgnis aus. Offensichtlich sah man ihr ihre Gedanken an. Aber Hester konnte ihnen nichts sagen, ohne Callandra zu verraten.

»Wie kommen Sie denn mit den Memoiren voran?« fragte sie und rang sich ein Lächeln ab; zu jeder anderen Zeit wäre ihr interessierter Blick aufrichtig gewesen.

»Oh, wir sind so gut wie fertig«, antwortete Edith, deren Gesicht sofort wieder zu leuchten begann. »Mit den Indien-Erlebnissen sind wir durch, und Sie werden nicht glauben, was in Afrika alles passiert ist! Es war wirklich die aufregendste Erfahrung meines Lebens. Sie müssen sie unbedingt lesen, wenn wir fertig sind...« Als ihr langsam dämmerte, was das für sie bedeutete, verschwand etwas von dem Leuchten aus ihrem Gesicht. Edith hatte keine Möglichkeit gehabt, die erdrückende Atmosphäre des Elternhauses zu verlassen. Ihre Eltern waren der Ansicht, nach dem vorzeitigen Tod ihres Gatten bliebe ihr nichts anderes, als den Rest ihres Lebens allein zu verbringen, was bedeutete, daß sie finanziell von ihrem Vater abhängig war und gesellschaftlich von den Launen ihrer Mutter. Sie hatte ihre Chance auf eine Ehe gehabt; eine weitere stand einer Frau nicht zu. Ihre Familie hatte ihre Pflicht getan, indem sie für einen Gatten gesorgt hatte; das Pech, daß er so früh gestorben war, teilte sie mit vielen anderen Frauen. Sic hatte es mit Anstand zu akzeptieren. Die Tragödie um den Tod ihres Bruders dagegen hatte eine häßliche Vergangenheit aufgerissen, die noch lange nicht überwunden war, wozu es womöglich auch nie kommen würde. Der Gedanke, wieder in Carlyon House leben zu müssen, konnte sogar einem herrlichen Sommertag wie diesem den Glanz nehmen.

»Ich freue mich schon darauf«, sagte Hester ruhig. Sie wandte sich an den Major. »Wann wollen Sie sie denn veröffentlichen?«

Er machte einen so gedankenversunkenen Eindruck, daß sie überrascht war, als er ihr antwortete.

»Oh – ich denke ...« Dann schloß er die Augen und holte tief Luft. Sein Gesicht war ganz rosig geworden. »Ich wollte eben sagen, es gibt noch soviel zu tun, aber das stimmt nicht. Edith war so fleißig, daß es kaum noch lose Enden gibt. Aber ich weiß noch nicht, ob ich einen Verleger finde, der sie haben will oder ob ich die Veröffentlichung aus eigener Tasche bezahlen muß – eine Eitelkeitsausgabe, wie man das wohl nennt. Häßliches Wort.« Er verstummte mit einemmal.

Dann wandte er sich mit grimmiger Entschlossenheit Edith zu. »Edith, ich finde den Gedanken an den Abschluß unserer Arbeit ebenso unerträglich wie den, daß Sie mich wieder verlassen. Ich dachte, es sei das Schreiben über Indien und Afrika, was mir eine solche Freude bereitet und solchen inneren Frieden beschert hat, aber das ist es nicht. Es war die Tatsache, das mit Ihnen zu teilen, Sie jeden Tag hier zu haben. Ich hätte mir nie gedacht, daß mir die Gesellschaft einer Frau so außerordentlich... angenehm sein könnte. Mir sind Frauen bisher immer wie Wesen aus einer anderen Welt vorgekommen: entweder bedrohlich wie Gouvernanten und Krankenschwestern, oder völlig banal und damit noch furchterregender.« Sein Gesicht war purpurrot, aber seine blauen Augen leuchteten. »Ich wäre furchtbar einsam, wenn Sie mich wieder verließen, und der glücklichste Mann der Welt, wenn Sie blieben – als meine Frau. Wenn das anmaßend ist, so entschuldige ich mich – aber ich muß Sie das fragen. Ich liebe Sie von ganzem Herzen.« Von seiner eigenen Tollkühnheit übermannt, hielt er inne, aber seine Augen wichen nicht einen Moment von ihrem Gesicht.

Edith blickte zu Boden, errötete zutiefst, lächelte jedoch dabei nicht aus Verlegenheit, sondern vor Glück.

»Mein lieber Horatio«, sagte sie zärtlich. »Ich könnte mir nichts auf der Welt denken, was ich lieber täte.«

Hester stand auf und küßte Edith liebevoll, dann den Major auf die gleiche Weise und verabschiedete sich.

11

Oliver Rathbone stattete Sir Herbert einen Besuch ab, um ihn darüber zu informieren, daß er ihn als Zeugen aufrufen würde.

Es war keine Zusammenkunft, auf die er sich freute. Sir Herbert war viel zu intelligent, um nicht zu sehen, wie schlecht seine Chancen standen, wieviel hier von Gefühlen, Vorurteilen und Sympathien abhing; gewiß Imponderabilien, mit denen Rathbone vertraut war, aber herzlich dünne Fäden, um daran das Leben eines Mannes zu hängen. Beweise waren nun einmal nicht zu bestreiten. Selbst eigensinnige Jurys konnten sie nicht außer acht lassen.

Trotzdem fand er Sir Herbert in weit optimistischerer Stimmung, als er befürchtet hatte. Er war frisch gewaschen und rasiert und trug saubere Kleidung. Er sah so aus, als wäre er auf dem Weg ins Krankenhaus, um seine Visiten zu machen.

»Guten Morgen, Rathbone«, sagte er, nachdem die Zellentür sich geschlossen hatte. »Heute morgen sind wir an der Reihe. Wie wollen Sie beginnen? Wie mir scheint, hat Lovat-Smith alles andere als einen hieb- und stichfesten Fall. Er hat schließlich nicht bewiesen, daß ich es war. Was er auch nicht könnte; und ganz sicher hat er nicht bewiesen, daß es nicht Taunton oder Beck oder Miss Cuthbertson oder sonst jemand war. Wie sieht Ihr Plan aus?« Wäre da nicht sein verspannter Nacken gewesen und eine gewisse Verlegenheit in seiner Haltung, er hätte genausogut eine interessante Operation diskutieren können, an der ihm persönlich nichts lag.

»Ich werde Sie als ersten aufrufen.« Das Lächeln, das er sich abrang, erweckte den Eindruck von Selbstvertrauen. »Ich werde Ihnen Gelegenheit geben, jede persönliche Beziehung zu Prudence Barrymore zu bestreiten, ganz zu schweigen davon, daß Sie sie getötet haben. Außerdem möchte ich einen oder zwei Zwischenfälle ansprechen, die sie mißverstanden haben könnte.« Er musterte Sir Herbert eingehend. »Wir könnten damit aufzeigen, daß sie sich Tagträumen hingab oder die Realitäten in ihrem Sinne verdrehte.«

»Ich habe versucht, mich zu erinnern«, wandte Sir Herbert ernst ein, den Blick fest auf Rathbone gerichtet. »Aber ich erinnere mich nicht, jemals mehr als nur höflich gewesen zu sein!«

Rathbone schwieg, zog jedoch ein Gesicht dabei.

»Herrgott noch mal, Mann!« explodierte Sir Herbert und wandte sich ab, als wolle er auf und ab gehen, aber da die Zellenwände das nicht zuließen, drehte er sich sofort wieder um. »Erinnern Sie sich an jedes beiläufige Wort, das je zwischen Ihnen und Ihren Schreibkräften oder Juniorpartnern gefallen ist? Ich habe einfach das Pech, vor allem mit Frauen zu arbeiten. Vielleicht sollte man das nicht?« Sein Ton war mit einemmal wild. »Aber die Krankenpflege überläßt man nun mal am besten den Frauen, und wahrscheinlich würden wir nicht einmal genug verläßliche Männer finden, die dazu bereit und imstande wären.« Seine Stimme wurde lauter, und Rathbone wußte aus langer Erfahrung, daß es die Panik war, die gleich unter der Oberfläche lauerte.

Er steckte die Hände in die Taschen und nahm eine bewußt weniger förmliche Haltung ein. »Ich rate Ihnen dringend, dergleichen nicht im Zeugenstand zu sagen. Denken Sie immer daran, die Geschworenen sind ganz gewöhnliche Leute, die Ehrfurcht vor der Medizin haben, ohne auch nur das geringste davon zu verstehen. Und nachdem Miss Nightingale zur Nationalheldin geworden ist, sind auch ihre Schwestern Heldinnen. Erwecken Sie auf keinen Fall den Eindruck, Sie kritisierten Prudence Barrymore, noch nicht einmal indirekt. Das ist der wichtigste Ratschlag, den ich Ihnen geben kann. Halten Sie sich nicht daran, können Sie Ihre Verurteilung gleich selbst unterschreiben.«

Sir Herbert starrte ihn an; seine intelligenten Augen waren völlig klar. »Selbstverständlich«, sagte er ruhig. »Ja, natürlich, das verstehe ich.«

»Und beantworten Sie nur meine Fragen, fügen Sie nicht das geringste hinzu! Ist das klar?«

»Ja – ja, natürlich, wenn Sie es sagen.«

»Und unterschätzen Sie Lovat-Smith nicht. Er mag aussehen wie ein fahrender Schauspieler, aber er ist einer der besten Staatsanwälte Englands. Lassen Sie sich von ihm nicht dazu verleiten, mehr zu sagen, als absolut nötig ist, um seine Fragen exakt zu beantworten. Er wird Ihnen schmeicheln, er wird Sie in Rage bringen und Sie intellektuell herausfordern, falls er das für nötig hält. Ihr Eindruck auf die Geschworenen ist die wichtigste Waffe, die Sie haben. Das weiß er so gut wie ich.«

Sir Herbert sah blaß aus. Zwischen den Brauen hatte er eine tiefe Kummerfurche. Er starrte Rathbone an, als wolle er sich ein Urteil über ihn bilden. »Ich werde vorsichtig sein«, sagte er schließlich. »Ich danke Ihnen für Ihren Rat.«

Rathbone erhob sich und streckte ihm eine Hand entgegen. »Keine Sorge. Das ist die dunkelste Stunde. Von jetzt an sind wir an der Reihe, und solange uns kein dummer Fehler unterläuft, gewinnen wir heute.«

Sir Herbert ergriff seine Hand und drückte sie fest. »Ich danke Ihnen. Ich habe volles Vertrauen in Sie. Und ich werde Ihre Anweisungen exakt befolgen.«

Wie an jedem Tag bisher füllten Publikum und Presse auch an diesem den Saal bis auf den letzten Platz; an diesem Morgen lag jedoch eine erwartungsvolle Stimmung, so etwas wie Hoffnung in der Luft. Die Verteidigung sollte beginnen. Es käme also vielleicht zu überraschenden Enthüllungen und dramatischen Szenen; vielleicht gab es sogar Hinweise auf einen anderen Mörder.

Rathbone war nicht so gut vorbereitet, wie er es gern gewesen wäre, dazu fehlte einfach die Zeit. Jetzt galt es den Eindruck zu erwecken, nicht nur zu wissen, daß Sir Herbert unschuldig, sondern auch wer der Schuldige war. Er war sich des Blicks jedes einzelnen Geschworenen auf sich bewußt. Man beobachtete jede seiner Bewegungen, registrierte jede Veränderung seines Tonfalls.

»Euer Ehren, meine Herren Geschworenen«, begann er mit einem feinen Lächeln. »Ich bin sicher, Sie werden verstehen, daß sich die Anklage weitaus leichter tut, die Schuld eines

Mannes nachzuweisen als die Verteidigung mit dem Beweis seiner Unschuld. Es sei denn, sie könnte beweisen, daß es ein anderer war! Was ich unglücklicherweise nicht kann – bis jetzt! Obwohl immer die Möglichkeit besteht, daß sich während der zu erwartenden Aussagen noch etwas ergibt.«

Ein aufgeregtes Flüstern war zu vernehmen, selbst das hastige Kratzen von Bleistiften auf Papier.

»Aber wie auch immer«, fuhr er fort, »die Anklage hat den Beweis nicht erbringen können, daß Sir Herbert Stanhope Prudence Barrymore ermordet hat – nur daß er es getan haben könnte! Wie viele andere auch: Geoffrey Taunton, Nanette Cuthbertson, Dr. Beck, um nur einige zu nennen. Der Hauptpunkt Ihrer Anklage«, er wies dabei mit einer beiläufigen Geste auf Lovat-Smith, »ist, daß Sir Herbert ein gewichtiges Motiv hatte, was Sie mit Prudence Barrymores Briefen an ihre Schwester, Faith Barber, beweisen wollen.«

Sein Lächeln wurde etwas breiter, als er sich an die Geschworenen direkt wandte. »Ich jedoch werde aufzeigen, daß sich auch eine ganz andere Interpretation dieser Briefe anbietet, eine, die Sir Herbert nicht schuldiger erscheinen läßt als jeden anderen Mann in seiner Position.«

Wieder kam Bewegung in die Publikumsreihen. Eine dicke Frau in der Galerie beugte sich nach vorne, um Sir Herbert auf der Anklagebank anzustarren.

Noch bevor Hardie unruhig werden konnte, kam Rathbone zur Sache. »Als meinen ersten Zeugen rufe ich Sir Herbert Stanhope selbst.«

Sir Herbert brauchte einige Minuten, um von der Anklagebank zu verschwinden, die Treppe hinunterzusteigen und im Saal wieder aufzutauchen. Seine aus zwei Gefängniswärtern bestehende Eskorte zurücklassend, durchquerte er den Saal und stieg, hoch erhobenen Hauptes, eine tadellos gekleidete, würdige Gestalt, hinauf in den Zeugenstand.

Kaum stand Sir Herbert im Zeugenstand, ging eine Welle der Bewegung durch den Saal; jedermann versuchte ihn zu sehen. Er stand da, die Schultern zurückgenommen, den Kopf hoch, aber Rathbone, der ihn beobachtete, spürte, daß dahinter Zuversicht steckte und keineswegs Arroganz. Er warf einen Blick auf die Gesichter der Geschworenen und sah deren Interesse und widerwilligen Respekt.

Der Justizsekretär vereidigte ihn, dann trat Rathbone in die Saalmitte und begann.

»Sir Herbert, Sie sind seit etwa sieben Jahren Chefarzt im Königlichen Armenspital. Während dieser Zeit müssen Ihnen doch viele, wahrscheinlich Hunderte von Schwestern assistiert haben?«

Sir Herberts dünne Brauen hoben sich überrascht. »Ich habe nie daran gedacht, sie zu zählen«, sagte er offen. »Aber ich nehme an, es trifft zu, ja.«

»Von unterschiedlichem Können und Engagement?«

»Auch das ist richtig«, Sir Herberts Mundwinkel hoben sich kaum merklich, eine Geste bitterer Selbstironie.

»Wann sind Sie Prudence Barrymore zum erstenmal begegnet?«

Sir Herbert überlegte einen Augenblick konzentriert. Im Saal war es absolut still; alle Augen ruhten auf seinem Gesicht. In der totalen Aufmerksamkeit der Geschworenen lag keinerlei Feindseligkeit, nur gespannte Erwartung.

»Das muß im Juli 1856 gewesen sein«, antwortete er. »Genauer, so fürchte ich, kann ich es nicht sagen.« Er atmete ein, als wolle er noch etwas hinzufügen, überlegte es sich dann jedoch anders.

Rathbone nahm es mit Befriedigung zur Kenntnis. Er würde seinen Anweisungen folgen. Gott sei's gedankt! »Erinnern Sie sich an die Ankunft aller neuen Schwestern, Sir Herbert?«

»Nein, natürlich nicht. Es sind ja so viele. Ah...« Wieder verstummte er. Rathbone empfand eine bittere Belustigung dabei. So präzise wie Sir Herbert ihm gehorchte, verriet er die tiefe Angst, die er verbarg. Rathbones Urteil nach war er nicht der Mann, der sonst allzu leicht Befehle entgegennahm.

»Und warum ist Ihnen Miss Barrymore aufgefallen?« fragte er.

»Weil sie auf der Krim gedient hatte«, antwortete Sir Herbert. »Eine Frau von Stand, die sich unter beträchtlichen persönlichen Opfern der Krankenpflege widmete, ja sogar das Leben riskierte. Sie kam nicht, weil sie es nötig hatte, sich ihren Lebensunterhalt zu verdienen, sondern weil sie Schwester sein *wollte.*«

Rathbone war sich des beifälligen Gemurmels unter dem Publikum ebenso bewußt wie des anerkennenden Ausdrucks auf den Gesichtern der Geschworenen.

»Und war sie so qualifiziert und engagiert, wie Sie gehofft hatten?«

»Sie übertraf meine Erwartungen«, antwortete Sir Herbert, ohne die Augen von Rathbones Gesicht zu nehmen. Er stand etwas vorgebeugt, die Hände auf die Brüstung gelegt, die Arme gestreckt. Es war eine Haltung, die Konzentration, ja sogar eine gewisse Demut verriet. Hätte Rathbone sie ihm beigebracht, er hätte es nicht besser machen können. »Sie war unermüdlich in ihren Pflichten«, fügte er hinzu. »Sie kam nie zu spät und fehlte nie ohne Grund. Ihr Gedächtnis war phänomenal, und sie lernte bemerkenswert schnell. Und nicht ein einziges Mal hat sie jemandem Grund gegeben, ihre Moral in Frage zu stellen. Sie war eine durch und durch ausgezeichnete Frau.«

»Und hübsch anzusehen?« fragte Rathbone mit einem kleinen Lächeln.

Sir Herberts Augen wurden vor Überraschung ganz groß. Er hatte die Frage offensichtlich nicht erwartet. »Ja – ja, ich nehme an, das war sie wohl. Ich fürchte, ich bemerke derlei Dinge weniger als andere Männer. Unter solchen Umständen interessiere ich mich mehr für die Fähigkeiten einer Frau.« Fast entschuldigend blickte er zu den Geschworenen hinüber. »Ich erinnere mich jedoch, daß sie sehr schöne Hände hatte.« Er sah dabei keineswegs auf seine eigenen schönen Hände, die auf der Brüstung des Zeugenstandes ruhten.

»War sie sehr geschickt?« wiederholte Rathbone.

»Wie ich bereits sagte.«

»Geschickt genug, um selbst eine Operation durchzuführen?«

Sir Herbert sah ihn verblüfft an, öffnete den Mund, schloß ihn dann jedoch wieder.

»Sir Herbert?« forderte Rathbone ihn auf.

»Sie war eine ausgezeichnete Schwester«, sagte er ernst. »Aber keine Ärztin! Sie müssen verstehen, daß da ein enormer Unterschied besteht! Es ist eine nicht zu überbrückende Kluft.« Er schüttelte den Kopf. »Sie hatte keine Ausbildung. Sie wußte nur, was ihre Erfahrungen und Beobachtungen bei ihrer Arbeit auf dem Schlachtfeld und im Lazarett von Skutari sie gelehrt hatten.« Er beugte sich noch ein klein wenig weiter vor, sein Gesicht konzentriert in Falten gelegt. »Sie müssen den Unterschied sehen zwischen einem zufällig angeeigneten, ungeordneten Wissen ohne Kenntnisse von Ursache und Wirkung, Alternativen und möglichen Komplikationen, ohne Kenntnis der Anatomie oder Pharmakologie oder der Anmerkungen anderer Ärzte – und den Jahren des Studiums und der Praxis mit all dem begleitenden Wissen, das einem eine solche Ausbildung beschert.« Wieder schüttelte er den Kopf, wenn auch heftiger. »Nein, Mr. Rathbone, sie war eine ausgezeichnete Schwester, ich habe nie eine bessere gekannt – aber sie war gewiß kein Arzt. Und um die Wahrheit zu sagen«, er sah Rathbone fest in die Augen, sein Blick völlig offen, »ich glaube, daß die Geschichten, die wir hier gehört haben, nach denen sie auf dem Schlachtfeld Operationen durchgeführt hat, nicht von ihr stammen, nicht in dieser Form. Sie war weder eine arrogante Frau noch eine Lügnerin. Ich glaube eher, daß man sie mißverstanden, vielleicht auch falsch zitiert hat.«

Aus dem Saal kam ein beifälliges Murmeln, einige Leute warfen ihren Nachbarn nickend Blicke zu, und zwei der Geschworenen lächelten gar.

In emotionaler Hinsicht war es ein brillanter Zug gewesen, aus taktischer Sicht jedoch bot er eine schlechte Basis für Rathbones nächste Frage. Er überlegte schon, ob er sie hintanstellen sollte, kam aber zu dem Schluß, daß das so ausgesehen hätte, als wollte er ihr ausweichen.

»Sir Herbert«, er trat einige Schritte auf den Zeugenstand zu und blickte hinauf. »Die Beweismittel, die die Anklagevertretung gegen Sie vorgebracht hat, bestehen aus einer Reihe von Briefen, die Prudence Barrymore an ihre Schwester geschrieben hat, Briefen, in denen sie nicht nur von ihren tiefen Gefühlen für Sie spricht, sondern auch davon, daß Sie diese erwiderten und sie in Kürze zur glücklichsten aller Frauen machen würden. Ist das eine realistische, praktische und ehrliche Ansicht? Es sind dies ihre eigenen, unverfälschten Worte.«

Sir Herbert schüttelte den Kopf. »Ich kann mir das einfach nicht erklären«, sagte er wehmütig. »Ich schwöre bei Gott, ich habe ihr nie auch nur den leisesten Anlaß zu dem Glauben gegeben, meine Hochachtung habe etwas mit persönlichen Gefühlen zu tun. Und ich habe Stunden, ja Tage überlegt, was ich gesagt oder getan haben könnte, um ihr einen solchen Eindruck zu vermitteln. Mir will absolut nichts einfallen!«

Abermals schüttelte er den Kopf und biß sich dann auf die Lippe. »Vielleicht bin ich zu lässig im Umgang, womöglich gestatte ich mir gelegentlich eine Formlosigkeit gegenüber meinen Mitarbeitern, aber ich sehe wirklich nicht, wie irgend jemand meine Bemerkungen als Erklärungen einer persönlichen Zuneigung hätte mißdeuten sollen. Ich habe mit ihr als einer Mitarbeiterin gesprochen, in die ich größtes Vertrauen setzte.« Er zögerte. Einige der Geschworenen nickten ebenso mitfühlend wie verständnisvoll. Ihren Gesichtern nach zu urteilen schienen sie ähnliche Erfahrungen gemacht zu haben. Es hörte sich alles völlig vernünftig an.

»Vielleicht war ich nachlässig«, sagte er ernst. »Ich bin kein romantischer Mann. Ich bin seit über zwanzig Jahren glücklich verheiratet – mit der einzigen Frau, die ich je unter diesem Gesichtspunkt betrachtet habe.« Er lächelte verlegen.

»Sie würde Ihnen sagen, daß ich in dieser Hinsicht kaum über Phantasie verfüge«, fuhr Sir Herbert fort. »Wie Sie sehen, bin ich weder schön noch eine forsche Erscheinung. Ich war nie Gegenstand romantischer Aufmerksamkeit für junge Damen. Es gibt da weit ...«, er zögerte, suchte nach dem richtigen Wort, »... weit charmantere und passendere Männer für eine solche Rolle. Wir haben eine Reihe von Medizinstudenten, begabten, gutaussehenden jungen Männern mit guten Zukunftsaussichten. Und selbstverständlich haben wir auch Ärzte mit größeren Gaben als den meinen, was Charme und eine gefällige Art anbelangt. Offen gesagt ist es mir nie in den Sinn gekommen, daß mich jemand in diesem Licht sehen könnte.«

Rathbone nahm eine mitfühlende Haltung ein, obwohl Sir Herbert seine Sache so gut machte, daß er kaum der Hilfe bedurfte.

»Hat Miss Barrymore nie etwas gesagt, was Ihnen über das normale Maß an Bewunderung hinauszugehen schien, etwas, was eher persönlicher als beruflicher Natur gewesen wäre?« fragte er. »Ich kann mir vorstellen, daß Sie es gewohnt sind, von Ihren Mitarbeitern respektiert zu werden, ganz zu schweigen von der Dankbarkeit Ihrer Patienten, aber bitte, denken Sie sorgfältig nach, mit aller nachträglichen Einsicht, die Sie nun haben.«

Sir Herbert zuckte die Achseln und lächelte in aufrichtiger Reue. »Glauben Sie mir, Mr. Rathbone, ich habe es versucht, aber wann immer ich mit Schwester Barrymore zusammen war – und dies war sehr oft –, nahm mich der medizinische Fall ganz und gar in Anspruch. Ich habe sie nie in einem anderen Zusammenhang gesehen!« In seinem Bemühen, sich zu konzentrieren, zog er die Brauen zusammen.

»Ich habe mit Respekt an sie gedacht, mit Vertrauen, mit der größten Zuversicht, was ihr Engagement und ihr Können anbelangt, aber nicht an sie als Person.« Er senkte den Blick. »Wie es scheint, war das ein schwerer Irrtum, den ich zutiefst bedaure. Ich habe selbst Töchter, wie Sie zweifelsohne wissen, aber mein Beruf beschäftigt mich so sehr, daß ich deren Erziehung ihrer Mutter überlasse. Ich kenne mich mit jungen Frauen bei weitem nicht so gut aus, wie das vielleicht möglich wäre – wie etwa bei Männern, deren Beruf ihnen mehr Zeit für Heim und Familie läßt als der meine.«

Ein mitfühlendes Raunen und Rascheln ging durch den Saal.

»Es ist ein Preis, den ich nur ungern bezahle.« Er biß sich auf die Lippe. »Und womöglich war ja auch das für Schwester Barrymores tragisches Mißverständnis verantwortlich. Ich hatte wirklich ausschließlich unsere Patienten im Sinn. Aber soviel weiß ich«, seine Stimme senkte sich und wurde hart und eindringlich, »ich habe niemals Schwester Barrymore gegenüber irgendwelche romantischen Gefühle gehegt. Ich habe nichts gesagt oder getan, was ungebührlich gewesen wäre oder von einer unvoreingenommenen Person als Annäherungsversuch oder Ausdruck romantischer Absichten hätte gedeutet werden können. Dessen bin ich mir nicht weniger sicher als ich hier vor Ihnen in diesem Gerichtssaal stehe.«

Er war großartig. Rathbone selbst hätte ihm nichts Besseres in den Mund legen können. »Ich danke Ihnen, Sir Herbert. Sie haben die Situation auf eine Weise erklärt, daß wir sie, wie ich glaube, alle verstehen können.« Mit einer Geste des Bedauerns sah er zu den Geschworenen hinüber. »Ich habe selbst bereits peinliche Begegnungen hinter mir, und wahrscheinlich geht es auch den Herren Geschworenen so. Die Träume und Prioritäten im Leben junger Frauen unterscheiden sich zuweilen von den unseren, und vielleicht sind wir auf gefährliche, ja tragische Weise unempfänglich für sie.« Er wandte sich wieder dem Zeugenstand zu. »Bitte, bleiben Sie noch, wo Sie sind. Ich habe keinen Zweifel daran, daß mein verehrter Herr Kollege noch einige Fragen an Sie hat.«

Als er an seinen Tisch zurückkehrte und seinen Platz wieder einnahm, bedachte er Lovat-Smith mit einem Lächeln.

Lovat-Smith stand auf und strich seine Robe glatt, bevor er den Saal durchquerte. Er blickte weder rechts noch links, sondern direkt hinauf zu Sir Herbert.

»Sir Herbert, Sie sind also, nach eigenen Angaben, kein Beau, ist das korrekt?« Er war höflich, ja elegant. In seinem Ton lag die Ehrerbietung einem Mann gegenüber, dem man Hochachtung entgegenbringt.

»Nein«, sagte Sir Herbert vorsichtig, »das bin ich nicht.«

Rathbone schloß die Augen. Gebe Gott, daß Sir Herbert jetzt seinen Rat beherzigte. »Sagen Sie auf keinen Fall mehr!« sagte Rathbone sich immer und immer wieder. »Fügen Sie nichts hinzu! Geben Sie nichts freiwillig: Er ist Ihr Feind.«

»Aber Sie müssen doch ein beträchtliches Maß an Vertrautheit im Umgang mit Frauen haben...« Lovat-Smith ließ den

Satz in der Luft hängen, hob die Brauen und öffnete seine hellgrauen Augen, so weit es ging.

Sir Herbert sagte nichts.

Rathbone stieß einen erleichterten Seufzer aus.

»Sie sind verheiratet, und das seit vielen Jahren«, stellte Lovat-Smith fest. »Ja, Sie haben sogar eine große Familie mit drei Töchtern. Sie stellen Ihr Licht unter den Scheffel, Sir. Ich weiß aus zuverlässiger Quelle, daß Ihr Familienleben zufriedenstellend und wohlgeordnet ist und daß Sie ein ausgezeichneter Ehemann und Vater sind.«

»Ich danke Ihnen«, sagte Sir Herbert freundlich.

Lovat-Smiths Gesicht wurde strenger. Von irgendwo aus dem Saal kam ein leises Kichern, das aber sofort unterdrückt wurde.

»Es war nicht als Kompliment gedacht, Sir!« sagte Lovat-Smith scharf. Dann fuhr er eilig fort, bevor es zu noch mehr Gelächter kam. »Es ging mir darum, darauf hinzuweisen, daß Sie nicht so ungeübt im Umgang mit Frauen sind, wie Sie uns hier glauben machen wollen. Ihre Beziehung zu Ihrer Frau ist ausgezeichnet, sagen Sie, und ich habe keinen Grund, daran zu zweifeln. Zumindest ist sie unbestreitbar von Dauer und sehr intim.«

Wieder das belustigte Gekicher aus der Menge, wenn auch nur kurz, da man es auch diesmal sofort unterdrückte. Die Sympathien lagen bei Sir Herbert; Lovat-Smith erkannte das und würde denselben Fehler nicht noch einmal machen.

»Sie erwarten doch nicht etwa von mir, Ihnen zu glauben, daß Sie völlig unbedarft sind, was Natur und Gefühle der Frauen anbelangt, die Art, wie sie auf Schmeicheleien oder Aufmerksamkeiten reagieren?«

Jetzt hatte Sir Herbert niemanden mehr, der ihn führte, wie Rathbone das getan hatte. Er stand dem Feind allein gegenüber. Rathbone knirschte mit den Zähnen.

Sir Herbert schwieg einige Augenblicke.

Hardie sah ihn fragend an.

Lovat-Smith lächelte.

»Ich glaube nicht«, antwortete Sir Herbert schließlich und

sah Lovat-Smith direkt in die Augen, »daß es vernünftig ist, die Beziehung zu meiner Frau mit der Beziehung zu meinen Krankenschwestern zu vergleichen, auch nicht mit den besten von ihnen, zu denen Miss Barrymore zweifelsohne gehörte. Meine Frau kennt mich und legt meine Worte nicht falsch aus. Und die Beziehung zu meinen Töchtern ist wohl kaum von der Art, wie sie hier zur Debatte steht. Sie hat damit nicht das geringste zu tun.« Er verstummte abrupt und starrte Lovat-Smith an.

Wieder nickten die Geschworenen, ihr Verständnis war ihnen deutlich anzusehen. Lovat-Smith änderte seine Taktik ein wenig ab. »War Miss Barrymore die einzige junge Frau aus gutem Hause, mit der Sie zusammengearbeitet haben, Sir Herbert?«

Sir Herbert lächelte. »Es ist noch nicht sehr lange her, daß derlei junge Damen sich für die Krankenpflege interessieren, Sir. Um genau zu sein, erst seit Miss Nightingale durch ihre Arbeit auf der Krim so berühmt geworden ist, daß andere ihr nachzueifern trachten. Und dann natürlich jene, die mit ihr gedient haben, wie Miss Barrymore und Miss Latterly, eine wirklich ausgezeichnete junge Schwester, die sie ersetzt hat. Vorher waren die einzigen Frauen von Stand, die im Krankenhaus zu tun hatten – Arbeit im gleichen Sinne kann man das nicht nennen – jene, die im Verwaltungsrat arbeiteten, wie etwa Lady Ross Gilbert und Lady Callandra Daviot. Und sie sind gewiß keine romantisch veranlagten jungen Damen.«

Rathbone stieß einen tiefen Seufzer aus. Er hatte auch diese Klippe großartig umschifft. Er hatte es auf elegante Art vermieden zu sagen, Berenice und Callandra seien nicht jung.

Lovat-Smith wußte eine Abfuhr würdevoll wegzustecken; er versuchte es noch einmal. »Habe ich richtig verstanden, Sir Herbert, wenn ich sage, Sie sind an Bewunderung gewöhnt?«

Sir Herbert zögerte. »Ich würde ›Respekt‹ vorziehen«, wehrte er die allzu offene Eitelkeit ab.

»Das glaube ich gern.« Lovat-Smith lächelte ihn an und zeigte dabei seine scharfen, gleichmäßigen Zähne. »Aber ich meinte durchaus Bewunderung. Bewundern Ihre Studenten Sie etwa nicht?«

»Das sollten Sie sie besser selbst fragen, Sir.«

»Ach, kommen Sie.« Lovat-Smiths Lächeln wurde breiter. »Keine falsche Bescheidenheit, bitte. Wir sind hier nicht in einem Damenzimmer, in dem man sich Artigkeiten zu sagen braucht.« Seine Stimme wurde mit einemmal hart. »Sie sind ein Mann, der an übermäßige Bewunderung gewöhnt ist, daran, daß Leute ihm jedes Wort von den Lippen ablesen. Das Gericht wird Ihnen schwerlich abnehmen, Sie wüßten nicht zwischen übermäßigem Enthusiasmus, Speichelleckerei und emotioneller Wertschätzung zu unterscheiden – letztere persönlich und damit überaus gefährlich.«

»Medizinstudenten sind allesamt junge Herren«, antwortete Sir Herbert. »Die Frage nach romantischen Gefühlen stellt sich da nicht.«

Zwei oder drei der Geschworenen lächelten.

»Und bei den Schwestern?« bohrte Lovat-Smith mit großen Augen und leiser Stimme weiter.

»Verzeihen Sie mir, wenn ich etwas ungehobelt bin«, sagte Sir Herbert geduldig. »Aber ich dachte, das hätten wir bereits erledigt. Bis vor kurzem gehörten Schwestern keiner gesellschaftlichen Schicht an, mit der eine persönliche Beziehung in Betracht zu ziehen wäre.«

Lovat-Smith schien nicht im mindesten aus der Fassung gebracht. Er lächelte verhalten und zeigte ein weiteres Mal seine Zähne. »Und Ihre Patienten, Sir Herbert? Waren das auch nur Männer fortgeschrittenen Alters aus einer gesellschaftlichen Klasse, die nicht in Betracht kommt?«

Langsam kam Farbe in Sir Herberts Wangen. »Selbstverständlich nicht«, sagte er völlig ruhig. »Aber die Dankbarkeit eines Patienten ist etwas völlig anderes. Man lernt sie mit seinen Fertigkeiten zu assoziieren, mit den Schmerzen und natürlichen Ängsten des Patienten, man nimmt sie nicht als persönliches Gefühl. Die Intensität ist vergänglich, selbst wenn die Dankbarkeit bleibt. Die meisten Ärzte kennen solche Gefühle und wissen sie richtig einzuschätzen. Sie als Liebe mißzuverstehen wäre reichlich töricht.«

Schön, dachte Rathbone. Jetzt aber Schluß, um Himmels

willen. Verderben Sie nicht wieder alles, indem Sie noch mehr sagen.

Sir Herbert öffnete den Mund; dann jedoch, als höre er Rathbones Gedanken, schloß er ihn wieder.

Lovat-Smith stand in der Saalmitte und starrte, den Kopf leicht zur Seite geneigt, zum Zeugenstand hinauf. »Sie waren also trotz der Erfahrungen mit Ihrer Frau, Ihren Töchtern und Ihren dankbaren Patienten völlig überrascht, als Prudence Barrymore Ihnen gegenüber ihre Liebe und Hingabe zum Ausdruck brachte – einem glücklich verheirateten Mann!«

Aber so leicht war Sir Herbert nicht zu überrumpeln. »Sie hat sie nicht zum Ausdruck gebracht, Sir«, antwortete er ruhig. »Sie hat nie etwas gesagt oder getan, was mich zu der Annahme veranlaßt hätte, ihre Wertschätzung sei mehr als rein beruflicher Natur. Ich habe davon zum erstenmal gehört, als man mir die Briefe vorlas.«

»Tatsächlich?« sagte Lovat-Smith kopfschüttelnd, sein Zweifel war deutlich zu hören. »Erwarten Sie ernsthaft, daß Ihnen die Geschworenen das glauben?« Er wies auf die Jury. »Sie haben hier intelligente, erfahrene Männer vor sich. Ich denke, sie werden einige Mühe damit haben, sich vorzustellen, daß man derart ... naiv sein kann!« Er wandte sich vom Zeugenstand ab und ging an seinen Tisch zurück.

»Ich hoffe doch, es gelingt ihnen«, sagte Sir Herbert ruhig und beugte sich über die Brüstung, die Hände um die Kante gelegt. »Es ist die Wahrheit. Vielleicht war ich nachlässig, vielleicht habe ich sie nicht als junge, romantische Frau gesehen, sondern lediglich als eine Schwester, auf die ich mich in jeder Hinsicht verlassen kann. Und das mag eine Sünde sein – die ich ewig bedauern werde. Aber es ist kein Grund, einen Mord zu begehen!«

Das Publikum applaudierte kurz. Jemand rief: »Hört, hört!« und Richter Hardie warf ihm einen Blick zu. Einer der Geschworenen nickte lächelnd.

»Wollen Sie Ihren Zeugen nochmals vernehmen, Mr. Rathbone?« fragte Hardie.

»Nein, danke, Euer Ehren«, lehnte Rathbone huldvoll ab.

Hardie entließ Sir Herbert, der würdig und erhobenen Hauptes wieder auf die Anklagebank zurückkehrte.

Rathbone rief eine Reihe von Sir Herberts Kollegen auf. Er fragte sie nicht so viel, wie er ursprünglich beabsichtigt hatte; der Eindruck, den Sir Herbert auf das Gericht gemacht hatte, war so stark, daß er ihn nicht mit Aussagen ersticken wollte, die im großen und ganzen unwesentlich schienen. Er bat sie kurz um ihren Eindruck von Sir Herbert als Kollegen, und sie bestätigten ihm durch die Bank und ohne zu zögern große Fertigkeiten und starkes Engagement. Er fragte nach Sir Herberts Ruf, was seine persönliche Moral anbelangte, und man erklärte nicht weniger klar, daß dieser über jeden Zweifel erhaben sei.

Lovat-Smith machte sich erst gar nicht die Mühe, sie ins Kreuzverhör zu nehmen. Er demonstrierte seine offensichtliche Langeweile, indem er gegen die Decke starrte, während Rathbone sprach. Und als er dann an der Reihe war, wartete er erst einige Sekunden, bevor er begann. Er sagte nicht direkt, ihre Loyalität sei vorauszusehen gewesen und letztlich bedeutungslos, ließ es aber durchblicken. Es war ein Kunstgriff, um die Geschworenen zu langweilen: Sie sollten den Eindruck vergessen, den Sir Herbert auf sie gemacht hatte, und Rathbone wußte das. Er sah an ihren Mienen, daß Sir Herbert nach wie vor ihre Sympathie hatte, und wenn er weiter auf diesem Punkt herumritt, riskierte er, ihre Intelligenz zu beleidigen und ihre Aufmerksamkeit zu verlieren. Er dankte dem Arzt, der im Augenblick aussagte, entließ ihn und ließ den anderen ausrichten, daß er außer Kristian Beck keinen der Kollegen mehr benötige.

Kristian Beck betrat den Zeugenstand ohne die leiseste Vorstellung, was ihn erwartete. Rathbone hatte ihm nur gesagt, daß er ihn als Leumundszeugen brauche.

»Dr. Beck, Sie sind Arzt und Chirurg, nicht wahr?«

»Das bin ich.«

»Und Sie haben bereits an mehreren Orten praktiziert, Ihre Heimat Böhmen mit eingeschlossen?« Er wollte ihn in den Augen der Geschworenen als Fremdkörper darstellen, als jemanden, der sich grundlegend von Sir Herbert unterschied. Es war eine Aufgabe, die ihm nicht gefiel, aber der Schatten der Schlinge läßt den Verstand seltsame Wege gehen.

Kristian bejahte auch diese Frage.

»Aber Sie arbeiten bereits seit zehn oder elf Jahren mit Sir Herbert, ist das korrekt?«

»In etwa«, stimmte Kristian zu. Sein Akzent war kaum zu hören und beschränkte sich im Grunde auf eine wohlklingende Klarheit gewisser Vokale. »Selbstverständlich arbeiten wir nur selten zusammen. Schließlich sind wir beide auf demselben Gebiet tätig. Ich kenne jedoch seinen Ruf, sowohl seinen persönlichen als auch den als Arzt, und ich sehe ihn häufig.« Sein Gesichtsausdruck war offen und ehrlich, seine Absicht zu helfen, deutlich zu sehen.

»Ich verstehe«, räumte Rathbone ein. »Ich wollte damit auch nicht sagen, daß Sie Seite an Seite arbeiten. Wie ist Sir Herberts persönlicher Ruf, Dr. Beck?«

Ein Ausdruck der Belustigung huschte über Becks Gesicht, dem jedoch jede Bosheit fehlte. »Er gilt als aufgeblasen, etwas arrogant, zu Recht stolz auf seine Fähigkeiten und Leistungen, als exzellenter Lehrer und Mann von absoluter moralischer Integrität.« Er bedachte Rathbone mit einem Lächeln. »Natürlich machen die Jüngeren ihre Witze über ihn, man zieht ihn durch den Kakao – wie man, glaube ich, sagt –, das geht uns allen so. Aber ich habe nie einen Hinweis darauf gehört, sein Verhalten Frauen gegenüber sei nicht absolut korrekt.«

»Es ist hier angeklungen, er sei etwas naiv gewesen, was Frauen anbelangt.« Rathbone hob die Stimme zu einer Frage. »Vor allem jungen Frauen gegenüber. Ist das auch Ihre Beobachtung, Dr. Beck?«

»Ich hätte eher das Wort ›uninteressiert‹ gebraucht«, antwortete Kristian. »Aber ich denke, ›naiv‹ tut es auch. Ich habe mir darüber nie Gedanken gemacht. Aber wenn Sie von mir hören wollen, daß es mir außerordentlich schwerfällt, an sein romantisches Interesse für Schwester Barrymore zu glauben, bitte, sage ich das, ohne zu zögern. Noch schwerer freilich fällt es mir zu glauben, daß Schwester Barrymore eine heimliche

Leidenschaft für Sir Herbert gehegt haben soll.« Er runzelte zweifelnd die Stirn und sah Rathbone ganz offen an.

»Es fällt Ihnen schwer, das zu glauben, Dr. Beck?« fragte Rathbone ausgesprochen deutlich.

»In der Tat.«

»Würden Sie sich als naiven, weltfremden Mann bezeichnen?«

Kristians Mund krümmte sich zu einem selbstironischen Lächeln. »Nein – nein, das würde ich nicht.«

»Wenn Sie das für so überraschend und schwerlich zu glauben halten, ist es dann auch so schwerlich zu glauben, daß sich Sir Herbert dessen einfach nicht bewußt war?« Obwohl er es versuchte, vermochte Rathbone den triumphierenden Ton nicht zu unterdrücken.

Kristian machte ein wehmütiges Gesicht. »Nein – nein, das schiene mir unausweichlich.«

Rathbone mußte an die Verdachtsmomente denken, die Monk in bezug auf Kristian Beck geäußert hatte: der Streit mit Prudence, den man gehört hatte, die Möglichkeit einer Erpressung, die Tatsache, daß er die ganze Nacht über im Krankenhaus gewesen und einer seiner Patienten gestorben war, an dessen Genesung keiner gezweifelt hatte. Aber all das waren bloße Verdächtigungen, finstere Gedanken, nichts weiter. Es gab keinerlei Beweise. Wenn er das Thema jetzt anschnitt, konnte es ihm gelingen, den Verdacht der Geschworenen auf Beck zu lenken. Auf der anderen Seite konnte er sie damit auch vor den Kopf stoßen und seine eigene Verzweiflung verraten. Es würde häßlich aussehen. Im Augenblick hatte er ihre Sympathien, und das könnte für einen Freispruch durchaus genügen. Eine Entscheidung, von der möglicherweise Sir Herberts Leben abhing.

Sollte er Beck beschuldigen? Er betrachtete sein interessantes, wißbegieriges Gesicht, seinen sinnlichen Mund, die schönen Augen. Letztere waren zu intelligent, zu humorvoll; es war ein Risiko, das er nicht eingehen wollte. So wie die Dinge standen, war er am Gewinnen. Er wußte es – und Lovat-Smith wußte es.

»Ich danke Ihnen, Dr. Beck«, sagte er schließlich. »Das wäre alles.«

Sofort war Lovat-Smith auf den Beinen. »Dr. Beck, Sie sind doch ein vielbeschäftigter Arzt, nicht wahr?«

»Ja«, pflichtete ihm Kristian mit gerunzelten Brauen bei.

»Verbringen Sie viel Zeit damit, über mögliche Romanzen im Krankenhaus nachzudenken und ob die eine oder andere Person sich über derlei Gefühle im klaren sein mag oder nicht?«

»Nein«, gestand Kristian.

»Verwenden Sie überhaupt Zeit auf solche Gedanken?« drängte ihn Lovat-Smith.

Aber so leicht war Kristian nicht zu überlisten. »Gedanken sind da nicht nötig, Mr. Lovat-Smith. Das ist eine Frage von Beobachtungen, die sich nicht vermeiden lassen. Ich bin sicher, Sie nehmen Ihre Kollegen wahr, auch wenn Sie ganz auf Ihren Beruf konzentriert sind.«

Das konnte auch Lovat-Smith nicht bestreiten. »Aber keiner von denen ist des Mordes angeklagt, Dr. Beck«, sagte er mit einer resignierenden Geste, in der fast eine Art wehmütiger Belustigung anklang. »Ich habe keine weiteren Fragen an Sie, ich danke Ihnen.«

Hardie warf einen Blick auf Rathbone.

Rathbone schüttelte den Kopf.

Kristian Beck verließ den Zeugenstand und Rathbone konnte nicht umhin, sich zu fragen, ob er es gerade noch vermieden hatte, sich zum Narren zu machen, oder ob er eine unwiederbringliche Gelegenheit verschenkt hatte.

Am folgenden Tag rief Rathbone Lady Stanhope auf. Nicht daß er erwartet hätte, ihre Aussage könnte noch Wesentliches erbringen. Mit Sicherheit wußte sie nichts über den Fall. Aber die emotionale Wirkung ihres Auftritts war nicht zu unterschätzen.

Sie betrat den Zeugenstand mit etwas Unterstützung seitens des Justizsekretärs und sah Rathbone nervös an. Sie war sehr blaß und schien Mühe zu haben, Haltung zu bewahren. Sie blickte einen Augenblick ganz bewußt hinüber zu ihrem Mann auf der Anklagebank, sah ihm in die Augen und lächelte.

Sir Herbert blinzelte und erwiderte ihr Lächeln, bevor er sich abwandte. Über seine Gefühle konnte man nur Vermutungen anstellen.

Rathbone wartete, um den Geschworenen Zeit zu geben, sie zu mustern, dann trat er vor und sprach sie höflich und ausgesprochen sanft an. »Lady Stanhope, ich muß mich entschuldigen, Sie hier als Zeugin aufzurufen und das in einer Zeit, die für Sie schon schwierig genug sein muß, aber ich bin sicher, Sie möchten alles in Ihrer Macht Stehende tun, um die Unschuld Ihres Gatten zu beweisen.«

Sie schluckte und starrte ihn an. »Selbstverständlich. Alles ...« Sie verstummte, offensichtlich in Erinnerung an die Anweisung, nur auf seine Fragen zu antworten.

Er lächelte sie an. »Ich danke Ihnen. Ich habe nicht viele Fragen an Sie, nur einige zu Sir Herbert, und was Sie über sein Leben und seinen Charakter wissen. Lady Stanhope, wie lange sind Sie mit Sir Herbert verheiratet?«

»Dreiundzwanzig Jahre«, antwortete sie.

»Und Sie haben Kinder?«

»Ja, wir haben sieben: drei Töchter und vier Söhne.« Sie begann etwas Selbstvertrauen zu gewinnen. Sie bewegte sich auf vertrautem Boden.

»Denken Sie daran, daß Sie unter Eid stehen, Lady Stanhope«, mahnte er sie sanft, aber nicht etwa ihretwegen, sondern um sich der Aufmerksamkeit der Geschworenen zu vergewissern. »Sie müssen ehrlich antworten, selbst wenn das schmerzhaft für Sie sein sollte. Hatten Sie während dieser Zeit jemals Grund, an Sir Herberts absoluter Treue Ihnen gegenüber zu zweifeln?«

»Nein, ganz gewiß nicht!« Sie lief etwas rot an und senkte den Blick auf ihre Hände. »Nein, er hat mir in dieser Hinsicht nie auch nur den geringsten Anlaß zu Kummer und Sorge gegeben.« Sie atmete tief ein und lächelte Rathbone milde an. »Sie müssen wissen, daß er ganz und gar seinem Beruf ergeben ist. Er hat kein Interesse an Zuneigung dieser Art. Er liebt seine

Familie, er hat es gern bequem, und er hat es nicht gern, wenn Sie verstehen, was ich meine, sich um seine Mitmenschen bemühen zu müssen.« Sie lächelte entschuldigend und sah Rathbone dabei an, um sonst niemanden anblicken zu müssen. »In gewisser Weise könnte man wohl sagen, er ist faul, aber er steckt eben all seine Energie in die Arbeit. Er hat so vielen Menschen das Leben gerettet – und das ist sicher wichtiger, als anderen zu schmeicheln und Höflichkeiten auszutauschen oder all die anderen kleinen Spiele, die die Etikette so vorschreibt. Nicht wahr?« Sie bat ihn damit um eine Bestätigung, und er war sich bereits der beifälligen Geräusche aus dem Publikum bewußt: Flüstern, ein Rutschen hier, ein Nikken da, ein beifälliges Murmeln.

»Ja, Lady Stanhope, ich denke, das ist es«, sagte er sanft. »Und ich bin sicher, es gibt Tausende von Leuten, die Ihnen da zustimmen werden. Ich glaube nicht, daß ich noch weitere Fragen habe, aber mein verehrter Herr Kollege hat womöglich noch welche. Wenn Sie also bitte bleiben würden, nur für den Fall.«

Er ging langsam an seinen Platz zurück und begegnete dabei Lovat-Smiths Blick. Er wußte, daß dieser bereits abwägte, was er durch eine Befragung Lady Stanhopes zu gewinnen oder verlieren hatte. Sie hatte die Sympathien der Geschworenen. Wenn es den Anschein hatte, er bringe sie in Verlegenheit oder gar aus der Fassung, dann könnte das seine Position gefährden, selbst wenn er ihre Aussage diskreditierte.

Lovat-Smith stand auf und trat mit einem Lächeln vor den Zeugenstand. Demut war ihm nicht gegeben, aber er war sehr charmant. »Lady Stanhope, auch ich habe kaum Fragen an Sie und werde Sie nicht lange aufhalten. Sind Sie jemals im Königlichen Armenspital gewesen?«

Sie sah ihn überrascht an. »Nein – nein, das hatte ich glücklicherweise nie nötig. Meine Kinder kamen alle zu Hause zur Welt, und eine Operation hatte ich nie nötig.«

»Ich dachte auch eher an einen privaten Besuch, Madam, nicht als Patientin. Vielleicht aus Interesse am Beruf Ihres Mannes?«

»O nein, nein. Ich glaube nicht, daß das angebracht wäre.« Sie schüttelte den Kopf und biß sich auf die Lippe dabei. »Mein Platz ist zu Hause, bei meiner Familie. Der Arbeitsplatz meines Gatten ist kein ... kein passender ...« Sie verstummte, unsicher, was sie dem noch hinzufügen sollte.

»Ich verstehe.« Lovat-Smith wandte sich etwas zur Seite, warf einen Blick auf die Geschworenen und sah dann wieder Lady Stanhope an. »Haben Sie Schwester Prudence Barrymore jemals kennengelernt?«

»Nein.« Wieder war sie überrascht. »Nein, natürlich nicht.«

»Wissen Sie etwas über die Art und Weise, in der eine geschulte Schwester gewöhnlich mit einem Arzt bei der Pflege eines Patienten zusammenarbeitet?«

»Nein.« Sie schüttelte den Kopf. »Ich habe keine Vorstellung davon. Das heißt ... ich habe mir darüber nie Gedanken gemacht. Ich kümmere mich um Heim und Kinder.«

»Selbstverständlich, und das ist auch höchst lobenswert«, pflichtete ihr Lovat-Smith mit einem kleinen Nicken bei. »Es ist Ihre Berufung, und Ihre Fertigkeiten entsprechen ihr.«

»Ja.«

»Sie sind also nicht wirklich in der Lage zu beurteilen, ob die Beziehung Ihres Gatten zu Miss Barrymore ungewöhnlich oder persönlich war oder nicht?«

»Nun – ich ...« Ihr war sicherlich nicht wohl in ihrer Haut. »Ich ... ich weiß nicht.«

»Es gibt auch nicht einen Grund, warum Sie sollten, Madam«, sagte Lovat-Smith leise. »Ebensowenig wie jede andere Dame Ihres Standes. Ich danke Ihnen. Das ist alles, was ich Sie fragen wollte.«

Ein erleichterter Ausdruck legte sich über ihr Gesicht, und sie sah zu Sir Herbert hinauf. Der lächelte ihr kurz zu.

Rathbone stand wieder auf. »Lady Stanhope, mein verehrter Herr Kollege hat darauf hingewiesen, daß Sie nichts über das Krankenhaus wissen, den medizinischen Alltag nicht kennen. Aber Sie kennen Ihren Gatten und seine Persönlichkeit, und das seit fast einem Vierteljahrhundert?«

Sie sah ihn erleichtert an. »Ja, ja, das stimmt.«

»Und er ist ein guter, treuer und liebevoller Gatte und Vater, aber er ist seinem Beruf ergeben, auf gesellschaftlichem Parkett nicht eben gewandt, weder ein Mann, der den Damen gewogen ist, noch einer, der sich der Gefühle und Tagträume junger Frauen bewußt wäre?«

Sie lächelte etwas wehmütig und warf einen Blick hinauf zur Anklagebank, als wäre sie unschlüssig; die Entschuldigung war ihr am Gesicht abzulesen. »Nein, Sir, ich fürchte, das ist er nicht.«

Ein Schatten der Erleichterung, ja fast der Befriedigung huschte über Sir Herberts Gesicht. Es war ein Ausdruck voll komplexer Gefühle, und die Jury nahm ihn beifällig zur Kenntnis.

»Ich danke Ihnen, Lady Stanhope«, sagte Rathbone voll Zuversicht. »Ich danke Ihnen vielmals. Das wäre alles.«

Rathbones letzte Zeugin war Faith Barber, Prudence Barrymores Schwester, die diesmal von der Verteidigung aufgerufen wurde. Als er das erste Mal mit ihr gesprochen hatte, war sie von Sir Herberts Schuld restlos überzeugt gewesen. Er hatte ihre Schwester ermordet, und in ihren Augen war das ein Verbrechen, das nicht zu vergeben war. Aber Rathbone hatte sich inzwischen ausführlich mit ihr unterhalten, und sie hatte schließlich einige entscheidende Zugeständnisse gemacht. Sie war sich noch immer nicht sicher, und sie empfand keinerlei Barmherzigkeit für Sir Herbert; aber in einem Punkt war sie eisern, und so hatte er das Gefühl, es riskieren zu können, was auch immer sie sonst noch sagen mochte.

Hocherhobenen Hauptes trat sie in den Zeugenstand, das Gesicht blaß und von Kummer gezeichnet. Aber auch ihr Zorn war nicht zu übersehen.

»Mrs. Barber«, begann Rathbone deutlich und sehr höflich. »Ich weiß, Sie sind, wenigstens zum Teil, gegen Ihren Willen hier. Ich muß Sie jedoch darum bitten, so fair wie möglich zu sein und nur auf das zu antworten, wonach ich Sie frage. Ich bitte Sie um die Integrität, die Sie und Ihre Schwester sicher gemeinsam haben. Äußern Sie hier weder eigene Meinungen noch Gefühle. Diese können zu einer solchen Zeit nur tief und schmerzhaft sein. Sie haben unser vollstes Mitgefühl, aber dies gilt auch für Lady Stanhope und ihre Familie und all die anderen Leute, die von dieser Tragödie berührt werden.«

»Ich verstehe Sie, Mr. Rathbone«, antwortete sie steif. »Ich werde nichts aus reiner Böswilligkeit sagen, das schwöre ich Ihnen.«

»Ich danke Ihnen. Wenn Sie sich jetzt bitte die Wertschätzung Ihrer Schwester für Sir Herbert vor Augen halten wollen und dazu, was Sie über den Charakter Ihrer Schwester wissen. Eine ganze Reihe sehr unterschiedlicher Zeugen, die sie unter den unterschiedlichsten Umständen kannten, haben uns das Bild einer mitfühlenden und integren Frau gezeichnet. Von niemandem haben wir gehört, daß sie auch nur ein einziges Mal grausam oder selbstsüchtig gehandelt hätte. Hört sich das nach der Schwester an, die Sie gekannt haben?«

»Gewiß«, stimmte Faith ihm ohne Zögern zu.

»Eine hervorragende Frau also?« fügte Rathbone hinzu.

»Ja.«

»Ohne Fehler?« Er hob die Brauen.

»Nein, selbstverständlich nicht.« Sie verwarf den Gedanken mit dem Hauch eines Lächelns. »Keiner von uns ist ohne Fehler.«

»Ich bin sicher, Sie können uns, ohne illoyal zu sein, ganz allgemein sagen, auf welchem Gebiet ihre Fehler lagen?«

Lovat-Smith kam auf die Beine. »Also wirklich, Euer Ehren, das ist wohl kaum aufschlußreich, von der Relevanz ganz zu schweigen. Gewähren wir der armen Frau angesichts der Umstände ihres Ablebens doch soviel Frieden wie möglich!«

Hardie sah Rathbone an. »Ist Ihre Frage so sinn- und geschmacklos, wie es den Anschein hat, Mr. Rathbone?« sagte er.

»Nein, Euer Ehren«, versicherte Rathbone ihm. »Ich habe einen ganz bestimmten Grund dafür, Mrs. Barber diese Frage zu stellen. Die Anklage der Staatsanwaltschaft gegen Sir Herbert fußt auf bestimmten Annahmen über Miss Barrymores Charakter. Ich brauche einen gewissen Spielraum, um diese auszuloten, will ich Sir Herbert fair verteidigen.«

»Dann kommen Sie bitte zur Sache, Mr. Rathbone«, wies Hardie ihn an.

Rathbone wandte sich wieder dem Zeugenstand zu. »Mrs. Barber?«

Sie atmete tief ein. »Sie war zuweilen etwas brüsk. Sie konnte Dummköpfe nicht ertragen, und da sie von außergewöhnlicher Intelligenz war, gehörten für sie eine ganze Menge Leute in diese Kategorie. Wollen Sie noch mehr hören?«

»Wenn es noch mehr gibt?«

»Sie war sehr tapfer, sowohl physisch als auch moralisch. Sie hatte keine Zeit für Feiglinge. Sie konnte da in ihrem Urteil sehr schnell sein.«

»Und sie war ehrgeizig?«

»Ich sehe darin keinen Fehler.«

»Ich ebensowenig, Madam. Es war nur eine Frage. War sie rücksichtslos, wenn es darum ging, die gesteckten Ziele zu erreichen – ungeachtet der Kosten oder Konsequenzen für andere?«

»Wenn Sie damit meinen, ob sie grausam oder unehrlich war: nein, niemals. Weder erwartete noch wünschte sie, ihre Ziele auf Kosten anderer zu erreichen.«

»Haben Sie je gehört, daß sie jemanden zu irgend etwas gezwungen oder genötigt hätte, was dieser nicht wollte?«

»Nein, das habe ich nicht!«

»Oder daß sie vertrauliche Informationen benutzt hätte, um Druck auf jemanden auszuüben?«

Ein zorniger Schatten legte sich über ihr Gesicht. »Das wäre Erpressung, Sir, und in jeder Hinsicht verabscheuenswert. Ich verwehre mich mit Nachdruck dagegen, daß Sie hier eine solche Sünde in einem Atemzug mit Prudence' Namen nennen! Wenn Sie sie gekannt hätten, dann wäre Ihnen klar, wie abscheulich und lächerlich eine solche Vermutung ist.« Sie starrte zu Sir Herbert hinüber, bevor sie ihren Blick auf die Geschworenen richtete.

»Nein. Sie verachtete moralische Feigheit, Betrug und dergleichen«, fuhr sie fort. »In ihren Augen wäre alles auf solchem Weg Erreichte so beschmutzt gewesen, daß es allen Wert verloren hätte.« Sie funkelte Rathbone an, dann die Geschworenen. »Und falls Sie denken, sie hätte Sir Herbert erpreßt, um ihn zu einer Heirat zu zwingen, dann ist das das Albernste überhaupt! Welche Frau, die auch nur über eine Spur von Anstand verfügt, würde sich wünschen, unter solchen Umständen zu einem Gatten zu kommen? Ein Leben mit ihm wäre unerträglich! Es wäre die Hölle auf Erden!«

»In der Tat, Mrs. Barber«, pflichtete ihr Rathbone mit einem stillen und zufriedenen Lächeln bei. »Das kann ich mir vorstellen. Und ich bin sicher, Prudence war nicht nur zu ehrenhaft für solche Methoden, sondern auch zu intelligent. Ich danke Ihnen für Ihre Aufrichtigkeit. Ich habe keine weiteren Fragen an Sie. Vielleicht hat mein verehrter Herr Kollege noch welche?« Er sah Lovat-Smith lächelnd an.

Lovat-Smith antwortete mit einem strahlenden Lächeln. »Oh, das habe ich gewiß.« Er stand auf und trat vor den Zeugenstand. »Mrs. Barber, hat Ihnen Ihre Schwester während ihrer Zeit im Krimkrieg von ihren Abenteuern und Erfahrungen geschrieben?«

»Ja, selbstverständlich, obwohl ich nicht alle Briefe bekommen habe. Sie nahm gelegentlich auf Dinge Bezug, die sie bereits geschrieben haben mußte, da ich keine Ahnung hatte, wovon sie sprach.« Sie sah ihn verwirrt an, als verstehe sie den Sinn seiner Frage nicht. Selbst Hardie schien im Zweifel.

»Aber Sie haben eine beträchtliche Anzahl von Briefen erhalten?« drängte Lovat-Smith.

»Ja.«

»Genug, um sich ein Bild zu machen von ihren Erfahrungen, ihrem Anteil an der Pflege der Verwundeten und welche Wirkung das auf sie hatte?«

»Ich denke doch.« Noch immer wußte Faith Barber nicht, worauf er hinauswollte.

»Dann haben Sie also eine recht klare Vorstellung von ihrem Charakter?«

»Ich denke, das habe ich bereits gesagt – zu Mr. Rathbone«, antwortete sie mit gerunzelter Stirn.

»Das haben Sie in der Tat.« Lovat-Smith tat einen, zwei

Schritte, blieb dann stehen und wandte sich wieder an sie. »Sie muß eine wirklich bemerkenswerte Frau gewesen sein; es war sicher nicht leicht gewesen, in Kriegszeiten auf die Krim zu gelangen, geschweige denn einen solchen Beruf zu meistern. Hatte sie denn dabei keine Schwierigkeiten zu überwinden?«

»Selbstverständlich!« sagte sie, und es sah fast so aus, als wollte sie lachen.

»Das amüsiert Sie, Mrs. Barber«, bemerkte er. »Ist meine Frage so absurd?«

»Ehrlich gesagt, ja, Sir, das ist sie. Ich möchte Sie nicht beleidigen, aber allein um sie zu stellen, können Sie nicht die leiseste Vorstellung davon haben, welche Hindernisse eine junge, alleinstehende Frau aus gutem Haus zu überwinden hat, um alleine auf einem Truppentransporter auf die Krim zu reisen und dort Soldaten zu pflegen. Alle waren dagegen, außer Papa, und selbst er hatte seine Zweifel. Wäre es jemand anderes gewesen als Prudence, ich denke, er hätte es ihr verboten.«

Rathbone stutzte. Irgendwo in seinem Hinterkopf schrillte eine Alarmglocke. Er stand auf. »Euer Ehren, es ist bereits erwiesen, daß Prudence Barrymore eine bemerkenswerte Frau war. Das hier scheint mir irrelevant und somit eine Zeitverschwendung. Wenn mein sehr verehrter Kollege Mrs. Barbers Aussage zu diesem Punkt gewünscht hätte, so hatte er dazu reichlich Gelegenheit, als sie noch seine Zeugin war.«

Hardie wandte sich an Lovat-Smith. »Ich muß dem beipflichten, Mr. Lovat-Smith. Das hier ist Zeitverschwendung. Wenn Sie die Zeugin ins Kreuzverhör nehmen wollen, bitte. Andernfalls erlauben Sie der Verteidigung fortzufahren.«

Lovat-Smith lächelte. Diesmal mit aufrichtigem Vergnügen. »Oh, es ist relevant, Euer Ehren. Es steht in unmittelbarem Zusammenhang mit den letzten Fragen meines sehr verehrten Kollegen zum Charakter von Mrs. Barbers Schwester und der extremen Unwahrscheinlichkeit, sie könnte ihre Zuflucht in einer Erpressung gesucht haben.« Sein Lächeln wurde noch breiter. »Oder nicht?«

»Dann kommen Sie zur Sache, Mr. Lovat-Smith«, wies Hardie ihn an.

»Ja, Euer Ehren.«

Rathbone verließ der Mut. Er wußte, was Lovat-Smith vorhatte.

Und er irrte sich nicht. Lovat-Smith sah wieder zu Faith Barber hinauf. »Mrs. Barber, Ihre Schwester muß doch wohl eine Frau gewesen sein, die in der Lage war, große Hindernisse zu überwinden und Einwände anderer zu mißachten. Es hat ganz den Anschein, als hätte nichts, aber auch gar nichts sie von etwas abhalten können, wovon sie leidenschaftlich begeistert war und das sie sich von ganzem Herzen wünschte.«

Die Leute im Saal schnappten nach Luft. Jemand zerbrach einen Bleistift.

Faith Barber war blaß. Jetzt verstand auch sie, worauf er hinauswollte. »Ja, aber…«

»Ein ›ja‹ genügt völlig«, unterbrach sie Lovat-Smith. »Und Ihre Mutter, hat sie dieses Abenteuer für gutgeheißen? Machte Sie sich keine Sorgen um ihre Sicherheit? Es muß doch nur so gewimmelt haben vor Gefahren für Leib und Leben: ein Unfall zur See, eine Verletzung durch die Ladung, durch Pferde, ganz zu schweigen von all den Soldaten, die von ihren Frauen getrennt waren und in eine Schlacht zogen, aus der sie womöglich nicht mehr zurückkamen? Und dabei hatte sie die Krim noch nicht einmal erreicht!«

»Es ist nicht notwendigerweise…«

»Ich spreche nicht von der Realität, Mrs. Barber!« unterbrach sie Lovat-Smith. »Ich spreche von der Vorstellung, die Ihre Mutter von dieser Realität hatte! Hat sie sich keine Sorgen um Prudence gemacht? Sie muß doch Todesängste um sie ausgestanden haben?«

»Sie hatte Angst – ja.«

»Und hatte sie nicht auch Angst vor dem, was ihr in der Nähe des Schlachtfelds widerfahren konnte – oder im Lazarett selbst? Was, wenn die Russen gewonnen hätten? Was wäre dann aus Prudence geworden?«

Der Anflug eines Lächelns stahl sich auf Faith Barbers Gesicht. »Ich glaube nicht, daß Mama je an die Möglichkeit gedacht hat, die Russen könnten gewinnen«, sagte sie ruhig. »Mama hält uns für unbesiegbar.«

Ein belustigtes Raunen ging durch den Saal, selbst Hardie reagierte mit einem Lächeln, aber es erstarb sofort wieder.

Lovat-Smith biß sich auf die Lippe. »Möglicherweise«, sagte er mit einem kleinen Kopfschütteln. »Möglicherweise. Ein netter Gedanke, aber nicht besonders realistisch.«

»Sie haben nach ihren Gefühlen gefragt, Sir, nicht nach der Realität.«

Ein weiteres Kichern.

»Nichtsdestoweniger«, nahm Lovat-Smith den Faden wieder auf, »machte sich Ihre Mutter nicht große Sorgen um sie, hatte sie keine Angst?«

»Doch.«

»Und Sie selbst? Hatten Sie nicht auch schreckliche Angst um sie? Lagen Sie nicht nachts wach und stellten sich vor, was ihr zustoßen könnte? Quälte Sie nicht die Furcht vor dem Unbekannten?«

»Doch.«

»Und Ihre Nöte haben sie nicht davon abgehalten?«

»Nein«, sagte sie zum erstenmal mit einem entschiedenen Zögern in der Stimme. Lovat-Smith machte große Augen. »Also konnten sie weder physische Hindernisse noch persönliche Gefahren – extreme Gefahren! –, weder offizielle Einwände und Schwierigkeiten noch die Ängste, Sorgen oder der Schmerz ihrer Familie davon abhalten? Es hat doch ganz den Anschein, als wäre sie ziemlich rücksichtslos gewesen, oder nicht?«

Faith Barber zögerte.

Das Publikum wurde nervös, eine unzufriedene Unruhe stellte sich ein.

»Mrs. Barber?« drängte sie Lovat-Smith.

»Ich mag das Wort rücksichtslos nicht.«

»Es ist nicht immer eine attraktive Eigenschaft, Mrs. Barber«, pflichtete er ihr bei. »Und dieselbe Kraft, derselbe Eifer, der sie aller Widerstände zum Trotz auf die Krim geführt und sie inmitten des schrecklichen Blutbads hat überleben lassen,

Tag für Tag den Tod guter, tapferer Männer vor Augen, konnte in Friedenszeiten zu etwas werden, was nicht so leicht zu verstehen oder zu bewundern ist.«

»Aber ich...«

»Selbstverständlich«, unterbrach er sie abermals, »war sie Ihre Schwester. Sie denken so etwas nicht gern von ihr. Aber ich halte es trotzdem für unwiderlegbar. Ich danke Ihnen. Ich habe keine weiteren Fragen.«

Rathbone stand wieder auf. Es herrschte Totenstille im Saal. Selbst im Publikum bewegte sich nichts. Kein Stoff raschelte, kein Stiefel knarrte, kein Bleistift kratzte.

»Mrs. Barber, Prudence ging auf die Krim ungeachtet der Ängste Ihrer Mutter und der Ihren. Aus Ihren Worten ging nicht hervor, ob sie Sie auf die eine oder andere Weise gezwungen oder ob sie Ihnen durchaus freundlich gesagt hat, daß sie zu gehen wünsche und sich das nicht mehr ausreden lassen wollte?«

»Oh, letzteres, Sir, ganz entschieden«, sagte Faith rasch. »Sie war einfach nicht davon abzubringen!«

»Hat sie Sie zu überzeugen versucht?«

»Ja, natürlich – sie glaubte, es sei das Richtige. Sie wollte ihr Leben dem Dienst an Kranken und Verwundeten widmen. Welchen Preis sie dafür bezahlen mußte, spielte keine Rolle. Sie sagte immer wieder, sie würde lieber für etwas Großes sterben, als in Bequemlichkeit achtzig zu werden – und an der eigenen Nutzlosigkeit zu sterben!«

»Das hört sich nicht besonders rücksichtslos an«, sagte Rathbone sehr liebenswürdig. »Sagen Sie, Mrs. Barber, scheint es Ihnen mit dem Charakter dieser Frau vereinbar – und auch mein sehr verehrter Kollege stimmt mit mir überein, daß Sie sie gut kannten –, daß sie einen Mann durch Erpressung in eine Ehe zu zwingen versuchte?«

»Es ist völlig ausgeschlossen«, sagte sie vehement. »Das ist nicht nur schäbig und kleinlich, etwas, das in absolutem Widerspruch zu ihrem Charakter steht, es ist auch so dumm! Und was immer Sie von ihr glauben mögen, das hat nun wirklich nie jemand von ihr behauptet!«

»In der Tat nicht«, pflichtete Rathbone ihr bei. »Ich danke Ihnen, Mrs. Barber. Das ist alles.«

Richter Hardie beugte sich vor. »Es wird langsam spät, Mr. Rathbone. Wir werden die Schlußplädoyers morgen hören. Das Gericht vertagt sich.«

Ein Aufatmen ging durch den Saal, dann brach der Sturm los, als die Journalisten sich darum drängten, so schnell wie möglich in ihre Redaktionen zu kommen.

Oliver Rathbone hatte es nicht bemerkt, aber Hester war die letzten drei Stunden im Saal gewesen und hatte Faith Barbers Aussage mitbekommen. Als Richter Hardie die Sitzung vertagte, hätte sie gern mit Rathbone gesprochen, aber dieser verschwand in einem der vielen Büros, und da sie ihm nichts Spezielles zu sagen hatte, wäre sie sich dumm vorgekommen, auf ihn zu warten.

Also ging sie. Sie ließ sich durch den Kopf gehen, was sie eben gehört hatte, ihre eigenen Eindrücke von der Stimmung der Geschworenen, von Sir Herbert Stanhope und Lovat-Smith. Sie war gehobener Stimmung. Selbstverständlich war nichts entschieden, bevor nicht der Urteilsspruch vorlag, aber sie war sich so gut wie sicher, daß Rathbone gewonnen hatte. Das einzige Problem war, daß man noch immer weit davon entfernt war, Prudence' wahren Mörder zu entlarven. Und das weckte in ihr sofort wieder den schmerzlichen Gedanken an Kristian Beck. Sie hatte nie richtig nachgeforscht, was eigentlich in der Nacht vor Prudence' Tod passiert war.

Sie stieg eben die breite weiße Steintreppe hinab auf die Straße, als sie Faith Barber mit unglücklichem Gesichtsausdruck auf sich zukommen sah.

Hester trat auf sie zu. »Mrs. Barber ...«

Faith blieb wie angewurzelt stehen. »Ich habe nichts zu sagen. Lassen Sie mich bitte in Ruhe!« Hester brauchte einen Augenblick, bis ihr klar wurde, für wen Faith Barber sie hielt.

»Ich bin eine Krimschwester«, sagte sie auf der Stelle, sämtliche Erklärungen umgehend. »Ich kannte Prudence, nicht gut, aber ich habe mit ihr auf dem Schlachtfeld gearbeitet. Ich kannte sie jedenfalls gut genug, um zu wissen, daß sie weder

Sir Herbert noch sonst jemanden durch Erpressung in eine Ehe gezwungen hätte. Vor allen Dingen kann ich mir nicht vorstellen, daß sie überhaupt heiraten wollte! Sie schien völlig der Medizin ergeben. Ehe und Familie waren wohl das letzte, was sie sich gewünscht hat. Sie hat immerhin Geoffrey Taunton abgewiesen, den sie, wie ich glaube, ganz gern hatte.«

Faith starrte sie an. »Sie waren dabei?« fragte sie schließlich. »Wirklich?«

»Im Krimkrieg? Ja.«

Faith stand reglos da. Um sie herum, in der Nachmittagssonne, standen Leute und diskutierten, tauschten hitzig Neuigkeiten und Meinungen aus. Zeitungsjungen verkündeten lauthals das Neueste aus Parlament, Gesellschaft, Indien, China, Königshaus, internationaler Politik und, nicht zu vergessen, vom Kricket. Zwei Männer stritten sich um einen Hansom, ein Kuchenverkäufer pries seine Waren an, und eine Frau rief nach einem verlorengegangenen Kind.

Faith starrte Hester noch immer an. »Warum sind Sie hingegangen?« fragte sie schließlich. »Oh, ich sehe, es ist eine impertinente Frage, und ich möchte mich entschuldigen. Ich glaube nicht, daß ich sie Ihnen erklären kann, aber ich muß es einfach wissen – weil ich Prudence verstehen muß, was mir einfach nicht gelingen will. Ich habe sie geliebt. Sie war eine so prachtvolle Person, so voller Energie und Ideen.«

Sie lächelte und war gleichzeitig den Tränen nah. »Sie war drei Jahre älter als ich. Als Kind habe ich sie angebetet. Für mich war sie ein Fabelwesen – voller Leidenschaft und Edelmut. Ich habe mir immer vorgestellt, sie würde einmal einen furchtbar schneidigen Mann heiraten – irgendeinen Helden. Nur ein Held wäre gut genug für Prudence.« Ein junger Mann mit Zylinder rempelte sie an, entschuldigte sich und eilte weiter, aber sie schien ihn gar nicht zu sehen. »Aber dann schien sie überhaupt nicht heiraten zu wollen.« Sie lächelte wehmütig. »Ich hatte selbst alle möglichen Träume – aber ich wußte, daß es Träume waren. Ich habe nie wirklich geglaubt, jemals die Quelle des Nils zu entdecken oder in Afrika Heiden zu bekehren und dergleichen. Ich wußte, wenn ich Glück hätte, würde ich einen ehrenwerten Mann finden, den ich lieben und in den ich genügend Vertrauen haben könnte, um ihn zu heiraten und Kinder zu haben.«

Ein Botenjunge mit einer Nachricht in der Hand fragte sie nach einer Straße, hörte sich an, was Hester ihm sagte und machte sich dann unsicher wieder auf den Weg.

»Ich war etwa sechzehn, als mir klar wurde, daß Prudence ihre Träume tatsächlich verwirklichen würde«, fuhr Faith fort, als wäre sie nie unterbrochen worden.

»Als Krankenschwester«, warf Hester ein, »oder um Orte aufzusuchen wie die Krim – ein Schlachtfeld?«

»Nun, eigentlich wollte sie Arzt werden«, antwortete Faith. »Was selbstverständlich unmöglich ist.« Sie lächelte über die Erinnerung. »Sie konnte sich unglaublich darüber aufregen, eine Frau zu sein. Sie wäre viel lieber ein Mann gewesen, um all das tun zu können. Aber natürlich ist das sinnlos, und Prudence hat nie viel Zeit auf sinnlose Gefühle vergeudet. Sie hat es einfach akzeptiert.« Sie schniefte in dem Bemühen, die Beherrschung nicht zu verlieren. »Ich glaube einfach nicht, daß sie alle ihre Ideale verraten haben sollte, um einen Mann wie Sir Herbert in eine Ehe zu zwingen! Ich meine, was hätte sie davon gehabt, selbst wenn er eingewilligt hätte? Es ist so dumm! Was ist nur mit ihr passiert, Miss...« Sie hielt inne, ihr Gesicht von Schmerz und Ratlosigkeit gezeichnet.

»Latterly«, sagte Hester. »Ich weiß nicht, was mit ihr passiert ist, aber ich werde nicht ruhen, bis ich es herausgefunden habe.« Sie überlegte einen Moment. »Sie meinen, die Prudence, die Sie gekannt haben, hätte sich nicht so benommen, wie das der Fall zu sein scheint?« fragte Hester.

»Genau das ist es! Verstehen Sie das?«

»Nein – wenn wir nur die Briefe noch einmal lesen könnten und sehen, ob es keinen Hinweis darauf gibt, wann und warum sie sich so verändert hat!«

»Oh, ich habe noch einige!« sagte Faith rasch. »Ich habe ihnen nur die gegeben, die sich auf Sir Herbert und ihre Gefühle für ihn beziehen. Ich habe noch genügend andere.«

Hester packte sie am Arm. Ihre Umgangsformen waren

ebenso schlagartig vergessen wie die Tatsache, daß sie sich erst kaum zehn Minuten kannten. »Sie haben sie! Bei sich, hier in London?«

»Gewiß. In meiner Unterkunft! Wollen Sie mitkommen und sie sich ansehen?«

»Ja – ja, und ob ich das will. Wenn Sie es gestatten?« willigte Hester viel zu rasch ein, aber Höflichkeit und Anstand waren in diesem Augenblick belanglos. »Kann ich sofort mitkommen?«

»Natürlich«, willigte Faith ein. »Wir müssen aber eine Droschke nehmen. Es ist ein ganzes Stück dorthin.«

Hester drehte sich auf dem Absatz um und stürzte an den Randstein, schob sich durch die diskutierenden Männer und Frauen und rief, so laut sie konnte: »Hansom! Droschke! Hierher, bitte!«

Faith Barbers Quartier war schäbig, aber makellos sauber, und der Wirtin schien es nichts auszumachen, zum Abendessen einen Gast mehr zu haben.

Nachdem der Höflichkeit andeutungsweise Genüge getan war, holte Faith die Briefe, und Hester setzte sich auf das Sofa und las.

Die meisten Einzelheiten waren für sie als Krankenschwester von Interesse. Es handelte sich um klinische Notizen zu einer Vielzahl von Fällen, und sie konnte nur staunen über Prudence' medizinisches Wissen. Es war weitaus profunder als ihr eigenes, das sie bisher für durchaus ordentlich gehalten hatte.

Die Worte waren vertraut, und die Wendungen weckten eine so scharfe Erinnerung an Prudence, daß sie fast glaubte ihre Stimme zu hören.

Sie erinnerte sich an die Schwestern, die bei Kerzenlicht auf den schmalen Pritschen lagen und sich, in graue Decken gehüllt, unterhielten, um Gefühle zu teilen, die allein nicht zu ertragen waren. Es war eine Zeit, die sie der Unschuld beraubt und zu der Frau gemacht hatte, die sie heute war – und Prudence war ein unauslöschlicher Teil dieses Prozesses und damit auch ihres Lebens geworden.

Hinweise auf eine Veränderung ihrer Ideale, ihrer Persönlichkeit boten die Briefe jedoch nicht.

Die Bemerkungen über Sir Herbert waren völlig objektiv und hatten ausschließlich mit seinem beruflichen Können zu tun. Mehrere Male lobte sie ihn: für seinen Mut, neue Techniken anzuwenden, seine diagnostische Hellsicht oder die Klarheit, mit denen er seine Studenten unterwies. Dann lobte sie die Großzügigkeit, mit der er sein Wissen mit ihr teilte. Möglich, daß sich das eher nach einem Lob für den Mann anhörte als nach beruflicher Dankbarkeit, aber für Hester, der die medizinischen Details sowohl einleuchtend als auch interessant schienen, drückte sich hier lediglich ihre Begeisterung über das neue Wissen aus; es wäre ihr selbst nicht anders ergangen, hätte ein Arzt sie so behandelt. Der Mann selber war dabei austauschbar.

Absatz für Absatz kam ihre Liebe zur Medizin zum Ausdruck, ihre Begeisterung über neue Erkenntnisse, ihr grenzenloser Glaube an ihre künftigen Möglichkeiten.

»Sie hätte wirklich Arzt werden sollen«, sagte Hester noch einmal und lächelte in Erinnerungen versunken. »Sie wäre eine so gute Ärztin gewesen!«

»Deshalb ist es ja so komisch, daß sie unbedingt heiraten wollte!« antwortete Faith. »Wenn es darum gegangen wäre, sie zum Medizinstudium zuzulassen, ja, dann hätte ich es geglaubt! Ich denke, dafür hätte sie wohl alles getan. Auch wenn es selbstverständlich unmöglich war. Ich weiß. Es gibt keine medizinische Fakultät, die Frauen aufnimmt.«

»Ich frage mich das wirklich ...«, sagte Hester ganz langsam. »Was, wenn ein bedeutender Chirurg – sagen wir einmal jemand wie Sir Herbert – sie empfehlen würde?«

»Nie!« Faith verwarf den Gedanken, aber ihre Augen leuchteten bereits interessiert auf.

»Sind Sie sicher?« fragte Hester eindringlich und beugte sich vor. »Halten Sie es für völlig ausgeschlossen, daß Prudence geglaubt haben könnte, man würde sie nehmen?«

»Sie meinen, daß es das war, wozu sie Sir Herbert zwingen wollte?« Faiths Augen wurden ganz groß, als es ihr zu dämmern begann. »Es hatte überhaupt nichts mit einer Heirat zu tun! Er sollte ihr zu einer medizinischen Ausbildung verhelfen – nicht als Krankenschwester, sondern als Arzt! Ja – ja, das wäre möglich! Das sähe Prudence ähnlich! So etwas hätte sie getan!« Ihre Gefühle waren ihr deutlich anzusehen. »Aber wie? Sir Herbert hätte ihr doch ins Gesicht gelacht! Er hätte ihr gesagt, sie solle sich nicht lächerlich machen!«

»Wie weiß ich auch nicht«, gestand Hester. »Aber so etwas hätte sie getan – nicht wahr?«

»Ja – ja, ganz bestimmt.«

Hester beugte sich wieder über die Briefe und las sie unter einem ganz neuen Gesichtspunkt – sie verstand jetzt, warum die Operationen so detailliert geschildert, jede Prozedur, jede Reaktion des Patienten so präzise vermerkt war.

Sie las noch mehr von den Briefen mit detaillierten Angaben über Operationen. Faith saß schweigend daneben und wartete.

Auf einmal erstarrte sie. Sie hatte über drei Operationen gelesen, die alle auf die gleiche Art vorgenommen worden waren. Es war weder von einer Diagnose die Rede, noch von Symptomen, Schmerzen oder Fehlfunktionen. Sie fing noch einmal an und las sie sehr sorgfältig durch. Bei allen drei Patienten handelte es sich um Frauen.

Schlagartig wurde ihr klar, wovon die Rede war: Es handelte sich um drei Abtreibungen – die nicht etwa durchgeführt worden waren, weil Gefahr für Leib und Leben der Frauen bestand, sondern aus rein persönlichen Gründen. Die Mütter wollten das Kind nicht haben! In allen drei Fällen dieselbe Schilderung, ja sogar derselbe Wortlaut – wie ein Ritual.

Hastig überflog Hester den Rest der Briefe. Sie fand sieben weitere Operationen, deren Beschreibung sich haargenau glich, Wort für Wort, und jede war mit den Initialen der Patientin versehen. Auch darin unterschieden sich die Briefe von allen anderen: in diesen hatte sie, sehr ausführlich, den Patienten beschrieben, oft sogar mit einer persönlichen Bemerkung wie etwa »eine attraktive Frau« oder »ein arroganter Mann«.

Diese Briefe ließen nur einen Schluß zu: Prudence hatte von diesen Operationen gewußt, ihnen aber nicht beigewohnt. Sie hatte nur soviel erfahren, um sich während der ersten Stunden danach um die Frauen kümmern zu können. Sie machte sich die Notizen aus einem anderen Grund.

Erpressung! Es war ein kalter, ekelhafter Gedanke – aber er ließ sich nicht umgehen. Das also war ihre Handhabe gegen Sir Herbert! Deshalb hatte Sir Herbert sie ermordet! Sie hatte ihre Macht einzusetzen versucht; einmal in ihrem Leben hatte sie sich übernommen, und er hatte die schönen, kräftigen Hände ausgestreckt, um ihren Hals gelegt und zugedrückt, bis sie nicht mehr atmete!

Reglos saß Hester in dem kleinen Raum, während das Licht draußen schwand. Ihr war mit einemmal kalt, als hätte sie Eis geschluckt. Kein Wunder, daß er wie vom Donner gerührt schien, als man ihn einer Affäre mit Prudence bezichtigte! Wie lächerlich war das doch, wie absurd weit von der Wahrheit!

Sie wollte, daß er ihr zu einem Medizinstudium verhalf. Sie hatte mit ihrem Wissen um diese illegalen Operationen Druck auf ihn ausgeübt – und dafür mit dem Leben bezahlt.

Sie blickte Faith an.

Diese hatte sie beobachtet. »Sie wissen es«, sagte sie schlicht. »Was ist es?«

Sorgfältig und ausführlich schilderte ihr Hester, was sie wußte. Faith saß mit aschfahlem Gesicht da, ihre Augen vor Entsetzen ganz schwarz. »Was wollen Sie tun?« fragte sie, als Hester fertig war.

»Zu Oliver Rathbone gehen und es ihm sagen«, antwortete Hester.

»Aber er verteidigt doch Sir Herbert!« Faith war entsetzt. »Er ist doch auf Sir Herberts Seite! Warum gehen Sie damit nicht zu Mr. Lovat-Smith?«

»Mit dem hier?« fragte Hester sie. »Das ist kein Beweis! Wir verstehen das nur, weil wir Prudence kannten. Wie auch immer, Lovat-Smiths Fall ist abgeschlossen. Wir haben weder einen neuen Zeugen, noch neues Beweismaterial – wir haben nur eine neue Erklärung für das, was das Gericht bereits gehört hat. Nein, ich gehe zu Oliver. Vielleicht weiß er, was zu tun ist. So Gott will!«

»Aber dann kommt er davon!« sagte Faith verzweifelt. »Glauben Sie ... glauben Sie wirklich, wir tun das Richtige?«

»O ja, das glaube ich. Ich gehe noch heute abend zu Oliver. Ich nehme an, wir können uns irren ... nein, nein, wir irren uns nicht! Wir haben völlig recht!« Schon war sie auf den Beinen.

»Sie können da nicht alleine hin!« protestierte Faith. »Wo wohnt er?«

»Und ob ich das kann! Das ist nicht der rechte Zeitpunkt für Artigkeiten. Ich werde eine Droschke nehmen. Wir haben keine Zeit zu verlieren. Ich danke Ihnen vielmals dafür, daß Sie mir die Briefe überlassen haben. Ich werde sie Ihnen zurückgeben, ich verspreche es.« Ohne noch länger zu warten, stopfte sie die Briefe in ihre große Tasche, umarmte Faith Barber und stürzte aus dem Wohnzimmer, die Treppe hinab und hinaus auf die kühle, belebte Straße.

»Das könnte wohl sein«, sagte Rathbone zweifelnd, den Stapel Briefe in der Hand. »Aber ein Medizinstudium? Als Frau! Kann sie wirklich geglaubt haben, daß das möglich sei?«

»Warum nicht?« sagte Hester wütend. »Sie hatte das nötige Talent und einen ausgezeichneten Verstand; zudem hatte sie eine ganze Menge mehr Erfahrung, als sie die meisten Studenten mitbringen! Um genau zu sein, sogar mehr als die meisten nach ihrem Abschluß!«

»Aber dann ...«, begann er, verstummte jedoch, als er ihr in die Augen sah.

»Ja?« fragte sie. »Aber was?«

»Aber das intellektuelle Stehvermögen, die physische Kraft, das durchzustehen«, beendete er seinen Satz und sah sie dabei wachsam an.

»Oh, das bezweifle ich!« Ihre Stimme troff vor Sarkasmus. »Sie war ja schließlich nur eine Frau. Sie hat ja nur auf eigene Faust in der Bibliothek des Britischen Museums studiert, ist in den Krimkrieg gezogen, hat auf dem Schlachtfeld und im Lazarett überlebt. Sie ist weder vor dem Blutbad weggelaufen, noch vor Verstümmelungen, Epidemien, Schmutz, Ungeziefer, Erschöpfung, Hunger, Kälte oder den Vorgesetzten in der Armee, die ihr Knüppel zwischen die Beine warfen. Also ich bezweifle wirklich, daß sie eine Vorlesung an der Universität durchgestanden hätte!«

»Na schön«, lenkte er ein. »Es war töricht von mir. Ich bitte um Entschuldigung. Aber Sie sehen das von Ihrem Standpunkt aus. Ich versuche es vom Standpunkt der Universitätsleitung aus zu sehen, so irrig dieser auch sein mag, aber es sind nun einmal die Leute, die über ihre Aufnahme zu befinden gehabt hätten. Und um ehrlich zu sein, so ungerecht das auch sein mag, sie hätte nicht die geringste Chance gehabt.«

»Vielleicht ja doch«, sagte sie leidenschaftlich, »wenn Sir Herbert sich für sie eingesetzt hätte!«

»Das werden wir nie erfahren.« Er schürzte die Lippen. »Aber es wirft ein ganz neues Licht auf die Sache. Es erklärt, warum er keine Ahnung hatte, daß sie ihn zu lieben schien.« Er legte die Stirn in Falten. »Es bedeutet außerdem, daß er alles andere als ehrlich mit mir war. Er muß gewußt haben, worauf sie sich bezog!«

»Alles andere als ehrlich!« explodierte sie mit einer ungestümen Handbewegung.

»Nun, er hätte mir sagen müssen, daß er ihr Hoffnungen gemacht hat, man könnte sie zum Medizinstudium zulassen. Wie falsch auch immer diese gewesen sein mögen«, antwortete er vernünftig. »Aber vielleicht hielt er es für unwahrscheinlich, daß die Geschworenen ihm das abnehmen würden.« Er machte ein verwirrtes Gesicht. »Obwohl er damit kein Motiv mehr gehabt hätte. Ist doch merkwürdig. Ich verstehe das nicht.«

»Du lieber Gott! Aber ich!« Sie erstickte fast an ihren eigenen Worten. Am liebsten hätte sie ihn geschüttelt, bis ihm die Zähne klapperten. »Ich habe den Rest der Briefe gelesen, sehr sorgfältig. Ich weiß, was sie zu bedeuten haben. Er nahm Abtreibungen vor, und sie hatte detaillierte Notizen darüber: die Namen der Patientinnen, die Tage, die Behandlung – einfach alles! Er hat sie umgebracht, Oliver. Er ist schuldig!«

Er streckte ihr eine Hand entgegen; sein Gesicht war ganz blaß.

Sie holte den Rest der Briefe aus ihrer Tasche und reichte sie ihm. »Sie sind kein Beweis«, gab sie zu. »Wenn dem so gewesen wäre, hätte ich sie Lovat-Smith gegeben. Aber kennt man erst einmal ihre Bedeutung, dann versteht man alles – ich weiß, was passiert sein muß. Faith Barber weiß, daß es wahr ist. Die Chance, zu studieren und sich als Ärztin zu qualifizieren, war das einzige, was Prudence dazu hätte bewegen können, von ihrem Wissen auf diese Weise Gebrauch zu machen.«

Ohne ihr zu antworten, las er schweigend die Briefe, die sie ihm gegeben hatte. Es dauerte kaum zehn Minuten, als er aufsah. »Sie haben recht«, pflichtete er ihr bei. »Sie beweisen nichts.«

»Aber er war es! Er hat sie ermordet!«

»Ja – da stimme ich Ihnen zu.«

»Was wollen Sie tun?« fragte sie wütend.

»Ich weiß nicht.«

»Aber Sie wissen doch, daß er schuldig ist!«

»Ja... schon. Aber ich bin sein Anwalt.«

»Aber...« Sie verstummte. Sein Ausdruck sagte ihr, daß sein Entschluß feststand, und sie akzeptierte das, auch wenn sie ihn nicht verstand. Sie nickte. »Ja – wenn Sie meinen.«

Er lächelte freudlos. »Ich danke Ihnen. Jetzt würde ich gern etwas nachdenken.«

Er rief ihr eine Droschke, half ihr beim Einsteigen, und sie fuhr in wortlosem Aufruhr davon.

Als Rathbone in die Zelle kam, stand Sir Herbert auf. Er machte einen ruhigen Eindruck, als hätte er gut geschlafen und erwarte noch diesen Tag seine Rehabilitierung. Er sah Rathbone an, offensichtlich ohne die völlige Veränderung in dessen Auftreten zu bemerken.

»Ich habe noch einmal Prudence' Briefe gelesen«, begann Rathbone, ohne darauf zu warten, daß Sir Herbert etwas sagte. Seine Stimme war scharf und schneidend.

Sir Herbert entging dieser Ton nicht; er kniff die Augen zusammen. »Ach ja? Ist das von Bedeutung?«

»Es hat sie auch jemand gelesen, der Prudence Barrymore kannte und selbst Erfahrung in der Krankenpflege hat.«

Weder veränderte sich Sir Herberts Gesichtsausdruck, noch sagte er etwas. »Sie beschreibt, und das sehr detailliert, eine Reihe von Operationen an Frauen, zumeist jungen Frauen. Aus ihren Worten geht ganz offensichtlich hervor, daß es sich dabei um Abtreibungen handelt.«

Sir Herberts Brauen hoben sich. »Exakt«, sagte er. »Aber Prudence war dabei nie zugegen, außer vorher und danach. Die Operationen selbst habe ich mit Hilfe von Schwestern vorgenommen, die nicht genügend Kenntnisse hatten, um zu wissen, was ich tat. Ich sagte ihnen, es handle sich um Tumore – etwas anderes haben sie nie erfahren. Prudence' Briefe mit ihrer Meinung sind also nicht der geringste Beweis.«

»Aber sie wußte davon!« sagte Rathbone scharf. »Und übte damit Druck auf Sie aus: nicht um Sie in eine Ehe zu zwingen – sie hätte Sie vermutlich noch nicht einmal geheiratet, wenn Sie sie auf Knien gebeten hätten! Sie sollten ihr mit Ihrer beruflichen Autorität zu einer Aufnahme an der medizinischen Fakultät verhelfen.«

»Das ist doch absurd.« Sir Herbert verwarf den bloßen Gedanken daran mit einer Handbewegung. »Noch nie hat eine Frau Medizin studiert. Sie war eine gute Schwester, aber sie hätte niemals mehr werden können. Frauen sind dafür nicht geeignet.« Er lächelte bei dem Gedanken; der Hohn stand ihm deutlich ins Gesicht geschrieben. »Es bedarf der intellektuellen Kraft des Mannes und seiner physischen Ausdauer – von emotionaler Ausgewogenheit ganz zu schweigen.«

»Und einer moralischen Integrität – die haben Sie vergessen«, sagte Rathbone mit beißendem Sarkasmus. »Haben Sie sie deswegen ermordet – weil sie Ihnen drohte, diese illegalen Operationen anzuzeigen, falls Sie sie nicht wenigstens empfehlen würden?«

»Ja«, sagte Sir Herbert mit absoluter Offenheit und begegnete dabei Rathbones Blick. »Das hätte sie getan! Sie hätte mich ruiniert. Ich konnte das nicht zulassen.«

Rathbone starrte ihn an. Lächelte der Mann ihn doch tatsächlich an! »Aber Sie können nichts dagegen tun«, sagte Sir Herbert seelenruhig. »Sie können weder etwas sagen, noch können Sie das Mandat niederlegen. Sie würden damit ein Vorurteil gegen mich schaffen. Man würde Sie aus der Anwaltskammer ausschließen und den Prozeß vermutlich wegen eines Verfahrensfehlers für ungültig erklären. Sie hätten nichts erreicht.«

Er hatte recht, und Rathbone wußte es – und ein Blick in Sir Herberts glattes, selbstzufriedenes Gesicht sagte ihm, daß auch er das wußte.

»Sie sind ein brillanter Strafverteidiger.« Sir Herbert lächelte ganz offen. Er steckte die Hände in die Taschen. »Sie müssen mich verteidigen. Sie brauchen nichts weiter zu tun, als Ihr Schlußplädoyer zu halten – und das werden Sie in gewohnter Brillanz tun, weil Ihnen gar nichts anderes übrig bleibt. Ich kenne das Gesetz, Mr. Rathbone.«

»Schon möglich«, sagte Rathbone mit verhaltenem Zorn. »Aber Sie kennen mich nicht, Sir Herbert.« Der Haß, mit dem er ihn ansah, war so stark, daß er ihn im Magen spürte; er bekam kaum noch Luft. »Aber der Prozeß ist noch nicht vorbei.« Und ohne darauf zu warten, ob Sir Herbert noch irgendwelche Anweisungen gab, wandte er sich auf dem Absatz um und ging hinaus.

12

In der ersten Morgensonne standen sie in seiner Kanzlei, Rathbone kreidebleich, Hester verwirrt und verzweifelt, Monk fassungslos und voll Zorn.

»Himmel, Herrgott, stehen Sie nicht einfach so rum!« explodierte Monk. »Was werden Sie tun? Er ist schuldig!«

»Ich weiß, daß er schuldig ist«, sagte Rathbone, der sich kaum beherrschen konnte. »Aber er hat auch recht: Mir sind die Hände gebunden. Die Briefe sind kein Beweis, und außerdem haben wir sie bereits als Beweismittel verlesen. Wir können jetzt nicht hergehen und dem Gericht erzählen, sie bedeuten in Wirklichkeit etwas anderes. Wir haben nur Hesters Interpretation. Es ist die richtige, aber ich kann nichts wiederholen, was mir Sir Herbert anvertraut hat. Selbst wenn es mir egal wäre, aus der Anwaltskammer ausgeschlossen zu werden, was es nicht ist! Man würde den Prozeß so oder so wegen eines Verfahrensfehlers abbrechen!«

»Aber es muß doch eine Möglichkeit geben!« protestierte Hester verzweifelt und ballte die Fäuste. Ihr ganzer Körper war verkrampft.

»Wenn Ihnen etwas einfällt«, sagte Rathbone mit einem bitteren Lächeln, »ich werde es tun, so wahr mir Gott helfe! Von der ungeheuren Ungerechtigkeit einmal ganz abgesehen – ich kann mich nicht erinnern, je einen Menschen so gehaßt zu haben!« Er schloß die Augen, die Muskeln in seinen Backen traten hervor. »Steht da mit seinem verdammten Lächeln im Gesicht... Er weiß, ich muß ihn verteidigen, und lacht mich auch noch aus!«

Hester starrte ihn hilflos an.

»Tut mir leid«, entschuldigte er sich automatisch für seine Sprache. Sie machte eine wegwerfende Geste. Das spielte jetzt wirklich keine Rolle.

Monk war in Gedanken weit weg, er sah weder den Raum noch die beiden anderen Personen.

Die Uhr auf dem Mahagonisims des Kamins vertickte die Sekunden. Die Sonne ließ den polierten Boden zwischen Fenster und Teppich erstrahlen. Vor dem Fenster rief jemand nach einer Droschke. Die Sekretäre und Juniorpartner waren noch nicht im Büro.

Monk nahm eine andere Position ein.

»Abtreibungen«, überlegte er laut.

»Was?« riefen Hester und Rathbone wie aus einem Mund.

»Stanhope hat doch Abtreibungen vorgenommen«, sagte Monk langsam.

»Ist nicht zu beweisen«, verwarf Rathbone den Gedanken. »Jedesmal eine andere Schwester, und immer eine, die viel zu dumm war, um mehr zu können, als ihm die Instrumente zu reichen und sie hinterher wieder zu säubern. Die haben geglaubt, was er ihnen erzählt hat – die Entfernung eines Geschwürs ist wohl das Wahrscheinlichste.«

»Woher wissen Sie das?«

»Er hat es mir gesagt! Er gibt es offen zu, weil er weiß, daß ich nicht gegen ihn aussagen kann!«

»Sein Wort«, sagte Monk trocken. »Aber darauf kommt es hier nicht an.«

»O doch!« widersprach ihm Rathbone. »Ganz abgesehen davon, daß wir nicht wissen, um welche Schwestern es sich handelt – und es gibt weiß Gott genug dumme in diesem Krankenhaus! Die werden nicht aussagen, und selbst wenn, das Gericht würde denen doch nicht mehr glauben als Sir Herbert! Können Sie sich eine von denen vorstellen: dumm, verängstigt, verdrießlich, wahrscheinlich schmutzig und noch nicht einmal nüchtern.« Sein Gesicht verzog sich zu einem bitteren Lächeln. »Ich hätte sie im Handumdrehen in der Luft zerrissen.«

Er nahm eine zugleich würdige und satirische Pose ein. »Also, Mrs. Moggs, woher wollen Sie wissen, daß es sich bei dieser Operation um eine Abtreibung handelte und nicht um die Entfernung eines Tumors, wie der hervorragende Chirurg Sir Herbert Stanhope unter Eid zu Protokoll gegeben hat? Was haben Sie gesehen – genau bitte?« Er hob die Brauen. »Aufgrund welcher medizinischen Ausbildung können Sie so etwas sagen? Wie bitte, Sie haben keine Ausbildung? Wie lange hatten Sie Dienst? Die ganze Nacht? Und was taten Sie da? Ach so – Fäkalieneimer leeren, den Boden wischen, das Feuer schüren. Sind das Ihre üblichen Pflichten, Mrs. Moggs? Ja, ich verstehe. Wie viele Gläser Porter hatten Sie? Der Unterschied zwischen einem Tumor und einem sechs Wochen alten Fötus? Ich kenne ihn nicht. Sie auch nicht? Ich danke Ihnen, Mrs. Moggs, das wäre alles...«

Monk holte Luft, um etwas zu sagen, aber Rathbone schnitt ihm das Wort ab. »Und Sie haben nicht die geringste Chance, eine der Patientinnen in den Zeugenstand zu bekommen! Selbst wenn Sie sie finden könnten, was Ihnen nicht gelingen wird. Sie würden lediglich Sir Herberts Aussage bestätigen, es habe sich um einen Tumor gehandelt!« Er schüttelte den Kopf in kaum noch zu bändigendem Zorn. »Wie auch immer, es spielt ohnehin keine Rolle, weil wir sie nicht aufrufen können. Und Lovat-Smith weiß nichts davon! Außerdem ist die Beweisaufnahme der Staatsanwaltschaft abgeschlossen. Ohne einen triftigen Grund kann er sie zu diesem Zeitpunkt nicht wiedereröffnen.«

Monk machte ein trostloses Gesicht. »Ich weiß das. Daran habe ich auch nicht gedacht. Natürlich werden sie nicht aussagen. Aber woher wußten die Frauen, daß Sir Herbert eine Abtreibung vornehmen würde?«

»Was?«

»Woher...«, begann Monk.

»Ja! Ich habe Sie schon verstanden!« schnitt Rathbone ihm ein weiteres Mal das Wort ab. »Ja, gewiß ist das eine ausgezeichnete Frage, aber ich sehe nicht, wie uns die Antwort weiterhelfen könnte, selbst wenn wir es wüßten. Es ist schließlich nichts, wofür man Reklame macht. Es muß wohl irgendwie durch Mundpropaganda geschehen.« Er wandte sich an Hester. »Wo geht man hin, wenn man eine Abtreibung vornehmen lassen möchte?«

»Ich weiß nicht!« sagte sie unwillig. Dann, einen Augenblick darauf, legte sie die Stirn in Falten. »Aber wir können es vielleicht herausfinden.«

»Lassen Sie's gut sein«, verwarf Rathbone den Gedanken. Einmal mehr war er sich seiner unseligen Situation bewußt. »Selbst wenn Sie es herausfinden würden, wir könnten weder Zeugen aufrufen, noch könnten wir es Lovat-Smith sagen. Uns sind die Hände gebunden.«

Monk stand am Fenster, das klare Sonnenlicht betonte seine harten Züge, die glatte Haut seiner Wangen und die Kraft seiner Nasen- und Mundpartie.

»Vielleicht«, räumte er ein. »Aber es wird mich nicht davon abhalten zu suchen. Er hat sie umgebracht, und wenn ich kann, werde ich dafür sorgen, daß der Schurke dafür hängt.« Und ohne eine Reaktion der anderen abzuwarten, wandte er sich auf dem Absatz um und ging hinaus; die Tür ließ er offen.

Rathbone sah Hester an. »Ich weiß nicht, was ich tun soll«, sagte sie leise. »Aber tun werde ich etwas! Und was Sie tun müssen«, sie lächelte, um die Arroganz ihrer Worte zu mildern, »ist, den Prozeß so lange wie möglich hinauszuzögern.«

»Wie denn?« Seine Brauen schossen nach oben. »Ich bin fertig!«

»Wie weiß ich auch nicht! Rufen Sie weitere Leumundszeugen auf, die sagen, was für ein feiner Mensch er ist!«

»Ich brauche keine mehr!« protestierte er.

»Das weiß ich auch. Rufen Sie sie trotzdem auf!« Sie machte eine unwirsche Handbewegung. »Tun Sie etwas, irgend etwas – nur verhindern Sie, daß die Geschworenen jetzt schon zu einem Urteil kommen!«

»Es hat doch keinen Sinn.«

»Tun Sie's!« explodierte sie. »Geben Sie nicht auf!«

Ein feines Lächeln umspielte seine Lippen, kaum mehr als ein Hauch, aber seine Augen leuchteten vor Bewunderung.

»Gut«, räumte er ein. »Aber es hat wirklich wenig Sinn.«

Callandra wußte, wie es um das Verfahren stand. Sie war an jenem letzten Nachmittag selbst dabeigewesen und hatte Sir Herberts Gesicht gesehen, die Art wie er auf der Anklagebank saß, kerzengerade, mit ruhigem Blick. Und sie hatte gesehen, daß ihn die Geschworenen ganz zufrieden angesehen hatten. Nicht einer war rot angelaufen, wenn er in seine Richtung gesehen hatte. Es war offensichtlich, daß sie ihn für unschuldig hielten.

Damit mußte es jemand anderes gewesen sein. Jemand anderes hatte Prudence Barrymore ermordet.

Kristian Beck? Weil er Abtreibungen vorgenommen und sie davon gewußt und gedroht hatte, ihn anzuzeigen?

Der Gedanke war so gräßlich, daß er sich nicht mehr länger verdrängen ließ. Er vergällte ihr das ganze Leben. Bis weit nach Mitternacht warf sie sich unruhig im Bett hin und her, setzte sich schließlich auf und versuchte den Mut aufzubringen, eine Entscheidung zu erzwingen. Sie stellte sich vor, wie sie ihn zur Rede stellte, ihm vorhielt, was sie gesehen hatte. Immer und immer wieder kleidete sie ihren Vorwurf in neue Worte, um ihn erträglich zu machen. Es ging nicht.

Sie spielte sämtliche Antworten durch, die er ihr geben könnte. Konnte sein, daß er sie einfach belog – und sie würde wissen, es ist eine Lüge und furchtbar darunter leiden. Beim Gedanken daran traten ihr heiße Tränen in die Augen. Oder er gestand ihr alles und entschuldigte sich mit einer jämmerlichen und berechnenden Ausrede. Was fast noch schlimmer wäre. Sie verdrängte den Gedanken, ohne ihn zu Ende zu denken.

Ihr war kalt, und sie saß zitternd auf dem Bett, die Decken ein nutzloses Knäuel neben ihr.

Oder er würde wütend, sagte ihr, sie solle sich um ihre eigenen Angelegenheiten kümmern und sich aus seinem Büro scheren. Womöglich kam es zu einem Streit, der nie wieder beizulegen wäre – wenn ihr daran überhaupt noch etwas lag. Das wäre schrecklich, aber allemal besser als die beiden ersten Möglichkeiten. Eine heftige, häßliche Szene, aber wenigstens ehrlich.

Dann war da noch die letzte Möglichkeit: daß er ihr erklärte, es habe sich um keine Abtreibung gehandelt, sondern um eine andere Operation – womöglich hatte er Marianne nach einer Abtreibung, durchgeführt von irgendeinem Hinterhofmetzger, das Leben gerettet? Das wäre natürlich das beste; er hätte es um ihretwillen für sich behalten!

Aber war das wirklich möglich? Machte sie sich da nicht etwas vor? Und falls er ihr tatsächlich etwas dergleichen sagte, würde sie es ihm glauben? Oder wäre sie wieder dort, wo sie jetzt war – verzweifelt und ängstlich, weil sie den schrecklichen Verdacht nicht los wurde, es könnte ein noch weit schlimmeres Verbrechen dahinterstecken?

Erschöpft legte sie den Kopf auf die Knie.

Allmählich jedoch kam sie zu einem Entschluß: Sie mußte ihn zur Rede stellen. Und was immer er ihr sagte, sie würde damit leben müssen. Es war der einzig gangbare Weg.

»Herein.«

Mit festem Griff öffnete sie und trat ein. Sie zitterte am

ganzen Körper, fast wollten ihr die Beine versagen, aber es war kein Zaudern mehr in ihr – der Entschluß war gefaßt.

Kristian saß an seinem Schreibtisch. Er stand auf, als er sie sah, und trotz seiner offensichtlichen Müdigkeit trat ein freudiges Lächeln auf sein Gesicht. War es das schlechte Gewissen, das ihn nicht schlafen ließ? Sie schluckte, und der Atem stockte ihr.

»Callandra? Geht es Ihnen nicht gut?« Er zog ihr den zweiten Stuhl zurecht und hielt ihn, während sie sich setzte. Eigentlich hatte sie vorgehabt stehen zu bleiben, nahm jedoch dankend an, vielleicht auch, um es noch einen Augenblick hinauszuzögern.

»Nein.« Ohne weitere Ausflüchte ging sie zur Attacke über, kaum daß er wieder auf seinen Stuhl zurückgekehrt war. »Ich mache mir furchtbare Sorgen und habe mich entschlossen, Sie endlich um Auskunft zu bitten. Ich muß es einfach tun.«

Das Blut wich aus seinem Gesicht, bis es aschfahl war. Die dunklen Ringe um die Augen wirkten wie blaue Flecken. Seine Stimme war ganz leise, und seine Anspannung war nicht zu überhören. »Sprechen Sie.«

Es war noch schlimmer, als sie gedacht hatte. Er sah so niedergeschlagen aus – ein Mann, der sein Urteil erwartete.

»Sie sehen sehr müde aus...«, begann sie und war sofort wütend auf sich. Es war eine dumme Bemerkung, die überhaupt nichts zur Sache tat.

Das feine, traurige Lächeln umspielte einmal mehr seinen Mund. »Sir Herbert ist nun schon einige Zeit weg. Ich tue für seine Patienten, was ich kann, aber es ist schwierig, sie so gut zu versorgen wie meine eigenen.« Er schüttelte kaum merklich den Kopf. »Aber das ist unwichtig. Sprechen wir über Ihre Gesundheit. Wo tut es Ihnen weh? Welche Symptome machen Ihnen Sorgen?«

Wie dumm von ihr! Selbstverständlich war er müde – er mußte ja erschöpft sein, wenn er neben seiner eigenen auch noch Sir Herberts Arbeit erledigen mußte! Daran hatte sie überhaupt nicht gedacht. Und soweit ihr bekannt war, auch sonst keiner aus dem Verwaltungsrat. Wie inkompetent sie doch waren! Ihr einziges Thema bei den Sitzungen war der Ruf des Spitals.

Und er hatte angenommen, sie sei krank – natürlich. Warum sonst sollte sie ihn, am ganzen Körper zitternd und mit heiserer Stimme, konsultieren?

»Ich bin nicht krank«, sagte sie und begegnete seinem Blick mit dem Ausdruck schmerzlicher Entschuldigung in den Augen. »Was mir zu schaffen macht, ist die Angst und mein Gewissen.« Endlich war es heraus, und es war die Wahrheit – keine Ausflüchte mehr. Sie liebte ihn. Das machte es ihr leichter, sie endlich in Worte zu fassen, ohne weiter um den heißen Brei herumzureden. Sie starrte in sein Gesicht. Was immer er getan hatte, diese Gegebenheiten ließen sich nicht ausreißen.

»Weshalb denn?« fragte er und starrte sie an. »Wissen Sie etwas über Prudence Barrymores Tod?«

»Ich glaube nicht – ich hoffe es jedenfalls nicht...«

»Was dann?«

Der Augenblick war gekommen.

»Vor einer Weile«, begann sie, »habe ich Sie hier gestört, während Sie eine Operation durchführten. Sie haben mich weder gesehen noch gehört, und ich ging, ohne etwas zu sagen.« Er betrachtete sie mit einem besorgten kleinen Wulst zwischen den Brauen. »Ich habe die Patientin erkannt«, fuhr sie fort. »Es handelte sich um Marianne Gillespie, und ich fürchte, diese Operation diente dem Abort des Kindes, das sie erwartete.« Sie brauchte nicht mehr weiterzusprechen. Sie sah es an seinem Gesicht, das weder überrascht noch entsetzt war, daß es sich um die Wahrheit handelte. Sie versuchte, jedes Gefühl zu unterdrücken, um keinen Schmerz zu verspüren. Sie mußte sich von ihm distanzieren, erkennen, daß sie unmöglich einen Mann lieben konnte, der so etwas tat! Dann würde auch der grauenhafte Schmerz wieder vergehen!

»Ja, das war es in der Tat«, sagte er. In seinem Blick lagen weder Angst noch Schuld. »Sie erwartete das Kind als Folge einer Vergewaltigung durch ihren Schwager. Die Schwangerschaft war noch nicht sehr weit fortgeschritten, weniger als sechs Wochen.« Er sah traurig und müde aus, und mochte ihm auch der Schmerz anzusehen sein, von Scham sah sie keine Spur. »Ich habe bereits mehrmals Abtreibungen vorgenommen«, sagte er leise, »wenn man mich früh genug zu Rate gezogen hat, während der ersten acht bis zehn Wochen, und das Kind die Frucht einer Gewalttat oder die Frau sehr jung war – manchmal noch nicht einmal zwölf. Oder sie war bei so schlechter Gesundheit, daß die Schwangerschaft sie das Leben gekostet hätte. Das waren die jeweiligen Umstände, und ich habe es nie gegen Entgelt getan.« Sie wollte ihn unterbrechen, etwas sagen, aber ihr Hals war wie zugeschnürt, ihre Lippen wie gelähmt. »Es tut mir leid, wenn Ihnen das entsetzlich erscheint.« Der Anflug eines Lächelns berührte seinen Mund. »Außerordentlich leid. Sie müssen wissen, daß ich eine tiefe Zuneigung zu Ihnen empfinde, auch wenn es nicht richtig ist, Ihnen das zu sagen, schließlich bin ich nicht frei, Ihnen einen ehrenwerten Vorschlag zu machen. Aber wie immer Sie darüber denken mögen, ich habe lange und gründlich darüber nachgedacht. Sogar gebetet.« Wieder blitzte die Selbstironie auf und war ebenso rasch wieder verschwunden. »Und ich halte mein Tun für rechtens – ich kann es vor Gott verantworten. Ich bin der festen Überzeugung, daß eine Frau in einer solchen Situation das Recht auf eine eigene Entscheidung hat. Daran kann ich nichts ändern, auch Ihnen zuliebe nicht!«

Jetzt überkam sie eine schreckliche Angst um ihn. Man würde ihn erwischen, und das bedeutete nicht nur seinen beruflichen Ruin, sondern auch Gefängnis.

»Victoria Stanhope!« sagte sie heiser, ihr Herz voller Erinnerungen an ein bekümmertes Mädchen im rosa Kleid, die Augen erst voller Hoffnung, dann voll Verzweiflung. Dieses eine mußte sie noch wissen, dann würde sie nie wieder daran denken. »Haben Sie sie auch operiert?«

Kummer überschattete sein Gesicht. »Nein. Ich hätte es getan. Das Kind war Folge der Inzucht – durch Arthur, ihren Bruder, Gott stehe ihm bei. Aber sie stand bereits vier Monate vor der Entbindung. Es war zu spät. Ich konnte nichts mehr tun, ich wollte, es wäre möglich gewesen!«

Mit einemmal ergab sich ein ganz anderes Bild: Er machte

das nicht des Geldes wegen! Er versuchte einigen der schwächsten und verzweifeltsten Menschen aus einer Situation zu helfen, die unerträglich war. War das rechtens? Oder war es eine Sünde?

Doch sicher nicht? Zeugte das nicht eher von Mitgefühl und Weisheit?

Sie starrte ihn an, unfähig die unermeßliche Erleichterung zu verbergen, die über sie hinwegschwappte. Die Tränen standen ihr in den Augen, ihre Stimme stak irgendwo in ihrem Hals.

»Callandra?« sagte er sanft.

Sie lächelte, und es war ein albernes, strahlendes Lächeln, und ihr Blick begegnete dem seinen mit einer Intensität, als hätte sie ihn berührt.

Ganz langsam begann auch er zu lächeln. Er streckte eine Hand über den Schreibtisch und legte sie auf die ihre. Falls ihm der Gedanke kam, sie könnte ihn für den Mörder von Prudence Barrymore gehalten haben, so sagte er jedenfalls nichts. Ebensowenig wie er sie fragte, warum sie nicht zur Polizei gegangen war. Sie hätte ihm gesagt, weil sie ihn mit jeder Faser ihres Körpers liebte – eine schmerzliche Liebe, die sie nicht wollte –, aber es war besser für alle Beteiligten, wenn derlei ungesagt blieb. Sie beide wußten und verstanden es. Einige Minuten lang saßen sie sich schweigend gegenüber, die Hände ineinander gelegt, und starrten sich lächelnd an.

Rathbone betrat den Gerichtssaal weißglühend vor Zorn. Lovat-Smith saß mit finsterer Miene an seinem Tisch; er wußte, er hatte verloren. Interesselos hob er den Kopf, als Rathbone vorbeikam, sah dann dessen Gesichtsausdruck und stutzte. Er warf einen Blick hinauf zur Anklagebank. Dort saß Sir Herbert mit dem Hauch eines Lächelns auf den Lippen und strahlte eine ruhige Zuversicht aus; nicht daß er so vulgär oder vermessen gewesen wäre zu jubilieren, aber seine Siegesgewißheit war nicht zu verkennen.

»Mr. Rathbone?« Richter Hardie sah den Anwalt fragend an. »Sind Sie bereit für Ihr Schlußplädoyer?«

Rathbone zwang sich, so ruhig wie möglich zu klingen. »Nein, Euer Ehren. Wenn es dem Gericht recht ist, würde ich gern noch zwei weitere Zeugen aufrufen.«

Hardie sah ihn überrascht an; Lovat-Smith machte große Augen. Ein leises Rascheln ging durch die Publikumsreihen. Einige der Geschworenen runzelten die Stirn.

»Wenn Sie es für nötig halten, Mr. Rathbone«, sagte Hardie zweifelnd.

»Ich halte es für nötig, Euer Ehren«, antwortete Rathbone. »Um meinem Mandanten in jeder Hinsicht Gerechtigkeit widerfahren zu lassen.« Bei diesen Worten warf er einen Blick hinauf zur Anklagebank und sah, wie Sir Herberts Lächeln fast unmerklich blasser wurde, während sich zwischen seinen Brauen eine kleine Furche bildete. Freilich hielt sie sich nicht. Das Lächeln kam wieder, und er begegnete Rathbones Blick mit Zuversicht und einem Strahlen, von dem nur sie beide wußten, daß es seiner Verachtung entsprang.

Lovat-Smith blickte neugierig von Rathbone hinauf zur Anklagebank und wieder zurück; dann richtete er sich etwas auf.

»Ich möchte Dr. James Cantrell aufrufen«, sagte Rathbone mit klarer Stimme.

»Dr. James Cantrell«, wiederholte der Gerichtsdiener laut. Einige Augenblicke später erschien der Genannte; ein schmaler junger Mann, dessen Hals und Kinn dort, wo er sich in seiner Nervosität beim Rasieren geschnitten hatte, Blutflekken zierten. Er war einer der Medizinstudenten, und seine Laufbahn stand auf dem Spiel. Er wurde vereidigt, und Rathbone begann ihn lang und ausführlich zu Sir Herberts untadeliger Haltung als Arzt zu befragen.

Die Geschworenen waren gelangweilt; Hardie wurde zunehmend ärgerlicher, und Lovat-Smith zeigte ganz unverhohlen Interesse. Das Lächeln auf Sir Herberts Gesicht verschwand nicht einen Augenblick.

Rathbone kämpfte weiter und kam sich von Minute zu Minute alberner vor, aber er war fest entschlossen, für Monk soviel Zeit wie möglich zu schinden.

Hester hatte sich mit einer Kollegin arrangiert, die für einige

Stunden ihre Pflichten übernahm; sie würde dafür die doppelte Anzahl von Stunden für sie einspringen. Sie traf sich mit Monk um sechs Uhr morgens in dessen Wohnung. Jetzt galt es, keine Minute zu verlieren. Die Sonne stand bereits hoch, und sie wußten nicht, wieviel Zeit Rathbone ihnen verschaffen könnte.

»Wo sollen wir anfangen?« fragte sie. »Ich habe nachgedacht, und wenn ich ehrlich bin, dann bin ich nicht mehr besonders optimistisch.«

»Optimistisch war ich von vornherein nicht«, erwiderte Monk. »Ich weiß nur, daß ich diesen Bastard nicht davonkommen lasse.« Er lächelte sie an, und war auch keine Wärme in diesem Lächeln, dazu war er zu wütend, so doch etwas anderes, Tieferes. Es war absolutes Vertrauen, die Gewißheit, daß sie verstand und sein Gefühl ohne Erklärungen teilte. »Er hat weder geworben, noch lief er seiner Kundschaft nach. Irgendwo muß es einen Mann, eine Frau geben, die das für ihn erledigt. Er wird wohl keine Frauen ohne Geld akzeptiert haben, was auf die bessere Gesellschaft weist – alt oder neu...«

»Vermutlich alt«, unterbrach sie ihn sarkastisch. »Die Geschäftsleute, das heißt die neue Gesellschaft, kommt aus den besseren Kreisen der oberen Arbeiterklasse. Das sind Leute mit gesellschaftlichen Ambitionen wie Runcorn. Deren Moralbegriffe sind für gewöhnlich sehr streng. Es ist das alte Geld, das sich seiner sicher ist und die Konventionen verhöhnt und deshalb auch weit eher Abtreibungen nötig hat – oder man glaubt, mehr als eine bestimmte Anzahl von Kindern nicht verkraften zu können.«

»Arme Frauen kommen damit ja wohl noch weniger zurecht«, sagte Monk stirnrunzelnd.

»Selbstverständlich«, pflichtete sie ihm bei. »Aber die können sich wohl kaum Sir Herberts Preise leisten? Die gehen zu den Frauen in den Hinterhöfen oder versuchen es selbst.«

Ein verärgerter Ausdruck legte sich auf sein Gesicht, freilich wegen seiner eigenen Dummheit. Er stand am Kamin, den Fuß auf dem Gitter davor. »Und wie findet so eine Dame der Gesellschaft einen Abtreiber?« fragte er sie.

»Durch Mundpropaganda, nehme ich an«, sagte sie nachdenklich. »Aber wen würde sie fragen?«

Er schwieg und beobachtete sie abwartend.

Sie fuhr fort, laut nachzudenken: »Jemanden, den ihr Mann nicht kennt – oder ihr Vater, falls sie unverheiratet ist. Möglicherweise auch ihre Mutter nicht. Wo geht sie also hin, allein und ohne Aufmerksamkeit zu erregen?« Sie setzte sich auf den Stuhl mit der hohen Lehne und legte das Kinn in die Hände. »Zu ihrer Schneiderin, zu ihrer Putzmacherin«, beantwortete sie ihre eigene Frage. »Sie könnte sich einer Freundin anvertrauen, aber das halte ich für unwahrscheinlich. Es ist etwas, wovon die Bekannten nichts wissen sollen. Es ist ja gerade deren Meinung, vor der sie sich schützen will!«

»Dann müssen wir es bei diesen Leuten versuchen«, sagte er rasch. »Aber was kann ich dabei tun? Ich werde doch nicht hier herumstehen und auf Sie warten!«

»Sie versuchen es bei den Putzmacherinnen und Schneiderinnen«, antwortete sie entschlossen und stand auf. »Ich versuche es im Krankenhaus. Irgend jemand dort muß etwas wissen. Schließlich wurde ihm assistiert, selbst wenn es jedesmal eine andere Schwester war. Wenn ich Prudence' Briefe noch einmal nach Daten und Namen durchgehe«, sie strich sich den Rock glatt, »gelingt es mir vielleicht, diese bis zu bestimmten Leuten zurückzuverfolgen. Sie hat doch ihre Initialen notiert. Vielleicht ist eine von ihnen bereit, über den Mittelsmann – die Mittelsfrau – auszusagen.«

»Das können Sie nicht, es ist zu gefährlich«, sagte er sofort. »Außerdem werden die Ihnen nichts sagen!«

Sie sah ihn empört an. »Ich werde doch nicht einfach hingehen und sie fragen, um Himmels willen! Und außerdem haben wir keine Zeit, zimperlich zu sein. Mehr als ein, zwei Tage kann Oliver den Prozeß unmöglich hinauszögern!«

Sein Protest lag ihm auf der Zunge, blieb aber unausgesprochen. »Um welche Zeit macht so eine Putzmacherin auf?« fragte er.

Sein erster Versuch war ein haarsträubender Fehlschlag. Das Geschäft hatte um zehn Uhr geöffnet, obwohl die Blumenmacherinnen, die Stickerinnen, Bänderschneiderinnen und Büglerinnen schon seit sieben bei der Arbeit waren. Eine Frau mittleren Alters mit einem harten, lauernden Gesicht begrüßte ihn und fragte, womit sie ihm dienen könne.

Er sagte, er suche einen geeigneten Hut für seine Schwester, und vermied dabei tunlichst, den Blick über die ausgestellten Modelle aus Stroh, Filz, Leinen, Federn, Blumen, Bändern und Spitze schweifen zu lassen, die sich auf den Regalen bis in die hintersten Ecken häuften.

Herablassend bat sie ihn, ihr seine Schwester zu beschreiben, und fragte nach dem Anlaß, zu dem sie den Hut tragen wollte.

Er versuchte ihr Beth zu beschreiben, ihre Züge, den Eindruck, den sie vermittelte.

»Ihre Gesichtsfarbe, Sir«, sagte sie leicht ungeduldig. »Ist sie dunkel wie Sie oder der helle Typ? Hat sie große Augen? Ist sie groß oder klein?«

Hester verfluchend, der er dieses idiotische Abenteuer zu verdanken hatte, legte er sich fest: »Hellbraunes Haar, große blaue Augen«, antwortete er hastig. »Etwa Ihre Größe.«

»Und der Anlaß, Sir?«

»Für den Kirchgang!«

»Ah ja. Wäre das hier in London, Sir, oder irgendwo auf dem Land?«

»Auf dem Land.« War sein northumbrisches Erbe so offensichtlich? Warum hatte er nicht London gesagt: Es wäre um so vieles einfacher gewesen. Außerdem spielte es ohnehin keine Rolle. Er würde den Hut so und so nicht kaufen!

»Ah ja. Wenn Sie sich vielleicht einige von diesen hier ansehen wollen?« Sie führte ihn zu einigen ausgesprochen schlichten Modellen aus Stroh und Stoff. »Wir schmücken sie selbstverständlich ganz nach Ihren Wünschen, Sir«, fügte sie hinzu, als sie seinen Blick sah.

Das Blut stieg ihm in die Wangen. Er kam sich wie ein vollendeter Dummkopf vor. Wieder verwünschte er Hester.

Nichts außer seinem rasenden Zorn auf Sir Herbert hätte ihn in diesem Laden halten können. »Wie wäre es mit etwas in Blau?«

»Wenn Sie es wünschen«, sagte sie mißbilligend. »Ziemlich auffällig, finden Sie nicht, Sir? Wie wäre es mit grün und weiß?« Sie nahm einen Strauß künstlicher Maßliebchen und hielt sie gegen einen grünen Strohhut mit grünem Band. Die Wirkung war so frisch und zart, daß er sich schlagartig in seine Kindertage versetzt fühlte – er und die kleine Beth auf einem sommerlichen Feld.

»Das ist hübsch«, sagte er ungewollt.

»Ich lasse ihn liefern«, sagte sie sofort. »Morgen früh ist alles fertig. Miss Liversedge wird sich um die Einzelheiten kümmern. Sie können alles Weitere mit ihr besprechen.«

Fünf Minuten später stand Monk wieder auf der Straße; er hatte einen Hut für Beth gekauft und keine Ahnung, wie er ihn ihr nach Northumberland schicken sollte. Er fluchte in sich hinein. Er hätte auch Hester gestanden, aber sie war wirklich die letzte, der er ihn schenken würde!

Im nächsten Geschäft, einem weniger exklusiven, ging es lebhafter zu. Sein mittlerweile lodernder Zorn sorgte dafür, daß er nicht erst einen der Hüte für gut befinden mußte.

Er konnte unmöglich den ganzen Tag damit vertun, sich Hüte anzusehen. Er mußte den Stier bei den Hörnern packen, so schwierig es auch sein mochte.

»Um genau zu sein, ist die betreffende Dame in anderen Umständen«, sagte er ganz unvermittelt.

»Da wird sie für einige Zeit das Haus hüten müssen«, bemerkte die Verkäuferin, die sofort an die praktische Seite dachte. »Dann trägt sie den Hut wohl nur einige Monate oder gar Wochen?«

Er machte ein Gesicht. »Es sei denn, es gelingt ihr ...« Mit einem leichten Achselzucken verstummte er.

Die Frau merkte sofort, woher der Wind wehte. »Hat sie denn bereits eine so große Familie?«

»In der Tat.«

»Was für ein Unglück. Dann, Sir, nehme ich wohl an, ist sie

nicht ... nicht sehr glücklich über das freudige Ereignis?«

»Nicht im geringsten«, pflichtete er ihr bei. »Um genau zu sein, es stellt sogar ein großes gesundheitliches Risiko für sie dar. Alles hat seine Grenzen ...« Er wandte den Blick ab und fügte dann sehr leise hinzu: »Ich glaube, wenn sie wüßte, wie man gewisse Schritte ...«

»Könnte sie sich denn eine ... eine Hilfe leisten?« erkundigte sich die Frau nicht weniger leise.

Er wandte sich ihr wieder zu. »O ja ... wenn es sich in vernünftigem Rahmen bewegt.«

Die Frau verschwand und kehrte einige Augenblicke später mit einem Zettel zurück, den sie mehrmals gefaltet hatte, damit er nicht zu lesen war. »Geben Sie ihr das«, sagte sie.

»Ich danke Ihnen. Das werde ich.« Er zögerte.

Sie lächelte. »Sie sollen ihr sagen, wer Ihnen die Adresse gegeben hat. Das genügt vollauf.«

»Ich verstehe. Ich danke Ihnen.«

Bevor er sich an die Adresse in einer der Gassen hinter der Whitechapel Road wandte, ging er erst eine Weile spazieren. Er wollte sich die Geschichte zurechtlegen, die er dort vorbrachte. Ihm kam der Gedanke, Hester als die betreffende hilfsbedürftige Dame vorzustellen, was er irgendwie komisch fand. Er hätte es zu gern getan, aber sie war im Krankenhaus mit Wichtigerem beschäftigt. Jedenfalls konnte er nicht länger vorgeben, für seine Schwester zu kommen. Der Abtreiber würde die Frau selbst erwarten; so etwas mußte schließlich arrangiert werden. Der einzige Fall, in dem er akzeptieren würde, daß ein Mann die Erkundigungen einzog, wäre, wenn die Frau noch zu jung wäre, um öfter als zum entscheidenden Mal selbst zu kommen – oder zu hochgestellt, und das Risiko, gesehen zu werden, wäre zu groß. Ja, das war eine ausgezeichnete Idee! Er würde behaupten, sich im Namen einer Dame von Stand zu erkundigen, die sich nicht festlegen wolle, bevor man ihr nicht absolute Diskretion garantieren könne.

Er rief eine Droschke und wies den Kutscher an, ihn in die Whitechapel Road zu fahren; dann lehnte er sich zurück und übte.

Es war eine lange Fahrt. Das Pferd war müde, der Kutscher ein verdrießlicher Kerl.

In der Whitechapel Road stieg Monk aus und bezahlte den Fahrer. Dann machte er sich auf den Weg zu der Adresse, die man ihm in dem Hutgeschäft gegeben hatte.

Zuerst dachte er, sich geirrt zu haben. Es handelte sich um eine Fleischerei. Im Fenster reihten sich Hackbraten und Würste. Wenn er hier richtig war, hatte jemand einen sehr makabren Humor – oder überhaupt keinen.

Monk zögerte einen Augenblick und betrat dann den Laden. Die Luft war zum Schneiden dick, es roch ranzig und schal. Eine große Fliege summte träge; als sie sich auf der Theke niederließ, nahm eine junge Frau, die offensichtlich auf Kundschaft wartete, eine alte Zeitung und schlug zu; die Fliege war auf der Stelle tot.

»Hab ich dich!« sagte sie befriedigt. »Was kann ich für Sie tun?« fragte sie Monk bester Laune. »Wir haben frischen Hammel, Hase, Schweinehaxen, eingelegte Kalbsknöchel, Preßkopf, den besten im ganzen East End, Schafshirn, Schweineleber und natürlich Würste! Also, was soll's denn sein?«

»Die Würste sehen gut aus«, log er. »Aber eigentlich wollte ich Mrs. Anderson sprechen. Bin ich da richtig?«

»Hängt ganz davon ab«, sagte sie vorsichtig. »Mrs. Andersons gibt's eine ganze Menge. Was wollen Sie denn von ihr?«

»Eine Dame, die Hüte verkauft, hat sie mir empfohlen...«

»Was Sie nicht sagen!« Sie musterte ihn von Kopf bis Fuß. »Kann mir nicht vorstellen, wieso.«

»Für eine Bekannte von mir, eine Dame, die sich lieber nicht in dieser Gegend sehen lassen möchte, bevor es nicht absolut notwendig ist.«

»Dann hat die Sie also geschickt?« Sie lächelte mit einer Mischung aus Genugtuung, Belustigung und Verachtung. »Tja, vielleicht redet sie mit Ihnen, Mrs. Anderson, vielleicht auch nicht. Ich werd' sie mal fragen.« Worauf sie sich abwandte und den Raum durch eine Tür verließ, von der die Farbe abblätterte.

Monk wartete. Eine weitere Fliege stellte sich ein und summte träge, bevor sie sich auf dem blutbefleckten Ladentisch niederließ.

Die Frau kam zurück und hielt ihm wortlos die Tür auf. Monk kam der Aufforderung nach und trat ein. Der Raum dahinter war eine große Küche, die auf einen Hof voller Kohleneimer, überquellender Mülltonnen und zerbrochener Kisten hinausführte; in einem rissigen Ausguß stand das Regenwasser bis an den Rand. Ein Kater mit dem Körper eines Leoparden schlich durch den Hof, eine tote Ratte im Maul.

In der Küche selbst herrschte Chaos. Blutverschmierte Tücher lagen in einem steinernen Ausguß rechts an der Wand, dicker, warmer Blutgeruch hing in der Luft. Auf einer Kommode stand eine unordentliche Ansammlung von Tellern, Schüsseln, Messern, Scheren und Spießen. Gleich mehrere Flaschen Gin standen herum, einige bereits geöffnet.

In der Mitte des Raums stand ein hölzerner Tisch, dunkel von Blut. In den Ritzen, wo es getrocknet war, sorgte es für schwarze Linien; der Boden war mit Spritzern übersät. In einem Schaukelstuhl saß, die Arme um den Körper geschlungen, ein Mädchen mit aschfahlem Gesicht und weinte.

Mrs. Anderson war eine gewichtige Frau. Die hochgekrempelten Ärmel gaben den Blick auf ungeheure Unterarme frei, ihre Fingernägel waren rissig und schwarz. »Tach«, sagte sie gut aufgelegt, und wischte sich das goldblonde Haar aus den Augen. Sie konnte kaum älter als fünfunddreißig sein. »Brauchen wir wohl 'n bißchen Hilfe, was, mein Guter? Tja also, für Sie kann ich nichts tun, nicht? Da muß sie schon selber kommen, früher oder später. Wie weit is' sie denn?«

»Im vierten Monat«, platzte Monk heraus.

Die Frau schüttelte den Kopf. »Hamse sich aber ganz schön Zeit gelassen, was? Na ja ... ich nehm' an, irgendwas läßt sich schon machen. Wird natürlich gefährlich so was, aber ich nehm' an, es zu kriegen wär' noch schlimmer.«

Das Mädchen auf dem Stuhl wimmerte leise. Monk nahm sich zusammen. Er durfte sich hier nicht gehenlassen. Er hatte schließlich einen besonderen Grund für seine Anwesenheit.

Seinen Gefühlen nachzugeben würde weder etwas ändern, noch zu Herbert Stanhopes Verurteilung beitragen.

»Hier?« fragte er, obwohl er die Antwort kannte.

»Nein – draußen auf der Straße!« meinte sie sarkastisch. »Natürlich hier drin, Sie Döskopp! Wo meinen denn Sie? Ich mach' keine Hausbesuche! Wennse's mit Rüschen wollen, dann müssense zusehen, ob Sie nich einen Arzt bestechen können – obwohl ich keine Ahnung hab', wo Sie so einen finden.«

»Werde ich eben versuchen müssen, einen aufzutreiben«, sagte Monk.

»Ganz wie Sie meinen«, antwortete die Frau, offensichtlich ohne ihm böse zu sein. »Aber danken wird Ihre Freundin Ihnen das kaum, wenn Sie es in der ganzen Stadt rumposaunen. Ist ja schließlich der Zweck der Übung, daß keiner was erfährt, mein' Se nich?«

»Ich werde diskret sein«, antwortete Monk, der sich plötzlich nichts sehnlicher wünschte, als wegzukommen. Sogar die Wände schienen hier so schmerzgetränkt wie die Laken und der Tisch rot vom Blut. Selbst die Whitechapel Road mit ihrer Armut und ihrem Schmutz wäre besser als das hier. Der Geruch würgte ihn, kroch ihm dick in die Nase und war im Rachen zu schmecken. »Ich danke Ihnen.« Es war lächerlich und lediglich eine Art, die Begegnung zu beenden. Er wandte sich auf dem Absatz um, riß die Tür auf und ging durch den Fleischerladen nach draußen, wo er erst einmal kräftig Luft holte.

Er würde weitersuchen, aber zuerst mußte er diese Gegend hinter sich bringen. Es hatte keinen Zweck, sich weiter bei Hinterhofabtreibern umzusehen. Gott sei's gedankt. Nie und nimmer hätte Stanhope sein Geschäft solchen Leuten anvertraut: Die hätten ihn im Handumdrehen verpfiffen, nahm er ihnen doch die beste Kundschaft weg. Er wäre ein Narr, sein Leben in ihre Hände zu legen. Allein die Möglichkeit, ihn um die Hälfte seiner Einnahmen zu erpressen, war zu gut, um sie sich entgehen zu lassen – die Hälfte oder noch mehr! Nein, da mußte er schon in einer besseren Gesellschaft suchen; falls er dahinterkam, wie er das anstellen sollte.

Für Fingerspitzengefühl war keine Zeit mehr. Womöglich hatten sie nur noch einen Tag, höchstens zwei.

Callandra! Vielleicht wußte sie etwas. Zwar würde er ihr sagen müssen, daß Sir Herbert schuldig war und wie sie das erfahren hatten, aber er hatte weder Zeit noch Gelegenheit, Rathbone um Erlaubnis zu bitten. Er hatte es Monk anvertraut, da dieser in diesem Fall für ihn tätig und damit ebenfalls durch die Schweigepflicht gebunden war. Callandra dagegen nicht. Aber das war eine Spitzfindigkeit, um die sich Monk im Augenblick den Teufel scherte. Sir Herbert konnte sich ja auf der Treppe zum Galgen beschweren!

Es war bereits spät, sechs Uhr abends, als Monk seine Nachricht überbrachte.

Callandra war entsetzt, als er ihr alles erzählte. Schließlich war er mit dem bißchen Rat, den sie ihm hatte geben können, wieder gegangen. Er war ganz blaß gewesen, und seine Miene hatte ihr angst gemacht. Jetzt war sie wieder allein in ihrem komfortablen Zimmer, das vom Licht der schwindenden Sonne erleuchtet war. Das finstere Wissen lastete schwer auf ihr. Noch eine Woche zuvor wäre ihr das Herz im Leibe zersprungen vor Freude, daß Kristian mit Prudence' Tod nichts zu tun hatte. Jetzt konnte sie an nichts anderes mehr denken, als daß Sir Herbert mit einiger Sicherheit frei ausging. Aber was sie noch mehr bedrückte, war der Schmerz, der Lady Stanhope drohte, der neue Kummer, dem sie sich würde stellen müssen. Ob sie je erfahren würde, daß Sir Herbert schuldig war, darüber konnte Callandra nur Vermutungen anstellen. Wahrscheinlich nicht. Aber jemand mußte ihr sagen, daß ihr Ältester der Vater von Victorias abgetriebener Leibesfrucht war. Bei Inzucht blieb es nur selten bei einem einmaligen Versuch. Ihre anderen Töchter waren der Gefahr ausgesetzt, Opfer derselben Tragödie und damit ebenfalls zu Krüppeln zu werden.

Es gab keine Möglichkeit, diese Mitteilung zu beschönigen, jedenfalls wollte Callandra nichts einfallen, was sie erträglicher gemacht hätte. Es hatte keinen Sinn, hier in ihrem weichen Sessel zu sitzen, umgeben von blumengefüllten Vasen, Büchern und Kissen, die Katze faul in der Sonne und der Hund mit einem hoffnungsvollen Auge auf ihr, für den Fall, daß sie sich zu einem Spaziergang entschloß.

Sie stand auf und ging in den Flur, wo sie nach Butler und Hausdiener rief. Sie würde zu Lady Stanhope fahren. Es war zwar eine unpassende Zeit für einen Besuch, abgesehen davon, daß es kaum wahrscheinlich war, daß Lady Stanhope unter diesen Umständen überhaupt jemanden empfing, aber sie war bereit, falls nötig, darauf zu bestehen. Sie trug ein altmodisches schlichtes Nachmittagskleid, aber sich umzuziehen kam ihr noch nicht einmal in den Sinn.

Während der Fahrt war sie tief in Gedanken und erschrak richtiggehend, als man ihr sagte, sie sei schon da. Sie wies den Kutscher an zu warten, stieg ohne Hilfe aus und ging geradewegs auf die Haustür zu. Das Haus war hübsch, diskret und zeugte von großem Wohlstand. Sie bemerkte das nur nebenbei, mußte aber mit einiger Bitterkeit daran denken, daß Sir Herbert das alles behalten würde, auch wenn sein Ruf etwas angekratzt wäre. Und die Tatsache, daß sein Privatleben darunter leiden würde, konnte ihr keine Genugtuung sein. Ihre Gedanken galten allein dem Schmerz, den sie seiner Frau würde zufügen müssen.

Sie klingelte, worauf ihr ein Diener öffnete.

»Die gnädige Frau wünschen?« fragte er argwöhnisch.

»Lady Callandra Daviot«, sagte Callandra energisch und reichte ihm ihre Karte. »Ich muß Lady Stanhope sprechen. In einer äußerst dringenden Angelegenheit, die bedauerlicherweise nicht bis zu einem günstigeren Zeitpunkt warten kann. Würden Sie ihr sagen, daß ich hier bin.« Letzteres war keine Frage, sondern ein Befehl.

»Gewiß, Madam«, antwortete er steif und nahm die Karte, ohne einen Blick darauf zu werfen. »Aber Lady Stanhope empfängt im Augenblick nicht.«

»Es handelt sich nicht um einen privaten Besuch«, antwortete Callandra. »Es handelt sich um einen medizinischen Notfall.«

»Ist ... ist Sir Herbert krank?« Der Mann wurde blaß.

»Nicht daß ich wüßte.«

Er zögerte. Dann trafen sich ihre Blicke; irgend etwas in ihm spürte eine Autorität, Willenskraft, der nicht zu widerstehen war. »Sehr wohl, gnädige Frau. Wenn Sie so freundlich wären, im Damenzimmer zu warten.« Er öffnete die Tür weiter, um sie ins Haus zu lassen und wies sie in einen nüchternen Raum, in dem es derzeit keine Blumen gab; seine Unbenutztheit verlieh ihm eine freudlose Atmosphäre. Man hätte meinen können, das Haus sei in Trauer.

Philomena Stanhope kam nach nur wenigen Augenblicken; sie sah spitz und besorgt aus. So wie sie Callandra ansah, schien sie sie offensichtlich nicht wiederzuerkennen.

»Lady Callandra?« sagte Philomena fragend. »Mein Bediensteter sagt mir, Sie hätten eine Nachricht für mich.«

»Ich fürchte, das habe ich. Ich bedaure das, aber es könnte zu einer weiteren Tragödie kommen, wenn Sie es nicht erfahren.«

Philomena setzte sich nicht, wurde aber noch etwas blasser. »Worum geht es? Was ist passiert?« fragte sie.

»Das ist nicht so einfach zu sagen«, antwortete Callandra. »Und ich zöge es vor, das im Sitzen zu tun.« Sie wollte schon hinzufügen, daß es dann einfacher wäre, aber schon die Worte an sich waren absurd. Nichts würde das hier einfacher machen.

Philomena blieb, wo sie war. »Würden Sir mir bitte sagen, was passiert ist, Lady Callandra?«

»Es ist nichts passiert, jedenfalls nichts Neues. Es ist nur das Wissen um alte Sünden und traurige Begebenheiten, über die Sie Bescheid wissen sollten, um zu verhindern, daß sie noch einmal passieren.«

»Wem?«

»Ihren Kindern, Lady Stanhope.«

»Meinen Kindern?« Sie war nicht wirklich erschrocken, sie glaubte ihr nur nicht. »Was haben meine Kinder mit dieser ... dieser schweren Prüfung zu tun? Und was sollten sie wohl darüber wissen?«

»Ich bin im Verwaltungsrat des Königlichen Armenspitals«, antwortete Callandra und setzte sich. »Ihre Tochter

Victoria hat dort vor einiger Zeit, als sie bemerkte, daß sie schwanger war, einen Arzt konsultiert.«

Philomena war totenbleich, bewahrte aber Haltung und blieb nach wie vor stehen. »Tatsächlich? Das wußte ich nicht, aber es scheint mir im Augenblick kaum von Bedeutung. Es sei denn... es sei denn, Sie sagen mir, daß er sie verkrüppelt hat.«

»Nein, er war es nicht.« Gott sei Dank konnte sie das sagen! »Ihre Schwangerschaft war bereits zu weit fortgeschritten. Er verweigerte die Operation.«

»Dann verstehe ich nicht, was für einen Sinn es haben sollte, diese Angelegenheit noch einmal aufzugreifen – außer um alte Wunden aufzureißen!«

»Lady Stanhope...« Callandra haßte das. Sie spürte, wie sich ihr Magen verkrampfte. »Lady Stanhope, wissen Sie, wer der Vater von Victorias Kind war?«

Philomenas Hals war wie zugeschnürt. »Das dürfte Sie kaum etwas angehen, Lady Callandra.«

»Sie wissen es!«

»Ich weiß es nicht. Ich konnte sie nicht dazu bewegen, es mir zu sagen. Allein daß ich sie so bedrängte, schien sie mit einem solchen Entsetzen, mit solcher Verzweiflung zu erfüllen, daß ich fürchtete, sie würde sich das Leben nehmen, wenn ich weiter in sie drang.«

»Bitte, setzen Sie sich doch.«

Philomena gehorchte, nicht weil Callandra sie darum bat, sondern weil ihr die Beine zu versagen drohten.

»Sie hat es dem Arzt gesagt«, erklärte Callandra. Sie hörte ihre Stimme in dem leeren Raum mit seiner toten Atmosphäre und haßte sie.

»Ich verstehe nicht, Victoria war doch bei ausgezeichneter Gesundheit – damals...«

»Das Kind war Resultat eines Inzests. Der Vater war ihr Bruder Arthur.«

Philomena versuchte etwas zu sagen, aber die Stimme versagte ihr. Sie war so blaß, daß Callandra befürchtete, sie würde, obwohl sie sich inzwischen gesetzt hatte, in Ohnmacht fallen.

»Ich hätte Ihnen das gerne erspart«, sagte sie leise. »Aber Sie haben noch andere Töchter. Um ihretwillen mußte ich Sie informieren. Ich wünschte, dem wäre nicht so.«

Philomena schien wie gelähmt.

Callandra beugte sich vor und nahm eine ihrer Hände. Sie fühlte sich kalt an und steif. Dann stand sie auf, zog heftig an der Klingelschnur und blickte auf die Tür.

Kaum erschien das Hausmädchen, schickte sie sie nach Brandy und einer heißen Tasse gesüßten Kräutertees.

Das Mädchen zögerte.

»Stehen Sie nicht herum!« sagte Callandra scharf. »Sagen Sie dem Butler, er soll den Brandy bringen, und Sie holen den Tee. Beeilen Sie sich!«

»Arthur«, sagte Philomena mit einer spröden Stimme, der man ihre Seelenqualen anhörte. »Lieber Gott, wenn ich das gewußt hätte! Hätte sie mir das doch nur gesagt!« Langsam beugte sie sich vor; ihr ganzer Körper wurde von einem schrecklichen trockenen Schluchzen geschüttelt.

Callandra kniete nieder, legte die Arme um die gepeinigte Frau und drückte sie an sich, während Philomena unter Weinkrämpfen bebte.

Der Butler brachte den Brandy, stand hilflos da, von Ungewißheit und Verlegenheit gequält, aber schließlich stellte er das Tablett ab und ging.

Als Philomenas Kraft verbraucht war, hing sie reglos und erschöpft in Callandras Armen.

Sachte drückte Callandra sie in den Sessel zurück, holte den Brandy und hielt ihn ihr an die Lippen.

Philomena nippte daran, würgte und trank dann den Rest. »Sie verstehen das nicht«, sagte sie schließlich mit roten Rändern um die Augen, das Gesicht tränenverschmiert. »Ich hätte sie retten können. Ich hätte ihr zu einer ordentlichen Abtreibung verhelfen können, ich kenne eine Frau, die weiß ... wo man den richtigen Arzt findet, gegen entsprechendes Entgelt, versteht sich. Wenn sie nur das Gefühl gehabt hätte, mir vertrauen zu können, hätte ich sie noch rechtzeitig zu diesem Mann gebracht. Als sie selbst dorthin kam, war es bereits zu spät!«

»Sie…« Callandra wollte ihren Ohren nicht trauen. »Sie kennen so eine Frau?«

Philomena mißverstand ihre Erregung. Sie errötete zutiefst. »Ich… ich habe sieben Kinder. Ich…«

Callandra packte ihre Hand und drückte sie. »Das verstehe ich doch«, sagte sie rasch.

»Nicht, daß ich dort gewesen wäre!« Philomena riß die Augen auf. »Sie wollte mich nicht weiterverweisen. Sie… sie selbst hat mir…« Sie stockte, dann versagte ihr die Stimme.

»Aber sie wußte, wo er zu finden war?« drängte Callandra. Sie spürte die bittere Ironie ihrer Worte.

»Ja.« Philomena seufzte wieder. »Gott, vergib mir, ich hätte ihr helfen können. Warum hat sie mir nicht vertraut? Ich liebe sie doch! Ich habe sie nicht verurteilt – was habe ich nur versäumt, daß sie…« Wieder füllten sich ihre Augen mit Tränen; verzweifelt sah sie Callandra an, als könnte sie diesen grauenhaften Schmerz lindern, der sie zu überwältigen drohte.

Callandra sagte das einzige, was ihr in den Sinn kommen wollte. »Vielleicht schämte sie sich, weil es Arthur war. Und Sie wissen ja auch nicht, was er zu ihr gesagt hat. Vielleicht glaubte sie ihn vor irgend jemand in Schutz nehmen zu müssen, selbst vor Ihnen – oder vielleicht gerade vor Ihnen, um Ihnen diesen Kummer zu ersparen. Eines weiß ich gewiß: Sie würde nicht wollen, daß Sie jetzt die Last der Schuld dafür tragen. Hat sie Ihnen je einen Vorwurf gemacht?«

»Nein.«

»Dann dürfen Sie sicher sein, daß sie Sie nicht verantwortlich macht.«

Philomenas Gesicht füllte sich mit Abscheu vor sich selbst. »Ob sie das nun tut oder nicht, ich trage die Schuld. Ich bin ihre Mutter. Ich hätte das von vornherein verhindern müssen.«

»Zu wem wären Sie denn gegangen?« Sie versuchte, es beiläufig klingen zu lassen, fast unwichtig, aber während sie auf die Antwort wartete, wurde ihr Atem ganz rauh.

»Berenice Ross Gilbert«, antwortete Philomena. »Sie weiß, wie man zu einer gefahrlosen Abtreibung kommt. Sie weiß von einem Arzt, der das übernimmt.«

»Berenice Ross Gilbert. Ich verstehe.« Sie versuchte ihr Erstaunen zu verbergen, und fast wäre es ihr gelungen; nur der letzte Zipfel ihrer Worte sprang nach oben und geriet fast zu einem Piepsen.

»Das spielt jetzt alles keine Rolle mehr«, sagte Philomena rasch. »Es ist vorbei. Victoria ist ruiniert – und das weit schlimmer, als hätte sie das Kind gehabt!«

»Vielleicht.« Callandra konnte das kaum bestreiten. »Aber Sie müssen Arthur auf eine Universität oder Kadettenschule schicken, irgendwohin, um ihn vom Haus fernzuhalten. Sie müssen Ihre Töchter schützen. Und Sie vergewissern sich besser sofort, ob nicht eine von ihnen ... nun ja, und falls dem so ist, werde ich einen Arzt finden, der die Operation sofort und ohne Entgelt durchführt.«

Philomena starrte sie an. Es war alles gesagt. Sie war wie betäubt, todunglücklich und schwach vor Schmerz und Ratlosigkeit.

Es klopfte, und die Tür öffnete sich. Das Hausmädchen steckte den Kopf herein, die Augen groß und verschreckt.

»Bringen Sie den Kräutertee«, befahl Callandra. »Stellen Sie ihn her, und lassen Sie Lady Stanhope eine Weile allein. Und lassen Sie keine Besucher zu ihr.«

»Ja, Madam. Nein, Madam.« Sie gehorchte und zog sich zurück.

Callandra blieb noch eine halbe Stunde bei Philomena, bis sie sicher sein konnte, daß sie sich wieder soweit gefaßt hatte, um sich ihrer schrecklichen Aufgabe stellen zu können. Dann entschuldigte sie sich und ging hinaus in die warme Dämmerung, wo sie ihre Kutsche erwartete. Sie gab dem Kutscher Anweisungen, sie in die Fitzroy Street, zu Monks Wohnung, zu fahren.

Wie Monk, machte sich auch Hester auf der Stelle auf die Suche nach dem Bindeglied zwischen Sir Herbert und seinen Patientinnen. Sie tat sich freilich weitaus leichter. Sie wußte aus Prudence' Aufzeichnungen, welche Schwestern dem Arzt assistiert hatten.

Eine traf sie beim Bandagenrollen an, eine zweite beim Aufwischen, eine dritte bereitete eben Breipackungen vor. Die vierte fand sie mit zwei schweren Fäkalieneimern.

»Lassen Sie mich Ihnen helfen«, erbot sie sich.

»Wieso?« fragte die Frau argwöhnisch. Es war nicht eben eine Arbeit, die man freiwillig übernahm.

»Weil ich lieber gleich einen trage, als hinter Ihnen herzuwischen, wenn Sie was verschütten«, sagte Hester schnell.

Die Frau war nicht so dumm, sich um eine unangenehme Arbeit zu streiten. Ohne weiter zu zögern, reichte sie ihr den schwereren der beiden Eimer.

Hester hatte sich inzwischen einen Schlachtplan zurechtgelegt. »Glauben Sie, daß er's gewesen ist?« fragte sie beiläufig.

»Was?«

»Glauben Sie, daß er's gewesen ist?« wiederholte sie, als sie Seite an Seite mit ihren Eimern den Korridor langgingen.

»Wer soll was gewesen sein?« fragte die Frau gereizt. »Meinen Sie den Kämmerer? Ob der wieder mal Mary Higgins begrapscht hat? Weiß der Teufel! Und wen int'ressiert das schon? Die wollt's doch nicht anders – die blöde Kuh!«

»Eigentlich habe ich Sir Herbert gemeint«, erklärte Hester. »Glauben Sie, er hat die Barrymore umgebracht? In den Zeitungen heißt es, daß der Prozeß bald vorbei ist, und ich denke, dann ist er wohl wieder hier. Ich frage mich, ob ihn das verändert hat?«

»Den doch nicht. Dieser Großkotz! Das geht gleich wieder weiter: ›Hol dies‹, ›gib das‹, ›stell dich hier hin‹, ›stell dich da hin‹, ›daß mir das hier ja ausgeleert wird und die Bandagen aufgerollt werden‹, ›das Messer, wo bleibt denn das Messer!‹«

»Sie haben wohl mit ihm gearbeitet?«

»Ich? Hergott nein! Ich leer' bloß Eimer und wisch' die Böden!« sagte sie angewidert.

»Und ob Sie haben! Sie haben ihm doch sogar bei einer Operation assistiert! Und das sehr gut, wie ich gehört habe! Letzten Juli, eine Frau mit einem Geschwür im Bauch.«

»Oh ... ja! Und noch mal im Oktober – aber danach nicht

mehr. Ich war dem Herrn nicht gut genug!« Sie räusperte sich und spuckte aus.

»Wer ist denn dann gut genug?« fragte Hester und legte dabei das passende Quentchen Verachtung in den Ton. »Meiner Ansicht nach hört sich das nach nichts Besonderem an.«

»Dora Parsons«, antwortete die Frau widerstrebend. »Die hat er doch ständig genommen. Und Sie haben recht, was Besond'res war das nicht. Man steht ja bloß da und gibt ihm Messer und Tücher und all das Zeug. Jeder Trottel könnte das. Weiß auch nicht, wieso er grade Dora genommen hat. Die hat doch von nichts 'ne Ahnung. Jedenfalls nicht mehr wie ich!«

»Und hübscher ist sie auch nicht!« sagte Hester lächelnd.

Die Frau starrte sie an und brach dann in ein lautes, gakkerndes Lachen aus. »Sie sind mir vielleicht 'ne Marke, Sie! Bei Ihnen weiß man nie, was als nächstes kommt! Lassen Sie das bloß nicht den alten Stockfisch hören, sonst landen Sie noch vor unsrer Gräfin Rotz – wegen Unmoral! Obwohl, wenn der wirklich scharf auf Dora Parsons war, dann dürften Sie den noch nicht mal Ihre Schweine hüten lassen!« Worauf sie noch lauter und länger lachte. Hester leerte ihren Eimer aus und ließ die immer noch kichernde Frau stehen.

Dora Parsons. Genau das hatte Hester wissen wollen, obwohl sie wünschte, es wäre eine andere gewesen! Dann hatte Sir Herbert Rathbone also wieder mal angelogen – er hatte eine der Schwestern öfter genommen als andere! Aber warum? Und warum gerade Dora? Für kompliziertere Operationen? Für fortgeschrittene Schwangerschaften, wenn die Wahrscheinlichkeit größer war, daß die Schwester mitbekam, was da geschah? Oder bei wichtigeren Patientinnen – vielleicht bei Damen aus gutem Haus, Frauen, die eine furchtbare Angst um ihren Ruf hatten? Sah ganz so aus, als hätte er Dora vertrauen können – was wieder ganz andere Fragen aufwarf!

Die einzige Möglichkeit, diese zu beantworten, bestand darin, Dora selbst aufzuspüren... Das gelang ihr nach Einbruch der Dunkelheit. Hester war so müde, daß sie sich nur noch danach sehnte, sich hinzusetzen und endlich die Last von Rücken und Beinen zu nehmen. Sie trug blutgetränkte Bandagen hinunter zum Ofen, um sie zu verbrennen (eine Wäscherin konnte da nichts mehr ausrichten), und Dora kam eben die Treppe herauf, einen Stapel Laken in den Armen. Sie trug die schwere Last, als handle es sich um Taschentücher.

Hester blieb mitten auf der Treppe stehen, direkt unter der Lampe, und blockierte Dora den Weg; sie versuchte so zu tun, als wäre es reiner Zufall.

»Ich habe eine Freundin, die sich den Prozeß anguckt«, sagte sie, nicht ganz so beiläufig, wie sie gewollt hatte.

»Was?«

»Na, Sir Herberts«, antwortete sie. »Es ist fast vorbei. Wahrscheinlich sprechen sie morgen oder übermorgen schon das Urteil.«

Dora war auf der Hut. »Tatsächlich?«

»Im Augenblick sieht es ganz so aus, als würde man ihn freisprechen.« Hester musterte sie aufmerksam.

Wofür sie auch prompt belohnt wurde. Die Erleichterung ließ Doras Augen aufleuchten, irgend etwas in ihr entspannte sich. »Tatsächlich?« wiederholte sie.

»Das Problem ist«, fuhr Hester fort, ohne ihr aus dem Weg zu gehen, »daß immer noch kein Mensch weiß, wer Prudence wirklich umgebracht hat. Da können sie den Fall natürlich nicht abschließen.«

»Und wenn schon? Du bist's ja nicht gewesen, und ich auch nicht. Und so wie's aussieht, auch nicht Sir Herbert.«

»Glauben Sie denn, er war's?«

»Wer – ich? Ich glaub' gar nichts.« Ihre Stimme war plötzlich ganz grimmig, so als wäre sie einen Augenblick lang nicht auf der Hut gewesen.

Hester runzelte die Stirn. »Noch nicht mal, wenn Prudence von den Abtreibungen gewußt hat? Und das hat sie. Sie hätte ihm das Leben ganz schön schwermachen können, wenn sie ihm gedroht hätte, zur Polizei zu gehen.«

Dora war nun wieder ganz konzentriert; ihr mächtiger Körper war sorgfältig ausbalanciert, als könne sie jeden Augenblick losspringen, falls es ihr in den Sinn kommen sollte. Sie starrte Hester an, hin und her gerissen zwischen Vertrauen und tödlicher Feindschaft.

Hastig fuhr Hester fort: »Ich weiß nicht, welchen Beweis sie hatte. Ich weiß noch nicht mal, ob sie dabeigewesen ist.«

»Die war nicht dabei!« fiel ihr Dora entschieden ins Wort.

»War sie nicht?«

»Nein, weil ich nämlich weiß, wer dabeigewesen ist. So blöd ist der nicht gewesen, die da mitmachen zu lassen. Bei dem, was die alles gewußt hat.« Sie verzog das Gesicht. »Die war doch fast selbst ein Doktor, das kann ich dir sagen. Die hat mehr gewußt als die meisten Studenten hier. Die hätt' ihm das mit den Geschwüren nie abgekauft.«

»Aber Sie wußten Bescheid! Was war mit den anderen?«

»Ach die – die können doch 'n Gallenstein nicht von 'ner gebrochenen Haxe unterscheiden.« Aus ihrem Ton sprach neben Verachtung auch eine gewisse Toleranz.

Hester rang sich ein Lächeln ab, obwohl sie spürte, daß es nur eine schwache Geste, eher ein Zähneblecken war. Sie versuchte etwas Respekt in ihren Ton zu bekommen. »Da muß Ihnen Sir Herbert aber wirklich vertrauen.«

Stolz ließ Doras Augen aufleuchten. »Ja, das tut er. Ich würd' den nie verraten.«

Hester starrte sie an. Neben dem Stolz sah sie in ihren Augen auch einen glühenden Idealismus, Hingabe und Respekt. All das verwandelte ihre sonst so häßlichen Züge in etwas, das seine eigene Schönheit hatte.

»Dann weiß er sicher auch, was für einen Respekt Sie vor ihm haben«, sagte sie mit erstickender Stimme.

Dora Parsons stand abwartend im Lichtkegel auf der Treppe und beobachtete sie.

»Sie haben schon recht«, sagte Hester schließlich in die Stille. »Es gibt Frauen, die brauchen viel mehr Hilfe, als das Gesetz ihnen zugesteht. Man muß einen Mann bewundern, der Ehre und Freiheit riskiert, um etwas dagegen zu tun.«

Dora entspannte sich, ihre Gelassenheit schwappte wie eine Welle über sie hinweg. Langsam begann sie zu lächeln.

Hester ballte die Fäuste in den Falten ihrer Röcke. »Hätte er es doch nur für die Armen getan, anstatt für die Reichen, die bloß ihre Tugend verloren haben und der Schande und dem Ruin eines unehelichen Kindes entgehen wollten.«

Doras Augen wurden zu schwarzen Löchern. Hester wurde unsicher. War sie zu weit gegangen?

»Das hat er nicht...«, sagte Dora langsam. »Er hat's nur bei armen Frauen gemacht und kranken, bei solchen, die einfach nicht mehr konnten!«

»Er hat nur reiche Frauen genommen«, wiederholte Hester ernst und mit kaum mehr als einem Flüstern. »Und er hat einen Haufen Geld dafür verlangt.« Sie wußte nicht, ob das stimmte, aber sie hatte Prudence gekannt. Prudence hätte ihn nicht angezeigt, wenn er getan hätte, was Dora glaubte! »Und Sir Herbert hat Prudence umgebracht...«

»Hat er nicht!« Es hörte sich an wie eine Klage. »Und Geld hat er überhaupt keins genommen!« Aber der Zweifel war gesät.

»Und ob er das hat«, wiederholte Hester. »Deswegen hat Prudence ihm ja auch gedroht.«

»Du lügst doch!« sagte Dora schlicht und mit unerschütterlicher Überzeugung. »Ich hab' sie auch gekannt, und sie hätt' ihn nie gezwungen, ihn zu heiraten. Das ist totaler Blödsinn! Die hat den doch nicht geliebt! Für Männer hat die gar keine Zeit gehabt. Doktor hat sie werden wollen, Gott steh' ihr bei! Als hätt' sie da 'ne Chance gehabt – eine Frau lassen die nie ran, ganz egal wie gut sie ist. Wenn du sie wirklich gekannt hast, dann würdest du keinen solchen Blödsinn verzapfen!«

»Daß sie ihn nicht heiraten wollte, weiß ich auch!« pflichtete Hester ihr bei. »Sie wollte, daß er dafür sorgt, daß sie Medizin studieren kann!«

Langsam breitete sich über Doras Gesicht eine schreckliche Erkenntnis aus. Die merkwürdige Schönheit, die es eben noch gehabt hatte, verschwand unter einer bitteren Enttäuschung; und dann kam der Haß: ein lodernder, unerbittlicher Haß.

»Ausgenutzt hat er mich!« sagte sie, als ihr alles klar wurde.

Hester nickte. »Und Prudence«, fügte sie hinzu. »Die hat er genauso ausgenutzt.«

Doras Gesicht legte sich in Falten. »Und du sagst, daß er davonkommt?« fragte sie mit tiefer Reibeisenstimme.

»Im Augenblick sieht es ganz so aus.«

»Dann bring' ich ihn selber um!«

Als Hester ihr in die Augen sah, glaubte sie ihr. Er hatte ihren Idealismus mißbraucht; das einzige auf der Welt, was ihr Wert und Würde gegeben, alles, woran sie geglaubt hatte, war mit einem Schlag vernichtet. Er hatte das Beste in ihr verhöhnt. Sie war eine häßliche Frau, grobschlächtig, ungeliebt, und das wußte sie. In ihren Augen hatte sie nur einen Wert gehabt, und der war jetzt fort. Sie dieses Werts beraubt zu haben, war womöglich nicht weniger schlimm als ein Mord.

»Sie können was viel Besseres tun«, sagte Hester, ohne zu überlegen, und legte eine Hand auf Doras mächtigen Arm. »Sie können dafür sorgen, daß man ihn hängt!« drängte sie. »Das wäre ein viel besserer Tod – und er würde wissen, daß Sie's gewesen sind. Wenn Sie ihn umbringen, wird er zum Märtyrer. Die ganze Welt wird ihn für unschuldig halten und Sie für schuldig. Und womöglich hängt man Sie auf! Auf meine Art aber werden Sie eine Heldin, und er ist ruiniert!«

»Wie?« fragte Dora schlicht.

»Erzählen Sie mir, was Sie wissen.«

»Die wer'n mir nicht glauben! Nicht wenn mein Wort gegen das seine steht!« Wieder stieg ihr der Zorn ins Gesicht. »Du träumst doch! Nein, da is' meine Methode besser. Und vor allem todsicher. Die deine nicht.«

»Könnte sie aber!« insistierte Hester. »Sie müssen doch einiges wissen!«

»Was denn? Die glauben mir ja doch nicht! Einem Nichts wie mir.« Eine übermächtige Bitterkeit sprach aus ihren Worten, als falle sie in den Abgrund ihrer eigenen Wertlosigkeit, als würde das Licht über ihr immer kleiner, als wüßte sie, daß es bald außer Reichweite war.

»Was ist mit den Patientinnen?« fragte Hester. »Wie haben die ihn gefunden? Damit geht man doch nicht hausieren!«

»Natürlich nicht! Aber wer ihm die besorgt hat, weiß ich nicht.«

»Sind Sie sicher? Denken Sie scharf nach! Vielleicht haben Sie mal was gesehen oder gehört. Wie lange geht denn das schon?«

»Oh, seit Jahren! Seit er es mal für Lady Ross Gilbert gemacht hat. Die war die erste.« Eine bittere Belustigung huschte über ihre Miene, als hätte sie gar nicht gehört, wie Hester nach Luft schnappte. »Das war vielleicht 'n Theater! Die hatte schon 'n ganz schön' Bauch – fünf Monate oder mehr! Und fertig war die, total aus dem Häuschen! Sie war gerade von den westindischen Inseln gekommen – deswegen war sie wohl auch schon soweit.« Ihr Lachen war ein tiefes Grollen, ihr Gesicht verzog sich vor Hohn und Verachtung. »Schwarz war's gewesen, das arme kleine Kerlchen! Ich hab's mit eignen Augen gesehn – wie'n richtiges kleines Kind! So mit Armen und Beinen und Kopf und allem Drum und Dran.« Tränen stiegen ihr in die Augen beim Gedanken daran, und ihr Gesicht war mit einemmal ganz weich und traurig. »Richtig schlecht ist mir geworden, als ich gesehen hab', wie das einfach so rausgemacht wurde. Aber schwarz wie Ihre Haube, das sag' ich dir! Kein Wunder, daß sie den Balg nicht haben wollte! Ihr Gatterich, der hätt' sie doch auf die Straße gesetzt. Ganz London hätte die Hände überm Kopf zusammengeschlagen – und sich hinterher daheim krankgelacht.«

Hester war wie vom Donner gerührt. Es bedurfte keiner Erklärung, daß Doras Verachtung nicht der Hautfarbe des Kleinen galt, sondern der Tatsache, daß Berenice es aus diesem Grund hatte loswerden wollen. Dazu kam der Kummer um den Verlust des kleinen Wesens. Zorn war das einzige Mittel, mit dem sie Entsetzen und Mitleid zu lindern vermochte. Sie hatte selbst keine Kinder und würde wahrscheinlich auch nie welche haben. Was für Qualen mußte sie ausgestanden haben, diesen fast schon fertigen Säugling wie einen Tumor in den Kehricht zu werfen. Einige Augenblicke lang teilten die beiden Frauen ein Gefühl, das so tief war, als hätte sich ihrer beider Leben Schritt für Schritt entsprochen.

»Aber ich weiß nicht, wer ihm die Weiber schickt«, sagte Dora zornig. »Vielleicht treibst du ja ein paar auf, und die sagen's dir, aber drauf zählen würd' ich nicht! Die werden schön den Mund halten!« Schon hatte sie wieder der Zorn gepackt. »Wenn du die vor Gericht ziehst, dann lügen die, daß sich die Balken biegen, bevor die so was zugeben würden! Die Armen vielleicht nicht, aber die Reichen! Die Armen haben bloß Angst vor mehr Kindern, die sie nicht durchfüttern können. Die Reichen, die haben Angst vor der Schande!«

Hester machte sich nicht die Mühe, ihr zu sagen, daß reiche Frauen von zu vielen Schwangerschaften körperlich nicht weniger verbraucht sein konnten als arme.

»Überlegen Sie. Vielleicht fällt Ihnen doch noch was ein«, forderte sie sie auf. »Ich sehe noch mal Prudence' Notizen durch, für den Fall, daß ich was übersehen habe.«

»Du wirst nicht weit kommen.« Die Hoffnungslosigkeit hatte sich wieder eingestellt; sie war ihr anzuhören und anzusehen. »Der kommt damit durch – aber ich bring' ihn um, genau so wie er sie umgebracht hat. Vielleicht hängen sie mich auf dafür, aber das macht nix, solang ich sicher sein kann, daß er auch in der Hölle schmort!« Und damit schob sie sich an Hester vorbei. Mit einemmal liefen ihr die Tränen über das häßliche Gesicht.

Monk war gehobener Stimmung, als Hester ihm die Nachricht überbrachte. Es war die Lösung. Er wußte genau, was zu tun war. Ohne zu zögern, ging er zu Berenice Ross Gilbert und befahl dem Diener, ihn einzulassen. Trotz der späten Stunde, es ging bereits auf Mitternacht zu, ließ er sich nicht abwimmeln. Es handle sich um einen Notfall. Es sei ihm völlig egal, ob sich Lady Ross Gilbert bereits zur Nachtruhe begeben habe oder nicht. Man mußte sie wecken. Vielleicht war es etwas in seiner Haltung, der ihm eigenen Rücksichtslosigkeit, nach einem kurzen Zaudern jedenfalls gehorchte der Diener.

Monk wartete im Damenzimmer, einem eleganten, teuren Raum mit französischen Möbeln, vergoldetem Holz und Brokatvorhängen. Wieviel davon war wohl vom Geld verzweifelter Frauen bezahlt? Er hatte noch nicht einmal Zeit, sich richtig umzusehen.

Lady Ross Gilbert erschien lächelnd, in einem prachtvollen aquamarinblauen Hausmantel; sie sah aus wie eine mittelalterliche Königin. Ihr fehlte nur noch ein Diadem auf dem langen, glänzenden Haar.

»Wie außergewöhnlich, Mr. Monk«, sagte sie mit vollendeter Haltung. Außer ihrer Neugier war ihr nichts anzusehen. »Was um alles in der Welt mag passiert sein, das Sie um diese nachtschlafene Zeit zu mir bringt? So sprechen Sie doch!« Sie betrachtete ihn mit unverhohlenem Interesse, musterte ihn von Kopf bis Fuß, bis ihr Blick schließlich auf seinem Gesicht landete.

»Der Prozeß ist vermutlich morgen zu Ende«, antwortete er, seine Stimme hart und klar, seine Aussprache übertrieben perfekt. »Sir Herbert wird freigesprochen.«

Sie zog die Brauen noch höher. »Sagen Sie nicht, Sie machen mir mitten in der Nacht Ihre Aufwartung, um mir das mitzuteilen? Ich habe nichts anderes erwartet. Aber wie auch immer, ich kann es erwarten.« Noch immer musterte sie ihn mit belustigter Neugier. Sie glaubte nicht, daß er aus einem so absurden Grund hier sein sollte. Sie wartete auf den tatsächlichen Anlaß seines Besuchs.

»Er ist schuldig«, sagte er grob.

»Tatsächlich?« Sie war eine bemerkenswert schöne Frau. Der ganze Raum war erfüllt von ihrer Anwesenheit, und er spürte, daß sie das wußte. »Das ist nur Ihre eigene Meinung, Mr. Monk. Hätten Sie einen Beweis dafür, dann hätten Sie Mr. Lovat-Smith und nicht mich ...« Sie zögerte. »Was immer Sie hier tun, Sie haben sich bisher nicht erklärt ...«

»Ich habe keinen Beweis«, entgegnete er. »Aber Sie.«

»Tatsächlich?« Ihre Stimme hob sich in schierem Erstaunen. »Mein lieber Herr, Sie reden kompletten Unsinn! Ich habe nichts dergleichen.«

»Und ob Sie haben.« Er starrte sie unentwegt an, begegnete ihrem Blick und hielt ihm stand. Als sie erkannte, daß er unerschütterlich war, erstarb der belustigte Ausdruck.

»Sie irren sich«, sagte sie leise. »Ich habe nichts.« Sie wandte sich ab und begann müßig mit einem Stück Nippes auf dem Marmortisch zu hantieren. »Der Gedanke, sie hätte ihn heiraten wollen, ist völlig absurd. Mr. Rathbone hat das bewiesen.«

»Selbstverständlich ist er das«, pflichtete er ihr bei und sah zu, wie ihre langen Finger über die Porzellanfigurine strichen. »Ihr Wissen sollte ihr seine Unterstützung bei der Aufnahme an einer medizinischen Fakultät sichern.«

»Das ist doch absurd«, sagte sie, sah ihn jedoch immer noch nicht an. »Keine Universität würde eine Frau nehmen. Er muß ihr das gesagt haben.«

»Das kann ich mir vorstellen, aber erst nachdem er sich ihrer Fertigkeiten bedient und sie ausgenutzt hatte, indem er sie zahllose unbezahlte Stunden arbeiten ließ. Nachdem er ihr Hoffnung gemacht und sich mit ihrer engagierten Arbeit einen Ruf geschaffen hatte! Dann, als sie ungeduldig wurde und eine Zusage verlangte, hat er sie ermordet.«

Sie setzte die Figur ab und wandte sich ihm zu. Sie hatte wieder den belustigten Ausdruck in ihren Augen. »Er brauchte ihr doch nur zu sagen, daß es aussichtslos war«, antwortete sie. »Warum um alles in der Welt sollte er sie ermorden? Sie machen sich lächerlich, Mr. Monk.«

»Weil sie damit drohte, der Krankenhausleitung zu sagen, daß er Abtreibungen vornahm – gegen Entgelt«, antwortete er. »Unnötige Abtreibungen, um diversen reichen Frauen die Verlegenheit ungewollter Kinder zu ersparen.«

Er sah das Blut aus ihren Wangen weichen, ihr Ausdruck jedoch änderte sich nicht. »Wenn Sie das beweisen wollen, was machen Sie dann hier bei mir, Mr. Monk? Das ist ein ernsthafter Vorwurf – für den man ihn ins Gefängnis stecken würde. Aber ohne Beweis sind Ihre Worte nichts weiter als Verleumdungen.«

»Sie wissen, daß es wahr ist, weil Sie ihm die Patientinnen verschaffen.«

»Tue ich das?« Sie machte große Augen und hatte ein starres Lächeln auf den Lippen. »Auch das ist eine üble Nachrede, Mr. Monk.«

»Sie wissen, daß er Abtreibungen vornahm, und Sie können das bezeugen«, sagte er völlig ruhig. »Ihr Wort wäre keine üble Nachrede, weil Sie alle Fakten haben: Tage, Namen, Einzelheiten.«

»Selbst wenn ich derlei Kenntnisse hätte«, sie starrte ihn ohne mit der Wimper zu zucken an, ihr Blick bohrte sich in den seinen, »würden Sie sicher nicht erwarten, daß ich mich selbst belaste, indem ich das zugebe, oder? Warum, um alles in der Welt, sollte ich das tun?«

Jetzt lächelte auch er, oder besser gesagt, er zeigte langsam die Zähne. »Weil ich, wenn Sie es nicht tun, verlauten lasse, und zwar gegenüber den richtigen Leuten, daß Sie seine erste Patientin waren.«

Ihr Gesicht veränderte sich nicht. Sie hatte keine Angst.

»Als Sie von den westindischen Inseln zurückkamen«, fuhr er gnadenlos fort. »Und daß Ihr Kind schwarz war.«

Jetzt verlor ihre Haut alle Farbe, und er hörte, wie sie nach Luft rang.

»Ist das auch üble Nachrede, Lady Ross Gilbert?« fragte er mit verhaltenem Zorn. »Dann bringen Sie mich vor Gericht, verklagen Sie mich! Ich kenne die Schwester, die das Kind in den Kehricht geworfen hat. Sollten Sie aber gegen Sir Herbert aussagen«, fuhr er fort, »daß Sie ihm verzweifelte Frauen zugeführt haben, deren Namen Sie nennen könnten, würde Sie Ihre Diskretion nicht daran hindern, dann werde ich vergessen, daß ich je etwas darüber wußte – und Sie werden weder von mir noch von der Schwester jemals wieder hören.«

»Werde ich nicht?« sagte sie, in ihrem Mißtrauen ebenso verzweifelt wie boshaft. »Und was sollte Sie davon abhalten, immer wieder zu kommen – wegen Geld, oder was immer Sie wollen?«

»Gnädigste«, sagte er eisig, »abgesehen von Ihrer Aussage haben Sie nichts, was mich interessieren könnte.«

Sie holte aus und schlug so kräftig zu, daß er fast das Gleichgewicht verlor. Aber er lächelte nur. »Tut mir leid, wenn Sie das enttäuscht«, sagte er leise. »Finden Sie sich morgen im Gericht ein. Mr. Rathbone wird Sie aufrufen – für die Verteidigung, versteht sich. Wie Sie Ihr Wissen vortragen, liegt ganz bei Ihnen.« Und mit einer leichten Verneigung ging er an ihr vorbei zur Tür und durch den Flur hinaus auf die Straße.

Der Prozeß war so gut wie vorbei. Die Geschworenen langweilten sich. Sie waren längst zu einem Urteil gekommen und verstanden nicht, warum Rathbone immer weitere Zeugen aufrief, die ohnehin nur aussagten, was längst jeder glaubte. Sir Herbert war ein Musterbild ärztlicher Tugend und, was sein Privatleben anbelangte, ein bis zur Langeweile korrekter Mann. Lovat-Smith machte aus seinem Unmut kein Hehl. Das Publikum war unruhig. Zum erstenmal seit Beginn des Prozesses gab es leere Sitze auf der Galerie.

Richter Hardie beugte sich vor, das Gesicht ungeduldig in Falten gelegt. »Mr. Rathbone, das Gericht ist immer geneigt, einem Angeklagten auf jedwede Weise entgegenzukommen, aber Sie scheinen unsere Zeit zu vergeuden. Ihre Zeugen sagen alle ein und dasselbe, und die Anklage bestreitet nicht das geringste davon. Ist es wirklich nötig, noch fortzufahren?«

»Nein, Euer Ehren«, gestand Rathbone lächelnd ein. Er sagte das mit einer kaum unterdrückten Erregung im Ton, was im Saal zu einer gewissen Unruhe führte: Man setzte sich zurecht, richtete sich auf, es wurde wieder spannend. »Ich habe nur noch eine letzte Zeugin, von der ich vermute, daß sie meine Beweisaufnahme zum Abschluß bringt.«

»Dann rufen Sie sie auf, Mr. Rathbone und kommen Sie zum Schluß«, sagte Hardie scharf.

»Ich bitte Lady Berenice Ross Gilbert in den Zeugenstand rufen zu dürfen«, sagte Rathbone laut.

Lovat-Smith legte die Stirn in Falten und beugte sich vor.

Sir Herbert auf der Anklagebank lächelte wie immer. Nur über seinen Blick legte sich ein kaum merklicher Schatten.

»Lady Berenice Ross Gilbert!« rief der Gerichtsdiener, und der Name wurde draußen aufgenommen und hallte durch den Korridor.

Kreidebleich, aber hoch erhobenen Hauptes trat sie ein und sah weder rechts noch links, als sie den Saal Richtung Zeugenstand durchquerte, die Treppe hinaufstieg und sich Rathbone zuwandte. Nur ein einziges Mal warf sie einen kurzen Blick auf die Anklagebank, aber ihr Gesichtsausdruck dabei war nicht zu entziffern. Falls sie Philomena Stanhope auf der Galerie entdeckt hatte, so ließ sie sich das nicht anmerken.

Man erinnerte sie daran, daß sie nach wie vor unter Eid stand.

»Dessen bin ich mir bewußt!« sagte sie bissig. »Ich habe nicht die Absicht, etwas anderes zu sagen als die Wahrheit!«

»Sie sind die letzte Zeugin, die ich aufrufe, um über den Charakter und die Qualitäten des Mannes auszusagen, der hier des Mordes angeklagt ist.« Würdig und elegant trat Rathbone in die Mitte des Saals, stand einen Augenblick da und sah zur Anklagebank hinauf.

»Lady Ross Gilbert«, Rathbone wandte sich ihr wieder zu, »Sie leisten seit einiger Zeit hervorragende Arbeit im Verwaltungsrat des Hospitals. Haben Sie Sir Herbert während dieser Zeit kennengelernt?«

»Natürlich.«

»Nur beruflich, oder kennen Sie ihn auch persönlich?«

»Nur am Rande. Er geht nicht gern auf Gesellschaften. Ich kann mir vorstellen, daß er zu sehr mit seiner Kunst beschäftigt ist.«

»Das haben wir bereits gehört«, pflichtete Rathbone ihr bei. »Ich glaube, eine Ihrer Pflichten als Angehörige des Verwaltungsrates besteht darin, sich der Moral der Krankenschwestern dort zu vergewissern.«

Hardie seufzte ungeduldig. Einer der Geschworenen hatte die Augen geschlossen.

»Das ist kaum möglich«, sagte Berenice und verzog verächtlich den Mund. »Ich kann nur dafür sorgen, daß ihr Verhalten sich wenigstens so lange in einem akzeptablen Rahmen hält, solange sie sich dort aufhalten.«

Amüsiertes Gekicher im Saal. Der Geschworene öffnete wieder die Augen.

Richter Hardie beugte sich vor. »Mr. Rathbone, wenn Sie ein neues Argument vortragen wollen, dann tun Sie das bitte!«

»Selbstverständlich, Euer Ehren. Ich entschuldige mich. Lady Ross Gilbert, ist bei Ihrem Kontakt mit den Schwestern auch nur eine einzige Beschwerde gegen Sir Herbert laut geworden?«

»Nein. Ich denke, das habe ich bereits gesagt.« Sie legte die Stirn in Falten und setzte eine ungeduldige Miene auf.

»Ihres Wissens nach war seine Beziehung zu Frauen also immer rein beruflich?«

»Ja!«

»Und moralisch tadellos?« sagte er beharrlich.

»Nun...« Sie zögerte.

Hardie sah sie mit einem Stirnrunzeln an.

Sir Herberts Selbstsicherheit geriet ins Schwanken.

»War sie oder war sie es nicht, Lady Ross Gilbert?« wollte Rathbone wissen, einen gewissen Eifer im Ton.

»Das hängt davon ab, was Sie unter Moral verstehen«, antwortete sie.

Plötzlich hörten wieder alle zu, man spitzte die Ohren, um sich nicht ein Wort, eine Nuance entgehen zu lassen.

»Auf welche moralische Kategorie bezieht sich Ihre Schwierigkeit, die Frage zu beantworten?« wandte sich Hardie an sie. »Und denken Sie daran, daß Sie unter Eid stehen, Madam.«

Jetzt herrschte Totenstille im Saal. Alle Gesichter waren ihr zugewandt. Aber sie zögerte nach wie vor.

Sir Herbert beugte sich über die Brüstung der Anklagebank, das Gesicht angespannt, zum erstenmal flackerte echte Angst in ihm auf.

»Haben Sie Sir Herbert einen Vorwurf zu machen, was seine Moral anbelangt?« Rathbone hörte, wie er in gespielter Entrüstung laut wurde. »Falls dem so ist, dann bringen Sie ihn besser vor, Madam, oder Sie hören mit diesen Anspielungen auf!«

»Ich stehe unter Eid«, sagte sie ganz leise, ohne dabei jemanden anzusehen. »Ich weiß, daß er bei vielen Frauen Abtreibungen vorgenommen hat, gegen Geld. Ich weiß das genau, weil ich diejenige war, die sie an ihn verwiesen hat.«

Es herrschte eine absolute, knisternde Stille. Niemand bewegte sich. Nicht einmal ein Atemzug war zu hören.

Rathbone wagte nicht, zur Anklagebank hinaufzusehen. Er tat, als könne er es nicht glauben. »Was?«

»Ich war die Person, die Hilfesuchende an ihn weiterverwiesen hat«, wiederholte sie langsam und deutlich. »Ich nehme an, man muß das unmoralisch nennen. Aus Barmherzigkeit mag es vielleicht fragwürdig sein – aber gegen Bezahlung...« Sie ließ die Worte in der Luft hängen.

Hardie starrte Berenice an. »Das ist eine ernste Beschuldigung, Lady Ross Gilbert. Wissen Sie, was Sie da sagen?«

»Ich denke schon.«

»Aber als Sie das erste Mal im Zeugenstand waren, haben Sie nichts davon gesagt!«

»Das brauchte ich nicht. Man hat mich nicht gefragt.«

Seine Augen verengten sich. »Wollen Sie uns damit sagen, Madam, Sie waren so naiv, daß Sie keine Vorstellung von der Bedeutung dieser Aussage hatten?«

»Es schien mir nicht wichtig«, antwortete sie mit einem leichten Zittern in der Stimme. »Der Staatsanwalt behauptete, Schwester Barrymore hätte Sir Herbert zu einer Heirat zu zwingen versucht. Ich weiß, daß das absurd ist. Sie hätte so etwas nie getan. Ebensowenig wie er sich so verhalten hätte. Ich wußte das damals, und ich weiß es jetzt.«

Sir Herbert war aschfahl geworden und warf Rathbone einen verzweifelten Blick zu.

Rathbone ballte die Fäuste so fest, daß sich seine Nägel ins Fleisch gruben. Wieder drohte ihm alles zu entgleiten. Es war nicht genug, Sir Herbert der Abtreibung anzuklagen! Er war des Mordes schuldig! Und er konnte dafür kein zweites Mal vor Gericht gestellt werden!

Er trat einige Schritte vor. »Sie sagen also keinesfalls, daß Prudence Barrymore von alledem wußte und Sir Herbert erpreßt hat? Das sagen Sie doch nicht – oder?« Es war eine berechnende Herausforderung.

Lovat-Smith erhob sich halb, noch immer verwirrt. »Euer Ehren, würden Sie meinen verehrten Kollegen anweisen, die Zeugin alleine antworten zu lassen und nicht zu interpretieren, was sie gesagt oder nicht gesagt hat.«

Rathbone konnte die Spannung kaum noch ertragen. Er wagte nicht noch mal einzugreifen. Er durfte nicht den Eindruck erwecken, seinen eigenen Mandanten zu verurteilen. Er wandte sich an Berenice. Gebe Gott, daß sie die Gelegenheit wahrnahm!

»Lady Ross Gilbert?« forderte Hardie sie auf.

»Ich... ich weiß die Frage nicht mehr«, sagte sie unglücklich.

Rathbone antwortete, noch bevor Hardie die Frage wiederholen und damit entschärfen konnte.

»Sie sagen also nicht, daß Prudence Barrymore Sir Herbert erpreßt hat, nein?« fragte er, seine Stimme lauter und schärfer als beabsichtigt.

»Doch«, sagte sie leise. »Sie hat ihn erpreßt.«

»Aber«, protestierte Rathbone, als wäre er entsetzt, »Sie haben doch gesagt... warum, um Himmels willen? Sie sagten doch selbst, sie hatte nicht den Wunsch, ihn zu heiraten!«

Mit ohnmächtigem Haß starrte Berenice ihn an. »Sie wollte, daß er ihr zum Medizinstudium verhalf. Das fußt nicht auf persönlichen Beobachtungen, ich konnte bestenfalls darauf schließen. Sie können mich also nicht anklagen, nur weil ich es für mich behalten habe.«

»S-sie anklagen?« stammelte Rathbone.

»Um Himmels willen!« Sie beugte sich über die Brüstung des Zeugenstandes, das Gesicht wutverzerrt. »Sie wissen, daß er sie umgebracht hat! Sie müssen diese Farce nur mitspielen, weil Sie ihn verteidigen müssen. Machen Sie ruhig weiter! Bringen Sie's hinter sich!«

Rathbone wandte sich ihr kaum merklich zu, dann drehte er sich um und blickte hinauf zu Sir Herbert auf der Anklagebank.

Dessen Gesicht war grau geworden; sein Mund stand vor Fassungslosigkeit offen; in seinen Augen loderte eine panische Angst.

Langsam betrachtete er die Geschworenen. Er sah sie an, einen nach dem anderen, bis zum letzten. Dann wußte er, daß er verloren hatte und seine Niederlage endgültig war.

Es herrschte Schweigen im Saal.

Nichts rührte sich. Philomena Stanhope sah starren Blicks hinauf zur Anklagebank, in ihrer Miene fast so etwas wie Mitleid.

Lovat-Smith streckte Rathbone die Hand entgegen, sein Gesicht glühte vor Bewunderung.

Hester wandte sich Monk zu; sie fürchtete sich vor dem Triumph in seinem Blick, aber es war keiner zu sehen. Es war kein Sieg, es war nur der Abschluß einer Tragödie und ein gewisses Maß an Gerechtigkeit – wenigstens für Prudence Barrymore und die, die sie geliebt hatten.

Gary Jennings:

Der Greif

832 Seiten, Format 13,5 x 21,3 cm,
gebunden
Best.-Nr. 300 749
Sonderausgabe DM 19,80

Manfred Stange (Hrsg.):

Die Edda

434 Seiten, Format 15,0 x 22,0 cm,
gebunden mit Schutzumschlag
Best.-Nr. 217 125
Sonderausgabe nur DM 19,80

Pauline Gedge:

Pharao

576 Seiten, Format 13,8 x 21,5 cm,
gebunden mit Schutzumschlag
Best.-Nr. 322 586
Sonderausgabe nur DM 24,–

Pauline Gedge:

Der Sohn des Pharao

622 Seiten, Format 13,8x 21,5 cm,
gebunden mit Schutzumschlag
Best.-Nr. 279 612
Sonderausgabe DM 24,–

Miloslav Stingl:

Das Reich der Inka

384 Seiten, Format 15,0 x 23,0 cm,
gebunden, Farb- und s/w-Abbildungen
Best.-Nr. 212 589
Sonderausgabe nur DM 10,–

David Day:

König Artus

176 Seiten, Format 20,0 x 27,0 cm,
gebunden mit Schutzumschlag,
durchgehend Farbabbildungen
Best.-Nr. 274 050
Sonderausgabe nur DM 24,80

Jan Vladislav:

Keltische Märchen

159 Seiten, Format 21,0 x 30,0 cm,
gebunden, durchgehend s/w-und
Farbillustrationen
Best.-Nr. 328 005
Sonderausgabe nur DM 15,–

Frank Herbert:

Der Wüstenplanet

6 Bände, insgesamt 3200 Seiten,
Format 12,0 x 19,0 cm, gebunden
Best.-Nr. 216 952
Sonderausgabe komplett nur DM 49,80

Dirk Tomascy:

Tschingis Chan I Temudschin

344 Seiten, Format 14,0 x 21,0 cm,
gebunden, Farbabbildungen
Best.-Nr. 321 828
Sonderausgabe DM 19,80